어머니

어머니
Мать

막심 고리끼 장편소설 최윤락 옮김

MAT'
by MAKSIM GOR'KII (1907)

일러두기
러시아어의 로마자 표기와 우리말 표기는 〈열린책들〉에서 정한 표기안을 따르되,
관행적으로 굳어진 일부 용어만 예외로 하였습니다.

이 책은 실로 꿰매어 제본하는 정통적인 사철 방식으로 만들어졌습니다.
사철 방식으로 제본된 책은 오랫동안 보관해도 손상되지 않습니다.

제1부
7

제2부
247

역자 해설
고리끼와 소설 『어머니』
521

막심 고리끼 연보
531

제1부

1

 매일같이 마을로부터 떨어져 있는 노동자촌의, 열기와 기름 냄새로 절어 있는 대기 속에서 공장 사이렌이 떨리는 듯한 소리로 울려 퍼지면, 그 소리를 따라 회색빛 작은 집들로부터 아직 잠에서 덜 깬 몸으로 제대로 휴식도 취하지 못한 채 침울한 얼굴을 한 사람들이 마치 질겁한 곤충처럼 거리로 뛰쳐나온다. 차디찬 어둠 속에서 그들은 병든 거리를 따라 높다랗게 솟아 있는 공장의 돌담으로 나아갔고, 그러면 돌담은 수십 개의 기름기 흐르는 정방형 눈으로 진창길을 환히 비추어 주면서 냉혹한 시선으로 그들이 오기만을 기다렸다. 진창은 사람들이 발걸음을 옮겨 놓을 때마다 괴상한 소리를 냈다. 또 거친 욕설로 새벽 공기를 맹렬히 가르며 잠이 덜 깨어 목이 잠긴 듯한 외침이 울려 퍼졌다. 그런가 하면 사람들을 향해서 또 다른 소리들이 날아들었는데, 그것은 기계의 지독한 소란스러움과 수증기의 으르렁거림이었다. 굵다란 막대기처럼 노동자촌 위로 우뚝 솟아 있는 검은 굴뚝들이 멀리 우울하면서도 험상궂게 보였다.
 집집마다 유리창에 붉은 햇살이 맥없이 걸리는 저녁 무렵이면, 공장에서는 타다 남은 석탄 부스러기 같은 사람들이 돌덩어리처럼 묵직한 건물에서 쏟아져 나왔다. 그러고는 검게 그은 얼굴로 끈적끈적하고 고약한 기계 기름 냄새를 풍기면서 굶주린 이를 허옇게 드러내고는 다시 발걸음을 옮기는 것이었다. 하지만 이제 그들의 목소리는 생기를 되찾아 즐겁기조차 했는데, 오늘도 이것으로 노역이 끝나고 집에서는 저녁밥과 휴식이 기다리고 있기 때문이었다.

공장은 또다시 만 하루를 통째로 삼켰다. 공장 기계는 필요한 모든 힘을 인간의 육체로부터 빨아들였고, 시간은 흔적 하나 없이 사라져 버렸다. 인간은 결국 자신의 무덤을 향해 일보를 더 내디딘 것이다. 하지만, 어쨌든 지금은 휴식의 즐거움과 와자지껄한 선술집이 눈앞에 아른거려, 그들은 비로소 나른해지며 더구나 신바람까지 나는 것이었다.

휴일만 되면 사람들은 낮 10시까지 잠을 퍼 잤다. 그러고 나서 이미 결혼한 성실한 사람들은 자기 옷 가운데 가장 좋은 옷을 꺼내 입고, 젊은 애들의 교회에 대한 무관심에 욕지거리를 해대면서 예배를 드리러 갔다. 교회에서 돌아와서는 삐로그를 실컷 먹은 다음, 다시 저녁때까지 잠자리에 들었다.

해가 갈수록 쌓인 피로 때문에 사람들은 식욕을 잃어버려 뭔가 먹기 위해서라도 위를 찌르는 듯한 아픔도 참아 가며 연방 보드까를 마셔야만 했다.

저녁 무렵이면 사람들은 거리거리를 하릴없이 어슬렁거렸는데 그들 가운데 방수 덧신을 갖고 있는 사람은 마른땅에서도 그걸 신고 다녔고, 우산이 있는 사람은 햇볕이 쨍쨍 내리쬐는 날에도 그걸 갖고 다녔다.

그들은 서로 만나기만 하면 공장과 기계에 대해서 이야기하거나, 아니면 작업 감독관을 욕하기 일쑤였다. 그들은 모두 일과 연관된 것에 대해서만 이야기하고 생각할 뿐이었다. 허구한 날 계속되는 지긋지긋한 단조로움 속에서 그나마 서툴고 무기력한 생각의 섬광이 희미하게 반짝이는 것도 어쩌다 한 번이었다. 집에 돌아오면 그들은 아내와 다투고 때로는 주먹질까지 했다. 젊은 친구들은 선술집에서 시간을 보내거나 친구 집을 전전하며 술판을 벌였다. 그들은 손풍금을 치거나 상스럽고 저질스러운 노래를 부르고 춤을 추기도 하며, 때로 음담패설도 서슴없이 늘어놓으면서 술을 퍼마셨다. 혹독한 노동에 지칠 대로 지친 사람들은 금세 술에 취할 수밖에 없었다. 그렇기 때문에 모든 사람들의 가슴속에선 이해할 수 없는 병적인 흥분이 도사리고 있었다. 그들에겐 탈출구가 필요했던 것이다. 그래서 사람들은 아주 사소한 일에서 이런 불안한 감정을 해소할 만한 일말의 가능성이라도 찾아보려고 몸부림쳤다. 그러다 보니 툭하면 야수와도 같이 서로에게 덤벼들었다. 피를 보는 싸움이 뻔한 결과였음에도 불구하고 간혹 그들은 심한 상처를 입거나, 드문 경우이긴 하지만, 어느 한편이 죽게 되는 상황이 벌어지고 나서야 비로소 싸움을 그쳤다.

사람들 사이의 관계는 눈에 보이지 않는 원한의 감정이 지배적이었는데, 이러한 감정은 근육의 피로가 불치의 병이듯 만성적인 것이었다. 아버지들로부터 물려받은 이런 마음의 병 때문에 사람들은 이유 없는 잔인함으로 평생 혐오스러운 행동을 서슴지 않게 되고 결국엔 그 검은 그림자를 벗어던지지 못하고 죽어 갔다.

휴일이면 젊은이들은 친구에게 한 방 먹인 것을 자랑삼아 떠벌리기도 하고, 어떤 땐 남에게서 받은 모욕이 서럽고 분해서 눈물을 펑펑 쏟아 가며 욕설을 퍼부어 댔다. 게다가 옷은 다 찢기고 몸은 온통 먼지와 흙탕물을 뒤집어쓴 채 시퍼렇게 멍든 눈을 해가지고 밤늦게야 집에 돌아오기 일쑤였다. 만취한 그들의 모습은 불쌍하고 가련하기 이를 데 없었으며 심지어 욕지기가 날 지경이었다. 가끔 젊은 친구들은 부모의 손에 실려 가나시끼 집으로 끌려가곤 했다. 부모들은 길거리의 담 밑이나 선술집에서 인사불성이 될 정도로 고주망태가 되어 있는 자식들을 발견하고는 추잡한 욕설을 사정없이 퍼붓거나 보드까에 취해 흐느적거리는 자식의 야윈 몸뚱어리에 매질을 가하기도 했지만, 어쨌든 새벽 공기 속을 사이렌의 성난 울부짖음이 흡사 시커먼 개울물처럼 흐르는 이른 아침이면 깨워서 일터로 또 내보내야 했기 때문에 하는 수 없이 자식들을 조심스럽게 잠자리에 뉘어야만 했다.

자식들을 욕하고 무자비하게 때리는 일이 비일비재했지만, 젊은 사람들이 고주망태가 돼 서로 주먹질하는 것도 나이가 지긋한 어른들에게는 당연하게 보였다. 아버지들 역시 젊었을 땐 똑같이 술 마시고 주먹질했다는 이유로 부모로부터 매질을 당했기 때문이었다. 삶이란 항상 그러했다. 해가 거듭되어도 삶은 마치 더럽고 탁한 개울물이 흐르듯 그렇게 단조롭게 흘러갔다. 어느덧 이미 오래전에 몸에 배어 버린 습관이 그렇듯, 똑같은 생각의 반복이 모든 일의 운명이 되어 버렸다. 하지만 누구 하나 그와 같은 상태를 바꾸려 하지 않았다.

때때로 어디서인지는 모르지만 외지 사람들이 이 공장촌으로 흘러들었다. 처음에는 단지 타지방 사람이라는 이유 하나만으로 주목을 받아, 그들이 일했던 지방에 대해서 이야기를 늘어놓음으로 해서 피상적이나마 미묘한 흥미를 불러일으키기도 했지만, 얼마 지나지 않아 그 신기함은 사라지고 사람들 속으로 묻혀 버려 결국엔 똑같은 사람이 되어 갔다. 그들의 이야기를 들어 보면, 어쨌든 노동자의 삶은 어디를 가나 별다른 차이가 없음이 명백했다. 만약 그게 사실이라면 대체 무슨 할 말이 더 있단 말인가?

그러나 그들 가운데 몇몇은 이 공장촌에서는 듣도 보도 못한 이야깃거리를 갖고 있었다. 그들과 논쟁을 하지는 않으면서도 어쨌든 사람들이 그들의 말에 비상한 관심을 보였음은 부인할 수 없는 사실이었다. 이들의 이야기는 어떤 사람에게는 맹목적인 흥분을 불러일으키기도 하고, 어떤 사람에게는 어렴풋한 혼란을 야기하기도 했으며, 어떤 사람에게는 뭔가 분명치 않은 것에 대한 막연한 희망을 품게 하기도 했다. 그래서 그들은 불필요하고 쓸데없는 상념을 쫓아 버리기 위해 더욱더 많은 술을 마셨다.

낯선 사람들에게서 뭔가 다른 면을 눈치채고, 공장촌 사람들은 그것을 염두에 두다 보니, 결국 자신들과는 뭔가 다른 데가 있는 이 사람들을 무의식적인 경계심을 품고 대하게 되었다. 그들은 정말 이 사람들이 비록 고통스럽기는 하지만 그렇다고 피할 수는 없는 우울하면서도 규칙적인 자신들의 삶의 궤도를 파괴함으로써 삶에 파문을 던지면 어떻게 하나 하는 두려움을 품고 있었다. 사람들은 자신들을 괴롭히는 변함없는 삶의 힘에 익숙해 있어 결코 더 나은 방향으로의 어떤 변화도 바라지 않았기 때문에 모든 변화를 단지 억압하기에 적합한 것으로만 생각했다.

공장촌 사람들은 새로운 그 무엇을 이야기하는 사람들을 말없이 피했고, 그러다 보면 이들은 어디론가 다시 떠나거나 공장에 그냥 남더라도 전혀 새로울 것이 없는 사람으로 변해 갔다. 그래서 그저 그런 공장촌 사람들과 하나같이 섞여 살 수 없는 사람들은 따로 떨어져 살아야만 했다.

2

 열쇠공 미하일 블라소프 역시 그렇게 살았다. 그는 눈이 작은 데다 온몸에 털이 많이 난 무뚝뚝한 사람이었다. 그는 짙은 눈썹 아래 작은 눈으로 별로 좋아 보이지 않는 냉소를 머금고서 누구든 의심쩍게 바라보았다. 공장에서는 첫째가는 열쇠공이자 공장촌에서는 가장 힘센 장사인 그였지만, 윗사람에게 무례하게 굴었기 때문에 품삯을 제대로 쳐 받지도 못했을뿐더러 휴일만 되면 누구에게건 행패를 부렸다. 그래서 사람들은 그를 좋게 보지도 않았거니와 두려워하기조차 했다. 사람들 역시 그에게 뭇매를 가하려고 여러 차례 시도해 보았지만 매번 헛수고였다. 한번은 이런 적도 있었다. 사람들이 자기에게 다가오고 있는 것을 보고 블라소프는 두 손에 돌과 몽둥이, 그리고 쇳덩어리를 든 채 두 발을 쩍 벌리고 서서 말없이 적들을 기다렸다. 눈에서 목까지 시커먼 수염으로 온통 뒤덮인 그의 얼굴과 털이 무성한 두 손은 사람들로 하여금 공포감을 일으키기에 충분했다. 특히 사람들은 그의 작고 날카로운 두 눈을 무서워했는데, 그의 두 눈은 마치 강철 천공기처럼 사람들을 꿰뚫었다. 그렇기 때문에 그의 시선과 마주쳤던 사람들은, 누구를 막론하고 야만적인 힘과 무자비하게 휘둘러 댈 것만 같은 이해하기 어려운 공포를 지레 느끼지 않을 수 없었다.

「자, 꺼져 버려. 버러지 같은 놈들아!」 그가 험상궂게 소리쳤다. 그의 얼굴에선 덥수룩한 수염 사이로 커다랗고 누런 이빨이 번득였다. 사람들은 그에게 비겁하게 상스러운 욕지거리를 해댈 뿐 더 이상 어쩌지 못하고 그냥 뿔뿔이 흩어졌다. 「버러지 같은 놈들아!」 그들 뒤에다 대고 그가 욕을 내뱉었다. 그의 두 눈이 송곳처럼 날카롭게 번쩍였다. 그런 다음 다시 고개를 쳐들고 그들 뒤를 쫓으며 소리쳤다. 「자, 어디 죽고 싶거든 앞으로 나서 봐!」

어느 누구도 죽고 싶은 마음은 없었다. 말수가 적은 중에도 〈버러지 같은〉이란 말은 그가 가장 즐겨 쓰는 말이었다. 그는 공장 우두머리나 경찰을 보고도 그렇게 불렀고 아내에게도 예외는 아니었다. 「야, 이 버러지 같은 년아! 넌 옷이 찢어진 것도 안 보이냐?」

그의 아들인 빠벨이 열네 살 되던 해, 블라소프는 왠지 아들의 머리채를 잡고 질질 끌고 다니고 싶은 충동을 느꼈다.

그러나 빠벨은 두 손에 육중한 망치를 들고 딱 잘라 말했다. 「건드리지 마세요······.」

「뭐?」 아버지는 그림자가 자작나무에 다가가듯 그렇게 아들의 고상하고 갸름한 얼굴에 가만가만 다가서며 물었다.

「참을 만큼 참았어요! 난 더 이상 참을 수 없어요······.」 빠벨이 소리치고는 망치를 휘둘렀다.

아버지는 잠깐 동안 아들을 쳐다보고 나서 털이 거칠게 난 두 손을 허리 뒤로 감추고 웃으며 말했다. 「좋아······.」 그리고 깊은 한숨을 몰아쉬고 나서 덧붙였다. 「에이, 버러지 같은 놈······.」 잠시 후 그는 아내에게 말했다. 「나한테 이젠 돈 벌어 오란 소리 하지 마. 이젠 빠샤(빠벨의 애칭)가 벌어 먹일 테니까······.」

「그럼 당신은 버는 족족 다 술 퍼마시는 데 쓰려는 거유?」 그녀가 용기백배하여 물었다.

「상관 마, 버러지 같은 년아! 내겐 숨겨 놓은 여자가 있어······.」

사실 그에게 정부란 없었다. 그로부터 그는 자기의 임종 때까지 근 두 해 동안 아들을 안중에 두지도 않았거니와 말도 하지 않았다.

그에겐 개가 한 마리 있었는데 그 개 역시 그처럼 크고 털북숭이였다. 그 개는 매일 공장까지 그를 따라갔다가 저녁이면 대문에서 그를 기다렸다. 휴일만 되면 블라소프는 집을 나와 술집을 전전하곤 했다. 그는 말없이, 마치 누군가를 찾기라도 하는 듯한 눈빛으로 사람들의 얼굴을 할퀴며 돌아다녔다. 그럴 때면 그 개는 큼직하고 털이 북실북실한 꼬리를 밑으로 내리고서 그를 쫓아다녔다. 잔뜩 취해 가지고 집에 돌아와 저녁을 먹을 때면 그는 자기 접시의 음식을 개에게 주기도 했다. 그는 개를 때리지도 욕하지도 않았지만, 그렇다고 결코 귀여워하는 것도 아니었다. 저녁을 먹고 난 후에 혹 아내가 그걸 제때에 치우지 않으면 그는 접시를 탁자 아래 마룻바닥에 팽개쳤다. 그리고 자기 앞에다 보드까 병을 딱 세워 놓고는, 벽에 등을 기댄 채 입을 크게 벌리고 눈을 지그시 감고서 괴롭기 한량없는 거친 목소리로 울부짖듯 노래를 불렀다. 너무나 침통해 불쾌감을 주는 노랫소리가 그의 콧수염에서 빵 부스러기들을 떨어뜨리면서 서로 뒤엉켰지만, 열쇠공은 아랑곳하지 않고 퉁퉁한 손바닥으로 턱수염과 콧수염을 쓸어 내리면서 노래를 불렀다. 무슨 말인지 도무지 이해할 수 없는 노랫소리는 질질 늘어졌고 멜로디는 한겨울 늑대 울음소리를 연상시켰다. 그는 보드까를 연방 마셔 대다가 술이 바닥나면 긴 의자에 모로 나자빠지거나 탁자에 머리를 처박고서 공장 사이렌이 울릴 때까지 마냥 잤다. 그럴 때면 개는 그 옆에 배를 깔고 누웠다.

그는 탈장(脫腸)으로 죽었다. 닷새 동안이나 온몸이 새까맣게 탄 그는 두 눈을 꾹 감고 침대 위를 데굴데굴 구르면서 이빨을 빠득빠득 갈았다. 그가 아내에게 말했다. 「비소 좀 줘, 날 좀 제발 죽여 달란 말야……」

의사는 찜질 약을 내오라고 시키고, 수술이 꼭 필요한데 그러려면 환자를 오늘이라도 당장 입원시켜야 한다고 덧붙였다.

「꺼져 버려! 난 혼자 죽을 거란 말야……. 버러지 같은 놈아!」 블라소프가 숨을 헐떡거리며 소리쳤다.

의사가 떠나고 아내가 그에게 수술에 동의하라고 울면서 설득하기 시작했을 때 그는 주먹을 움켜쥐고 그녀를 협박하며 말했다. 「난 다시 일어나고 말걸! 그럼 넌 더 죽어나!」

그는 아침 공장 사이렌이 울리는 바로 그 시간에 죽었다. 관 속에 그는 입을 벌린 채로 누워 있었지만 그의 두 눈썹은 잔뜩 화가 난 듯 침울해 보였다. 그의 아내, 아들, 개, 늙은 주정뱅이 자 공장에서 쫓겨난 사기꾼 다닐로 베소프쉬꼬프, 그리고 공장촌의 몇몇 거지들이 장례를 치렀다. 아내는 말없이 눈물을 조금 흘렸지만 빠벨은 눈물조차 흘리지 않았다. 거리에서 관과 마주치는 공장촌 사람들은 멈춰 서서 성호를 긋고 서로 수군거렸다. 「모르긴 몰라도 뻴라게야는 좋아 미칠 지경일 거야. 그 작자가 죽어 버렸으니…….」 어떤 사람들은 고쳐 말했다. 「죽은 게 아니라 뒈진 거야…….」

관을 묻고 사람들이 모두 떠난 후에도 개는 남아 아직 제대로 다져지지도 않은 땅에 배를 깔고 앉아서 오랫동안 아무 소리 없이 무덤 냄새를 맡고 있었다. 며칠이 지나 개는 죽은 채로 발견되었다.

3

 아버지가 죽은 지 두 주일이 지난 어느 일요일 빠벨 블라소프는 몹시 술에 취해서 집에 돌아왔다. 비틀거리면서 그는 입구 반대쪽 구석으로 기어 들어와 아버지가 했던 것과 똑같이 주먹으로 탁자를 내리치고 어머니에게 소리쳤다. 「저녁밥 줘요!」
 어머니는 그에게로 다가가 그 옆에 앉아서 아들의 머리를 자기 가슴으로 끌어당겨 안았다. 그는 한 손으로 어머니의 어깨를 잡고 밀치면서 소리쳤다. 「엄마, 빨리······.」
 「이런 바보 같긴!」 어머니는 막무가내인 아들을 달래면서 슬프고도 부드러운 목소리로 말했다.
 「그리고 나 담배 피울 테야! 아버지 파이프 나한테 줘······.」 말도 제대로 듣지 않는 혀를 어렵게 놀리면서 빠벨은 중얼거렸다.
 그가 술에 이토록 취한 것은 처음 있는 일이었다. 보드까가 그의 몸을 쇠약하게 했지만 의식마저 잃은 것은 아니어서 그의 머릿속에선 이런 물음이 고동쳤다. 〈내가 술에 취했나? 내가 술에 취했단 말야?〉
 어머니의 다정함에 당황한 그는 그녀의 두 눈에 서려 있는 슬픔에 가슴이 뭉클해 왔다. 울고 싶었다. 이런 마음을 지워 버리려고 그는 짐짓 실제 마신 것보다 훨씬 많이 마신 척했다.
 어머니는 한 손으로 땀이 배어 헝클어진 그의 머리카락을 어루만지면서 조용히 말했다. 「이럴 필요가 없는데……」
 그는 구역이 나기 시작했다. 급격한 구토의 발작 후에 어머니는 그를 침대에 뉘고 창백한 이마에 물수건을 얹어 주었다. 그는 어느 정도 술이 깨긴 했지만, 아래고 주위고 할 것 없이 모든 것이 정신없이 휘휘 돌고 눈꺼풀은 자꾸 내려앉았으며, 게다가 입에서는 불결하고 뭔가 썩은 듯한 맛이 느껴졌다. 그는 속눈썹을 통해서 어머니의 커다란 얼굴을 바라보며 두서없는 생각에 빠져들었다. 〈술 마시기엔 아직은 좀 이른 모양이야. 딴 사람들은 아무리 마셔도 아무렇지도 않던데. 아이구 속이야……〉
 어딘가 멀리서 어머니의 부드러운 목소리가 들려왔다. 「네가 술을 마시기 시작하면 난 뭘로 먹여 살릴 거야……」
 두 눈을 꼭 감고 그는 말했다. 「다들 마시는데, 뭐……」
 어머니는 깊은 숨을 몰아쉬었다. 그의 말이 옳다. 그녀 역시 그가 즐거움을 구할 곳이라곤 술집 말고는 아무 데도 없다는 것쯤은 알고 있었다. 그러나 그러면서도 말했다. 「그래도 넌 마시지 마라! 네 아버지는 너보다 두 배는 더 많은 술을 마셔 댔어. 그러고서 얼마나 내게 손찌검을 해댔는데……. 아니 그것도 모자라서 이젠 네가 이 어미한테 그렇게 하겠단 말이냐, 응?」
 어머니의 애처롭고 부드러운 말을 듣고 빠벨은 아버지가 살아 있을 때 어머니가 얼마나 하찮은 존재였던가를 생각했다. 그 당시 어머니는 아무 말도 입 밖에 내지 못했고, 맞으면 어쩌나 하는 몸서리치는 두려움 속에서 살았다. 그는 근래 들어서 아버지와 부딪치는 것조차 피하려고 집에 있는 때가 적었고, 지금도 어머니에 관한 생각은 조금도 않고 있었다. 술이 점점 깨어 가면서 그는 어머니를 뚫어져라 쳐다보았다.
 그녀는 큰 키에 등이 앞으로 굽어 있었다. 오랜 노동과 남편의 구타에 녹초가 된 그녀는 보통 때에도 마치 무엇에 걸려 넘어지지나 않을까 근심스러운 듯 말없이 허리를 굽히고 걸어 다녔기 때문에 자연 허리가 굽었던 것이다. 주름이 져 여기저기 움푹 파이고 부어오른 달걀형의 넓은 얼굴은, 공장촌의 대다수 여인네들의 그것처럼 애처로이 떨고 있는 새까만 두 눈 때문에 오히려 창백해 보였다. 오른쪽 눈썹 위에 상처가 있었는데, 그 상처 때문에 눈썹이 조금 위로 치켜 올려져서 그녀의 오른쪽 귀가 왼쪽 귀보다 높은 것처럼 보였다. 또 이 때문에 그녀가 항상 남의 애기에 조심조심 귀를 기울이는 것 같은 표정이 그녀의 얼굴에 나타나기도 했다. 숱이 많고 새까만 머리에서는 몇 가닥의 흰 머리카락이 반짝였다. 그녀의 전체 모습은 온화하고 애처롭고 온순하게 보였다.

이윽고 그녀의 두 뺨에서 천천히 눈물이 흘러내렸다.

「울지 마세요. 마실 것 좀 갖다주세요.」 아들은 조용히 말했다.

「내 얼음물 갖다주마……」

그러나 그녀가 물을 갖고 왔을 때 아들은 이미 잠들어 있었다. 그녀가 잠시 그의 앞에 서 있는 동안 손에 들린 물그릇이 떨렸고 얼음은 조용히 그릇을 두드렸다. 물그릇을 탁자에 놓고 그녀는 말없이 성모상 앞에 무릎을 꿇었다. 술에 찌든 삶의 소리들이 창문 유리에 부딪쳤다. 가을 저녁의 무르익어 가는 어둠 속에서 하모니카가 빽빽거리는가 하면 누군가가 큰 소리로 노래를 부르기도 했고, 또 어떤 사람들은 추잡한 말로 욕지거리를 해대기도 했으며, 여인네들의 흥분한 거친 목소리가 사뭇 전율하듯 울려 퍼지기도 했다…….

블라소프 씨네 작은 집에서의 삶은 이전보다도 훨씬 조용하고 평온하게 흘러서 공장촌의 여기저기서 볼 수 있는 것과는 좀 다른 면을 보이기 시작했다. 그들의 집은, 공장촌 변두리의 소택지로 내리닫는, 높진 않지만 가파른 언덕 가운데에 서 있었다. 집의 3분의 1은 부엌과 어머니가 쓰는 작은 방이 차지하고 있었는데, 부엌과 그 방 중간엔 얇은 칸막이가 쳐져 있었다. 나머지 3분의 2는 창문이 두 개 달린 정방형 방이 차지하고 있었다. 그 한쪽 구석엔 **빠벨**의 침대가, 그리고 입구 반대쪽 구석엔 책상과 두 개의 긴 의자가 있었다. 몇 개의 의자, 속옷 넣는 서랍 달린 장롱, 그 위에 놓여 있는 조그만 거울, 옷가지가 들어 있는 상자, 벽시계, 그리고 구석에 성화 두 점 — 이것이 가구의 전부였다.

　빠벨은 한창 나이의 젊은 애들에게 필요한 건 모두 다 했다. 그는 하모니카도 사고 가슴 부위에 빳빳하게 풀을 먹인 셔츠도, 덧신도, 지팡이도 삼으로써 제 또래 모든 젊은 애들이 하는 짓이란 짓은 다 하려고 했다. 야회에도 다니고 카드릴이나 폴카를 배우기도 했으며, 휴일만 되면 으레 폭음을 하고 집에 돌아왔는데, 항상 보드까 때문에 여간 고통스러워하는 것이 아니었다. 다음 날 아침이면 머리가 아프고 속이 쓰려 어쩔 줄 몰라 했으며 얼굴은 창백해 세상 모든 일에 흥미를 잃은 듯이 보였다.

　언젠가 한번은 어머니가 그에게 물었다. 「그래 어떻든? 어젠 재미있게 놀았니?」

　그는 괜히 흥분해서 신경질적으로 대답했다. 「지겨워 미칠 지경이야! 낚시나 가는 게 낫겠어. 그렇지 않으면 엽총을 사든가.」

　그는 지각을 한다거나 벌금을 무는 일 없이 묵묵하게 열심히 일했다. 어머니의 그것과 같이 푸르고 커다란 그의 두 눈은 무언가 불만스러운 듯 주위를 쏘아보았다. 그는 엽총을 산다거나 낚시를 가는 일도 없었고, 점차로 모든 사람들의 평범한 길을 꺼리기 시작했다. 야회에 참석하는 횟수도 훨씬 줄었을 뿐만 아니라, 비록 휴일마다 어디론가 외출하는 건 여전했지만 술도 안 마시고 멀쩡한 모습으로 집에 돌아왔던 것이다. 어머니는 그를 유심히 관찰해 본 결과, 아들의 거무스름한 얼굴이 한결 날카로워지고 두 눈은 뭘 쳐다볼 때고 훨씬 심각해졌으며 입술은 이상하리만큼 엄하게 꽉 다물려 있다는 것을 알았다. 그는 말없이 무슨 일인지를 열심히 하는 것 같기도 했고, 그래서인지 무슨 병에 시달리고 있는 것처럼 보이기도 했다. 이전엔 그를 찾아오는 친구도 더러 있었는데, 이젠 집으로 찾아와 보았댔자 만날 수가 없었으므로 자연히 그들은 발길을 끊었다. 자기 아들이 공장 청년을 닮아 가지 않는 것을 본다는 게 어머니로선 기분 좋은 일이었다고는 하지만, 아들이 무언가에 주의를 집중하고 완고하게 어딘가 어두운 삶의 급류로 흘러 들어가고 있다는 것을 눈치챘을 때 그녀의 마음속에선 까닭 모를 두려움이 느껴졌다.

「너 아무래도 몸이 좋지 않은가 보구나, 빠샤?」 가끔 그녀는 그에게 물었다.

「괜찮아요, 전 건강해요.」 그가 대답했다.

「얼굴이 너무 안됐어!」 한숨을 내쉬며 어머니가 말했다.

그는 책들을 가져오기 시작했는데, 책을 읽을 땐 눈에 안 띄게 읽으려고 애썼고, 다 읽은 책은 어딘가에 숨겼다. 그는 어쩌다가 책에서 뭔가를 종이에다 베껴 쓰기도 했지만, 그것 역시도 감추었다…….

모자는 점점 말할 기회가 줄어들었을 뿐더러 서로 만나기도 힘들어졌다. 아침에 그는 말없이 차를 마시고 일을 나갔다가 정오가 되면 점심 먹으러 나타나서 식탁에 앉아 별로 중요하지도 않은 말 몇 마디를 건네는 게 고작이었고, 그러고 나서는 저녁때까지 나타나지 않았다. 저녁때만 되면 꼼꼼하게 세수를 하고 나서 저녁을 먹고, 그 후엔 역시 또 읽던 책들을 읽어 갔다. 휴일이면 아침에 나가서 밤늦게야 돌아왔다. 그녀는 그가 시내에 나가서 영화 구경을 다니는 줄 알았는데, 이상한 건 시내에서 그를 찾아오는 사람이 하나도 없다는 것이었다. 그녀는 시간이 지남에 따라 아들이 점점 말수가 적어지고, 또한 그가 가끔 그녀로서는 이해 못할 어떤 새로운 말들을 쓰기도 하며, 때론 말하는 중에 그녀가 알고 있는 거칠고 격한 표현들이 튀어나온다는 것을 눈치챘다. 그의 행동에서도 그녀의 관심을 끄는 것들이 자주 엿보였다. 그는 멋 부리는 것도 집어치우고 몸과 옷의 청결에 더욱 많은 신경을 쓰기 시작했으며 걸음걸이도 그저 자연스럽고 편안하면 그만인 듯싶었다. 그렇게 그의 겉모양이 한결 평범해지고 부드러워지자 어머니는 내심 불안했다. 더구나 어머니를 대하는 태도도 예전과는 어딘가 달랐다. 그는 가끔 방바닥도 쓸고 휴일이면 자기 침대를 청소하기도 했다. 어쨌든 모든 면으로 보아 어머니의 부담을 덜어 주려고 무던히 애를 쓰고 있었다. 공장촌에서 이런 일을 하는 사람은 아무도 없었던 것이다.

언젠가 한번은 그가 그림 한 장을 가져와서 벽에다 걸어 놓았는데, 그것은 세 사람이 이야기를 주고받으면서 경쾌하고 활기 있게 어디론가 걸어가고 있는 그림이었다.

「이건 부활한 예수 그리스도가 엠마오로 가고 있는 그림이에요.」 빠벨이 설명했다.

어머니는 이 그림이 맘에 들면서도 한편으론 이런 생각을 하기도 했다. 〈그리스도를 존경한다는 애가 교회에는 나갈 생각을 안 하니……〉

친구가 빠벨에게 예쁘게 짜준 책꽂이에는 더욱더 많은 책이 꽂혔다. 방은 아늑한 모습을 띠었다.

그는 이제 그녀에게 깍듯이 존칭어를 써서 말하고, 부를 때도 〈어머니〉라고 불렀지만, 가끔은 예전의 정다운 태도가 불쑥불쑥 튀어나왔다. 「엄마, 너무 걱정하지 마. 나 오늘은 좀 늦을 거야……」 이럴 때면 어머니는 기분이 좋았다. 그의 말에서 그녀는 진지하고 강한 무엇을 느꼈던 것이다.

그러나 그녀의 불안은 더해 갔다. 시간이 지나도 웬 영문인지 도무지 이해할 수 없었기 때문에 그녀의 가슴은 평소와는 다른 어떤 예감으로 더욱 죄어들었다. 가끔 아들이 마음에 들지 않는 모습을 보일 때면 그녀는 이렇게 생각했다. 〈저 애는 왜 보통 애들과 하는 짓이 다를까. 마치 수도승 같아. 엄숙한 것도 정도가 있지. 나이에 맞지 않게……〉 가끔 그녀는 또 이런 생각을 했다. 〈혹시, 어떤 처녀한테 폭 빠진 거 아닐까?〉 그러나 여자들과 사랑을 하려면 돈이 필요할 텐데, 그는 버는 돈을 한 푼도 안 빼고 그녀에게 갖다주었다.

그렇게 세월은 흐르고 흘러 2년이 순식간에 지나갔다. 그동안은 이상스러우면서도 뭔가 알지 못할 상념들과, 더해 가는 불안으로 일관된 침묵의 세월이었다.

4

 언젠가 한번은 저녁을 먹고 난 후에 빠벨이 창문 커튼을 내리고 구석에 앉아 책을 읽기 시작했다. 그의 머리 위에선 함석으로 갓을 씌운 남포등이 벽에 불빛을 내리비치고 있었다. 어머니는 설거지를 하고 부엌에서 나와 그에게로 조심조심 다가갔다. 그는 고개를 들어 어머니의 얼굴을 의아한 듯 올려다보았다.

「아무것도 아니다, 빠샤! 난 그저……」 그녀는 서둘러 말하고 당황한 듯 양미간을 찌푸리며 물러났다. 그러나, 그녀는 부엌 한가운데에서 생각에 잠겨 꼼짝도 않고 한참이나 서 있다가 뭔가 꺼림칙하여 손을 깨끗이 씻고 다시 아들에게로 다가갔다. 「네게 물어보고 싶은 게 있다.」 그녀는 조용조용 말을 꺼냈다. 「도대체 뭘 읽고 있는 거냐?」

그는 책을 한쪽으로 치웠다. 「앉으세요. 어머니!」

어머니는 그의 옆에 앉아 자세를 바로 하고 무슨 중요한 말이라도 기다리는 듯이 신경을 곤두세웠다.

그녀를 쳐다볼 생각도 하지 않고 빠벨이 크지 않은 목소리로 왠지 모르게 매우 준엄하게 말하기 시작했다. 「전 금서들을 읽고 있어요. 그것들은 우리 노동자들의 삶에 대해 얘기하고 있다고 해서 금지된 책들이에요……. 그것들은 조심조심 몰래 인쇄된 것이어서 만약에 제가 갖고 있다는 게 발각되면 전 감옥에 가게 돼요. 제가 진실을 알고 싶어 한다는 이유로 감옥에 간단 말입니다. 이해하시겠어요?」

그녀는 갑자기 숨이 콱콱 막혀 왔다. 두 눈을 크게 뜨고 아들을 들여다보니 그가 왠지 낯설게만 보였다. 목소리마저 한결 낮고 우렁차서 꼭 딴 사람의 목소리 같았다. 그는 손가락으로 솜털같이 가느다란 콧수염을 잡아당기며 부자연스럽게 구석 어딘가를 흘끗 쳐다봤다. 그녀는 아들에 대한 두려움과 측은한 마음이 들었다.

「왜 그런 짓을 하는 거냐, 빠샤?」 그녀가 말했다.

그는 고개를 들어 그녀를 들여다보며 크지 않은 목소리로 조용조용 대답했다. 「진실을 알고 싶어섭니다.」

그의 목소리는 조용하면서도 확고한 데가 있었고 두 눈은 결연히 빛났다. 그녀는 자기 아들이 왠지 비밀스럽고 두려운 어떤 일에 제 몸을 내던지고 있다는 것을 가슴으로 느꼈다. 살아가며 생기는 모든 일이 그녀에게는 결코 피할 수 없는 것으로 받아들여져 왔고, 따로 생각해 볼 것도 없이 순종하는 데에 익숙해 있었기 때문에 그녀는 지금도 할 말을 찾지 못하고 죄어드는 슬픔과 근심으로 그저 울음을 터뜨릴 뿐이었다.

「울지 마세요.」 빠벨이 부드럽고 조용히 말했지만, 그것이 그녀에겐 그가 작별 인사라도 하는 듯이 들렸다. 「생각해 보세요, 우리가 도대체 어떤 삶을 살아왔던가요? 어머닌 벌써 마흔이에요. 그런데 과연 어머닌 살아 있었다고 할 수 있겠어요? 아버지는 어머니를 때리기만 했어요. 지금 생각해 보면 아버진 비참한 삶에 대한 분풀이를 어머니 옆구리에 해댄 거예요. 자기의 비참한 삶에 대한 분풀이를 말입니다. 비참한 삶이 자기를 짓누르고 있는데도 아버진 그게 무엇 때문인지를 몰랐던 거예요. 아버진 공장이 건물 두 개로 있을 때부터 시작해서 30년 동안 일했어요. 그런데 지금은 건물이 일곱 개나 되지 않느냐고요!」

그녀는 아들의 말을 두려움과 강렬한 호기심을 가지고 들었다. 아들의 두 눈은 아름답고 밝게 불타고 있었다. 그는 어머니에게로 가까이 다가가 탁자에 가슴을 기대고서 눈물이 흐르는 얼굴을 똑바로 쳐다보면서 그가 터득한 진실에 대해 처음으로 털어놓았다. 젊음이라는 최고의 힘과 지식을 자랑하고 싶어서 진리를 확고히 믿는 학생의 열정에 가득 찬 모습으로 그는 자기가 확실히 알고 있는 모든 것을 말했다. 그는 어머니를 위해서라기보다는 오히려 자기 자신을 시험해 보기 위해 말했던 것이다. 가끔 할 얘기를 찾지 못해 머뭇거릴 때면 그는 눈물 때문에 흐릿해진 선한 두 눈이 어슴푸레 반짝이는, 비탄에 젖은 어머니의 얼굴을 똑바로 바라보았다. 어머니의 두 눈은 두려움과 망설임을 가득 담은 표정이었다. 어머니가 한없이 불쌍해 보여 그는 이젠 어머니와 그녀의 삶에 대해 다시 이야기를 시작했다. 「어머닌 도대체 자그마한 기쁨이라도 느끼며 살아 보셨어요? 무슨 기억할 만한 좋은 일이라도 있으시냐고요?」

그 말을 들은 그녀는 뭔가 새롭고 이해할 수 없는, 서글프면서도 기쁜 것을 느꼈는지 침통하게 고개를 가로저었다. 그러자 그녀의 아픈 가슴은 어느 정도 위안이 되었다. 자기 자신과 자기 삶에 대한 그런 말들은 생전 처음 듣는 것이어서 그런지 그녀의 가슴속에서 오래전에 잠들어 분명하지 않은 생각들을 일깨워, 삶에 대해 꺼져 버린 어렴풋한 불만을 불러일으켰다. 그 생각이나 감정이란 것은 아주 오랜 옛날 젊었을 때나 지녀 봄 직한 것들이었다. 그녀는 젊었을 때 삶에 대해서 친구들과 이야기하기도 했고, 또 장시간 동안 이것저것 모든 것에 대해 수다를 떨기도 했다. 그러나 그녀 자신은 물론이고 모두들 불평만 할 뿐이었지 삶이 무슨 이유로 그렇듯 고통스럽고 힘이 드는지 어느 누구도 제대로 설명할 수는 없었다. 그런데 바로 지금 그녀 앞에는 자기의 아들이 앉아 있는 것이다. 게다가 두 눈과 얼굴로 이야기하는 아들의 모든 말이, 아들에 대한 자랑스러운 마음으로 자기의 가슴을 가득 채우며 또 자극하고 있는 것이다. 아들은 바로 지금, 자기 어머니의 삶을 분명히 이해하고 그 고통에 대해 이야기하며 어머니를 동정하고 있다. 어머니를 동정하는 사람들은 거의 없었다.

그녀는 이걸 알고 있었다. 아들이 이야기한 불행한 여자의 삶이란 것은 누구나 알고 있는 진실이었다. 그래서 그녀의 가슴속에선 잘 알 수 없는 따스한 마음으로 점차 그녀를 위로하는 이런저런 느낌들이 조용히 몸부림쳤다.

「그러면 앞으로 무얼 하려고?」 그의 말을 가로채면서 그녀가 물었다.

「우선 공부를 하고, 다음엔 사람들을 가르치겠어요. 우리 같은 노동자들은 배워야만 해요. 우리는 알고 이해해야만 합니다. 우리들의 삶이 어째서 그렇듯 고통스러운가를 말이에요.」

항상 심각하고 엄하던 아들의 푸른 두 눈이 지금 이렇듯 온화하고 다정하게 반짝이는 걸 본다는 것이 어머니에겐 한없이 기쁜 일이었다. 비록 눈물이 볼에 패어 있는 주름살 속에서 여전히 가물가물했지만 그녀의 입술에선 만족스럽고 은은한 미소가 흘렀다. 그녀의 안에선 삶의 비참함을 그렇듯 잘 이해하는 아들에 대한 자부심이 동요하고 있었다. 아들이 젊다는 것과, 아들이 다른 모든 사람들과 똑같은 말을 하는 것이 아니고 아들 혼자서 그녀는 물론이고 모든 사람들이 익숙해 있는 삶과의 싸움에 끼어들기로 결심했다는 것을 잊을 수가 없었던 것이다. 그녀는 아들에게 말하고 싶었다. 〈애야, 너 혼자서 무슨 일을 할 수 있겠니?〉

그러나 그녀는 비록 아직은 좀 이해하기 어렵지만 갑자기 자기 앞에 그렇듯 지혜로운 모습으로 나타난 아들에 대한 사랑의 감정에 방해를 받을까 봐 걱정했다.

빠벨은 어머니의 입가에 흐르는 미소와 얼굴에서 엿보이는 관심, 그리고 두 눈에 가득 찬 사랑을 보았다. 어머니에겐 그가 제 진실을 이해하라고 강요하고 자기의 어린애 같은 자부심이 말의 힘을 빌려 자신에 대한 그의 믿음을 고양시킨 것같이 생각되었다. 잔뜩 흥분한 그는 미소를 짓거나 혹은 두 눈썹을 찌푸리며 말하기도 했는데, 간혹 증오에 가득 찬 가혹한 말들이 튀어나오기도 했다. 그럴 때면 어머니는 깜짝 놀라 머리를 가로저으며 조용히 아들에게 물었다. 「아무렴 그럴라고, 빠샤?」

「그렇다니까요!」 그는 확고하고 자신 있게 대답했다. 그는 민중의 행복을 희구하면서 그들 안에 진리의 씨앗을 뿌리고 다니는 사람들에 대해서뿐만 아니라, 이런 일을 한다는 이유로 삶의 적들이 사나운 짐승처럼 그들을 붙잡아 감옥에 처넣거나 멀리 강제 노동을 보내고 있다는 것까지도 어머니에게 이야기했다. 「전 그런 사람들을 보았어요. 그 사람들은 이 세상에서 가장 훌륭한 사람들이에요.」 그는 열정적으로 외쳤다.

그녀의 마음 안에서 그런 사람들이 공포를 불러일으켰기 때문에 그녀는 다시 아들에게 묻고 싶었다. 〈그게 정말이냐?〉 그러나 그녀는 물어보지도 못하고 정신이 아찔해짐을 느끼면서 자기 자식에게 그토록 위험한, 도대체 이해할 수도 없는 말과 생각을 하도록 가르친 사람들에 대한 이야기를 들었다. 마침내 그녀는 말했다. 「곧 날이 밝겠구나. 아침에 나가려면 좀 자두어야지.」

「예, 지금 자겠습니다.」 그는 대답했다. 그리고 그녀에게 허리를 구부리며 물었다. 「그런데 절 이해하시겠어요?」

「이해한다.」 한숨 섞인 목소리로 그녀가 대답했다. 그녀의 두 눈에선 다시 눈물이 흘러내렸다. 흐느껴 울면서 그녀는 덧붙였다. 「네가 죽게 돼!」

그는 일어나 방 안을 거닐다가 말했다. 「저...... 어머닌 이제 제가 무슨 일을 하고, 어디를 다니는지 아셨어요. 전 어머니께 모든 걸 다 말씀드렸습니다. 그러니 어머니, 어머니께서 절 사랑하신다면 제 길을 막지 말아 주세요.」

「오, 사랑스러운 내 아들아! 차라리 아무것도 모르는 게 나을 걸 그랬다.」 그녀는 울부짖었다.

그는 어머니의 손을 꼭 쥐었다. 그가 힘주어 말한 〈어머니〉란 말이 그녀를 부들부들 떨게 했고, 이 움켜쥔 두 손이 새롭고 이상한 어떤 감정을 그녀에게서 불러일으켰다.

「난 이제 아무 말 않겠다.」 그녀는 동강동강 끊어지는 목소리로 말했다. 「제발 몸조심하거라!」 도대체 무얼 조심해야 하는지 알지도 못하면서 그녀는 흐느끼며 덧붙였다. 「많이 여위었구나…….」

그리고 그녀는 사랑스럽고 따스한 눈길로 아들의 탄탄하고 건장한 몸을 껴안으며 빠르면서도 은은한 어조로 말하기 시작했다. 「주여 함께하소서! ……마음대로 하거라, 난 말리지 않겠다. 대신 한 가지 부탁이 있다. 겁 없이 아무 데서나 사람들과 이야기하지 마라! 사람들을 조심해야 돼. 모두들 서로서로를 미워하고 있어. 탐욕과 질투로 살아가는 사람들이야. 모두들 나쁜 일을 즐겨 하고 남들을 밀고하기도 하지. 네가 그들을 비난하면 아마 그들은 증오심으로 널 파멸시키고 말 거야!」

아들은 문에 서서 어머니의 슬픈 말을 듣고 있었다. 어머니가 말을 마치자 그는 미소를 지으면서 말했다. 「맞아요, 사람들은 나빠요. 그런데 이 세상에 진실이 있다는 걸 깨닫고 나니까 사람들이 훌륭해 보이지 뭐예요.」 그는 다시 웃으며 계속 말했다. 「나 자신도 그런 마음이 어떻게 생겼는지 이해할 수가 없어요. 어렸을 땐 사람들을 무서워했고, 조금 커서는 사람들을 증오하기 시작했어요. 어떤 사람들은 잔인했기 때문이고, 또 어떤 사람들은…… 꼭 집어서 왜 미워했는지도 모르겠어요. 그냥 미웠어요. 그런데 지금 내겐 모든 게 달라졌어요. 아마 모든 사람들이 불쌍해 보였기 때문이었는지…… 이해할 수가 없어요. 하지만 나쁜 짓을 한 사람들이 모두 죄가 있는 건 아니라는 것을 알고부터는 마음이 왠지 온화해졌어요…….」 그는 마치 마음속 무언가에 귀를 기울이듯 입을 다물고 있다가 낮은 목소리로 생각에 잠겨 말했다. 「이건 바로 인간에게 진리가 무엇인가를 말해 주는 겁니다.」

그녀는 아들을 보며 조용히 말했다. 「넌 무섭도록 변했구나, 오 주여!」

그가 잠자리에 들어 깊은 잠에 빠졌을 때 어머니는 자기 침대에서 조심조심 일어나 그에게로 살며시 다가갔다. 빠벨은 가슴을 위로 하고 누워 있었다. 하얀 베개 위에는 거무스름하고 강경하며 준엄한 얼굴이 또렷이 그려져 있었다. 맨발에 잠옷 하나만 걸친 어머니는 두 손을 가슴에 끌어당기고서 아들의 침대 옆에 서 있었다. 그녀의 입술은 소리 없이 움직거렸고 두 눈에선 커다란 눈물방울이 천천히 두 뺨을 타고 흘러내렸다.

5

 다시 그들의 말 없는 삶이 계속되었다. 그들은 서로서로 거리감을 느끼기도 하면서 지냈다.
 주중의 어느 휴일, 집을 나서며 빠벨이 말했다. 「토요일에 시내에서 손님들이 절 찾아올 겁니다.」
 「시내에서?」 되묻고 나서 어머니는 갑자기 흐느껴 울기 시작했다.
 「왜 그러세요, 어머니?」 빠벨이 나무라듯 말했다.
 그녀는 앞치마로 얼굴을 훔치고 한숨 섞인 목소리로 대답했다. 「모르겠다, 그저…….」
 「두려우세요?」
 「두려워!」 그녀는 수긍했다.
 그는 그녀의 얼굴에까지 허리를 굽히고 마치 그의 아버지가 그랬던 것처럼 화난 얼굴로 말했다. 「우리 모두는 두려움 때문에 파멸하는 거예요! 우리들을 지배하고 있는 사람들은 바로 그런 우리의 두려움을 이용해서 우리를 더욱더 겁에 질리게 하는 겁니다.」
 어머니가 슬픈 목소리로 말했다. 「화내지 마라. 어떻게 무섭지 않을 수가 있니? 평생 두려움 속에서 살아 정신이 온통 두려움으로 뒤덮여 버렸는걸!」

빠벨이 낮은 목소리로 부드럽게 말했다. 「절 용서하세요, 어머니. 하지만 달리 방법이 없습니다.」 그리고 그는 밖으로 나갔다.

사흘 동안 어머니는 공포에 벌벌 떨며 지냈다. 어떤 알지도 못하는 무서운 사람들이 집에 온다는 것을 생각할 때마다 그녀는 심장이 당장이라도 멎는 듯했다. 그들은 아들이 지금 가고 있는 그 길을 가르쳐 준 바로 그 사람들인 것이다.

토요일 저녁 빠벨은 공장에서 돌아와 세수를 하고 옷을 갈아 입고서는 다시 어디론가 나가면서 어머니에게 눈길도 주지 않고 말했다. 「사람들이 오면 제가 금방 돌아온다고 말씀해 주세요. 그리고 제발 두려워 마시고요.」 그녀는 힘없이 긴 의자에 털썩 주저앉았다. 아들은 찌푸린 얼굴로 그녀를 보며 신신당부를 했다. 「뭣하시면, 어머니…… 어디 나가 계시든지요?」

그의 말에 그녀는 마음이 상했다. 고개를 저으며 그녀는 말했다. 「아니다, 그럴 필요가 뭐가 있단 말이냐?」

11월 말이었다. 낮에 얼어붙은 땅에 고운 싸락눈이 내려 아들이 발걸음을 옮겨 놓을 때마다 사각사각하는 발소리가 들려왔다. 짙은 어둠이 꼼짝 않고 창문 유리에 기대어 서서 잔뜩 악의를 품고 뭔가를 숨어 기다리고 있었다. 두 팔을 긴 의자에 기대고 앉은 어머니는 문 쪽을 바라보면서 기다렸다.

그녀에겐 여기저기 어둠 속에서 이상한 옷을 입은 좋지 않은 사람들이 허리를 잔뜩 구부리고 주위를 살피면서 집으로 살금살금 다가올 것만 같았다. 이미 누군가가 집 주위를 맴돌며 두 손으로 벽을 더듬어 오고 있는지도 몰랐다.

휘파람 소리가 들려왔다. 구슬프고 선율이 아름다운 그 소리는 한 줄기 정적 속에서 비틀거렸고 칠흑 같은 어둠 속에서 길을 잃고 방황하다 뭔가를 찾기라도 하듯 점점 가까이 다가오고 있었다. 그러더니 갑자기, 마치 나무 벽을 꿰뚫고 들어가기라도 한 듯 창문 밑에서 자취를 감추었다.

현관에서 누군가의 신발 끄는 소리가 들려왔다. 어머니는 두려움에 몸을 벌벌 떨며 바짝 긴장하여 두 눈썹을 곤추세우고 벌떡 일어섰다.

문이 활짝 열렸다. 처음엔 털모자를 뒤집어쓴 머리가 불쑥 방 안으로 들어오더니 다음엔 큰 키의 몸체가 허리를 굽히고 천천히 비집고 들어왔다. 그가 몸을 바로 하고 오른손을 점잖게 들어 올리면서 거친 숨소리와 함께 낮고 굵은 목소리로 말했다. 「안녕하세요!」 어머니도 말없이 인사했다. 「그런데 빠벨은 집에 없습니까?」

그 낯선 남자는 느릿느릿 짧은 털외투를 벗고 한쪽 발을 들어 올려 털모자로 장화에서 눈을 털어 내더니 다음엔 다른 발도 들어 올려 똑같이 눈을 털어 냈다. 그러고 나서 그는 털모자를 구석에 집어 던지고는 기다란 두 다리를 흔들면서 방 안으로 들어왔다. 의자로 다가가 마치 튼튼한지 어떤지 확인이라도 하듯 그걸 들여다보더니 마침내 앉아서 손으로 입을 가리고 하품을 했다. 공처럼 동글동글한 머리는 말쑥하게 이발을 한 데다 끝이 밑으로 말린 콧수염만을 빼놓고는 깨끗하게 면도를 한 상태였다. 툭 튀어나온 잿빛의 커다란 두 눈으로 방 안을 찬찬히 살펴보고 난 후 그는 두 발을 꼬고 의자를 흔들면서 물었다. 「이 집은 사셨습니까, 아니면 세 내셨습니까?」

「세 들어 살고 있소.」

「평범한 집이군요.」

「빠샤는 곧 올 거요.」 어머니가 나지막이 말했다.

「예, 전 벌써 기다리고 있는걸요.」 키 큰 사내가 조용조용 말했다.

그의 태연함과 부드러운 목소리, 그리고 소박한 얼굴은 어머니에게서 용기를 불러일으켰다. 그 사내는 그녀를 솔직하고 친절한 시선으로 바라보았는데, 그의 깊고 투명한 두 눈은 유쾌하게 반짝거렸고, 광대뼈가 툭 튀어나온 얼굴이며 새우처럼 굽은 등, 그리고 긴 다리는 우스꽝스럽긴 해도 호감을 갖게 하는 그 무엇이 있었다. 그는 푸른색 셔츠에, 장화 속에다 꾹 찔러 넣은 검은색 헐렁한 바지를 입고 있었다. 어머니는 그에게 그가 누군지, 어디서 왔는지, 그리고 빠벨을 알게 된 지가 오래되었는지를 묻고 싶었다. 바로 그때 온몸을 흔들면서 그가 먼저 그녀에게 물었다. 「누가 이마를 그렇게 만들었죠, 넨꼬(우끄라이나 지방에서 어머니를 친근감 있게 부를 때 쓰는 말)?」 그는 두 눈에 맑은 미소를 머금고서 다정하게 물었다. 그러나 어머니는 이 물음에 마음이 상했다. 그녀는 입술을 꼭 다물고 잠시 말이 없다가 쌀쌀하게 대꾸했다. 「남의 일에 무슨 참견이오, 젊은 양반?」

그는 그녀에게로 온몸을 끌어당겼다. 「아, 화내지 마세요. 전 다만 제 양어머니의 머리에도 어머님과 똑같은 흉터가 있어서 여쭤 보았을 뿐이에요. 양어머니는 제화공이었던 자기 정부한테서 구둣골로 맞았어요. 양어머닌 세탁부였고 그는 제화공이었거든요. 양어머닌 절 양아들로 삼고 난 후에 어느 길거리에서 그 지독한 술주정뱅이를 만나게 된 거예요. 불행을 자초하신 거지요. 그가 양어머니를 어찌나 때렸던지! 무서워서 소름이 끼칠 정도였어요.」

그의 솔직함에 어머니는 마음이 누그러졌다. 이런 사람한테 무뚝뚝하게 대답한 걸 빠벨이 알면 자기에게 화를 내지나 않을까 염려되었다. 미안한 듯 미소를 지으면서 그녀가 말했다. 「난 사실은 화냈던 게 아니고, 그러니까 너무 갑자기 물어봐서 그저……. 내 남편이 그렇게 날 때렸지. 하늘에서나 편히 쉬길! 혹 젊은인 따따르 사람이오?」

그 사내는 경련이라도 인 듯 두 발을 홱 잡아당기고, 심지어는 콧수염이 목덜미까지 내려갈 만큼 크게 웃어 댔다. 그러고는 진지하게 말했다. 「아닙니다, 아직은.」

「젊은이 말하는 투가 러시아 사람은 아닌 것 같아 그러오.」 어머니는 그의 농담을 알아채고서 설명했다.

「전 누가 뭐래도 러시아 사람입니다. 전 까네프 출신의 우끄라이나 사람입니다.」 손님은 유쾌하게 고개를 끄덕이며 말했다.

「여기서 산 지는 오래되었소?」

「한 1년간 시내에서 살다가 지금은 여기 공장으로 옮겼어요. 한 달 반쯤 되었지요. 여기에 와선 좋은 사람들을 많이 만났어요. 빠벨도 그렇고. 여기서 당분간 살까 생각 중입니다.」 콧수염을 잡아 뽑으며 그가 말했다.

어머니는 그 사내가 맘에 들었다. 그리고 아들에 대해 좋게 얘기해 주는 그에게 조금이라도 보답하고 싶어져서 말했다. 「차라도 한잔 마시려오?」

「저 혼자만 대접을 받아서야 되겠습니까? 다른 사람들도 곧 올 테니 그때 차를 끓여 주세요.」 어깨를 으쓱거리며 그가 대답했다.

어머니는 이 말에 다시 두려운 생각이 들었다. 〈딴 사람들도 제발 이 사람만 같으면 좋으련만!〉 그녀의 간절한 소망이었다.

현관에서 다시 발소리가 들려오는가 싶더니 문이 성급하게 활짝 열렸다. 어머니는 다시 일어섰다. 그러나 놀랍게도 부엌으로 들어온 사람은 별로 크지 않은 중키의 처녀였다. 그 처녀는 농부 같은 평범한 얼굴에 숱이 많은 금발을 길게 땋아 늘이고 있었다. 처녀가 조용히 물었다. 「늦지는 않았나요?」

「천만에! 걸어왔소?」 바깥을 내다보면서 우끄라이나인이 대답했다.

「물론이에요! 아, 이분이 바로 빠벨 미하일로비치의 어머니시군요. 안녕하셨어요! 전 나따샤라고 해요.」

「성씨는?」 어머니가 물었다.

「바실리예브나예요. 어머님은요?」

「뻴라게야 닐로브나.」

「자, 이제 우린 모두 아는 사이가 되었네요.」

「그렇군!」 한숨을 가볍게 내쉬며 미소 띤 얼굴로 처녀를 들여다보면서 어머니가 말했다.
 우끄라이나인이 그녀의 외투 벗는 일을 거들어 주고서 물었다. 「춥지요?」
 「바깥은 보통 추운 게 아니에요. 바람이 어찌나 차가운지……」
 그녀의 목소리는 표현력이 풍부할 뿐만 아니라 또박또박했고 입은 조그만 게 포동포동해서 전체적으로 보아 그녀는 동글동글하면서 건강해 보였다. 외투를 벗고서 그녀는 추위에 빨개진 조그마한 두 손으로 불그레한 뺨을 세차게 비벼 대면서 빠른 걸음으로 방 안쪽으로 들어왔다. 걸을 때마다 마룻바닥에 부딪히는 구두 소리가 들려왔다.
 〈덧신도 안 신고 다니다니!〉 어머니의 머릿속에 이런 생각이 언뜻 스쳤다.
 「아휴, 정말……. 어찌나 추운지 귀까지 꽁꽁 얼어붙은 것 같아요.」 처녀가 몸을 떨면서 늘여 말했다.
 「가만있어요, 내 얼른 사모바르(안에 숯불을 넣는 러시아 특유의 물 끓이는 주전자)를 올려놓을게!」 어머니는 서둘러 부엌으로 달려갔다. 「이제 다 됐소.」 부엌에서 어머니가 소리쳤다. 어쩐지 어머니는 이 처녀를 오래전부터 알고 있었고 더구나 진짜 어머니로서의 부드럽고 더할 나위 없이 다정한 사랑을 나누고 있는 듯한 느낌이 들었다. 미소를 지으면서 어머니는 방 안에서 들려오는 이야기에 귀를 기울였다.
 「무슨 울적한 일이라도 있어요, 나호드까?」 처녀가 물었다.
 「아, 별일 아니오. 빠벨 어머니는 참 선량한 눈을 가지셨어. 우리 어머니도 그런 눈을 가지셨을 거라는 생각이 문득 드는군. 난 어머니 생각을 자주 하는데 꼭 어딘가에 살아 계실 것만 같소.」 우끄라이나인이 나지막이 대답했다.
 「어머님은 돌아가셨다고 하지 않았어요?」
 「그분은 양어머니고, 난 고아였거든. 날 낳아 주신 어머닌 지금 끼예프 어느 거리에서 구걸하고 있을지도 모르오, 보드까를 마시면서. 경찰이 취한 어머니의 뺨을 마구 때리고 있을지도 모르지.」

〈아아, 가엾은 사람!〉 어머니는 한숨을 내쉬었다.

나따샤가 무슨 말인지를 나지막하고 빠르게 했다. 다시 우끄라이나인의 카랑카랑한 목소리가 들렸다. 「아, 당신은 아직 어려요, 양파를 더 먹어 보아야 해! 태어나기도 어려운 일이지만 인간을 착하게 가르친다는 것은 더더욱 어려운 일이지.」

〈무슨 소리지…….〉 어머니는 우끄라이나인에게 무슨 말이든 다정하게 해주고 싶었다. 그러나 바로 그때 천천히 문이 열리고 늙은 사기꾼 다닐로의 아들, 니꼴라이 베소프쉬꼬프가 들어왔다. 베소프쉬꼬프는 공장촌에서 사교적이지 못한 사람으로 알려져 있었다. 그는 항상 우울한 모습으로 사람들을 피해 다녔고 이 때문에 사람들로부터 놀림을 받았다. 어머니는 깜짝 놀라서 물었다. 「넌 니꼴라이 아니냐?」

그는 광대뼈가 툭 튀어나온 주근깨투성이의 얼굴을 함지박만한 손바닥으로 쓱 문지르고서 인사도 않고 무뚝뚝하게 물었다. 「빠벨 집에 있어요?」

「없다.」

그는 방 안을 둘러보더니 그리로 가면서 말했다. 「안녕하시오, 동지들…….」

〈이 아이도.〉 언짢게 생각했던 어머니는 나따샤가 그에게 다정하고 반갑게 손을 내미는 것을 보고 더욱 놀라지 않을 수 없었다.

베소프쉬꼬프를 따라서 거의 어린애나 진배없는 젊은이 둘이 들어왔다.

그들 중 하나는 어머니가 알고 있는 젊은이였는데, 그는 나이 많은 직공 시조프의 조카 표도르였다. 그는 가늘고 뾰족한 얼굴에 높은 이마와 곱슬머리를 하고 있었다. 다른 하나는 머리를 말쑥하게 빗어 넘긴, 수줍음을 많이 타는 젊은이였는데 어머니도 모르는 사람이었다. 그러나 그 젊은이 역시도 무서워 보이지는 않았다. 마침내 빠벨이 두 젊은이를 데리고 나타났다. 어머니도 그들을 알고 있었는데, 둘 다 공장 사람들이었다. 아들이 어머니에게 다정하게 말했다. 「사모바르를 올려놓으셨군요. 고맙습니다.」

「뭣하면 가서 보드까라도 좀 사오련?」 어머니는 어떻게 하면 자기의 호의적인 마음을 표현할 수 있을지 몰라 이렇게 제안하면서도 아직 영문을 알 수 없었다.

「아니에요. 술은 필요 없습니다.」 어머니에게 친구처럼 다정한 미소를 지으면서 빠벨이 대답했다.

갑자기 어머니는 아들이 자기를 놀리려고 위험한 모임이라느니 하며 공연히 과장해서 말한 것이 아닌가 하는 생각이 들었다.

「이 사람들이 바로 네가 말한 금지된 일을 한다는 사람들이냐?」 어머니가 나지막이 물었다.

「네, 바로 그 사람들이에요.」 방 안으로 들어가면서 빠벨이 대답했다.

「저런!」 그녀는 아들의 다정한 대답에 외마디 소리를 지르곤 생각했다. 〈아직 어린애들인데 뭐······.〉

6

 사모바르가 끓자 어머니는 그것을 방으로 갖고 들어갔다. 손님들은 탁자 주위에 촘촘히 모여 앉았는데 나따샤만 혼자서 두 손에 책을 펴 들고 남포등 아래 구석에 자리를 잡고 있었다.

「어째서 사람들이 그렇게 힘겨운 삶을 살아가고 있는지 이해하려면…….」

「그리고 그들 자신이 왜 그렇게 못사는지…….」 나따샤가 말을 이었다.

「그들이 애당초 삶을 어떻게 시작했는지를 살펴볼 필요가 있어.」 우끄라이나인이 거들었다.

「살펴볼 필요가 있다, 음, 살펴볼 필요가 있지.」 차를 끓이면서 어머니가 중얼거렸다.

 모두가 입을 다물었다.

「무슨 일이에요, 어머니?」 미간을 찌푸리며 빠벨이 물었다.

「나 말이냐?」 그녀는 주위를 둘러보고 사람들이 다 자기를 쳐다보고 있는 걸 알고는 당황해서 설명했다. 「난 그저, 혼자 하는 말이었는데…… 마음 쓰지 마라.」

 나따샤가 웃음을 터뜨리자 빠벨도 따라 웃었다.

「고맙습니다, 차 잘 마실게요. 옌꼬!」 우끄라이나인이 말했다.

「마시지도 않고 인사부터 하는군, 젊은이.」 대꾸하며 아들을 쳐다보더니 어머니가 물었다. 「내가 방해가 되지나 않는지 모르겠구나?」

「방해라뇨.」 나따샤가 대답했다. 「주인이 손님들에게 방해되는 수도 있나요?」 그리고 어린애가 보채듯 소리쳤다. 「어머니! 얼른 차 마시고 싶어요! 온몸이 오들오들 떨리는 게 발이 꽁꽁 얼어붙는 것 같아요.」

「그래, 다 됐어요.」 어머니가 서둘러 소리쳤다.

차를 다 마시고 난 다음 나따샤는 숨을 한 번 크게 들이쉬고 땋아 늘인 머리채를 어깨 너머로 넘기고서 누런색 표지에 그림이 그려져 있는 책을 읽기 시작했다. 어머니는 차를 따를 때 접시 소리를 내지 않으려고 애쓰면서 처녀가 유창하게 책 읽는 소리를 귀담아들었다. 처녀의 낭랑한 목소리가 사모바르의 묵상하는 듯한 기묘한 노랫소리와 뒤섞였다. 방 안에서는 동굴 속에서 살며 돌로 짐승을 잡아 죽이던 원시인들에 대한 이야기가 아름다운 리본이 풀어지듯 그렇게 감돌고 있었다. 꼭 옛날이야기를 듣는 것 같아 어머니는 아들을 몇 번이나 쳐다보았다. 이런 옛날이야기에 무슨 금지될 만한 게 있는지를 물어보고 싶었다. 그러나 어머니는 곧 그 이야기를 쫓는 데에도 지쳐서 아들이나 다른 사람들이 눈치채지 못하도록 손님들을 유심히 관찰하기 시작했다.

빠벨은 나따샤와 나란히 앉아 있었는데 빠벨만큼 잘생긴 얼굴은 그중에 찾아보려야 찾을 수가 없었다. 나따샤는 책 바로 위에 낮게 고개를 숙이고 있었기 때문에 관자놀이 위로 흘러내리는 머리카락을 자주 뒤로 넘겨야 했다. 고개를 흔들며 목소리를 낮추고서 그녀는 청중들의 얼굴에 부드러운 눈길을 흘리며 책은 쳐다보지도 않은 채 자기 얘기를 하기도 했다. 우끄라이나인은 책상 모서리에 넓은 가슴을 기댄 모양으로 앉아 곤두선 콧수염 끝을 쳐다보려고 애쓰며 곁눈질을 해대고 있었다. 베소프쉬꼬프는 두 손바닥을 각각 무릎 위에 올려놓고서 마치 나무 막대처럼 꼿꼿하게 의자에 앉아 있었다. 얇은 입술에 눈썹도 없는 그의 주근깨투성이의 얼굴은 가면처럼 미동도 없었다. 실눈을 깜박이지도 않고 사모바르의 놋쇠 표면에 비친 자기의 얼굴만을 물끄러미 바라보고 있었기 때문에 그는 마치 숨을 쉬지 않고 있는 것처럼 보였다. 어린 페쟈(표도르의 애칭)는 책 읽는 것을 들으면서 마치 책의 단어들을 속으로 따라 읽기라도 하듯 소리 안 나게 입술을 움직였다. 그의 친구는 허리를 구부리고 무릎 위에 상자를 올려놓은 다음 두 손바닥으로 턱을 괴고서 묵상하듯 잔잔한 웃음을 흘리고 있었다. 빠벨과 함께 들어온 젊은이들 중 하나는 붉은 곱슬머리에 명랑한 푸른 눈을 가진 사람이었다. 그는 뭔가를 이야기하고 싶은지 초조한 모습으로 두리번거렸다. 다른 하나는 금발을 짧게 자르고 있었다. 그는 손바닥으로 제 머리를 어루만지면서 얼굴이 보이지 않을 정도로 고개를 숙여 마룻바닥을 내려다보고 있었다. 방 안은 왠지 이상할 정도로 아늑했다. 어머니는 정말 이해할 수 없는 어떤 특별한 것을 느낄 수 있었다. 또 어머니는 속삭이는 듯한 나따샤의 목소리에서 자신의 젊은 시절의 시끌시끌한 야회들, 항상 썩은 보드까 냄새를 풀풀 풍기던 젊은이들의 거친 말들, 그리고 그들의 저속한 농담들을 기억해 내었다. 지난 일들을 회상하며 그녀는 자기 자신에 대한 동정 어린 압박감으로 인해 상처받고 모욕당한 가슴이 저며 오는 것을 느꼈다. 고인이 된 남편이 구혼하던 장면이 떠올랐다. 어느 날인가 야회에 나온 남편은 어두운 현관에서 그녀를 움켜잡았다. 그리고 온몸으로 벽에다 대고 누르면서 화난 목소리로 거칠게 물었다. 「나한테 시집올 거지?」

그녀는 불쾌하고 화가 치밀었다. 하지만 그는 아랑곳하지 않고 씩씩거리며 그녀의 가슴을 아프게 마구 주무르는가 하면 흥분해서 그녀의 얼굴에 축축하고 거친 숨을 내뿜었다. 그녀는 그 손아귀에서 벗어나려고 발버둥치면서 몸을 재빠르게 옆으로 돌렸다.

「어디 가려고! 대답해, 자?」 그가 윽박질렀다. 수치심과 모욕감에 숨이 막힐 것만 같아 그녀는 아무 말도 할 수 없었다.
 누군가가 현관문을 열자 그는 서두르는 기색도 없이 그녀를 놓아주면서 말했다.「일요일에 중매쟁이를 보내지……」
 그리고 그는 중매쟁이를 보냈다.

 어머니는 두 눈을 감고 가쁜 숨을 몰아쉬었다.
「난 사람들이 어떻게 살아왔는가 말고 어떻게 살아야 하는가를 알아야만 하겠어.」방 안에서 베소프쉬꼬프의 불만스러운 목소리가 들려왔다.
「나도 동감이야!」그의 빨간 머리 친구가 일어서면서 맞장구쳤다.
「난 동의하지 않아.」페쟈가 소리쳤다.
 열띤 토론이 벌어졌다. 주고받는 말들은 마치 장작더미에 불꽃이 튀는 것 같았다. 어머니는 도무지 무슨 얘기들을 가지고 소리쳐 대는지 이해할 수 없었다. 모두의 얼굴은 흥분 때문에 새빨갛게 상기될 정도였지만 누구 하나 욕설을 내뱉는 사람도, 그녀가 흔히 들어오던 저속한 말 한마디 하는 사람도 없었다.
〈아가씨 앞이라고 모두들 수줍어하는군!〉그녀는 판단했다. 어머니는 이 젊은이들을 마치 어린애 다루듯 주의 깊게 관찰하는 나따샤의 진지한 얼굴이 마음에 들었다.
「잠깐만요, 동지들!」갑자기 그녀가 말했다. 그러자 그들 모두는 입을 다물고 그녀를 쳐다보았다.「우리가 모든 걸 알아야만 한다는 말은 옳습니다. 우리들은 우리 자신을 이성의 빛으로 불을 붙여야 합니다. 암흑 속에 사는 사람들이 우리들을 볼 수 있도록 말입니다. 또 우리들은 모든 것에 정직하게, 확실하게 답해야만 합니다. 그렇기 때문에 우리는 모든 진실, 모든 거짓을 알아야만 하는 것입니다.」
 우끄라이나인은 그녀의 말에 박자 맞추어 고개를 흔들어 가며 듣고 있었다. 베소프쉬꼬프, 빨간 머리, 그리고 빠벨이 데리고 온 노동자, 이들 셋은 서로 꼭 붙어 있었는데, 왠지 어머니는 그들이 마음에 들지 않았다.

나따샤가 말을 맺자 빠벨이 일어나 조용히 질문을 던졌다. 「과연 배를 채우는 것만이 우리가 바라는 유일한 것일까요? 아닙니다.」 세 사람 쪽을 똑바로 쳐다보며 빠벨은 자문자답했다. 「우리는 우리들 목덜미에 걸터앉아 우리의 눈을 가리고 있는 자들에게 우리가 모든 것을 보고 있다는 것을 보여 주어야만 합니다. 우리는 결코 바보도, 짐승도 아닙니다. 다시 말해 우리는 다만 배 채우기만을 바라는 것이 아니라, 가치 있는 인간으로 살기를 원하는 엄격한 인간, 그 자체인 것입니다. 우리는 또 적들에게 보여 주어야만 합니다. 그들이 얽매어 놓은 우리의 힘겨운 삶도, 지적으로 그들과 동등해지고 심지어 그들보다도 훨씬 위에 서는 데 하등 방해가 되지 않는다는 것을 말입니다.」

어머니는 아들의 말을 듣고 가슴속에서 어떤 뿌듯한 감정이 솟구치는 것을 느꼈다. 얼마나 유창하게 말을 잘하는가!

「배부른 놈들은 많아도」 우끄라이나인이 말했다. 「그들 중 정직한 놈들은 하나도 없어. 우리는 이런 썩어 빠진 삶의 수렁을 넘어 진정으로 좋은 미래의 나라로 가는 다리를 놓아야만 합니다. 그게 바로 우리가 할 일입니다, 동지들!」

「투쟁의 날이 오면 결코 손이나 치료하는 정도에 그쳐서는 안 될 것입니다.」 베소프쉬꼬프가 다소 거친 목소리로 말했다.

자정이 지나서야 그들은 떠나기 시작했다. 제일 먼저 베소프쉬꼬프와 빨간 머리 젊은이가 나갔다. 이것 역시도 어머니의 마음에 들지 않았다. 〈도대체 무엇 때문에 저리 서두르는 거야?〉 별로 친절하지 못한 인사를 하며 어머니는 생각했다.

「절 좀 데려다 주시겠어요, 나호드까?」 나따샤가 물었다.

「아, 물론이지.」 우끄라이나인이 대답했다.

나따샤가 부엌에서 외투를 입고 있을 때 어머니는 그녀에게 말했다. 「이렇게 추운 날씨에 양말이 너무 얇군! 괜찮다면 털양말 하나 짜주고 싶은데.」

「감사합니다, 뻴라게야 닐로브나! 그런데 털양말은 너무 따가워요.」 나따샤가 웃으며 대답했다.

「그렇다면 내가 따갑지 않도록 짜주지.」 어머니가 말했다.

나따샤는 눈을 가늘게 뜨고 그녀를 바라보았다. 나따샤가 이렇게 물끄러미 들여다보자 어머니는 난처했다. 「내 어리석은 짓을 용서하구려. 난 그저 진심으로 그러고 싶었을 뿐이야.」 어머니는 조용히 덧붙였다.

「어머닌 정말 인자하신 분이세요.」 재빨리 그녀의 손을 움켜쥐고 나따샤가 나지막이 말했다.

「안녕히 주무세요, 녠꼬!」 어머니의 눈을 쳐다보면서 우끄라이나인이 말했다. 그는 허리를 굽히고서 나따샤를 따라 현관을 빠져나갔다.

어머니는 아들을 한동안 쳐다보았다. 그는 방문 앞에 서서 웃고 있었다. 「무엇 때문에 그렇게 웃고 있는 거냐?」 당혹스러운 듯 어머니가 물었다.

「그냥요, 즐거워서요.」

「물론이다. 이렇게 늙고 아는 게 없는 이 어미도 무슨 말인지 알아듣겠더라.」 약간 피곤한 목소리로 어머니가 말했다.

「오늘 모임은 정말 훌륭했어요. 어머니, 주무셔야죠.」

「지금 자도록 하마!」

그녀는 설거지를 하면서 흡족한 기분으로 탁자 주위를 서성거렸다. 어찌나 흥분했는지 땀이 줄줄 흘러내렸다. 그녀는 모든 일이 순조롭고 무사히 끝나서 말할 수 없이 기뻤다.

「너, 생각하는 거 참 멋지더라, 빠샤! 우끄라이나인은 또 얼마나 사랑스럽던지! 그리고 참, 아가씨 말이다, 아휴, 정말 똑똑하더구나. 그래 뭐 하는 아가씨냐?」

「학교 선생님이에요.」 방 안을 서성이면서 빠벨이 짧게 대답했다.

「저런, 저런, 가엾어라! 그러면서도 그렇게 남루한 옷을 입고 있다니, 아휴! 감기 걸린 진 오래되었다던? 부모님은 그래 어디 사시고?」

「모스끄바예요.」 대답하고 나서 빠벨은 어머니 맞은편에 멈추어 서서 나지막한 목소리로 진지하게 말하기 시작했다. 「들어 보세요, 어머니. 나따샤의 아버지는 부자예요. 철물점을 하는데 집도 몇 채 갖고 있다나 봐요. 그녀는 이런 길로 들어섰다는 이유로 아버지한테서 쫓겨난 거예요. 나따샤는 안락한 가정에서 갖고 싶은 것은 모두 다 갖고 놀면서 아주 귀엽게 자랐어요. 하지만 지금은 달라요. 한밤중에 7베르스따(약 7.42킬로미터. 1베르스따는 1.06킬로미터임)나 되는 거리를 걸어서 다녀요. 그것도 혼자 말입니다.」

어머니는 이 말에 깜짝 놀랐다. 그녀는 방 한가운데에 꼼짝 않고 서서 두 눈썹을 찌푸리며 말없이 아들을 응시했다. 그러고 나서 조용히 물었다. 「시내로 가는 거냐?」

「예, 시내로요.」

「아니, 무섭지도 않다던?」

빠벨이 웃었다.

「그런데 왜 보냈니? 여기서 나하고 하룻밤 자도 될 텐데.」

「사정이 좀 곤란해요! 내일 아침에 사람들 눈에 띌 수가 있어요. 우린 굳이 그럴 필요는 없거든요.」

어머니는 잠시 생각하듯 창문을 응시하고 있다가 조용히 물었다. 「난 도무지 이해할 수가 없더구나, 빠샤. 어째서 오늘 있었던 일이 위험하고 불법적인 일이란 말이냐? 보니까 나쁜 짓거리 하는 것도 아닌 듯한데, 안 그러냐?」

그렇게 말해 놓고도 확신할 수가 없어서 어머니는 아들로부터 긍정적인 대답을 듣고 싶었다. 그는 어머니의 두 눈을 찬찬히 들여다보더니 결연한 어조로 대답했다. 「우린 결코 나쁜 짓을 하지 않아요. 하지만 어찌 되었든 우리들은 모두 감옥에 가게 될 거예요. 어머니도 그 점을 알고 계셔야 합니다.」

그녀의 두 손이 부르르 떨렸다. 가라앉은 목소리로 그녀는 말했다. 「아마 주님께서 어떻게든 그 길을 피하게 해주시겠지……」

「아닙니다. 어머니께 뭘 숨기겠어요. 우리들은 피하지 않을 겁니다.」 아들이 다정하게 말하며 미소를 지었다. 「이제 주무셔야죠, 피곤하실 텐데. 안녕히 주무세요.」

혼자 남게 된 그녀는 창문으로 다가가 그 앞에 선 채로 거리를 내다보았다. 창밖은 춥고 깜깜했다. 바람이 휘몰아쳐 잠든 작은 집들의 지붕 위 눈을 불어 떨어뜨렸다. 바람에 흩어진 눈발이 벽에 부딪는 품이 마치 뭔가를 성급히 속삭이는 듯했고, 그런가 하면 또 바람은 눈발을 땅에 내동댕이쳐서 온통 길거리를 뽀송뽀송한 눈구름으로 뒤덮이게 하고 있었다.

「주여, 우리를 굽어 살피소서!」 어머니는 조용히 기도했다. 가슴속에선 눈물이 들끓었다. 그리고 그렇게 조용하고 결연하게 얘기하던 아들의 불행에 대한 예감이, 맹목적으로 불에 뛰어드는 불나방처럼 그녀의 가슴속에서 파닥거렸다. 그녀의 눈앞에 눈 덮인 벌판이 펼쳐졌다. 그 위로 매렬한 바람 소리를 내며 차디찬 눈보라가 휘몰아쳤다. 탁 트인 벌판 한복판에 비틀거리며 걸어가는 자그마한 처녀의 시꺼먼 모습이 아른거렸다. 바람이 그녀의 발아래 옷자락을 펄럭이며 휘몰아쳤고 작은 눈 뭉치를 얼굴에 흩뿌렸다. 조그만 발이 눈 속에 푹푹 빠져 걷기도 버거워 보였다. 춥고 무서운 듯 앞으로 잔뜩 구부린 처녀의 모습이 마치 가을바람에 하늘대는 어두운 들판의 풀포기 같았다. 오른쪽 저편 소택지 너머에는 숲이 시꺼먼 벽처럼 우뚝 버티고 서 있었다. 거기서는 벌거벗은 자작나무와 사시나무들이 애처롭게 울고 있었다. 저 멀리 처녀의 앞에는 시내의 불빛이 어슴푸레 반짝이고 있었다. 「주여, 굽어 살피소서!」 두려움에 몸을 떨며 어머니는 혼잣말로 중얼거렸다.

7

 세월은 구슬을 꿰듯 하루하루 흘러갔다. 몇 주일이 지나고 몇 달이 흘렀다. 매주 토요일이면 동지들이 빠벨을 찾아왔다. 매번 모임은 끝도 보이지 않는 사다리였다. 사다리는 사람들을 높은 곳으로 천천히 끌어올리면서 어디론가 머나먼 곳으로 이끌어 갔다.
 새로 참가하는 사람들도 있었다. 블라소프의 좁은 방은 사람들로 꽉 차 숨이 막힐 지경이었다. 나따샤는 토요일이면 꼭 찾아왔다. 그녀는 춥고 지친 모습이었지만 언제나 명랑하고 생기발랄했다. 어머니는 털양말을 짜서 손수 나따샤의 작은 발에 신겨 주었다. 나따샤는 처음엔 웃어 보이더니 그다음엔 갑자기 말이 없었다. 잠시 생각에 잠겨 있다가 그녀가 나지막이 말했다. 「제겐 유모가 계셨어요. 정말 좋은 분이셨지요. 참 이상한 일이에요, 뻴라게야 닐로브나. 노동자들은 그토록 힘들고, 그토록 모욕적인 삶을 살아가면서도 저들보다도 뜨거운 가슴, 선량한 마음씨를 갖고 있으니 말이에요.」 그리고 나따샤는 한 손을 들어 어딘지 멀리, 머나먼 곳을 가리켰다.
 어머니가 말했다. 「난 아가씨를 이해할 수가 없어. 부모도 버리고 모든 걸 다 버렸다니……」
 어머니는 자기의 생각을 끝맺을 수가 없어 한숨을 내쉬고 입을 다물었다. 그녀는 나따샤의 얼굴을 보면서 뭔지 그녀에게 고

마음을 느꼈다. 어머니가 그녀 앞의 마룻바닥에 앉자 처녀는 고개를 떨구고서 묵상하듯 미소를 지었다.

「제가 부모를 버렸다고요?」 나따샤가 어머니의 말을 되받았다. 「그건 중요한 일이 못 돼요. 저의 아버지는 아주 난폭한 사람이었어요. 오빠도 그렇고요. 게다가 술주정뱅이였답니다. 언니는 불행한 사람이에요. 자기보다 훨씬 나이 많은 사람한테 시집을 갔으니⋯⋯. 돈만 많다뿐이지 정말 따분하고 탐욕스러운 사람이었어요. 어머니는 가엾은 분이시죠. 제 어머닌 아주머님처럼 소박한 사람이에요. 생쥐같이 몸집이 작은 분이 항상 뛰다시피 걸어다니시고 모든 사람들을 두려워하세요. 가끔 전 어머니가 보고 싶어요.」

「쯧쯧, 불쌍도 해라.」 서글픈 듯 고개를 가로저으며 어머니가 말했다.

처녀는 재빨리 고개를 가로저으며 마치 뭔가를 밀어젖히듯 손을 뻗었다. 「오, 아니에요. 전 때때로 한없는 기쁨과 행복을 느끼기도 한답니다.」 나따샤의 얼굴은 창백해지고 두 눈은 붉게 타올랐다. 두 팔을 어머니의 어깨에 얹고서 나따샤는 의미심장한 목소리로 나직하고 인상 깊게 말했다. 「만약 어머니께서 우리가 얼마나 위대한 일을 하는지 아신다면⋯⋯ 이해하신다면⋯⋯.」

부러움에 가까운 어떤 것이 어머니의 가슴을 스치고 지나갔다. 그녀는 마루에서 일어서며 슬픈 어조로 되풀이했다. 「그러기엔 난 이미 늙었어, 배운 것도 없고⋯⋯.」

빠벨은 갈수록 더 자주, 더 길게 얘기했고, 점점 더 격렬하게 논쟁을 벌였다. 그러는 동안 빠벨은 더욱더 야위어만 갔다. 어머니가 보기에 빠벨이 나따샤와 이야기하거나 그녀를 바라볼 때면 그의 엄숙한 두 눈은 더욱 부드럽게 반짝이고, 목소리는 더욱 다정해지고 순박해지는 것 같았다.

〈주님의 은총이야!〉 어머니는 잠시 생각에 잠겨 미소 지었다.

모임이 있을 때면 언제나 논쟁은 지나치리만큼 격렬한 성격을 띠었다. 우끄라이나인은 벌떡 일어나 마치 매달린 종처럼 흔들거리면서 둔탁하고 우렁찬 목소리로 뭔가 간결하면서도 훌륭한 말을 했다. 이 때문에 모두는 한결 진정되고 진지해졌다. 베소프쉬꼬프는 언제나 모든 사람들을 어딘지 모르게 험악한 분위기로 급히 몰아갔다. 그와 사모일로프라고 불리는 빨간 머리 젊은이가 항상 모든 논쟁의 발단이었다. 머리는 둥글둥글하고 잿물에 세수한 것처럼 허연 머리털을 가진 이반 부낀은 그들의 의견에 찬동했다. 말쑥하고 청결해 뵈는 야꼬프 소모프는 나직하고 진지한 목소리로 말을 했는데, 대체로 말을 적게 하는 편이었다. 그와 이마가 넓은 페쟈 마진은 논쟁에서 언제나 빠벨과 우끄라이나인 편이었다.

이따금 나따샤 대신에 시내에서 니꼴라이 이바노비치가 왔다. 그는 안경을 끼고 금발의 구레나룻을 약간 기르고 있었는데, 어딘가 아주 먼 지방 출신 같았다. 그는 말투가 좀 특이했다. 그래서 그런지 전체적으로 이방인의 인상을 풍겼다. 그리고 그는 가정생활, 어린애들, 장사, 경찰, 빵이나 고기 값 등 정말 평범한 것에 대한 얘기를 했다. 이건 정말 보통 사람이 하루하루 살아가는 그런 이야기인 것이다. 그는 또 모든 곳에서 위선, 혼란, 어떤 어리석은 짓, 그래서 가끔은 웃음이 터져 나오는 그런 것들을 들추어냈다. 항상 이런 것들은 사람들에게 해만 끼치는 것들임에 분명했다. 어머니에겐, 그가 모든 사람들이 멋지고 편한 삶을 살아가는 그런 어떤 먼 곳, 전혀 다른 나라에서 살다 와서 여기의 모든 것이 낯설기 때문에 그가 지금의 이런 삶에 익숙해질 수 없고 더욱이 어쩔 수 없어서 사는 그런 삶을 받아들일 수 없는 것처럼 생각되었다. 어머니는 그러한 것이 마음에 들지 않았다. 게다가 그가 모든 것을 자기 방식대로만 바꾸려는 태평하고 완고한 희망을 지니고 있는 것처럼 느껴졌다. 하지만 그의 얼굴은 황달기가 좀 있었고 눈언저리엔 가늘고 빛나는 주름이 져 있는가 하면 목소리는 조용조용했고 두 손은 항상 따뜻했다. 어머니와 인사할 때 그는 토실토실한 손가락으로 그녀의 손을 감싸듯이 덥석 움켜쥐었기 때문에 그런 힘찬 악수를 하고 나면 어머니의 마음은 한결 편안해지고 가벼워지는 것이었다.

더 많은 사람들이 시내에서 왔다. 그들 가운데 비교적 자주 오는 사람은 큰 키에 균형 잡힌 몸매를 가진 아가씨였다. 그 아가씨는 창백하고 커다란 두 눈에 얼굴은 파리했다. 사람들은 그녀를 사샤(알렉산드라의 애칭)라고 불렀다. 그녀의 걸음걸이나 움직이는 모습은 남자 같은 데가 많았다. 그녀는 화난 듯 짙은 눈썹을 찌푸리고 있었고, 말할 때면 곧게 솟은 콧날이 가볍게 떨렸다.

사샤는 처음엔 큰 목소리로 격렬하게 말했다.「우리는 사회주의자들입니다.」

이런 말을 들을 때면 어머니는 할 말을 잊을 정도로 놀라서 아가씨의 얼굴을 응시할 뿐이었다. 어머니는 사회주의자들이 짜르를 암살했다는 것을 들었다. 그런 일이 일어난 것은 어머니가 젊었을 때였다. 그 당시 지주들은 짜르가 농노를 해방한 데에 앙심을 품고, 짜르를 죽이기 전까지는 머리도 자르지 않겠다고 맹세했고, 이 때문에 그들을 사회주의자라고 불렀다는 말이 떠돌았었다. 그런데 지금 그녀는 어째서 자기의 아들과 동료들이 사회주의자인지 도무지 이해할 수가 없었다.

사람들이 다 돌아가고 나서 어머니는 빠벨에게 물었다.「빠샤, 정말 너도 사회주의자냐?」

「예. 왜 그러세요?」그가 어머니의 앞에 서서, 항상 그렇듯이, 정직하고 확실하게 말했다.

어머니는 깊은 숨을 몰아쉬고, 눈을 지그시 내리감으면서 물었다.「정말로 그러냐, 빠샤? 하지만 그들은 짜르에 반대해서 결국은 한 분을 이미 죽이지 않았냐?」

빠벨은 한 손으로 뺨을 어루만지면서 방 안을 서성거리다가 미소를 지으면서 말했다.「우리에겐 그런 일은 필요 없어요.」

그는 오랫동안 어머니에게 나지막하고 진지한 목소리로 뭔가를 얘기했다. 그녀는 아들의 얼굴을 쳐다보며 생각했다. 〈내 아들이 나쁜 일을 할 리가 없어. 아니, 할 수조차도 없을 거야.〉

그 후로 그 무시무시한 말은 더욱 자주 되풀이되었지만 그 말의 긴박감은 무디어만 갔다. 그래서 그 말들은 다른 수십 개의 이해할 수 없는 말들과 더불어 그녀의 귀에 익숙해지게 되었다. 그러나 어머니는 사샤가 마음에 들지 않았다. 사샤가 나타나면 어머니는 불안하고 거북살스러웠다.

하루는 어머니가 불만스럽다는 듯 입술을 실룩거리며 우끄라이나인에게 말했다.「사샤는 어쩌면 그렇게 격렬할까? 무슨 일이든 다 좌지우지하려 드니, 매사를 젊은이가 처리해야 해……」

「맞아요, 어머니께서 정곡을 찌르시는군요! 안 그런가, 빠벨?」그런 다음 어머니에게 눈짓을 보내며 두 눈에 미소를 가득 담고 덧붙였다.「귀족 신분이거든요.」

빠벨이 무뚝뚝하게 말했다.「사샤는 좋은 여자예요.」

「그것도 맞는 말이야. 다만 자기가 무엇을 해야만 하고, 또 우리가 무엇을 원하고 또 무엇을 할 수 있는지를 잘 이해하지 못하는 것 같아서 그래!」우끄라이나인이 거들었다.

그들 둘은 어머니가 잘 알아들을 수 없는 무슨 토론을 하기 시작했다.

어머니는 사샤가 빠벨에게 가장 엄격하게 대하고 심지어 가끔은 빠벨에게 호통을 치기도 한다는 것을 눈치채고 있었다. 빠벨은 말없이 웃으면서 나따샤를 쳐다보던 그런 부드러운 눈길로 처녀의 얼굴을 바라보곤 했다. 이것 역시 어머니의 마음에 들지 않았다.

이따금 어머니는 갑작스레 모든 걸 터득하여 가는 돌발적인 기쁨에 깜짝깜짝 놀라기도 했다. 보통 이런 일은 그들이 신문이나 외국 노동자들에 대해 읽고 있는 저녁때면 흔히 일어났다. 그럴 때면 모든 사람들의 눈은 기쁨으로 반짝거렸다. 그들은 마치 어린애들처럼 기쁘고 즐거운 웃음을 터뜨리며 서로 어깨를 다정하게 두드리기도 했다. 「독일 청년 동지 만세!」 누군가가 기쁨에 도취한 듯이 소리쳤다. 「이탈리아 노동자 만세!」 어떤 경우엔 이렇게 외치기도 했다. 그리고, 자기들을 알지도 못할뿐더러, 자기들의 언어도 이해하지 못하는 어딘가 머나먼 곳에 사는 동지들에게 이런 외침을 보낼 때면, 그들은 한 번도 만나 본 적이 없는 먼 곳의 사람들이 자기들의 환희를 듣고 이해할 것임을 확신하고 있는 것처럼 보였다.

우끄라이나인은 모든 사람들을 에워싸고 있는 사랑의 감정으로 충만해서 두 눈을 반짝이며 말했다. 「그곳의 동지들에게 편지를 쓰는 게 좋지 않을까? 여기 러시아에도 그들과 더불어 똑같은 믿음을 지니고 따르는 그들의 동지들이 살고 있을 뿐만 아니라 그들과 똑같은 목적을 위해 싸우며, 또한 그들의 승리에 기뻐하는 사람들이 살고 있다는 것을 알리기 위해서라도 말야!」

그리고 모두는 얼굴에 함빡 웃음을 짓고서 마치 꿈을 꾸듯 오랫동안 프랑스, 영국, 그리고 스웨덴 등 전 세계의 노동자들에 대해서 얘기했다. 마치 자기 친구들, 그들이 존경하고 기쁨과 슬픔을 함께 나누고 느끼는 진정 가까운 친구들에 대해 얘기하는 것이 아닌가 하는 착각을 일으킬 정도였다.

좁은 방 안에서 전 세계 노동자들과의 정신적 연대감이 탄생하고 있었다. 이러한 연대감은 모든 사람들을 하나의 마음으로 결집시켰다. 게다가 즐겁고 활달하며, 모두를 흥분시키고 희망으로 충만된 자신의 힘으로 모든 사람들의 영혼을 동요시켰다.

「젊은이들은 참 별난 사람들이야. 모두가 다 젊은이들의 친구라니, 아르메니아인도, 유대인도, 오스트리아인도. 슬픔도 기쁨도 모두 나누어 갖는다는 말이지?」 어머니가 한번은 우끄라이나인에게 말했다.

「모든 사람들을 위해서. 오, 녠꼬, 모든 사람들을 위해서랍니다.」 우끄라이나인이 소리쳤다. 「우리에겐 민족도 인종도 없고 오직 동지 아니면 적이 있을 뿐입니다. 모든 노동자들은 우리의 동지들이고 모든 배부른 자들, 모든 권력자들은 우리의 적입니다. 어머니께서 선한 눈으로 세상을 둘러보시고 거기에 우리와 같은 노동자들이 얼마나 많으며 우리들의 힘이 얼마나 강한지를 아시게 될 때, 어머니의 가슴은 기쁨으로 가득 찰 겁니다. 위대한 피의 일요일이 어머니의 가슴속에서 영원할 것입니다. 어머니, 프랑스인도, 독일인도, 그들이 삶을 보고 느끼는 감정은 마찬가지예요. 이탈리아인도 똑같이 기뻐할 것이고요. 우리는 모두 한 어머니의 자식들입니다. 이 세상 모든 노동자들이 한 형제예요. 결코 패배를 모르는 사상의 아들들인 것입니다. 이러한 사상은 우리의 가슴을 뜨겁게 합니다. 이것은 또한 하늘에 떠 있는 정의의 태양이고 이 하늘은 노동자의 가슴속에 있습니다. 그가 누구이고 이름이 무엇이든 사회주의자는 항상 정신적으로 우리의 형제들입니다. 어제도 그렇고 오늘도, 언제까지나 영원히 우리의 형제들인 것입니다.」

이러한 어린애 같지만 그러나 결연한 신념은 점점 더 자주 그들 안에서 명백해지고 고양되어 강력한 힘으로 차츰 성장하여 갔다.

이러한 신념을 보았을 때, 어머니는 자신의 눈으로 직접 볼 수 있는 하늘의 태양과 같은 뭔가 위대하고 밝은 것이 세계 안에서 진정 잉태되고 있음을 본능적으로 느꼈다.

그들은 자주 노래를 불렀다. 모든 사람들에게 익히 알려진 쉬운 노래들을 큰 목소리로 유쾌하게 불렀다. 그러나 때때로 새로운 노래도 불렀는데 어쩐지 아름답긴 하지만 가락이 색다르고 구슬픈 화음을 자아내는 것들이었다. 그들은 이런 노래들을 마치 찬송가를 부르듯이 조용한 목소리로 진지하게 불렀다. 노래를 부르는 그들의 얼굴은 창백했지만 눈은 강렬하게 불타올랐고, 노랫소리엔 강한 힘이 넘쳐흘렀다.

새 노래들 가운데 한 곡이 특히 어머니를 가슴이 두근거릴 정도로 감동시켰다. 그 노래를 듣고 있노라면, 비애로 가득한 의혹의 어두운 인생 행로를 따라 쓸쓸히 배회하는 모욕받은 영혼의 애처로운 망설임도 들리지 않았다. 또 가난에 짓밟히고 두려움에 떠는 특징 없고 색깔 없는 영혼의 신음 소리도 들리지 않았다. 더구나 그 노래에선 광활한 대지를 갈망하는 눈먼 힘의 음울한 탄식도, 악이고 선이고 모두 분쇄할 준비가 되어 있는 격렬하고 냉혹한 용기의 호전적인 외침들도 마찬가지로 들리지 않았다. 그 노래는 모든 걸 파괴할 뿐 어느 것도 창조해 낼 힘조차 없는 맹목적인 복수심과 울분을 노래하지 않았다. 이 노래를 듣고 있노라면 옛 노예제 사회의 어떠한 소리도 들리지 않았다.

어머니는 신랄한 가사와 거친 가락은 좋아하지 않았다. 그러나 이러한 가사와 가락 이면에는 더 커다란 그 무엇이 숨겨져 있었다. 그것은 가사와 가락을 들리지 않게 만들고 무언가 무한한 생각을 해야만 할 것 같은 예감을 가슴속에서 불러일으켰다. 어머니는 젊은이들의 얼굴, 눈 속에서 이런 것을 보았고 그들의 가슴에서 움트고 있는 그 어떤 것을 느꼈다. 가사와 가락 속에 넘쳐흐르는 노래의 힘에 굴복하면서 어머니는 언제나 특별한 주의를 기울여, 게다가 다른 모든 노래들을 들을 때보다도 한결 깊은 불안을 느끼며 그 노래를 들었다.

이 노래는 다른 노래들보다 조용한 목소리로 불렸다. 그러나 그 노랫소리는 모든 노래들 가운데서 가장 힘이 넘쳐흘러 마치 다가올 봄의 예언인 3월 대낮의 공기처럼 사람들을 에워쌌다.

「드디어 이런 노래를 거리에서 불러야 할 때가 왔어.」 베소프쉬꼬프가 쓸쓸한 기분으로 말했다.

그의 아버지가 다시 도둑질을 하다가 덜미를 잡혀 감방에 처넣어졌을 때 니꼴라이는 친구들에게 나지막이 말했다. 「이젠 모임을 우리 집에서도 가질 수 있게 되었군……」

거의 매일 저녁 공장 일이 끝난 후 빠벨의 친구들 가운데 몇 명이 그의 집에 찾아와 책을 읽기도 하고 책에서 뭔가를 베껴 쓰기도 했다. 어찌나 열중했던지 세수할 시간도 없다시피 했다. 그들은 저녁 먹기가 무섭게 양손에 책을 들고서 차를 마셨다. 그들의 이야기 가운데에는 어머니가 이해할 수 없는 것들이 점점 더 눈덩이처럼 불어났다.

「우리도 신문을 찍어 내야겠어.」 빠벨은 자주 이런 말을 하곤 했다. 삶은 점점 더 분주해지고 열광적이 되어 갔다. 사람들은 더욱더 급하게 이 책, 저 책으로 뛰어다녔다. 마치 벌들이 이 꽃, 저 꽃으로 분주히 날아다니는 것 같았다.

「사람들이 우리 얘기를 하기 시작했어. 빨리 몸을 숨겨야 해……」 어느 날 베소프쉬꼬프가 말했다.

「메추라기는 뭐 그물에 걸려들려고 태어났다던가!」 우끄라이나인이 대답했다.

어머니는 날이 갈수록 우끄라이나인이 점점 더 좋아졌다. 그가 그녀를 〈녠꼬〉라고 부를 때면, 꼭 어린애 같은 뽀송뽀송한 예쁜 손이 어머니의 뺨을 어루만지는 것 같았다. 빠벨이 집에 없는 일요일이면 그는 장작을 패주곤 했다. 어느 하루는 그가 손에는 도끼를 들고, 어깨엔 널빤지를 메고 오더니 썩어 내려앉은 현관 계단을 고쳐 놓았다. 또 한번은 쓰러져 가는 울타리를 감쪽같이 수리해 놓은 적도 있었다. 일할 때면 그는 휘파람을 불었는데, 그의 휘파람 소리는 정말 구슬펐다.

하루는 어머니가 아들에게 말했다. 「우끄라이나인을 우리 집에다 하숙시키면 어떻겠냐? 너희 둘이 다 좋을 거 아니냐. 서로 왔다 갔다 안 해도 되니까.」

「힘드시지 않겠어요?」 어깨를 들썩이며 빠벨이 말했다.

「천만에, 괜찮아! 난 평생을 영문도 모르고 힘들어했는걸. 좋은 사람을 위해서라면야 얼마든지 괜찮다.」

「어머니 좋으실 대로 하세요. 그가 오기만 하면 저야 좋죠.」 아들이 대답했다.

그래서 우끄라이나인은 그들과 함께 살게 되었다.

8

 공장촌 변두리에 위치한 그 작은 집은 사람들의 주목을 받기 시작했다. 수십 개가 넘는 감시의 눈초리들이 무엇을 찾기라도 하듯이 그 집 담벼락을 더듬었다. 현란한 소문의 날개들이 그 집 상공에서 정신없이 퍼덕거렸다. 사람들은 언덕 위에 서 있는 그 집 담벼락 너머에 숨겨져 있을 어떤 신비스러운 것을 밝혀 세상 사람들을 놀라게 하려고 무던히 애를 썼다. 밤이면 누군가가 창문으로 방 안을 홀끔홀끔 엿보기도 하고 가끔은 창문 유리를 두들겨 보다가 지레 겁먹고 재빠르게 저만큼 줄행랑을 치기도 했다.

 하루는 길거리에서 선술집 주인 베군초프가 어머니를 불러 세웠다. 그는 언제나 까만 실크 목도리를 목에 축 늘어뜨리고, 연보랏빛 두툼한 털조끼를 걸치고 다니는 단정한 늙은이였다. 반질반질 윤이 나는 그의 오뚝한 코 위에는 거북 등딱지테 안경이 걸려 있었다. 이 때문에 사람들은 그를 〈뼈눈〉이라고 불렀다.

 어머니를 불러 세워 놓고 그는 대답을 들을 필요도 없다는 늣 듣기에도 민망하고 무미건조한 질문을 단숨에 퍼부었다. 「뻴라게야 닐로브나, 그동안 잘 지냈소? 아들놈은요? 그 애는 결혼할 생각은 안 한다오? 내가 보기엔 장가들 나이도 되었던데. 빨리 장가보내면 보낼수록 부모는 안심이 되는 거요. 처자식이 있는 사람은 정신적으로나 육체적으로나 제 식구뿐이야. 그러니 식초 친 버섯 같지 않겠수? 나 같으면 벌써 장가보냈을 거요. 요새는 젊은 애들을 잘 감시해야 해. 요새 것들은 머리를 쓰기 시작한다니까. 사상인가 뭔가로 미쳐 날뛰질 않나, 비난받을 짓도 서슴없이 저질러 대는 세상이니. 젊은 놈들이 가란 교회는 안 가고, 사람들이 많이 모이는 곳엔 얼씬도 하지 않으면서 은밀하게 모이거나 구석에서 서로 소곤거리기나 하고, 무슨 못할 얘기를 한다고 서로 쏙닥거리는지, 원! 게다가 뛰어다니긴 왜 뛰어다녀? 왜 사람 있는 데서는 얘기를 못하는 거야? 예를 들어 선술집 같은 데서, 얼마나 좋아! 도대체 비밀이란 게 뭐냔 말야! 비밀이 있던 곳은 옛날의 성스러운 교회밖에 없었어. 구석 자리에 모여들어서 꾸며 내는 비밀은 영 성질이 다른 거야, 망상이라고! 잘 지내구려.」

그는 뽐내듯 구부린 손으로 모자를 벗어 허공에다 흔들면서 그 자리를 떠났다. 어머니는 어찌할 바를 몰라 그대로 서 있었다.

어머니의 이웃에 사는 마리야 꼬르수노바는 남편이 죽고 난 후, 공장 입구에서 음식 행상을 하고 다녔는데, 그녀 역시도 시장에서 어머니를 보자 이렇게 말했다. 「아들을 잘 감시해요, 뻴라게야.」

「그게 무슨 소리요?」

「소문이 나돌고 있어요. 별로 좋지 않은 소문입니다. 당신 아들이 무슨 조합을 만들고 있다던가, 뭐 홀리스트 종파 비슷한 거라고 합디다. 맞아, 그 종파라고 그랬어. 홀리스트 신도들처럼 서로 매질을 해댈 거래요……」 마리야는 비밀스럽게 말했다.

「터무니없는 소리 그만 지껄여요, 마리야.」

「터무니없는 소리가 아니오. 아니 땐 굴뚝에 연기 나겠수?」 마리야가 대답했다.

어머니가 밖에서 들은 이야기들을 아들에게 모두 늘어놓자, 그는 말없이 어깨만 들썩거렸고 게다가 우끄라이나인은 특유의 호탕하고 부드러운 웃음을 지어 보이기도 했다.

그녀가 말했다. 「처녀들도 똑같이 너희들에게 화를 내더라. 너희들은 어디에 내놔도 훌륭한 신랑감들 아니냐? 일을 열심히 안 하니, 그렇다고 술을 마시냐! 그런데 너희들은 처녀들을 거들떠 볼 생각도 안 하니, 원! 그렇지 않아도 사람들이 그러더라, 시내에서 행실이 나쁜 처녀들이 너희를 찾아온다고…….」

「맘대로 생각하라지요, 뭐.」 탐탁지 않은 듯 얼굴을 찡그리면서 빠벨이 소리쳤다.

「어느 수렁에서고 썩은 냄새는 나는 법이야. 아, 넨끼! 그런 말 하는 얼간이들한테 제 뼈나 골병들게 하려고 서두르는 그 결혼이라는 게 도대체 뭔지 설명 좀 해주지 그러셨어요.」 우끄라이나인이 한숨 섞인 목소리로 말했다.

「아니, 뭐라고? 그 사람들도 그 고통을 모르는 게 아냐, 다 알아. 하지만 어떡하겠니, 달리 방법이 없는걸.」

「알긴 알아도 제대로 알지 못하니까 그래요. 제대로 알면 딴 방법을 찾고도 남을 겁니다.」 빠벨이 말했다.

어머니는 아들의 준엄한 얼굴을 쳐다보았다. 「그렇다면 너희들이 그들을 가르치려무나! 더 똑똑한 사람들을 이리로 모셔 오든가…….」

「그게 그렇게 쉬운 일이어야지요.」 아들이 무뚝뚝하게 대답했다.

「하지만 만약 애써 본다면?」 우끄라이나인이 물었다.

빠벨은 대답하기 전에 잠시 말이 없었다. 「사람들은 처음엔 짝을 지어 다니다가 다음엔 그들 가운데 몇몇이 결혼을 하고, 그걸로 모든 게 끝이야!」

어머니는 잠시 생각에 잠겼다. 빠벨의 금욕주의자다운 준엄한 태도에 어머니는 당혹스러웠다. 그녀는 빠벨의 충고가 우끄라이나인같이 그보다 나이가 많은 동지들에게도 받아들여진다는 사실을 알았다. 그러나 그녀에겐 모든 사람들이 그를 두려워한 나머지 그의 이런 준엄한 태도를 아무도 좋아하지 않는 것이 아닐까 하는 조바심이 있었다.

언젠가 한번은 어머니가 잠자리에 들었는데, 그때까지도 빠벨과 우끄라이나인은 책을 읽고 있었다. 얇은 칸막이 벽을 통해서 속삭이는 듯한 목소리가 들려왔다.

「난 나따샤가 맘에 들어. 자네도 알고 있지?」 우끄라이나인이 갑자기 낮은 소리로 말을 꺼냈다.

「알고 있어요.」 간격을 두었다가 빠벨이 대답했다.

우끄라이나인이 천천히 일어나 방 안을 서성이기 시작하는 소리가 들렸다. 그의 아무것도 신지 않은 발이 마룻바닥에 살며시 끌리는 소리도 들렸다. 구성진 휘파람 소리도 함께 어울려 나지막이 들려왔다. 잠시 후 다시 그의 말소리가 칸막이 벽을 울렸다. 「나따샤도 그걸 눈치채고 있을까?」

빠벨은 아무 말도 없었다.

「자넨 어떻게 생각하나?」 목소리를 낮추어서 우끄라이나인이 물었다.

「알고 있겠죠. 그 때문에 아마 우리하고 공부하는 걸 꺼려 했을 거예요.」 빠벨이 대답했다.

우끄라이나인은 무거운 발걸음을 옮겨 놓고 있었다. 낮은 휘파람 소리가 다시 방 안을 울렸다. 조금 이따가 그가 다시 물었다. 「내가 만약 나따샤한테 말을 한다면……」

「뭘요?」

「바로 내가 그녀를……」 우끄라이나인의 목소리가 점점 작아졌다.

「도대체 왜 그래야만 하죠?」 빠벨이 그의 말을 낚아챘다.

어머니는 우끄라이나인이 걸음을 멈추는 것을 들었다. 분명 그는 미소 짓고 있을 것이었다.

「이봐, 빠벨! 난 만약 여자를 사랑한다면, 그걸 여자한테 얘기해야만 한다고 생각해. 그러지 않으면 아무 의미도 없어.」

빠벨이 큰 소리로 책을 덮었다. 그가 묻는 소리가 들렸다. 「무슨 의미를 기대하죠?」

둘은 오랫동안 말이 없었다.

「그래서?」 우끄라이나인이 물었다.

빠벨이 천천히 말하기 시작했다. 「안드레이, 자기가 무엇을 하고자 하는지 명백히 설정할 필요가 있어요. 좋아요, 나따샤가 형을 사랑한다고 칩시다. 난 그렇게 생각하지 않지만, 그렇게 가정해 보잔 말이에요. 그리고 둘이서 결혼을 하겠죠. 정말 멋진 결혼이야. 지식인 신부와 노동자 신랑이라! 어린애가 태어날 거고, 형은 그러면 밤낮없이 오로지 일만 해야겠죠…… 처자식을 위해서. 형의 삶은 평생 빵 조각과 애들, 그리고 집 마련을 위한 지긋지긋한 고역이 되고 말 거예요. 일 때문에 형은 더 이상 아무것도 할 수 없어요. 둘 다 파멸이라고요.」 그러고는 잠잠해졌다. 잠시 후 빠벨이 부드러운 목소리로 다시 말을 시작했다. 「모든 걸 포기하는 게 더 나을 거예요, 안드레이. 더 이상 나따샤를 괴롭히지 말아요…….」

다시 침묵이 흘렀다. 1초 1초를 일정한 간격으로 잘라 내는 회중시계 소리가 똑똑히 들려왔다.

우끄라이나인이 말했다. 「가슴의 반은 사랑, 가슴의 반은 괴로움이라…… 이게 진정 인간의 마음이라 할 수 있을까, 응?」

책장을 넘기는 바스락 소리가 들렸다. 아마 빠벨이 다시 책을 읽기 시작한 모양이었다. 어머니는 누워서 눈을 감았다. 숨소리가 새어 나갈까 조마조마했다. 그녀는 우끄라이나인이 가엾어 눈물이 날 지경이었다. 아들이 가엾은 건 더 말할 나위가 없었다. 어머니는 아들에 대해 생각했다. 〈가엾은 것 같으니…….〉

갑자기 우끄라이나인이 물었다. 「자넨 내가 나따샤에게 아무 말도 하지 않아야 된다고 생각하나?」

「그렇게 하는 게 더 나을 거예요.」 빠벨이 나지막이 말했다.

「이 길이 우리가 가야 할 길이라면, 좋아!」 우끄라이나인이 말했다. 몇 분이 지나서 우울한 목소리로 그가 조용히 말을 이었다.「빠샤, 그게 바로 자네 문제였더라도 마찬가지로 힘들었을 거야…….」

「난 벌써 힘들어하고 있어요.」

바람이 담벼락을 스쳤다. 회중시계가 시간의 흐름을 정확하게 계산해 주고 있었다.

「지금 한 말, 농담은 아니겠지!」 우끄라이나인이 천천히 말했다.

어머니는 베개에 얼굴을 파묻고 소리 없이 눈물을 흘리기 시작했다.

아침에 보니 안드레이는 밤새 키가 조금 작아져 한결 사랑스러워 보였다. 그러나 빠벨은 변함없이 야윈 모습에 꼿꼿하고 말이 없었다. 이전엔 어머니는 우끄라이나인을 안드레이 아니시모비치라고 불렀다. 그러나 오늘은 무의식적으로 그에게 이렇게 말했다.「얘, 안드류샤(안드레이의 애칭), 장화 좀 수선해야 되지 않겠니? 그러다간 발가락에 감기 걸리겠다!」

「그렇지 않아도 임금을 받으면 새 장화를 사려고 해요.」 그는 그렇게 대답하고 함빡 웃었다. 그러다 별안간 그녀의 어깨에 자신의 긴 팔을 얹고서 물었다.「이제 어머넌 저의 친어머니인 셈이에요. 단지 제가 못생겼다는 이유로 어머넌 그걸 인정하고 싶지 않으신 거죠, 그렇죠?」

어머니는 말없이 그의 팔을 가볍게 두드렸다. 어머니는 그에게 다정한 말을 많이 해주고 싶었다. 하지만 애처로움에 가슴이 미어질 것 같아 말이 혀끝에서만 맴돌 뿐이었다.

9

　공장촌에서는 사회주의자들에 대한 이야기가 떠돌았다. 그들이 푸른 잉크로 쓰인 전단을 뿌리고 다닌다는 것이었다. 이 전단들은 공장의 모든 제도에 대해 신랄하게 비판하면서 뻬쩨르부르그와 남러시아 노동자들의 파업에 대해서도 쓰고 있었다. 그리고 노동자들의 이익을 위한 투쟁에 적극 동참할 것을 한결같이 호소하고 있었다.

　공장에서 상당한 임금을 받는 중년의 사람들은 욕설을 퍼부어 댔다. 「선동가 놈들! 이런 짓을 하는 놈들은 그저 몽둥이가 약이야!」 그리고 그들은 전단들을 공장 사무실로 가져갔다. 젊은 사람들은 전단을 열심히 읽었다. 「모두 진실이야!」 매일매일의 노동에 지칠 대로 지쳐 매사에 무관심해진 대다수의 사람들은 마지못해 반응을 보였다. 「아무 일도 없을 거야, 그건 불가능해.」

　그러나 전단은 사람들을 너무도 흥분시킨 나머지 만약에 한 주라도 전단이 나오지 않으면 사람들은 여기저기 모여서 서로 수군대기 일쑤였다. 「이젠 전단이 안 나올 모양이지…….」

　그러나 다음 월요일이면 전단은 어김없이 다시 뿌려졌고, 그와 동시에 노동자들은 또다시 술렁대기 시작했다.

　공장과 선술집에서는 낯선 사람들이 새롭게 눈에 띄었다. 그들은 만나는 사람마다 이것저것 캐묻기도 하고 무슨 냄새라도 맡으려는 듯 여기저기를 조사하고 다녔다. 그래서 그들은 이내 모든 사람들의 주의를 끌게 되었다. 어떤 사람은 의심쩍은 눈초리로 신중한 행동을 하는가 하면 또 다른 사람은 지나치리만큼 치근덕거리기도 했다.

어머니는 자기 아들이 이 모든 소요를 일으킨 장본인이라는 걸 이해했다. 그녀는 사람들이 그의 주위에 모여드는 것을 보았다. 그래서 어머니의 마음 안에선 빠벨의 운명 앞에 닥친 위험과 그에 대한 자부심이 한데 뒤섞였다.

하루는 저녁때 마리야 꼬르수노바가 밖에서 창문을 두드렸다. 어머니가 창문을 열자 그녀는 속삭이듯 하면서도 큰 소리로 지껄이기 시작했다. 「조심해요, 뻴라게야. 모든 일이 다 끝날 때가 되었나 봐요. 오늘 밤에 이 집을 수색하기로 했다는구려. 마진과 베소프쉬꼬프네 집도 물론이고……」

어머니의 두툼한 입술이 격렬하게 떨리면서 동시에 주름진 코가 두려움에 벌름거렸다. 그리고 두 눈은 거리에서 누군가의 발소리를 뒤쫓기라도 하는 듯이 이쪽저쪽으로 빠르게 굴러다녔다. 「이봐요, 난 아무것도 모르고 아무 말도 하지 않았수. 그리고 오늘 빠벨 어머니를 보지도 못한 거고. 알아들었수?」 그녀는 총총걸음으로 사라졌다.

어머니는 창문을 닫고서 천천히 의자에 앉았다. 그러나 생각이 아들에게 닥쳐올 위험에까지 미치자 어머니는 자기도 모르게 벌떡 일어섰다. 그녀는 옷도 입는 둥 마는 둥 걸치고 무의식중에 머리에 수건을 꽉 조여 매고서 페쟈 마진의 집으로 달려갔다. 마진이 아파서 오늘 일하러 나가지 않았다는 것을 알고 있었기 때문이었다. 어머니가 마진의 집에 도착했을 때, 그는 창가에 앉아 왼손으로 오른손을 움켜쥐고 엄지손가락을 이상하게 구부리면서 책을 읽고 있었다. 어머니로부터 소식을 전해 듣자마자 그는 자리에서 벌떡 일어섰다. 그의 얼굴이 창백해졌다.

「그들이 이번엔……」 똑똑지 않은 발음으로 그가 웅얼거렸다.

「어떻게 하면 좋은가?」 떨리는 손으로 얼굴의 땀을 씻어 내면서 어머니가 물었다.

「진정하세요, 두려워해서는 안 됩니다.」 투박해 보이는 손으로 곱슬머리를 긁적이면서 페쟈가 대답했다.

「이보게, 자네도 두려운가 보군!」 그녀가 소리쳤다.

「저요?」 그의 두 뺨이 새빨개졌다. 짐짓 억지로 웃어 보이면서 그가 말했다. 「예, 조금은요……. 빠벨에게 전해야겠어요. 지금 곧 빠벨에게 갈 테니 어머님은 집에 가 계세요. 아무 일도 없을 겁니다. 그들이 때리기야 하겠어요?」

집으로 돌아오자마자 어머니는 책들을 죄다 모아 가슴에 안고 숨길 곳을 찾느라 한참 동안 집 안을 여기저기 돌아다녔다. 벽난로 속도 들여다보고 밑을 들쳐 보기도 하고, 심지어는 물통 안까지도 죄다 들여다보았다. 어머니 생각엔 빠벨이 일도 팽개치고 곧장 집으로 달려올 것만 같았다. 그러나 그는 오지 않았다. 마침내 지칠 대로 지친 어머니는 책들을 부엌에 있는 긴 의자에 내려놓고서는 깔고 앉아 있었다. 일어서기가 무서웠다. 공장에서 빠벨과 우끄라이나인이 올 때까지 그냥 그렇게 앉아 있었다.

「얘기 들었니?」 일어설 생각도 않고 그녀는 소리쳤다.

「예, 들었어요. 두려우세요?」 웃으면서 빠벨이 말했다.

「그래 두려워, 두렵고말고!」

「두려워하실 필요 없어요. 그래 보았댔자 아무 소용 없어요.」 우끄라이나인이 말했다.

「사모바르도 아직 안 올려놓으셨군요!」 빠벨이 말했다.

어머니는 일어나서 책들을 가리키며 무슨 죄라도 지은 듯 기가 죽은 어조로 설명했다. 「여기 이것들 때문에 내가……」

빠벨과 우끄라이나인은 웃기 시작했다. 그제야 어머니는 어느 정도 힘이 솟았다. 빠벨은 책 몇 권을 집어 들고 그것들을 숨기기 위해 밖으로 갖고 나갔다. 우끄라이나인이 사모바르를 올려놓으면서 말했다. 「전혀 무서워할 게 없어요. 넨꼬, 외려 사소한 일로 법석을 떠는 그자들이 부끄러운 거예요. 어른이라는 사람들이 긴 칼을 허리에 차고 장화에 박차를 달고서 집 안에 들어와서는 여기저기를 샅샅이 뒤집니다. 침대 밑도 들여다보고 난로 밑도 들여다보고, 지하실이 있으면 지하실에도 기어 내려가고 다락방에도 꾸역꾸역 올라갑니다. 거기서 그렇지 않아도 추한 얼굴에 거미줄을 잔뜩 뒤집어쓰고는 코를 킁킁거리며 법석을 떠는 겁니다. 짜증이 나기도 하고 쑥스럽기도 하니까 그저 험악한 표정을 짓고서 사람들한테 쓸데없는 화를 내는 거예요. 아주 악질적인 놈들입니다. 그게 다 돼먹지 못한 짓이라는 거 그자들도 다 알아요! 한번은 내 방을 온통 벌집 쑤시듯이 쑤셔 놓고서 아무것도 나오는 게 없으니까 괜히 쑥스러운지 그냥 가더라고요. 또 한번은 절 잡아갔어요. 감방에 처넣고서 넉 달 동안을 잡아 두더군요. 그냥 앉아 있는 거죠, 뭐. 그러다 심심하면 불러서 군인들을 딸려 가지고 거리를 이리저리 끌고 다니질 않나, 이것저것 시시콜콜 캐묻질 않나, 어찌나 미련한지 앞뒤도 하나 맞지 않는 황당무계한 소리만 지껄여 댑니다. 그리고 나선 군인들 보고 다시 감방으로 데려가라고 하죠. 이리저리 끌고 다니기만 하면서도 그래도 봉급을 거저 받아 처먹기는 좀 미안한 생각이 드는가 봐요, 참. 결국엔 내보낼 수밖에 없죠. 그게 전부예요.」

「넌 항상 그렇게 말하더군, 안드류샤!」 어머니가 소리쳤다.

안드레이는 사모바르 옆에 약간 무릎을 구부리고 서서 사모바르에 연방 입김을 불어 대고 있었다. 사모바르 앞에 오래 서 있어 벌게진 얼굴을 쳐들고 두 손으로 콧수염을 쓸어 내리면서 그가 물었다. 「제가 어떻게 얘기한다는 말씀이시죠?」

「네 말을 듣다 보면, 널 괴롭혔던 사람은 하나도 없는 것 같아서 하는 소리야……」

그는 고개를 저으면서 일어나 웃음 띤 목소리로 말하기 시작했다. 「과연 이 세상 어느 천지에 고통받지 않는 영혼이 있겠어요? 전 하도 고통을 당해 놔서 이젠 모욕감 느끼는 데에도 지쳤어요. 사람들이 오죽했으면 그랬겠어요. 한번 생각해 보세요. 제가 당한 고통, 그로 인한 손해, 말해 무엇 하겠어요. 이러니저러니 자세히 얘기해 보았댔자 시간만 아까울 뿐이지요. 그런 게 바로 삶입니다. 전 예전에 사람들한테 화낸 적이 많았어요. 조금만 더 생각해 보면 그럴 필요가 하나도 없었는데 말이에요. 모든 사람들은 이웃이 날 치지나 않을까 하고 두려워해요. 그러다 보니 맞기 전에 먼저 상대편을 때려눕히려고 애를 쓰는 겁니다. 그런 게 삶이에요. 녠꼬!」

그의 말은 왠지 힘이 넘쳐흘러 어머니의 수색에 대한 공포를 저편으로 밀어 놓았다. 그의 툭 불거진 두 눈엔 맑은 미소가 담겨 있었다. 그의 온몸은 비록 볼품은 없었지만 탄력성은 그만이었다.

어머니는 한숨을 쉬고 뜨겁게 그를 위해 기원했다. 「네게 주님의 은총 계시길, 안드류샤!」

우끄라이나인은 성큼성큼 사모바르에 다가가 다시 그 앞에 쭈그리고 앉아서 중얼거렸다. 「은총이 내린다면 거절은 않겠어요. 하지만 절대 구걸하고 싶은 생각은 없어요!」

빠벨이 밖에서 들어오면서 자신 있는 목소리로 말했다. 「아마 찾아내지 못할 거야.」

그리고 세수를 하기 시작했다. 두 손을 정성껏 힘차게 닦으면서 그가 말문을 열었다. 「어머니, 만약 어머니께서 그들에게 놀란 모습을 보여 주면 그들은 〈그래 저 할멈이 벌벌 떠는 걸 보니 이 집에 뭔가 있는 게 틀림없어〉라고 생각할 거예요. 어머니께서도 이해하시겠지만, 우리는 나쁜 짓은 할 생각도 안 해요. 진리가 우리 편이거든요. 단지 우리에게 죄가 있다면 진리를 위해 평생을 바칠 각오를 했다는 것뿐, 아무 죄도 없어요. 무서울 게 무엇이 있겠어요?」

「빠샤, 나도 마음을 굳게 먹으마.」 그녀가 약속했다. 그러나 이미 그녀를 엄습해 오는 불안을 떨쳐 버릴 수가 없었다. 〈그자

들이 차라리 빨리 왔으면 좋으련만!〉

 그러나 그날 밤 그들은 오지 않았다. 다음 날 아침 어머니는 미리부터 자기가 가졌던 두려움에 머쓱해져 처음으로 자기 자신에게 익살을 부렸다.

 〈호랑인 올 생각도 않는데 도망부터 쳤군!〉

10

 공포의 밤 이후, 거의 한 달이 지나서야 헌병들이 들이닥쳤다. 니꼴라이 베소프쉬꼬프가 찾아와 빠벨, 안드레이와 함께 자신들의 신문에 대해 의견을 나누고 있었다. 자정이 가까운 꽤 늦은 시간이었다. 어머니는 이미 잠자리에 들어 꾸벅꾸벅 졸고 있었다. 비몽사몽간에 밖에서 불만스러운 나지막한 목소리가 들려왔다. 바로 그때 안드레이가 조심스럽게 발걸음을 옮겨 놓으면서 부엌을 빠져나가 조용히 문을 닫고 밖으로 나가는 소리가 들렸다. 현관에서 양동이가 떨어지는 둔탁한 쇳소리가 울렸다. 그리고 갑자기 문이 활짝 열렸다. 부엌으로 달려온 우끄라이나인의 다급한 속삭임이 들려왔다. 「박차 소리가 들려!」

 어머니는 떨리는 두 손으로 옷을 챙기면서 침대에서 벌떡 일어섰다. 방문 앞에 빠벨이 나타나 조용히 말했다. 「어머니는 누워 계세요. 몸도 불편하실 텐데!」

 현관에서 조심스럽게 부스럭대는 소리가 들려왔다. 빠벨이 문으로 다가가 손으로 문을 활짝 열어젖뜨리면서 소리쳤다. 「거기 누구요?」

 회색 옷을 입은 키 큰 사내가 재빠르게 문으로 비집고 들어왔다. 사내의 뒤를 따라서 다른 한 사내가 또 들어왔다. 헌병 둘이 빠벨을 밀어붙이고, 그의 양옆에 나란히 버티어 섰다. 이내 조롱

섞인 커다란 목소리가 들렸다.

「네놈들이 기다리고 있던 사람은 아니야, 안 그래?」 까만 콧수염이 드문드문 난 장교가 소리쳤다. 그는 키만 컸지 깡마른 체격의 소유자였다. 폐쟈낀이라고 불리는 이곳 지방 경관이 어머니가 있는 침대로 다가갔다.

한 손으로는 군모를 틀어쥐고, 다른 한 손으로는 어머니의 얼굴을 가리키며 그는 살기 넘치는 두 눈을 끔벅거리면서 말했다. 「이 할멈이 그의 어머닌가 봅니다, 각하!」 그러고 나서 빠벨을 향해 손짓을 하면서 덧붙였다. 「바로 이잡니다!」

「빠벨 블라소프인가?」 두 눈을 찡그리며 장교가 물었다. 빠벨이 말없이 고개를 끄덕이자, 콧수염을 비비 꼬면서 장교가 말했다. 「네 집을 수색해야겠다. 할망구, 일어나!」

「……거긴, 누구야?」 방 안을 둘러보다 말고 그가 말했다. 그러고는 문 쪽으로 성큼성큼 걸어갔다.

「당신들 성씨가 뭐야?」 그의 목소리가 들렸다.

현관에서 익히 잘 아는 두 명의 사내가 들어왔다. 늙은 주물공 뜨베랴꼬프와 그의 집에서 하숙을 하고 있는 화부 리빈이었다. 그는 까무잡잡한 피부에 기골이 장대한 사내였다.

「잘 지냈소, 닐로브나?」

어머니는 옷을 입고 기운을 차려 조용히 말했다. 「아니, 웬일이오! 이 오밤중에 방문을 다 하고, 잠도 없소? 다들 자는 시간에…….」

방 안에서 왠지 메스꺼운 구두약 냄새가 코를 찔렀다. 헌병 둘과 공장 감독관 리스낀은 책장에 있는 책이란 책은 죄다 끄집어내다가 장교 바로 앞의 탁자 위에 내팽개쳤다. 그들은 일부러 그러는지는 몰라도 두 발을 연방 쿵쿵거렸다. 나머지 둘은 벽마다 주먹으로 두드려 보기도 하고 의자 밑을 들여다보기도 했다. 그 가운데 한 명은 꼴사납게 난로 위로 기어 올라가기도 했다. 우끄라이나인과 베소프쉬꼬프는 서로 꼭 붙어 구석에 서 있었다. 곰보 자국이 덕지덕지 보이는 니꼴라이의 얼굴이 새빨간 얼룩으로 뒤덮였고 그의 작은 두 눈은 장교를 뚫어져라 쳐다보고 있었다. 우끄라이나인이 콧수염을 비비 꼬았다. 어머니가 방 안으로 들어왔을 때, 그는 빙그레 웃으면서 다정하게 고개를 끄덕였다. 자신의 두려움을 억제하느라 애쓰면서 어머니는 보통 때 허리를 굽힌 모습과는 달리 허리를 곧게 펴고 가슴을 앞으로 쭉 내밀고 서는 걸었다. 어머니의 그러한 행동은 너무나 엄숙해 보여 한편 우습기까지 했다. 그녀는 짐짓 태연하게 걸음을 크게 떼어 놓고 있었지만, 두 눈썹의 파리한 떨림만은 감출 수가 없었다.

장교는 가느다란 흰 손가락으로 빠르게 책들을 집어 책장을 넘겨보거나 흔들어 보았다. 다 뒤진 책을 옆으로 치우는 그의 손놀림은 정말 빈틈이 없을 정도였다. 때때로 책이 마룻바닥에 떨어지기도 했다. 입을 여는 사람은 아무도 없었다. 땀을 흘리며 일에 열중인 헌병들의 거친 숨소리와 박차의 딸그락거리는 소리만 들렸다. 간간이 나지막이 묻는 소리도 들렸다. 「여기 살펴봤어?」

어머니는 빠벨과 나란히 벽에 바싹 기대어 서서 빠벨이 하듯이 팔짱을 끼고 있었다. 그런 자세로 장교를 응시했다. 그녀의 무릎은 덜덜 떨렸고 두 눈은 짙은 안개가 뒤덮인 듯 아무것도 보이지 않았다.

갑자기 귀를 찌르는 베소프쉬꼬프의 날카로운 목소리가 정적을 깨뜨렸다. 「도대체 무슨 이유로 책을 마룻바닥에 내던지는 거요?」

어머니는 몸이 부르르 떨렸다. 뜨베랴꼬프는 뒤통수를 한 대 얻어맞은 것처럼 머리를 까딱거렸고, 리스낀은 알아듣지 못할 오리 소리를 내면서 베소프쉬꼬프를 주의 깊게 쳐다보았.

장교는 두 눈을 가늘게 뜨고서, 미동도 없는 마마 자국 난 얼굴에 예리한 시선을 순식간에 찔러 넣었다. 그의 손가락은 한결 더 빠른 속도로 책장을 넘기기 시작했다. 때때로 그는 두 눈을 왕방울만 하게 뜨고 눈동자를 부라렸다. 그 모양이 마치 참을 수 없는 고통 때문에 막 악의에 찬 비명을 지르려고 하는 무력한 환자 같았다.

베소프쉬꼬프가 다시 말했다. 「이봐요, 군인 양반! 책 좀 집어 올리시오.」

모든 헌병들의 시선이 한꺼번에 그에게로 쏠렸다. 잠시 후 그들은 다시 장교를 쳐다보았다. 장교는 다시 고개를 쳐들고 니꼴라이의 넓은 얼굴을 훑어보더니, 조롱하는 듯한 표정을 지어 보였다. 「좋아……, 집어 올려…….」

헌병 하나가 몸을 굽히고, 베소프쉬꼬프를 흘끔흘끔 쳐다보면서 너절하게 마루에 흩어진 책들을 주워 모으기 시작했다.

「니꼴라이는 좀 잠자코 있는 건데 그랬어!」 어머니가 빠벨에게 나지막이 속삭였다.

그는 어깨를 움츠렸다. 우끄라이나인은 고개를 떨구었다.

「이 성경은 누가 읽는 거야?」

「나요.」 빠벨이 말했다.

「그럼, 이 책들은 누구 거야?」

「내 거요.」 빠벨이 대답했다.

「그래?」 장교가 의자를 뒤로 젖히면서 말했다. 그는 가느다란 손가락들로 뼛소리를 내면서 탁자 밑으로 두 발을 뻗었다. 콧수염을 만지작거리면서 니꼴라이에게 물었다. 「당신이 바로 안드레이 나호드까군?」

「그렇소!」 앞으로 한 발짝 나서면서 베소프쉬꼬프가 대답했다. 우끄라이나인이 팔을 뻗어 그의 어깨를 뒤로 잡아끌었다.

「이 사람이 잘못 알아들었소. 내가 안드레이요.」

장교는 팔을 들어 작은 손가락으로 베소프쉬꼬프를 위협하면서 말했다. 「네 처신이나 잘해!」

그는 자기가 가져온 서류들을 뒤적이기 시작했다.

거리에서 창문을 통해 밝은 달밤이 생기 없는 눈으로 방 안을 엿보고 있었다. 누군가가 창문 너머에서 눈 밟는 소리를 내며 서성거렸다.

「이봐, 나호드까! 이전에 정치범이라고 해서 취조받은 일이 있지?」 장교가 물었다.

「로스또프에서 끌려갔었고 또 사라또프에서도 그랬소……. 하지만 거기 헌병들은 나한테 반말을 쓰진 않았소. 〈당신〉이라고 부르면 불렀지…….」

장교는 오른쪽 눈을 찡긋거리더니 손으로 한두 번 비비고, 변변찮은 이빨을 드러내면서 말하기 시작했다. 「그렇다면 혹시 아는지 모르겠군, 나호드까. 공장 안에서 불온 전단을 뿌리고 다니는 불한당 같은 놈들 말야, 응?」

우끄라이나인은 다리를 흔들며 호탕하게 웃었다. 그리고 막 무슨 얘기를 하려고 하는데, 그때 다시 니꼴라이의 성난 목소리가 터져 나왔다. 「우리보고 불한당이라고 하는 놈들은 처음 보는군…….」

침묵이 흘렀다. 모두 몇 초 동안 붙박인 듯 꼼짝도 안 했다.

어머니의 얼굴에 난 상처가 하얗게 변하고 오른쪽 눈썹이 위로 뻗쳤다. 리빈의 검은 수염이 파르르 떨리기 시작했다. 두 눈을 내리깔고서 그는 손가락으로 머리를 긁적였다.

「이 돼지 같은 놈들을 밖으로 끌어내!」 장교가 명령했다.

헌병 둘이 베소프쉬꼬프의 양팔을 거머쥐고서 난폭하게 부엌으로 끌고 갔다. 그는 우뚝 선 채 두 발로 완강히 버티면서 외쳤다. 「잠깐…… 옷을 입어야 할 것 아냐!」

마당에서 공장 감독관이 나서며 말했다. 「아무리 찾아봐도 아무것도 없는데요?」

「그야 당연하지. 여기엔 분명 그런 데에 통달한 놈이 있어…….」 능글맞은 웃음을 지어 보이면서 장교가 소리쳤다.

어머니는 그의 파리하게 떨리는, 째지는 듯한 목소리를 듣고 공포에 질려 그의 누렇게 뜬 얼굴을 쳐다보았다. 그의 얼굴에서 어머니는 인간에 대해 관료적인 경멸로 가득 찬, 정말 하등의 연민도 필요 없는 적의 얼굴을 보았다. 전에도 그런 부류의 사람들을 적잖이 보았지만 지금은 까맣게 잊고 있었다. 〈바로 이런 족속들을 깨부수기 위해 전단이 필요한 거구나!〉 어머니는 생각했다.

「안드레이 아니시모비치 나호드까 씨, 이 사생아 같은 놈! 너를 체포한다.」

「무슨 이유로?」 우끄라이나인이 조용히 물었다.

「그건 가서 말씀드리죠.」 악의에 찬 정중함으로 장교가 대답했다. 그리고 빠벨을 돌아보곤 물었다. 「넌 읽고 쓸 줄 아나?」

「그렇소.」

「그럼 네겐 묻지 않겠다.」 근엄한 어조로 말하고 나서 이번엔 어머니에게 물었다. 「이봐 할망구. 대답해 봐!」

어머니는 자신도 모르게 이 작자에 대한 적개심을 느꼈다. 갑자기 그녀는 찬물에 뛰어든 것처럼 온몸을 파르르 떨기 시작했다. 그녀는 이내 흐트러진 자세를 바로잡았다. 그러나 여전히 적개심으로 두 뺨이 벌겠다. 그녀는 눈썹을 내리깔았다. 「소리칠 필요가 뭐 있누!」 그에게 팔을 뻗으면서 어머니는 말문을 열었다. 「아직 나이도 젊은 사람이…… 그러니 고통을 알면 얼마나 알까.」

「진정하세요, 어머니!」 빠벨이 그녀를 말렸다.

「기다려라, 빠벨! 당신들, 왜 사람을 잡아가는 거요?」 탁자 쪽으로 몸을 움직이면서 어머니가 소리쳤다.

「이건 할멈이 참견할 일이 아니야. 닥치지 못해! 베소프쉬꼬프를 끌고 와, 그놈도 체포한다!」 장교가 벌떡 일어서며 소리쳤다.

그리고 어떤 서류를 코 바로 앞에까지 갖다 대고는 읽기 시작했다.

베소프쉬꼬프가 끌려 들어왔다.

「모자 벗어!」 장교가 읽다 말고 소리쳤다.

리빈이 어머니에게 다가와 그녀의 어깨를 툭툭 두드리고는 나지막한 목소리로 말했다. 「흥분할 것 없어요, 아주머니…….」

「두 손을 이렇게 잡고서 어떻게 모자를 벗으라는 거야?」 조서 읽는 것을 가로채면서 베소프쉬꼬프가 말했다.

장교는 조서를 탁자 위에 던졌다. 「서명해!」

모두가 조서에 서명하는 것을 보자 어머니는 흥분이 가라앉았지만, 울분과 무력감이 뒤섞인 착잡한 마음에 눈물이 왈칵 쏟아졌다. 눈물은 지난 20여 년간의 결혼 생활에서 쏟은 눈물, 바로 그 설움이었다. 그러나 요즈막에 와서는 그 쓰고 가슴 아픈 눈물의 기억을 거의 잊고 있었다. 장교는 어머니를 보고 성가시다는 듯 얼굴을 찡그리면서 말했다. 「아직 울 때가 아니오, 할멈. 눈물을 아끼라고. 그러다간 나중에 흘릴 눈물조차 남아나질 않겠소.」

다시 울분에 못 이겨 그녀가 말했다. 「이 세상 모든 어머니의 눈물은 마르지 않아! 네게도 어미가 있다면 이런 것쯤은 알 거다, 이놈!」

장교는 반짝거리는 자물쇠가 달린, 새로 장만한 듯한 가방에다 서류들을 서둘러 챙겨 넣었다. 「앞으로!」 그가 명령했다.

「잘 가시오, 안드레이. 잘 가게 니꼴라이!」 빠벨은 동지들의 손을 꼭 쥐고는 조용하고 따뜻한 어조로 말했다.

「좋지. 우린 곧 다시 만나게 될 거야!」 장교가 비아냥거리는 투로 말했다.

베소프쉬꼬프가 고통스럽게 숨을 몰아쉬었다. 그의 퉁퉁한 목 언저리는 핏발이 서 시뻘게졌고 두 눈은 극도의 증오심으로 빛났다. 우끄라이나인은 은밀한 미소를 띠고 머리를 저으면서 어머니에게 무슨 말인지를 속삭였다. 그녀는 그를 위해 성호를 그어 주고 역시 속삭였다. 「주님은 누가 옳은지 보고 계실 거야.」

마침내 회색 제복을 입은 일당들이 모두 현관을 빠져나갔다. 요란한 박차 소리를 내면서 그들은 사라졌다. 맨 마지막으로 나간 것은 리빈이었는데, 그는 어두운 눈으로 빠벨을 돌아보고 묵상하듯 말했다. 「으 — 음, 잘 있게!」 그리고 수염이 들썩일 정도의 기침을 몇 번 하고서 천천히 현관을 빠져나갔다. 빠벨은 뒷짐을 지고 마룻바닥에 너저분하게 흩어져 있는 책과 옷가지들을 넘어 방 안을 왔다 갔다 했다. 얼마 후 착잡한 목소리로 그가 말했다. 「그놈들이 하는 짓거리를 보셨지요?」

엉망진창이 된 방 안을 어머니는 사뭇 망설임이 가득한 눈길로 둘러보면서 안타까운 듯 속삭였다. 「니꼴라이는 어째서 그자들한테 욕지거리를 한다지?」

「겁에 질렸던 것 같아요.」 빠벨이 나지막이 말했다.

「갑자기 들이닥쳐서는 모두 잡아갔구나.」 손을 내저으면서 어머니는 중얼거렸다.

아들은 잡혀가지 않았기 때문에 그래도 어머니의 안쓰러움은 조금 덜했다. 그러나 어머니는 자신이 목격했던 사건에 대한 생각을 여전히 떨쳐 버릴 수가 없었다. 「누런 얼굴을 한 그자가 우리를 조롱했어. 겁을 주려고 말이야……」

「맞아요, 엄마! 우선 방 안을 좀 치워야겠어요.」 빠벨은 무언가 결심이라도 한 듯 소리쳤다.

빠벨은 가끔 그녀를 엄마라고 불렀는데, 그런 경우는 그가 그녀에게 아주 친근감을 느낄 때였다. 어머니는 다가가 아들의 얼굴을 들여다보면서 조용히 말했다. 「그놈들은 널 모욕했어.」

「그래요! 그건 정말 괴로운 일이에요. 차라리 함께 잡혀가는 건데 그랬어요……」

그의 두 눈에 눈물이 맺혀 있었다. 그의 아픔을 위로해 주고 싶어서 그녀는 한숨 섞인 목소리로 말했다. 「기다려라. 그들은 너마저도 잡아갈 게다.」

「그러겠죠.」

어머니는 잠시 아무 말 없다가 우울하게 말을 꺼냈다. 「가엾어라, 빠벨. 그래 얼마나 고통스럽냐! 그러면서도 매번 넌 이 어미를 위로할 생각만 하는구나. 난 이제 네가 굳이 설명하려 들지 않아도 나쁜 게 뭔지 다 안다.」

그는 어머니를 쳐다보며 가까이 다가가 말했다. 「전 어찌해야 좋을지 모르겠어요, 어머니. 어머니께서 익숙해지시는 길밖엔……. 」

어머니는 한숨을 내쉬고 소름 끼치는 공포를 애써 억제하면서 잠시 후 말문을 열었다. 「그놈들이 잡아간 애들을 고문하진 않을까? 사지를 찢고 뼈를 으깨는 건 아닌지 몰라? 이런 생각을 하면…… 오, 빠샤, 너무나 끔찍하구나!」

「그들은 영혼을 으깰 거예요. ……추잡한 손으로 영혼을 으깬다, 이건 생각만 해도 가슴이 찢어지는 아픔이에요.」

11

그 이튿날 부낀, 사모일로프, 소모프, 그리고 그 밖의 다섯 명이 더 체포되어 갔다는 것을 알게 되었다. 저녁때 페쟈 마진이 찾아왔다. 그의 집도 수색을 당했다고 했다. 그리고 그는 그게 큰 자랑이라도 되는 듯, 심지어 자신이 무슨 영웅이라도 된 듯 의기양양해 있었다.

「무섭더냐, 페쟈?」 어머니가 물었다.

창백해진 그의 얼굴은 더욱 뾰족하게 보였으며 콧구멍도 사뭇 떨렸다.

「무서웠어요, 장교가 때릴까 봐. 그는 얼굴에는 수염이 덥수룩하게 나고 체격이 아주 좋았어요. 손가락에도 털이 나 있더라고요. 게다가 코에는 검은 안경이 걸쳐져 있어서 마치 눈이 없는 사람과도 같았어요. 발을 쾅쾅 구르면서 큰 소리로 호통을 쳤어요. 저를 감옥에 처넣겠다고 말하면서 말이에요. 전 한 번도 맞아 본 적이 없었어요. 어머니한테고 아버지한테고 말이에요. 전 외아들이거든요. 부모님은 절 무척이나 사랑하세요.」 그는 잠시 눈을 감고 입술을 깨물었다. 빠른 손놀림으로 머리카락을 쓸어 넘기고는 빨갛게 충혈된 눈으로 빠벨을 쳐다보면서 말했다. 「만약에 날 때리기라도 하는 날이면, 난 마치 칼처럼 온몸을 던져서 그놈을 찌를 거야. 이빨로 물어뜯어 버릴 거야. 그렇지 않으면 차라리 그 자리에서 죽어 버릴 테야.」

「넌 체격도 작고 허약하잖니! 그런데 어떻게 싸울 수가 있겠어?」 어머니가 말했다.

「그래도 싸울 겁니다.」 페쟈가 나지막한 목소리로 대답했다.

그가 나가자 어머니가 빠벨에게 말했다. 「저 애가 제일 먼저 쓰러지겠군!」

빠벨은 대답이 없었다.

몇 분이 지나 부엌문이 천천히 열리면서 리빈이 들어왔다. 「안녕들 하시오!」 웃으면서 그가 말했다. 「이렇게 다시 왔소. 어제는 내 발로 온 게 아니지만 오늘은 내 발로 왔소.」 그는 빠벨과 힘찬 악수를 하고는 어머니의 어깨에 팔을 얹으면서 물었다. 「차 한잔 마실 수 있을까요?」

빠벨은 새까만 수염이 빽빽이 난 그의 시커멓고 넓은 얼굴과 까만 두 눈을 묵묵히 응시했다. 침착한 시선에서 의미심장한 그 무엇인가가 번뜩였다.

어머니는 사모바르를 올려놓기 위해 부엌으로 나갔다. 리빈은 자리에 앉아 수염을 쓰다듬으면서 빠벨에게 어두운 시선을 던졌다. 한 팔을 탁자 위에 올려놓은 채였다.

「이를테면 그런 거네.」 그는 마치 중단되었던 대화를 계속하듯이 말문을 열었다. 「자네에게 모든 걸 솔직히 털어놓겠네. 난 오랫동안 자네를 지켜 보았지. 우린 바로 이웃에 살고 있지 않은가. 자네 집에 많은 사람들이 드나드는 걸 보았어. 이건 중요한 문제야. 추태를 부리지 않는 사람들은 금방 눈에 띄게 되어 있어. 그게 바로 뭐겠는가? 이를테면 나 역시도 그런 방식으로 사는 사람들을 못마땅해하는 사람들 눈에는 거슬린다, 그 말이야.」

그의 말에는 일정한 무게가 있었다. 그러나 거침이 없었다. 그는 시커먼 손으로 수염을 쓸어 내리면서 주의 깊게 빠벨의 얼굴을 쳐다보았다. 「자네에 대한 말들이 나돌기 시작하더군. 우리 주인네들은 자네를 이단자라고 불렀지. 자네가 교회에도 다니지 않는다고 말이야. 나 역시도 교회엔 다니지 않네. 얼마쯤 지나 전단들이 나돌았지. 그건 자네가 생각해 낸 거지?」

「맞아요, 접니다.」 빠벨이 대답했다.

「너 지금 무슨 말을 하는 거냐!」 부엌에서 방 안을 들여다보며 어머니가 떨리는 목소리로 소리쳤다. 「너 혼자는 아니잖아!」

빠벨이 웃었다. 리빈도 마찬가지였다.

「그렇겠지요.」 리빈이 말했다.

어머니는 그들이 자기 말에 별로 주의를 기울이지 않는 것을 보고 언짢은 듯 입을 삐쭉이고서 다시 부엌으로 갔다.

「전단이라, 이건 정말 생각 잘한 거야. 전단들로 인해 사람들이 들끓고 있어. 열아홉 번인가 나왔지, 아마?」

「맞습니다.」

「요컨대, 나는 그걸 죄다 읽어 보았다네. 암 읽고말고. 때때로 잘 이해가 가지 않는 것도 있고, 또 어떤 건 좀 불필요하다는 생각이 들기도 하더군. 하지만 뭐 사람이 하는 일인데, 말을 많이 하다 보면 더러 잘못 쓴 말도 있을 수 있고, 쓸데없는 말을 써야 하는 경우가 없을 수야 없겠지.」 리빈은 웃었다. 희고 튼튼해 보이는 이가 보였다. 「얼마 후엔 수색이 시작되었지. 아무래도 이 수색이 내 마음을 자네들에게로 쏠리게 한 것 같아. 자네는 물론이고 우끄라이나인과 니꼴라이도. 하여튼 자네들 모두의 정체가 이젠 드러난 셈일세.」 그는 무슨 말을 해야 할지 몰라 입을 다물고 창밖을 내다보면서 손가락을 탁자에 내려놓았다. 「자네들이 무엇을 생각하고 있는지는 모두 밝혀졌네. 이를테면 〈당신들 할 테면 해보시죠, 우리는 우리의 일을 하겠습니다〉 뭐 이런 식인 거야. 우끄라이나인 역시 괜찮은 젊은이야. 언젠가 한번은 공장에서 그가 얘기하는 걸 들은 적이 있어. 난 그때, 죽음 외에 그를 물리칠 수 있는 것은 아무것도 없을 거란 생각을 했지. 정말 강인한 친구야! 어때, 빠벨, 자넨 나를 믿겠나?」

「믿겠습니다.」 고개를 끄덕이며 빠벨이 말했다.

「됐어. 이보게, 내 나이 마흔일세. 자네보다는 갑절이나 더 먹었지. 자네보다 수십 배나 더 경험이 많다고 할 수 있어. 3년 남짓 군 복무도 했고, 결혼도 두 번이나 했지. 한 여자는 죽었고 또 한 여자는 내쫓아 버렸네. 까프까즈에 가보기도 했고, 또 성령부정파 신자들도 알지. 그 사람들은 어떻게 삶을 극복해야 하는지를 모르는 사람들일세. 그들은 극복할 수가 없어.」

어머니는 그의 힘 있는 말을 열심히 듣고 있었다. 아들에게 중년의 사람이 찾아와 고백하듯 이야기하는 걸 본다는 것은 어머니에겐 즐거운 일이었다. 그러나 어머니가 보기에 빠벨이 손님을 너무 무례하게 대하는 것 같았다. 그래서 어머니는 분위기를 부드럽게 바꿔 볼 심산으로 리빈에게 물었다. 「뭐 좀 들겠수, 미하일 이바노비치?」

「감사합니다, 아주머니! 저녁은 먹었습니다. 그런데 빠벨, 자네는 이를테면, 삶이 제멋대로 진행되고 있다고 생각하나?」

빠벨은 자리에서 일어나 뒷짐을 진 채 방 안을 거닐기 시작했다. 「삶은 올바르게 진행되고 있어요. 한번 생각해 보세요. 아저씨로 하여금 제게 찾아오게 하고 또 마음을 열게 한 것은 바로 그 삶이 아니던가요? 그리고 평생을 노동으로 먹고사는 우리들을 지금 이 순간에도 적잖이 단결케 하고, 시간이 지나 모든 노동자들을 단결케 할 것도 또한 삶이 아니고 무엇이겠어요! 삶은 지금 우리를 부당하게 짓누르고 있습니다. 하지만 삶은 또한 삶의 괴로운 의미를 바라보는 우리의 눈을 뜨게 하고 그때를 앞당길 수 있는 방법을 인간에게 제시해 준답니다.」

리빈이 빠벨의 말을 가로챘다 「옳은 말이야. 인간은 새로 태어나야만 해. 만약 어떤 사람이 때가 덕지덕지하다면 목욕탕에 데려가 때를 박박 밀고 새 옷을 입혀 주어야만 하네. 그러면 그 사람은 어디에 내놓아도 전혀 손색이 없는 사람이 될 걸세. 그렇다고 치세. 하지만 인간의 속마음은 어떻게 깨끗이 한다지? 그게 바로 문제야.」

빠벨은 권력에 대해서, 공장에 대해서 그리고 외국의 노동자들이 자신들의 권리를 어떻게 주장하고 있는지에 대해서 격한 어조로 열렬히 말하기 시작했다. 리빈은 가끔 손바닥으로 탁자를 내리치기도 했다. 그 모양이 마치 빠벨의 이야기에 마침표를 찍는 것 같았다. 게다가 빠벨의 이야기 도중에 소리를 지른 것이 한두 번이 아니었다.「그렇지!」그리고 한번은 웃으면서 조용히 말했다.「어이구, 자네는 젊어. 아직 사람들을 많이 모르는구먼!」

그럴 때면 빠벨은 그의 앞에 우뚝 서서 심각하게 말하는 것이었다.「나이가 많다느니 적다느니 하는 말은 되도록 하지 맙시다! 누구의 생각이 더 옳은가 하는 것을 가리는 것이 훨씬 더 중요한 문젭니다.」

「요컨대, 자네 말대로라면 신이 우리를 속였다는 말이구먼? 맞는 소리야! 나 역시도 우리네 종교라는 것이 거짓된 것이라고 생각하네.」

이 대목에서 어머니가 끼어들었다. 아들이 신에 대해서 이야기를 한다거나, 그녀가 아직까지는 자애롭고 성스러운 것으로 생각하고 있는 하느님에 대한 믿음과 관련이 있는 모든 것에 대해서 이야기를 할 때면 그녀는 언제나 아들의 두 눈을 쫓느라 열심이었다. 마치 〈빠벨, 불신앙이라는 날카롭고 신랄한 말로 이 어미의 가슴을 후비지는 말아 다오〉하며 아들에게 말없이 애원하는 것 같았다. 그러면서도 이런 불신앙 이면에 존재하는 그의 엄연한 믿음을 느낄 수 있었다. 그러자 어머니의 마음은 한결 진정되었다. 〈너의 생각을 어디서부터 이해하면 좋을지 모르겠구나!〉 어머니는 생각했다.

어머니는 리빈도 중년의 남자이기 때문에 빠벨의 이야기를 들으면서 기분이 언짢고 어쩌면 모욕을 느꼈을지도 모른다고 생각했다. 그러나 리빈이 자신의 문제를 빠벨에게 그렇지도 않다는 듯 제기했을 때 어머니는 더 이상 참을 수가 없어서 짧게, 그러나 단호하게 말했다.「주님에 대해서 얘기할 때는 둘 다 한 번 더 생각하고 신중하게 얘기하구려.」 그녀는 한숨을 크게 내쉬고서 힘 있고 열띤 어조로 말을 이었다. 「젊은 사람들이야 하고픈 대로 생각할 수가 있소. 하지만 나는 이제 늙어서, 주님마저 내게서 떠나가면, 내 불안한 마음을 의지할 곳이라곤 아무 데도 없게 되고 말 거요.」 그녀의 두 눈에 눈물이 고였다. 접시를 닦는 그녀의 손가락이 사뭇 떨렸다.

「저희들을 아직 이해 못하세요. 어머니!」 빠벨이 조용히 그리고 다정하게 말했다.

「죄송합니다. 아주머니!」 리빈도 낮고 굵은 목소리로 천천히 덧붙였다. 그러고 나서 웃으면서 빠벨을 쳐다보았다. 「나는 어머니께서 사마귀를 떼어 버리기엔 너무 늙으셨다는 걸 잊었었네.」

빠벨이 계속했다. 「저는 어머니께서 믿으시는 자애롭고 인정 많은 신에 대해서 말하는 게 아닙니다. 전 그 이름을 빌려 사제들이 몽둥이로 그러듯이 우리를 위협하는 신에 대해서 말하는 겁니다. 소수 사악한 무리들이 그 이름을 빌려 모든 사람들로 하여금 자기네들의 뜻에 따르도록 강요하고자 안달하는 바로 그 신에 대해서 말입니다.」

「바로 그거야, 암 그렇고말고!」 손바닥으로 탁자를 내리치면서 리빈이 소리쳤다. 「그들은 우리들로 하여금 바꿔치기 된 신 앞에서 맹세하도록 만들었어. 일단 자기네들의 손에 들어온 것이면 모두 다 우리들과 싸우도록 만들어 놓았단 말일세. 명심하세요, 아주머니. 신은 인간을 창조할 때 자기와 닮은 모습으로 만드셨습니다. 결국 인간이 신을 닮았다는 결론이 나오는 겁니다. 그러니 우리들은 신을 닮지 못하고 사나운 짐승이 되어 버렸어요. 교회는 허수아비를 흔들어 우리를 위협하고 있는 셈이지요. 우리는 신을 바로잡아야만 합니다. 그자들은 신에게 거짓과 중상의 옷을 입히고 얼굴을 일그러뜨려 놓았습니다. 그게 뭡니까. 바로 우리의 영혼을 파괴하려는 수작인 것입니다.」

그는 조용조용 말했다. 그의 말 한마디 한마디가 정신이 아찔

할 정도의 충격으로 어머니의 뇌리에 박혔다. 검은 턱수염이 난 그의 넓은 얼굴이 어머니를 놀라게 했다. 애처롭기도 했다. 그의 검은 눈빛은 어머니를 흥분시켜 그녀의 가슴 깊숙이 숨어 있던 괴로운 공포의 감정을 일깨웠다.

「안 되겠어, 밖으로 나가는 게 낫겠어.」 무엇인가를 부정하듯 고개를 저으면서 어머니가 말했다. 「도저히 듣고 있을 기운이 없어.」 그리고 어머니는 리빈의 말소리를 뒤로한 채 서둘러 부엌으로 나갔다.

「보았는가, 빠벨! 만물의 근원은 머리가 아니고 바로 이 가슴이야! 가슴은 인간 영혼에서 특별한 자리를 차지하지. 그 외엔 어떤 것도 자라날 수 없어……」

「인류를 해방시켜 줄 수 있는 것은 오직 이성뿐입니다.」 빠벨이 결연한 어조로 말했다.

「이성은 힘을 주지 않네. 가슴이 힘을 주는 거야. 머리가 아니란 말야, 알겠나?」 리빈도 단호한 어조로 크게 소리쳤다.

어머니는 잠옷으로 갈아입고 기도도 하지 않은 채 잠자리에 들었다. 그녀는 한기를 느꼈다. 기분도 좋지 않았다. 처음엔 그토록 믿음직스럽고 지혜로워 보이던 리빈조차 이제는 그녀에게 적대감을 불러일으켰다. 〈이단자! 선동가! 그는 도대체 왜 찾아왔을까?〉 어머니는 그의 목소리를 들으며 잠시 생각했다.

하지만 리빈은 여전히 확고하면서도 침착한 어조로 계속해서 말을 했다. 「성스러운 자리는 비워 놓아선 안 돼. 신이 살고 있는 곳, 바로 거기가 가장 약한 지점이야. 영혼에서 신을 떠나보내면 가슴 안에 상처만 남을 걸세, 정말이네. 빠벨, 새로운 믿음을 생각해 내야만 해……. 인간에게 친구처럼 다정한 신을 창조해 내야만 한단 말일세.」

「그리스도가 있지 않습니까!」 빠벨이 소리쳤다.

「그리스도는 정신적으로 너무나 허약했어. 〈이 술잔이 나를 지나치게 해주십시오〉라고 하지 않았는가! 그리고 그는 카이사르를 용인했지. 신이 어떻게 자기 피조물들 위에 군림하는 한 인간의 권력을 용인할 수 있단 말인가. 신은 전지전능한 거야! 그는 자신의 영혼을 둘로 나누지 못했어. 신적인 영혼과 인간적인 영혼, 이렇게 둘로 말일세. 하지만 그리스도는 상거래도, 결혼도, 어느 하나 반대하지 않았어. 그리고 그가 무화과나무를 저주한 것은 옳지 못한 일이야. 자신의 의지로 모든 걸 다 창조하면서 열매를 맺지 못한다고 무화과나무를 비난한다는 것이 과연 타당한가 말이야! 영혼도 마찬가지야. 자기의 의지에 따라서 악한 열매를 맺는 것은 없어. 내가 스스로 나의 영혼에 악의 씨앗을 뿌릴 수 있겠는가 생각해 보라고! 물론 아닐 밖에!」

방에선 두 사람의 목소리가 끊임없이 들려왔다. 마치 둘이 부둥켜안고 무슨 열띤 시합이라도 하는 것 같았다. 빠벨이 걸음을 떼어 놓을 때마다 그의 구두 뒷굽에 마룻바닥 긁히는 소리가 요란했다. 빠벨이 이야기할 때는 모든 다른 소리가 그의 말에 묻혔다. 그러나 리빈의 무거운 목소리가 천천히 은은하게 흐를 때면 시계 흔들리는 소리와 예리한 발톱으로 담벼락을 할퀴는 싸락눈의 타닥이는 소리가 함께 들려왔다.

「내 직업이 화부니까 화부의 입장에서 내 생각을 말한다면 신은 불꽃이라고도 할 수 있네. 그렇지! 그리고 신은 가슴 안에서 살아. 이런 말이 있지. 〈태초에 말씀이 있었다〉, 말씀은 신이야. 그렇기 때문에 말씀은 곧 영혼인 셈이지…….」

「말씀은 곧 이성입니다.」 빠벨이 고집스럽게 주장했다.

「옳은 소리야! 요컨대 신은 가슴과 이성 안에 있지 결코 교회 안에 있는 게 아니라는 거야. 교회는 신의 무덤일 뿐이야.」

어머니는 그새 잠이 들어 리빈이 돌아가는 소리를 듣지 못했다. 그러나 리빈은 그날 이후 자주 찾아오기 시작했다. 만일 빠벨의 집에 친구들이 찾아와 있는 날이면 리빈은 구석에 말없이 앉아 가끔 이렇게 탄성을 지를 뿐이었다. 「그렇지! 바로 그거야.」

한번은 구석에 앉아 어두운 시선으로 모두를 바라보면서 리빈이 우울한 목소리로 말했다. 「우리 한번 이런 얘기를 해보았으면 합니다. 지금 있는 게 무엇이고 우리가 알고 있지는 못하지만 앞으로 있게 될 것이 무엇인가를 말입니다. 일단 민중들이 자기 자신을 해방시키고 나면 그들은 가장 좋은 것이 무엇인지를 스스로 알게 될 겁니다. 상당히 많은 요소들, 심지어 이전에는 전혀 바라지도 않던 많은 요소들이 그들의 머릿속에 들어앉게 되었다고 생각해 봅시다. 그리고 스스로 상황 판단을 내리도록 시간을 주어 보시오. 그러면 아마 민중들은 모든 것을 거부하려 할 겁니다. 인생도, 모든 지식 나부랭이도, 모두 말입니다. 아마 그들은 교회의 신 같은 자신의 적을 정확히 이해하게 될 겁니다. 그들의 손에 책을 쥐여 주기만 해도 그들은 거기서 스스로 해답을 구하게 될 겁니다. 별게 아니라오.」

그러나 빠벨이 리빈과 또 둘이 있을 때는 그들의 논쟁은 끝이 없었다. 그러나 그 논쟁은 결코 도를 넘어서는 법이 없었다. 어머니는 그의 이야기를 두려움에 떨며 들었다. 그러면서도 그가 도대체 무슨 말을 하고 있는지를 이해하려고 그의 말을 쫓느라 여념이 없었다.

때때로 어머니는 넓은 어깨에 검은 수염을 덥수룩하게 기른 이 화부와 체격이 당당하고 키가 큰 자기의 아들에 눈이 멀 정도의 강렬한 인상을 받기도 했다. 그들은 탈출구를 찾아 이리저리 분주히 돌아다니기도 했고, 힘은 세지만 눈이 먼 양손을 들어 모든 걸 움켜잡으려 하기도 했다. 또 비틀거리면서 이 자리 저 자리를 왔다 갔다 하고, 어떨 땐 마룻바닥에 엎드려 두 발로 바닥을 마구 문질러 대기도 했다. 그들은 모든 문제에 정면으로 충돌하여 그것을 느끼면서 가끔은 그것들을 한쪽으로 치워 두기도 했다. 하지만 그러면서도 믿음이나 희망 따위를 잃는 일은 결코 없었다.

그들은 자신들의 정직함과 불요불굴의 용기로 무서운 말들을 어떻게 들어야만 하는가를 어머니에게 가르쳤다. 그러나 이제 그런 말들은 더 이상 처음과 같은 힘으로 그녀에게 강한 충격을 주지 못했다. 어머니는 이제 그런 말들을 거부하며 반론을 펼 줄도 알게 되었다. 그리고 어쩌다 어머니는 신을 부정하는 말들의 이면에 존재하는 신에 대한 강한 믿음 역시도 느낄 수 있게 되었다. 그럴 때면 어머니는 잔잔한 미소를 지어 보였다. 그 미소는 마치 모든 걸 용서하겠다는 관대함의 극치를 말하고 있는 것 같았다. 비록 리빈을 탐탁지 않게 생각하는 마음은 여전했지만 그렇다고 이전의 적대감을 그대로 느끼지는 않았다.

일주일에 한 번씩 어머니는 속옷과 책들을 감방에 갇혀 있는 우끄라이나인에게 가져다주었다. 한번은 면회할 수 있는 기회도 주어졌다. 어머니는 집에 돌아오자마자 감동 어린 목소리로 있었던 일을 죄다 이야기했다. 「그 애는 거기에서도 집에 있는 거나 진배없더라. 여전히 모든 사람들한테 다정하게 대해 주고 다른 사람들의 농담도 모두 받아 주면서 말야. 그게 참 힘들고 고달픈 일일 텐데도 전혀 내색을 않더구나……」

리빈이 말했다. 「그래야만 합니다. 우리는 피부가 우리를 감싸고 있듯이 그렇게 고통의 가죽을 뒤집어쓰고 있습니다. 고통으로 숨을 쉬고 고통으로 짠 옷을 입고 사는 셈이지요. 뭔가 자부심을 가질 만한 것이라곤 하나도 없습니다. 그렇다고 모든 사람들이 너 나 할 것 없이 눈이 먼 건 아닙니다. 어떤 사람들은 제 눈을 스스로 감고 있다니까요, 정말! 어리석다고 느끼면 뭐 합니까? 이겨 낼 생각은 않고 그저 이빨이나 드러내고 생긋거리기에 바쁘니……」

12

블라소프의 잿빛 작은 집은 날이 갈수록 한층 더 공장촌 사람들의 관심을 끌게 되었다. 이런 관심 속에는 의심쩍은 눈으로 바라보는 조심성과 무의식적인 적대감도 있었지만 한편 신뢰에 근거한 호기심도 생기기 시작했다. 때때로 모르는 사람이 찾아와 주의 깊게 방 안을 둘러보면서 빠벨에게 이렇게 말을 거는 경우도 있었다. 「이보게, 친구! 지금 책을 읽고 있군그래. 자넨 법률도 아주 잘 안다면서? 괜찮다면 내게 설명 좀 해주겠나……」

그는 빠벨에게 경찰이나 공장 관리인들의 부정을 얘기하기도 했다. 처리가 복잡한 경우에 빠벨은 시내 변호사에게 보내는 쪽지를 써서 찾아오는 사람들에게 주기도 하고 자신이 직접 해결할 수 있는 문제일 때는 성심성의껏 해결 방법을 설명해 주었다.

점차로 사람들 사이에는 이 젊고 진지한 사람을 존경하는 마음이 생기기 시작했다. 그는 모든 문제에 대해서 쉽고도 용기 있게 이야기해 주었을 뿐만 아니라 모든 사람들을 진지한 눈으로 바라보고 그들의 말에 각별한 관심을 쏟았던 것이다. 또 그는 일치하지 않는 모든 문제들의 밑바닥까지 아주 집요하게 파고들어 언제 어디서고 모든 사람들을 얽매어 놓고 있는 평범한 실마리를 찾아 주었다.

특히 〈소택지 기금〉과 관련된 사건이 있고 난 후에는 사람들

사이에서 빠벨의 주가가 더욱 뛰어올랐다.

공장 뒤편으로 전나무와 자작나무로 무성한 소택지가 널찍하게 뻗어 있었다. 그 모양이 마치 녹슬어 못 쓰게 된 반지 같았다. 여름만 되면 소택지에서 눅눅하고 누르스름한 수증기가 피어오르고 거기서 생긴 모기떼며 온갖 병원균들이 공장촌으로 날아들었다. 소택지는 공장 소유였다. 새로 부임한 사장은 거기서 이익을 끌어낼 요량으로 소택지를 바싹 말려서 이탄(泥炭)을 채취할 궁리를 하고 있었다. 그의 말에 따르면, 이 조치를 취하게 되면 이 지역 주민들의 건강 상태도 훨씬 좋아지고 모든 사람들의 생활 여건도 향상될 수 있다는 것이었다. 이러한 명분으로 사장은 임금에서 1루블마다 1꼬뻬이까씩을 공제하여 소택지를 메우는 공사 비용으로 충당한다고 노동자들에게 공고했다.

노동자들이 이에 동요하기 시작했다. 특히 그들을 노하게 한 것은 사무실 근무자는 공제에서 제외된다는 발표였다. 빠벨은 기금 징수에 대한 사장의 공고문이 나붙던 토요일엔 몸이 불편하여 일터에 나가지 않았기 때문에 이 일에 관해서는 까맣게 모르고 있었다. 그 이튿날 아침 예배가 끝나고 나서야 노인다운 풍채가 그대로 엿보이는 주물공 시조프와 키가 크고 험상궂게 생긴 열쇠공 마호찐이 찾아와 그에게 사장의 결정에 대해서 죄다 이야기해 주었다. 시조프가 침착하게 말했다. 「나이가 좀 든 사람들 몇몇이 우선 모여서 이 문제에 대해 논의해 보다가 아무래도 자네한테 가보아야 할 것 같아서 이렇게 찾아왔네. 자넨 그래도 우리들 중 배운 사람 아닌가? 그건 그렇고, 사장이 우리들 돈으로 모기떼와 싸울 수 있는 무슨 권리라도 있는가?」

작은 눈을 반짝거리면서 마호찐이 말했다. 「생각해 보게나! 4년 전에도 그 사기꾼 놈들이 목욕탕을 짓는다고 돈을 뜯어 간 적이 있네. 그때 3천8백 루블이 걷혔다더군. 그놈들이 그걸 어디에 쓴 줄 아나? 또 만약에 제대로 썼다면 그 목욕탕은 어디에 있느냔 말일세, 내 얘기는!」

빠벨은 세금의 부당성과, 그 공사를 함으로써 사장이 갈취하게 되는 이익을 설명했다. 두 노인은 얼굴을 잔뜩 찌푸리며 돌아갔다. 그들을 돌려보내고 어머니가 웃으면서 말했다. 「빠샤, 네가 아는 게 많으니까 이제 노인들까지도 너를 찾아오는구나.」

아무래도 마음에 걸리는 것이 있는 듯 빠벨은 대답도 않고 구석에 앉아 뭔가를 쓰기 시작했다. 몇 분 후에 그가 말했다. 「어머니께 부탁이 있어요. 시내에 가셔서 이 쪽지 좀 전해 주세요……..」

「위험한 일이냐?」

「예. 거기에선 우리들을 위한 신문이 인쇄되고 있어요. 그 〈소택지 기금〉 이야기가 제1면에 실려야만 합니다.」

「알았다, 알았어! 지금 당장 가도록 하마.」

이 일은 아들이 어머니에게 한 첫 번째 부탁이었다. 어머니는 빠벨이 자기에게 그렇게 모든 일을 툭 털어놓고 이야기해 주었다는 사실에 무척이나 기분이 좋았다.

외투를 걸치면서 그녀가 말했다. 「알겠다, 빠샤! 그놈들이 하는 짓이란 강도 짓이나 별반 다를 게 없어! 그 사람 이름이 뭐라고? 이고르 이바노비치라고 했냐?」

그녀는 저녁 늦게야 돌아왔다. 지치긴 했지만 상당히 만족스러운 표정이었다. 그녀는 아들에게 말했다. 「사샤도 만났단다! 네 안부를 묻더라. 이고르 이바노비치, 사람 참 솔직하더구나. 게다가 농담도 어찌나 잘하던지! 사람 참 좋더라.」

「그들이 마음에 드셨다니 기뻐요.」 빠벨이 나지막이 말했다.

「솔직한 사람들이더라, 빠샤! 사람이 솔직하면 되지 무엇이 더 필요하겠니! 모두들 네 생각을 많이 하는 눈치더라.」

월요일에도 빠벨은 머리가 아파 일터에 나가지 않았다. 그러나 점심 먹을 시간이 되었을 때 페쟈 마진이 막 뛰어왔다. 그의 표정은 흥분한 것 같기도 하고, 뭔가 행복스러워 보이기도 했다. 그런가 하면 피곤해 보이기도 하는 게 도무지 종잡을 수가 없었다. 그가 공장에서 일어났던 일을 말해 주었다. 「나와 봐! 공장 전체가 들고일어났어. 그래서 자넬 부르러 온 거야. 시조프와 마호쩐이 자네만큼 설명을 잘할 수 있는 사람은 없다고 했어. 자네도 가서 보면 정말 놀랄 거야!」

빠벨은 말없이 옷을 입었다.

「여인네들도 합세했어. 소리 지르고 난리야!」

「나도 가보자. 그들이 뭣 때문에 그러는 거야? 가봐야겠다.」 어머니가 말했다.

「가요!」 빠벨이 말했다.

그들은 거리를 따라서 말없이 걸음을 재촉했다. 어머니는 어찌나 흥분했던지 숨이 가빠 올 정도였다. 또 뭔가 중요한 일이 다가오고 있음을 직감할 수 있었다. 공장 정문 앞에는 한 무리의 여인네들이 지키고 서서 입에 담기도 부끄러울 정도의 지독한 욕설을 퍼붓고 있었다. 그들 셋이 공장 뜰로 눈에 안 띄게 비집고 들어갔을 때 그들은 곧바로 빽빽하게 들어차 잔뜩 흥분한 채로 시끄럽게 소리 질러 대는 군중들 속에 묻혀 버렸다. 어머니는 모든 사람들의 고개가 한 방향, 즉 단조부 공장의 담벼락을 향하고 있는 것을 보았다. 그곳, 고철 더미 위에 빨간 벽돌을 배경으로 시조프, 마호쩐, 발로프, 그리고 나이가 지긋한 다섯 명의 영향력 있는 노동자들이 손을 내저으며 서 있었다.

「블라소프가 온다!」 누군가가 외쳤다.

「블라소프? 그를 이리로 데리고 옵시다.」

「좀 조용히 하시오!」

여기저기서 사람들의 이런 외침 소리가 튀어나왔다.

그리고 어딘가 가까운 곳에서 리빈의 침착한 목소리가 울렸다. 「우리는 이제 일어서야 합니다. 단지 돈 때문이 아니라 바로 정의, 그 자체를 위해서 말입니다! 우리가 그토록 값있게 여기는 것은 동전, 그게 아닙니다. 동전이란 무게가 좀 있다뿐이지 다른 것처럼 둥글기는 마찬가집니다. 하지만 우리의 동전에는 바로 인간의 피가 들어 있습니다. 사장의 지폐에 들어 있지 않은 인간의 피 말입니다! 그렇기 때문에 그 가치라는 건 단순히 동전에 있는 것이 아니라, 우리들의 피, 바로 진실에 깃들어 있는 것입니다!」

그의 말 한마디 한마디가 파문을 던져 군중들의 가슴속에서 열렬한 외침들을 불러일으켰다.

「옳소, 리빈!」

「확실하군, 화부!」

「블라소프가 왔다!」

육중한 공장 기계가 돌아가는 소리, 수증기의 힘겨운 듯한 탄식의 소리, 그리고 전선의 사각거리는 소리를 무색케 하면서 사람들의 외침이 요란한 격동 속으로 섞여 들어갔다. 여기저기서 급히 내달리는 사람들, 또한 손을 흔드는 사람들로 장관을 이루었다. 그들은 서로 열렬하고 신랄한 말로 욕설을 퍼붓기도 했다. 지친 가슴들 속에서 졸린 듯 숨어 있던 흥분이 잠에서 깨어나 탈출구를 찾았다. 흥분은 승리감에 도취되어 검은 날개를 활짝 펴고 사람들을 한층 강력하게 낚아채면서 공기 중을 날아 사람들로 하여금 바로 자신들의 문제에 열중하게 만들고 서로서로를 마구 충돌시키면서 결국엔 그 자신이 타는 듯한 분노로 바뀌어 갔다. 군중의 머리 위에선 그을음과 먼지로 이루어진 구름이 미친 듯 소용돌이쳤다. 얼마 후 상기된 사람들의 얼굴이 분노로 활활 타올랐다. 두 뺨은 시꺼먼 눈물을 흘리고 있었다. 시꺼먼 얼굴에서는 두 눈이 빛났으며 또 이도 번뜻거렸다.

시조프와 마호찐이 서 있던 곳에 빠벨이 등장했다. 이내 그의 외침 소리가 울려 퍼졌다. 「동지들!」

어머니는 보았다. 그의 얼굴이 하얗게 변하고 입술이 떨리고 있는 것을. 그녀는 자신도 모르게 군중을 밀어젖히며 앞으로 나섰다. 사람들의 신경질적인 목소리가 들렸다. 「어딜 자꾸 끼어드는 거야?」 그녀는 이리저리 떠밀렸다.

어머니는 이에 굴하지 않았다. 양어깨와 팔꿈치로 사람들을 밀어 헤치면서 그녀는 아들에게로 점점 가까이 다가갔다. 어머니는 아들의 옆에 나란히 서고 싶은 마음뿐이었다.

한편, 빠벨은 가슴 안에서 우러나오는, 그가 습관적으로 의미심장하고 중요한 의미를 한껏 담아내곤 했던 말들을 선택할 때마다, 투쟁의 기쁨으로 일어나는 경련이 자신의 목을 압박하는 것을 느꼈다. 그는 진실에 대한 꿈의 불꽃으로 불타오른 자신의 심장을 사람들에게 던져 주고 싶은 열망에 사로잡혔던 것이다.

「동지들!」 그가 반복하는 이 말 속에는 환희와 힘이 넘쳐 있었다. 「우리가 누굽니까? 교회와 공장을 짓고, 쇠사슬과 돈을 만들어 내는 사람이 바로 우리들입니다. 다시 말해 우리는 살아 있는 힘입니다. 태어나서 죽는 그날까지도 우리는 모든 사람들을 먹여 살리고 기쁨을 안겨다 주는 바로 그런 살아 있는 힘인 것입니다.」

「옳소!」 리빈이 외쳤다.

「우리에겐 언제 어디서고 일이 우선이었고 삶이란 나중 문제였습니다. 우리에게 마음을 썼던 사람이 있습니까? 우리가 잘되는 것을 바라는 사람은 있습니까? 과연 우리를 사람으로 여기는 이들이 있습니까? 아무도 없습니다.」

「아무도 없어!」 누군가 외치는 소리가 들렸다. 마치 메아리 같았다.

빠벨은 자신을 억제해 가며 한결 차분해진 목소리로 더욱 쉽게 말하기 시작했다. 군중은 천천히 그에게로 가까이 모여들었다. 언뜻 보아 마치 시꺼먼 하나의 몸뚱어리로 착각할 정도였다. 군중은 수백의 주의 깊은 눈으로 그의 얼굴을 일제히 쳐다보았다. 마치 그의 말 한마디 한마디를 죄다 빨아들이려 하는 것 같았다.

「우리 스스로가 서로 동지라고 느끼지 못하는 한, 우리는 결코 우리들의 더 나은 몫을 쟁취할 수가 없습니다. 하나의 바람, 즉 우리의 권리를 쟁취하기 위해 끝까지 투쟁한다는 그 바람으로 굳게 결합한 한 가족과 같은 친구로서 서로를 느껴야만 합니다.」

「본론을 얘기해라!」 어딘지 어머니 가까이에 있는 사람이 야비하게 소리쳤다.

「거, 끼어들지 마쇼!」 서로 다른 곳에서 두 고함 소리가 나지막하게 들려왔다.

연기에 까맣게 그을린 얼굴들이 잔뜩 의심을 품은 듯, 불쾌한 듯 찌푸려졌다. 수많은 눈들이 빠벨의 얼굴을 생각에 잠긴 듯 진지하게 응시하고 있었다.

「사회주의자인 것 같군, 바보가 아니라면!」 누군가가 말했다.

「와! 저렇게 말한다는 게 보통 용기 가지고 되는 게 아냐!」 어머니의 어깨를 툭툭 치면서 키 큰 애꾸눈의 노동자가 말했다.

「동지들! 드디어 우리 자신 말고는 우리를 도울 사람이라곤 하나도 없다는 것을 깨달을 때가 왔습니다. 〈한 사람의 열 걸음보다 열 사람의 한 걸음을!〉 이게 바로 우리의 강령입니다. 우리의 적을 쳐부수기 위해서!」

「그는 진실을 말하고 있습니다. 동지들!」 마호찐이 외쳤다. 그러고 나서 그는 불끈 쥔 주먹을 공중에 높이 쳐들었다.

「사장을 소환합시다!」 빠벨이 계속했다.

군중은 폭풍이 몰아치듯 들끓었다. 그들은 동요되기 시작했다. 이내 여기저기서 고함 소리가 튀어나왔다.

「사장을 소환하자!」

「대표를 사장에게 보냅시다!」

어머니는 앞으로 헤집고 나가 바로 밑에서 아들을 올려다보았다. 그녀의 얼굴엔 자부심이 역력했다. 빠벨이 나이 많고 존경받는 노동자들 가운데 서 있을 뿐만 아니라, 모두들 그의 말에 따르고 동의하고 있었던 것이다. 어머니는 그가 다른 사람들과 달리 화를 내지도 않고 욕설을 하지도 않아 더욱 마음이 흡족했다.

마치 함석지붕에 우박이 쏟아지듯이, 이곳저곳에서 외침과 욕설들, 독설들이 빗발쳤다. 위에서 두 눈을 둥그렇게 뜨고 사람들을 내려다보는 빠벨의 모습이 그들 중에서 무엇인가를 찾고 있는 것 같았다.

「대표를 뽑읍시다!」
「시조프요!」
「블라소프요!」
「리빈이오! 이 사람의 말발은 당해 낼 사람이 없을 거야!」
느닷없이 군중 속에서 그리 크지 않은 외침 소리가 울렸다.
「사장이 제 발로 나온다!」
「사장이야!」
군중이 끝이 뾰족한 턱수염에 길쭉한 얼굴을 한 키 큰 남자에게 길을 터주었다.
「좀 들어갑시다!」 그가 제 앞을 막고 있는 노동자들을 신속한 손놀림으로 밀어젖히며 말했다. 그러나 노동자들의 몸을 직접 건드리지는 않고 시늉만 할 뿐이었다. 그는 눈을 가늘게 뜨고, 사람들을 지배하는 군주의 능숙한 시선으로 노동자들의 얼굴을 하나하나 유심히 관찰했다. 그가 다가가자 사람들은 모자를 벗고 인사를 하기도 했다. 그러나 사람들의 인사에는 아랑곳하지도 않은 채 그는 앞으로 걸어갈 뿐이었다. 그의 갑작스러운 출현으로 군중들 사이엔 정적만이 감돌았다. 어쩌다가 당혹스러움에 어쩔 줄 몰라 하는 사람들의 모깃소리만 한 수군거림과 어색한 웃음소리만 간간이 들려올 뿐이었다. 그 소리들은 마치 장난치다 들킨 어린아이들의 초조함 바로 그것이었다.

사장은 준엄한 시선을 어머니의 얼굴에 흘리면서 그녀의 곁을 지나 고철 더미 앞에 우뚝 섰다. 위에서 누군가가 그에게 손을 내밀었다. 그러나 그는 내민 손도 잡지 않고 느긋하게, 그러면서도 힘찬 몸놀림으로 위로 뛰어올랐다. 그가 빠벨과 시조프 앞에 서서 물었다. 「이건 무슨 집회야! 왜들 작업을 중단했지?」

몇 초 동안은 침묵이 흘렀다. 사람들의 고개가 여문 이삭처럼 떨구어졌다. 시조프도 모자를 벗어 허공에 대고 흔들더니 어깨를 움츠리고 이내 고개를 떨구어 버렸다.

「내가 묻는 말에 대답해야 할 것 아냐?」 사장이 소리쳤다.

빠벨이 그와 나란히 서서 시조프와 리빈을 가리키며 큰 소리로 말했다. 「우리 세 사람은 동지들로부터 1퍼센트 공제 조치 철회를 당신에게 요구하라는 위임을 받았습니다.」

「무슨 이유로?」 빠벨은 쳐다보지도 않고 사장이 물었다.

「우리는 우리에게 강요된 그 공제가 부당하다고 생각하기 때문입니다.」 빠벨이 큰 소리로 말했다.

「그러니까 자네 말은 소택지를 메우고자 하는 내 계획이 단지 노동자들을 착취하려는 것일 뿐 결코 자네들의 작업 환경 개선을 위한 배려가 될 수는 없다 그 말이지? 그런가?」

「그렇습니다!」 빠벨이 대답했다.

「당신도 같은 생각이오?」 사장이 리빈에게 물었다.

「우리 모두가 같은 생각이오.」 리빈이 대답했다.

「이보쇼, 당신은 어떻소?」 사장이 이번엔 다시 시조프를 보고 물었다.

「나도 마찬가지요. 우린 한 푼이라도 깎이는 걸 원치 않소.」 시조프는 다시 고개를 떨구고 죄지은 듯 어색하게 웃었다.

사장은 천천히 군중을 둘러보고 어깨를 으쓱거렸다. 잠시 후 예리한 눈초리로 빠벨을 노려보면서 말했다. 「자네 꽤나 유식해 보이는데, 아니 그래, 자네 같은 사람이 정말로 이 조치가 얼마나 유익한지를 이해할 수 없단 말인가?」

빠벨이 큰 소리로 대답했다. 「만일 공장 돈으로 소택지를 메운다면 그거야 얼마든지 이해할 수 있지요.」

「공장이 무슨 자선 사업 하는 덴 줄 아나? 난 여러분 모두에게 즉시 작업을 시작할 것을 명령한다!」 사장이 무뚝뚝하게 말했다. 그런 다음, 그는 아무도 쳐다보지도 않고 고철 더미를 조심스레 발로 더듬으면서 밑으로 내려가기 시작했다.

군중 틈에서 왁자지껄하게 떠드는 소리가 들렸다.

「뭐야?」 사장이 멈추어 서서 신경질적으로 물었다.

모두가 일제히 입을 다물었다. 잠시 후 어딘가 멀리서 침묵을 깨는 목소리가 들렸다. 「당신 혼자서나 가서, 일 실컷 하시오.」

「만약 15분 내로 작업을 시작하지 않으면 모두에게 벌금 딱지를 떼도록 명령하겠다!」 사장은 똑똑한 목소리로 거칠게 대답했다.

그는 다시 군중을 헤치고 나아가기 시작했다. 그러나 이제는 그가 지나간 자리에는 무딘 불평만이 남아 있을 뿐이었다. 그리고 그의 모습이 점점 눈에서 멀어질수록 다시 사람들의 목소리가 점점 높아져 갔다.

「사장한테 가서 다시 말해!」

「정의 찾더니, 겨우 그거야! 에라, 같잖은 재판관아……」 사람들이 빠벨을 향해 소리쳤다.

「에이, 법률가 양반, 도대체 지금 뭐 하는 거야?」

「말만…… 말만 많이 하면 뭐 해, 사장이 오니까 모두 허산걸!」

「이보게나, 블라소프. 어떻게 했으면 좋겠나?」

외침 소리가 더욱 거칠어지자 빠벨이 소리쳤다. 「동지들, 난 사장이 공제를 철회할 때까지 작업을 중단할 것을 제안합니다.」

격앙된 목소리들이 터져 나왔다.

「우리가 바본 줄 알아?」

「돈 몇 푼 때문에?」

「파업을 왜 못해?」

「우린 모두 목이 달아날 거야……」

「어느 놈이 일하겠다는 거야?」

「꽤나 많을걸!」

「배신자가 되겠단 소린가?」

13

 빠벨은 아래로 내려와서 나란히 서 있었다.
 여기저기서 시끄럽게 떠드는 소리가 들렸다. 서로 말다툼을 하기도 하고 흥분해서 소리치기도 했다.
 리빈이 빠벨에게 다가오며 말했다. 「사람들을 파업까지 이끌긴 힘들 걸세. 돈이라면 환장을 하면서도 겁이 너무 많아. 기껏해야 한 3백 명 남짓 자네 편에 설까, 그 이상은 어려울 거야. 쇠스랑 하나로 퍼올리기에는 퇴비 양이 너무 많아……」
 빠벨은 아무 말이 없었다. 그의 눈앞에서 군중의 거대하고 시꺼먼 얼굴이 흔들거렸다. 그의 두 눈을 까다롭게 응시하면서. 심장이 두근거렸다. 빠벨에겐 그의 말이 사람들 속에서 흔적도 없이 사라진 것처럼 생각되었다. 마치 오랜 가뭄으로 황폐해진 땅에 내린 하나의 빗방울같이.
 그는 피곤한 몸을 이끌고 집에 돌아왔다. 서글펐다. 어머니와 시조프가 그를 따랐다. 리빈은 그와 나란히 걸으면서 귀에 대고 속삭였다. 「자네, 얘기는 잘했는데, 그들의 가슴에다 대고 얘기하지를 못했어. 그게 문제야! 그들의 가슴에다 대고 말을 해야 해. 그래서 그들의 가슴에 불을 댕겨야 한다고. 가슴 깊숙한 곳에 말야. 자네는 이성으로 사람들을 휘어잡지 못했어. 결국 신발이 발에 맞지 않는 거야. 너무 볼이 좁고 작아!」

시조프가 어머니에게 말을 건네고 있었다. 「우리 같은 늙은이들은 이제 무덤에나 가야 하오, 닐로브나! 새로운 세대의 민중이 자라나고 있어요. 우리가 어떻게 살아왔소? 그저 무릎을 꿇고 기기나 하고 머리가 땅에 닿도록 절이나 하면서 살아온 게 아니오? 하지만 요즈막의 사람들은, 내가 잘은 모르지만 제정신들을 차려 가는 것 같소. 물론 어쩌다 일을 좀 그르치는 경우도 있겠지. 하지만 적어도 우리네와 다르다는 건 확실해요. 젊은이들을 보구려. 사장이란 사람과 얘기하는 데도 전혀 거리낌이 없고 마치 너나 나나 똑같은 사람 아니냐는 투 아니오……. 그래야만 하고! 그럼 다음에 또 만나세, 빠벨 블라소프. 자네가 한 일은 잘한 일이야, 사람들을 위해서라도. 신께서 도우실 걸세. 아마 자넨 뭔가 하여튼 방도를 찾아내고야 말 거야. 신의 가호가 있길 비네!」 그리고 그는 총총 사라졌다.

리빈이 중얼거렸다. 「목숨이 다하는 그 순간까지 전진! 자넨 이제 이미 이전의 자네가 아냐. 시멘트가 된 걸세. 그러니 자네가 틈을 메워야만 해. 자넨 보았나, 빠벨? 자넬 대표로 뽑자고 소리치던 사람들 말일세. 자넬 보고 사회주의자다 선동가다 하면서 소리친 사람들도 바로 그들이었어! 그들이 생각하는 건 뻔하네. 이를테면 당장 자기가 해고당하는 건 싫으니 자네에게 모든 책임을 지우겠다는 거야.」

「그들로 봐서는 당연한 거죠!」 빠벨이 말했다.

「늑대들이 서로를 물고 뜯는 것이 당연한 거나 별반 다를 게 없지…….」 리빈의 얼굴이 침울해 보였다. 또 그의 목소리도 유난히 떨리고 있었다. 「사람들은 맨살의 말을 믿지 않아. 그러니 말에 피를 물들이려고 노력해야만 하네…….」

그날 하루 종일 빠벨은 우울하고 몹시 피곤했다. 도무지 마음의 갈피를 잡을 수가 없었다. 그의 두 눈은 마치 무엇인가를 찾는 듯 붉게 타올랐다. 어머니가 이것을 보고 조심스레 물었다.

「어디 아픈 데라도 있니, 빠샤, 응?」

「머리가 아파요.」 생각에 잠겨 그가 말했다.

「좀 누우려무나, 가서 의사를 불러오마……」

그는 어머니를 쳐다보고 성가시다는 어조로 대답했다. 「아니에요, 그럴 필요 없어요.」 잠시 가만히 있다가 그는 갑자기 나지막한 목소리로 말문을 열었다. 「전 너무 어리고 약해지기까지 해요. 그게 문제예요! 사람들은 저를 믿지 못하고 제 진실을 지지하지 않아요. 정말로 어떻게 밀고 나가야 할지를 모르겠어요……. 제 자신에게 실망했어요. 이제 제 자신이 혐오스럽기까지 해요.」

어머니는 그의 얼굴을 우울한 심정으로 쳐다보았다. 어떻게든 위로를 해주고 싶어 차분한 목소리로 말했다. 「얘야, 너무 서두르지 마라! 사람들이 오늘 비록 너를 이해하지 못했다 해도 내일은 이해하게 될 게다……」

「이해를 해야만 했어요!」

「누가 뭐래도 나만은 네가 옳다는 걸 안다……」

빠벨은 그녀에게 다가갔다. 「어머닌 훌륭하신 분이세요……」

그 말을 하고 그는 돌아섰다. 어머니는 그의 나직한 말에 몸이 데기라도 한 듯이 손을 가슴에 얹고 부르르 떨었다. 그리고 그의 다정함을 행여 흘릴세라 가슴에 품고 방을 나갔다.

한밤중이었다. 어머니는 벌써 잠자리에 들었고 빠벨은 침대에 누워 책을 읽고 있었다. 바로 그때 헌병들이 들이닥쳐 마당이고 다락방이고 할 것 없이 여기저기 구석구석을 열심히 뒤지기 시작했다. 얼굴이 누렇게 뜬 장교는 처음에 왔을 때와 마찬가지로 모욕적이고 조롱기 섞인 언사를 서슴지 않았다. 그 하는 모양이 조소를 즐기며 가슴에 상처를 입히려고 애쓰는 바로 그것이었다. 어머니는 구석에 말없이 앉아서 한순간도 아들의 얼굴로부터 눈을 떼지 않았다. 그의 표정에는 자신의 흥분을 드러내지 않으려고 애쓰는 모습이 역력했다. 그러나 장교가 웃음을 터뜨릴 때면 그의 손가락들은 이상스럽게 경련을 일으키는 것이었다.

어머니 역시 장교에게 대답도 하지 않고 그의 농지거리를 모두 참아 내는 아들의 괴로움과 고통을 조금이나마 느낄 수 있었다. 이제는 첫 번째 집 수색을 당하던 때처럼 그렇게 무섭지는 않았다. 어머니는 회색 제복을 입고 발에는 박차를 단 밤손님들에 대해 억누를 길 없는 증오심을 느꼈다. 바로 이 증오심이 불안을 집어삼켰던 것이다.

빠벨이 들릴락 말락 한 소리로 겨우 어머니에게 속삭였다. 「저를 잡아갈 거예요……」

그녀는 고개를 떨구고 나지막한 소리로 대꾸했다. 「알겠다……」

그녀는 그들이 아들을 감옥에 집어 처넣을 것임을 알고 있었다. 바로 오늘 그가 노동자들에게 한 말 때문이라는 것도 알고 있었다. 그러나 그가 한 말에 모든 사람들이 동의를 했고 모든 사람들이 그를 위해서 들고일어나게 되면 결국은 아들을 오래 잡아 두지는 못하리라는 것에까지 생각이 미치게 되었다.

어머니는 아들을 끌어안고 맘 놓고 울고 싶었다. 그러나 장교가 그의 옆에 서서 두 눈을 부라리며 그녀를 쳐다보고 있었다. 입술도 부르르 떨렸고 콧수염도 미세한 경련을 일으키고 있었다. 마치 그 모양이 어머니의 눈물과 하소연, 그 애원을 기다리기라도 하는 것 같았다. 어머니는 말을 되도록 적게 하려고 애를 쓰면서 있는 힘을 다해 아들의 손을 쥐었다. 그리고 숨을 억제하면서 나지막한 목소리로 천천히 이야기했다. 「잘 가거라, 빠샤, 필요한 건 모두 챙겼니?」

「예. 걱정하지 마세요……」

「그리스도가 너와 함께하시길……」

그가 잡혀가자 어머니는 긴 의자에 털썩 주저앉아 눈을 감고 조용히 흐느끼기 시작했다. 남편이 그랬던 것처럼 벽에 등을 기대었다. 슬픈 것은 고사하고 자신의 무력감을 생각하면 그저 화가 치밀었다. 그녀는 고개를 뒤로 젖히고 오래오래 흐느껴 울었다. 마치 상처받은 가슴의 고통을 그 울음에 담아 흘려보내기라도 하듯이. 그녀의 눈앞에는 붙박여 있는 얼룩과도 같이 드문드문 콧수염을 기른 누런 얼굴이 우뚝 서서 잔뜩 찡그린 두 눈으로 만족스럽다는 듯이 쳐다보고 있었다. 어머니의 가슴속에서는 진실을 추구한다는 이유로 자기에게서 아들을 빼앗아 간 사람들에 대한 울분과 적개심이 시꺼먼 소용돌이가 되어 휘돌고 있었다.

날씨가 몹시 추웠다. 빗방울이 창문에 부딪치고 있었다. 밤 동안은 눈 없는 넓고 시뻘건 얼굴에 긴 팔을 가진 회색빛 모습들이 집 주위를 어슬렁대고 누구를 잡으려는 듯 몰래 숨어 있는 것 같았다.
〈나도 함께 잡아갈 일이지.〉 그녀는 생각했다.
노동자들을 일터로 부르는 공장 사이렌이 울부짖는 소리를 내었다. 오늘은 왠지 그 울부짖음이 공허하고 음울하며 망설이는 듯했다. 문이 열리고 리빈이 들어왔다. 그는 그녀 앞에 우뚝 서서 손바닥으로 수염에 흐르는 빗방울을 훔쳐 내면서 물었다.
「빠벨을 잡아갔지요?」
「그래요, 잡아갔소. 저주받을 놈들 같으니!」 어머니가 한숨을 내쉬며 대답했다.
리빈이 웃음을 터뜨리면서 말했다. 「예상했던 일입니다. 우리 집도 수색을 했어요. 여기저기 안 뒤진 데가 없지요. 정말 엉망으로 해놓았어요. 욕을 한참 퍼붓더니만 더 이상 해를 끼치진 않더군요. 그러더니 빠벨을 잡아갔어요. 사장이 눈을 한번 끔뻑하니까 헌병들이 고개를 끄덕이고, 급기야는 사람이 하나 없어진 겁니다. 그들은 한통속이오. 한쪽 놈들이 민중의 젖을 짜낼 때 또 다른 쪽 놈들은 뿔로 민중을 들이받고 있는 거요……」
「당신들이 빠벨 같은 사람을 위해 들고일어나야만 해요! 그게 다 모두를 위해 한 일 아니냔 말이오.」 벌떡 일어서면서 어머니가 외쳤다.
「누가 들고일어나야 한단 말입니까?」

「모두가 다!」
「그렇지 않아요! 아직은 때가 되지 않았습니다.」

얼굴엔 웃음을 그득 담고 그는 무거운 발걸음을 떼어 놓으면서 가버렸다. 그의 희망 없는 말이 어머니의 슬픔만 더하게 해놓았다. 〈혹시 때리거나 고문을 한다면…….〉 어머니의 눈앞에는 갈기갈기 찢기고 피투성이가 되어 정신을 잃고 쓰러져 있는 아들의 모습이 떠올랐다. 공포가 차디찬 돌덩이처럼 가슴을 짓눌렀다. 숨이 콱콱 막혔다. 두 눈이 아팠다.

그녀는 벽난로에 불을 지피지도, 저녁상을 차리지도, 차를 마시지도 않고 있다가 저녁 늦게 빵 한 조각을 뜯어 먹었을 뿐이었다. 잠자리에 들자 지금의 삶이라는 것이 그렇듯 공허하고 외로울 수가 없었다. 요즈막에 들어 그녀는 뭔가 의미 있고 좋은 어떤 것에 대해 부단히 기대하는 삶에 익숙해 있었다. 그녀의 주위엔 요란한 삶이 마련되어 있었고 항상 젊은이들이 분주히 드나들었으며, 그녀 앞엔 무섭긴 하지만 그래도 한결 의미 있는 삶의 창조자인 아들의 진지한 얼굴이 우뚝 서 있었던 것이다. 이런 아들이 잡혀가고 나니 이젠 낙이라고는 아무것도 없게 되었다.

14

 이 이튿날은 시간이 느릿느릿 기어갔다. 밤엔 꿈조차 꾸지 않았다. 그다음 날은 더더욱 지겨웠다. 그녀는 누군가를 기다렸지만 찾아오는 사람은 없었다. 저녁이 찾아왔다. 그리고 밤이었다. 비가 한숨을 크게 내쉬고 이내 창문 유리에 물방울을 튀겼다. 배수관은 물 내려가는 소리로 요란했고 마루 밑에선 뭔가가 장난을 치고 있었다. 지붕 위에서 물방울이 주룩주룩 떨어졌다. 물방울 듣는 그 음울한 소리가 시계 똑딱이는 소리와 묘하게도 엉키었다. 집 전체가 조용히 흔들리고 주위의 모든 것들이 쓸데없는 것으로 느껴졌다. 마치 우수로 무감각해지듯이…….
 누군가가 창문을 조용히 두드린다. 한 번, 그리고 또 한 번……. 그녀는 이렇게 문 두드리는 소리에 익숙해 있었기 때문에 별로 놀랄 것도 없었다. 그러나 이번만은 가슴을 찌르는 듯 짜릿한 기쁨에 몸이 사뭇 떨렸다. 당혹감이 얽힌 희망으로 그녀는 벌떡 일어섰다. 그녀는 얼른 숄을 두르고 문을 열었다…….
 사모일로프가 들어오고 그의 뒤를 따라서 어떤 사람이 또 하나 들어왔다. 그는 외투 깃으로 얼굴을 가리고 모자를 눈 밑까지 내려 쓰고 있었다.
 「주무시는 걸 저희가 깨우지나 않았나요?」 인사도 않고 사모일로프가 물었다. 그는 평소와는 달리 무언가 근심스러운 것이라도 있는 듯 얼굴을 잔뜩 찌푸리고 있었다.

「자지 않았소.」 그녀는 이렇게 대답하고 무엇을 기대하는 듯한 눈빛으로 말없이 그 두 사람을 응시했다.

사모일로프의 동행은 가르랑거리는 소리를 내며 무거운 털모자를 벗은 다음, 어머니에게 넓적한 손을 내밀었다. 손가락이 짧았다. 말하는 품이 너무나 다정해 마치 오랜 친구에게 하는 것 같았다.

「그간 안녕하셨습니까, 어머님! 절 못 알아보시겠어요?」

「이게 누구야? 이고르 이바노비치?」 소리쳐 대답하는 어머니의 목소리에는 별안간 기쁨이 깃들었다.

「네, 바로 알아보셨습니다.」 그가 커다란 머리를 아래로 떨구면서 대답했다. 마치 신부같이 긴 머리카락이 하늘거렸다. 그의 통통한 얼굴은 선량한 표정을 지으며 웃고 있었고, 그의 작고 귀여운 잿빛 두 눈은 어머니의 얼굴을 다정하면서도 맑게 바라보고 있었다. 그 모양이 꼭 사모바르를 닮았다. 동글동글한 얼굴, 작은 키, 게다가 투실투실한 목과 짧은 팔이 그러했다. 더구나 가슴에선 줄곧 무엇인가가 콸콸거리고, 어떨 땐 가르릉거리는 소리도 났다…….

「방으로 들어가요, 옷 입고 갈 테니!」 어머니가 말했다.

「어머님께 볼일이 있어서 왔습니다.」 사모일로프가 눈을 들어 어머니를 힐끔 쳐다보면서 걱정스러운 듯한 어조로 말했다.

이고르 이바노비치가 방 안에 들어가서 밖에다 대고 말했다. 「어머님, 오늘 아침에 어머님도 잘 아시는 니꼴라이 이바노비치가 감옥에서 풀려났습니다…….」

「그 사람 감옥에 간 줄은 몰랐는걸?」 어머니가 대꾸했다.

「두 달하고도 열하루 만에 풀려난 거예요. 거기서 우끄라이나인을 만났다더군요. 어머님께 안부 전하더랍니다. 또 빠벨도 어머님께 안부 전하면서 너무 걱정하시지 말라고 신신당부하더랍니다. 그리고 이런 길을 가는 사람들한테는 꼼꼼한 우리 당국이 만들어 운영하는 훌륭한 휴식처라고 하더라는군요. 그럼 어머님, 제가 찾아온 용건을 말씀드리겠습니다. 어제 여기서 몇 명의 동지가 잡혀갔는지 어머님은 알고 계십니까?」

「모르겠는걸! 그럼 빠샤 말고도 또 있단 말이오?」

이고르 이바노비치가 침착한 어조로 그녀의 말을 가로챘다. 「빠벨은 마흔아홉 번째로 잡혀간 거랍니다. 한 열 명은 더 당국에 의해 잡혀간다고 봐야만 합니다. 이를테면 여기 이 양반도 예외는 아닙니다……」

「맞습니다. 저도 잡혀갈 거예요.」 사모일로프가 얼굴을 잔뜩 찌푸리며 말했다.

어머니는 호흡이 한결 수월해진 것을 느꼈다. 〈적어도 거기에 빠벨이 혼자 있는 건 아니구나!〉 이런 생각이 그녀의 머리를 번개같이 스치고 지나갔다.

어머니는 옷을 갈아입고 방 안에 들어가 손님들에게 건강한 웃음을 지어 보였다. 「그렇게 많이 잡아갔다니 오래 잡아 두지는 않겠구먼……」

「물론입니다! 만일 우리가 이번 일만 성공적으로 해치운다면 분명 그들을 아주 바보로 만들 수 있을 겁니다. 문제는 바로 이거예요. 만약 우리가 지금 공장 안에다 전단 뿌리는 일을 그만둔다면, 헌병들은 이런 상황을 걸고 넘어져 빠벨과 동지들에게 그 화살을 돌리고 결국 그들을 감옥에 처넣는 데 이용해 먹을 거라는 거죠……」 이고르 이바노비치가 말했다.

「그게 무슨 뜻이지?」 어머니가 놀라서 소리쳤다.

이고르 이바노비치가 부드럽게 말했다. 「그건 매우 간단합니다! 가끔 헌병들도 머리가 제대로 돌아갈 때가 있어요. 어머님, 한번 생각해 보세요! 빠벨을 잡아들이기 전엔 전단과 유인물들이 나돌았다, 그런데 빠벨을 잡아들이자 전단과 유인물들이 없어졌다, 그렇다면 유인물을 만들어 뿌리고 다닌 놈은 바로 빠벨이란 놈이다, 뭐 이렇게 생각 않겠어요? 아마 그놈들은 모두를 먹어 치우기 위해 달려들기 시작할 겁니다. 헌병 놈들이 인간의 피를 말리는 짓거리를 얼마나 좋아한다고요. 그러니 뭐 하나 말 않고 견뎌 낼 수가 없어요.」

「알았소, 알았어! 아아, 하느님 맙소사! 이제 어떻게 하면 좋겠소?」 어머니가 침통한 목소리로 말했다.

부엌에서 사모일로프의 목소리가 들렸다. 「이제 그놈들은 거의 모든 사람들을 잡아갈 겁니다. 뒈져 버려라, 빌어먹을! ······이제 우리는 예전처럼 하던 일을 계속하는 수밖에 없어요. 일을 위해서뿐만 아니라 우리의 동지를 구하기 위해서라도 말입니다.」

「하지만 일할 사람이 없어!」 이고르가 웃으며 말하곤 덧붙였다. 「우리는 최고의 문학 작품을 갖고 있어요. 바로 제 작품이죠! ······그런데 하나 문제가 있어요. 바로 그것을 어떻게 공장 안으로 가지고 들어가느냐 하는 겁니다.」

「정문에서 들어가는 사람마다 몸수색을 하기 시작했어요.」 사모일로프가 말했다.

어머니는 그들이 자기에게서 뭔가를 원하고, 또 기대하고 있다는 느낌을 받자 서둘러 물었다. 「그럼 어쩐다지? 할 일이 뭐요?」

사모일로프가 문지방 위에 나타나 말했다. 「뻴라게야 닐로브나, 행상을 하는 꼬르수노바를 아시오?」

「알지, 그런데?」

「그 여자한테 얘기해 보면 어떨까요? 혹시 그 여자가 그 일을 해줄는지도 모르잖아요?」

어머니가 손을 내저었다. 「오, 안 될 말이오. 그 여편넨 입이 가벼워 놔서 안 돼! 그놈들이 만약 유인물이 나를 통해서, 우리집에서 나온다는 걸 듣게 되는 날이면······. 안 돼, 안 될 말이라고!」 그러다 갑자기 무슨 생각이라도 떠오른 듯이 그녀가 나지막한 목소리로 말문을 열었다. 「그걸 내게 주시오, 내게 달란 말이오! 내가 그 일을 해보겠소. 내게도 수가 있을 거야. 우선 날

조수로 써 달라고 마리야한테 부탁해 보겠소. 나도 먹고살려면 일을 해야 할 것 아닌가! 그러면 난 음식을 공장 안으로 가져갈 수 있을 테고 모든 게 생각대로 잘될 거요.」

가슴 위에다 두 팔을 얹고서 그녀는 모든 일이 무사히, 그리고 감쪽같이 진행되리라는 성급한 확신을 가졌다. 결국 승리감에 도취되어 소리쳤다. 「그놈들은 알게 될 거야. 빠벨이 없어도, 비록 감옥에 있더라도 손만은 공장에 미치고 있다는 것을. 암 알게 되고말고!」

그들 세 사람은 갑자기 기운이 솟았다. 이고르는 두 손을 힘차게 비비면서 얼굴 가득 웃음을 띠고 말했다. 「훌륭하십니다, 어머님! 어머님은 이 일이 얼마나 훌륭한 일인지 모르실 거예요. 너무나 훌륭하셔서 눈이 부실 정도랍니다.」

「이 일만 성공한다면 당장 감방에 가더라도 안락의자에 앉아 있는 기분일 겁니다.」 두 손을 비비면서 사모일로프가 말했다.

「어머님이 지금 얼마나 아름다우신 줄 아십니까?」 이고르가 목이 잠긴 목소리로 소리쳤다.

어머니는 미소만 지을 따름이었다. 만약 이제라도 공장에 유인물이 계속해서 뿌려진다면 당국은 그동안 뿌려졌던 것들이 자기 아들이 한 짓이 아니라고 생각할 것은 명백한 일이었다. 그리고, 임무를 완수할 수 있다는 자신감을 내심 느끼면서 그녀는 기쁨에 온몸을 떨었다.

「자네, 다음에 빠벨을 만나러 가거든 정말 훌륭하신 어머님을 두었노라고 말해 주게나……..」 이고르가 말했다.

「난 곧 빠벨을 만나게 될 겁니다!」 사모일로프가 웃으면서 다짐을 했다.

「그 애를 만나거든 이렇게 말해 주게. 이 어미는 해야 할 일은 어느 것이나 가리지 않고 하겠다고 말일세. 그 애가 이런 내 마음을 알 수 있도록……..」

「한데 만약에라도 그놈들이 이 사람을 감방에 집어넣지 않으면요?」 이고르가 사모일로프를 가리키며 물었다.

「설마, 그럴 리가 있을라고!」

그들 둘은 함께 웃음을 터뜨렸다. 그리고 어머니는 금세 자기가 실수한 것을 알아차리고, 어느 표정으로도 그 당혹감을 감추지 못했다. 다만 나직하고 적잖이 계면쩍은 웃음만을 지어 보일 뿐이었다.

「제 일에 눈이 먼 사람은 남의 어려움을 보지 못하는 법이야!」 두 눈을 넌지시 내리깔며 그녀가 말했다.

이고르가 소리쳤다. 「지당하신 말씀이십니다! 어머님, 빠벨에 관해서는 너무 걱정하지 마세요. 슬퍼하실 필요도 없고요. 빠벨은 더욱 훌륭해진 모습으로 감옥에서 돌아올 겁니다. 그 안에선 쉴 수도 있고 공부도 한답니다. 우리의 동지들은 자유의 몸으로는 결코 그럴 만한 시간적 여유가 없거든요. 저는 세 번이나 감옥에 갔었는데, 그때마다 그다지 만족스러웠다고는 할 수 없어도 지적인 면으로나 가슴의 열정으로 볼 때는 유익했다는 데에 의심할 여지가 없었어요.」

「숨 쉬는 모양이 꽤나 힘들어 보이는구려!」 그녀는 이고르의 평범한 얼굴을 다정스레 바라보면서 말을 건넸다.

「그럴 만한 이유가 있답니다.」 그가 손가락을 위로 쳐들면서 대답하고는 말을 이었다. 「그렇다면 결정된 거지요, 어머님? 내일 저희가 인쇄물을 어머님께 갖다 드리겠습니다. 그러면 어둠의 시대를 불사를 수레바퀴는 다시 돌게 될 것입니다. 자유 언론 만세, 그리고 어머니 사랑 만세! 그럼 또 뵙겠습니다.」

「안녕히 계세요. 우리 어머니 같으면 정말 엄두도 못 낼 일입니다. 정말예요!」 사모일로프가 어머니의 손을 굳게 잡으며 말했다.

「모든 사람들이 이해할 날이 오겠지.」 어머니는 그를 유쾌하게 해주려는 마음으로 말했다.

그들이 떠나고 나자 그녀는 문을 잠그고 방 한가운데에 무릎을 꿇고 앉아 빗소리에 맞추어 기도를 하기 시작했다. 말 없는 기도였다. 오직 빠벨에 의해 그녀의 삶 속으로 이끌린 사람들에 대한 끝없는 생각뿐이었다. 그들은 마치 그녀와 성모상 사이를 헤매는 것 같았다. 평범하고 이상하리만큼 서로 친밀하고, 그러면서도 여전히 외로워 보이는 그들이었다.

아침 일찍 그녀는 마리야 꼬르수노바를 찾아갔다.
언제나 그렇듯이 능청맞고 수다스러운 행상 아낙은 그녀를 동정 어린 눈으로 맞아 주었다. 「그래 얼마나 상심되시우?」 그녀가 어머니의 어깨를 투실투실한 손으로 가볍게 두드리며 물었다. 「그렇다고 절대 절망하면 안 돼요! 그자들이 빠벨을 잡아갔다지만 대수로운 일은 아니에요! 부끄러워할 필요는 하나도 없다, 이 말씀입니다. 예전에도 감방에 처넣는 경우가 허다했어요. 하지만 옛날엔 도둑질을 했다는 명목이었고 지금이야 엄연히 옳은 걸 옳다고 말한 것 때문 아니우? 빠벨이 설사 좀 벗어나는 말을 했다 해도 그게 다 모든 사람들을 위해서 한 일이니 결국 다들 빠벨을 이해하게 될 거유. 너무 염려 말아요. 비록 말은 안 해도 모두가 누가 옳은지는 알고 있을 거라우. 나도 사람들을 모아서 당신을 찾아가려 했지만 어디 시간이 있어야지요. 하루 온종일 음식을 만들고, 그걸 돌아다니며 팔아 목구멍에 풀칠하는 신세니. 당신도 알겠지만 이게 거지가 아니고 무어란 말이우! 남정네들이란 그저 무엇 하나 못 뜯어먹어 안달이니, 저주받을 종자들! 여기서도 갉아먹고 저기서도 갉아먹고 마치 빵 갉아 먹는 바퀴벌레 같다니까요. 겨우겨우 한 10루블쯤 모았나 싶으면 웬 빌어먹을 것들이 나타나 돈을 고스란히 훑어먹는 겁니다. 여편네란 참 못해 먹을 짓이라우. 이 세상에서 반드시 없어져야만 할 거예요. 혼자 사는 게 힘들다면 같이 사는 건 얼마나 짜증나는 일이냐 말입니다!」

「난 당신을 도와줄 일이 없나 해서 찾아왔소!」 어머니가 그녀의 수다를 가로채면서 말했다.

「그게 무슨 소리유?」 마리야가 놀라 되물었다. 그리고 어머니의 설명을 듣고 나서 알았다는 듯 고개를 끄덕였다. 「그럼요! 도와줄 일이 있을 거유. 이전엔 당신이 날 남편에게서 숨겨 주곤 했지 않수? 이젠 내가 당신을 가난으로부터 숨겨 줘야 하는구려……. 누구나 할 것 없이 당신을 도와야만 해요. 당신 아들이 공적인 일로 고생을 하고 있으니 말이우. 아들 하나는 참 잘 두었수. 훌륭한 젊은이야. 모든 사람들이 한결같이 다 그런다니까요. 모두들 그 애를 동정하고 있다우. 나도 자신 있게 말할 수가 있어요. 이번에 사람들을 잡아간 일 때문에 당국도 좋을 거 하나 없을 거유. 지금 공장에서 무슨 일이 벌어지고 있는지 한번 보시우. 모두들 말하는 게 심상치 않은 눈칩디다. 아마 윗대가리에 있는 것들은 사람 발뒤꿈치를 한 대 걷어차면 멀리 달아나지 못하려니 생각했는가 봅디다. 그런데 결과가 어떤가 봐요. 열 사람을 치니까 백 사람이 들고일어나지 않수!」

결국 이튿날 점심때 어머니는 마리야가 만든 음식을 담은 항아리 두 개를 들고 공장에 가는 것으로 이야기가 되었다. 대신 마리야 자신은 시장에 나가 음식을 팔기로 했다.

15

　노동자들은 새로 나타난 음식 행상을 이내 알아보았다. 몇몇이서 그녀에게 다가와 마치 격려라도 하듯이 말했다. 「일을 시작하셨군요, 닐로브나?」
　그리고 어떤 사람들은 빠벨이 곧 석방될 것이라고 말함으로써 그녀를 위로하기도 하고, 또 어떤 사람들은 불길한 말로 그녀의 슬픈 가슴을 불안케 하기도 했다. 게다가 사장과 헌병들에게 분개한 어조로 욕설을 퍼부음으로써 그녀의 공감을 사는 사람들도 있었다. 하지만 그중엔 무슨 통쾌한 일이라도 만난 듯 기뻐하는 눈으로 그녀를 쳐다보는 사람들도 있었다. 출근계원 이사이 고르보프 같은 사람은 악다문 이빨을 드러내고 이렇게 말하기도 했다. 「내가 만약 통치자라면 당신 아들을 교수형에 처해 버릴 텐데! 사람들을 헷갈리게 만드는 짓을 못하도록 말야!」
　이런 악독한 협박을 당할 때면, 그녀는 시체의 차디참을 느끼는 것이었다. 그녀는 이사이에게 아무 대답도 하지 못하고 그저 주근깨투성이의 작은 얼굴만을 바라볼 뿐이었다. 눈을 땅으로 내리깔았다. 나오느니 한숨뿐이었다.
　공장 안에는 심상치 않은 기운이 감돌고 있었다. 노동자들이 여기저기 무리를 지어 무언가를 서로 속닥거리고 잔뜩 겁먹은 작업 감독들이 여기저기 눈치를 살피며 돌아다니고 있었던 것이다. 가끔 욕설과 신경질적인 웃음소리가 들리기도 했다. 경찰 둘이 사모일로프를 끌고 어머니의 옆을 지나쳤다. 그리고리 사모일로프는 한 손은 주머니에 찔러 넣고 또 한 손으로는 자기의 빨간 머리를 쓰다듬으면서 지나갔다.

약 백 명 남짓한 노동자들이 무리를 지어 그의 뒤를 따르며 경찰에게 욕설과 야유를 퍼붓고 있었다.

「산책하러 가는 건가, 그리샤(그리고리의 애칭)!」 누군가가 사모일로프에게 소리쳤다.

「우리 형제들을 공경할 줄도 아는군! 호위까지 해주시니 말야……」 다른 사람이 맞장구를 쳤다. 곧이어 지독한 욕설이 뒤따랐다. 「도둑놈들을 잡아들여선 이젠 이문이 남지 않는가 보군! 그래서 이제부터는 우리 선량한 형제들을 잡아가시겠다 이거지……」 키가 큰 애꾸눈 노동자가 큰 소리로 신랄하게 말했다. 「한밤중에 잡아간다면 또 몰라! 이 벌건 대낮에, 이 뻔뻔스러운 놈들, 개만도 못한 놈들 같으니!」 군중 속에서 누군가의 맞장구치는 소리가 들렸다.

경찰들은 침통한 얼굴로 아무것도 보지 않으려고 애쓰면서 빠른 걸음을 떼어 놓고 있었다. 마치 그들을 따르는 고함 소리를 듣지 못하는 것 같았다. 세 명의 노동자가 커다란 쇠막대기를 나르다가 그들과 마주치자 그들을 향해 쇠막대기를 흔들어 보이면서 소리쳤다. 「조심해! 사람 잡는 어부 놈들아!」

어머니의 옆을 지나가면서 사모일로프는 얼굴에 웃음을 띠고 고개를 끄덕이면서 말했다. 「우리를 억지로 잡아간답니다!」

그녀는 말없이 고개 숙여 인사했다. 심지어 얼굴엔 웃음을 띠기까지 하면서 감옥으로 끌려가는 이 정직하고 착실한 젊은이들을 보면서 어머니는 커다란 감동을 받았다. 그녀의 마음에선 그들에 대한 자애로운 어머니의 사랑이 싹트고 있었던 것이다.

공장에서 돌아온 어머니는 마리야의 집에서 그녀의 일도 돕고 또 그녀의 수다도 들어 주면서 하루 온종일을 보냈다. 저녁 늦게 집에 돌아왔다. 텅 비고 썰렁했으며, 결코 편안하다는 생각이 들지 않았다. 그녀는 오랫동안 방 안을 이 구석 저 구석 들쑤시고 다녔지만 어디 하나 쉴 곳도 없었고 더구나 무엇을 해야 할지조차 알 수 없었다. 이내 어둠이 밀려오고 그녀의 마음은 불안해졌다. 유인물을 가져오기로 했던 이고르 이바노비치가 아직 오지 않았기 때문이었다. 창밖에는 봄눈이 내리고 있었다. 잿빛의 묵직한 눈송이였다. 창문 유리에 사뿐히 내려앉았다가 소리 없이 아래로 흘러내리거나 축축한 자국을 남긴 채 녹아내리고 있었다. 그녀는 아들 생각이 간절했다…….

조심스럽게 문 두드리는 소리가 들렸다. 어머니는 재빨리 문으로 다가가 빗장을 열었다. 사샤가 들어왔다. 어머니는 그녀를 오랫동안 보지 못했다. 언뜻 보기에 살이 찌기라도 한 듯 처녀의 몸이 비대해 보였다.

어머니는 때마침 적적한 밤을 함께해 주기 위해 사람이 찾아왔음을 기뻐하면서 인사했다. 「잘 지냈소? 처녀를 본 지가 꽤 오래되었구려. 그래 어디 멀리 떠나기라도 했었나?」

「아니에요. 전 감옥에 있었어요. 니꼴라이 이바노비치와 함께 있었어요. 그를 기억하시죠?」 처녀가 웃으면서 대답했다.

「어떻게 잊을 수가 있단 말이오! 어제 이고르 이바노비치가 내게 얘기해 주었지. 그가 풀려났다고. 하지만 처녀에 대해서는 모르고 있었나……. 처녀가 감옥에 있다는 걸 누구 하나 말해 주는 사람이 있었어야지…….」

「뭐 좋은 일이라고 말하겠어요. 이고르 이바노비치가 오기 전에 옷이나 갈아입어야겠어요!」 방 안을 둘러보면서 처녀가 말했다.

「죄다 젖었구먼…….」

「유인물과 전단을 가져왔어요…….」

「어디, 줘봐요.」 어머니는 서둘러 말했다.

처녀가 재빨리 외투의 단추를 끄르고 몸을 흔들자 마치 나무에서 잎사귀가 떨어지듯 그녀의 몸에서 종이 다발들이 사각사각

소리를 내면서 마룻바닥에 떨어졌다. 어머니는 얼굴에 웃음을 담고 바닥에서 종이 뭉치들을 주워 들면서 말했다. 「어쩐지 보니까 처녀의 몸이 많이 불었더라고. 그래서 시집가서 애를 가졌나 생각했지. 아휴, 많이도 가져왔구려! 걸어서 왔소?」

「예.」 사샤가 대답했다. 사샤는 이제 예전처럼 다시 균형 잡힌 가냘픈 몸매가 되었다. 어머니는 그녀의 양 볼이 옴폭 들어가고, 커진 두 눈 밑에는 어두운 주름이 져 있는 것을 보았다.

「이제 막 풀려난 모양인데 쉬지도 못하고, 안 그래요, 처녀?」 한숨을 내쉬고 고개를 가로저으면서 어머니가 말했다.

처녀가 몸을 부르르 떨면서 대답했다. 「해야 될 일인걸요.」

「빠벨 미하일로비치가 어떤지 말씀해 주세요. 아무 일 없죠? 그렇게 흥분하진 않았겠죠?」 사샤는 어머니의 얼굴을 애써 외면하면서 물었다. 고개를 떨구고 나서 머리카락을 매만지는 그녀의 손이 심하게 떨렸다.

「아무 일도 없어. 그 애는 쉽게 자신을 내버리는 짓은 하지 않을 거라오.」 어머니가 대답했다.

「빠벨 건강은 염려 없겠죠?」 처녀가 나지막한 목소리로 말했다.

「아직 감기 한 번 걸려 본 적이 없는 애라오. 이런, 온몸을 떨고 있군. 내 얼른 차를 끓여 주리다, 딸기 잼도 내오고.」

「그거 멋진 생각이세요! 너무 폐를 끼치는 게 아닌가 모르겠어요. 밤도 늦었는데, 제가 할게요…….」

「피곤하지 않누?」 어머니가 사모바르를 준비하면서 나무라듯 말했다. 사샤도 부엌으로 나가 긴 의자에 앉아서 두 손을 포개어 뒷머리를 받친 채 말했다. 「어쨌거나 감옥은 사람을 쇠약하게 만드는 곳이에요. 그 망할 놈의 지루함이란! 아무 일도 안 하고 앉아 있는 것보다 지긋지긋한 일은 없어요. 알고 계시겠지만 얼마나 할 일이 많아요. 그런데 짐승처럼 우리에 갇혀 앉아 있으려니…….」

「이 모든 고생을 누가 보상해 줄까?」 어머니가 물었다. 그리고는 한숨을 내쉬고 스스로 대답했다. 「아무도 없어, 주님 말고는! 그런데 처녀도 주님을 믿지 않지?」

「믿지 않습니다.」 처녀가 고개를 저으면서 짧게 대답했다.

「난 도무지 믿어지질 않아!」 갑자기 흥분해서 어머니가 외쳤다. 그리고 어머니는 숯검정이 묻은 손을 재빨리 앞치마에 문지르면서 확신에 찬 목소리로 말을 이었다. 「당신들은 자신의 믿음을 이해하지 못하고 있어. 주님에 대한 믿음 없이 그나마도 삶이라는 게 가능할까?」

현관에서 누군가가 발소리를 내면서 중얼거렸다. 어머니는 부르르 몸을 떨었다. 처녀가 재빨리 일어나 급한 목소리로 속삭였다. 「아직 문을 열지 마세요. 만약에 헌병이면 어머닌 절 모르시는 척하는 거예요! 제가 잘못 알고 이 집을 찾아들어 들어서자마자 정신을 잃고 쓰러진 거예요. 어머니께서 옷을 벗겨 보니 전단이 나온 겁니다. 아시겠어요?」

「기특한 사람 같으니, 왜 그래야만 하지?」 어머니가 감동 어린 목소리로 말했다.

「잠깐만요!」 귀를 기울여 보더니 사샤가 말했다. 「이고르인 것 같아요……」

정말 이고르였다. 그는 온통 비에 젖은 몸으로 지친 듯 숨을 몰아쉬고 있었다. 「어이구, 차 한잔 끓여 주시겠어요? 그게 이 세상에서 최고예요, 어머님! 벌써 와 있었군요, 사샤?」 그가 말했다.

그의 잠긴 목소리가 좁은 부엌 안을 가득 채웠다. 그는 육중한 외투를 벗으면서도 말을 끊지 않고 계속했다. 「어머님, 여기 이 아가씬 당국에선 아주 싫어하는 사람이랍니다. 간수한테 모욕을 당하고서 만약 사과를 하지 않으면 굶어 죽겠노라고 대놓고 큰소리쳤답니다. 여드레 동안이나 아무것도 입에 대지를 않았는데 정말 숨이 넘어가기 직전까지 갔어요. 대단한 여자죠? 우리네 위라면 어땠겠어요?」 그는 짧은 두 손으로 볼품없이 축 늘어진 배를 움켜쥐고서 방 안으로 들어왔다. 손을 뒤로 해서 문을 닫고는 거기서도 줄곧 무슨 얘긴지를 계속했다.

「정말 처녀는 여드레 동안 아무것도 먹지 않았단 말야?」 어머니가 놀란 듯 물었다.

「간수가 제 앞에서 잘못을 빌어야만 했어요.」 추운 듯 어깨를 움츠리며 처녀가 대답했다. 그녀의 태연함과 완고함은 어머니의 마음에 책망 비슷한 그 무엇을 불러일으켰다. 〈저런!〉 이런 생각을 하면서 어머니가 다시 물었다. 「그러다 정말 죽으면 어쩌려고?」

「그럼 어쩔 수 없죠, 뭐! 하지만 결국 그자는 미안하다고 말했어요. 인간은 모욕을 용서하면 안 됩니다.」 처녀가 나지막한 목소리로 말했다.

어머니가 천천히 대꾸했다. 「맞아……, 한평생 모욕만 당하고 사는 게 우리네 여자들이지……」

「그렇다면 전 짐을 하나 벗은 셈이군요.」 문을 열면서 이고르가 말했다. 「사모바르는 준비되었나요? 배 속에 뭐 좀 집어넣어야겠어요…….」 그가 사모바르를 가져오면서 말했다. 「저의 아버지는 하루에 차를 최소한 스무 잔은 마셨어요. 그래서인지는 몰라도 일생 동안 병 한 번 앓아 보신 적이 없었어요. 일흔셋까지 사시면서 말입니다. 체중이 8뿌드(약 130킬로그램)나 나가셨어요. 보스끄레스끄 마을에서 집사를 보았답니다…….」

「그럼 아버님이 이반이오?」 어머니가 소리쳤다.

「그렇습니다. 그런데 아버님을 어떻게 아시죠?」

「나도 보스끄레스끄 출신이라오!」

「제 고향 분이시라고요? 어느 분의 따님이셨지요?」

「당신네 이웃이지! 세레긴 씨네라고.」

「다리를 저시던 닐 씨 말씀이시군요? 어쩐지……. 저도 그분을 잘 알아요. 그분이 제 귀를 얼마나 많이 잡아당기셨다고요…….」

그들은 서로 얼굴을 마주하고 앉아서 끝도 없는 질문을 던졌다. 간간이 웃음소리가 들렸다. 사샤는 얼굴에 웃음을 가득 담고 둘을 번갈아 쳐다보다가 차를 만들기 시작했다. 그릇 달그락거리는 소리에 어머니는 정신이 들었다.

「오, 미안해요. 얘기하느라 정신이 팔려서 그만! 고향 사람을 보니 너무 기뻐서…….」

「아니에요, 오히려 괜한 방해를 했으니 제가 사과를 드려야지요. 그런데 벌써 11시네요. 전 갈 길이 멀어서…….」

「어딜 간다고 그래? 시내까지?」 어머니가 놀란 듯 물었다.

「예.」

「그게 무슨 소리야? 칠흑같이 어두운 데다 날도 궂은데. 거기다 몸이 피곤해서 되겠어! 여기서 하룻밤 자도록 해요. 이고르 이바노비치가 부엌에서 자고 우린 여기서 함께 자면 되잖아…….」

「아니에요. 가야만 해요.」 사샤가 잘라 말했다.

「그렇습니다, 어머님. 아가씨는 얼른 떠나야만 해요. 사람들이 그녀를 알아요. 그리고 만약 그녀가 내일 가다가 거리에서 사람들 눈에 띄기라도 하면 좋을 게 없어요.」 이고르가 말했다.

「여자 몸으로 어떻게 간담? 그것도 혼자서 말야.」

「가야 해요.」 웃으면서 이고르가 말했다.

처녀는 손수 차를 따르고 흑빵 한 조각을 집어 소금을 친 다음 먹기 시작했다. 어머니를 바라보는 눈이 무언가 깊은 생각에 잠긴 듯한 모습이었다.

「도대체 당신들은 어떻게 왔다 갔다 하는 거지? 처녀도 그렇고 나따샤도 그렇고. 나라면 못 다녀, 무서워서 원!」 어머니가 말했다.

「사샤도 역시 무섭답니다. 사샤, 그렇지요?」 이고르가 말했다.

「물론이에요!」 처녀가 대답했다.

어머니는 처녀와 이고르를 번갈아 쳐다보면서 나지막한 목소리로 소리쳤다. 「정말 대단한 사람들이군!」

차를 다 마시고 나서 사샤는 말없이 이고르의 손을 잡고 부엌으로 향했다. 어머니도 그녀를 전송하기 위해 따라 나갔다. 부엌에서 사샤가 말했다. 「빠벨 미하일로비치를 만나시거든 제가 안부 전하더라고 말씀해 주세요. 꼭이요!」 그녀는 손잡이를 잡다 말고 별안간 돌아서서 작은 소리로 물었다. 「제게 키스해 주시지 않겠어요?」

어머니는 말없이 그녀를 포옹하고 뜨거운 키스를 해주었다.

「고맙습니다!」 처녀는 나지막한 목소리로 말한 다음 고개를 숙여 인사하고 밖으로 나갔다.

방으로 돌아온 어머니는 떨리는 마음으로 창밖을 내다보았다. 어둠 속에선 여전히 눈발이 휘날리고 있었다.

「혹 쁘르조로프 씨 생각나세요?」 이고르가 물었다.

그는 두 다리를 쭉 뻗고 앉아서 찻잔을 연방 불어 대고 있었다. 그의 얼굴은 땀이 흥건하게 배어서인지 불그스레하게 보였고, 한편으론 만족스러운 표정을 짓고 있었다.

「생각나, 생각나고말고!」 어머니가 허리를 탁자에 가까이 가져가면서 생각에 잠긴 듯한 표정으로 대꾸했다. 그리고 자리에 앉아 슬픔이 가득 찬 눈으로 이고르를 쳐다보면서 천천히 말을 이었다. 「아아, 가엾어라, 사샤! 어떻게 혼자 시내까지 걸어간담?」

「그녀는 몹시 피곤할 거예요. 감옥이란 놈이 그녀를 온통 뒤흔들어 놓았어요. 예전엔 정말 강한 여자였는데……. 더구나 곱게 자랐거든요. 건강을 꽤 해친 것 같아요…….」

「어떤 처넌지 좀 자세히 얘기해 주구려.」 어머니가 나직이 물었다.

「어떤 지주의 딸이랍니다. 아버지란 사람은 돈이라면 그저 사족을 못 쓰는 사람이었대요. 그녀 입으로 그러더군요. 저, 어머님, 둘이서 결혼하고 싶어 하는 거 알고 계세요?」

「누구를 말하는 거지?」

「누군 누구예요. 사샤하고 빠벨이지요……. 하지만 그게 그리 쉽진 않아요. 빠벨이 밖에 있으면 그녀가 감옥에 들어가고, 또 다음엔 그 반대로 되곤 하니…….」

「난 몰랐어.」 잠시 아무 말도 못하고 머뭇거리다가 어머니가 대답했다. 「빠샤가 어디 제 얘기를 하는 적이 있어야지……」

이제 어머니는 한결 그녀에게 동정이 갔다. 적잖이 원망 섞인 시선으로 이고르를 보면서 말했다. 「좀 바래다줄 걸 그랬어!」

이고르가 침착하게 대답했다. 「그럴 순 없어요. 저도 이곳에서 할 일이 태산 같아요. 내일 아침부터 하루 온종일 여기저기를 끝도 없이 돌아다녀야 해요. 천식을 앓고 있는 저 같은 사람한테는 결코 쉬운 일이 아니랍니다.」

「참 좋은 처녀야.」 어머니는 이고르가 자기에게 말해 준 것에 대해 생각하면서 얼버무리듯 말했다. 한편 그런 얘기를 아들에게서가 아닌 다른 사람에게서 들은 것이 조금 섭섭했다. 그래서 입술을 꼭 다물고 눈을 내리깔았다.

「좋은 여자예요!」 이고르가 고개를 끄덕이고는 말을 이었다. 「제가 보기에, 어머님께선 그녀를 동정하시나 본데, 그럴 필요는 없습니다. 어머님께서 우리 같은 모반자들을 모조리 동정하기 시작하신다면 어머님의 가슴은 남아나지를 않을 겁니다. 진리를 말할 수 있는 사람치고 쉬운 삶을 살아가는 사람은 하나도 없습니다. 얼마 전에 제 동지 하나가 유형에서 돌아왔답니다. 그가 니즈니 노브고로드로 유형을 떠나자 그의 아내와 자식들은 스몰렌스끄에서 그를 기다렸어요. 그런데 그가 스몰렌스끄로 가보니까 아내와 자식들은 이미 모스끄바의 감옥에 들어가 있더라는 겁니다. 이번엔 아내와 자식들이 시베리아로 갈 차례지요. 저도 아내가 있었어요. 훌륭한 사람이었지요. 하지만 5년여에 걸친 그런 생활에 아내는 무덤으로 간 지 벌써 오랩니다……」

그는 차 한 잔을 단숨에 모두 마셔 버리고 이야기를 계속했다. 감방과 유형지에서 보낸 수없이 많은 나날들을 하나하나 열거하면서 이런저런 비참한 생활, 감옥에서 받은 학대, 그리고 시베리아에서 겪었던 배고픔에 대해서도 이야기했다. 어머니는 그의 얼굴을 똑바로 쳐다보고 이야기를 들으면서 어떻게 고통과 박해, 그리고 사람들에 대한 조소로 가득 찬 이런 삶을 그렇게도 간단한 말로 태연하게 말할 수 있는지 놀라지 않을 수 없었다.

「이젠 우리가 해야 할 일로 돌아가죠.」 목소리는 차분해졌고 얼굴 표정도 한결 진지해졌다. 그는 공장 안으로 유인물을 실어 나르는 방법에 대한 어머니의 복안에 대해서 묻기 시작했다. 어머니는 그가 자질구레한 일까지도 속속들이 알고 있는 데에 놀라지 않을 수 없었다.

일에 대한 이야기를 일단 마무리 짓고 그들은 다시 고향 마을에 대한 기억을 더듬기 시작했다. 그가 농담으로 익살을 떨 때면 어머니는 생각에 잠겨 과거를 헤매는 것이었다. 마치 그녀는 작은 언덕이 단조롭게 머리를 내밀고 있고, 두려운 듯 떨고 있는 가는 사시나무와 키 작은 전나무, 그리고 숲 가운데에서 길을 잃고 헤매는 듯한 흰 자작나무로 빙 둘러쳐진 소택지 비슷한 어떤 곳을 방황하는 야릇한 기분이 들었다. 자작나무들은 느릿느릿 자라나 썩어 빠진 진흙탕 속에 뿌리를 내리고 5년 내내 서 있다가 결국 쓰러져 썩어 버리는 것이었다. 그녀는 그런 정경을 그려 보다가 이내 어떤 참을 수 없는 가엾음에 온몸이 마비되는 것을 느꼈다. 그녀의 앞에는 처녀의 모습이 아른거렸다. 준엄하고 강인한 얼굴이었다. 처녀는 지금 지친 몸을 이끌고 혼자서 휘몰아치는 눈발을 헤치며 나아가고 있었다. 한편 아들은 감옥에 갇혀 있다. 아직 잠들지 않고 생각에 잠겨 있는 모습이었다. 그러나 아들은 어머니를 생각하고 있지 않았다. 그에겐 어머니보다 더 가까운 사람이 있는 것이다. 현란하게 뒤엉킨 구름처럼 무거운 상념들이 그녀의 위로 기어 올라와 가슴을 강하게 짓눌렀다.

「고단하시겠습니다, 어머님! 이젠 그만 주무세요.」 이고르가 웃으면서 말했다.

어머니는 이고르에게 잘 자라는 인사를 하고 허리를 약간 굽힌 조심스러운 걸음걸이로 부엌으로 갔다. 가슴 안엔 살점을 도려내는 듯한 쓰디쓴 감정이 가득했다.

그 이튿날 아침에 이고르가 말했다. 「만약에 그자들이 어머님을 붙들고 이런 불온 문서들을 어디서 구했느냐고 묻는다면, 어머님께선 어떻게 말씀하시겠어요?」

「〈당신들이 상관할 바 아니오〉하고 말하지.」

「그런 식으로는 그들을 따돌리지 못할 겁니다. 오히려 그놈들은 옳다꾸나, 하나 제대로 걸렸군 하고 확신할 겁니다. 그러고는 아주 집요하게 캐물을 거예요, 끈질기게!」

「그래도 말하지 않겠어!」

「그럼 감옥에 가시게 될 텐데요.」

그녀는 한숨 섞인 목소리로 말했다. 「그럼 어떤가? 그렇게라도 해서 내가 쓸모 있는 인간이 된다면 주님께 감사하겠소. 내가 그 누구한테 쓸모 있겠나? 아무도 날 필요로 하지 않는다오. 그들이 이 늙은이를 고문이야 하겠나……」

이고르가 어머니를 주의 깊게 들여다보면서 말했다. 「흠! 고문이야 않겠죠. 하지만 필요한 인물은 스스로 자신을 돌보아야만 합니다……」

「그런 걸 갖고 설교할 필요는 없다오.」 어머니가 웃으면서 대꾸했다.

이고르는 말없이 방 안을 왔다 갔다 하다가 어머니에게 다가와 말했다. 「무척 어려운 일입니다, 어머님! 어머님께는 너무 어려운 일이라는 생각이 들어요.」

손을 내저으면서 어머니가 대답했다. 「누구에게나 어려운 일 아니오! 아마도 그걸 이해할 줄 아는 사람들만큼은 한결 수월하겠지……. 하지만 나도 어느 정도는 이해할 수 있다오. 좋은 사람들이 바라는 것이 무엇인가를 말이오…….」

「어머님, 그걸 이해하신다면 결국 어머님은 모든 사람들에게 필요한 인물이 되셨다는 걸 의미합니다. 모든 사람들에게 말입니다!」 이고르가 심각하게 말했다.

어머니는 그를 쳐다보고 말없이 웃을 뿐이었다.

정오가 되자 어머니는 태연하고 능숙하게 유인물들을 가슴에 숨겼다. 그 모습이 어찌나 세련되고 편안해 보였던지 이고르가 만족스럽게 감탄할 정도였다.

「사람 좋은 독일 사람이 맥주 한잔 들이켜고 하는 말대로 〈훌륭합니다〉, 어머님. 유인물을 품 안에 넣었는데도 전혀 달라진 게 없어요. 그저 키가 좀 큰 나무랄 데 없는 중년 부인이십니다. 수많은 신들이 어머님의 첫출발을 축복하실 겁니다.」

30분이 지나자 어머니는 짐의 무게 때문에 몸을 구부리고 있었지만 침착하고 확신에 찬 표정으로 공장 문 앞에 서 있었다. 노동자들의 야유에 잔뜩 독이 오른 수위 둘이 공장 안으로 들어가는 사람들의 몸을 하나하나 거칠게 수색하고 있었다. 그들은 연방 욕설을 주고받았다. 한쪽에는 다리가 가는 순경 하나가 서 있었다. 시뻘건 얼굴에 두 눈을 재빨리 놀리고 있었다. 어머니가 양어깨에 받쳐 든 막대기를 기우뚱거리면서 그를 힐끔힐끔 쳐다보았다. 그가 첩자라는 걸 직감했다.

큰 키에 머리는 곱슬곱슬하고 모자를 뒤통수에다 삐딱하게 눌러쓴 젊은이가 몸수색을 하던 수위에게 소리쳤다. 「빌어먹을 놈의 자식아, 호주머니만 뒤지지 말고 머리도 뒤져 보시지!」

수위 가운데 하나가 대답했다. 「네놈 머리를 뒤져 보았댔자 이밖에 더 나오겠어……」

「우릴랑 놔두고 이나 잡으면 되잖아.」 노동자가 대꾸했다.

첩자는 그를 재빨리 훑어보고 침을 세게 내뱉었다.

「나 좀 먼저 나가면 안 되겠소? 봐서 알겠지만 짐이 무거워서 등이 부서질 것만 같구려!」 어머니가 물었다.

「늘어가, 늘어가란 말야! 별게 다 시비군……」 수위가 화를 내며 소리쳤다.

어머니는 자리를 잡고 음식통들을 땅바닥에 펼쳐 놓았다. 그리고 얼굴의 땀을 훔치면서 주위를 둘러보았다.

곧바로 열쇠공 구세프 형제가 그녀에게로 다가와 그중 형 바실리가 양미간을 찌푸리며 큰 소리로 물었다. 「삐로그 있습니까?」

「내일 가져오겠소.」 그녀가 대답했다.

이건 미리 정해 둔 암호였다. 두 형제의 얼굴이 밝아졌다. 이반이 참지 못하고 소리쳤다. 「정말 존경스럽습니다, 어머니……」

바실리가 음식 통을 들여다보면서 웅크리고 앉았다. 그리고 그와 동시에 전단 한 묶음이 눈 깜짝할 사이에 그의 품속으로 사라졌다. 큰 소리로 그가 말했다. 「이반! 집에까지 갈 것 없이 여기 아주머니한테서 먹자!」 그러고는 재빨리 유인물들을 장화 목 부분에다 찔러 넣으며 덧붙였다. 「새로 오신 아주머니 음식 좀 팔아 드리라고……」

「그럼, 그래야지!」 이반이 호탕하게 웃으면서 맞장구를 쳤다.

어머니는 주위를 조심스럽게 둘러보면서 고함을 질렀다. 「양배추 수프, 뜨거운 국수 있어요!」

그러면서 눈에 안 띄게 전단을 꺼내 한 다발 한 다발 형제의 손에 찔러 주었다. 전단 뭉치가 그녀의 손에서 사라질 때마다 저 만치에서 헌병 장교의 얼굴이 누런 점으로 불타오르는 것 같았다. 마치 깜깜한 방 안에 켜진 성냥불처럼. 어머니는 뭔가 고소한 기분을 느끼며 속으로 그에게 이렇게 말하는 것이었다. 〈이보쇼, 이리 와서 한술 떠보시지……〉 마지막 다발을 건네주면서 만족스러운 듯 또 덧붙였다. 〈이리 오시라니까……〉

노동자들이 손에 접시를 들고 모여들었다. 그들이 가까이 다가오자 이반 구세프가 커다란 소리로 웃기 시작했다. 그러자 어머니는 전단 넘겨주는 일을 태연하게 그만두고 양배추 수프와 국수를 떠주었다. 구세프가 그녀에게 농담을 걸었다. 「솜씨가 이만저만하지 않으시네요, 닐로브나!」

화부 하나가 침통한 표정으로 말했다. 「궁하면 쥐라도 잡는 법이야. 빌어먹을, 사람을 잡아갔으니, 죽일 놈들! 여기 국수 3꼬뻬이까어치만 주십시오. 염려 마세요, 아주머니! 입에 풀칠이야 못하겠습니까?」

「말이라도 고맙구려!」 어머니는 웃어 보이면서 대답했다.

그는 한편으로 비켜서면서 중얼거렸다. 「말하는 데 돈 드는 것도 아닌데요……」

어머니는 소리를 질렀다. 「따끈따끈합니다, 양배추 수프요, 국수요, 야채 죽도 있습니다……」

어머니는 자신의 이 첫 경험을 아들에게 어떻게 이야기하면 좋을 것인가를 생각했다. 그때 여전히 그녀의 앞에는 누런 얼굴의 장교가 떠올랐다. 잔뜩 의혹을 품은 악랄해 뵈는 얼굴이었다. 얼굴에선 까만 콧수염이 당혹스러운 듯 움직였고 위아래로 신경질적으로 일그러진 입술 사이에서는 악다문 허연 이빨이 번뜩였다. 어머니의 가슴속에선 희열이 마치 새처럼 노래를 불렀고 두 눈썹은 가볍게 떨리고 있었다. 그녀는 능숙하게 음식을 떠주면서 자신도 모르게 중얼거렸다. 「더 있어요, 더들 들어요……」

16

 그날 저녁, 집에 돌아와 차를 마시고 있을 때 진흙탕을 달리는 말발굽 소리에 이어 귀에 익은 목소리가 들려왔다. 그녀는 벌떡 일어나 부엌문으로 재빨리 다가갔다. 누군가가 날렵한 동작으로 현관을 지나가고 있었다. 눈앞이 깜깜해진 그녀는 문설주에 기대어 서서 발로 문을 열었다.
 「안녕하셨어요, 넨꼬!」 귀에 익은 목소리가 들려오고, 이내 여위고 긴 두 팔이 어깨 위에 얹혔다.
 그녀의 가슴 안에선 허탈한 실망감과 안드레이를 만난 기쁨이 뒤엉켜 활활 타올랐다. 두 감정은 하나의 커다랗고 뜨거운 감정으로 불타올라 그녀를 뜨거운 물결로 휘감는가 싶더니 다시 위로 들어 올렸다. 그녀는 안드레이의 가슴에 얼굴을 묻었다. 꼭 끌어안은 그의 두 팔은 떨리고 있었다. 어머니는 말없이 그저 흐느낄 뿐이었다. 그는 어머니의 머리카락을 보면서 노래하듯 말했다. 「눈물을 그치세요, 넨꼬. 저를 더 이상 울리시면 안 됩니다. 틀림없어요, 빠벨은 곧 풀려날 겁니다. 그들은 빠벨에게서 손톱만 한 꼬투리도 찾아내지 못합니다. 동지들 모두가 삶은 물고기인 양 입을 다물고 있거든요……」
 그는 어머니의 어깨를 감싸고 방으로 들어갔다. 어머니는 그에게 바싹 다가앉아 다람쥐같이 재빠른 동작으로 얼굴의 눈물을 훔쳐 내고 그가 하는 이야기를 온 가슴으로 열심히 듣고 있었다.

「빠벨이 어머님께 안부 전하라더군요. 빠벨은 짐작한 대로 쾌활하고 건강도 염려 없습니다. 거긴 초만원이에요! 백 명도 넘는 사람들이 잡혀 왔더군요. 우리 마을 사람도 있고 시내에서 온 사람도 많아요. 그래서 딴 때 같으면 독방으로 쓰이던 곳에 서너 명씩 같이 갇혀 있어요. 감방 간수들도 그런대로 괜찮았어요. 그 사람들도 빌어먹을 헌병 놈들이 하도 많은 일을 만들어 놓아서 지칠 대로 지쳐 있었어요. 그래서 간수들은 그렇게 심하게 명령조로 말하는 법도 없고 그저 이렇게 말할 뿐이랍니다. 〈되도록 조용히 해주세요, 여러분. 우리들을 난처하게 하지 말아 주십시오〉. 그러니 모든 일이 순조로워요. 동지들은 이야기도 나누고 책도 서로 빌려 보고, 게다가 음식도 나누어 먹는답니다. 괜찮은 감방이에요. 오래되어서 더럽긴 하지만 그런대로 지낼 만은 해요. 형사 사건으로 들어온 사람도 있었는데 역시 좋은 사람들이었어요. 우릴 많이 도와주었거든요. 요번에 저하고 부긴 말고도 네 명이 더 풀려났습니다. 곧 빠벨도 나오게 될 겁니다. 틀림없어요! 베소프쉬꼬프가 가장 오래 있게 될 것 같아요. 그에게는 정나미가 떨어져 있거든요. 모든 사람들한테 욕을 퍼붓는데, 지치지도 않아요. 헌병들이 가만 놔두지 않을 것 같아요. 조만간 재판에 회부되든지 매질을 당할 거예요. 빠벨이 〈그만해, 니꼴라이! 그들은 자네가 아무리 욕을 한다고 해도 달라지진 않아〉하고 말리면, 그는 〈종기를 후벼 내듯 이 땅에서 저놈들을 확 후벼 낼 거야!〉하고 소리 지르며 더 아우성입니다. 빠벨은 잘 참아 내고 있답니다. 전혀 흔들림 없이 꿋꿋하게요. 곧 그가 풀려날 거라고 확신합니다……」

어머니는 진정이 되는 듯 다정스레 웃으면서 말했다.「곧! 나도 알아, 그 애가 곧 나올 거라는 걸!」

「그렇다면 모든 게 잘될 겁니다. 자, 그럼 차 한잔만 끓여 주세요. 어떻게 지내셨는지 얘기도 해주시고요.」

그는 활짝 웃는 얼굴로 그녀를 쳐다봤다. 그 모습이 그렇게 친근하고 멋들어질 수 없었다. 그리고 두 눈엔 사랑스럽고 어딘가 조금은 우울한 불꽃이 반짝였다.

「난 너를 너무너무 사랑한단다, 안드류샤!」 깊은 한숨을 내쉬고 어머니는 새까만 덤불처럼 머리카락이 덥수룩한 얼굴을 웃음이 나는 듯 바라보면서 말했다.

「전 과분한 사랑을 원치 않습니다. 전 어머니가 절 사랑하신다는 걸 알아요. 어머니의 가슴은 한없이 깊으시니까 말입니다.」 우끄라이나인이 의자를 흔들면서 말했다.

「그렇지 않아, 난 널 특별히 사랑한단다! 만약 네게 어머니가 계시다면 사람들은 네 어머니를 부러워할 거야. 너 같은 아들을 두셨으니……」 어머니가 고집스럽게 말했다.

우끄라이나인은 고개를 저으며 두 손으로 머리를 세차게 비볐다. 「어디에 계신지는 잘 몰라도 제겐 어머니가 계십니다……」 그가 조용히 말했다.

「참, 내가 오늘 무슨 일을 했는지 아나?」 그녀는 만족한 웃음을 지어 보이며 서두르는 말투로 소리쳤다. 그리고 약간 과장을 섞어 가며 자기가 공장 안으로 유인물을 나른 이야기를 해주었다.

그는 처음엔 놀란 듯 두 눈을 크게 뜨더니 다음엔 발을 동동 구르며 웃음을 터뜨렸다. 그리고 자기 머리를 마구 두드리며 기뻐 어쩔 줄 몰라 소리쳤다. 「아니, 이런! 와, 이건 농담이 아니라 진짜군요. 빠벨이 알면 기뻐하겠죠, 네? 정말 훌륭하십니다, 녠꼬! 빠벨을 위해서도 그렇고, 모두를 위해서도 마찬가집니다.」 그는 감격한 나머지 손가락을 딱딱거리고 휘파람을 불고 온몸을 흔들며 어쩔 줄을 몰랐다. 그가 어찌나 기뻐했던지 어머니의 마음속에서도 뭔가 힘 있게 솟는 것이 있었다.

「사랑하는 나의 안드류샤!」 어머니는 마치 그녀의 가슴이 터져 거기서 냇물이 솟구치듯 오싹할 정도의 기쁨으로 가득 찬 말들을 술술 쏟아 내었다. 「내 지난 삶을 되돌아볼 때면 언제나

〈오, 예수 그리스도여〉였다네! 그렇다면 왜 살았던가? 매질⋯⋯ 노동⋯⋯ 남편 말고는 아무것도 보이지 않았고, 두려움 외에는 그 어느 것도 아는 게 없었어. 그러다 보니 빠샤가 어떻게 커가는지도 보지 못했거니 남편이 살아 있을 땐 내가 아들을 사랑했는지 어쨌는지도 알 수 없었다네! 나의 모든 관심, 나의 모든 생각은 오로지 한 가지에 대한 것뿐이었지. 짐승만도 못한 이 몸뚱어리의 배를 채우는 일과 남편의 기분이 상하지 않도록, 매질로 윽박지르지 않도록, 그리고 단 한 번만이라도 날 가련하게 생각해 주도록 남편의 비위를 맞춰 주는 일뿐이었어. 하지만 내 기억에 그는 한 번도 날 가엾게 생각해 준 적이 없었어. 남편은 늘 날 때렸지. 마치 자기 아내를 때리는 게 아니고 자기가 원한을 갖고 있는 모든 사람들을 때리듯이 말이야. 20년을 그렇게 살았어. 결혼하기 이전의 삶은 도무지 기억할 수가 없어. 아무리 기억을 더듬어 보아도 눈먼 사람처럼 아무것도 보이질 않아. 이고르 이바노비치가 여기에 온 적이 있었어. 우린 한 고향 출신이야. 그 사람이 이것저것을 얘기해 주어서 고향 집이며 사람들 생각이 조금 되살아나는가 했지만, 사람들이 어떻게 살았고 그들이 무슨 얘기를 주고받았는지, 그리고 누구에게 무슨 일이 있었는지 기억이 나지 않아. 모두 잊어버렸어! 화재가 난 것은 기억해. 두 번이나 났었지. 그러나 모든 일은 나를 밀어젖혔어. 나의 영혼은 틈 하나 없는 곳에 갇혀 버렸던 거야. 장님이 다 된 나는 어느 것 하나 볼 수도 없었지⋯⋯.」

그녀는 호흡을 멈추고 긴 한숨을 마치 물에서 끌어올려진 물고기처럼 탐욕스럽게 집어삼켰다. 그리고 몸을 조금 앞으로 굽히고 목소리를 약간 낮추어 말을 계속했다. 「남편이 세상을 뜨자 그제야 난 아들의 존재를 의식했어. 하지만 빠벨은 이런 일을 하고 있었지. 처음엔 너무 두려웠지만 차차 빠벨을 동정하기 시작했던 거야⋯⋯. 빠벨이 만약 잘못되는 날이면 난 어떻게 세상을 살아 나갈 수 있겠나? 두려울 만큼 불안을 맛보았고, 어쩌다 아들의 운명을 생각할라치면 가슴이 찢어지는 아픔을······.」

그녀는 잠시 입을 다물고 있다가 조용히 고개를 흔들면서 의미심장하게 말했다. 「우리 여인네들의 사랑이란 순수하지 못해! 자기에게 필요한 것만 사랑하기 때문이야. 너를 볼 때면 어머니 생각에 괴로워하고 있는 게 보여. 그렇다면 어머니란 존재는 네겐 도대체 무어냐? 다른 사람들도 모두 민중을 위해 고통을 당하고, 감옥에 가고 또 시베리아에도 가지. 죽기도 하고······. 젊은 처녀들이 어두운 밤의 진창길을 혼자서 눈이 오나 비가 오나 아랑곳없이 시내에서 이곳까지 7베르스뜨나 되는 거리를 걸어서 온단 말야. 과연 누가 그들을 거리로 내쫓았고 누가 그들을 괴롭힌단 말인가? 그들은 사랑을 하고 있어. 그들은 정말 순수한 사랑을 하고 있단 말일세! 그들은 믿고 있어. 믿고 있단 말일세, 안드류샤! 하지만 난 그렇지 못해. 난 나만을 사랑해, 나와 가까운 사람만을 말이야.」

우끄라이나인은 고개를 돌리고 늘 하던 대로 두 손으로 머리와 볼, 그리고 눈을 세차게 비벼 대면서 말했다. 「아닙니다, 그렇지 않아요! 모든 사람들은 가까이에 있는 것을 사랑하는 법입니다. 하지만 마음이 넓은 사람에게는 먼 것도 가까워지지요. 어머닌 많은 걸 사랑하실 수 있어요. 어머니의 모성애는 위대한 것이니······.」

「주님께 기원합니다!」 그녀가 나지막한 목소리로 말했다. 「나 역시 그렇게 사는 게 좋다는 걸 느껴. 정말 난 널 사랑해. 어쩌면 빠샤보다도 널 더 사랑하는지도 몰라. 빠샤는 너무나 말이 없어······. 사샤와 결혼하고 싶어 하면서도 내겐 한마디도 없었어. 제 어민데도 말야······.」

「그건 그렇지 않아요! 제가 잘 아는 일인데, 그건 그렇지 않아요. 빠벨도 그렇고 사셴까도 그렇고 서로 사랑하고 있는 건 사실이에요. 하지만 결혼하는 일은 없을 겁니다, 절대로요! 그녀가 원할지는 몰라도 빠벨에겐 그럴 마음이 추호도 없을 거예요······.」

「어떻게?」 어머니는 생각에 잠긴 듯 조용히 말했다. 슬픔에 잠긴 그녀의 두 눈이 우끄라이나인의 얼굴에 고정되었다. 「어떻게 자신을 버릴 수가 있단 말인가……」

「빠벨은 좀처럼 보기 드문 사람입니다. 강철 같은 사람이라고나 할까요……」 우끄라이나인이 나직한 목소리로 대답했다.

「빠벨은 지금 감옥에 갇혀 있어!」 어머니는 신중한 어조로 말을 이었다. 「이건 불안하고 무서운 일이야. 하지만 또 그렇게 대수롭게 생각하지 않을 수도 있어. 세상은 달라졌거든. 공포도 이전의 공포와는 달라. 이젠 모든 사람들한테 불안을 느껴야 해. 그리고 나의 감정도 달라졌어. 마음의 눈을 활짝 열고 바라보니까 이젠 슬픔도 기쁨도 함께 볼 수가 있어. 난 아직도 이해하지 못하는 것이 많아. 너희들이 주님을 믿지 않는다는 게 그렇게 화가 치밀고 가슴 아플 수가 없어. 하지만 이제 와서 어쩌겠어? 난 하여튼 너희들이 좋은 사람이라는 건 알고 있거든, 정말이야! 그리고 너희들이 민중을 위해 어려운 생활에 몸을 내던지고 진리를 위해 고통스러운 삶을 자초하고 있다는 것도 알고 있어. 너희들의 진리라는 걸 나도 이해해. 배부른 자들이 있는 한 민중은 아무것도 얻지 못할 것이라는 것, 진리도 없고 기쁨도 없고 도대체가 아무것도 있을 수 없다는 걸 말야. 이젠 나도 엄연히 너희들 가운데 하나야. 이따금 밤이면 과거의 일들이 생각난단다. 발 아래 뭉개져 버린 내 청춘, 죽도록 매질 당한 젊은 열정, 내 자신이 그렇듯 가엾을 수가 없어, 가슴이 저미도록! 하지만 내 삶은 나아지기 시작했어. 차차로 내 자신을, 진짜 나의 모습을 보게 되었지.」

우끄라이나인은 일어서서 발을 끌지 않으려고 애쓰면서 방 안을 조심스럽게 거닐기 시작했다. 큰 키에 여윈 몸이었다. 얼굴엔 생각에 잠긴 표정이 역력했다. 「좋은 말씀이십니다. 훌륭하세요. 께르치에 시를 쓰는 한 젊은 유대인이 살고 있었는데 하루는 이런 시를 썼지요.

죄 없이 죽어 간 이들이여 —
진리가 너희들을 부활케 하리라!

그리고 그 자신은 경찰에 죽음을 당했습니다. 하지만 그건 중요한 게 아닙니다. 그는 진리를 알고 있었을 뿐만 아니라 많은 사람들의 가슴에 진리의 씨를 뿌리고 다녔습니다. 이제 보니 어머니 역시 죄 없이 죽어 간 이들 가운데 한 분이시군요……」

「지금 난 말을 하고, 그 말을 내 자신이 듣고 있지만 나 자신을 믿을 수가 없어. 일평생 난 오직 하나만을 생각해 왔거든. 어떻게 하면 하루를 무사히 보낼 수 있을까, 어떻게 하면 아무도 날 건드릴 수 없게 하루를 눈에 띄지 않게 지낼 수 있을 것인가 하는 생각 말야. 하지만 이젠 모든 것에 대해 생각할 수가 있어. 비록 너희들이 하는 일을 다 이해하진 못한다 해도 모두에게서 친근함이 느껴지고 동정이 가. 그리고 모두에게 좋은 사람이 되고 싶어. 안드류샤, 너에게는 특히……」

그가 어머니에게 다가가 말했다. 「고맙습니다!」 그는 어머니의 손을 잡은 자기 손에 힘을 주었다. 그러곤 손을 놓고 재빨리 옆으로 돌아섰다. 어머니는 격한 흥분 탓에 고단했는지 서두르지 않고 천천히, 말없이 잔을 닦았다. 그녀의 가슴에선 활력을 되찾아 따뜻해진 감정이 조용히 불타오르고 있었다. 우끄라이나인이 방 안을 거닐며 말했다. 「베소프쉬꼬프에게도 다정하게 대해 주세요, 넨꼬! 그의 아버지는 감옥에 있어요. 정말 부정한 노인네지요. 니꼴라이는 창을 통해 아버지를 바라보면서 욕설을 퍼붓는답니다. 그건 잘하는 짓이 아닙니다. 니꼴라이는 천성이 착해서 개나 쥐 같은 온갖 동물을 좋아합니다. 하지만 유독 사람은 좋아하지 않아요. 그 무엇인가가 인간을 망쳐 놓았어요.」

「그의 어머니는 어디론가 종적을 감추었고, 아버지는 사기꾼에다 술주정뱅이야.」 어머니가 생각에 잠겨 말했다.

자러 가는 안드레이의 등 뒤에다 어머니는 몰래 성호를 그어 주었다.
 그가 잠자리에 든 지 30분이 지나서 그녀는 조용히 물었다.
「자는 거니, 안드류샤?」
 「아니에요, 왜 그러세요?」
 「잘 자거라!」
 「고맙습니다, 녠꼬. 고마워요!」 그는 감격한 어조로 대답했다.

17

 그 이튿날 어머니가 짐을 메고 공장 문을 들어섰을 때, 수위 둘이 난폭한 말로 그녀를 불러 세웠다. 그들은 음식통을 땅바닥에 내려놓으라고 명령한 다음 꼼꼼하게 조사를 했다.
 「음식 다 식겠소!」 어머니는 그들이 무례하게 그녀의 웃옷을 검사하는 동안 태연하게 말했다.
 「입 다물지 못해!」 수위 하나가 침통한 어조로 말했다.
 다른 하나가 어머니의 어깨를 가볍게 두드리면서 자신만만한 어투로 말했다. 「담 위로 집어 던졌어, 틀림없어!」
 그녀에게 노인 시조프가 첫 번째로 다가와 주위를 둘러보면서 크지 않은 목소리로 물었다. 「들으셨소, 아주머니?」
 「뭘 말입니까?」
 「전단 말입니다. 그게 다시 나타났어요. 빵에다 소금 치듯이 여기저기에 죄다 뿌려졌어요. 이제 그놈들이 당신을 잡아갈 거요. 수색도 하고! 그놈들이 내 조카 마진을 감옥에 처넣었지요. 하지만 그런들 뭣 해? 당신 아들도 잡아갔지만 지금대로라면 걔네들이 한 짓이 아니란 건 분명하지 않소!」 그는 턱수염을 만지작거리며 그녀를 보면서 말을 이었다. 「언제 우리 집에 들르시구려. 혼자 지내기가 꽤 적적할 텐데……」
 그녀는 고맙다는 인사를 하고 음식 이름을 외쳐 대면서 공장 안에 감돌고 있는 심상치 않은 변화를 주의 깊게 관찰했다. 모두들 벌겋게 상기된 얼굴로 모였다간 흩어지고 또 공장 여기저기를 분주히 뛰어다니고 있었다. 그을음으로 가득 찬 공기 중에서는 어떤 활기차고 대담한 기운이 느껴졌다. 여기저기서 동조하는 고함 소리와 더불어 조소하는 듯한 함성도 들려왔다. 중년의 노동자들은 조심스럽게 경멸하는 듯한 미소를 짓고 있었다. 관리인들이 걱정스러운 표정으로 왔다 갔다 했고 경찰들이 분주히 뛰어다녔다. 그들이 다가오면 노동자들은 느릿느릿 흩어지거나, 혹은 그 자리에 그냥 남아서 하던 이야기를 중단하고 흥분해서 초조한 빛이 역력한 얼굴들을 말없이 바라보기도 했다.

노동자들은 모두 세수를 깨끗이 한 모습들이었다. 구세프 형제의 모습도 보였는데, 그 형은 큰 키 덕택에 눈에 쉽게 띄었고 그 뒤를 따라 비틀거리며 걸어가는 동생도 보였다. 그는 큰 소리로 웃고 있었다.

소목 공장 감독 바빌로프와 출퇴근 기록계 이사이가 서두르지 않는 걸음걸이로 어머니의 옆을 지나쳤다. 키도 작고 체격도 볼품없는 기록계원은, 고개를 위로 꼿꼿이 들고 목을 왼쪽으로 삐딱하게 기울인 채로 불쾌한 듯 꼼짝도 않는 감독의 얼굴을 보면서 턱수염이 흔들릴 정도로 잽싸게 말을 했다. 「이반 이바노비치, 놈들이 비웃고 있습니다. 즐거운가 보지요? 친애하는 사장 말대로라면 이건 국가 전복과 관계되는 일일 텐데. 이반 이바노비치, 풀 몇 포기 뽑는 거론 어림도 없겠어요. 아주 갈아엎어 버리는 게 차라리……」

바빌로프는 뒷짐을 지고 걷고 있었다. 손가락엔 힘이 들어가 있었다. 그가 큰 소리로 말했다. 「제 놈들 맘대로 쓰고 지랄해 보라지, 개새끼들. 대신 내 얘기만 썼단 봐라!」

바실리 구세프가 다가와 말했다. 「난 그럼 여기서 점심이나 또 사 먹어야겠군, 맛있던데.」 그리고, 눈을 찡긋해 보이고 목소리를 약간 낮추어 조용조용하게 덧붙였다. 「적중했어요……. 아아, 어머님! 아주 잘됐습니다.」

어머니는 다정하게 그에게 고개를 끄덕여 보였다. 어머니는 공장촌에서는 둘째가라면 서러워할 망나니인 이 젊은이가 자기에게 몰래 말할 땐 깍듯한 존댓말을 사용하는 것이 마음에 들었다. 또한 공장 안에 감돌고 있는 흥분도 마음에 들었다. 그녀는 생각했다. 〈만약에 내가 아니었더라면······.〉

멀지 않은 곳에 날품팔이 노동자 셋이 멈추어 서더니 그 가운데 하나가 크지 않은 목소리로 안타깝다는 표정을 지으며 말했다. 「어디에 있는지 알 수가 있어야지······.」

「듣기라도 해야 할 텐데! 난 읽을 줄은 모르지만 정말 노골적이더라고!」 다른 사내가 대꾸했다.

세 번째 사내가 주위를 살피더니 제안을 했다. 「기관실로 가세나······.」

한쪽 눈을 찡긋거리며 구세프가 속삭였다. 「드디어 효력이 나타나고 있어요, 어머님.」

어머니는 기쁜 마음으로 집에 돌아왔다.

「읽을 줄 모르는 공장 사람들은 참 안됐어! 나도 젊었을 때는 읽을 줄은 알았는데 다 잊었지······.」 그녀가 안드레이에게 말했다.

「다시 배우세요.」 우끄라이나인이 제안했다.

「이 나이에? 누굴 웃음거리로 만들려고 작정했나······.」

그러나 안드레이는 책장에서 책 한 권을 가져와 칼끝으로 표지에 쓰여 있는 글자를 가리키며 물었다. 「이게 무슨 글자지요?」

「에르(P)!」 어머니가 웃으면서 대답했다.

「그럼 이 글자는요?」

「아(A)던가······.」 어머니는 어쩐지 마음이 내키지 않는 게 언짢았다. 안드레이의 두 눈이 은연중에 조롱하는 것 같아 그녀는 그의 시선을 피했다. 그러나 그의 목소리는 부드럽고 침착했으며 얼굴은 진지했다. 「안드류샤, 정말로 내게 글을 가르쳐 줄 생각이냐?」 그녀는 자기도 모르게 웃으며 물었다.

「그렇다니까요. 전에 읽을 줄 아셨다면 쉽게 기억해 내실 수 있을 겁니다. 기적이 일어나지 않는다고 해서 기분 나빠 할 것도 없고, 만약 일어난다면 나쁠 건 없지 않겠어요!」

「하지만 성모상만 바라본다고 성인이 되는 건 아니라는 말도 있지!」

우끄라이나인이 고개를 끄덕이며 말했다.「그래요. 격언은 많아요.〈제대로 알지 못할 바엔 아주 모르는 게 낫다〉는 격언을 볼까요. 격언으로 창자를 채울 생각만 해요. 영혼에 굴레를 씌워서 통제하는 데 더 편리하게 하는 겁니다. 이건 무슨 글자죠?」

「엘(л)!」

「맞습니다! 마치 사람들이 두 다리를 쭉 벌리고 있는 것과 같습니다. 그럼 이 글자는요?」

어머니는 눈에 신경을 곤두세우고 두 눈썹을 힘들여 움직거리면서 잊어버렸던 글자들을 기억해 내려고 무진 애를 썼다. 자신도 모르게 정신을 잃을 정도로 힘을 기울였다. 그러나 곧 눈이 피로해졌다. 처음엔 피곤해서 흐르는 눈물인 듯싶었으나 나중엔 슬픔을 못 이겨 눈물이 흘렀다. 그녀가 흐느껴 울면서 말했다.「내가 글을 배우다니! 나이 마흔에 이제야 글을 배우게 되다니……」

우끄라이나인이 다정스러운 목소리로 조용조용 말했다.「눈물을 그치셔야만 합니다. 어머닌 달리 방법이 없으셨던 거예요. 하지만 이제는 헛살아 오셨다는 걸 아시잖아요! 수많은 사람들이 어머니보다 더 나은 생활을 할 수도 있습니다. 하지만 그들은 짐승처럼 살고 있다는 걸 깨닫지 못하고 자기들이 잘 살기라도 하는 양 우쭐대고 있어요. 오늘도 노동을 한 그 대가로 먹고, 내일도 마찬가지로 노동의 대가로 또 먹고, 그것이 훌륭한 삶입니까! 그들은 일평생 일을 하고 먹기만 하면서 살아가는 거예요. 그러다 보면 애들도 생기게 되죠. 처음엔 귀여우니까 이래저래 달래다가 나중엔 자라서 먹는 양이 많아지겠죠. 그럼 화가 치밀어 애들한테 욕을 퍼붓는 겁니다.〈좀 빠릿빠릿해져 봐라, 걸신 들린 것같이 처먹기만⋯⋯. 이젠 컸으니 밥벌이를 해야 될 것 아냐!〉그러니 자식 놈들이 차라리 집에서 기르는 가축이기나 했으면 하고 바라는 마음도 없지 않지요. 하지만 자식들도 제 입에 풀칠을 하기 위해 노동을 시작합니다. 그리고 도둑이 보리죽을 훔치듯 삶을 훔치게 되는 거랍니다. 참된 사람만이 인간의 이성에 묶인 쇠사슬을 끊을 수 있습니다. 지금 제 앞에 계신 어머니도 역시 그러기 위해 최선을 다하고 계신 겁니다.」

「뭐, 내가 어떻다고? 내가 어떻게?」그녀는 한숨을 내쉬었다.

「아니, 왜요? 이건 마치 빗물과 같아서 빗방울 하나하나가 싹을 틔우는 겁니다. 어머니께서 읽기 시작하시면⋯⋯.」그는 큰 소리로 웃으면서 일어나 방 안을 거닐기 시작했다.「그래요, 어머니는 배우셔야 해요. 그래서 빠벨이 돌아오면 깜짝 놀라게 하는 겁니다.」

「아아, 안드류샤! 내가 지금 젊기라도 하면 모든 게 수월하겠지. 하지만 이 나이가 되니 안타까운 마음만 태산이지, 기력이 없어. 머리도 다 굳어 버렸고⋯⋯.」

18

 저녁때 우끄라이나인은 외출을 하고 어머니는 탁자 가까이 앉아 양말을 꿰매고 있었다. 그러나 이내 벌떡 일어나 방 안을 망설이듯 거닐다가 부엌으로 나가 걸쇠로 문을 잠그고 심각하게 양미간을 찌푸리면서 방으로 돌아왔다. 창문 커튼을 내리고 책장에서 책을 한 권 집어 든 다음, 다시 탁자 가까이 앉아 주위를 둘러보고 나서 책 쪽으로 바싹 다가앉았다. 그녀의 입술이 움직거리기 시작했다. 거리에서 무슨 소리가 들려오자 그녀는 몸을 부르르 떨면서 손바닥으로 책을 덮고 바깥 소리에 귀를 곤두세웠다. 그리고 다시 눈을 감았다 떴다 하면서 중얼거렸다. 「살, 살, 살고 있는, 땅, 우리의……」
 문 두드리는 소리가 들렸다. 어머니는 벌떡 일어나 책장에 책을 집어넣고 떨리는 목소리로 물었다. 「게 누구요?」
 「접니다……」
 리빈이 들어왔다. 턱수염을 점잖게 쓰다듬으면서 말했다. 「전에는 물을 필요도 없이 들여보내시더니. 혼자시오? 그렇군요. 난 우끄라이나인이 집에 있는 줄 알았습니다. 내 오늘 그 사람을 보았는데…… 감옥이란 데가 사람 망쳐 놓는 데는 아니더군요.」 그는 자리에 앉아 어머니에게 말했다. 「우리 얘기나 좀 합시다……」
 그는 어머니에게 어렴풋한 불안을 느끼게 하면서 의미심장하고 비밀스럽게 쳐다보았다. 「무슨 일을 하든 돈이 들게 마련이지요.」

그가 그 특유의 가라앉은 목소리로 말문을 열었다. 「공짜로 태어날 수도 없을 뿐만 아니라 죽을 때도 돈이 들지요. 암요. 그러니 전단과 유인물을 만드는 데도 돈이 든다는 건 당연하지요. 전단 만드는 돈은 어디서 나는지 혹 알고 계십니까?」

「모르오.」 뭔가 위험을 느끼면서 어머니가 조용히 대답했다.

「그러시겠죠. 저도 역시 모릅니다. 두 번째로 그럼 전단은 누가 만듭니까?」

「글깨나 배웠다는 사람들……」

「지식인들입니다!」 리빈이 단호하게 말했다. 텁석부리 얼굴이 일그러지고 벌겋게 상기되었다. 「말하자면, 지식인들이 전단을 만들어 뿌리고 다닌 겁니다. 하지만 전단에는 자기들에 반대하는 내용이 쓰여 있습니다. 이제 어디 말씀해 보세요. 왜 그들이 돈을 허비해 가며 민중들로 하여금 자기들에 대항해 들고일어나도록 하는 건지 말입니다. 예?」

어머니는 두 눈을 찡그리고 겁먹은 목소리로 말했다. 「도대체 무슨 생각을 하고 있는 거요?」

리빈이 곰처럼 의자를 고쳐 앉으며 말했다. 「아, 나 역시도 그 생각만 하면 온몸이 오싹해진답니다.」

「뭐라도 알아낸 게 있소?」

「속임수입니다. 우리는 속고 있는 겁니다. 비록 아는 건 별로 없지만 속임수라는 게 있다는 건 확신합니다. 지식인들은 똑똑한 척합니다. 하지만 난 진실을 알고 싶은 거요. 그리고 난 이제 진실이 무엇인지를 알게 됐어요. 그래서 안됐지만 지식인들과는 더 이상 함께 일을 하지 않을 작정입니다. 때가 되면 그들은 날 앞으로 밀쳐 내고 내 뼈마디를 다리 건너듯 짓밟고 나아갈 겁니다……」

그가 내뱉는 침통한 말에 어머니의 가슴은 오그라드는 것 같았다.

그녀가 고통스러운 표정을 지으며 소리쳤다. 「주여! 그렇다면 빠샤 역시도 그걸 모른단 말인가? 나머지 사람들도 모두……」

그녀의 앞에는 이고르와 니꼴라이 이바노비치, 그리고 사샤의 진지하고 순결한 얼굴들이 어렴풋이 가물거렸다. 가슴이 심하게 고동쳤다.

「아니야, 그렇지 않아!」 고개를 가로저으면서 그녀가 말문을 열었다. 「난 믿을 수가 없어요. 그들은 바로 양심 때문에 몸을 내던지고 있는 거요.」

「누구 말씀하시는 겁니까?」 리빈이 생각에 잠긴 듯 물었다.

「모두, 내가 만난 모든 사람들 얘기요.」

고개를 떨구며 리빈이 말했다. 「아주머니, 바로 눈앞만 보지 마시고 더 멀리 내다보세요. 우리에게 가까이 다가왔던 사람들, 그들은 어쩌면 아무것도 모를 겁니다. 그들에겐 믿음이란 게 있지요. 또 그래야만 합니다! 하지만 그들 뒤에는 제 이익밖에 모르는 또 다른 사람들이 있을지도 모릅니다. 인간이란 무익하게 자기 자신을 거스르는 법은 없으니까요……」 그리고 농사꾼다운 무게 있는 확신을 갖고 그가 덧붙였다. 「지식인들한테선 결코 아무것도 기대할 수 없어요.」

「그럼 뭐 결심한 거라도 있단 말이오?」 어머니는 다시 의혹에 사로잡혀 물었다.

「저 말입니까?」 리빈은 그녀를 빤히 들여다보다가 잠시 말이 없더니 같은 말을 반복했다. 「지식인들한테서 더 이상의 것을 기대해선 안 됩니다. 그렇고말고요.」 그는 다시 입을 다물었다. 침통한 표정이었다. 「제 동료들에게 갈까 합니다. 그들과 함께하기 위해서요. 전 이런 일에나 쓸모 있어요. 그들에게 무얼 얘기해 주어야 하는지도 전 알고 있습니다. 그래요. 저는 곧 떠납니다. 전 믿음이란 걸 잊었습니다. 그래서 더욱 가야만 해요.」

그는 고개를 떨구고 잠시 생각에 잠겼다.

「혼자서 여기저기 농촌을 돌아다니겠어요. 그래서 민중들에게 반란을 가르치겠습니다. 민중 스스로 문제를 해결하도록 해야 합니다. 그들이 깨닫기만 한다면 자기들이 나아갈 길을 알아서 개척하게 될 테니까요. 그래서 전 그들을 깨우치도록 노력할 겁니다. 그 사람들이 있다는 그 자체 외에는 그들에게 희망이란 없습니다. 바로 자신들 외에는 이성도 필요 없습니다. 정말 그렇습니다!」

어머니는 그가 가엾어졌고 한 인간에 대한 공포를 아울러 느꼈다. 항상 불쾌하게만 느껴졌던 그가 지금은 왠지 갑자기 가깝게 느껴졌다. 그녀는 조용한 목소리로 말했다. 「사람들한테 붙잡히게 될 텐데……」

리빈은 그녀를 쳐다보면서 개의치 않는 듯이 말했다. 「잡아갈 때가 있으면 풀어 줄 때도 있겠죠. 그럼 전 다시……」

「딴 사람도 아닌 농부들 자신이 당신을 붙잡아 감옥에 보낼 텐데도……」

「감옥에 갔다가 나오고, 또 계속하고, 그러면 농부들도 한 번, 두 번, 이렇게 몇 번인가를 나를 잡아 처넣다가 마침내는 날 잡아 처넣을 게 아니라 얘기를 들어야만 한다는 것을 깨닫게 될 겁니다. 전 그들에게 〈여러분 저를 믿지 마십시오. 그저 제 말을 들어만 주십시오〉라고 말하겠어요. 귀를 기울이다 보면 믿게 될 테니 말입니다.」 그는 마치 말을 내뱉기 전에 한마디 한마디 음미라도 하는 듯이 느릿느릿 말을 했다. 「전 요즘 들어 닥치는 대로 진탕 마셔 댔습니다. 그랬더니 하나둘 알게 되더군요……」

「그러다간 파멸하고 말 거요, 미하일 이바노비치!」 슬픈 듯 머리를 저으며 어머니가 말했다.

그는 깊숙이 파인 새까만 눈으로 그녀를 쳐다보았다. 마치 무엇인가 묻는 듯했다. 그의 강인해 뵈는 체구는 앞으로 쏠려 있었고 두 팔은 의자의 팔걸이에 의지하고 있었다. 그리고 검게 그을린 얼굴은 새까만 턱수염 속에서 파리해 보였다.

「혹 그리스도가 밀알에 대해 한 얘기를 들어 보셨습니까? 죽음 없이는 새 이삭으로 부활치 못하리라 그랬죠. 전 아직 죽으려면 멀었습니다. 제가 얼마나 죄 많은 사람인데요!」

그는 의자에 앉은 채로 사뭇 주저하더니 천천히 일어섰다.

「선술집에라도 가서 사람들이나 만나 봐야 할까 봅니다. 우끄라이나인이 어째 안 오는군요. 바쁜가 보죠?」

「그런가 보오.」 웃으면서 어머니가 말했다.

「그래야만 합니다. 그 사람 오거든 제 얘기나 해주세요……」

그들은 어깨를 나란히 하고 천천히 부엌으로 걸어 나가 서로에게 시선도 주지 않은 채 간단한 말로 인사를 주고받았다.

「자, 그럼 안녕히 계십시오.」

「잘 가시오. 공장 일은 언제 그만두시오?」

「벌써 그만뒀습니다.」

「그럼 언제 떠나십니까?」

「내일 아침 일찍 떠납니다. 자, 그럼……」

리빈은 고개를 숙여 인사를 하고 내키지 않는 발걸음을 억지로 떼어 놓으며 굼뜬 동작으로 현관을 빠져나갔다. 어머니는 한동안 문 앞에 서서 무거운 발걸음과 그녀의 가슴속에서 눈을 뜬 의혹에 귀를 기울였다. 잠시 후 제정신으로 돌아온 어머니는 방으로 들어왔다. 그리고 커튼을 걷고 창밖을 내다보았다. 창 너머에는 칠흑 같은 어둠이 우뚝 서 있었다. 〈나는 밤을 살고 있는 거야!〉 어머니는 생각했다.

어머니는 착실한 농부에게 동정이 갔다. 마음이 넓고 강인해 뵈는 그 농부에게.

안드레이는 되살아난 사람처럼 기분이 좋아 보이는 얼굴로 집에 돌아왔다. 어머니가 리빈의 얘기를 해주자 그는 큰 소리로 외쳤다. 「그렇다면 농촌을 돌아다니며 진리를 전파하고 민중을 일깨우는 것도 좋을 거예요. 우리와 같이 일한다는 건 그에겐 힘든 일일 겁니다. 그의 머리에는 농부들에 대한 생각이 꽉 차 있을 테니까요. 거기엔 우리 노동자들이 비집고 들어갈 만한 틈이 없을 겁니다……」

어머니가 조심스럽게 말했다. 「그 사람 말이, 지식인들에겐 무슨 꿍꿍이속이 있을 거라는 거야. 그들이 우릴 속이고 있다던가!」

「그게 마음에 걸리시는군요?」 웃으면서 우끄라이나인이 외쳤다. 「아아, 녠꼬, 돈이 문젭니다. 우리에게 돈만 있다면! 우리는 아직까지 남이 주는 돈에 의지하고 있는 형편입니다. 니꼴라이 이바노비치를 보세요. 그 사람은 매달 75루블을 벌어서 우리에게 50루블을 내놓고 있습니다. 다른 사람들도 마찬가집니다. 가난한 학생들도 때로는, 많지는 않지만 돈을 보내옵니다. 한 푼 두 푼 모은 돈을 말입니다. 물론 지식인도 여러 종류가 있어요. 우리를 속이는 사람도 있는가 하면 우리에게서 떠나가는 사람도 있습니다. 하지만 정말 훌륭한 사람들은 우리와 같은 길을 갈 겁니다……」 그는 손뼉을 한 번 치고는 힘 있는 어조로 말을 이었다. 「우리가 꿈꾸는 최후의 잔칫날은 아직 멀었다 해도 우리는 조촐한 우리들만의 메이데이 행사를 치를 겁니다. 정말 멋질 겁니다!」

그의 활기찬 모습을 대하자 리빈 때문에 싹텄던 불안이 누그러졌다. 우끄라이나인은 손으로 머리를 비비고 마룻바닥을 내려다보면서 방 안을 서성이다가 말을 이었다. 「어머니도 언젠가는 어머니의 가슴에 놀랄 만한 그 무엇이 살아 꿈틀거리고 있다는 것을 느끼실 겁니다. 어딜 가든지 간에 보이느니 동지뿐일 때가 있을 겁니다. 모두가 하나의 불꽃으로 활활 타오르고, 활기에 넘쳐 있고, 선량하다 못해 훌륭해 뵈는 그날, 그날 말입니다. 말 없이도 서로 통하는…… 모두가 한목소리로 외쳐 대며 각자의 가슴이 자신의 노래를 부르게 될 겁니다. 모든 노래가 마치 시냇물처럼 내달려 하나의 강물이 되고, 그 강물이 다시 새로운 삶을 노래하는 환희의 바다로 넓고 자유롭게 흘러 들어가는 바로 그날은 오고야 말 겁니다.」

어머니는 행여 그를 방해하지나 않을까, 그의 말을 막지나 않을까 하는 조바심에 꼼짝 않으려고 무진 애를 썼다. 그녀는 늘 다른 사람들이 이야기할 때보다도 그가 이야기할 때 훨씬 세심한 주의를 기울여 이야기를 들었다. 그는 어느 누구보다도 말을 한결 쉽게 했고, 그러다 보니 자연히 그의 말이 가슴에 주는 충격은 이루 말할 수가 없었다. 빠벨은 그가 꿈꾸는 미래에 대해서는 일언반구도 없었다. 하지만 우끄라이나인 가슴의 일부는 항상 미래에 가 있는 것 같았다. 그래서 그의 이야기 속에선 이 땅에 살고 있는 모든 이들을 위한 미래의 잔칫날에 대한 전설이 살아 숨쉬고 있었다. 이 전설은 어머니 자신의 삶에 대한 생각, 아들이 하는 일, 그리고 그의 모든 동지들을 환하게 비추어 주고 있었다.

「잠에서 깨어나 주위를 둘러보십시오. 냉정하고 추한 것뿐입니다.」 고개를 들면서 우끄라이나인이 말했다. 「모두가 지쳐 있고 애태우고 있습니다……」 그는 깊은 시름에 잠겨 말을 이었다. 「생각할수록 화가 치미는 일이지만 인간을 믿지 말아야 하고 인간과 투쟁해야만 합니다. 그리고 심지어는 증오해야만 하는 것입니다. 인간은 양면성을 지니고 있습니다. 누구든지 사랑만을 하기 원합니다. 하지만 그게 가능할까요? 만약에 성난 야수와 같이 어머니를 쫓아다니고 어머니의 살아 있는 정신을 인정하려 들지 않고 어머니의 인간적인 얼굴에 발길질을 해대는 사람이 있다고 쳐요. 그래도 그 인간을 용서해야만 합니까? 결코 용서할 수 없는 일입니다. 자기 자신에게 문제가 있는 건 아닙니다. 저는 제게 떨어지는 모든 모욕들을 참아 낼 수가 있습니다. 하지만 폭압자를 묵인하고픈 생각은 추호도 없습니다. 다른 사람들에게 내 등을 치라고 가르치고 싶지 않기 때문입니다.」

그의 두 눈이 싸늘한 불꽃으로 활활 타올랐다. 그는 고개를 꼿꼿이 쳐들고 한결 단호하게 말했다. 「저는 어떠한 불의도 용서하지 않을 겁니다. 비록 그것이 제게 직접 해를 끼치지는 않는다

해도 말입니다. 저는 이 세상 혼자 살고 있는 것이 아니기 때문입니다. 설사 오늘 나를 모욕하는 건 그대로 받아 줄 수도 있고, 폐부만 찌르지 않는다면 그냥 웃어넘길 수도 있는 문젭니다. 하지만 그렇게 되면 내일, 그 능욕자는 나에게 제 힘을 시험도 해보았겠다, 당장 다른 사람의 가죽을 벗기려고 달려갈 겁니다. 그러다 보니 사람들을 색안경 쓰고 바라보게 되고 가슴을 꽉 움켜잡고 사람들을 나누게 되는 것입니다. 이 사람은 내 편, 저 사람은 적. 당연한 거예요. 그러니 어디 즐거움이 있겠습니까!」

어머니는 자신도 모르게 장교와 사샤를 떠올렸다. 그녀는 한숨을 내쉬고 말았다. 「체로 거르지 않은 밀가루로 빵을 만들면 어떤 빵이 될까……」

「온갖 슬픔의 원인이 바로 거기에 있을 겁니다.」

「그래!」 어머니가 대꾸했다. 그녀의 기억 속엔 마치 이끼로 뒤덮인 큼직한 바위만큼이나 육중하고 음울한 남편의 모습이 떠올랐다. 어머니는 나따샤와 결혼한 우끄라이나인, 그리고 사샤의 남편으로서의 아들을 상상해 보았다.

「왜냐고요?」 우끄라이나인이 물었다. 그는 흥분하고 있었다. 「그건 물어보나마나 자명한 겁니다. 그 이유는 사람들이 평등하지가 않다는 데 있어요. 모두들 평등하게 해보자고요! 이성으로 만들어 낸 모든 것, 손으로 가공한 모든 것을 똑같이 나누자는 말입니다. 그래서 서로가 서로를 공포와 질투의 노예로 속박하지 않도록, 탐욕과 무지의 포로로 억압하지 않도록 말이죠.」

그들은 그 이후에도 그와 같은 대화를 자주 나누었다.

우끄라이나인은 다시 공장에 일자리를 구해, 받은 품삯 전부를 어머니에게 갖다주었다. 그녀는 그의 돈을 빠벨에게서 받듯이 아무 거리낌 없이 받았다.

이따금 안드레이는 두 눈에 웃음을 담고서 어머니에게 제안을 하곤 했다. 「책을 읽을까요, 넨꼬? 예?」

그녀는 농담 반 진담 반으로 끝내 거절했다. 그의 눈웃음에 어

머니는 당혹감과 게다가 어느 정도는 모욕감마저도 느꼈다. 그녀는 생각했다. 〈눈웃음치는 까닭이 뭐지?〉

그리고 시간이 갈수록 어머니는 유인물에 쓰여 있는 잘 이해할 수 없는 이런저런 글들에 대해서 그에게 묻는 일이 더욱 잦아졌다. 질문을 던질 때면 어머니는 공연히 딴전을 피웠고, 목소리는 무관심한 것처럼 보이려고 애쓰는 흔적이 역력했다. 그는 그녀가 혼자서 몰래 글공부를 하고 있다는 것을 알아차리고 그녀의 수줍음을 이해했다. 그래서 함께 책 읽자는 말을 더 이상 하지 않았다. 얼마가 지나자 그녀는 그에게 말했다. 「눈이 침침하구나, 안드류샤. 안경이 있어야만 할 것 같다.」

「그거야 뭐 어려운 일입니까! 돌아오는 일요일에 함께 시내에 나가서 의사에게 보이고 안경을 맞추도록 하지요.」

19

 어머니는 벌써 세 번이나 빠벨과의 면회 신청을 했지만 매번 자줏빛 뺨과 코를 가진, 머리가 희끗희끗한 늙은 헌병 책임자는 퇴짜를 놓았다. 그러면서도 말은 다정하게 했다. 「앞으로 일주일은 더 기다리셔야 합니다, 부인! 일주일 후에나 오시면 될까, 지금은 불가능합니다……」
 뚱뚱하고 배가 불룩 나온 그의 모습은 저장된 지 너무 오래라 이미 잔털이 송골송골한 곰팡이로 뒤덮인 익은 살구를 연상시켰다. 그는 항상 희번덕거리는 이빨을 날카롭고 누런 이쑤시개로 쑤셔 댔다. 그의 별로 크지 않은 푸르스름한 두 눈은 상냥한 척 눈웃음을 치고 있었고 목소리는 늘 친구를 대하듯 친절했다.
 「아주 예의가 바르던데! 늘 웃고 있는 게……」 생각에 잠긴 듯 그녀가 우끄라이나인에게 말했다.
 「맞습니다, 맞아요! 그자들에겐 다정한 척하는 거, 웃는 거 빼놓으면 아무것도 없어요. 그들은 흔히 말하지요. 〈원, 사람 하나는 정말 똑똑하고 착실한데 우리에겐 위험한 인물이니 어쩝니까. 교수형에 처할밖에요!〉 그놈들은 웃으면서 교수형을 집행하고 그게 지나면 다시 웃는답니다.」
 「우리 집을 수색했던 그 사람은 좀 미련한 사람이었어. 금방 나쁜 놈이라는 걸 알 수 있었잖아……」

「그런 놈들은 죄다 인간이랄 수 없는 놈들입니다. 사람들의 귀를 후려쳐서 망쳐 놓는 망치라고나 할까요. 도구에 불과한 거지요. 그 도구 같은 놈들 때문에 우린 속고 있습니다. 마치 우리의 삶이 한결 편리해지기라도 한 것처럼. 바로 그 도구들은 우리들의 손을 깔고 뭉개기 편리하도록 만들어져 있습니다. 자기들에게 하달된 것이 왜 필요한지조차 생각을 한다거나 물어보지도 않고 그저 모든 걸 일단은 처리하고 보는 거예요.」

마침내 아들과의 면회가 허용되었다. 일요일에 어머니는 교도소 사무실 구석에 다소곳이 앉아 있었다. 천장이 낮은 비좁고 지저분한 사무실 안에는 그녀 말고도 면회를 기다리는 사람이 몇 더 있었다. 서로 아는 척하는 걸 보면 그들은 필시 여기에 찾아온 것이 처음은 아닌 게 분명했다. 그들 사이에는 나직나직하고 거미줄처럼 끈적거리는 이야기들이 굼벵이가 움직이듯 느릿느릿 뒤엉키고 있었다.

「그 얘기 들으셨소?」 얼굴이 쭈글쭈글한 뚱뚱한 여인이 말문을 열었다. 여행용 가방을 무릎 위에 올려놓고 있었다. 「오늘 아침 미사 때 성당 사찰이란 사람이 성가대 아이의 귀를 완전히 찢어 놓았대요……」

퇴역자 군복을 차려입은 중년의 남자가 헛기침을 한 번 한 다음 대꾸했다. 「성가대 아이들은 대개가 불량배들이라오.」

체구가 작고 머리가 벗겨진 사내가 사무실 안을 번잡스레 뛰어다녔다. 다리는 짧은 데다 반대로 팔은 길고, 턱뼈가 앞으로 툭 튀어나온 사내였다. 그는 설 생각도 않고 오싹할 정도의 째지는 목소리로 내뱉었다. 「생활비가 자꾸만 치솟으니 사람들이 점점 극악해집니다. 쇠고기 값이 두 배나 올라서 1푼뜨당 14꼬뻬이까가 됐고 빵은 두 배 반이 올랐으니……」

이따금 무거운 가죽 장화를 신고 하나같이 침통한 표정을 짓고 있는 죄수들이 끌려 들어왔다. 방 안이 어둠침침해서 그런지 그들은 방으로 들어오며 눈을 깜박거렸다. 발에 족쇄가 채워져 있는 사람도 있었다.

모든 사람들은 이상할 정도로 말이 없어 심지어는 불쾌하기까지 했다. 그 사람들은 오래전부터 길들여져 자신들의 처지에 익숙해진 것 같았다. 천연덕스럽게 앉아 있는 사람, 느릿느릿 주위를 엿보는 사람, 게다가 고단한 듯 조심스럽게 면회 온 사람을 바라보는 이도 있었다. 어머니의 가슴은 초조감에 떨고 있었다. 어머니는 망설이며 주위를 둘러보았다. 이토록 지독한 단조로움은 생전 처음이었다.

어머니의 옆자리에는 조그만 체구의 노파가 앉아 있었다. 비록 얼굴은 주름투성이였지만 눈만은 젊은이의 눈 바로 그것이었다. 가는 목을 좌우로 돌려 가면서 노파는 사람들의 대화에 귀를 곤두세우고 이상하리만큼 도전적인 눈으로 모두를 노려보고 있었다.

「누굴 만나러 오셨습니까?」

노파가 큰 소리로 재빨리 대꾸했다. 「아들놈이라오. 학생이지. 한데 댁은 누굴 만나러 왔소?」

「저도 아들을 만나러 왔습니다. 노동자지요.」

「성이 어떻게 되나?」

「블라소프입니다.」

「들어 본 기억이 없군. 오래됐소?」

「일곱 주 됐어요.」

「내 아들놈은 열 달이라오.」

노파의 목소리에서 어머니는 자부심 비슷한 어떤 이상한 것을 느낄 수 있었다.

머리가 벗겨진 노인이 황급히 혀짤배기 소리를 했다. 「그래요, 맞는 소리요! 참는 데도 한도가 있는 법이지……. 모두들 흥분해 고함치고 있어요. 물가는 세상 모르고 치솟고 있으니. 그러다 보니까 사람값은 아주 똥값이 되어 가는 겁니다. 그렇다고 누구 하나라도 목소릴 높이려고 드냔 말요.」

 퇴역 군인이 끼어들었다. 「말 한번 잘했소. 정말 꼴불견이야! 드디어 힘찬 목소리가 울릴 날이 오고야 만 거요. 침묵은 필요가 없어. 정말 필요한 건 힘찬 목소리란 말입니다……」

 점점 많은 사람들이 끼어든 그들의 대화는 그럴수록 열기를 더해 갔다. 저마다 삶에 대한 나름대로의 견해를 피력하느라 열을 올렸다. 그러나 모두들 속삭이듯이 이야기를 했기 때문에 어머니는 그들 모두에게서 이해 못할 어떤 것을 느꼈다. 적어도 집에서 오가는 대화는 이와 달리 한결 명료하고 솔직하며, 목소리도 더 크리라는 것은 명백했다.

 네모 모양의 불그레한 턱수염을 기른 뚱뚱한 간수가 그녀의 성을 큰 소리로 불렀다. 머리에서 발끝까지 죽 훑어보더니 다리를 절며 걸어가면서 그녀에게 말했다. 「따라와요……」

 어머니는 뒤를 따라 걸어갔다. 좀 빨리 걷도록 뒤에서 그 간수의 등을 밀고 싶은 마음이 간절했다. 조그만 방에 빠벨이 앉아 있었다. 어머니를 보더니 웃으면서 한 손을 내밀었다. 어머니는 아들의 손을 꼭 잡고 이따금 눈을 찡긋거리며 미소 지을 따름이었다. 무슨 말을 해야 할지 몰라 그저 이렇게 나지막한 목소리로 말할 뿐이었다. 「잘 지냈냐…… 잘 지냈어?」

 「전 괜찮아요. 염려 마세요, 어머니!」 어머니의 손을 꼭 잡으며 빠벨이 말했다.

 「오냐, 미안하다.」

 「저 아주머니가 자네 어머니셨구먼!」 한숨을 내쉬며 간수가 끼어들었다. 「그건 그렇다 치고, 좀 떨어지쇼들. 거리를 약간이라도 두란 말이오……」 그리고 크게 하품을 했다. 빠벨은 어머니의 건강과 집안일에 대해서 물었다. 그녀는 아들의 두 눈에서 몇 가지의 다른 질문들을 구하며 잔뜩 기다렸지만 빠벨은 그런 내색을 보이지 않았다. 그는 늘 그렇듯이 침착했다. 변한 게 있다면 얼굴이 좀 여위었고 눈도 조금 커진 것밖에 없었다.

「사샤가 안부 전하더구나!」 그녀가 말했다.

빠벨의 눈꺼풀이 약간 떨리는가 싶더니 얼굴에서 다정한 미소가 엿보였다. 날카로운 비애가 어머니의 가슴을 고통스럽게 자극했다.

「그래 곧 풀려날 것 같으냐? 잡아 두는 이유가 뭐라던? 그러지 않아도 지금 다시 전단들이 뿌려지고 있는데……」 화가 치미는 듯 흥분한 어머니가 물었다.

빠벨의 두 눈이 기쁨으로 빛났다. 「다시요?」 그가 재빨리 물었다.

「그런 얘기를 하는 건 위반이오! 집안 얘기나 하란 말이오……」 간수가 느릿느릿 말참견을 하고 나섰다.

「아니, 그럼 이게 집안 얘기가 아니란 말이오?」 어머니가 반박했다.

「잘 모르겠지만 하여튼 금지돼 있소.」 간수가 귀찮다는 듯이 내뱉었다.

「어머니, 집안 얘기나 해요. 요즘 뭐 하고 지내세요?」 빠벨이 말했다.

어머니는 자신 안에 감추어져 있는 어떤 젊은 혈기를 느끼면서 대답했다. 「이것저것 가리지 않고 공장에 나르고 지내지……」 잠깐 말을 멈추고 웃으면서 다시 말을 이었다. 「양배추 수프라든가 죽, 그리고 마리야네 음식들은 죄다. 거기다 그 밖의 먹을거리를……」

빠벨은 눈치를 챘다. 그의 얼굴이 억지로 웃음을 참느라 떨리고 있었다. 그는 손으로 머리를 긁적이면서 여태껏 그녀가 한 번도 그에게서 들어 본 적이 없는 부드러운 목소리로 이야기했다. 「소일거리가 생기셨다니 정말 잘된 일입니다. 적적하진 않으시겠어요.」

「그놈의 전단이란 게 다시 뿌려지니까 이 늙은이도 뒤지더구나!」 그녀의 말에는 자부심이 없지 않았다.

「또 그 얘기시네!」 간수가 화를 벌컥 내며 끼어들었다. 「안 된다고 아까 얘기했잖소! 자유를 박탈한 이유가 뭔데, 그건 아무것도 알아서는 안 되기 때문이오. 그러니 제 처신이나 잘하라고! 하여튼 뭐가 금지된 건지 명심하란 말이오.」

「그러죠, 뭐. 그만두세요, 어머니! 마뜨베이 이바노비치는 좋은 사람이에요. 이 사람 언짢게 생각하지 마세요. 우린 친하게 지내고 있어요. 오늘 이 사람이 여기 입회인으로 와 있는 것도 다행이에요. 보통 부소장이 입회하거든요.」 빠벨이 말했다.

「시간이 다 됐소!」 시계를 보면서 간수가 말했다.

「고맙습니다, 어머니! 고마워요. 전 어머니를 존경해요. 너무 염려하지 마세요. 곧 나가게 되겠죠……」 빠벨이 말했다.

그는 어머니를 뜨겁게 포옹했다. 그리고 키스도 해주었다. 감동한 어머니는 끝없는 행복감에 울음을 터뜨렸다.

「그만 갑시다!」 간수가 말했다. 간수는 어머니를 데리고 나가면서 중얼거렸다. 「울지 마시오, 곧 풀려날 거요! 모두 나가게 될 겁니다. 여긴 너무 사람이 많아요……」

집에 돌아온 어머니는 웃으면서 우끄라이나인에게 자초지종을 죄다 늘어놓았다. 흥분 때문에 눈썹이 일그러질 정도였다. 「내가 아주 교묘하게 말해 주었더니 빠벨이 이해하더구나!」 그리고 서글픈 듯 긴 한숨을 내쉬었다. 「분명 알아들었어. 그렇지 않다면 그 애가 그렇게 다정하게 굴었을 리가 없어. 하여튼 여태껏 그런 모습은 처음이었어.」

우끄라이나인이 웃음을 터뜨렸다. 「오, 어머니! 누구든지 갈망하는 게 있지만 어머니는 오직 사랑만을……」

「아니다, 안드류샤. 그 사람들 얘기를 안 할 수가 없구나!」

갑자기 그녀가 의아스럽다는 듯 얘기했다. 「어찌나 익숙해 있던지! 생이별을 당한 자식들이 감옥에 있는데도 그들은 아무렇지도 않다는 듯 와 가지고는 그냥 앉아서 기다리고만 있는 거야.

쓸데없는 소리들이나 지껄여 대면서 말이다, 응? 적어도 글깨나 배웠다는 사람들이 그렇게 쉽게 길들여져 버리면 미천한 민중들이야 말해 뭣 하겠어…….」

우끄라이나인이 잔뜩 웃음을 머금고서 대꾸했다. 「그야 물론입니다. 그 사람들에게 법이란 우리네 경우보다 한결 관대하죠. 그럴수록 그들에겐 우리에게보다도 법이란 게 더욱 필요한 겁니다. 그러니 법이 아무리 그들의 이마를 두들겨 팬다 해도 그들은 이맛살을 찡그리긴 하지만 더 이상은 아무 짓도 안 하는 겁니다. 남의 몽둥이보다도 제 몽둥일 때리는 게 수월한 법이거든요.」

20

어느 날 저녁 어머니는 탁자 옆에 앉아 양말을 꿰매고 있었고, 우끄라이나인은 로마 시대의 노예 반란에 대한 책을 소리 내어 읽고 있었다. 그때 누군가가 문을 세차게 두드렸다. 우끄라이나인이 문을 열어 주자 겨드랑이 밑에 작은 보따리를 낀 베소프쉬꼬프가 모자를 뒤통수에다 삐딱하게 붙여 쓰고 들어왔다. 무릎까지 온통 흙탕물투성이였다.

「지나는 길에 방에 불이 켜져 있는 게 보이기에 인사나 하고 갈 생각으로 들렀습니다. 금방 감옥에서 나오는 길입니다.」 그가 예사롭지 않은 목소리로 설명을 늘어놓았다. 어머니의 손을 잡은 자기 손에 힘을 주면서 말을 이었다. 「빠벨이 안부 전하더군요……」 그다음, 머뭇거리며 의자에 털썩 주저앉더니 우울하고 의심쩍은 눈길로 방 안을 두리번거렸다.

어머니는 그를 별로 좋아하지 않았다. 그의 광대뼈가 툭 튀어나온 얼굴이며 짧게 깎은 머리, 게다가 가늘게 쭉 찢어진 두 눈이 항상 어머니의 마음에 걸렸다. 그러나 지금 어머니는 그런 마음은 안중에도 없었다는 듯 다정한 미소를 지어 보이면서 생기 있는 목소리로 말을 걸었다. 「얼굴이 많이 여위었구나. 안드류샤, 차 좀 끓이려무나.」

「벌써 사모바르를 올려놓았어요.」 우끄라이나인이 부엌에서 대답했다.

「그래, 빠벨은 잘 있나? 다른 사람들도 풀려난 거야, 아니면 자네 혼자만 나왔어?」

베소프쉬꼬프가 고개를 떨구고 대답했다. 「빠벨은 그냥 있어요. 잘 버티고 있죠. 저만 혼자 나왔어요.」

그는 고개를 들어 어머니의 얼굴을 빤히 들여다보면서 이빨 사이로 느릿느릿 말들을 뱉어 냈다. 「그놈들한테 소리쳤지요. 〈날 내보내 줘. 그렇지 않으면 누구든지 한 놈 죽이고 나 역시 콱 죽어 버리겠어〉 하고 말입니다. 그랬더니 풀어 주더군요.」

「으 — 음, 그랬구나!」 어머니는 이렇게 대꾸하고도 자기의 시선이 그의 가늘고 날카로운 시선과 마주치자 얼른 눈을 떼고 자신도 모르게 눈살을 찌푸렸다.

「한데 페쨔 마진은 어떻게 지내던가?」 우끄라이나인이 부엌에서 소리쳤다. 「여전히 시를 쓰나?」

「쓰다마다. 난 도무지 이해할 수 없지만!」 고개를 저으며 베소프쉬꼬프가 대꾸했다. 「그 사람 카나리아 아니오? 독방에 가두었는데 거기서도 노래를 부르더군요. 하여튼 분명한 건 하나 있어요. 뭐냐면 난 집에 가고 싶지 않다는 거야……」

「집에 가고 싶은 생각이 생길 턱이 있겠니? 아무도 없는 텅 빈 집에 난롯불이 지펴져 있길 한가, 잠시만 있어도 얼어 죽고 말 텐데……」 어머니가 생각에 잠겨 말했다.

그는 잠시 입을 다물고 두 눈을 찡그렸다. 그는 호주머니에서 담뱃갑을 꺼내 그중 한 개비를 불을 붙여 물었는데, 전혀 서두르는 기색이 없었다. 그리고 바로 자기 코앞에서 흩어지는 희뿌연 연기를 쳐다보면서 허탈한 미소를 지어 보였다. 그 모습이 마치 험상궂은 개 같았다. 「그래요, 분명 썰렁할 겁니다. 마룻바닥엔 얼어 죽은 바퀴벌레들이 나뒹굴고 있겠죠. 쥐새끼들도 얼어 죽었을 거예요. 뻴라게야 닐로브나, 오늘 밤 여기서 좀 재워 주세요, 괜찮겠죠?」 그녀를 쳐다볼 생각도 않고 그가 퉁명스럽게 물었다.

「물론 괜찮고말고, 가엾은 것!」 어머니가 재빨리 대꾸했다. 사실 어머니는 그와 같이 있는 게 거북살스럽고 불편했다.

「지금 우리는 자식들이 부모를 부끄럽게 여기는 시대에 살고 있습니다……」

「뭘 부끄럽게 여긴다고?」 떨리는 목소리로 어머니가 물었다.

그는 어머니를 쳐다보더니 두 눈을 감았다. 그러고 있는 그의 주근깨투성이의 얼굴은 언뜻 장님을 연상시켰다. 「제 말은, 자식들이 부모를 부끄럽게 여기기 시작했다는 겁니다.」 그는 반복해서 말하고 거친 한숨을 몰아쉬었다. 「빠벨은 어머니를 전혀 부끄럽게 여기지 않아요. 하지만 전 아버지가 여간 부끄러운 게 아닙니다. 아버지가 있는 한 저는 절대로 집 안에 발을 들여놓지 않을 작정입니다. 저에겐 아버지도 없고…… 집도 절도 없는 셈입니다. 경찰의 감시를 계속 받느니 차라리 시베리아로 떠나겠어요. 전 거기서 유형당한 사람들에게 자유를 주게 한다거나, 하여튼 사람들을 도망시킬 궁리를 할까 합니다……」

어머니는 동정심이 넘치는 가슴을 지녔기에 한 인간으로서의 그가 얼마나 심한 고통을 겪고 있는지를 이해할 수 있었다. 그러나 그의 고통은 어머니에게만 연민을 불러일으키지는 않았다.

「그래, 벌써 마음을 정했다면 떠나는 것도 나쁘진 않을 거야.」 어머니는 그의 침묵을 어색하게 만들지 않으려고 애써 끼어들었다.

안드레이가 부엌에서 나와 웃으면서 말했다. 「무슨 설교를 그렇게 하고 있나, 응?」

어머니가 자리에서 일어서며 말했다. 「내가 먹을 것을 좀 내오마……」

베소프쉬꼬프가 우끄라이나인을 빤히 들여다보다가 갑자기 말문을 열었다. 「그저 몇 놈 죽여 버리는 게 어때요?」

「그거 좋지! 하지만 뭘 위해서?」 우끄라이나인이 물었다.

「그런 놈들 아주 뿌리를 뽑아 버리게……」

키가 크고 비쩍 마른 우끄라이나인은 다리를 떨면서 방 한가운데에 우뚝 서서 주머니에 두 손을 찔러 넣은 채 베소프쉬꼬프를 내려다보고 있었고, 베소프쉬꼬프는 엉덩이를 의자 깊숙이 처박고 꼿꼿하게 앉아 있었다. 자욱한 담배 연기 속에서 그의 흙빛 얼굴의 불그레한 사마귀가 내비치고 있었다.

「우선 이사이 고르보프, 그 아둔한 녀석의 목을 비틀어 놓아야겠어. 두고 보라고요.」

「무엇 때문에?」 우끄라이나인이 물었다.

「그놈은 여태껏 밀고만 하고 다닌 밀정이란 말이오. 그놈 때문에 아버지가 파멸한 거고, 또 그놈이 나불대고 다니는 바람에 아버지가 경찰의 꼭두각시가 된 거라고.」 베소프쉬꼬프가 안드레이를 쳐다보며 말했다. 그의 눈길엔 음울한 증오심이 역력했다.

「옳은 소리야! 하지만 그것 때문에 자네를 비난하는 사람이라도 있단 말인가? 어리석은 놈들 말고.」

베소프쉬꼬프가 단호하게 딱 잘라 말했다. 「어리석은 놈들이나 똑똑한 놈들이나 더럽기는 매한가지예요. 형님도 그렇고 빠벨도 그렇고 모두 똑똑한 사람들이에요. 그런데 내가 과연 당신들에게 폐쟈 마진이나 사모일로프와 똑같은 존재요? 아니면 빠벨과 형님의 관계 같은 존재라도 된단 말이오? 우리 한번 툭 까놓고 이야기해 봅시다. 난 당신들을 믿지 않아요. 당신들도 마찬가질 테고……. 그리고 당신들은 누구나 할 것 없이 다 나만 따로 떼어 놓고, 결국은 고립시키려 들고 있어요.」

「자네 가슴앓이 많이 했구먼, 니꼴라이!」 우끄라이나인이 그의 옆에 바싹 다가앉으며 나직한 목소리로 다정하게 말했다.

「마음이 아파요. 당신들도 마음이 아프기는 마찬가지일 테지만…… 그래도 당신들의 아픔이란 건 내 아픔에 비하면 점잖은 편이에요. 우린 모두 서로에게 불한당일 수밖에 없어. 그건 내가 단언해요. 뭐 내게 할 말이라도 있어요? 있으면 해봐요.」 그는 안드레이의 얼굴에 날카로운 시선을 고정시키고, 이빨을 드러내고 대답을 기다렸다. 그의 붉으락푸르락한 얼굴은 못 박은 듯 꼼짝 하지 않는 가운데 두툼한 입술만이 부르르 떨렸다. 마치 어떤 뜨거운 것에 덴 듯이 그렇게.

「자네에게는 할 말이 없네.」 우끄라이나인은 푸른 눈이 자아내는 비감한 미소로 베소프쉬꼬프의 적의에 가득 찬 시선을 따뜻하게 애무하며 말문을 열었다. 「내가 아는 바로는, 가슴엔 온통 상처를 입어 피가 뚝뚝 떨어지는 그 순간에 그 인간과 논쟁을 벌인다는 건 그를 모욕하는 거나 다를 게 없어. 내가 알기로는 그렇다네, 동지!」

「난 논쟁 따윈 하지 않아요. 할 수도 없어.」 베소프쉬꼬프가 눈을 내리깔며 중얼거렸다.

우끄라이나인이 말을 이었다. 「난 우리 모두가…… 맨발로 깨진 유리 조각을 밟으며 걸어가고 있다는 생각이 들어. 저 나름대로 모두들 암흑의 시대를 들이마시며 살고 있다는 건 자네나 다를 바가 없어……」

「형님은 내게 말할 자격이 없어요! 내 영혼은 울부짖고 있어요. 마치 늑대처럼……」 베소프쉬꼬프가 느릿느릿 대꾸했다.

「나도 더 이상은 할 말이 없네. 하지만 또 한 가지는 확신해. 그건 자네가 뭐든 극복해 낼 거라는 거지. 완전하게는 아니더라도 어쨌든 극복하고야 말 거야.」 그는 웃음을 지어 보이고, 베소프쉬꼬프의 어깨를 두드리면서 계속했다. 「이보게나, 이건 어릴 때 앓았던 홍역과 비슷하지. 우리 모두는 홍역을 앓고 있는 거야. 강한 사람은 좀 덜하게, 대신 약한 사람은 좀 심하게. 홍역은 인간이 자신을 발견힌다 헤도 그 안에서 아직 삶이나 자신의 위치를 제대로 보지 못한 때에 바로 우리들에게 고통을 준다네. 자네 혼자만이 이 세상 유일의 먹이라고 생각하니까 모든 사람들이 자네만 집어삼키고 싶어 하는 것처럼 느껴지는 거야. 시간이 지나면 자네는, 다른 사람들의 가슴속에 들어 있는 왠지 좋아 보이는 영혼이란 것도 자네 영혼의 한 조각이나 별반 다를 게 없다는 걸 알게 될 거야. 그럼 한결 마음이 가벼워질 걸세. 휴일 교회 종소리에 묻혀 자네가 가지고 있는 작은 종의 소리가 들리지 않으면 종루에 올라가 보게! 거기서 좀 더 귀 기울여 보면, 자네의 종소리는 훌륭한 화음을 이루어 들리고 있다는 걸 알게 될 걸세. 교회의 종소리도 없이 자네만의 종소리를 들으려고 집착하다 보면 오래된 교회의 종이 자네 종소리를 제 둔탁한 소리로 집어삼키고 마는 거야, 마치 파리를 기름에 빠뜨리듯이. 내 말 이해하겠나?」

「이해할 것도 같아요. 하지만 난 믿어지지 않아요.」 고개를 끄덕이며 베소프쉬꼬프가 대꾸했다.

우끄라이나인은 허허 웃고 나서 자리에서 벌떡 일어나 소란스레 방 안을 오락가락했다. 「나 역시도 전엔 믿을 수 없었어. 이 벽창호 같은 친구야!」

「내가 왜 벽창호야?」 베소프쉬꼬프가 우끄라이나인을 보면서 침통하게 웃었다.

「왜 웃나?」 그의 바로 앞에 선 우끄라이나인은 깜짝 놀라 물었다.

「방금 형님을 화나게 하는 사람은 누군지 몰라도 바보일 거라는 생각이 들었어요.」 고개를 저으며 베소프쉬꼬프가 말했다.

「날 어떻게 화나게 하는데?」 어깨를 들썩이며 우끄라이나인이 물었다.

「나도 몰라!」 베소프쉬꼬프가 이빨을 드러내고 대답했다. 그 모양이 선량해 보이기도 하고 관대해 보이기도 했다. 「난 그저 형님을 화나게 한 사람은 반드시 양심의 가책을 느껴야만 할 거라는 생각을 했을 뿐이에요.」

「그냥 자넬 어디로든지 집어 던질까 보다!」 우끄라이나인이 웃으며 말했다.

「안드류샤!」 부엌에서 어머니가 부르는 소리가 들렸다.

안드레이가 부엌으로 나갔다.

혼자 남은 베소프쉬꼬프는 방 안을 한번 휘 둘러보고는 무거운 장화를 신고 있는 한쪽 발을 뻗어 찬찬히 살펴본 다음, 허리를 숙여 손으로 퉁퉁한 장딴지를 만져 보았다. 한 손을 얼굴 높이까지 들어 올려 손바닥을 유심히 살펴본 다음, 손을 뒤집었다. 손은 퉁퉁했고 짧은 손가락에는 누런 털이 덮여 있었다. 손을 허공에다 한 번 흔들고는 자리에서 일어났다.

안드레이가 사모바르를 가지고 들어왔을 때 베소프쉬꼬프는 기울 앞에 서서 이렇게 말했다. 「내 얼굴을 본 지도 꽤 오래됐군……」 그가 고개를 흔들며 실없이 웃으면서 덧붙였다. 「내가 봐도 못생긴 낯짝이야!」

「그게 어쨌단 말인가?」 안드레이가 의아스럽다는 듯 그를 쳐다보면서 물었다.

「사샤가 말하더군요. 얼굴은 마음의 거울이라고!」 베소프쉬꼬프가 느릿느릿 말했다.

「그건 당치도 않은 소리야. 사샤의 코는 낚싯바늘 같고 광대뼈는 제멋대로 튀어나왔지만 마음 하나만은 반짝이는 별 아닌가?」

베소프쉬꼬프는 큼직한 감자 하나를 집어 들고 빵 조각에다 소금을 골고루 친 다음, 마치 태평한 황소처럼 느릿느릿 우물거리기 시작했다. 「이곳 일은 잘돼 가요?」 그가 음식으로 가득 찬 입을 우물거리며 물었다.

안드레이가 공장 내의 선전 활동에 대해서 활기에 넘쳐 이야기를 하자 그는 다시 침통한 얼굴을 하고 가르릉거리는 목소리로 말했다. 「시간이 너무 오래 걸려! 하루가 급한 판국에……」

어머니는 그를 쳐다보았다. 그녀의 가슴에서는 불안함이 고개를 들었다.

「삶이란 건 달리는 말과 달라서 채찍질할 수 없는 거야!」 안드레이가 말했다.

베소프쉬꼬프가 고집스럽게 머리를 저었다. 「너무 오래 걸려! 난 도저히 견딜 수가 없어요. 내가 할 일은 뭐죠?」 그는 힘없이 두 팔을 벌리고 묵묵히 우끄라이나인의 얼굴을 쳐다보면서 대답을 기다렸다.

「우리 모두는 배우고 또 남들을 가르쳐야 해. 그게 바로 우리의 할 일이야.」 안드레이가 고개를 떨구며 대답했다.

베소프쉬꼬프가 다시 물었다. 「그럼 투쟁은 언제 하죠?」

우끄라이나인이 웃으면서 대답했다. 「그때가 오려면 아직 몇 번은 더 맞아야 할 거야. 그게 내가 아는 전부라네. 언제 싸우게 되는지는 나도 몰라. 우선 머리를 무장하고 그 다음에 주먹으로 싸우는 게 옳은 순서라고 생각해, 나는…….」

베소프쉬꼬프는 다시 먹기 시작했다. 어머니는 그가 눈치채지 못하도록 곁눈질로 그의 넓적한 얼굴을 훔쳐보며 얼굴에서 베소프쉬꼬프의 네모나고 까다로운 모습과 어울릴 만한 그 무엇을 찾느라 애를 쓰고 있었다.

그리고 작은 눈의 찌르는 듯한 시선과 마주칠 때마다 그녀는 겁먹은 듯 눈썹을 움직거렸다. 안드레이는 안정을 찾지 못하고 갑자기 이야기를 시작하는가 하면 웃음을 터뜨리고 그러다가는 느닷없이 하던 말을 멈추고 휘파람을 불기도 했다.

어머니는 그의 불안을 이해할 것도 같았다. 그러나 베소프쉬꼬프는 입을 꾹 다물고 자리에 앉아서 우끄라이나인이 그에게 뭐든 묻기라도 하면 짧게 대답을 했는데, 그것도 마지못해 하는 눈치였다.

작은 방은 어머니와 우끄라이나인, 둘에게도 너무 비좁아 숨이 콱콱 막힐 지경이었다. 그들은 서로 번갈아 가면서 찾아온 손님을 곁눈질로 살폈다.

마침내 베소프쉬꼬프가 자리에서 일어서며 말했다. 「전 좀 자야 할까 봐요. 내내 앉아 있기만 하다가 나가라기에 그냥 나온 거예요. 피곤하군요.」

그가 부엌으로 나가 한참을 잠 못 이루고 뒤척이는가 싶더니 갑자기 죽은 것처럼 조용해졌다. 어머니는 그 정적에 귀를 곤두세우고 있다가 안드레이에게 속삭였다. 「저 애는 생각이 너무 극단적이야……」

「까다로운 친구죠.」 우끄라이나인이 고개를 끄덕이며 맞장구를 쳤다. 「하지만 괜찮아질 겁니다. 저도 저럴 때가 있었거든요. 원래 가슴 안에 불꽃이 희미하게 타오르고 있으면 그을음이 많이 쌓이는 법이에요.」

어머니는 사라사 커튼으로 가려진, 침대가 놓여 있는 구석으로 걸어갔고, 안드레이는 탁자 옆에 앉아서 그녀의 숨소리며 기도하느라 부스럭거리는 소리 따위를 한참 동안 듣고 있었다. 책장을 빠르게 넘기면서 그는 너무 흥분한 나머지 이마를 쥐어뜯는가 하면 기다란 손가락으로 콧수염을 말기도 했고, 이따금 발꿈치와 발꿈치를 가볍게 부딪치기도 했다. 회중시계의 똑딱거리는 소리는 여전히 변함이 없었고 창문 너머에선 바람의 숨소리가 들리고 있었다.

어머니의 나직한 소리가 들려왔다. 「오, 주여! 세상엔 수없이 많은 사람들이 고통에 신음하고 있나이다. 과연 행복한 사람들이 사는 곳이 있나이까?」

「곧 있게 될 겁니다. 그렇고말고요! 곧 행복한 사람들이 많아질 겁니다, 많아질 거예요.」 우끄라이나인이 혼잣말로 중얼거렸다.

21

세월은 빠르게 흘러갔다. 복잡하고 파란만장한 사건의 연속이었다. 찾아오는 사람마다 어떤 새로운 소식을 가지고 왔기 때문에 어머니는 더 이상 그러한 소식에 불안해하지 않았다. 저녁만 되면 알지도 못하는 사람들이 찾아와 불안한 듯 잔뜩 긴장한 채 안드레이와 늦은 밤까지 소곤대다가, 외투 깃을 올리고 모자를 눈 아래까지 눌러쓴 모습으로 조심스럽게 어둠 속으로 홀연히 사라지는 경우가 더욱 빈번해졌다. 모두에게서 절제된 흥분이 느껴졌고, 그래서 그런지 모두들 노래 부르고 웃음을 터뜨리고 싶어 안달하는 것처럼 보이기도 했지만, 그들이 그런 적은 한 번도 없었다. 늘 쫓기듯 매사를 서둘렀다. 항상 시무룩하고 심각한 표정을 짓는 사람, 청춘의 정열이 번뜩이는 활달한 사람, 그런가 하면 생각에 잠겨 입을 꼭 다물고 있는 사람, 하여튼 그들 모두가 어머니가 보기에는 한결같이 불요불굴의 의지를 갖고 확신에 차 있는 사람들이었다. 비록 그들이 나름대로의 얼굴을 지니고 있다고는 해도 어머니의 눈엔 모든 얼굴이 하나의 얼굴로 보였던 것이다. 여위고, 침착하면서도 결연하며 청명한 얼굴, 바로 그것이었다. 새까만 눈동자에서 배어 나오는 심오하면서도 다정하고, 그런가 하면 준열한 그들의 눈매는 다름 아닌 엠마오로 향하는 그리스도의 눈매, 바로 그것이었다.

어머니는 마음속으로 빠벨의 주위에 운집해 있는 군중을 상상하고 그 수를 헤아려 보기도 했다. 에워싼 군중들 때문에 빠벨을 보지 못하는 적들의 모습도 그려 보았다. 하루는 시내에서 곱슬머리에 성격이 활달한 처녀 하나가 찾아왔다. 그녀는 안드레이에게 줄 것이라며 꾸러미 하나를 내려놓고, 떠날 때 청명한 두 눈을 반짝이며 어머니에게 말하는 것이었다. 「안녕히 계세요, 동지!」

「잘 가시오.」 터져 나오는 웃음을 억지로 참으며 어머니가 대꾸했다. 그리고 처녀를 배웅하고 나서 창가로 다가가 입가에 미소를 머금고서 창밖을 내다보았다. 봄에 피는 꽃처럼 청신하고, 나비처럼 경쾌하게 그녀의 동지가 종종걸음으로 사라져 가는 것이 보였다.

「동지!」 손님의 모습이 더 이상 보이지 않자 어머니가 되뇌었다. 「아휴, 고 깜찍한 것! 주께서 평생 함께할 성실한 동지를 그대에게 내릴지어다!」

그녀는 흔히 시내에서 찾아오는 모든 사람들에게서 어떤 어린아이 같은 면을 발견하고는 인자한 미소를 지어 보이곤 했다. 하지만 그들의 신념에 어쩔 줄 모를 만큼 경탄한 그녀는 그 신념의 깊이를 한층 더 명백하게 느꼈을 뿐만 아니라, 정의는 끝끝내 승리하리라는 그들의 꿈에 매료되어 절로 마음이 푸근해지는 것이었다. 그들의 이야기를 듣고 있노라면 자신도 모르는 사이에 알지 못할 슬픔에 긴 한숨을 내쉬곤 했다. 그러나 무엇보다도 그녀의 가슴에 와 닿는 것은 그들의 솔직함과 자신을 돌보지 않는 아름답고 대범한 마음씨였다.

어머니는 이미 그들이 삶에 대해서 하도 많은 이야기를 했기 때문에 지금껏 알지 못했던 많은 것들을 깨닫게 되었을 뿐만 아니라, 그들이 모든 사람들의 불행의 믿을 만한 근거들을 폭로하고 있다는 생각을 하게 되어 결국 그녀 역시도 그들의 생각에 자연 동의하게 되는 것이었다. 그러나 마음 한구석에는 그들이 과연 자기들 생각대로 삶을 변혁할 수 있을까, 또 그들에게 모든 노동자들을 자신의 등불로 끌어들일 만한 힘이 있을까 하는 의문이 여전히 남아 있었다. 누구나 할 것 없이 모든 사람들은 당장 오늘 배부르기를 바라기 때문에, 당장 먹어 치울 수만 있다면 심지어 내일까지만이라도 자기 정찬을 미루려는 사람은 하나도 없을 것이기 때문이었다. 이런 멀고 험난한 길을 가려는 사람도 많지 않을 것이고, 마지막까지 남아 모든 사람이 한 형제같이 살아가는 정말 옛날이야기 같은 미래의 나라를 보려는 시선 또한 적을 것이었다. 바로 이러한 이유 때문에, 이토록 훌륭한 사람들이 얼굴엔 수염을 기르고, 때로 지친 얼굴을 하고 있었음에도 불구하고 그녀에겐 아직 어린아이로 느껴지는 것이었다. 〈귀여운 것들!〉 그녀는 이런 생각을 하면서 고개를 저었다.

그러나 그들 모두는 이미 선량하고 진지하며 지혜로운 삶을 살아가고 있을 뿐만 아니라, 선에 대해서도 이야기를 하고 있었다. 게다가 알고 있는 모든 것을 사람들한테 가르치고자 하는 마음에 자신의 몸을 돌보지도 않고 그 일에 정진하고 있었다. 그녀는 어떠한 위험이 도사리고 있더라도 그런 삶을 사랑할 수 있으려니 마음먹은 것이었다. 한숨을 내쉬면서 지난날을 뒤돌아보았다. 거기엔 그녀의 과거가 어둡고 가느다란 띠처럼 끝없이 이어져 있었다. 그녀는 자신도 모르게 자기가 이 새로운 삶의 건설에 꼭 필요한 인물이라는 인식을 하게 되었다. 전혀 꺼릴 게 없었다. 여태껏 그녀는 한 번도 자신이 누구에겐가 필요한 존재라는 생각을 해본 적이 없었지만, 이제는 많은 사람들에게 필요한 자기의 존재를 분명히 깨닫고 있었다. 너무나 새롭고 유쾌해서 절로 고개가 쳐들렸다.

그녀는 조심스럽게 유인물을 공장 안으로 나르면서 이 일은 자신의 의무라고 생각했다. 그녀는 이제 경찰들의 눈에도 익숙해져서 전혀 의심을 받지 않게 되었다. 몸수색을 당한 것도 한두 번이 아니었지만 늘 공장에 유인물이 나돌고 난 다음 날이었다. 이젠 몸에 아무것도 지니고 있지 않을 때, 경찰과 수위의 의심을 불러일으킬 줄도 알아서, 만약 그들이 그녀를 붙잡아 온몸을 샅샅이 뒤지고 나면 모욕을 당한 척 가장한 채, 그들과 말싸움을 해서 창피를 톡톡히 준 다음에, 자신의 교묘함을 뿌듯해하면서 유유히 그 자리를 뜨는 것이었다. 그녀는 이러한 놀이에 더없는 즐거움을 느꼈다.

베소프쉬꼬프는 공장에서 퇴짜를 맞고 목재상에 일꾼으로 들어가 통나무와 널빤지, 그리고 장작 따위를 운반하며 공장촌을 돌아다녔다. 어머니는 거의 날마다 그를 보았다. 과로 탓에 벌벌 떨리는 다리로 터벅터벅 땅을 짚어 가면서 한 쌍의 검정색 말이 앞서서 지나갔다. 두 필의 말은 늙어 빠진 데다 뼈만 앙상했고, 연방 피로에 지친 듯 애처롭게 고개를 흔들어 댔으며, 흐리멍덩한 눈은 거의 탈진 상태에 빠져 깜빡거렸다. 말들의 뒤를 따라서 물에 젖은 기다란 통나무나 널빤지 묶음이 그 끝이 땅바닥에 질질 끌리며 실려 가고 있었고, 그 옆에는 말고삐를 늦춘 니꼴라이가 다 떨어진 누더기를 추하게 걸쳐 입고, 게다가 무거운 장화마저 질질 끌면서 터벅터벅 걸어가고 있었다. 뒤통수에 바짝 모자를 붙여 쓰고 꼴사납게 걸어가는 그의 모습은 흡사 땅에서 뿌리째 뽑혀 길게 누워 있는 나무 같았다. 그는 또한 자기 발밑만 바라보며 머리를 흔들고 있었다. 행여나 그의 말들이 눈이 먼 듯 마주 달려오는 짐마차나 사람들과 부딪치기라도 하는 날이면 상대방은 지독히도 험악한 고함 소리로 허공을 잡아 째는 것이었다. 그러나 그는 고개도 들지 않고 아무 대꾸도 하지 않으면서 귀가 먹먹할 정도의 찢어지는 듯한 휘파람을 불거나 가르릉거리는 목소리로 말에게 중얼거리는 게 고작이었다. 「워, 워!」

안드레이의 동지들이 빠벨의 집에 모여 외국 신문이나 혹은 팸플릿의 최신 호를 읽을 때면, 베소프쉬꼬프도 줄곧 찾아와 구석에 자리를 잡고 앉아서 한 시간이고 두 시간이고 말없이 듣기만 했다. 독서가 끝나고 젊은이들은 장시간 열띤 논쟁을 벌였지만 베소프쉬꼬프는 논쟁에 한 번도 끼어들지 않았다. 그는 언제나 다른 사람들이 모두 돌아간 이후에도 그냥 남아서 안드레이와 단둘이 마주 앉아 침통한 질문을 던지는 것이었다. 「누가 가장 비난받아야 할 놈일까요?」

「맨 먼저 〈이건 내 거야〉라고 말했던 작자가 아닐까? 그 인간은 수천 년 전에 골로 갔을 테니까 그 작자에게 화낼 필요는 없겠지.」

비록 농담으로 이야기하긴 했지만 그의 눈은 불안으로 가득 차 있었다. 「그렇다면 부자 놈들? 혹은 그놈들을 후원하는 놈들?」

우끄라이나인은 머리를 움켜쥐고 콧수염을 잡아당긴 다음, 쉬운 말로 삶이라는 것과 민중에 대해서 장광설을 늘어놓았다. 그러나 늘 그의 이야기를 듣다 보면 모든 사람들이 일반적으로 비난받아야 한다는 쪽으로 결론이 이끌어졌기 때문에 이 점에서 베소프쉬꼬프는 항상 불만이었다. 두툼한 입술을 굳게 다물고 베소프쉬꼬프는 고개를 저으며 그건 그렇지 않다며 못내 의문이 간다는 투로 대꾸하는 것이었다. 그러고 나서 불만족스러운 우울한 기분으로 밖으로 나가곤 했다.

한번은 그가 이렇게 말했다. 「아니에요. 우리 역시도 비난을 받아야만 해요! 단언하건대, 우리의 모든 삶을 더러운 땅을 갈아엎듯이 싹 갈아엎어야 해요. 인정사정 볼 것 없어.」

「언젠가 기록계 이사이가 너희에 대해서 그렇게 말하더라.」 어머니가 기억을 더듬어 끼어들었다.

「이사이가요?」 베소프쉬꼬프는 이렇게 되묻고는 더 이상 말이 없었다.

「그렇다니까, 악독한 놈! 사람들 하는 얘길 죄다 엿듣고 또 얼마나 꼬치꼬치 캐묻는지. 요즘은 우리 동네에 나타나서는 우리 집 창문을 들여다보기도 한다니까.」

「창문을 엿본다고요?」 베소프쉬꼬프가 재차 물었다.

어머니는 벌써 침대에 누워 있었기 때문에 그의 얼굴은 보이지 않았지만 우끄라이나인이 서두르는 듯한 목소리로 말문을 여는 것으로 보아 베소프쉬꼬프가 뭔가 쓸데없는 소리를 지껄이고 있다는 것을 알 수 있었다.

「와서 실컷 들여다보라고 해! 그놈 시간도 많겠다, 그러니 하는 짓이라곤…….」

「오냐, 두고 보자! 바로 그놈이 죽일 놈이에요.」베소프쉬꼬프가 가르릉거리는 목소리로 내뱉었다.

「무엇 때문에? 바보 같은 놈이라고 해서?」우끄라이나인이 재빠르게 물었다.

베소프쉬꼬프는 대꾸도 없이 그냥 밖으로 나가 버렸다.

우끄라이나인은 거미 다리처럼 가는 다리를 질질 끌며 방 안을 맥없이 천천히 서성거렸다. 그는 장화를 벗고 있었다. 항상 장화 소리에 어머니가 잠을 제대로 이루지 못할 것을 염려해서 장화를 벗는 것이었다. 하지만 어머니는 잠들지 않고 있다가 베소프쉬꼬프가 나가자 떨리는 목소리로 말했다.「난 저 애가 두렵다!」

우끄라이나인이 느릿느릿 맞장구를 쳤다.「그래요. 성미가 급한 친구예요. 녠꼬. 이사이 얘기는 꺼내지 말 걸 그랬나 봐요. 그런데 이사이란 놈 정말로 첩자 노릇을 하고 다니나 보죠?」

「의심의 여지가 없어. 그놈의 대부가 헌병이라니까!」

「두고 보세요! 그놈 니꼴라이한테 한번 호되게 당할 거예요.」그는 두려운 듯이 계속했다.「우리의 삶을 지배하는 그 잘난 나리님들이 우리네 민중의 가슴에 심어 놓은 감정이 어떤 것인가를 보세요. 만약 니꼴라이 같은 친구들이 심한 모욕감을 느낀 나머지 제정신을 잃게 되는 날이라도 온다면, 무슨 일이 벌어지더라도 크게 벌어지고 말 겁니다. 하늘엔 피가 튀고 땅은 비누 거품 같은 피 거품으로 뒤덮이겠죠…….」

「너무 무시무시하구나, 안드류샤!」어머니가 나직한 비명을 질렀다.

「그놈들이 파리를 삼키지만 않았어도 토해 낼 필요는 없는 겁니다.」 안드레이가 잠시 입을 다물고 있는가 싶더니 이내 말을 이었다. 「어쨌든 마침내는 녠꼬, 그놈들이 뿌려 놓았던 핏방울 하나하나가 모여 호수가 되어 흐르고, 결국엔 민중들의 눈물로 씻길 날이 올 겁니다.」 그는 느닷없이 얼굴에 잔잔한 미소를 띠며 덧붙였다. 「정의란 단순한 위로로 무마될 성질의 것이 아니지요.」

22

 그러던 어느 일요일, 가게에서 일을 마치고 돌아와 문을 열던 어머니는 온몸이 마비될 듯한, 흡사 따뜻한 여름비와도 같은 기쁨에 휩싸여 문지방에 우뚝 서 버렸다. 방 안에서 빠벨의 활기 넘치는 목소리가 들려오는 게 아닌가!
 「어머니가 오셨군!」 우끄라이나인이 소리쳤다.
 어머니는 재빨리 휙 돌아서는 빠벨을 보았다. 그리고 벌겋게 불타오르는 그의 얼굴도 보았다. 마치 그녀에게 미래에 대한 약속이라도 하는 것 같았다.
 「결국 돌아왔구나……. 네가 집에 돌아오다니!」
 뜻밖의 만남에 망연자실해진 어머니는 말을 잇지 못하고 서 있기만 하다가 간신히 자리에 앉았다. 창백해진 얼굴로 그녀를 내려다보는 빠벨의 눈에서는 눈물이 글썽이는가 하면, 입술도 떨리고 있었다. 얼마 동안 빠벨은 말이 없었고, 어머니 역시 말없이 아들을 바라만 볼 뿐이었다.
 우끄라이나인이 조용히 휘파람을 불며 그들 옆을 지나 고개를 떨군 채 마당으로 나갔다.
 「고맙습니다, 어머니!」 빠벨이 어머니의 손을 떨리는 손가락으로 꼭 감싸 쥐고, 속에서 우러나오는 나직한 목소리로 말문을 열었다. 「고마워요, 어머니!」

아들의 부드러운 표정과 목소리에 너무도 기쁜 나머지 흥분한 어머니는 아들의 머리를 어루만지며 심장의 고동을 억제하느라 애쓰면서 나직하게 말했다.「그리스도께서 널 도우셨어! 안 그러냐……. 내가 한 일이 뭐가 있다고…….」

「우리들의 위대한 일을 도우셨다니 고맙지 않고요! 한 인간으로 태어나 자기 어머니를 정신적인 동지로 부를 수 있다는 건 아무나 가질 수 없는 행복이에요.」

 어머니는 말없이 그의 말을 열린 가슴으로 하나도 빼놓지 않고 탐욕스럽게 빨아들이면서 아들에게 넋을 잃고 있었다. 바로 앞에 서 있는 아들이 그렇게 똑똑해 보이고 가깝게 느껴질 수가 없었다.

「어머니, 전 제가 얼마나 어머니의 속을 썩여 드렸고, 또 힘드시게 했는지를 잘 알아요. 전 어머니가 지금 당장은 저희들을 이해하지 못하시고 또한 저희들의 생각을 그대로 받아들일 수는 없다고 해도, 평생을 그렇게 살아오셨듯이 말없이 참아 주시리란 생각을 했어요. 제가 못난 놈이었어요…….」

「안드류샤가 내게 너무 많은 걸 이해시켜 주었단다.」 어머니가 안드레이의 이야기를 꺼냈다.

「안드레이가 어머니 얘기도 해주었는걸요.」 웃으면서 빠벨이 말했다.

「그리고 이고르도. 그 사람은 우리 고향 사람이더구나. 안드류샤는 나한테 글도 가르치려고 했지.」

「어머닌 부끄러워서 혼자 몰래 공부하고 계신다면서요?」

「안드류샤가 그것도 알고 있었구나!」 어머니가 당황해서 소리쳤다. 어머니는 가슴에 넘쳐흐르는 기쁨을 주체할 길이 없는 듯 빠벨에게 이렇게 제안했다.「안드류샤를 부르는 게 어떻겠냐! 우리에게 방해가 될까 봐 일부러 나갔어. 안드류샤한테는 어머니가 없잖니…….」

「안드레이요?」 빠벨은 현관문을 열면서 되물었다.

「안드레이, 어디 있어요?」

「여기 있네. 장작을 패야 되겠어.」

「놔두고 얼른 들어오세요.」

그는 곧장 들어오지 않고 부엌으로 들어가면서 주인이나 된 듯이 말했다. 「니꼴라이한테 땔감 좀 가져다 달라고 해야겠어요. 장작이 얼마 남지 않았어요. 빠벨이 어때졌는지 좀 보세요. 녠 꼬! 벌을 주기는커녕 반란자를 실컷 먹여 주기만 한 것 같아요.」

어머니는 웃음을 터뜨렸다. 아직까지 심장이 멎을 듯한 기쁨에 완전히 정신을 잃고 있는 그녀의 마음 한구석에서는 벌써 어떤 인색하고 조심스러운 그 무엇이 늘 그대로의 차분한 아들을 보고자 하는 바람을 슬슬 꼬드기고 있었다. 어쩌나 기쁘던지 어머니는 여태껏 살아오며 처음으로 맛보는 이 기쁨이 지금 이 순간처럼 생생하고 강렬하게 그녀의 가슴속에 영원히 남아 주기를 바라는 마음이 간절했다. 그리고, 행복이 조금이라도 식어 버리지나 않을까 하는 두려움에, 그녀는 이내 그 행복을 서둘러 감추어 버렸다. 마치 새 사냥꾼이 우연히 손에 넣게 된 희귀한 새를 감추어 버리듯이.

「저녁이나 먹도록 하자꾸나! 애야, 빠샤, 아직 아무것도 안 먹었지?」 그녀는 안쓰러운 마음으로 말했다.

「그래요. 어제 간수한테 내가 풀려나게 되었다는 말을 듣고 오늘 아침엔 아무것도 마시지도, 먹지도 않았어요…….」 빠벨이 계속해서 얘기했다. 「여기 와서 맨 처음에 시조프 노인을 만났어요. 그 노인 저를 보시더니 길을 건너오셔서 인사를 하시더군요. 그래서 제가 그 노인한테 〈어르신네, 저를 대할 때 조심하세요. 전 경찰의 감시를 받는 위험한 사람입니다〉 했더니 상관없다고 하시는 거예요. 그러면서 그분이 자기 조카에 대해서 어떻게 물으셨는지 아세요? 〈표도르 그 녀석 제 앞가림이나 제대로 하던가?〉 그러기에 제가 대답했죠. 〈감방에서 앞가림을 잘하는 게 어떻게 하는 건데요?〉 그랬더니 노인이 다시 물으시는 거예요.

〈이를테면 그 녀석이 동지를 팔아먹는 쓸데없는 말이나 지껄이고 있지 않은가 해서…….〉그래서 또 제가 페쨔는 정직하고 영리한 사람이라고 말씀드렸더니 그분이 턱수염을 어루만지면서 자랑스러운 듯이 이렇게 말씀하셨어요.〈우리네 시조프 가문에선 못된 인간들을 안 키우지!〉」

「그 노인, 보기보다는 머리가 잘 돌아가신다네.」고개를 끄덕이며 우끄라이나인이 대꾸했다. 「우린 참 많은 얘기를 나누었는데, 참 괜찮은 농부시더군. 그래 페쨔는 곧 나올 것 같던가?」

「제 생각엔, 모두들 나오게 될 것 같아요. 그자들이 믿는 거라곤 이사이의 진술밖에는 없는데, 사실 그자가 무슨 말을 할 수 있겠어요.」

어머니는 방 안을 왔다 갔다 하면서 아들을 쳐다보았다. 안드레이는 두 손을 등 뒤로 하고 창문 옆에 서서 빠벨의 이야기를 듣고 있었다. 빠벨은 방 안에서 가만히 있지를 못하고 서성거렸다. 제멋대로 자란 턱수염, 그리고 두 뺨까지 내려올 만큼 무성하고 빽빽하게 자란 새까만 곱슬머리 덕택에 검게 그을린 얼굴이 환해 보이기까지 했다.

「앉으려무나!」 따뜻한 요리를 탁자에 내려놓으며 어머니가 말했다.

저녁 식사를 하는 동안 안드레이는 리빈에 대한 이야기를 했다. 그가 이야기를 끝마치고 나자 빠벨이 유감스럽다는 듯 소리쳤다. 「내가 집에만 있었더라도 그렇게 떠나게 내버려 두지는 않았을 텐데! 그분한테 무슨 일이라도 생기면 어떡하죠? 그분의 머리는 반란과 혼란의 감정으로 가득 차 있어요.」

우끄라이나인이 웃으면서 대꾸했다. 「그렇긴 하지만, 나이가 40줄에 접어든 데다, 나름대로 그토록 오랜 시간 동안 자신의 마음 안에 도사리고 있는 곰이란 놈과 싸워 왔으니 생각을 바꾼다는 게 쉬운 일은 아니었을 거야…….」

그들은 서로 이런 식의 이야기로, 어머니가 이해하지 못할 말로 논쟁을 시작했다. 저녁 식사는 이미 끝났지만 그들은 여전히 〈비 오듯 쏟아지는 싸라기눈 같은〉 이상한 말들을 서로 격렬하게 퍼붓고 있었다. 물론 가끔 쉬운 말도 들렸다.

「우리는 우리의 길을 곧장 걸어 나가야만 해. 한 발짝도 후퇴함이 없이!」 빠벨이 단호하게 말했다.

「그러다 보면 우릴 아직도 적으로 생각하는 수많은 사람들과 맞닥뜨리게 될 텐데……」

어머니는 그들의 논쟁을 유심히 듣고서, 빠벨은 농민들을 별로 좋아하지 않는 반면에 우끄라이나인은 농민들에게도 선이라는 것을 가르쳐야만 한다고 주장하면서 그들을 옹호하고 있다는 결론을 내렸다. 그녀에겐 안드레이가 하는 말이 훨씬 이해하기가 쉬웠다. 그래서 그가 옳은 것도 같았지만, 그러면서도 매번 그가 빠벨에게 무언가를 이야기할 때면, 혹시나 빠벨이 그 말에 기분이 상하지나 않을까 염려되는 마음에 숨을 죽이고 아들의 대답을 애타게 기다렸다. 그러나 그들은 서로 목소리를 높여 논쟁을 하면서도 한 번도 서로의 기분을 상하게 하지는 않았다.

이따금 어머니가 아들에게 묻곤 했다. 「정말 그러냐, 빠샤?」

빠벨은 웃으면서 대답하는 것이었다. 「그래요.」

그러면 우끄라이나인이 짐짓 비아냥거리는 투로 끼어드는 것이었다. 「이보세요, 나리. 배가 터지도록 잡숫긴 했지만 제대로 씹질 않아서 혹시 목구멍에 고기 조각이라도 걸린 게 아닌지요! 목구멍 청소라도 하시지요.」

「농담하지 말아요.」 빠벨이 대꾸했다.

그러자 우끄라이나인이 말했다. 「내가 어때서? 난 장례식에 온 것처럼 엄숙한데……」

어머니는 조용히 웃으며 고개를 살래살래 저었다.

23

 봄이 성큼 다가왔다. 눈이 녹으면서 그동안 눈 속에 가려 있던 진창과 그을음이 서서히 모습을 드러냈다. 날이 갈수록 눈에 띄느니 진창이었고, 공장촌 전체는 마치 빨지 않은 누더기를 걸친 것 같았다. 낮이면 지붕 위에서 물방울이 떨어지고 회색 벽에서는 지쳐 땀이 흥건하듯 습기가 배어 나왔으며, 밤이 가까워 오면 가는 곳마다 허연 고드름이 희미하게 반짝이는 것이었다. 해가 나는 날이 갈수록 잦아졌다. 그리고 소택지로 치달리는 시냇물이 졸졸 소리를 내며 늑장을 부리고 있었다.

 메이데이를 축하하는 기념제가 착착 준비되고 있었다.

 공장과 공장촌에는 이 기념제의 의미를 설명하는 전단들이 뿌려졌다. 그래서 선전에 동요되지 않던 젊은이들조차 전단을 읽고 이렇게 말할 정도였다. 「이 행사는 꼭 치러야만 해!」 베소프쉬꼬프는 우울한 미소를 지으면서 외쳐 댔다. 「때가 왔어! 더 이상 숨바꼭질은 필요 없어.」

 페쟈 마진도 기뻐 어쩔 줄 몰라 했다. 전보다 훨씬 빼빼해진 그는 행동할 때나 말할 때 신경질적으로 몸을 떠는 게 흡사 새장에 갇힌 종달새 같았다. 페쟈 마진은, 항상 말이 없고 나이에 맞지 않게 진중한 야꼬프 소모프와 함께 다녔는데, 그는 지금 시내에서 노동을 하고 있는 사람이었다. 감방에 있는 동안 얼굴이 더욱 붉어진 사모일로프, 바실리 구세프, 부낀, 드라구노프, 그리고 그 밖의 몇몇 사람들은 무장의 필요성을 열변한 반면, 빠벨, 우끄라이나인, 소모프를 비롯한 다른 사람들은 무장에 반대 입장을 취했다. 늘 지친 모습에 땀이 흥건하고 게다가 숨까지 몰아쉬는 이고르가 한번은 나타나 농담조로 장광설을 늘어놓았다. 「본질적인 제도를 변혁하는 과업은 정녕 위대한 과업입니다, 동지들. 그러나 그 과업이 제대로 진행되기 위해서는 새 장화를 한 켤레 장만해야만 한다고 생각합니다.」 그가 다 해지고 물에 젖은 자기 구두를 가리키며 말했다. 「덧신마저 고칠 엄두도 못 낼 정도로 낡아서 날마다 나는 발을 흠뻑 적신답니다. 나는 우리가 낡은 세계와 공개적으로, 그리고 명백히 인연을 끊기 이전에는 땅속으로 들어가고 싶은 마음이 추호도 없습니다. 때문에 사모일로프 동지가 제안한 무장 시위에는 절대 반대하며, 대신 나를 튼튼한 장화로 무장시켜 줄 것을 제안하는 바입니다. 왜냐하면 이것이 심지어 따귀를 한 대 후려갈기는 것보다 사회주의의 승리를 위해서는 한결 유익하다는 걸 절대 확신하기 때문입니다.」

그는 그렇듯 그럴듯한 말로 각국의 노동자들이 자신의 삶을 변혁시키기 위해 어떻게 노력했는가 하는 투쟁 사례들을 노동자들에게 이야기해 주었다. 어머니는 그의 이야기를 듣는 데 푹 빠져 그 가운데에서 어떤 깨달음을 이끌어 낼 수 있었다. 그것은, 체구는 작지만 배가 불룩하고 불그레한 낯짝을 가진 사람들, 뻔뻔스럽고 탐욕스러운 사람들, 그리고 교활하고 잔인한 사람들이 민중을 가장 악랄한 방법으로 속이길 좋아하는, 그런 의미에서 민중의 가장 교활한 적이라는 것이었다. 짜르 치하에서 살기가 어려울 때면 그들은 짜르 권력에 대항하도록 민중을 부추기다가도, 막상 민중들이 들고일어나 왕의 손에서 그 권력을 빼앗기라도 하면 그들은 속임수를 써서 그 권력을 다시 강탈하고 민중을 개집으로 내쫓는 것이었다. 어쩌다 민중이 그들에게 싸움이라도 걸면 그들은 수천, 수만의 민중을 학살했던 것이다.

한번은 어머니가 용기를 내어 그의 이야기를 듣고 깨달은 어떤 이의 삶을 그에게 말하고, 당혹스러운 웃음을 지어 보이면서 물은 적이 있었다. 「정말 그러오, 이고르 이바노비치?」

그는 껄껄 웃고 나서, 두 눈을 치켜뜨고는 씩씩거리면서 손으로 가슴을 비벼 댔다. 「예, 그렇습니다, 어머님! 어머님의 말씀은 역사라는 황소에다 뿔을 붙이신 격입니다. 이 누르스름한 바탕에 몇 가지의 장식들, 이를테면 수를 놓으신 겁니다. 그러면서도 눈곱만큼도 전체를 바꾸어 놓지 않으셨어요! 다시 말해 살이 뒤룩뒤룩 찐 놈들이 가장 흉악한 놈들이고 민중을 갉아먹는 가장 해로운 독충이라는 거지요. 프랑스 사람들은 그들을 일컬어 부르주아라는 아주 적절한 명칭을 갖다 붙였습니다. 부르주아가 어떤 놈들인지 잘 기억해 두세요. 그놈들은 우리 민중을 씹어 먹다 못해 아주 피를 빨아 먹는 놈들이랍니다……」

「부자들을 말하는 건가?」

「바로 맞히셨습니다! 부자라는 게 그들의 불행이지요. 어머니도 아시겠지만 만약에 어린애가 먹는 음식에 구리를 조금씩 넣는다면 뼈의 성장이 억제되어 그 어린아이는 난쟁이가 되고 말 겁니다. 그것과 마찬가지 이치로 인간이 한번 돈맛을 알게 되면 저도 모르게 영혼은 더 이상 크질 못하고 시들어 정말 어린애들이 5꼬뻬이까를 주고 사기에도 아까울 정도의 죽은 영혼이 되는 거지요……」

한번은 빠벨이 이고르에 대한 얘기를 하다가 이렇게 말을 꺼냈다. 「안드레이, 가슴앓이를 많이 한 사람들이 농담을 잘한다는 걸 알아요?」

우끄라이나인이 입을 다물고 있다가 두 눈을 찡그리면서 대꾸했다. 「자네 말이 사실이라면 전 러시아가 폭소로 망해 버렸게……」

나따샤가 다시 찾아오기 시작했다. 그녀 역시도 다른 도시 어떤 감방에 갇혀 있었지만 변한 데는 하나도 없었다. 어머니는 그녀가 있을 때 우끄라이나인이 기분이 한결 좋아져서 농지거리도 잘하고 그녀로 하여금 웃음을 자아내도록 만들면서 자기 특유의 익살로 이 사람 저 사람에게 짐짓 관심을 보인다는 것을 알았다. 하지만 그녀가 가고 나면 우끄라이나인은 금세 끝없이 우울한 노래를 휘파람으로 불고 한동안 발을 질질 끌면서 방 안을 서성이는 것이었다.

사샤는 자주 찾아오면서도 항상 침통한 표정에, 서두르는 품이 왠지 어색해 보일 정도로 단호했다.

하루는 우연한 기회에 어머니는 빠벨이 사샤를 바래다준다고 현관을 빠져나가 문밖에서 나누는 빠른 대화를 듣게 되었다.

「당신이 깃발을 들 거예요?」 처녀가 조용히 물었다.

「그렇소.」

「결정된 일인가요?」

「그래요, 그건 내 의무요.」

「다시 감옥에 가려고?」

빠벨은 말이 없었다.

「당신이 하지 않으면……」 그녀는 말을 잇지 못했다.

「뭐요?」

「다른 사람에게 양보하면……」

「안 돼요!」 그가 큰 소리로 말했다.

「생각을 좀 해보세요. 당신은 대단한 영향력을 갖고 있고 모든 사람들이 좋아해요……. 당신과 안드레이는 여기에선 중요 인물이란 말예요. 자유로운 몸으로 얼마나 많은 일을 해야 하는지를 생각해 보세요. 만약 당신이 계속 고집한다면 멀리, 오랫동안 유형을 당하게 될 건 뻔하단 말입니다.」

어머니는 처녀의 목소리에서 익히 잘 아는 우수와 공포의 감정이 울리고 있다는 걸 느꼈다. 그리고 사샤의 말들은 그녀의 가슴에 흡사 얼음물을 끼얹듯 찡하는 그 무엇으로 다가왔다.

「안 돼요, 난 이미 결정했소. 어떠한 이유가 있다 해도 난 결정한 일을 번복할 수는 없소.」

「제가 이렇게 애원하는데도요?」

빠벨은 갑자기 빠르게 말을 내뱉었는데, 거기엔 어떤 특별한 위엄이 있었다.「그렇게 말해서는 안 돼요, 당신이 그러다니? 그러면 안 돼요.」

「저도 인간이에요.」그녀가 나직하게 대꾸했다.

「좋은 사람이지요. 내겐 소중한 사람이오. 그렇기 때문에⋯⋯ 그렇기 때문에 더욱 그런 말을 해서는 안 돼요⋯⋯.」그 역시 나직한 목소리로 말했는데, 왠지 숨이 콱콱 막히는 듯했다.

「안녕!」처녀가 말했다.

그녀의 구두 소리를 듣고 어머니는 그녀가 거의 뛰다시피 빠르게 걸어가고 있음을 알았다. 빠벨은 그녀를 따라 마당까지 나갔다.

숨이 가빠 올 정도로 무거운 놀라움이 어머니의 가슴을 짓눌렀다. 그녀는 무슨 말을 하고 있는지는 이해할 수 없어도 그녀의 앞에 고통이 기다리고 있다는 것은 느낄 수 있었다. 〈빠샤가 무슨 일을 하려는 걸까?〉

빠벨은 안드레이와 함께 돌아왔다. 우끄라이나인이 머리를 설래설래 흔들면서 말했다.「어후, 이사이 놈, 이사이 그놈을 그냥⋯⋯.」

「터무니없는 생각을 버리도록 그 사람한테 충고라도 해야겠어.」빠벨이 침통한 어조로 말했다.

「빠샤, 네가 하고자 하는 일이 뭐냐?」어머니가 고개를 떨구며 물었다.

「언제요? 지금요?」

「아니⋯⋯ 메이데이에.」

빠벨이 목소리를 낮추어 외쳤다.「아하! 저는 우리의 깃발을 들 겁니다. 깃발을 들고 맨 앞에 설 거예요. 그렇게 되면 필시 전 다시 감옥에 가게 될 겁니다.」

어머니는 두 눈이 뜨거워지고 입안이 바짝바짝 타들어 갔다. 빠벨이 그녀의 손을 어루만졌다.

「해야만 해요, 이해해 주세요.」

「난 아무 말도 않겠다.」 천천히 고개를 들면서 그녀가 말했다. 그리고 아들의 눈길과 자기의 눈길이 똑바로 마주치자 그녀의 고개는 다시 떨구어졌다.

그는 그녀의 손을 놓고 한숨 섞인 목소리로 책망하듯 입을 열었다. 「슬퍼하시기보다는 기뻐하셔야만 해요. 언제나 우린 기쁜 마음으로 자기 자식을 사지에 보내는 어머니를 갖게 될까요……」

우끄라이나인이 두런거리기 시작했다. 「뛰어, 뛰어! 우리 댁 나리께서 허리띠를 졸라매고 내달리셨다네……」

「내가 너한테 무슨 말을 하든?」 어머니가 되풀이해 말했다. 「난 네 일에 간섭 않겠다. 다만 어미가 돼서 돕지 못하는 내 마음이 미어질 뿐이다……」

그는 어머니에게서 떨어졌다. 그러면서 내뱉은 매몰찬 말이 어머니의 가슴을 더욱 미어지게 만들었다. 「인간이 살아가는 데 방해가 되는 사랑도 있어요……」

몸을 부르르 떤 어머니는 아들이 또 어떤 말로 그녀의 가슴을 쥐어짤 것 같은 두려움에 재빨리 입을 열었다. 「그런 말이 무슨 필요가 있냐, 빠샤! 난 이해한다. 달리 무슨 방법이 있겠냐. 다 동지들을 위하는 일인걸……」

「아니에요. 그건 바로 나 자신을 위해 하는 일입니다.」

문간에 안드레이가 서 있었다. 그는 문 높이가 너무 낮아서 무릎을 어정쩡하게 구부리고 한쪽 어깨를 문설주에 기대고 다른 쪽 어깨와 목, 그리고 머리는 앞으로 쭉 내밀고 서 있었다.

「이보게, 그만 좀 떠벌리게나!」 우끄라이나인이 툭 불거져 나온 두 눈으로 빠벨의 얼굴을 쏘아보며 우울한 듯 말참견을 하고 나섰다. 그는 흡사 바위틈에 도사리고 있는 도마뱀 같았다.

어머니는 그저 울고만 싶었지만 그래도 아들에게 눈물을 보이고 싶지 않아 갑작스레 이렇게 중얼거렸다. 「오, 애야, 내 깜박 잊은 게 있구나……」

그러고는 현관 밖으로 빠져나가 구석에 머리를 박고서 아들에게서 받은 서운함에 하염없이 소리 없는 눈물을 흘렸다. 흡사 가슴에서 눈물이 피가 되어 흐르는 것 같았다.

제대로 닫히지 않고 벌어진 문틈으로 어렴풋하게 다투는 소리가 흘러나왔다.

「넌 어머니 속을 태워야만 속이 시원하니?」 우끄라이나인이 따지며 물었다.

「형은 그런 말 할 자격이 없어!」 빠벨이 소리쳤다.

「그럼 망나니짓 하는 얼간이를 보고서 입을 꾹 다물고 있는 게 동지 된 도리란 말인가? 어떻게 그런 말을 할 수가 있어? 내 말 무슨 말인지나 알겠어?」

「사람이란 말을 딱 부러지게 할 줄 알아야 해. 좋으면 좋다, 싫으면 싫다!」

「어머니한테도 그래야만 하나?」

「누구에게나 마찬가지야. 난 발에 족쇄를 채워 구속하려 드는 사랑이나 우정 따위는 원치 않아……」

「영웅 하나 나셨군! 가서 코나 닦아라. 가서 사쉔까에게도 죄다 얘기하지그래. 아니 벌써 얘기를 했어야만 했는지도 모르지…….」

「난 벌써 얘기했어…….」

「정말? 이젠 거짓말까지! 그녀에게라면야 간드러지는 목소리로 다정스레 얘기했을 것 아닌가. 듣지 않았어도 다 알 만해. 그러면서 어머니 앞에서 영웅심이나 발동하고……. 너의 그 돼먹지 못한 영웅심은 반 푼어치도 못 돼.」

어머니는 재빨리 두 뺨에 흐르는 눈물을 훔쳐 내기 시작했다. 그녀는 우끄라이나인이 빠벨을 나무라는 데에 깜짝 놀라 성급하게 문을 열고 비애와 두려움으로 떨리는 가슴을 진정시키고 부엌으로 들어가면서 말문을 열었다. 「우 ─ 춥구나! 봄 날씨가 이러니…….」

부엌에서 이것저것 잡다한 물건들을 이리 옮겼다 저리 옮겼다 하면서 방 안에서 들려오는 한결 낮추어진 목소리를 듣지 않으려고 애쓰던 그녀가 보다 큰 소리로 말을 이었다. 「모든 게 변했어. 사람들은 한결 뜨거워지고, 그와 반대로 날씨는 한결 쌀쌀해지고. 예전 같으면 이맘때쯤이면 따뜻했는데, 하늘도 맑고 햇살도 따사롭고…….」

방 안에는 침묵이 흐르고 있었다. 그녀는 부엌 한가운데에 멈춰 서서 반응을 기다렸다.

「들었나? 넌 이걸 알아야만 해. 제기랄! 어머니의 가슴은 네 그것보다 풍요로우셔…….」 우끄라이나인의 나직한 목소리였다.

「차 한 잔씩들 하겠니?」 어머니가 떨리는 목소리로 물었다. 그리고 이내 자신의 목소리가 떨리고 있다는 것을 감추기 위해 대답도 기다리지 않고 소리쳤다. 「너무 추워 얼어 죽겠다.」

빠벨이 그녀에게로 천천히 걸어 나왔다. 곁눈으로 힐끔 어머니를 쳐다보는 웃음 띤 얼굴 가운데 그의 입술이 죄지은 듯 떨리고 있었다. 「절 용서해 주세요, 어머니! 전 아직 어린애예요, 바보 천치이기도 하고요…….」 그가 크지 않은 목소리로 말했다.

「날 울리지 말아 다오.」 그녀는 아들의 머리를 가슴에 안으며 비통한 어조로 소리쳤다. 「아무 말도 하지 마라! 주님이 함께하실 거야. 네 인생은 너의 것이야. 하지만 내 마음을 아프게 하지 말아 다오. 제 아들을 아끼지 않는 어미가 이 세상천지 어디에 있겠니? 없고말고……. 이 어미에겐 너 나 할 것 없이 다들 가엾게 보인단다. 너희들 모두가 다 내 혈육이나 진배없고 또한 훌륭하기 이를 데 없다. 이 어미 말고 누가 너희들을 걱정하겠어? 네가 앞으로 걸어 나가면 다른 사람들이 네 뒤를 따를 거야. 모든 걸 내던지고 함께 나아가는 거야. 빠샤!」

그녀의 가슴에선 활활 타오르는 듯한 어떤 생각이 몸부림쳤고, 비애와 고난으로 가득 찬 기쁨의 감정이 불붙듯 치솟았다.

그러나 어머니는 벙어리 냉가슴 앓듯 할 말을 찾지 못하고 손을 흔들며 찌를 듯한 고통으로 활활 타오르는 두 눈으로 아들의 얼굴만 바라볼 뿐이었다.

「됐어요, 어머니! 용서해 주세요. 이제야 무언가를 알 것 같아요.」 그가 고개를 떨구며 속삭였다. 그리고 웃음 띤 얼굴, 반짝이는 두 눈으로 그녀를 쳐다보면서 당혹스러운 것 같으면서도 기쁨이 배어 나오는 목소리로 덧붙였다. 「어머니의 솔직한 말씀, 결코 잊지 않겠어요.」

그녀는 아들을 밀치고 방 안을 둘러보며 안드레이에게 위로하는 듯한 다정한 목소리로 말을 걸었다. 「안드류샤! 빠벨을 비난하지 마라. 아무래도 네가 나이가 더 들었잖니……」

우끄라이나인이 그녀에게 등을 돌리고 서서 꼼짝도 않은 채 괴상하고 우스꽝스럽게 으르렁거렸다. 「우 — 우 — 우! 빠벨을 욕하지 않을게요. 대신 두들겨 패주겠어요.」

그녀는 천천히 그가 있는 데로 걸어가 팔을 뻗으며 말했다. 「이런, 사랑스러운 사람 같으니……」

우끄라이나인은 홱 돌아서서 고개를 숙이고 하던 버릇대로 뒷짐을 진 채 그녀를 지나쳐 부엌으로 걸어갔다. 거기서 그의 조롱 섞인 목소리가 들려왔다. 「나가, 빠벨. 그렇지 않음 네 대갈통을 물어뜯어 버릴 테다. 제가 농담을 한 거예요. 녠꼬. 제가 한 말 곧이듣지 마세요. 이제 사모바르나 올려놓을게요. 석탄이 이게 뭐야……. 다 젖어 버렸잖아, 제기랄!」

그는 더 이상 말이 없었다. 어머니가 부엌에 나가 보니 그는 바닥에 털썩 주저앉아 사모바르에 입김을 불어넣고 있었다. 어머니를 쳐다볼 생각도 않고 우끄라이나인은 다시 말을 이었다. 「어머니, 너무 걱정 마세요. 빠벨 맘 상하는 짓은 안 해요. 전 삶은 순무처럼 물러 터진 놈이잖아요. 저…… 거기 영웅 양반 귀 막아! 전 빠벨을 좋아해요. 하지만 빠벨이 입고 다니는 조끼는 좋아하지 않아요. 어머니도 아시다시피 빠벨은 새 조끼를 떡하니 입고 꽤나 마음에 드는지 배는 쑥 내밀고서 사람들을 밀친단 말입니다. 마치 내가 어떤 조끼를 입고 있는지 좀 봐 달라고 말하듯이 말입니다. 정말 좋은 조끼라는 건 알지만 도대체 왜 사람들을 미느냔 말이에요. 그렇지 않아도 비좁은 데서.」

빠벨이 웃으면서 끼어들었다. 「얼마나 더 지껄여 댈 거야? 날 한 방 호되게 쳤으면 됐지, 그러고도 성이 안 찬단 말야?」

우끄라이나인은 바닥에 주저앉아 사모바르를 감싸듯이 두 다리를 쭉 뻗고서 빠벨을 응시했다. 어머니는 문간에 서서 안드레이의 둥글둥글한 뒤통수와 약간 구부러진 빼빼한 목에 단정하면서도 우수가 깃든 시선을 고정시키고 있었다. 그는 두 손으로 바닥에 버틴 채 몸통을 뒤로 약간 젖히고서 약간 상기된 눈으로 모자를 번갈아 쳐다보다가 눈을 끔뻑이면서 크지 않은 목소리로 입을 열었다. 「참 좋은 분들이에요, 정말!」

빠벨이 몸을 굽혀 그의 손을 움켜잡았.

우끄라이나인이 무뚝뚝하게 대꾸했다. 「잡아당기지 마! 날 아주 넘어뜨리려고 작정했나……」

「뭘 그렇게 꺼리누? 서로 키스하고 아주 뜨겁고 힘차게 안아 봐……」 어머니가 퉁명스럽게 말했다.

「그러고 싶어?」 빠벨이 물었다.

「괜찮지!」 우끄라이나인이 일어나면서 대답했다.

워낙 힘차게 서로 끌어안다 보니 얼마 동안은 숨이 콱콱 막힐 정도였다. 그들은 비록 몸은 두 개였지만 우정으로 뜨겁게 불타오른 하나의 영혼이었다.

어머니의 두 뺨엔 눈물이 하염없이 흐르고 있었다. 이미 그 눈물은 행복의 눈물이었다. 어머니가 눈물을 훔치면서 당혹감에 어찌할 바를 모르겠다는 듯 말했다.

「여자들이란 시도 때도 없이 울어서 탈이야. 슬퍼도 눈물, 기뻐도 눈물, 그저 눈물 흘리는 게 일이라니까……」

우끄라이나인도 빠벨을 가볍게 밀치고 손가락으로 눈을 비벼 대면서 말문을 열었다. 「이만하면 됐어. 송아지가 너무 까불어 대면 도살장으로 간다네. 근데 이놈의 석탄은 왜 또 말썽이야! 하도 불어 댔더니 눈에 티가 다 들어갔네……」

빠벨은 고개를 떨군 채 창가에 앉아서 조용히 말했다. 「그런 눈물은 전혀 부끄러워할 이유가 없는 거예요.」

어머니가 그에게로 다가가 나란히 옆에 앉았다. 그녀의 가슴은 활기 넘치는 감정으로 따뜻하고 부드럽게 감싸였다. 여전히 우울하면서도 한편 기쁘고 마음이 안정되었다.

「제가 식기 치울게요. 그냥 앉아 계세요. 녠꼬! 좀 쉬세요. 저희들이 너무 어머니 가슴을 아프게 해드렸어요……」 방으로 들어가면서 우끄라이나인이 말했다.

그리고 방 안에서 그의 노래하는 듯한 목소리가 들려왔다. 「우린 이제야 삶이라는 걸 멋들어지게 느낀 거야. 참되고 인간적인 삶을……」

「그래요!」 어머니를 쳐다보면서 빠벨이 대꾸했다.

「모든 게 달라졌어! 슬픔도 달라졌고, 기쁨도 달라졌고……」 어머니가 말했다.

「또 그래야만 해요! 왜냐하면요, 인자하신 녠꼬, 새로운 마음이 성장하고 있고, 더구나 그 새로운 마음은 우리의 삶 속에서 성장하기 때문이지요. 앞만 보고 걸어가던 한 사람이 이성의 등불로 삶을 비추고 이렇게 외쳐 댑니다. 〈아, 여러분! 만국의 민중이여, 한 가족으로 단결합시다!〉 그리고 그가 절규할 때마다 모든 이들의 강건한 가슴은 하나의 거대한 가슴, 은종만큼 힘차고 소리가 잘 나는 가슴으로 모이는 겁니다……」

어머니는 떨리는 입술을 내보이지 않으려고 입술을 옥다물고, 또 눈물이 흐르지 않도록 두 눈을 꼭 감았다.

빠벨이 한쪽 팔을 들고 무언가 이야기를 꺼내려는 순간, 어머니가 그의 다른 쪽 손을 잡고 아래로 잡아당기면서 속삭였다. 「안드류샤를 내버려 두거라……」

문간에 서서 우끄라이나인이 계속했다. 「혹시 알고 계세요? 민중의 앞길엔 아직도 수많은 고통이 가로놓여 있고 아직도 끝도 없이 피를 흘려야만 한다는 것을. 하지만 이 모든 것, 모든 고통, 그리고 나의 피는 내 가슴속에, 내 골수에 벌써부터 박혀 있는 희망에 비하면 아무 가치도 없다는 것을 알고 계십니까? 전 이미 부자입니다. 밤하늘에 빛을 발하는 별과 같은. 전 참고 또 참았습니다. 왜냐하면 내 몸 안에는 어느 누구도, 어느 무엇도 결코 압살할 수 없는 기쁨이 자라 숨을 쉬고 있기 때문입니다. 바로 이러한 기쁨에서 힘이 나오는 것입니다.」

그들은 차를 마시고 삶에 대해 마음에서 우러나오는 대화를 나누며 자정까지 탁자에 앉아 있었다.

그리고, 어머니는 생각이 분명하게 와 닿을 때면 한숨을 내쉬고 자신의 과거에서 무언가를 끄집어냈는데, 그것들은 늘 고통스럽고 잔혹한 것 일색이었다. 그러면서도 자신의 가슴에서 끄집어낸 이런 고통스러운 바위로 생각을 뒷받침하는 것이었다.

따뜻한 대화의 급류 속에서 두려움이 그녀의 마음을 녹이자, 그녀는 이제 아버지가 자기에게 거칠게 말을 내뱉던 그날을 회상했다.

「왜 그리 주둥아릴 비죽거리고 있는 거야! 네년한테 장가들겠다는 바보 천치가 있다면서? 그럼 가란 말이다. 처녀들이란 죄다 시집을 가고 그러다 여편네가 되면 자식새끼를 낳는 거고, 자식새끼들이란 모두 부모에겐 가엾어 보이게 마련이란 말이다. 네년은 누가 인간이 아니라던?」

그런 말을 듣고 나서 그녀는 자신 앞에, 주위에 어둡고 황량한 벌판이 끝도 없이 뻗쳐 있는, 피하려야 피할 수도 없는 인생의 가시밭길이 놓여 있다는 것을 앎과 동시에 이 가시밭길을 가야만 하는 숙명으로 가슴엔 맹목적인 복종이 가득 채워졌었다. 지금도 그러했다. 그러나, 새로운 고통의 도래를 느끼면서 그녀는 누군지 모를 어떤 사람에게 중얼거렸다. 〈여기 있소, 데려가시오!〉

그러고 나자 그녀의 마음속에 자리 잡고 있는 고통은 한결 누 그러졌다. 그 고통은 흡사 떨면서 노래를 하는 팽팽한 현과도 같았다.

하지만 닥쳐올 슬픔의 예감으로 떨리는 그녀의 마음 깊숙한 곳에서는 그녀에게서 모든 것을 가져가지 말았으면, 빼앗아 가지 않았으면 하는 희망이, 강하다고는 볼 수 없지만 그렇다고 시나브로 사그라지지도 않을 듯이 잠재해 있었다. 무언가 앙금이 남아 있었던 것이다…….

24

 이튿날 아침 일찍, 빠벨과 안드레이가 집을 나가자마자 꼬르수노바가 찾아와 창문을 소란스럽게 두드리고는 숨넘어갈 듯이 소리쳤다. 「이사이가 죽었다오! 가봅시다……」
 어머니는 몸이 후들후들 떨리면서 뇌리에 살인자의 이름이 전광석화처럼 스치고 지나가는 것이었다.
 「누가 죽였답니까?」 어깨에 숄을 걸치면서 어머니가 짧게 물었다.
 「아니, 그자가 그럼 여태껏 이사이 옆에 앉아 있을 거라고 생각하는 거유? 후려치고 내뺐지.」 마리야가 대꾸했다.
 그리로 가는 도중에 마리야가 말했다. 「지금 범인 찾느라 뒤지고 야단났을 거유. 당신들 어제 집에 붙어 있길 참 다행으로 아슈. 그건 내가 증인이 되어 줄 수 있수. 자정이 조금 지나서 아주머니 댁을 지나가다가 창문으로 안을 들여다보니까 모두들 탁자 앞에 빙 둘러앉아 있더구먼……」
 「그게 뭔 소리요, 마리야? 그럼 그 애들을 의심이라도 한단 말이오.」 어머니가 깜짝 놀라 소리쳤다.
 「그럼 누가 이사이를 죽였겠수? 필시 당신들이겠지.」 꼬르수노바가 확신이라도 하듯 뇌까렸다. 「이사이가 당신들 꽁무니를 밟고 다녔다는 걸 모르는 사람도 없는 형편이니……」

어머니는 멈춰 섰다. 숨이 막혔다. 얼른 가슴에 손을 댔다.

「왜 그러우? 너무 걱정 말아요. 도둑이 제 발 저린다고 안 합디까! 얼른 가보기나 합시다. 그새 치웠을라!」

어머니는 베소프쉬꼬프에 대한 고통스러운 생각에 비트적거렸다. 〈그래, 어쩔 수 없었을 거야!〉 그녀는 어렴풋이 이런 생각을 했다.

공장 담벼락 가까이, 얼마 전 불타 버린 주택지 자리에 사람들이 떼거리로 모여들어서 석탄을 발로 짓밟아 먼지를 피우며 흡사 땅벌레와도 같이 웅성대고 있었다. 여인네들이 많이 보였고 애들은 더없이 많았다. 그리고 구멍가게 주인들, 술집 접대부들, 경찰, 그리고 헌병 뻬뜰린의 모습도 보였다. 그는 빽빽하게 난 허연 수염에 키가 크고 가슴에는 견장을 달고 다니는 노인네였다.

이사이는 불에 탄 통나무에 등을 기대고 벗겨진 머리를 오른쪽 어깨로 늘어뜨리고서 반쯤 누운 상태로 땅바닥에 나자빠져 있었다. 오른손은 바지 주머니에 찌르고 왼손으로는 무른 땅을 손가락을 벌려 움켜쥔 채였다.

어머니는 그의 얼굴을 살폈다. 이사이의 한쪽 눈은, 지친 듯 축 처진 다리 사이에 놓여 있는 모자를 응시하고 있고, 입은 놀란 듯 반쯤 벌어져 있었으며, 불그레한 턱은 옆으로 툭 튀어나와 있었다. 뾰족한 머리에 주근깨가 덕지덕지하고 광대뼈가 툭 불거져 나온 얼굴을 하고 있는 비쩍 마른 몸뚱어리는 죽음으로 압착된 듯 더욱더 왜소해 보였다. 어머니는 성호를 긋고, 한숨을 내쉬었다. 살아 있을 땐 그토록 혐오스럽던 그도 이젠 애잔한 연민을 불러일으키는 것이었다.

「피 한 방울 흘리지 않았군!」 누군가가 작은 소리로 지껄였다. 「주먹으로 내리친 게 분명해……」 독기 품은 커다란 목소리도 들렸다. 「주둥아릴 하도 나불대서 입을 막은 거야……」

헌병이 몸을 부르르 떨고서 두 손으로 여자들을 밀치며 위협하듯 물었다. 「거기 지껄이는 게 누구야, 앙?」

사람들은 그 말 한마디에 뿔뿔이 흩어졌다. 곧장 줄행랑을 놓는 사람도 있었다. 누군가 고소하다는 듯 웃음을 터뜨렸다.

어머니는 집으로 향하며 생각했다. 〈아무도 불쌍히 여기질 않는구나!〉 그녀 앞엔 흡사 그림자와도 같은 니꼴라이의 넓은 얼굴이 어른거렸다. 그의 가늘게 째진 두 눈은 잔인하리만큼 싸늘하게 그녀를 노려보고 있었고, 오른손은 마치 그녀를 치기라도 할 것처럼 높이 치켜 올려져 있었다.

아들과 안드레이가 저녁을 먹으러 집으로 돌아왔을 때 어머니는 만사를 제쳐 놓고 그들에게 물었다. 「거 뭐냐, 아직 잡히지 않았지? 이사이 죽인 범인 말이다.」

「글쎄요!」 우끄라이나인이 대꾸했다.

어머니가 보기에 그들 둘은 당황하는 눈치였다.

「니꼴라이에 대한 말은 없던?」 어머니가 나직이 물었다.

빠벨이 엄중한 시선을 어머니의 얼굴에 고정시키며 또렷하게 말했다. 「아무 말도 없어요. 생각조차 하기 힘들어요. 그 사람 지금 여기 없거든요. 어제 정오쯤에 강을 건너간 뒤 돌아오지 않았어요. 나도 지금 궁금해서 찾아보고 있는 중인데……」

「오, 하늘이 도우신 게로구나! 하느님이 도우신 게야.」 안심이 된다는 듯 한숨을 쉬고 어머니가 말했다. 우끄라이나인이 어머니를 쳐다보고 고개를 떨구었다. 어머니가 생각에 잠긴 듯 이야기를 시작했다. 「그 사람 죽어 있는 걸 봤지. 그 사람 얼굴 표정이 흡사 무엇에 깜짝 놀란 것 같더구나. 불쌍하게 생각해 주는 사람도 없고, 따뜻한 말 한마디 해주는 사람도 없더라. 어찌나 왜소해 뵈고 보잘것없어 보이던지, 마치 무슨 파편이 널브러져 있는 것 같더라니까……」

저녁 식사를 하다 말고 빠벨이 숟가락을 내려놓으며 소리쳤다. 「난 도무지 이해가 가지 않아요.」

「뭐가?」 우끄라이나인이 물었다.

「오로지 살기 위해서만 동물을 죽인다는 거. 사실은 그것도 이미 추잡하기 이를 데 없는 짓이야. 짐승이나 야수 따위를 죽인다…… 이것도 이해할 만해! 나 같아도 사람들을 괴롭히는 짐승이 되어 버린 인간을 죽일 수도 있겠지. 하지만 그런 가련한 인간을 죽이겠다고 어떻게 손을 쳐드는가 말야……」

우끄라이나인이 어깨를 한 번 움찔하더니 조금 뜸을 들이다가 입을 열었다. 「그놈은 짐승만도 못한 놈이었어. 모기가 빨아 먹는 피가 얼마나 된다고……. 그래도 우린 모기를 죽여 버리잖아.」

「그야 그렇지! 난 그 얘기를 하자는 게 아니고…… 어쨌든 난 그런 일에는 찬성할 수가 없어요.」

「그럼 자네가 할 수 있는 일이란 뭔가?」 안드레이가 또 한 번 어깨를 움찔하면서 되물었다.

「형 같으면 그런 인간을 죽일 수 있겠어?」 한참을 말이 없던 빠벨이 생각에 잠겨 물었다.

우끄라이나인은 둥그런 눈으로 빠벨을 한 번 쳐다보고 나서 어머니에게 이내 시선을 옮기더니 슬픈 듯, 그러나 단호하게 대답했다. 「동지들을 위하고 운동을 위해서라면 난 뭐든지 할 수 있어. 살인마저도, 비록 내 자식이라도 말일세…….」

「오, 안드류샤!」 어머니가 나직한 비명을 질렀다.

그는 그녀에게 웃음을 지어 보이며 다시 말을 이었다. 「달리 방법이 없잖아요. ……그게 바로 삶이에요.」

「그래…… 그게 바로 삶이란 거지…….」 빠벨이 천천히 말꼬리를 늘였다.

마음 안에 자리하고 있는 누군가의 충동질에 복종이라도 하듯 갑작스레 흥분한 안드레이가 벌떡 일어나더니 두 손을 내저으면서 입을 열었다. 「그래 가지고 무슨 일인들 할 수 있겠어? 민중이 사랑으로 어우러지는 바로 그때를 앞당기기 위해 인간을 증오해야만 해. 삶의 발전을 방해하는 자들, 인간을 돈으로 팔아 넘기는 자들은 제거해야 마땅해. 인간을 팔아 자신들의 안위와

존중을 사는 그런 놈들 말일세. 만약 정직한 민중의 앞길에 유다 같은 놈이 버티고 서서 민중을 배신할 날만 꼽고 있는데도 그런 인간을 없애지 않는다면 나 또한 유다나 별반 다를 게 없는 놈 아닌가! 내게 그럴 권리가 없나? 그렇다면 그들, 우리의 지배자인 그들은 군대다, 사형 집행인이다, 또 공공 건물, 감방, 강제 노동 따위의 그네들의 안위를 보장해 주는 온갖 부정한 것들을 손아귀에 움켜쥘 권리라도 갖고 있다는 건가? 두 손에 그들이 갖고 있던 몽둥이를 빼앗아 들어야 할 때가 왔다고 난 생각해. 틀린 생각인가? 난 절대 거절하지 않고 그걸 움켜쥘 걸세. 그놈들은 우리의 동지들을 수십 수천 명을 죽였을진대, 그래 내게는 겨우 그 적들의 대갈통 하나를 내려칠 권리도 없단 말인가? 그것도 다른 누구보다도 우리들에게 접근해 우리의 운동, 우리의 삶에 가장 저해 요소가 되는 그 적의 대갈통 하나를 말일세. 그게 바로 삶인 걸 어쩌겠나. 하지만 나도 지금의 삶을 거부하려 했지, 실제로 그렇게 되기를 바라진 않았어. 난 알아, 그들의 피는 그 어떠한 것도 창조해 낼 수 없거니와 전혀 이롭지 못하다는 것을! 우리의 피가 거듭되는 소나비로 대지에 뿌려질 때 비로소 진리가 제대로 자라날 뿐이지. 그들의 썩은 피는 뿌려지더라도 흔적조차 남지 않는 거라고 난 확신해! 하지만 난 내 죄악을 떠맡을 용의가 있고, 또 그래야만 한다면 나 자신도 죽을 각오가 되어 있어. 난 내 얘기를 하고 있는지도 몰라. 그렇게 되면 나의 죄악은 내 육신과 함께 죽어 없어지고 말 것이고 미래에 오점으로 남게 되지도 않겠지. 나 말고는 아무도 더럽혀지지 않을 거야, 아무도!」

그는 앞으로 내민 손을 흔들며 방 안을 왔다 갔다 했다. 허공에 대고 손을 흔드는 품이 마치 자신의 목을 베는 시늉 같았다. 어머니는 슬픔과 불안을 동시에 갖고 그를 쳐다보면서 그의 마음 안에서 그를 고통스럽게 하던 그 무엇인가가 꺾이고 있다는 것을 느꼈다. 그녀에겐 더 이상 살인에 대한 어둡고 두려운 생각은 없었다. 〈베소프쉬꼬프가 살인을 하지 않았다면 빠벨의 동지들 그 어느 누구도 그것을 할 만한 사람은 없어〉 하고 어머니는 생각했다. 빠벨은 고개를 숙이고 내내 우끄라이나인의 이야기에 귀를 기울이고 있었다.

우끄라이나인이 다시 고집스럽고 힘 있게 말을 이어 나갔다. 「앞으로 똑바로 나아가다 보면 자기 자신과는 배치되는 일이 있게 마련이야. 모든 것, 감정마저도 죄다 버릴 수 있어야 해. 삶을 내팽개치고 운동을 위해 한목숨 내던질 수 있어야 해. 이게 바로 현실이야. 많은 걸 버리게. 자네 삶에서 소중한 모든 것을 버리게. 죄다 버리라고. 그럴 때만이 가장 귀중한 것, 바로 진실이라는 게 자라나게 될 거야……」

그는 방 한가운데에서 우뚝 멈춰 섰다. 창백한 얼굴, 반쯤 감긴 눈, 그러면서도 승리를 약속이라도 하듯 손을 높이 쳐들고 말을 계속했다. 「난 알아, 사람들이 서로를 아끼고 누구나가 타인에게 반짝이는 별이 되는 날이 오리라는 것을! 해방된 민중들이 온 누리를 활보하고 해방으로 위대해진 모든 사람이 가슴을 활짝 여는, 그리고 개개인의 가슴이 질투에 초연해지고 모든 이가 악의 없이 되는 그날, 바로 그날이 오면 삶은 지금의 삶이 아닌, 인간에 대한 봉사로 변할 것이고 인간의 모습은 고상하게 끌어올려질 거야. 해방 민중에 걸맞은 더없는 고상함에 다다르게 되지! 또 그날이 오면 모두 아름다움을 위한 진리와 해방으로 살아 넓은 가슴으로 세계를 포옹하는 사람들, 세계를 심오한 사랑으로 덮혀 주는 사람들이 최고의 찬사를 받게 되고, 가장 해방된 사람들이 최고의 아름다움으로 간주되어 존경받게 될 거야. 그런 삶을 살아가는 사람들이야말로 정말 위대한 사람 아닌가……」 그는 잠깐 뜸을 들이다가 자세를 바로 하고 쩌렁쩌렁 울리는 목소리에 형언할 수 없는 슬픔을 담아 외쳤다. 「그래서, 이런 삶을 위해서 난 모든 각오가 되어 있네……」

그의 얼굴이 경련이 일듯 부르르 떨리고 있었고, 눈에선 고통이 그득한 커다란 눈물방울이 줄지어 흘러내렸다.

빠벨은 고개를 들어 둥그렇게 뜬 눈으로 그의 창백해진 얼굴을 응시하고 있었고, 어머니는 마음 한구석에서 칠흑 같은 불안이 자라 서서히 다가오고 있음을 느끼며 탁자에서 몸을 약간 일으켰다.

「무슨 일이 있는 거예요, 안드레이?」 빠벨이 나직이 물었다.

우끄라이나인은 머리를 젓고 현을 팽팽하게 죄듯 몸을 곧추세우고서 어머니를 바라보며 대답했다. 「전 모든 걸 보았기 때문에 다 알아요······.」

어머니는 벌떡 일어나 재빨리 그에게로 바투 다가가 그의 두 손을 움켜쥐었다. 그가 오른손을 빼려고 애썼다. 그러나 어머니가 족쇄를 채우듯 단단히 그 손을 움켜잡고 격정적인 어조로 속삭였다. 「오, 불쌍한 것, 말소리를 낮추거라! 가엾은 것······.」

우끄라이나인이 거칠게 중얼거렸다. 「잠깐만요! 제가 말씀드릴게요. 그 일이 어떻게 된 것인지······.」

「그럴 필요 없다! 아서라, 안드류샤······.」 눈물 가득한 눈으로 그를 바라보며 그녀가 속삭였다.

빠벨이 눈물 고인 눈으로 동지를 바라보며 천천히 다가왔다. 파리해진 얼굴에 쓴웃음을 짓고서 나직한 목소리로 느릿느릿 말했다. 「어머닌 형이 한 일을 두려워하셔······.」

「난 두렵지 않아. 하지만 믿을 수가 없구나! 내 눈으로 직접 보았다 해도 믿을 수가 없어.」

「잠깐만요!」 우끄라이나인이 그들은 쳐다보지도 않고 머리를 저으며 잡힌 손을 뿌리치고 말했다. 「내가 하지 않았더라도 누군가가 분명 그렇게 했을 거야.」

「그만둬, 안드레이!」 빠벨이 말을 가로챘다.

한 손으로 안드레이의 손을 움켜쥔 빠벨은 다른 손을 그의 어깨에 얹었다. 흡사 그의 큰 몸체가 떨지 못하도록 하려는 것 같았다. 우끄라이나인이 고개를 숙이고 자꾸 끊어지는 목소리로 말했다.「자네도 알다시피 정말 그럴 마음이 있어 그런 게 아냐, 빠벨. 아주 우연한 일이었어. 자네가 앞서 먼저 가고 나는 드라구노프와 함께 길모퉁이에 남아 있을 때였어. 이사이가 저쪽 길모퉁이에서 나오더니 한편으로 비켜서서는 우릴 조롱하듯 쳐다보는 거야……. 드라구노프가 말하더군. 〈자네 알아? 저놈이 밤새껏 내 뒤를 밟고 있어. 언제 한번 요절을 내버릴 테야.〉 그 말을 남기고 드라구노프는 먼저 가고 나도 집에 갈 생각이었어……. 그런데 이사이가 내게로 다가오는 거야…….」 우끄라이나인이 깊은 한숨을 몰아쉬었다. 「그 자식만큼 날 지독하게 모욕한 사람은 여태껏 한 명도 없었어.」

어머니는 말없이 그의 손을 탁자 쪽으로 끌어당겼다. 결국 안드레이를 의자에 앉혔다. 빠벨도 침통한 표정으로 턱수염을 잡아당기며 그의 앞에 서 있었다.

「그놈이 내게 우리들 모두에 대해 손바닥 보듯 훤히 알고 있다느니, 우리 모두가 헌병 수첩에 올라 있다느니, 5월 이전에 모두 잡아가겠다느니 하면서 별별 소리를 다 지껄여 대는 거야. 난 대꾸도 않고 그저 웃고 있었지만 안에선 피가 끓더라고. 이런 말도 하더군. 나같이 똑똑한 사람이 그런 길을 택하다니 딱하기 이를 데 없고 내가 다른 길로 들어섰더라면 더 나았을 거라던가 뭐라던가…….」 그는 잠시 숨을 고르며 왼손으로 얼굴을 비볐다. 충혈된 눈이 번뜩이고 있었다.

「알 만해.」 빠벨이 말했다.

「가만히 들어 보니 차라리 콩밥 신세나 지라는 소리더라고, 응?」 우끄라이나인이 불끈 쥔 주먹을 흔들었다. 「콩밥이 어째? 망할 자식 같으니!」 그가 치를 떨며 말했다. 「그놈이 차라리 내 뺨을 한 대 후려갈기기라도 했으면 마음이나 편했을 거야. 하긴 그럴 놈도 못 되지만. 그런데 그놈이 내 가슴에다 대고 더러운 가래침을 탁 뱉을 때는 정말 참을 수가 없더라고.」 안드레이가 발작적으로 빠벨의 손에서 제 손을 빼내면서 더욱 거칠어진 목소리로 험악하게 말했다.「난 그놈의 뒤통수를 한 방 후려치고는 뒤도 안 돌아보고 그 자리를 떴어. 그때 뒤에서 〈누구 본 사람 있나?〉 하는 드라구노프의 나직한 목소리가 들리더군. 아마 골목에서 날 기다리고 있었던 것 같아……」

잠시 입을 다물고 있다가 우끄라이나인이 다시 말을 시작했다.「뭔가 예감이 불길하긴 했지만 난 돌아다보지 않았어……. 고꾸라지는 소리가 들리더군……. 그래도 지나가다 두꺼비 한 마리 발로 걸어챘거니 생각하고 태연하게 앞만 보고 걸어갔지. 오늘 일을 하고 있는데 사람들이 이사이가 죽었다고 소리치는 거야. 믿어지지 않더군. 그런데 손이 쑤셔서 작업을 제대로 할 수가 없는 거야. 그다지 아픈 건 아니었지만 왠지 손이 짧아진 것 같은 게……」그가 힐끔 자기 손을 쳐다보고 다시 말을 이었다.「아마, 평생 이 오점을 지워 버리진 못할 거야……」

「네 마음만 깨끗하다면야, 가엾은 것!」어머니가 나직이 말했다.

「죄의식은 느끼지 않아요, 전혀!」우끄라이나인이 단호하게 말했다.「하지만 그저 역겹습니다. 저에겐 전혀 쓸데없는 일이었거든요.」

「난 잘 이해하지 못하겠어. 형이 살인을 한 건 아니라 쳐도 만약에 정말 그랬다면……」빠벨이 어깨를 움찔하면서 말했다.

「들어 보게, 형제여. 자네가 살인이 벌어지는 걸 안다 해도 막을 순 없어……」

빠벨이 단호하게 말했다.「난 정말 이해할 수가 없어……」그가 생각하느라 잠시 뜸을 들이다가 다시 덧붙였다.「이를테면 이해가 안 가는 것은 아냐. 하지만 제대로 와 닿지가 않아.」

공장 사이렌이 울렸다. 우끄라이나인이 머리를 삐뚜름하게 기울이고 고압적인 울부짖음에 가만히 귀를 기울이더니 몸을 부르르 떨면서 말했다.「나 일하러 가지 않겠네……」

「나도.」빠벨이 대꾸했다.

「목욕이나 하러 가야겠다!」우끄라이나인이 웃으면서 말을 하고는 말없이 서둘러 목욕 가방을 챙기더니 침통한 표정을 하고 집을 나섰다.

어머니는 인자한 시선으로 그를 배웅하고 나서 아들에게 말했다.「어떡할 거냐, 빠샤! 사람을 죽인다는 게 잘못이라는 것쯤은 나도 알지만 어느 누구도 죄인 취급할 수는 없는 노릇이야. 이사이 그 사람한테는 안된 소리지만 정말 하잘것없는 못대가리 같은 인간이었어. 그 사람을 보는 순간 널 교수형 시키겠다고 위협하던 생각이 나더구나. 그래도 죽었다니까 미운 마음도 기쁜 마음도 다 없어졌지만 솔직히 불쌍하긴 하다. 하지만 이제 동정 나부랭이를 한다고 해서……」 그녀는 잠시 말없이 생각에 잠겨 있다가 놀라서 웃으며 말했다. 「나 원 참! 내 얘기 듣고 있냐, 빠샤……?」

빠벨은 필시 듣고 있는 것 같지 않았다. 그는 고개를 숙인 채 방 안을 천천히 거닐다가 생각에 잠겨 찌푸린 얼굴로 입을 열었다. 「그게 바로 삶이지요. 어머니도 아시잖아요? 사람들이 어떤 경우 서로 모순된 입장을 취하게 되는지 말입니다. 그러고 싶은 생각은 없어도 때려야 하는 거! 누구를 때리냐고요? 살 가치도 없는 가련한 인간이지 누구겠어요. 그런 자들은 어느 누구보다도 쓸모없는 것들이고 때문에 바보 천치죠. 경찰, 헌병, 첩자 따위의 모든 족속들이 우리의 적입니다. 하지만 고혈을 빨리고 사람 대접 못 받기는 그자들도 우리와 다를 게 없어요. 다 그런 거예요. 똑같아요. 사람들은 저도 모르는 사이에 누군가의 힘에 의해 서로 적대시하는 두 패로 갈려서 무지와 공포에 눈이 멀게 되고 손과 발에는 족쇄가 채워지고 결국엔 서로 피를 빨고, 말리고, 패는 사이로 변하게 되는 겁니다. 마침내 사람들을 무기로, 몽둥이로, 돌로 만들어 놓고는 이렇게 떠듭니다. 〈이게 바로 정부다!〉그가 어머니에게 바투 다가왔다.

「그건 명백한 범죄예요, 어머니! 수백만 민중을 압살하는 가장 추악한 살인이자 영혼의 압살인 거죠. 영혼이 죽음을 당하고 있다는 걸 이해하시겠어요? 우리와 그들의 차이를 보셔서 아시겠지만 어쨌든 인간을 친다는 것, 그것은 인간을 거스르는 행위이자 부끄럽고 가슴 아픈 일입니다. 중요한 건 인간을 거스른다는 거죠! 그런데도 그자들은 전혀 양심의 가책을 느끼지도 않고, 일말의 동정심도 없이, 가슴 한번 떠는 일 없이 기꺼이 살인을 저지릅니다. 오로지 하나, 은이나 금, 쓰레기만도 못한 종잇조각, 그들에게 민중에 대한 지배를 보장해 주는 그런 모든 보잘것없는 허섭스레기를 지키기 위해 민중과 그 모든 것을 죽도록 짓밟는 겁니다. 생각해 보세요. 민중을 압살하고 그들의 영혼을 일그러뜨리는 짓을 하는 이유가 제 자신을 보호하기 위해서라면 이해가 갈 수도 있지만, 그자들도 그런 짓을 자신을 위해서가 아니라 자기 재산을 위해서 서슴없이 자행한다는 데에 문제가 있는 겁니다. 오로지 그들의 관심은 자신의 내부가 아닌 외부의 것에 팔려 있어요……」

그는 그녀의 손을 거머쥐고 허리를 굽힌 다음 손을 흔들면서 말을 이었다. 「어머니께서 이 모든 추악함과 이 썩어 빠진 극악함을 느끼신다면, 어머닌 우리의 진실을 이해하시고 진실이 얼마나 위대하고 영광스러운 것인지를 아시게 될 겁니다……」

어머니는 어찌나 흥분되던지 자신의 마음과 아들의 마음을 하나의 불꽃으로 승화시키고 싶은 간절한 바람으로 숨이 막힐 지경이었다. 「잠깐만, 빠샤, 잠깐만!」 가빠 오는 호흡을 주체하지 못하는 듯 숨을 헐떡이면서 어머니가 중얼거렸다. 「나도 느낄 수가 있다, 잠깐만…….」

25

 현관에서 누군가의 시끄러운 발소리가 들렸다. 모자는 깜짝 놀라 서로 쳐다보았다.

 문이 스르르 열리면서 리빈이 굼뜨게 들어왔다.

 「날세! 여기저기 떠돌다가 지나는 길에 자네 소식도 궁금하고 해서……」 그가 고개를 들고 얼굴에 웃음을 피우면서 말했다.

 타르가 잔뜩 묻은 털가죽 반외투, 짚신짝, 허리 뒤로 삐죽이 나온 검정색 벙어리장갑, 털모자, 이게 그의 차림새의 전부였다.

 「잘들 지냈소? 언제 나왔나, 빠벨? 어쨌든 다행일세. 어떻게 지냈소, 닐로브나?」 그는 허연 이빨을 드러내며 웃었다. 그의 목소리는 이전보다 한결 부드러워졌고 얼굴에도 턱수염이 더 무성했다.

 어머니는 그저 기쁜 마음에 그에게로 다가가 크고 새까만 그의 손을 잡고 건강한 타르 냄새를 맡으며 말했다. 「오, 난 또 누구시라고. 다시 만나니…… 너무 반갑구려!」

 빠벨도 미소를 짓고 리빈을 쳐다보았다. 「농사꾼 티가 줄줄 흐르네요.」

 리빈이 천천히 옷을 벗으면서 말했다. 「그래, 난 농사꾼이 다 됐지 뭐. 자넨 점점 신사가 되어 가는 반면 난 거꾸로 되어 가고 있지. 안 그런가?」 얼룩무늬 셔츠를 추스르면서 그는 방 안으로 들어와 세심하게 살펴보더니 말했다. 「가구라고 해야 별것 없고, 대신 책이 좀 많아졌구먼. 좋은 일이지! 자, 이제 그동안 어떻게 지냈는지나 얘기해 주게.」

그는 다리를 쭉 뻗고 무릎 위에 손바닥을 올려놓고 앉아서 호기심 가득한 눈길로 빠벨을 찬찬히 뜯어보며 대답을 기다렸다. 얼굴엔 선량한 미소가 피어 있었다.

「운동이 활발히 진행되고 있지요.」 빠벨이 대답했다.

「우린 밭 갈고, 씨 뿌리고, 뽑낼 것도 없지만, 수확을 하면 술도 담가 먹고 취해서 꼼짝도 못하는 때도 있고, 뭐 그래.」 리빈이 익살을 부렸다.

「어떻게 지내셨어요, 미하일 이바노비치?」 빠벨이 그의 맞은편에 앉으며 물었다.

「별 일 없이 잘 지내고 있어. 일단 에질리게이보에다 자리를 잡았어. 에질리게이보라고 들어 보았나? 좋은 마을이지. 한 해에 장이 두 번 서는데, 거주자들은 한 2천 명 남짓 될까. 하여튼 지독히 가난한 곳이야! 농사지을 땅뙈기도 없어서 도지를 얻어 부쳐 먹고 살아. 난 한 고리대금업자에게 날품팔이 농사꾼으로 고용되어 시체에 붙어 있는 파리처럼 거기에 얹혀살고 있네. 석탄을 때서 타르를 만들어 내는 일을 한다네. 임금은 여기서 일할 때보다 4분의 1밖에 받지 못하는데 등은 두 배로 바스러지지, 그렇다네. 그 작자, 고리대금업자 밑에서 일곱이 일하고 있어. 참 괜찮은 친구들이야. 나만 빼고 죄다 원래부터 그곳 사람들인데 모두 젊고 읽고 쓸 줄도 알지. 그 가운데 예핌이란 청년이 있는데 정말 열정적인 사람이라네.」

「그 사람들과 이야기도 하고 그러세요?」 빠벨이 활기에 넘쳐 물었다.

「입 다물고 있을 수야 없지. 난 여기서 나온 유인물을 죄다 갖고 갔었네. 서른네 장일 걸세. 하지만 난 주로 성경으로 효과를 보고 있다네. 거기서도 끄집어낼 수 있는 게 있거든. 두툼한 책인데 합법적이겠다. 게다가 종무원(宗務院)에서 찍어 낸 거라서 신뢰를 주기에 안성맞춤이지.」 그는 빠벨에게 눈짓을 하더니 웃으면서 계속했다. 「그것만으로는 부족해. 난 자네에게 책 좀 빌려 가려고 들렀어. 여기엔 예핌하고 둘이서 왔네. 타르를 운반하다가 먼 길로 삥 돌아서 자네에게 들른 걸세. 예핌이 당도하기 전에 얼른 책을 좀 주게. 그 사람이 너무 많이 아는 것도 안 좋아.」

어머니는 리빈을 보면서 그가 벗어던진 것은 신사복뿐만이 아니라 무언가가 더 있을 것이라는 생각이 들었다. 덜 믿음직스러워졌고 두 눈도 이미 이전의 솔직함이 아닌 교활한 기색이 담겨 있었다.

빠벨이 말했다. 「어머니! 책 좀 가져다주시겠어요? 거기 가면 다 알아서 줄 거예요. 농민들을 위한 거라고만 말씀하세요.」

「그러마! 사모바르가 끓거든 다녀오마.」

리빈이 웃으며 물었다. 「아니 당신도 이 운동에 가담했소, 닐로브나? 그렇군. 거긴 이런 종류의 책 애호가가 많이 있어. 선생 하나가 대단한 열성이야. 사람들이 참 좋은 젊은이라더군. 비록 성직자 신분이긴 해도 말이지. 마을에서 7베르스따나 떨어진 곳에 여선생도 있네. 하지만 그들은 금서는 보지 않는데 워낙 평범한 사람들이라서 겁을 잔뜩 집어먹고 있어. 문제점을 예리하게 지적하고 있는 금서가 필요한 건 바로 나야. 난 그들이 그 책에 손을 대게 할 걸세. 그래야 만약에라도 책이 금서라는 게 관할 경찰서나 사제에게 발각되더라도 선생들이 뿌린 줄 알 것 아닌가! 난 어느 시기까지는 열외가 되는 거지.」 자신의 교활함에 흡족한 듯 그는 기분 좋게 이빨을 드러내고 있었다.

〈저런! 눈매는 꼭 곰인데 하는 짓이란 여우구먼……〉 어머니는 생각했다.

「만약에 선생들이 금서를 배포했다는 의심을 받게 되면 결국 그들은 감옥에 가게 될 텐데, 이 점에 대한 아저씨의 생각은 어떠세요?」 빠벨이 물었다.

「감옥에 가겠지, 그게 어쨌다는 건가?」 리빈이 되물었다.

「책을 배포한 건 아저씨지 그들이 아니란 거지요. 감옥에 갈 사람은 바로 아저씨란 얘깁니다……」

리빈이 껄껄 웃으면서 손으로 무릎을 쳤다. 「이런! 내가 그런 일을 했다고 생각할 사람이 누가 있겠나? 비천한 농사꾼이 이런 일을 한다, 그게 있을 법한 얘긴가? 책이란 지식인들의 것이니까 대답 또한 그들이 해야만 한다고……」

어머니는 빠벨이 리빈을 이해하지 못한다는 느낌을 받았다. 빠벨이 눈을 찌푸린, 이를테면 화가 나 있는 것을 보았던 것이다. 어머니가 조심스러우면서도 부드럽게 입을 열었다. 「미하일 이바노비치는 일을 자기가 하되 그에 대한 벌은 다른 사람이 지게 하겠다는 생각인 모양인데……」

「맞소! 어느 시기까지는.」 리빈이 턱수염을 쓰다듬으며 맞장구치고 나섰다.

「어머니! 예를 들어 우리 가운데 누군가가, 안드레이라고 쳐요, 제가 관계된 어떤 일을 해서 그 때문에 제가 감옥에 간다면, 무슨 말씀을 하시겠어요?」 빠벨이 무뚝뚝하게 소리쳤다.

어머니는 깜짝 놀라 아들을 주저하는 눈으로 쳐다보고 고개를 내두르면서 대답했다. 「아무려면 동지가 잘못되라고 그런 짓을 할 수 있을라고?」

리빈이 말꼬리를 늘였다. 「에이그! 나도 자넬 이해하네, 빠벨!」 그가 시큰둥한 눈짓을 보내며 어머니에게로 돌아섰다. 「이건 정말 미묘한 문젭니다, 아주머니.」 그리고 다시 타이르듯이 빠벨에게 말했다. 「자넨 생각하는 게 아직 풋내기 티를 못 벗었어, 동지! 비밀리에 하는 일에는 체면이란 있을 수 없는 거야. 생각해 보게나. 첫째로, 그들이 감옥에 처넣는 사람은 책을 갖고 있다 발각된 사람일 뿐이지 선생은 아냐. 둘째로, 비록 선생들이 합법적인 책을 사람들에게 읽힌다 해도 그 안의 요점은 금서에 있는 것과 별반 다를 바가 없어. 다만 다른 나라 말로 쓰였다거나 진실이 적다는 거지. 말하자면 내가 하는 대로 따라 하고 싶으면서도 단지 샛길로 가고 대신 난 큰길로 간다는 데에 차이가 있는 거지. 그러니 우리는 당국 입장에서 보면 하나같이 죄인인 셈이야. 틀림없지? 그리고 세 번째로, 나 같은 사람이 그 사람들과 무슨 관계가 있나? 걸어다니는 사람은 말 타고 다니는 사람과는 동지가 될 수가 없다고. 난 농부들을 거스르지도 않을 거고 그러고 싶은 마음은 추호도 없다네. 그런데 그들 가운데 하나는 사제의 아들이고 또 하나는 지주의 딸인데, 그들이 왜 농부를 부추기겠다는 건지 난 도무지 알다가도 모를 일이야. 나나 농부들에겐 그들, 지식인들의 생각이라는 게 정말 불가사의한 것일 수밖에 없어. 수천 년 동안 사람들은 규칙적으로 나리가 되어 가지고 농부의 등가죽을 생으로 벗기더니, 별안간 잠에서 깨어나 농부의 눈을 비벼 준다 이거지. 난 옛날이야기는 별로 좋아하지 않네만 꼭 옛날이야기가 아니고 무엇이겠나? 그들과 난 거리가 멀어. 자네도 그런 경험이 있겠지만, 겨울 벌판을 여행하다 먼발치에 무슨 짐승인지 아른거린다고 해서 그게 무언지 어떻게 알아? 늑대인지 여우인지 아니면 그냥 개새끼인지 알 수가 없는 거야! 거리가 멀어서 그래.」

어머니는 아들을 살폈다. 그의 얼굴이 우울해 보였다.

리빈의 까만 눈이 섬광같이 반짝거렸다. 그는 빠벨을 적이 만족스러운 눈길로 쳐다보고 흥분한 듯 손가락으로 턱수염을 쓸어 내리며 말을 이었다. 「이렇게 농지거리나 하고 있을 시간이 없어. 삶은 가혹한 거야. 우린 개지 양이 아냐. 제 짖던 대로 짖어야 해……」

「민중을 위해 자신을 내던지고 평생을 감옥에서 고역을 치르는 나리님네들도 있다오……」 어머니가 아는 얼굴을 떠올리며 말했다.

리빈이 대꾸했다. 「그들은 특별한 경우이고 존경도 전혀 딴 거예요. 농부는 제아무리 부자가 되어 봐야 술집 주인인 데 반해

지주는 가난해 봐야 농부가 되는 거라오. 돈주머니가 비어야 마지못해 영혼이 순수해지지. 자네가 나한테 설교했던 거 기억나나, 빠벨? 살기 위해선 생각해야 한다고. 또 만약 노동자가 〈아니요〉 하면 고용주는 〈예〉 하고, 반대로 노동자가 〈예〉 하면 고용주는 본성상 어쩔 수 없이 〈아니요〉 하고 소리친다는 말일세! 맞는 소리야. 농부의 본성과 지주 나리의 본성은 같을 수가 없어. 농부가 배부르면 지주는 밤새 잠을 못 이루는 법이거든. 물론, 어딜 가나 어리석은 자들은 있게 마련이라 농부 전체를 깡그리 옹호해야 한다는 데에는 찬성하지 않네만……」

그는 자리에서 일어났다. 침울하면서도 여전히 힘이 있어 보였다. 그의 얼굴은 생기를 잃었고 턱수염은 사뭇 떨렸다. 흡사 안 들리게 이빨을 가는 것 같았다. 조금 낮은 목소리로 그가 말을 이었다. 「난 이 공장 저 공장을 전전하며 자그마치 5년을 허송했지. 농촌을 까맣게 잊고서 말일세. 거기에 당도해서 둘러보니까 정말 살 곳이 아니더군. 이해할 수 있겠나? 난 도무지 이해할 수가 없었어. 자넨 여기서만 살았으니 그 참상을 보지 못했을 거야. 그런데 그곳은 굶주림이란 검은 그림자가 사람의 머리 위에 드리워져 있고 빵 한 조각에 대한 희망도 가져 볼 수 없는 곳이야. 전혀! 굶주림은 영혼을 먹어 치우고 인간의 모습을 아예 지워 버렸어. 사람이, 사는 게 아니라 헤어날 수 없는 가난의 질곡 속에서 썩어 가고 있는 거야……. 사방엔 까마귀 같은 정부 당국이 감시의 눈길을 드리우고 있으니 빵 조각 하난들 남아 나는 게 있겠는가? 깡그리 빼앗아 가고도 성이 차지 않아 한 방 후려갈겨야만 한다니까……」

리빈은 손으로 탁자를 짚고 빠벨 쪽으로 허리를 굽힌 채 그를 쳐다보았다. 「그런 생활을 다시 접하게 되니 심지어 구역이 다 나더군. 정말 눈이 가물거리는 게 보이는 게 없는 거야. 하지만 난 이를 악물었지. 〈안 돼, 이건 장난이 아니다. 난 남아야 해! 난 네놈들에게 빵을 주려고 온 게 아니다. 한판 소동을 벌일 테니

두고 봐라!〉 난 그 인간들, 그 더러운 쓰레기들에 대한 혐오감으로 들끓었어. 그 혐오감으로 내 가슴은 마치 칼로 도려내는 듯한 아픔을 맛보았다네.」

그의 이마엔 땀이 송골송골 맺혀 있었다. 그는 천천히 빠벨에게 몸을 숙여 그의 어깨에 손을 얹었다. 손이 떨리고 있었다.

「날 좀 도와주게! 책을 주게. 그걸 다 읽고 나면 적어도 인간이라면 피가 끓지 않을 수 없는 그런 책 말일세. 사람들의 머릿속에 고슴도치를, 가시덤불을 들어앉혀야만 해. 자네에게 글을 써주는 시내 사람에게 농촌을 위한 글도 써 달라고 말 좀 해주게. 농촌에 펄펄 끓는 물을 끼얹고 민중으로 하여금 죽음 속에라도 뛰어들도록 말일세!」 리빈은 계속했다. 「죽음이 죽음을 정복하게 할지어다. 오, 다시 말해, 민중을 되살리는 죽음, 바로 그거지. 그리고 수천이 죽어 온 누리에 수많은 민중이 되살아나게 하라! 바로 그걸세. 죽는 건 문제도 아냐. 되살아날 수만 있다면! 민중이 반란을 일으킬 수만 있다면!」

어머니가 사모바르를 들고 와서 리빈을 곁눈질로 힐끔거렸다. 그의 무겁고 힘 있는 말들이 그녀를 짓눌렀다. 그리고 그에게는 남편을 생각게 하는 그 무엇이 도사리고 있었다. 그녀의 남편도 똑같이 이빨을 갈고, 손을 내젓고, 소매를 걷어붙였었다. 그리고 남편에게도 역시 참을 수 없는 악의가 있었다. 참을 수 없는 악의가! 또 말이 없었다. 하지만 이 사람은 말을 한다. 그래서 무섭기는 덜하다.

고개를 끄덕이며 빠벨이 말했다. 「해야만 할 일이지요. 우리에게 자료를 주세요. 그럼 우리가 당신들을 위한 신문을 찍어 내겠어요……」

어머니는 웃는 얼굴로 아들을 쳐다보고 고개를 끄덕였다. 그리고 말없이 옷을 갈아입고서 집을 빠져나갔다.

「수고해 주게. 필요한 건 죄다 보내 주겠네. 송아지도 이해할 수 있게 되도록 쉽게 써주게나.」 리빈이 소리쳤다.

부엌문이 열리고 누군가가 들어왔다.

리빈이 부엌 쪽을 살피며 말했다. 「예핌이군! 이리 오게나, 예핌! 여기는 예핌이고 이 사람이 빠벨이라네. 내가 자네에게 얘기하지 않았던가!」

그가 빠벨 맞은편에 섰다. 손에는 모자를 들고 의심쩍은 잿빛 눈으로 빠벨을 흘끔거렸다. 아마색 머리에 넓은 얼굴을 하고 짧은 털가죽 반외투를 입고 있었다. 균형 잡힌 몸매를 보아 필시 힘도 셀 것이 분명했다.

「처음 뵙겠습니다!」 그가 약간 잠긴 목소리로 인사를 했다. 그리고 빠벨의 팔을 잡았다 놓고는 두 손으로 곧게 뻗은 머리칼을 쓸어 내렸다. 그가 흡사 수색이라도 하는 듯이 천천히 방 안을 둘러보더니 책들이 꽂혀 있는 선반으로 다가갔다.

「구경이나 좀 하게나!」 빠벨에게 눈짓을 해보이며 리빈이 말했다. 예핌은 홱 몸을 돌려 그를 쳐다보더니 이내 중얼거리며 책들을 들여다보기 시작했다.

「어휴, 책이 굉장히 많군요! 하지만 제 생각엔 읽을 시간이 없을 것 같군요. 시골에 사신다면 책 읽을 시간은 넉넉할 텐데……」

「읽을 마음이 없는 거 아니오?」 빠벨이 물었다.

「왜요? 마음이야 굴뚝같지요. 민중들도 머리를 쓰기 시작했습니다.」 턱을 만지작거리며 젊은이가 대꾸했다. 「〈지질학〉이라, 이거 뭐죠?」 빠벨이 설명하자, 젊은이가 책을 선반에 꽂으며 말했다. 「우리에겐 필요 없는 책이군.」

리빈이 요란하게 한숨을 내쉬고서 끼어들었다. 「농부에게 관심이 있는 건 땅이 어떻게 생겨났는지가 아니라 누가 땅을 소유하고 있는가 하는 것, 이를테면 민중의 발아래 있던 땅이 어떻게 지주들의 손아귀에 들어가게 되었는가 하는 것일세. 땅이 돌고 있네, 서 있네 하는 것은 중요한 게 아니지. 땅이 빨랫줄에 걸려 있더라도 먹을 것만 내놓으면 그만이고, 땅이 하늘에 못질되어 있어도 사람을 먹여 살리기만 하면 그만인 걸세.」

「『노예제의 역사』라……」예핌이 다시 책 제목을 읽고서 빠벨에게 물었다.「우리들 얘기요?」

「농노제에 관한 책도 있지요.」빠벨이 그에게 다른 책을 건네주며 말했다. 예핌은 책을 받아 몇 번 들춰 보더니 한쪽으로 치우며 태연히 말했다.「이건 시대에 뒤떨어졌군!」

「당신네는 분여지를 소유하고 있소?」빠벨이 물었다.

「우리요? 갖고 있지요. 우리 집은 3형젠데, 4제샤찌나(4.37헥타르)의 분여지를 갖고 있지요. 순 모래땅이라 놋그릇 닦는 데는 좋을지 몰라도 농사지을 땅은 못 돼요……」잠시 뜸을 들이다가 계속했다.「그런 토지는 내겐 필요 없어요. 그게 어디 땅입니까? 밥을 먹여 주기는커녕 손만 묶이는걸. 날품팔이로 다닌 지 4년이랍니다. 금년 가을엔 군대나 가렵니다. 미하일 아저씨는 가지 말라고 하시죠. 아저씨 말씀이, 지금 군대는 민중을 패는 군대라는 겁니다. 하지만 난 그래도 군대에 갈 생각입니다. 스쩬까라진 시대에도, 뿌가초프 시대에도 군대는 민중을 쳤었죠. 하지만 그런 시대는 지났어요. 당신 생각은 어떻습니까?」그가 유심히 빠벨을 쳐다보며 물었다.

빠벨이 웃으며 대답했다.「지금도 여전해요. 단지 옛날보다는 어려워졌다는 것뿐이죠. 군인들에게 무엇을 어떻게 이야기할지를 알아야만 합니다……」

「그건 배우면 되지 않겠습니까?」예핌이 되물었다.

「만일 당국에서 알게 되는 날엔 총살당할 거요.」빠벨이 의혹이 가득한 눈길로 예핌을 보며 말을 맺었다.

「자비를 베푸는 짓 따위는 하지 않겠죠.」젊은이는 태연히 맞장구를 치고서 다시 책들을 들여다보기 시작했다.

「차 얼른 마시게, 예핌. 곧 떠나야 하니까.」리빈이 서두르듯 말했다.

「다 마셔 갑니다.」젊은이는 대답을 하자마자 다시 물었다.「혁명이란 봉기를 뜻합니까?」

안드레이가 얼굴이 벌게진 채 땀을 뻘뻘 흘리며 들어왔다. 침통한 표정이었다. 말없이 예핌의 손을 잡더니 리빈의 옆에 앉아 그를 쳐다보고 미소만 지어 보였다.

「무슨 일로 그렇게 우울한가?」 손바닥으로 무릎을 탁 치며 리빈이 물었다.

「아무 일도 아니에요.」 우끄라이나인이 대꾸했다.

「댁도 노동자십니까?」 예핌이 안드레이에게 고개를 까딱이며 물었다.

「그렇소. 그런데?」

「이 친구는 공장 노동자를 처음 본다네. 공장 노동자는 어딘가 다른 데가 있다는 거야……」 리빈이 설명했다.

「어디가요?」 빠벨이 물었다.

예핌이 안드레이를 유심히 쳐다보고 나서 말했다. 「당신들의 뼈는 날카로워요. 농부들의 뼈는 둥글둥글한데……」

리빈이 거들었다. 「농부들은 서 있는 품이 훨씬 안정되어 있어! 농부들은 발아래 땅을 느끼지, 비록 그들의 땅은 아니지만. 어쨌든 그들은 바로 대지를 느끼는 거라고. 그에 반해 공장 노동자는 새라고 할 수 있어. 고향도, 집도 절도 없이 오늘은 여기, 내일은 저기, 발길 머무는 곳이 고향이요 집인 셈이지. 여편네조차 그들을 한곳에 붙잡아 둘 수가 없어. 조금이라도 심사가 뒤틀리는 날엔 그 즉시 아내의 옆구리를 걷어차고 지체없이 새 사랑을 찾아 떠나 버리거든. 하지만 내 주위의 농부들은 자리를 뜨지 않고 더 낫게 고쳐 보려고 애를 쓴단 말이야. 어머니가 오셨군!」

예핌이 빠벨에게 다가가 물었다. 「제게 책 한 권 주실 수 있겠습니까?」

「그러지요.」 빠벨이 기꺼운 마음으로 대꾸했다.

젊은이의 두 눈이 강렬하게 빛났다. 그가 재빠르게 말을 꺼냈다. 「다 보고 돌려 드리겠습니다. 우리 가운데 여남은 명이 여기서 그리 멀지 않은 곳으로 타르를 운반하고 있으니까 나중에 그들 편에 보내 드리지요.」

리빈은 벌써 옷을 입고 허리띠까지 단단히 졸라 매고서 예핌에게 말했다. 「떠날 시간이네!」

「잠깐만요, 조금 더 읽고요.」 얼굴 가득 웃음을 띠고 책을 가리키면서 예핌이 소리쳤다.

그들이 떠나자 빠벨은 생기 도는 얼굴로 안드레이를 보고 소리쳤다. 「그 사람들 어때?」

「뭐, 먹구름 같다고나 할까…….」 우끄라이나인이 말꼬리를 흐렸다.

「미하일 말이냐? 그 사람 공장 생활은 해보지도 않은 것 같더구나. 농부가 아주 제대로 되었어. 그런데 왜 그렇게 사람이 극단적이람!」 어머니가 소리쳤다.

「형이 집에 없어서 안타깝더군!」 빠벨이 안드레이에게 말했다. 안드레이는 탁자 옆에 바싹 붙어 앉아 자기 찻잔을 찡그린 얼굴로 응시하고 있었다. 「형이 그 두 심장의 박동을 들었으면 좋았을걸. 형은 늘 심장에 대해서 얘기하곤 했잖아! 리빈이 열이 올라서는 날 거꾸러뜨렸어. 날 한 방 먹였다고……. 난 그 사람에게 반박조차 하지 못했어. 그 사람, 사람들에 대한 불신이 얼마나 강하던지 더구나 민중의 가치를 전혀 인정하려 들지를 않아. 어머니 말씀대로 정말 자기 안에 두려우리만큼 굉장한 힘을 간직하고 있는 사람임이 분명해…….」

우끄라이나인이 우울하게 대꾸했다. 「나도 익히 그건 경험으로 알고 있지. 지배자들이란 사람들이 민중을 이때껏 독살해 오고 있어. 민중이 만일에 봉기라도 하는 날이면 지배자들은 연거푸 모든 것을 파멸시킬 거야. 그자들은 헐벗은 땅을 원해. 만약 그렇지 않으면 민중을 제 마음대로 할 수가 없을 테니까. 깡그리 찢어 버릴 거야.」 그는 천천히 이야기를 했다. 마음은 딴 데 가 있는 것이 분명했다.

어머니는 그를 조심스럽게 건드려 보았다. 「기운 내라, 안드류샤!」

「괜찮아요, 녠꼬!」 우끄라이나인은 나직한 목소리로 다정스레 대꾸했다. 그러더니 갑자기 흥분한 그가 손으로 탁자를 내리치면서 입을 열었다. 「그런 게 있다네, 빠벨. 만약 농부들이 들고 일어나게 되면 그들은 제 땅을 발가벗기고 말 거야. 흡사 역병이 휩쓸고 간 것처럼 모든 걸 깡그리 불살라 버리겠지. 오욕의 흔적들을 잿더미 속에 묻어 버리기 위해서라도 말일세……」

「그렇게 되는 날엔 그들이 바로 우리의 방해물이 되겠군요.」 빠벨이 나직이 말했다.

「그걸 용납하지 않는 것이 우리의 할 일이지. 빠벨, 그들을 저지하는 게 우리의 임무란 말일세. 우리는 최대한 그들과 접근해서 그들이 우리를 믿게 하고 우리의 길에 동참할 수 있도록 해야 해.」

「리빈이 농부를 위한 신문을 찍어 달라고 제안해 온 걸 알고 있어요?」

「암, 그래야지!」

빠벨이 웃으며 말했다. 「그 사람과 논쟁을 하지 않았던 게 영 마음에 걸리는데!」

우끄라이나인이 머리를 쓸어 넘기고 말했다. 「아직 기회는 많아. 자네는 계속 피리나 부는 거야. 그러면 두 발을 아직 대지에 박고 있지 못한 사람들은 자네 연주에 맞추어 춤을 출 걸세. 리빈이 한 말은 옳아. 우리가 발밑의 땅을 못 느끼고 있고 또 그럴 필요도 없노라고 했겠지. 그럼 결국 대지를 뒤흔드는 일은 우리가 할 일이란 소리군. 우리가 한 번 대지를 흔들면 민중의 손발에 채워진 족쇄가 느슨해지고, 두 번 흔들면 민중은 해방이 될 거야.」

어머니는 웃음 띤 얼굴로 말했다. 「너한테는 안드류샤, 모든 일이 간단하구나!」

「그럼요, 간단한 일이에요. 삶이란 마찬가지죠.」 얼마 지나서 그가 다시 입을 열었다. 「들판에 나가 봐야겠어, 산책이나……」

「금방 목욕해 놓고서? 바람에 날아가겠다.」 어머니가 선수 치며 말했다.
「괜찮아요, 바람 좀 쐬기 위해서라도 산책을 해야겠어요.」
「조심해요, 감기 들겠어. 좀 눕는 게 나을 텐데.」 빠벨이 다정스레 말했다.
「아냐, 다녀올게!」 그리고 옷을 갈아입고서 말없이 집을 나섰다.
「무척 힘이 드나 보구나!」 한숨 섞인 목소리로 어머니가 말했다.
「제가 보기에 그 일이 있고 나서 어머니께서 안드레이에게 여러모로 예전보다 더 잘해 주시는 거 같아요. 말씀도 많이 하시고. 안 그래요?」
그녀는 놀란 듯 그를 쳐다보며 대꾸했다. 「그래? 나도 미처 깨닫지 못한 일이구나. 어쨌든 안드류샤가 내겐 너무나 가까운 사람이 된 것은 사실이야. 무슨 말을 해야 할지 잘 모르겠다.」
「인자하신 마음을 가지셨어요, 어머니!」
「너만이라도, 아니 어떻게든 너희들 모두를 도울 수만 있다면 좋으련만! 할 수 있을지, 원…….」
「너무 염려 마세요, 어머닌 하시고도 남을 분이세요.」
어머니는 가벼운 미소를 지어 보이며 계속했다. 「하지만 두려움이란 놈을 지워 버릴 수가 없구나!」
「됐어요, 어머니. 그런 얘기는 그만하기로 해요. 대신 제가 어머니께 입이 마르도록 말해도 모자랄 정도로 감사해하고 있다는 건 아셔야 해요.」
어머니는 부엌으로 나갔다. 눈물을 보여 아들의 마음을 아프게 하고 싶지 않은 마음에서였다.
우끄라이나인은 저녁 늦게 지친 모습으로 돌아와, 곧바로 잠자리에 들면서 말했다. 「한 10베르스따는 걸었나 봐, 이것저것 생각하느라…….」
「도와줄까?」 빠벨이 물었다.
「그냥 내버려 둬, 자야겠어.」
그러고는 죽은 듯이 조용해졌다.

며칠인가가 지나서 베소프쉬꼬프가 찾아왔다. 언제나 그렇듯 추한 누더기 차림에다 얼굴엔 불만이 가득한 채였다.

「누가 이사이를 죽였는지 혹 못 들었어?」 그가 방 안을 굼뜨게 서성이며 빠벨에게 물었다.

「못 들었어.」 빠벨이 딱 잘라 대꾸했다.

「제 할 일도 분간 못하는 사람이 있어. 내가 그놈을 해치우려고 이때껏 별렀는데. 그 일은 내 일이었어. 내가 아주 적격이었다고.」

「집어치워, 니꼴라이! 그런 얘길랑!」 빠벨이 우정 어린 말투로 말했다.

「왜 그러냐, 응! 마음씨는 곱기 한량없는 애가 왜 그렇게 으르렁거리는 거야. 도대체 왜 그래?」 어머니가 다정스레 끼어들었다.

그 순간 어머니는 베소프쉬꼬프를 만난 것이 적이 기뻤다. 심지어 그의 곰보 자국 난 얼굴도 좋아 보이기까지 했다.

「난 그런 일 말고는 어디에도 쓸모없는 놈이야. 내 설 자리가 어딘가 하는 생각을 골백번도 더해 봤지만 내가 설 자리는 없었어. 사람들과 얘기를 나누며 살아야만 하는데 난 그럴 수가 없어. 난 모든 걸 보고, 사람이면 누구나 느끼는 감정을 갖지만, 입이 떨어지질 않아. 벙어리 같은 영혼이지.」 그는 고개를 푹 떨구고 빠벨에게로 다가가 손가락으로 책상을 긁으며 어린애처럼 말했다. 예전의 그답지 않게 목소리에는 애절함이 깃들어 있었다. 「내게 무슨 일이든 좋으니 힘겨운 일을 시켜 주게, 형제들. 무턱대고 이렇게 살 수는 없지 않은가! 자넨 운동에 흠씬 취해 있어. 나도 운동이 성장해 나가는 걸 알아. 하지만 난 이방인인 걸 뭐! 난 널빤지나 통나무를 운반해. 과연 내 인생이 그 짓이나 하다 끝나야 옳단 말이야? 나에게 버거운 일을 맡겨 주게.」

빠벨이 그의 손을 잡아 자기 쪽으로 끌어당겼다. 「맡기고말고……..」

그때 마침 휘장 뒤에서 우끄라이나인의 목소리가 들려왔다. 「니꼴라이, 내 자네에게 조판 기술을 가르쳐 줄 테니 우리에게 와서 식자공으로 일할 생각 없나? 어때?」

베소프쉬꼬프가 그에게 다가가며 말했다.「형님이 절 가르친다면, 그 보답으로 형님에게 칼 한 자루를 선사하겠어요……」

「사양하겠네, 그 칼일랑 지옥에나 가져가시지!」우끄라이나인이 소리치더니 갑자기 웃음을 터뜨렸다.

「좋은 칼이에요.」베소프쉬꼬프가 고집을 부렸다. 빠벨도 역시 따라 웃었다.

그때, 베소프쉬꼬프가 방 한가운데에 우뚝 멈추어 서더니 질문을 던졌다.「제가 그 일에 꼭 필요하다고 생각해요?」

「이를 말인가? 자, 우리 들판에 나가 바람이나 쐬세. 달도 밝고 정말 멋진 밤 아닌가! 안 가려나들?」침대에서 일어서며 우끄라이나인이 대꾸했다.

「좋은 생각이에요.」빠벨이 맞장구를 쳤다.

「나도 가지. 난 형님이 웃을 때면 정말 좋수.」베소프쉬꼬프가 끼어들었다.

「나도 자네가 좋은 선물을 준다니 기분이 좋군.」우끄라이나인이 웃으며 대답했다.

그가 부엌에서 옷을 갈아입을 때 어머니가 나무라듯 말했다.「두툼하게 옷 좀 껴입고 나가렴……」

그들 셋 모두가 집을 나서자 창문을 통해 그들을 바라보던 어머니는 이내 성상을 올려다보며 나직이 기도했다.「주여, 저들을 도우소서!」

26

 세월은 그날그날의 꼬리를 물고 빠르게 흘러 어머니에게 메이데이에 대한 생각을 가질 여유조차 허락하지 않았다. 그래도 밤마다 소음에 지치고 세월의 무상함에 절로 나오는 한숨을 뒤로하고 잠자리에 들면 늘 가슴을 조용히 짓누르는 그 무엇이 있었다. 〈그날이 빨리 왔으면…….〉
 새벽 어스름에 짐승 울음소리 같은 공장 사이렌이 울려 대면, 아들과 안드레이는 급히 차를 마시고 빵 한 조각을 입에 물고서 어머니에게 몇 가지 당부의 말을 남긴 채, 집을 나서는 것이었다. 그러면 어머니는 하루 온종일 점심 식사 준비를 하고, 성명서를 위한 연보랏빛 풀을 쑤느라 다람쥐 쳇바퀴 돌듯 집 안을 뱅뱅 돌았다. 간혹 몇몇 사람들이 찾아와 빠벨에게 전해 주라며 쪽지를 그녀의 손에 건네주고는 그녀를 흥분의 도가니로 몰아넣고서 총총히 사라지는 때도 있었다.
 노동자들에게 메이데이 기념식에 동참할 것을 호소하는 전단들이 거의 매일 밤 담이란 담엔 죄다 나붙었는데, 심지어 경찰서 정문에도 붙어 있곤 했으며 공장에도 매일 뿌려졌다. 아침이면 경찰은 욕지거리를 입에 달고서 공장촌을 휘젓고 다니며 담벼락에 붙어 있는 연보랏빛 성명서들을 잡아뜯는다, 긁어낸다 하며 야단이었지만 점심때가 되면 전단들은 다시 거리에 뿌려져 지나는 사람들의 발아래서 나뒹굴었다. 시내에서 밀파된 사복 형사들이 길모퉁이에 웅크리고 서서 상기된 얼굴로, 콧노래를 흥얼거리며 점심 먹으러 집에 갔다 오는 노동자들을 세심히 살폈다. 모든 사람들은 경찰의 무력감을 본다는 게 신나는 일이어서 심지어 중년의 노동자들은 서로 웃는 얼굴로 수군대는 것이었다.
「뭔 일이 일어나고 말걸, 안 그런가?」
가는 곳 어디서나 사람들이 떼를 지어 모여서는 선동적인 격문이 어쩌니 저쩌니 하며 열띤 논쟁을 벌이고 있었다. 삶은 비등점에 다다라 올봄엔 모든 사람들에게 전에 없던 각별한 관심을 불러일으켰다. 모든 사람들에게 뭔가 새로운 것을 가져다주었기 때문이었다. 어떤 사람들은 여전히 다가올 돌발 사건에 염증을 느끼는지 모반자들을 심한 욕설로 매도하는가 하면, 어떤 이들은 복잡한 불안과 희망을 동시에 느끼기도 했고, 비록 소수이긴 하지만, 이게 바로 모두를 들고일어나게 하는 힘이라는 걸 예리하게 의식하는 사람들도 있었다.
빠벨과 안드레이는 거의 밤잠도 제대로 자지 못하고 공장 사이렌이 울리기 바로 직전에야 지치고 피로하고 창백한 모습으로 집에 돌아오곤 했다. 어머니는 그들이 숲속이나 소택지 어딘가에서 집회를 갖고 있다는 것과, 밤마다 말 탄 경찰들이 떼를 지어 다니며 공장촌 구석구석을 뒤질 뿐만 아니라 사복 형사들도 노동자 한 사람 한 사람을 붙잡아 가거나 수색을 하고, 경우에 따라서는 한 무리의 노동자를 뒤쫓아 이 사람 저 사람을 마구잡이로 체포하고 있다는 것도 알고 있었다. 아들이나 안드레이도 모두 어느 날 밤엔 체포당하게 되리라는 것을 내심 짐작한 그녀는 차라리 그렇게 되었으면 하는 바람마저도 갖게 되었다. 그렇게 되는 것이 그들로 보아서는 나을 것만 같았기 때문이다.
기록계 이사이 살인 사건에 대한 수사는 이상하게도 시들해졌다. 한 이틀 지방 경찰이 동기다 뭐다 해서 사람들에게 꼬치꼬치 캐묻고 한 열 명 심문을 하는가 싶더니 이내 살인 사건에 대해서 별 관심을 기울이지 않았던 것이다.

마리야 꼬르수노바는 어머니와 이야기하는 도중에 경찰의 견해도 은연중 비쳤다. 그녀는 다른 모든 사람들과 그렇듯이 경찰과도 우호적인 관계를 유지하고 있었던 것이다. 「대관절 무슨 재주로 범인을 찾아내겠수? 그날 아침 이사이가 만난 사람만도 백 명이 넘을 테고 그 가운데 적어도 아흔 명은 이사이를 쳤을 가능성이 있는데 말이우. 7년 남짓 누구 하나 그 사람한테 당하지 않은 사람이 있을라고······.」

우끄라이나인의 모습이 눈에 띌 정도로 달라졌다. 수척해진 얼굴, 파인 양 볼, 천근만근이나 나가듯, 툭 튀어나온 두 눈을 반쯤 내리덮은 눈꺼풀, 게다가 인중엔 잔주름이 패어 있기도 했다. 그는 일상적인 잡다한 일에 대해서는 한결 말수가 줄어들었음에도 불구하고 일단 미칠 듯한 환희에 취하기만 하면 미래에 대해서, 자유와 이성이 승리하는 그날, 아름답고 찬연한 바로 그날의 축제에 대한 이야기에 열을 올리는 것이었다.

이사이의 죽음에 대한 수사가 시들해지자 떨떠름하면서도 비통한 미소를 지으며 그가 입을 여는 것이었다. 「그자들은 민중들은 고사하고 민중들을 못살게 구는 데 개처럼 이용해 먹던 자들한테조차 일말의 동정심도 갖고 있지 않아. 그자들이 진정 바라는 건 유다도 아니고 오로지 돈일 뿐이야······.」

「그만하면 됐어, 안드레이!」 빠벨이 단호히 말을 하자 어머니도 나직한 목소리로 덧붙였다. 「저 썩어 빠진 고목을 한 방 치니까 그대로 산산이 부서져 버린 거야.」

「어머니 말씀이 옳은 것은 알지만 그것으로는 위안이 되질 않아요.」 우끄라이나인이 침통한 얼굴로 대꾸했다.

그는 보통 이런 식으로 말을 했는데, 그의 입을 통해서 흘러나오는 말들은 비록 신랄하고 거칠었지만 나름대로 특별하면서도 보편타당한 의미를 함축하고 있었다.

……드디어 그날, 5월 1일은 찾아왔다.

공장 사이렌은 평상시와 다름없이 울부짖었다. 준열하면서도 고압적으로 온 밤을 뜬눈으로 지새운 어머니는 침대에서 일어나 어제 저녁부터 준비해 놓은 사모바르에 불을 지피고 늘 그렇듯이 아들과 안드레이가 자고 있는 방문을 두드리려고 하다가 문득 무슨 생각이라도 떠오른 듯 손을 내젓고 마치 이를 앓고 있는 사람처럼 턱을 손에 대고서 창가에 앉았다. 희뿌연 담청색 하늘에선 뭉실뭉실 뭉게구름이 장밋빛 아침노을을 받으며 떼 지어 유영하고 있었다. 마치 공명하는 짐승의 울부짖음에 놀란 새 떼가 잔뜩 무리 지어 날아가듯이. 어머니는 구름을 바라보며 자기 자신의 목소리에 귀를 기울였다. 머리는 무겁기 그지없고, 꿈도 없는 밤을 태운 두 눈은 까칠까칠했다. 하지만 이상할 정도의 평정이 가슴에 자리하고 있었고 심장의 박동은 규칙적이었으며 예나 다를 바 없는 잡다한 생각으로 머리는 꽉 차 있었다. 〈사모바르를 너무 일찍 올려놨어, 다 끓어 증발해 버리겠는걸! 오늘은 잠이나 더 자도록 내버려 둬야겠다. 둘 다 고단할 텐데…….〉

발랄하게 뛰어놀던 어린애 같은 햇살이 창문으로 방 안을 엿보고 있었다. 그녀는 한 손으로 햇살을 받쳐 들고 밝은 햇살이 손의 표면에 누워 있는 것을 느끼고, 다른 한 손으로는 조용조용 햇살을 더듬으며 다정하고 의미심장한 미소를 지었다. 잠시 후 자리에서 일어나 시끄러운 소리를 내지 않으려고 애쓰면서 사모바르에서 증기 배출관을 벗기고 세수를 말끔히 한 다음, 정성스레 성호를 그으며 소리 없이 입술을 달싹이면서 기도를 하기 시작했다. 그녀의 얼굴은 밝아 오른쪽 눈썹이 때론 천천히 위로 치켜 올라가는가 하면 또 이내 내리깔리곤 했다…….

두 번째 사이렌이 조금 낮게 울렸다. 그 떨림으로 볼 때 그렇게 자신만만하지 못하고 그저 답답하고 눅눅한 소리였다. 어머니는 오늘따라 사이렌 소리가 길게 느껴졌다.

방 안에서 은은하면서도 똑똑한 우끄라이나인의 목소리가 들려왔다. 「빠벨! 듣고 있나?」

그들 가운데 하나가 맨발을 마룻바닥에 끌었고 또 누군가가 다디단 하품을 늘어지게 했다.

「사모바르가 준비되었다!」 어머니가 소리쳤다.

「예, 곧 일어나요.」 빠벨이 유쾌한 목소리로 대답했다.

「해가 떠오르고 있어. 그리고 구름도 끼었고. 오늘은 구름이란 놈은 필요가 없는데……」 우끄라이나인이 말했다.

그들은 부엌으로 나왔다. 잠 때문에 머리는 온통 헝클어져 있었지만 기분은 좋아 보였다.

「안녕히 주무셨어요, 녠꼬! 기분은 어떠세요?」

어머니는 그에게 다가가 귀에다 속삭였다. 「애야, 안드류샤, 오늘일랑 빠벨 옆에 꼭 붙어 다니도록 해라.」

「물론이에요. 우리가 함께 있는 한 우린 어디고 붙어 다닐 거예요, 그 점은 염려 놓으셔도 돼요.」

「무슨 얘길 그리 속닥거리는 겁니까?」 빠벨이 물었다.

「아무것도 아니다, 빠샤!」

「어머니께서 나보고 세수 좀 깨끗이 하라고, 처녀들이 볼 거라고 그러시네.」 세수하러 현관을 빠져나가면서 우끄라이나인이 대답했다.

일어나라, 깃발을 올리자, 노동자들이여!

빠벨이 조용히 노래를 부르기 시작했다.

해가 중천에 떠올라 제 빛을 발하자, 구름은 바람에 쫓겨 줄달음질 쳐버렸다. 어머니는 찻잔을 준비하면서 하도 이상한 생각이 들어 고개만 갸웃거렸다. 오늘 같은 날 아침 애들은 농담이 나오고 웃음이 나올까? 정오가 되면 무엇이 저희들을 기다릴지 누가 안단 말인가. 그러고 보니 어머니 자신의 마음도 거의 기쁨이랄 수 있을 정도로 왠지 평온하기만 하였다.

그들은 시간을 빨리빨리 보내려고 차를 오랫동안 마셨다. 그리고 빠벨은 늘 하던 대로 설탕 한 숟갈을 차에 넣고 천천히, 꼼꼼하게 휘젓고는 자기가 좋아하는 빵 한 조각에 소금을 쳤다. 우끄라이나인은 탁자 아래서 두 발을 흔들었는데, 그는 한 번도 발을 편히 놓아둔 적이 없었다. 그러면서 천장과 벽의 습기에 반사되는 햇빛을 바라보다 입을 열었다. 「어렸을 땐데, 한 열 살 남짓 되었을 거야. 그때 난 유리잔으로 태양을 잡고 싶었지. 그래서 유리잔을 들고 태양을 쫓다가 그만 벽에 부딪히는 바람에 쩽그랑 했지, 뭐! 손까지 베이고 그것 때문에 또 얼마나 맞았던지. 실컷 두들겨 맞고서 마당에 나갔더니 태양이란 놈이 이번엔 웅덩이 속에 있는 거야. 그래서 또 달려가서 발로 마구 짓밟았지. 바지니 뭐니 할 것 없이 온통 진흙투성이가 되는 바람에 또 맞았어……. 그러고도 내가 어쨌는 줄 아나? 난 태양을 보고 이렇게 소리쳤어. 〈아플 줄 알지, 이 빨간 악마야! 난 하나도 아프지 않아!〉 그리고 혀를 내밀어 놀려 주었지. 그랬더니 좀 위안이 되더라고.」

「형은 어째서 태양을 빨갛다고 생각했어?」 빠벨이 웃으면서 물었다.

「우리 집 맞은편에 대장장이 아저씨가 살고 있었는데 그 아저씬 빨간 턱수염을 기른 늘 쾌활하고 선량한 아저씨였어. 그래서 난 태양이 아저씨를 닮았으려니 생각한 거지…….」

어머니가 더 이상은 참을 수가 없는지 입을 열었다. 「오늘 행진할 것에 대해서는 이야기 안 하나?」

「일단 결정된 것을 얘기해 봐야 머리만 더 복잡해질 뿐이에요. 만약, 우리가 모두 잡혀가면 니꼴라이 이바노비치가 찾아와 어떻게 해야만 할 것인가를 어머니께 말씀드릴 거예요.」 우끄라이나인이 죄송스러운 듯 대꾸했다.

「알았다!」 어머니가 한숨 섞인 목소리로 말했다.

「우린 그만 거리로 나갑시다!」 빠벨이 꿈꾸듯 중얼거렸다.

「아냐, 때가 될 때까지는 집에 있는 게 나아. 공연히 경찰 눈에 띄어 애태우게 할 필요가 있나? 그놈들은 자네를 잘 알고 있단 말일세.」 안드레이가 대꾸했다.

폐쟈 마진이 양 볼이 벌게진 얼굴로 뛰어왔다. 그는 설렘과 기쁨으로 어찌할 바를 몰랐고, 그 때문에 기다림의 지루함이 감쪽같이 사라져 버렸다. 그가 입을 열었다. 「시작됐어! 사람들이 움직이기 시작했다고. 모두가 거리로 쏟아져 나오고 있는데 얼굴이 한결같이 도끼 같은 얼굴이야. 공장 문 앞에 베소프쉬꼬프가 구세프 형제, 사모일로프와 함께 버티고 서서 연설을 하고 있어. 많은 사람들이 그냥 집으로 돌아갔다고. 나가세! 시간이 됐어. 벌써 10시야……」

「가야지!」 빠벨이 단호하게 말했다.

폐쟈가 다짐을 두어 말했다. 「점심시간이 지나면 공장 전체가 들고일어날 거래.」

그 말을 남기고 그는 달음질로 집을 나섰다.

「바람 앞의 등불 격이군!」 어머니는 나직한 말로 그를 배웅하고 벌떡 일어나 부엌으로 나가 옷을 갈아입기 시작했다.

「어디 가시려고요, 녠꼬?」

「너희들하고 같이 갈란다!」 어머니가 대꾸했다.

안드레이가 제 콧수염을 잡아당기며 빠벨의 눈치를 살폈다. 빠벨은 재빠른 동작으로 머리카락을 쓸어 넘기고서 어머니가 있는 부엌으로 나갔다.

「전 어머니께 아무 말씀도 드리지 않겠어요. 그러니 어머니도 제게 아무 말씀 마세요. 됐죠?」

「오냐, 됐다. 주께서 너희와 함께하실 게야.」 어머니가 중얼거렸다.

27

 그녀가 거리로 나가 허공에 울리는 떨리면서도 기대에 찬 사람들의 왁자지껄하는 소리를 들었을 때, 여기저기 창문에서, 혹은 대문에서 무더기로 모여 있는 사람들이 호기심에 가득 찬 눈으로 아들과 안드레이를 주시하고 있는 것을 보았을 때, 그녀의 눈에선 어렴풋한 얼룩이 자리를 털고 일어나 금방 투명한 초록빛으로 되었다가는 또 어둑한 잿빛으로 변하곤 하면서 가물거리는 것이었다.
 사람들이 그 애들에게 인사를 나누는 그 목소리에는 뭔가 특별한 것이 있었다. 그리 크지 않은 몇 마디의 말들이 끊겼다 이어졌다 하면서 그녀의 귀에 들려왔다. 「저기 가는 사람들이 주동자들이라는군.」 「우린 누가 주동자인지 몰랐어……」 「난 허튼소리는 하지 않아.」 다른 집 문에서 누군가가 격분한 목소리로 외쳤다. 「경찰이 저놈들을 잡아 처넣기만 하면 그것으로 끝이야.」 「그렇지 않아도 한 번 잡혀갔었지.」 한 여인네의 호전적인 목소리가 창문에서 거리로 놀란 듯 날뛰었다. 「두고 봐! 네놈들도 자식새끼를 키워 봐야 알아. 네놈들이 뭘 알아?」
 공장으로부터 매월 장애 수당을 받고 있는 절름발이 조시모프의 집을 지날 때, 그가 창문에서 고개를 쑥 내밀고서 소리쳤다. 「빠벨, 이놈! 네놈 모가지를 비틀어 버릴 테다! 두고 봐, 네놈

신상에 무슨 일이 있는지……」

어머니는 몸이 떨려 걸음을 멈추었다. 이 소리에 어머니의 가슴에선 날카로운 혐오감이 일었다. 어머니는 그 불구자의 부어오른 듯한 두꺼운 낯짝을 쳐다보며 아들에게서 뒤처지지 않으려고 열심히 걸음을 옮겨 아들의 뒤를 쫓았다.

빠벨과 안드레이는 아무것도 눈치채지 못할 뿐 아니라, 그들을 배웅하는 환성도 들리지 않는 듯했다. 그들은 서두르지 않고 태연하게 걷고 있었다. 그들은 미로노프 앞에서 걸음을 멈추었다. 그 사람은 중년의 나이에 검소한 사람으로, 모든 사람들이 그의 착실하고 청렴한 삶 때문에 그를 존경하는 터였다.

「아저씨도 오늘 일하지 않기로 작정하셨습니까, 다닐로 이바노비치?」빠벨이 물었다.

「우리 마누라가 해산하려고 한다네. 그리고 꽤나 시끄러운 날이기도 해서!」미로노프는 둘을 뚫어져라 응시하면서 가라앉은 목소리로 설명을 했다. 그리고 되물었다. 「이보게, 젊은이들! 사람들이 그러는데 자네들이 사장에게 소란을 피우려 한다던데, 그래 사장 사무실 유리창이라도 깰 참인가?」

「아니, 우리가 술에 취하기라도 했습니까?」빠벨이 소리쳤다.

「우리는 단지 깃발을 들고 거리를 행진하며 노래를 부르려고 합니다. 우리의 노래를 들어 보세요. 그 안엔 우리의 신념이 들어 있습니다.」우끄라이나인이 말했다.

「나도 자네들의 신념을 익히 알고 있네.」미로노프가 생각에 잠겨 말했다. 「전단을 읽어 봤거든. 아, 닐로브나!」그가 어머니에게 어질어 보이는 눈웃음을 보내며 소리쳤다. 「당신도 폭동을 일으키는 일에 가담했소?」

「비록 죽음이 앞에 가로놓여 있다 해도 진실과 어깨를 나란히 하고 걸어가야만 하지요.」

「뭐라고요. 사람들이 공장에 불온한 전단들을 실어 나른 게 당신이라고 하더니 틀린 말이 아니었구려!」미로노프가 말했다.

「누가 그런 소릴 해요?」 빠벨이 물었다.

「벌써 다 아는 얘긴데, 뭘! 그럼, 부디 건투를 비오.」

어머니는 살며시 미소를 지었다. 자신에 대한 말들이 오간다는 게 기뻤던 것이다. 빠벨이 웃으면서 그녀에게 말했다. 「어머니도 감옥에 가시겠군요······.」

태양은 더 높이 떠올라 봄날의 활기 넘치는 신선함에 따스함을 더해 주고 있었다. 구름은 한결 느릿느릿 유영하고 그 그림자도 더불어 더욱 엷고 투명해졌다. 또 그림자는 거리와 지붕마다 슬며시 기어오르고 사람들을 감쌌다. 흡사 담벼락과 지붕의 진흙과 먼지를 훔쳐 내고 사람들의 얼굴에서 지루함을 제거해 주면서 온 마을을 말끔히 청소해 주는 것 같았다. 모든 것이 활기에 넘쳐 목소리는 더욱 크게 울려 퍼지고 기계 소음은 더욱 멀리서 아련하게 들리게 되었다.

다시 사방에서 가지가지 목소리들이 들려왔다. 창문에서, 집 대문에서 때로는 불안하고 욕지거리가 섞인 말들이, 또 때로는 신중하면서도 활기에 넘치는 목소리들이 땅 위를 기고 허공을 날아 어머니의 귀를 때리는 것이었다. 하지만 이제 어머니는 반박하고, 감사하고, 설명하고 싶었고, 이날의 이상하게도 복잡한 삶 속으로 깊이 개입하고 싶은 충동을 느꼈다.

저만큼 떨어진 길거리의 좁은 모퉁이에 수백 명의 군중이 모여 있었고, 그 가운데에서 베소프쉬꼬프의 목소리가 울려 나오고 있었다.

「놈들은 열매에서 즙을 짜듯 우리의 고혈을 짜내고 있습니다!」 또박또박 그의 말 한마디 한마디가 사람들 머리에 떨어졌다.

「옳소!」 몇 사람의 목소리가 이내 우렁찬 메아리를 남기고 맞장구를 쳤다.

「저 친구 애쓰고 있군! 가서 좀 거들어야겠어.」 우끄라이나인이 말했다.

그는 허리를 굽히고 빠벨이 말릴 겨를도 없이 군중 속으로 헤집고 들어갔다. 마치 코르크 따개가 마개를 비집고 들어가듯 막대기 같은 하늘하늘한 몸뚱이를 흔들거리면서.

「동지들! 이 세상에는 유대인, 독일인, 영국인, 그리고 따따르인 등 이루 헤아릴 수 없을 정도의 다양한 민족이 있다고들 합니다. 하지만 난 이 말을 믿지 않습니다. 세상에는 오직 두 개의 민족, 두 개의 종족, 다름 아닌 배부른 자들과 가난한 사람들이 있을 뿐입니다. 사람들은 옷차림새도, 하는 말도 가지각색입니다. 부유한 프랑스인, 독일인, 영국인이 노동자들을 어떻게 대하고 있는가를 한번 보십시오. 그럼 그자들 모두가 하나같이 노동자들에게는 불한당이요, 목에 뼈다귀가 걸려 뒈질 놈들이라는 것을 깨닫게 될 겁니다.」

군중 속에서 누군가가 큰 소리로 너털웃음을 터뜨렸다.

「그런 반면에 프랑스의 노동자, 따따르 노동자, 터키 노동자들을 보십시오. 그들은 우리 러시아 노동자들과 하나도 다를 바 없이, 개새끼만도 못한 삶을 살아가고 있는 것입니다.」

점점 더 많은 사람들이 거리로 쏟아져 나왔다. 사람들은 말없이 줄지어 모여들어 목을 쭉 빼고 발뒤꿈치를 세우고서 길모퉁이로 비집고 들어갔다.

안드레이는 목청을 한껏 돋우었다. 「외국의 노동자들은 이미 이런 진리를 깨닫고 화창한 오늘, 메이데이에……」

「경찰이다!」 누군가가 외쳤다.

거리의 한쪽 골목에서 네 명의 말 탄 경찰들이 채찍을 마구 휘두르면서 군중을 향해 곧장 돌진해 오고 있었다. 외침 소리가 울렸다. 「해산하라!」

사람들은 마지못해 그들에게 길을 내주면서 얼굴을 잔뜩 찌푸리고 있었다. 담벼락을 기어 올라가는 사람도 여남은 명 있었다.

「저놈들은 돼지 새끼처럼 말 위에 올라앉아 그저 꿀꿀거릴 줄밖에 몰라. 우리도 주모자다, 이것들아!」 누군가의 도전적인 째지는 듯한 목소리가 툭 튀어나왔다.

우끄라이나인은 골목 한복판에 혼자 남았다. 두 마리의 말이 대가리를 흔들면서 그를 향해 달려오고 있었다. 그가 옆으로 비켜섬과 동시에 어머니가 그의 손을 잡아 자기 쪽으로 잡아당기면서 말했다. 「빠샤 옆에 붙어 있기로 약속해 놓고선 혼자 결판을 내려고 하면 어쩌누.」

「제가 잘못했어요.」 우끄라이나인이 웃으면서 대꾸했다.

불안하고 온몸이 부서지는 듯한 피로감에 휩싸인 어머니는 고개를 들어 빙글빙글 돌려 보았다. 이상하게도 슬픔과 기쁨의 감정이 교차하는 것이었다. 어서 점심시간을 알리는 사이렌이 울렸으면 하는 마음이 간절했다.

그들은 광장에 위치하고 있는 교회로 빠져나갔다. 교회 주위, 그리고 담 안에는 활기에 넘쳐 있는 젊은이들, 게다가 어린아이들까지 약 5백 명 남짓한 사람들이 앉거나 선 채로 빽빽이 들어차 있었다. 군중은 한 무리가 되어 움직이면서 불안스레 머리를 위로 쳐들고 있는 사람, 먼발치를 살피는 사람, 별별 사람이 다 있었는데 그들은 하나같이 초조하게 뭔가를 기다리는 눈치였다. 잔뜩 고조된 분위기 그대로였다. 뭐가 어떻게 돌아가고 있는지 전혀 알지 못하는 사람이 있는가 하면 또 어떤 사람은 쓸데없는 만용으로 자신을 내몰기도 했다. 여인네들의 잔뜩 짓눌린 듯한 목소리가 울리자 사내들은 화를 내며 그들을 외면해 버렸다. 때론 크지 않은 욕설이 들려오기도 했다. 한껏 적의로 가득 찬 서로 간의 충돌에서 나오는 삭막한 아우성이 수많은 군중을 휘감았다.

여자 목소리가 나직이 울렸다. 「네 몸 생각도 하렴.」

「그만두세요!」 대답 소리가 들려왔다.

위엄 있는 시조프의 목소리가 나직하면서도 설득력 있게 튀어나왔다. 「아니요, 우린 젊은 애들을 버려서는 안 돼요. 그 애들은 우리보다 분별력도 더 있고, 또 얼마나들 용감하게 살고 있나 말이오! 막말로 소택지 기금을 막은 게 누구요? 그 애들 아니오.

그걸 기억해야만 합니다. 그 일 때문에 감옥에 끌려간 건 그 애들이지만 이익은 우리 모두가 보지 않았소.」

사이렌의 암울한 울부짖음이 울려 퍼져 사람들의 이야기를 한입에 삼켜 버렸다. 군중은 깜짝 놀라, 앉아 있던 사람들은 벌떡 일어서고, 잠시였지만 모두는 마치 죽은 사람처럼 꼼짝하지 않아 긴장감이 감돌았다. 많은 사람들의 얼굴 역시 파리해졌다.

「동지들!」 빠벨의 쩌렁쩌렁한 목소리가 힘 있게 울렸다.

어머니의 입술이 바싹바싹 마르고 눈앞이 아찔했다. 어머니는 느닷없이 재빠른 동작으로 아들의 뒤에 버티고 섰다. 모든 사람들이 빠벨에게 시선을 돌리고 금세 그를 에워쌌다. 흡사 자석에 빨려 드는 쇳조각 같았다.

어머니는 아들의 얼굴을 쳐다보면서 두 눈, 자랑스럽고 용감하며 이글이글 타오르는 두 눈만을 뚫어져라 응시하고 있었다.

「동지들! 우리는 우리가 누구인지를 떳떳하게 선포하기로 결정했습니다. 우리는 오늘 우리의 깃발, 이성과 진실과 해방의 깃발을 높이 들 것입니다.」

허옇고 기다란 깃대가 허공에 불쑥 떠오르더니 아래로 굽어지며 군중을 둘로 나누고는 군중 속으로 자취를 감추어 버렸다. 잠시 후 위로 쳐든 사람들의 얼굴 위로 넓게 펼쳐진 노동자들의 깃발이 흡사 새빨간 새가 비상하듯 솟구치는 것이었다. 빠벨이 손을 위로 높이 쳐들자 깃대가 흔들렸다. 그때 수십 개의 손이 허옇고 미끈미끈한 깃대를 움켜쥐었다. 그 가운데는 어머니의 손도 있었다.

「노동자 만세!」 그가 외쳤다.

수백 명의 목소리가 그의 쩌렁쩌렁한 외침을 뒤따랐다. 「사회민주주의 노동당 만세, 우리의 당, 우리의 동지, 우리의 정신적 조국 만세!」

군중은 들끓어 한층 고조되어 있었고, 깃발의 의미를 이해하고 있는 사람들이 그들을 비집고 깃발로 모여들었다. 폐쟈와 사모일로프, 그리고 구세프 형제가 빠벨의 곁에 붙었다. 고개를 푹 숙인 베소프쉬꼬프가 군중을 밀어젖히고 있었다. 그리고 어머니가 잘 알지 못하는 젊은이들이 이글이글 타오르는 두 눈을 번뜩이며 그녀를 자꾸 떠다밀고 있었다.

「전 세계 노동자 만세!」 빠벨이 외쳤다. 모두가 기운이 솟고 기쁨에 싸여 정신을 아찔하게 할 정도의 소리로 수천의 메아리를 만들며 그의 구호에 대답하는 것이었다.

어머니는 베소프쉬꼬프의 손과 그 밖의 몇 명의 손을 더 잡았다. 터져 나오려는 눈물에 숨이 막힐 지경이었지만 끝내 울지는 않았다. 다리를 부들부들 떨면서 덜덜거리는 입술로 겨우 말을 내뱉었다. 「오, 사랑스러운……」

베소프쉬꼬프의 곰보 자국 난 얼굴에 함빡 웃음이 피었다. 그는 깃발을 쳐다보고 깃발에 팔을 뻗으면서 뭐라고 중얼거리더니 느닷없이 어머니의 목을 감싸 안고 입을 맞추고 나서 웃었다.

「동지들!」 우끄라이나인이 부드러운 목소리로 군중의 웅성거림을 억제시키며 소리쳤다. 「우리는 이제 새로운 신, 빛과 진실의 신, 이성과 선(善)의 신의 이름으로 교회 행렬처럼 행진을 시작하겠습니다. 우리의 목적지는 멀고도 험합니다만, 면류관만은 가까이 있습니다. 누가 진리의 힘을 믿지 못합니까, 진리를 위해 죽음을 무릅쓸 용기가 없는 자 또한 누구며, 자기 자신을 믿지 못하고 고통을 두려워하는 자가 과연 누구란 말입니까? 우리들 가운데 그런 사람 있으면 옆으로 비켜서십시오. 우리는 우리의 승리를 믿는 사람들만을 초대하고자 합니다. 우리의 목적지가 보이지 않고 우리와 함께 나아가기를 꺼리는 사람들 앞에는 오직 고통만이 기다리고 있을 것입니다. 대열을 맞추십시오. 동지들! 해방 노동자의 축제 만세! 메이데이 만세!」

군중은 더욱 모여들어 발 디딜 틈이 없을 정도였다. 빠벨이 깃발을 흔들자 깃발은 공중에서 펄럭이며 앞으로 헤엄쳐 나갔다. 햇빛을 받아 벌겋게 물든 데다 함빡 웃음을 지은 모양 그대로였다.

낡은 세계를 깨부수자…….

페쟈 마진의 목소리가 메아리치자 수십 명의 목소리가 거센 파도를 이루며 그의 목소리를 받쳐 주었다.

우리들의 발로 그 잔재를 짓밟아 버리세…….

어머니는 격렬한 미소를 입가에 머금고 페쟈의 뒤를 따랐다. 그의 머리 너머로 아들과 깃발이 보였다. 그녀의 주위에선 기쁨에 넘치는 듯한 얼굴들, 다채로운 눈동자들이 명멸하고 있었으며 앞장을 서서 나아가고 있는 것은 그녀의 아들과 안드레이였다. 두 사람의 목소리가 들려왔다. 안드레이의 부드럽고 녹녹한 목소리가 아들의 낮고 굵은 음성과 조화를 이루며 다른 함성들과 뒤엉켜 버렸다.

일어나세, 깨어나세, 노동자들이여,
투쟁으로 떨쳐 일어나세, 굶주린 민중이여…….

그리고 노동자들이 환호성을 울리며 붉은 깃발로 달려와서는 군중과 합세해서 앞으로 전진해 나갔다. 그들의 함성은 이내 노랫소리에 묻혀 버렸는데, 그 노래는 바로 전에 집에서 조용조용 부르곤 했던 노래였다. 그러나 이제 거리에 나온 그 노래는 무서운 힘으로 일률적으로 곧바로 흘러넘치고 있었다.

그녀의 가슴에선 강철 같은 용기가 꿈틀거렸다. 그녀는 사람들에게 미래를 향한 머나먼 길에 동참할 것을 호소하면서 그 길 앞에 가로놓여 있는 난관에 대해 이야기하고 있었다. 그녀의 가슴 안에 질러진 거대하면서도 온순한 불길 속에서는 지난 과거의 암울한 찌꺼기, 길들여진 감정의 고통스러운 응어리가 녹아내렸고, 새로운 그 무엇에 대한 저주받을 공포도 잿더미로 변해 버렸다.

놀란 듯하면서도 기뻐 들떠 있는 누군가의 얼굴이 어머니의 옆에서 흔들거리더니 불쑥 떨리는 목소리로 울먹이면서 소리쳤다. 「미쨔, 어딜 가는 거니?」

어머니가 발걸음을 멈추지도 않고 말했다. 「그냥 내버려 두시구려. 너무 걱정하지 않아도 될 거요. 나도 처음에는 겁이 났지만, 보시오. 저기 앞장서 걸어가는 게 바로 내 아들이라오. 깃발을 들고 가는 애가 바로 내 아들이란 말이오.」

「어디로 가는 거요, 그래? 저기 군인들이 있는데. 도적놈들 같으니……」 그리고 느닷없이 뼈가 앙상한 손으로 어머니의 손을 덥석 쥐고서 키 크고 빼빼한 여인네가 소리쳤다. 「이봐요, 사람들이 노래를 부르고 있어요, 미쨔도 부르고……」

「걱정하지 말아요!」 어머니는 이렇게 중얼거리고는 생각했다. 〈이건 성스러운 일이라오. ……한번 생각해 보시오. 만약에 그리스도가 사람들을 위해 죽음을 당하시지 않았다면 어디 그리스도가 계시기나 하겠소!〉 이런 생각이 어머니의 뇌리를 번개처럼 스치고 지나가자, 어머니는 자신의 명백하고도 간단한 진실에 깜짝 놀랐다. 어머니는 그 여인네의 손을 꼭 눌러 잡고 얼굴을 바라보면서 확신에 가득 찬 미소를 흘리며 반복했다. 「그리스도가 사람들을 위해 죽음을 당하시지 않았다면 그리스도란 없었을 거요, 오 하느님!」

시조프가 어머니 곁에 나타났다. 그는 모자를 벗어 노랫가락에 맞추어 흔들면서 말했다. 「정말 숨기는 거 없이 당당하지 않소, 아주머니? 안 그래요? 노래까지 만들고. 이게 무슨 노랩니까, 예?」

짜르에겐 전쟁터에 내보낼 병사가 필요하다네.
자식까지도 기꺼이 바치리로다…….

「아무것도 무서워하는 것 같지 않아요. 하지만 무덤 속에 잠들어 있는 내 자식 놈도……」 시조프가 말했다.

어머니는 가슴이 너무도 세차게 요동쳐서 뒤로 처지기 시작했다. 사람들이 그녀를 담 쪽으로 바짝 밀쳐 대며 그녀의 옆을 지나갔다. 한마디로 사람의 물결이었다. 정말로 많은 사람들이 모여든 것을 보자 어머니는 흡족한 마음에 어찌할 바를 몰랐다.

일어나세, 깨어나세, 노동자들이여…….

흡사 거대한 청동 트럼펫이 허공에 대고 노래를 불러 어떤 사람의 가슴에 투쟁의 준비를 호소하고, 또 어떤 사람의 가슴엔 어렴풋한 기쁨, 어떤 새로운 그 무엇에 대한 예감, 강렬한 호기심을 불러일으키기도 하면서 사람들을 일깨우는 것 같았다. 그럼으로 해서 여기선 어렴풋한 희망의 설렘을 불러일으키는가 하면, 또 저기에선 해가 갈수록 누적되어 온 적의의 신랄한 돌파구를 열어 보이기도 했던 것이다. 모든 사람들은 공중에서 빨간 깃발이 펄럭이며 나부끼는 앞을 바라보고 있었다.

「전진합시다! 참 장한 일이야, 젊은이들이!」 누군가의 승리에 도취된 듯한 목소리가 울렸다. 분명 그 사람은 어떤 커다란 그 무엇을 느끼면서도 흔히 쓰는 말로는 도저히 표현할 길이 없어 서툰 말로 대신하는 것임에 틀림없었다. 그러나 적의에 가득 찬 목소리도 들려왔다. 그것은 분명치 않으면서도 맹목적인 적의로 가득 차 쏟아지는 빛에 혼비백산하여 똬리를 틀고 있는 뱀이 쉬쉬 소리를 내고 있는 것 같았다.

「이단자 놈들!」 누군가가 창문에서 불끈 쥔 주먹으로 을러대며 발작적인 목소리로 고함을 쳤다.

그리고 송곳으로 가슴을 쑤시는 듯한 누군가의 고함 소리가 집요하게도 어머니의 귀에서 쟁쟁거렸다. 「황제 폐하에 대해, 짜르의 위대함에 대해 반기를 들다니! 반역을 하자는 거야?」

흥분에 도취된 얼굴들이 어머니를 빠르게 앞질러 갔다. 남자고 여자고 할 것 없이 모든 사람이 깡충거리거나 내달리면서 노래가 이끄는 시커먼 용암처럼 흘러내리고 있었다. 그런데 그 노래는 소리의 중압으로 제 앞에 놓여 있는 모든 걸 갈아엎으면서 길을 말끔히 청소하는 것 같았다. 멀리 붉은 깃발을 쳐다보자 보이지도 않는 아들의 얼굴, 구릿빛 이마, 그리고 믿음의 불꽃으로 활활 타오르는 두 눈이 보이는 듯했다.

그러나 그녀는 군중의 맨 끝에서 한 무리의 사람들에 둘러싸여 걸어가고 있었다. 그들은 전혀 서두르는 기색도 없이 무관심한 시선을 앞으로 던지며 마치 이 구경거리의 결말을 익히 알고 있는 관중처럼 냉담한 호기심만을 갖고 있는 터였다. 그들은 걸어가면서 크지 않은 목소리로, 하지만 확신에 가득 차서 이야기를 주고받고 있었다.

「분명 1개 중대가 학교 쪽에 있고 다른 중대가 공장 쪽에 있어……」

「지사가 왔어……」

「정말?」

「이 눈으로 똑똑히 봤다고, 정말 왔다니까!」

누군가가 유쾌한 듯 지독한 욕설을 퍼붓고는 쾌재를 불렀다. 「어쨌든 놈들이 우리의 형제들을 무서워하기 시작했어. 군대도 그렇고 지사도 그렇고.」

「이봐요들!」 어머니는 가슴이 두근거렸다.

그러나 어머니의 귀에 들려오는 말들은 모두 냉담해서 죽은 거나 진배없는 것들뿐이었다. 어머니는 이 사람들에게서 벗어나려고 빠른 걸음을 더 다그쳤다. 굼벵이처럼 느린 그들의 걸음걸이를 앞지르는 것은 손쉬운 일이었다.

그러나 갑자기 마치 무엇인가에 머리를 한 방 얻어맞은 것처럼 군중이 제대로 몸을 가누지도 못하고 뒤로 쏠려 버렸다. 여기저기서 불안에 떠는 듯한 신음 소리가 마구 튀어나왔다. 노랫소리도 처음엔 사뭇 떨리는 듯했지만 이내 더욱 빨라지고 더욱 커졌다. 또다시 노랫소리가 거대한 파도처럼 위아래로 넘실거렸다. 목소리들이 너 나 할 것 없이 화음에서 빠져나와 저마다의 환호성으로 바뀌어 버렸다. 노랫소리를 종전의 높이로 끌어올리고, 또 앞으로 떠밀어 내려고 애쓰면서.

　　일어나세, 깨어나세, 노동자들이여,
　　적을 향해 나가세, 굶주린 민중이여…….

그러나 이 함성에는 일률적이고, 흔들리지 않는 확신은 없었으며 이미 불안이 느껴지고 있었다.

아무것도 보이지 않는 통에 앞에서 무슨 일이 일어났는지 알 수가 없어서 어머니는 군중을 밀어젖히며 빠르게 앞으로 밀고 나가 보았지만 사람들이 여전히 그녀 쪽으로 뒷걸음치고 있었다. 고개를 숙이고 얼굴을 잔뜩 찡그린 사람이 있는가 하면, 어떤 사람은 부끄러운 듯 웃고 있었고, 또 어떤 사람은 조롱하는 듯한 휘파람을 불고 있었다. 그녀는 그들의 얼굴을 우울한 마음으로 바라보았다. 그녀의 두 눈은 말없이 그들에게 질문을 퍼붓고 뭔가를 호소하고 있었다.

빠벨의 목소리가 들렸다. 「동지들! 병사들도 우리와 똑같은 사람들입니다. 그들은 우릴 치지 않을 겁니다. 무엇 때문에 우릴 친단 말입니까? 우리가 모두에게 절실한 진실을 퍼뜨리기 때문입니까? 이 진실은 그들에게도 역시 필요한 것입니다. 그들이 비록 아직 이것을 깨닫고 있진 못하지만, 그들도 우리와 나란히 어깨를 걸고 일어서고, 약탈과 살인의 깃발이 아닌 우리 해방의 깃발 아래, 포부도 당당히 행진할 날이 머지않았습니다. 그리고 그들이 우리의 진실을 하루라도 빨리 깨닫게 하기 위해 우리는 전진해야만 합니다. 전진합시다. 동지들! 언제고 전진뿐인 것입니다.」

빠벨의 목소리는 단호하게 울려 퍼졌고 그의 말 한마디 한마디가 사람들의 가슴에 똑똑히 아로새겨졌다. 그러나 군중의 대열은 허물어져 한 사람 한 사람 좌우 양편에 늘어서 있는 집으로 떨어져 나가거나 담벼락에 바싹 붙어 버렸다. 이제 군중은 빠벨을 정점으로 해서 쐐기 모양이 되었다. 그리고 빠벨의 머리 위에선 노동자의 깃발이 붉게 타오르고 있었다. 군중은 검은 새의 모양 바로 그것이었다. 양 날개를 한껏 벌리고 비상해서 하늘을 날 채비에 온 신경을 곤두세우고 있는 새였다. 빠벨이 그 새의 부리였음은…….

28

 어머니가 보니 거리의 끝에 얼굴 없는 천편일률적인 사람들이 광장으로 빠져나가는 길목을 회색 담장을 친 것처럼 막고 서 있었다. 그들 개개인의 어깨 위에선 줄지어 늘어선 날카로운 총검들이 싸늘하면서도 예리하게 번뜩이고 있었다. 그리고 입을 꾹 다물고, 꼼짝도 안 하고 버텨 선 그 벽으로부터 노동자들에게로 싸늘한 바람이 불어왔다. 그 바람은 어머니의 가슴을 응시하다가는 이윽고 심장을 꿰뚫어 버렸다.

 그녀는 군중 속을 밀고 들어갔다. 낯이 익은 사람들이 깃발 있는 대열의 앞에 서서 잘 모르는 사람들과 뒤엉켜 있었다. 마치 그들에게 의지라도 하고 있는 것 같았다. 그녀는 키가 크고 면도를 말쑥하게 한 사내와 꽉 붙어 섰다. 애꾸눈인 그는 그녀를 보려고 갑자기 고개를 돌렸다.

 「당신 뭐요? 누구기에 그러오?」 그가 물었다.

 「빠벨 블라소프의 어미요.」 그녀는 다리가 후들거리고 아랫입술이 자기도 모르게 떨리는 것을 느끼면서 대꾸했다.

 애꾸눈이 말했다. 「아하!」

 빠벨이 소리쳤다. 「동지들! 기운을 내서 전진합시다, 우리에겐 다른 길이란 없습니다.」

 잠잠해졌다. 긴장감이 감돌았다. 깃발은 높이 솟구쳐 흔들거리며 사람들의 머리 위에서 나부끼다가 경쾌하게 병사들로 만들어져 있는 회색 벽을 향해 움직여 나갔다. 어머니는 몸이 부들부들 떨려 눈을 뜰 수가 없었다. 어머니는 비명을 지르지 않을 수 없었다. 빠벨과 안드레이, 사모일로프, 폐쟈 이렇게 넷이서만 군중의 대열에서 떨어져 나가고 있는 것이 아닌가!

그러나 공기 중에선 폐쟈 마진의 맑은 목소리가 느릿느릿 진동하기 시작했다.

그대 머리 위엔 죽음의 그림자가 드리워졌다네…….

그가 노래를 부르기 시작했다.

투쟁 속에…… 파멸의…….

굵고 낮은 목소리가 두 번의 무거운 탄식으로 응답했다. 사람들이 잔걸음으로 땅을 때리며 앞으로 걸어 나갔다. 단호하고 과단성 있는 새로운 노래가 흘러나왔다.

그대 모든 걸 바쳤네, 그를 위해서…….

폐쟈의 목소리가 밝은색 리본처럼 굽이쳤다.

해방을 위해…….

우정 어린 동지들의 노랫소리가 뒤를 따랐다.
한편에서 누군가가 기분 나쁜 고함을 질렀다. 「아하 —! 장송곡을 부르고 있군, 개새끼들…….」
「저놈들을 때려죽여라!」 성난 고함 소리가 들렸다.
어머니는 두 손을 모아 가슴에 대고 주위를 둘러보았다. 조금 전까지만 해도 거리를 빽빽이 메우고 있던 군중이 이젠 선 자리에서 주저주저하면서 깃발을 든 사람들이 무리를 벗어나는 것을 멍하니 지켜만 보고 있는 것이었다. 한 열 명 남짓한 사람들이 그들의 뒤를 따라 전진하고 있었는데, 걸음 하나하나마다 마치 길 한복판이 불에 달구어져 발바닥이 데기라도 한 것처럼 옆으로 비켜서는 것이었다.

전제 정치는 멸망하리…….

페쟈의 귀에는 그 노랫소리가 예언처럼 들렸다.

민중은 부활하리라…….

힘 있는 목소리들이 어우러진 합창이 확고하면서도 준열하게 선창의 뒤를 따랐다.

그러나 화음이 제대로 맞춰진 노랫소리를 뚫고 나직한 말 한마디가 툭 튀었다. 「명령이 떨어진다…….」

「앞에 — 총!」 앞쪽으로 날카로운 명령 소리가 들렸다.

군인들이 일제히 공중에서 총검을 흔들더니 밑으로 내려 깃발을 향해 쭉 내뻗고는 교활한 웃음을 흘리고 있었다.

「앞으로 — 가!」

「온다!」 애꾸눈 사내는 이 한마디를 남기고는 호주머니에 두 손을 찔러 넣고 큰 걸음으로 성큼성큼 길옆으로 비켜섰다.

어머니는 눈도 꿈쩍 않고 정면을 똑바로 응시하고 있었다. 마치 물결과도 비슷한 회색의 병사들이 앞뒤로 줄을 맞추면서 거리가 꽉 차도록 산개 대형으로 벌려 서 은빛으로 번쩍거리는 파도가 일렁이듯 총검을 앞으로 내뻗고서 오싹하리만큼 일사불란하게 전진해 왔다. 그녀는 큰 걸음으로 아들에게 바투 다가가 바로 옆에 버티고 서서 안드레이가 빠벨의 앞으로 걸어가 자기의 기다란 몸으로 그를 둘러싸는 것을 보았다.

「내 옆으로 와, 동지!」 빠벨이 거칠게 소리쳤다.

안드레이는 노래를 부르고 있었는데, 손으로 뒷짐을 지고 고개는 위로 쳐든 채였다. 빠벨은 그를 어깨로 밀치고 다시 소리쳤다. 「옆으로 서! 그래선 안 돼! 선두는 깃발이 서야 한다고.」

「해산하라!」 키가 작은 장교 하나가 허연 구두를 휘두르며 날카로운 목소리로 외쳤다. 그는 무릎을 굽히지도 않고 두 발을 높이 들어 올렸다가 발뒤꿈치로 땅바닥을 신경질적으로 내리밟았다. 어머니의 눈에 번쩍번쩍 광이 나도록 잘 닦인 장화가 언뜻 보였다.

장교의 바로 왼쪽 조금 뒤에서 큰 키에 면도를 말끔히 하고 두툼한 백발의 콧수염을 기른 사내가 무거운 발걸음을 떼어 놓고 있었다. 그는 붉은색 밑줄을 댄 기다란 회색 외투와 재봉선에 노란 줄을 수놓은 바지 차림이었다. 그도 역시 우끄라이나인과 마찬가지로 뒷짐을 진 자세로 짙은 백발의 눈썹을 위로 치켜뜨고 빠벨을 노려보고 있었다.

어머니는 끝없이 많은 것들을 보았다. 가슴 한구석엔 숨을 쉴 때마다 제멋대로 찢겨 나올 채비도 되어 있음 직한 우렁찬 외침이 우뚝 버티고 서 있었다. 그 외침에 숨이 콱콱 막혔지만 어머니는 가슴을 손으로 쥐어뜯으며 그걸 억지로 참았다. 사람들에 이리 쏠리고 저리 쏠리면서도 그녀는 후들거리는 다리를 끌고 아무 생각도 없이, 거의 아무런 의식도 없이 앞으로 걸어 나가고 있었다. 그녀는 자기 뒤에 사람들의 숫자가 갈수록 적어지는 것을 느꼈다. 차갑고 거센 파도가 들이덮쳐 그들을 말끔히 쓸어 가 버린 것이었다.

붉은 깃발을 든 사람들과 촘촘한 쇠사슬처럼 빽빽이 들어서 있는 회색 군복의 사람들과의 거리가 점점 가까워짐에 따라 병사들의 얼굴이 한결 똑똑히 보였다. 그들은 산개 대형으로 길을 가득 메우고 더럽고 누르스레한 땅바닥을 향해 몰골 사나운 모습으로 잔뜩 몸을 숙이고 있었다. 온갖 잡다한 색깔로 번뜩이며 흩뿌려져 있는 눈들, 그리고 그 바로 앞에서 잔인하게 빛나고 있는 가늘고 날카로운 총검들……. 아직 찌르지는 않았지만 그들은 사람들의 가슴, 가슴을 향해서 총검을 겨누고 한 사람씩 떼어 내면서 군중의 대오를 깨부수고 있었다.

어머니는 자기의 뒤에서 들려오는 달아나는 사람들의 발소리를 들었다. 의기소침한 떨리는 목소리들이 여기저기서 들려왔다.

「흩어지게, 젊은이들!」

「블라소프, 뛰어!」

「뒤로, 빠벨!」

「깃발을 내던져, 빠벨! 이리 주게, 내가 갖고 있을 테니!」베소프쉬꼬프가 비통한 목소리로 말했다.

그가 손으로 깃대를 움켜잡았다. 깃발이 뒤쪽으로 기우뚱했다.

「그만둬!」빠벨이 외쳤다.

베소프쉬꼬프는 마치 데기라도 한 것처럼 손을 축 늘어뜨렸다. 노랫소리도 스멀스멀 사그라졌다. 사람들이 걸음을 멈추고 빠벨을 단단히 에워쌌지만 빠벨은 그래도 앞으로 나아가고 있었다. 갑작스레 침묵이 흘렀다. 마치 침묵이 이대로 내려와 투명한 구름이 되어 사람들을 감싸 안은 듯싶었다.

깃발 밑에는 스물 남짓한 사람밖에 남아 있지 않았다. 그들은 하나같이 꿋꿋하게 버티고 서 있었다. 왠지 어머니는 그들에 대한 두려움이 앞서면서도 그들에게 무슨 말인가를 해야만 할 것 같은 복잡한 기분에 휩싸였다.

「저걸 뺏어 버려, 중위!」키가 큰 영감태기의 단조로운 목소리가 들렸다.

그는 팔을 뻗어 깃발을 가리켰다. 키가 땅딸한 장교가 빠벨에게 달려들어 한 손으로 깃대를 낚아채며 째지는 목소리로 고함을 쳤다.「내려!」

「손을 치워!」빠벨이 큰 소리로 말했다.

깃발이 공중에서 좌우로 흔들리며 뻘겋게 나부끼더니 다시 곧게 세워졌다. 장교는 깃대에서 떨어져 나가 땅바닥에 엉덩방아를 찧었다. 베소프쉬꼬프가 움켜쥔 주먹을 휘두르며 의아스러울 정도로 빠르게 어머니의 곁을 미끄러지듯 지나쳐 갔다.

「저놈들을 붙잡아!」 늙은이가 발로 땅을 구르며 째지는 목소리로 고함쳤다.

병사 몇 명이 앞으로 튀어나왔다. 그들 가운데 하나가 개머리판을 휘두르자 깃발이 부르르 떨리더니 땅으로 기울어져 결국엔 일단의 회색 병사들 속으로 사라져 버렸다.

「억!」 누군가가 비통한 신음 소리를 냈다.

어머니는 야수와도 같은 성난 목소리로 고함을 쳤다. 그러나 병사들 사이에서 빠벨의 또렷또렷한 목소리만이 들려올 뿐이었다. 「안녕히 계세요, 어머니! 안녕히 계세요, 사랑하는……」

〈죽진 않았어. 날 잊고 있지는 않았어.〉 두 가지의 생각이 언뜻 떠올랐다.

「안녕히 계세요, 녠꼬!」

그녀는 발돋움을 하고 손을 흔들면서 둘을 보려고 했지만 병사들의 머리 위로 안드레이의 둥글넓적한 얼굴만이 보였다. 웃음 띤 얼굴로 인사를 하고 있었다.

「내 사랑하는…… 안드류샤! ……빠샤!」 그녀는 외쳤다.

「잘들 있으시오, 동지들!」 그들은 병사들에 둘러싸여 외치고 있었다. 몇 번인가 동강동강 끊어지는 대답들이 메아리쳤다. 그 대답은 창문에서, 어디선가 높은 곳에서, 지붕에서 들려오고 있었다.

29

 어머니의 가슴을 떠다미는 사람이 있었다. 어머니는 자기 바로 앞에 서 있는 장교를 어릿한 눈으로 쳐다보았다. 그는 불그레한 얼굴에 억지웃음까지 짓고서 소리치는 것이었다. 「꺼져 버려, 이 할망구야!」
 어머니는 그자를 아래위로 살피다 그자의 발밑에 깃대가 짓밟혀 있는 것을 보았다. 깃대는 두 쪽으로 동강 난 채였는데, 한 쪽에 그래도 빨간 깃발이 대롱대롱 매달려 있었다. 어머니는 허리를 숙이고 그것을 들어 올렸다. 장교는 어머니의 손에서 깃대를 낚아채더니 옆으로 냅다 집어 던지고 나서 발로 마구 짓이기면서 소리쳤다. 「꺼져 버리란 말 안 들려?」
 병사들 사이에서 돌발적으로 노랫소리가 튀어나왔다.

  일어나세, 깨어나세, 노동자들이여…….

 사위가 온통 빙글빙글 돌고 흔들리고 전율하고 있었고, 공기 중엔 전깃줄의 둔탁한 소음과도 비슷한 근심스러운 소음이 가득 차 있었다. 장교가 한걸음에 달려가 노기 띤 목소리로 부르짖었다. 「노래 중지시켜, 끄라이노프 상사!」
 어머니는 위태롭게 비칠거리며 깃대가 부러져 널브러져 있는 곳으로 다가가 다시 주위 들었다.
「아가리 닥치지 못해!」
노랫소리는 길을 잃고 망설이다 두려움에 떨고 설움에 찢겨 스멀스멀 사위어 갔다. 누군가가 어머니의 어깨를 잡고는 옆으로 틀어 등을 세차게 밀었다.
「가라고, 꺼져 버리란 말야……」
「거리를 싹 쓸어버리겠다!」 장교가 소리쳤다.
어머니는 한 열 발짝 떨어진 곳에 군중들이 빽빽이 모여 선 것을 보았다. 그들은 으르렁거리고, 투덜대고, 휘파람을 불며 야단이었지만, 그러면서도 느릿느릿 길거리 한복판을 빠져나와 집으로들 빨려 들어가고 있었다.
「꺼져 버려, 제기랄!」 콧수염을 기른 새파랗게 젊은 병사가 어머니의 귀에다 바짝 대고 소리를 지르고는 어머니를 한길로 떠다밀었다.
어머니는 깃대에 몸을 의지하고서 비칠거리는 다리를 억지로 떼어 놓으며 걸음을 옮겼다. 넘어지지 않으려고 한쪽 팔로 벽과 담을 더듬었다. 앞에서 사람들이 뒷걸음질치고 있었고 바로 뒤에선 병사들이 꽥꽥 고함을 쳐대면서 따라오고 있었다.
「꺼져, 꺼지라고……」
병사들이 앞질러 가자 어머니는 멈추어 서서 사위를 둘러보았다. 저쪽 길모퉁이에선 역시 병사들이 광장으로 빠져나가는 출구를 차단하고서 촘촘한 쇠고랑처럼 버티어 서 있었다. 광장은 휑뎅그렁 비었다. 전면에도 회색 군복의 모습들이 사람들에게 천천히 접근하며 왔다 갔다 야단이었다…….
어머니는 되돌아가고 싶었지만 다시 생각을 고쳐먹고 무턱대고 앞으로 걸어가 골목길에 다다라서는 바짝 몸을 웅크리었다. 좁고 텅 빈 골목길이었다.
다시 걸음을 멈추었다. 힘겹게 숨을 고르고서 귀를 기울여 보았다. 앞쪽 어딘가에서 사람들의 웅성거리는 소리가 들려왔던 것이다.

깃대에 몸을 의지하고서 어머니도 다시 발걸음을 떼어 놓기 시작했다. 눈썹이 치켜뜨이고 갑자기 땀이 솟았으며 입술이 파르르 떨렸다. 손을 내둘렀다. 가슴엔 무슨 말인지도 모를 말이 불꽃처럼 활활 타올라 얘기하고 싶다는, 부르짖고 싶다는 고집스러우면서도 거역할 수 없는 바람에 불을 지피고 있었다.

골목길은 갑자기 왼쪽으로 꼬부라졌다. 어머니는 구석에서 저만큼 떨어진 곳에 사람들이 무리를 지어 모여 있는 것을 보았다. 누군가의 힘차고 우렁찬 목소리가 들렸다. 「우리의 형제들이 만용을 부리느라 총검에 맞서 앞으로 걸어 나갔습니까?」

「무슨 소리야, 엉? 그들은 그저 앞으로 나갈 뿐 꿈쩍도 안 하고 있었소! 우리의 형제들은 꿈쩍도 안 했어. 게다가 전혀 두려워하지도 않았어……」

「바로 그겁니다. 빠벨 블라소프를 보시오!」

「우끄라이나인은 또 어떻고?」

「뒷짐을 지고서 웃기까지 하더라고, 세상에……」

「오, 여러분, 장하시오!」 어머니가 그때 군중을 헤집으면서 소리쳤다. 사람들이 존경스러운 눈길을 보내며 어머니에게 길을 내주었다. 누군가가 허허 웃음을 터뜨렸다.

「보십시오, 깃발을 들고 있어요! 손에 깃발을 들고 있단 말입니다!」

「조용히!」 누군가의 목소리가 엄하게 튀어나왔다.

어머니는 두 팔을 크게 벌렸다.

「내 말 좀 들어 보시오, 그리스도를 위하여! 여러분은 모두 혈육이나 마찬가지요, 모두 성실한 사람들이라오……. 무슨 일이 벌어지고 있는가를 두려워 말고 한번 둘러봐요. 평화를 위해 우리의 자식들, 우리의 피붙이들이 나아가고 있어요, 진실을 위해서 나아간단 말이오. 모두를 위해서! 여러분 모두를 위해서, 여러분의 어린 자식을 위해서 일신의 몸을 성스러운 길바닥에 내던지고 있는 겁니다. ……그들은 밝게 빛날 새날을 추구하고 진실과 정의가…… 선이 가득 넘치는 전혀 딴 세상을 바라고 있습니다. 바로 여러분 모두를 위해서!」

심장이 찢어지고 가슴은 메며 목구멍이 바싹바싹 마르는 게 타는 듯했다. 마음 깊숙한 곳에서는 모든 것, 모든 사람들을 포용하고도 남을 사랑의 말들이 꿈틀거렸고, 혀는 더욱 강렬하게, 더욱 자유롭게 움직이며 활활 타올랐다.

그녀는 모두들 입을 꾹 다물고서 자기가 하는 말에 귀를 기울이고 있는 것을 보았다. 자기를 빽빽이 둘러싼 사람들이 뭔가 깊은 생각에 잠겨 있음을 느낄 수 있었다. 마음 안에선 이제야 뚜렷해진 갈망, 사람들을 저리로, 아들과 안드레이, 그리고 병사들 손에 질질 끌려가 외로이 버려진 모든 사람들이 있는 곳으로 떠다밀고 싶은 갈망이 움트고 있었다.

주위의 침울하면서도 바짝 긴장된 얼굴들을 휘둘러보고 나서 어머니는 부드러운 목소리로 말을 이어 나갔다.

「우리의 어린 자식들이 행복을 향한 세계로 나아가고 있어요. 그들은 모든 사람들, 그리스도의 진리를 위해서 나아가고 있는 것이라오. 우리들을 악과 거짓, 그리고 탐욕으로 가득 채우고, 속박하고, 질식시키려는 모든 의도들에 대항하고 있는 거예요. 친애하는 여러분, 우리의 나이 어린 핏덩이들은 전 민중을 위해, 전 노동자들을 위해 싸워 나가고 있는 것이라오. 그들을 버리고 떠나서는 안 되고, 욕을 해도 안 되고, 외로운 길바닥에 내동댕이쳐서도 결코 안 되는 것입니다. 자기 몸 돌보듯…… 자식들의 가슴을 가슴으로 믿어 줍시다. 우리 자식들은 진리를 창조하고 진리를 위해 죽어 갈 겁니다. 그들을 믿읍시다!」

목소리가 갑자기 끊기고 그녀가 힘없이 비칠거렸다. 누군가가 그녀의 팔을 잡아 주었다.

「바로 하느님의 말씀이 아니고 뭐란 말인가! 하느님의 말씀이오. 이보시오, 여러분! 이분의 말씀을 새겨들어야 하오!」 누군가가 목멘, 그러나 흥분된 목소리로 외쳤다.

다른 사람이 또 동정 어린 말로 거들었다. 「에그, 금방이라도 죽을 것만 같군!」

힘 있는, 그리고 단호한 목소리가 그 말을 맞받았다. 「저분은 쓰러지지 않아. 우리를, 바로 우리를 일깨우는 거야. 명심하라고!」

군중들 머리 위로 높은 가락의 떨리는 목소리가 튀어 날아올랐다. 「여러분! 하나도 더럽혀진 데 없는 순수한 영혼을 지닌 나의 미쨔가 무슨 일을 했소? 그 애는 동지들을 위해서, 사랑하는 모든 이들을 위해서 행진을 한 것이오. 저분의 말씀이 옳다면 어찌 우리가 우리의 자식들을 내버릴 수 있단 말이오? 그 애들이 우리에게 뭐 잘못한 거라도 있소?」

어머니는 이 말에 온몸을 부르르 떨고는 하염없이 흐르는 눈물로 응답했다.

「집으로 갑시다, 닐로브나! 가요! 너무 기진맥진하셨소.」 시조프가 큰 소리로 말했다.

그의 얼굴은 창백했고 턱수염은 쭈뼛쭈뼛해지며 사뭇 떨렸다. 갑자기 미간을 찌푸린 그가 엄한 눈길로 모두를 쏘아보더니 몸을 곧추세우고서 똑똑하게 말했다. 「내 아들 마뜨베이는 여러분도 알다시피 공장에서 몸을 망쳤고, 그 애가 지금 살아 있다면 난 그 애를 그들이 가는 길로 기꺼이 내보냈을 거요. 그리고 이런 말도 덧붙이겠지. 〈가거라 얘야, 마뜨베이! 가거라. 그게 바로 옳은 일이요 거룩한 일이다〉 하고.」

그가 와락 덮쳐드는 슬픔을 못 이겨 말을 중단하고 잠시 입을 다물자 모두들 비통한 표정으로 역시 아무 말이 없었다. 그들은 뭔가 거대하고 새로운, 그러나 지금에 와선 결코 놀라지도 않을 그 무엇에 꽉 감싸인 듯했다. 시조프가 손을 들더니 흔들면서 계속했다. 「지금 여러분에게 말을 하고 있는 나는 여러분이 알다시피 늙은이라오. 나이 쉰셋에 이곳에서 노동을 한 지도 어언 서른아홉 해째요. 그놈들이 바로 오늘 내 조카애도 잡아갔소. 정직하고 아주 똑똑한 애라오. 그 애 역시 블라소프와 어깨를 나란히 하고 깃발을 앞세워 행진을 했어요……」

그는 손을 흔들고 몸을 움츠리고서, 어머니의 손을 잡으며 말했다. 「이 아주머니가 바로 진실을 말씀하셨소. 우리의 자식들은 거룩한 삶을 이성으로 살고자 했지만 우린 그 애들을 버리고 그 애들 곁을 떠났소! 갑시다, 닐로브나……」

「오 친애하는 여러분! 자식들을 위한 삶을, 그러면 하늘 또한 그 애들을 굽어 살필 것입니다……」 눈물을 글썽이며 어머니가 말했다.

「갑시다, 닐로브나! 자, 지팡이를 집어요.」 시조프가 그녀에게 두 동강이가 난 깃대를 주며 말했다.

어머니를 쳐다보는 모든 이들의 눈길마다 슬픔과 존경의 빛이 그득했다. 어머니를 전송하는 건 바로 그들의 동정 어린 말소리였다. 시조프가 말없이 사람들을 비켜 세웠다. 사람들은 입을 다물고 그녀에게 길을 내주고는 어머니를 따르고 싶은 설명할 수 없는 힘에 이끌리어 서두름도 없이 그녀의 뒤를 따라 걸었다. 몇 마디 주고받는 말들이 언뜻언뜻 들릴 뿐이었다.

집에 당도한 어머니는 대문 옆에서 두 동강 난 깃대에 몸을 기댄 채 사람들에게로 몸을 돌려세우고 짧은 말 한마디를 흘리며 고개를 숙였다. 「여러분, 고맙소……」

그리고 다시 자기의 생각, 자기의 가슴이 싹을 틔운 듯한 느낌이 드는 새로운 생각을 기억해 내고는 나직이 중얼거렸다. 「우리의 예수 그리스도께서 죽음을 당하시지 않았다면, 우리에게 그분은 계시지도 않았을 겁니다……」

군중은 말없이 그녀를 응시하고 있었다.

어머니는 사람들에게 다시 한 번 고개 숙여 인사하고 집으로 들어갔다. 시조프도 고개를 떨구고 그녀를 따라 들어갔다.

사람들은 문간에 서서 무언가를 열심히 이야기하고 있었다.

잠시 후 그들은 천천히 흩어지기 시작했다.

제2부

1

 그날 하루의 나머지 시간들은 도무지 갈피를 잡을 수 없는 어렷어렷한 기억과 몸과 마음을 강하게 짓누르는 피곤의 응어리 속에서 지나갔다. 키 작은 장교가 잿빛 점으로 깝신거리기도 하고, 빠벨의 구릿빛 얼굴이 어른거리기도 했으며 안드레이의 웃음기를 머금은 두 눈동자가 언뜻 스치기도 했다.
 그녀는 방 안을 서성이고 창가에 앉아 한참 거리를 내다보다가는 다시 일어나 미간을 찌푸리고 깜짝 놀라 사위를 두리번거렸다. 그러다간 또 방 안을 아무 의미도 없이 왔다 갔다 했다. 그러면서 알지 못할 그 무엇을 찾고 있었다. 물을 마셔 보았지만 여전히 갈증은 해소되지 않았고 더구나 가슴 가득한 고뇌와 울분의 뜨거운 불길은 꺼질 줄을 몰랐다. 그날 하루는 완전히 둘로 갈라졌다. 처음엔 그래도 내용이랄 수 있는 것들이 있었던 시간이었는지 몰라도 이제는 모든 것이 사라지고 그녀 앞엔 황량한 황무지만이 펼쳐져 있었다. 어렴풋한 의문이 언뜻 떠올랐다. 〈이젠 무얼 어떻게 한다지…….〉
 마리야 꼬르수노바가 찾아왔다. 그녀는 손을 흔들기도 하고 고래고래 소리를 지르기도 하며, 우는가 싶다간 어느새 미칠 듯이 기뻐 날뛰기도 했다. 또 발을 구르는가 싶더니 금세 뭔가를 제안하기도 하고, 약속을 하는가 하면, 누군가에게 욕설을 퍼붓는 등 도무지 갈피를 잡을 수 없었다. 그러나 이 모든 수선에도 어머니는 꿈쩍하지 않았다.

마리야의 새된 목소리가 튀어나왔다. 「아유, 사람들이 화나니까 대단합디다. 공장이 들고일어나고, 마침내는 모두들 들고일어났어.」

「그래요, 그래.」 어머니가 머리를 흔들며 나직이 말했다. 어머니의 두 눈은 안드레이, 빠벨과 함께 자신을 떠나 버린 지난 과거의 일에 고정되어 있었다. 그녀는 울 수도 없었다. 심장이 오그라들다 못해 멎는 듯싶었고, 입술은 물론이거니와 입안까지도 바싹 마르는 것 같았다. 손이 떨리고 등가죽이 오싹하는 소름 때문에 경련을 일으키고 있었다.

저녁때 헌병들이 찾아왔다. 어머니는 놀람도 두려움도 없이 그들을 맞아들였다. 왁자지껄하게 떠들며 들어오는 그들의 얼굴엔 은연중 뜻 모를 흐뭇함과 만족감이 퍼졌다. 누런 얼굴의 장교가 이빨을 자랑스레 드러내며 입을 열었다. 「에, 안녕하시오? 세 번째 만남인가요, 그렇죠?」

어머니는 입을 꾹 다물고서 바싹 마른 혀끝으로 입술을 문질렀다. 장교는 설교 조로 장황한 사설을 늘어놓았다. 어머니는 자기 말에 자기가 도취되는 장교에게서 경멸감을 느꼈다. 그의 말은 한마디도 그녀에게 와 닿지 않았으며 신경 쓸 일도 전혀 못 되었다. 그러다 장교가 〈그건 당신 잘못이오, 아주머니. 자식으로 하여금 신과 짜르에 대한 경외심을 갖게 하지 못한 건 말이오〉라고 말했을 때 어머니는 문 옆에 서서 그를 쳐다보지도 않고 무뚝뚝하게 대꾸했다. 「맞소, 자식들이 바로 우리의 심판관이라오. 우리가 자식들을 그런 길로 들어서게 한 것에 대해선 그 애들이 심판할 거요. 그것도 진실에 따라서.」

「뭐라고? 크게 말해 보시오!」 장교가 소리쳤다.

「내 말은 심판관은 바로 우리의 자식들이라는 거요!」 어머니가 숨을 가다듬으며 힘들여 반복했다.

그러자 장교는 화가 치미는지 무슨 말인가를 빠르게 지껄였다. 그러나 그의 말은 그냥 허공을 맴돌 뿐 어머니에겐 아무 자극도 주지 못했다.

마리야 꼬르수노바는 집 수색의 입회인이나 마찬가지였다. 그녀는 어머니 옆에 나란히 서 있었는데 어머니에게는 눈길도 주지 않고 장교가 몇 가지 질문을 던지자 당황한 나머지 어찌할 바를 몰라 허리를 굽실거리면서 두서없이 대꾸하는 것이었다. 「전 아무것도 모릅니다요, 나리! 전 일자무식꾼에다 행상으로 밥이나 빌어먹고, 워낙 미련한지라 아는 것도 없는 아주 무식쟁이 여편넵니다요……」

「그만, 입 닥쳐!」 콧수염을 들먹거리며 장교가 호통을 쳤다.

그녀는 알았다는 듯 연방 허리를 굽히고는 그의 눈에 띄지 않게 손가락으로 엿먹으라는 시늉을 하면서 어머니에게 속삭였다. 「에라, 이거나 처먹으라지!」

어머니의 몸수색을 하라는 명령이 마리야에게 떨어졌다. 마리야는 눈을 끔벅이다가 휘둥그레진 눈으로 장교를 바라보며 놀란 듯 말했다. 「나리, 제가 할 수 있는 일이 따로 있습죠, 이것만은……」

장교는 발을 구르며 고함을 치기 시작했다. 마리야는 눈을 내리깔고서 나지막이 어머니에게 말했다. 「어쩌겠수, 단추 끄르시구려, 뻴라게야 닐로브나……」 낭패감에 사로잡혀 어머니의 몸을 더듬던 그녀는 핏대 오른 얼굴로 중얼거렸다. 「아유, 저런 나쁜 놈이 어딨담. 안 그렇수?」

「거 뭐라고 지껄이는 거야?」 마리야가 어머니의 몸수색을 하고 있는 구석을 응시하면서 장교가 엄하게 소리쳤다.

「여편네 살림 걱정 했습죠, 나리!」 마리야가 깜짝 놀라 중얼거렸다.

장교가 조서에 서명하라고 명령을 하자 어머니는 서툰 손을 움직이며 눈에 잘 띄는 굵은 인쇄체 글씨로 조서에 서명을 했다.

〈노동자의 미망인 뻴라게야 블라소바.〉

「도대체 뭐라고 쓴 거야? 이게 뭐야?」 이렇게 호통을 친 장교는 혐오스러울 정도로 인상을 찌푸리고 있다가 이내 코웃음치면서 말했다. 「미개한 인간 같으니……」

그들은 돌아갔다. 어머니는 팔짱을 끼고 창가에 앉아 미동도 하지 않고, 그렇다고 어디를 쳐다보는 것도 아니면서 오랫동안 바로 앞만을 뚫어져라 응시하고 있었다. 눈썹은 치켜 올라가고 입술은 꼭 다물어 이가 다 아플 정도로 그렇게 아래턱을 바투 잡아당긴 채였다. 남포등에 기름이 다 되어 가는지 불꽃이 심지 타들어 가는 소리를 내면서 가물가물 사위어 갔다. 어머니는 남포등을 불어 끄고서 어둠 속에 가만히 앉아 있었다. 슬프디슬픈 공허감만이 먹구름처럼 그녀의 가슴에 가득했다. 심장의 고동이 점점 약해졌다. 그렇게 한참을 앉아 있자니 오금이 저리고 두 눈이 피로해졌다. 술 취한 마리야가 창문 밑에 멈춰 선 채 소리치는 소리가 들렸다. 「뻴라게야! 잠들었수? 오, 나의 지지리도 불행한 순교자여, 주무시구려!」

어머니는 옷도 갈아입지 않고 그대로 침대에 누워 흡사 깊디깊은 호수의 심연으로 빠져들듯 빠르게 깊은 꿈속으로 빠져들었다.

꿈에 시내로 향하는 길 어귀, 소택지 너머에 누런 모래 언덕이 나타났다. 그 끄트머리, 모래를 퍼 올린 작은 구덩이와 잇닿아 있는 낭떠러지 위에 빠벨이 서 있고 그 옆에선 안드레이가 조용하면서도 낭랑한 목소리로 노래를 부르고 있다.

　일어나세, 깨어나세, 노동자들이여…….

어머니는 모래 언덕의 옆길을 따라서 걷다가 손바닥을 이마에 대고서 아들을 바라보았다. 담청색 하늘을 배경으로 아들의 모습이 또렷한 선으로 그려졌다. 그녀는 아들에게 다가가기가 부끄러웠다. 왜냐하면 임신을 하고 있었기 때문이었다. 그리고 두 팔에는 갓난아기가 안겨 있었다. 앞으로 계속 걸어 나갔다. 들판에선 많은 아이들이 빨간 공을 가지고 놀고 있었다. 아기는 자꾸 어머니의 손을 밀치고 아이들 노는 데로 가려 하다가는 큰 소리로 울기 시작했다. 그녀가 아기에게 젖을 물려 주고 되돌아 와 보니 모래 언덕엔 벌써 병사들이 버티어 서서 총검을 어머니에게로 향하고 있었다. 그녀는 재빨리 들판 한복판에 서 있는 교회, 뜬구름 같은 희뿌연 교회로 줄달음질쳤다. 마치 구름으로 지어진 듯한 아주 높은 교회였다. 거기선 누군가의 장례식이 행해지고 있었는데, 새까맣고 큼직한 관은 빈틈없이 뚜껑이 꽉 닫혀 있었다. 그리고 하얀 승복을 걸친 사제와 부제가 노래를 부르며 교회 안을 서성이고 있었다.

그리스도가 무덤에서 살아나셨네…….

부제가 향을 들고 와 어머니에게 인사하고 웃어 보이는데, 새빨간 머리카락, 희색이 만면한 것이 꼭 사모일로프였다. 위쪽 둥근 지붕에는 두루마리 같은 햇살이 내리비치고, 양쪽 성가대석에서는 어린아이들이 조용조용 노래를 부르고 있었다.

그리스도가 무덤에서 살아나셨네…….

「저놈들을 잡아라!」 사제가 교회 한복판에 멈추어 서서는 느닷없이 소리쳤다. 승복이 벗겨지고 얼굴엔 희끗희끗한 콧수염이 나타났다. 모두가 도망가느라고 정신없었고 부제도 향을 내던지고 두 손으로 머리를 감싸 쥐고 줄달음을 치는데, 그 모습은 꼭 우끄라이나인이었다. 어머니는 안고 있던 아기를 사람들의 발밑, 마룻바닥에 떨어뜨렸다. 사람들은 겁에 질린 얼굴로 벌거벗은 아기를 쳐다보면서 그 옆을 지나쳐 뛰어갔다. 어머니는 무륲을 끓고 그들에게 애원하다시피 소리쳤다.「아기를 버리지 마시오! 아기를 데려가시오…….」

그리스도가 무덤에서 살아나셨네…….

우끄라이나인이 뒷짐을 진 채 웃으면서 노래를 불렀다.
어머니는 허리를 굽혀 아기를 안아 올려서는 널빤지 더미 위에 뉘었다. 그 옆에선 베소프쉬꼬프가 천천히 걸어가면서 너털웃음을 지으며 말했다.「난 힘든 일을 맡았어요…….」
거리는 진흙투성이였다. 집집마다 창문으로 사람들이 얼굴을 내밀고 휘파람을 분다, 고함을 친다, 손을 흔든다 하며 야단들이었다. 햇볕이 쨍쨍 내리쬐는 날씨 때문에 응달 하나 찾아볼 수 없었다.
「가십시다, 넨꼬! 삶이란 바로 그런 거예요.」 우끄라이나인이 말했다.
그러고는 노래를 불러 이런저런 소음들을 죄다 자기 목소리로 삼켜 버렸다. 어머니는 그의 뒤를 따라 걸었다. 그러나 갑자기 뭔가에 발이 걸려 넘어지며 끝없는 심연으로 빨려 들어갔다. 심연은 그녀를 향해 겁에 질린 듯 흠칫흠칫 울부짖고 있었다.
어머니는 오한으로 떨며 잠에서 깼다. 흡사 누군가의 거칠거칠하고 우악스러운 손이 가슴을 움켜잡고 손장난을 하면서 짓누르는 것 같았다. 공장 사이렌이 사람들을 고집스럽게 일터로 부르고 있었다. 어머니는 이게 두 번째 사이렌이려니 생각했다. 방 안에는 책이며 옷가지가 너저분하게 흐트러져 있었다. 모든 게 제자리에 있지 못하고 넘어지고 뒤집어진 채였을 뿐 아니라 마룻바닥은 온통 발자국으로 엉망이었다.
어머니는 자리에서 일어나 기도도 올리지 않고 방 안을 치우기 시작했다. 그리고 부엌으로 가보니 천 조각이 매달려 있는 막대기가 눈에 띄었다. 어머니는 그걸 보자마자 적을 잡은 듯 꽉 움켜잡고 벽난로 속에 집어넣으려다가 호흡을 가다듬고서 깃대에서 깃발을 떼내어 차곡차곡 조그맣게 접어서 주머니 속에 찔러 넣었다. 깃대는 무릎으로 꺾어서 여섯 등분을 해놓았다. 그런 다음, 창문과 마루를 찬물로 닦고 사모바르를 올려놓고는 옷을 갈아입었다. 부엌 창가에 앉아 다시 스스로에게 물어보았다. 〈이젠 무얼 어떻게 한다지?〉

이때껏 기도도 올리지 않은 것을 생각해 낸 어머니는 성상 앞에 잠시 서 있다가 다시 자리에 앉았다. 마음은 여전히 휑뎅그렁하였다.

사위는 이상하리만큼 조용해 흡사 어제 거리에서 함성을 질러 대던 그 많은 사람들이 오늘은 모두 제 집에 들어앉아 예사롭지 못했던 하루에 대해 생각하고 있는 것 같았다.

갑자기 언젠가 젊었을 때 보았던 광경이 떠올랐다.

자우사일로프 씨의 오래된 공원에 수련이 무성한 커다란 연못이 하나 있었다. 날씨가 흐린 가을 어느 날, 그녀는 연못을 거닐다 그 한복판에 조그만 배가 하나 떠 있는 것을 보았다. 연못은 시커멓고 고요했으며, 작은 배는 흡사 풀칠이라도 한 듯, 누런 낙엽으로 음침하게 덮여 있는 물 위에 찰싹 붙어 있었다. 사공도 없고 노도 없는 배 하나가, 썩은 낙엽으로 뒤덮인 거무튀튀한 물 위에 외로이 떠 있는 걸 보니 하염없는 슬픔과 어찌할 바 모를 비애가 밀려들었다. 어머니는 한참을 연못가에 붙박인 듯 서서 누가 왜 저 배를 가운데로 밀어 놓았을까 하는 생각에 잠겼다. 그날 저녁 사람들은 그 연못에서 자우사일로프의 아내가 빠져 죽었다는 것을 알았다. 그 여자는 작은 키에 항상 풀어헤친 새까만 머리를 흩날리며 빠른 걸음으로 걷던 여자였다.

어머니는 손으로 얼굴을 문질렀다. 여러 가지 잡다한 생각들이 어제 낮에 받았던 인상 위에 겹치며 떠올랐다. 이것저것 두서없이 생각하면서 그녀는 차갑게 식은 찻잔에 두 눈을 고정시킨 채 한참을 멍하니 앉아 있었다. 마음은 누구든 지혜롭고 솔직한 사람을 만나 많은 것을 묻고 싶은 욕망으로 불타올랐다.

마치 그런 바람에 응답이라도 하듯 점심을 먹고 난 후에 니꼴라이 이바노비치가 갑자기 불쑥 찾아왔다. 그러나 막상 그를 보자 갑자기 불안해진 어머니는 그의 인사를 받는 둥 마는 둥 조용히 입을 열었다. 「아니, 봐요. 쓸데없이 뭐 하러 찾아왔소. 위험해요. 행여 사람들 눈에 띄기라도 하는 날이면 그냥 잡혀가 버릴 텐데······.」

「아시는지 모르겠지만 전 빠벨과 안드레이, 이들 두 사람과 사전에 약속한 게 있습니다. 만약에라도 그들이 체포되면 다음 날로 어머니를 시내로 이사시키기로 말이죠.」 어머니의 손을 힘주어 부여잡은 그는 안경을 고쳐 쓰고 어머니의 얼굴에 자기의 얼굴을 바투 들이댄 채 다급한 목소리로 설명을 했다. 「그들이 벌써 집을 수색하던가요?」 그가 다정하면서도 근심 어린 어조로 말했다.

「하고말고. 속속들이 다 뒤지고 더듬고 난리였는걸. 부끄러움이나 양심이라곤 털끝만큼도 없는 사람들이오.」

「그놈들이 뭘 부끄러워하겠어요?」 니꼴라이가 어깨를 들먹이며 말을 하고 나서 어머니가 왜 시내로 옮겨야만 하는가를 조목조목 설명했다. 어머니는 친구처럼 진심으로 염려해 주는 그의 목소리를 듣고 창백한 미소를 지으며 그를 쳐다보았다. 제대로 이해도 못하면서 이해되지도 않는 이야기를 늘어놓는 이 사람에 대한 다정스러운 신뢰의 감정에 어머니 자신도 깜짝 놀랐다.

「빠샤도 원하는 일이라면야 뭘 꺼려 하겠소만······.」

그가 어머니의 말을 중간에서 가로막았다. 「그 일에 관해서라면 아무 염려 마세요. 전 혼자 몸에다가, 하나 있는 누이도 어쩌다가 한 번씩밖에 찾아오지 않으니까요.」

「공짜로 밥만 축내긴 싫은데.」 그녀가 혼잣말로 중얼거렸다.

「원하신다면 하실 일을 찾아볼게요.」

그녀에게 일의 개념이란 이제는, 아들과 안드레이가 동지들과 더불어 하고 있는 일과 떼려야 뗄 수 없는 관계를 갖는 것이었다. 어머니는 니꼴라이에게 바싹 다가앉아 그의 눈치를 살피며 다시 한 번 물었다. 「할 만한 일이 있겠소?」

「제 살림이란 게 단출하고 손님도 없어서⋯⋯.」

「내가 하는 말은 그런 집안일 같은 거 말고, 거 있지 않아요!」 어머니가 나직이 말했다.

어머니는 슬픈 듯 한숨을 내쉬었다. 니꼴라이가 자신을 이해해 주지 못하는 것이 못내 아쉬웠다. 그는 안경 너머로 웃으면서 생각에 잠긴 듯 말했다. 「아, 참! 빠벨을 면회하실 때 저번에 신문을 찍어내 주었으면 하던 그 농부들의 주소라도 물어봐 주신다면⋯⋯.」

어머니가 기뻐 소리쳤다. 「내가 그 사람들 알지! 당신이 말한 걸 다 할 수 있어요. 내가 불온 문서들을 가지고 다닌다고 누가 생각할 수 있겠소? 내가 공장에다 그것들을 실어 날랐다니까, 고맙게도!」

어머니는 불현듯 어깨에 배낭을 메고 손에는 지팡이를 들고서 숲과 논밭을 지나 어딘가로 떠나고 싶은 충동이 생겼다.

「봐요, 그 일이라면 내게 맡겨 주오, 제발 부탁이오! 당신들을 위한 거라면 어디든지 갈 수 있어요. 마을 마을 죄다 돌아다니다 보면 길도 훤해질 거야. 비가 오나 눈이 오나 쉬지 않고 돌아다닐 테요, 순례자처럼. 그런다고 그런 내 운명이 불쌍하다고 할 수 있겠소?」

하지만 집도 절도 없는 순례자가 되어 그리스도의 이름으로 농가 창문 밑에서 구걸하고 다닐 자신의 모습을 생각하니 복받치는 설움이 한꺼번에 몰려들었다.

니꼴라이가 조심스레 그녀의 손을 잡고서 자신의 따뜻한 손으로 어루만졌다. 잠시 후 시계를 들여다보더니 입을 열었. 「이 문제에 대해서는 우리 나중에 다시 이야기하기로 해요.」

「이보시오, 니꼴라이! 우리의 자식들, 정말 심장 한 조각을 떼어 주어도 아깝지 않을 우리의 자식들은 자유니 삶이니 하는 것도 모두 버리고, 게다가 목숨까지 내던지는 마당에, 어미 된 사람으로 어떻게 그냥 보고만 있으란 말이오?」

니꼴라이의 낯빛이 창백해졌다. 그는 다정한 눈길로 어머니를 찬찬히 쳐다보면서 조용히 입을 열었다. 「저도 그런 말씀 들어 보긴 처음입니다.」

「내가 무슨 말인들 할 줄 알겠소?」 어머니는 안타깝다는 듯 고개를 가로저으며 힘없이 두 팔을 내려뜨렸다. 「이 어미의 심정을 어떻게 이야기해야 할지 도무지 난……」 가슴속에 복받치는 설움에 절로 몸이 솟구쳤다. 뜨겁게 밀려드는 분노가 머리 끝까지 치밀어 말을 제대로 잇지 못했다. 「많은 사람들이…… 눈물을 흘릴 날이 올 거야. ……그 악독하고…… 양심이란 털끝만큼도 없는 그놈들까지도…….」

니꼴라이도 자리에서 일어나 다시 시계를 들여다보았다. 「그럼 일단 결정된 겁니다, 저 있는 시내로 이사하시기로.」

어머니는 말없이 고개만 끄덕였다.

「언제면 되느냐고요? 빠를수록 좋아요.」 그러고는 덧붙였다. 「전 어머님이 걱정이에요, 정말입니다.」

어머니는 놀란 듯 그를 쳐다보았다. 난 도대체 이 사람에게 무어란 말인가? 그는 그녀 앞에 서서 고개를 숙이고 당혹스러운 미소를 지어 보였다. 새우등에 근시의 눈, 평범한 검은 조끼의 차림새, 이 모두가 그에겐 전혀 어울려 보이지 않았다.

「돈 갖고 계신 거 있으세요?」 눈을 끔벅이며 그가 물었다.

「없는데…….」

그는 재빨리 호주머니에서 지갑을 꺼내 열고는 어머니 앞에 내밀었다. 「자요, 여기 있어요. 필요한 만큼 가져가세요…….」

어머니는 자기도 모르게 나오는 웃음을 억지로 참고 고개를 가로저으며 말했다. 「모든 게 정말 딴판이야. 돈도 아무 가치가 없어. 사람들은 돈이라면 사족을 못 쓰고 심지어는 제 영혼마저 팔아 치우는데 당신들에겐 그냥 돈일 뿐이니! 가만히 보면 당신들에게 돈이란 건 사람들에게 친절을 베풀 때나 필요한 것 같구려……」

니꼴라이가 나직이 말했다. 「지긋지긋하리만큼 치사하고 더러운 게 바로 돈이에요. 줄 때건 받을 때건 항상 거북살스럽다니까요…….」 그는 어머니의 손을 잡고 자신의 손에 힘을 주고서 다시 한 번 다짐을 했다. 「되도록이면 빨리 오셔야 해요.」

그러고는 언제나처럼 조용히 떠났다.

그를 배웅하면서 그녀는 언뜻 이런 생각을 했다. 〈정말 선량한 사람이야, 그렇게 걱정해 주지 않아도 될 텐데…….〉

그런데 이런 생각을 하면서 뭔가 불쾌하기도 하고 좀 놀랍기도 한 것이 도무지 이해할 수가 없었다.

2

 어머니는 그가 다녀간 지 사흘이 지나서 그에게로 이사를 했다. 짐이라고는 궤짝 두 개인 걸 짐마차에 싣고 공장촌을 떠나 들판을 가로질러 가면서 뒤를 돌아다보니 이젠 그곳도 마지막이라는 생각이 불현듯 마음을 아프게 했다. 그곳은 그녀의 삶에서 가장 어둡고 괴로운 시절을 보냈던 곳이면서, 다른 한편으로는 너무도 빠르게 하루하루를 집어삼키면서 슬픔과 기쁨의 어떤 새로움으로 충만되기 시작했던 곳이기도 했던 것이다.
 매연으로 검댕이 천지가 되어 버린 땅 위에는 공장 건물이 검붉은 색깔의 거대한 거미와도 같이 꿈틀거리면서 제 굴뚝을 하늘 높이 쳐들고 있었다. 공장 가까이엔 단층짜리 노동자들의 집들이 다닥다닥 붙어 있었다. 잿빛의 납작코가 되어 버린 집들은 소택지 가장자리에 새카맣게 옹기종기 모여들어 조막만 하고 어릿어릿한 창문으로 서로 서로를 애처럼 바라보고 있었다. 그 위로는 교회가 높이 솟아 있었는데 그 교회 역시도 공장 색깔에 눌려 검붉은 빛을 띠었고 그 종탑은 공장 굴뚝보다도 더 낮았다.
 어머니는 한숨을 내쉬고 외투 깃을 여미었다. 목이 꽉꽉 막혔다.
 「이럇!」 마부가 채찍으로 말 잔등을 후려치면서 소리를 질렀다. 마부는 다리가 굽어 있었는데 왠지 나이를 가늠하기 어려운 사람이었다. 얼굴과 머리엔 드문드문 빛 바랜 머리카락들이 나풀거렸고 두 눈은 이렇다 할 특색도 없이 그냥 멀건했다.

마차 옆에서 허리를 가누지 못하고 제멋대로 비칠비칠 걸어가는 그의 모습은 뭇사람들로 하여금 이 마부는 마차가 오른쪽으로 가든 왼쪽으로 가든 아무 신경도 쓰지 않고 있다는 생각을 갖게 하기에 충분했다.

「이럇!」 그는 단조로운 목소리로 연방 이렇게 중얼거리면서 진흙이 덕지덕지 붙어 무겁디무거운 장화를 질질 끌며 우스꽝스럽게도 제 굽은 발을 털레털레 내던지고 있었다. 어머니는 주위를 둘러보았다. 들판은 마음만큼이나 황량했다.

괴로운 듯 연방 머리를 내두르면서 말은 햇빛에 뜨거워진 깊은 모래땅을 힘들게 지나가고 있었다. 발이 푹푹 빠졌고 걸을 때마다 철떡철떡 소리가 났다. 칠은 홀딱 벗겨지고 거의 망가질 듯한 마차는 모든 소음을 먼지와 함께 뒤에 남겨 놓고서 삐걱거리며 굴러가고 있었다.

니꼴라이 이바노비치는 도시 변두리, 인기척이라고는 전혀 없는 황량한 거리에 오래되어 낡을 대로 낡은 시커먼 2층집에 붙여 지은 사랑채에서 살고 있었다. 녹색으로 칠을 해놓은 조그만 사랑채였다. 사랑채 바로 앞에는 자그마한 정원이 있었는데 라일락과 아카시아 나뭇가지들, 그리고 갓 심은 백양목의 은빛 잎사귀들이 창문으로 방 안을 들여다보고 있었다. 방 안은 조용하고 깔끔했으며 마룻바닥엔 온갖 무늬의 그림자들이 소리 없이 떨리고 있었다. 또 벽이란 벽엔 책들로 꽉 찬 선반들이 줄지어 튀어나와 있을 뿐만 아니라 그 사이사이엔 어딘가 엄해 보이는 사람들의 초상화가 걸려 있었다.

「이 방이 쓰시기에 괜찮을 거예요.」 니꼴라이가 어머니를 그리 크지 않은 방으로 인도하며 말을 건넸다. 창문 하나는 정원으로 나 있고, 또 하나는 풀로 무성한 마당으로 나 있는 방이었다. 그리고 벽은 죄다 책장과 선반으로 빈틈이 없었다.

「난 부엌이 좋은데! 밝고 깨끗한 부엌이라면······.」 어머니가 말했다.

　니꼴라이는 좀 놀라는 눈치였다. 그가 당황한 듯 굉장히 난처해하며 설득을 하는 바람에 어머니도 거절할 수 없었다. 그래도 이내 기분은 좋아졌다.

　그나마 있는 세 개의 방이 모두 나름대로의 특별한 분위기를 자아내고 있었다. 숨쉬기는 편하고 상쾌하지만 자기도 모르게 목소리를 낮추게 되는 분위기였다. 아마도 벽에서 빤히 내려다보는 초상화 속 인물들의 명상을 방해하고 싶지 않은 마음에서일 듯싶었다.

　「꽃에 물을 주어야겠군!」 창가에 놓여 있는 화분의 흙을 만져보며 어머니가 말했다.

　「예, 맞아요! 꽃을 좋아하긴 하는데 바쁘다 보니 신경 쓸 사이가 있어야지요……」 주인이 죄지은 사람처럼 말했다.

　그를 어느 정도 관찰하다 보니 어머니는 그가 자기의 보금자리인 이 집에서도 걸음걸이를 조심하고 있다는 걸 알았다. 그를 둘러싼 모든 것들이 그와는 거리가 멀 뿐만 아니라 전혀 어울리지도 않는 것 같았다. 그는 이전에 이미 다 보았던 물건도 얼굴을 바싹 들이대고는 가냘픈 오른손 손가락으로 안경까지 고쳐 써가면서 무슨 큰 흥밋거리라도 바라보듯이 실눈을 뜨고 입을 실룩거리면서 유심히 살피는 것이었다. 가끔 물건을 손에 들고 바로 코앞에까지 들이대고는 두 눈으로 꼼꼼히 더듬거리는 걸 보면서, 그가 어머니와 함께 자기 방에 들어갈 때도 어머니와 마찬가지로 전혀 낯설고 서툰 사람처럼 행동했던 이유를 조금은 이해할 수 있을 것 같았다. 일단 그런 생각을 하고 나니 이 집이 꼭 내 집이나 된 듯이 마음이 포근해졌다. 어머니는 틈나는 대로 니꼴라이의 뒤를 졸졸 따라다니면서 뭐가 어디에 놓여 있는지, 또 여기에서의 생활 방식 같은 것을 물었다. 그럴 때면 그는 마치 죄인이라도 된 듯이 대답을 하는 것이었다. 물론 그래야만 한다는 것을 모르는 바는 아닌데 달리 어떻게 할 방도가 없었다는

식의 그런 대답이었다.
 꽃에 물을 주고 피아노 위에 너저분하게 흐트러져 있는 악보들을 차곡차곡 쌓아 놓은 다음, 어머니는 사모바르를 바라보며 말했다. 「좀 닦아야겠어……」
 그는 손가락으로 광택이라곤 전혀 없는 금속을 문지르고서 손가락을 코밑에다 대고 신중하게 냄새를 맡아 보았다. 어머니는 그걸 보고 부드러운 미소를 지어 보였다.
 어머니는 잠자리에 들어 지난날들을 생각해 보다가 놀란 듯 베개에서 머리를 들고 주위를 둘러보았다. 생전 처음 남의 집에서 자 보는 것인데도 불구하고 전혀 어색한 기분이 들지 않았다. 니꼴라이에 대해서 찬찬히 생각해 보면서 어머니는 그를 위해서라면 무슨 일이든 최선을 다하고 그의 삶에 뭔가 따뜻하고 다정한 그 무엇을 불어넣어 주고 싶은 욕망이 불현듯 생겼다. 니꼴라이의 서툴고 절로 웃음이 터져 나올 것 같은 미숙함, 그리고 일상적인 평범한 일과도 벽을 쌓고 지내는 고독이라 할 수 있는 성격, 그에 덧붙여 두 눈에 반짝이는 어린애 같은 영특함, 이 모든 것이 어머니의 가슴에 강하게 와 닿았다. 다음엔 생각이 벌써 아들에게까지 미쳤다. 그녀의 앞에는 다시 새로운 의미를 일깨워 주고 새로운 소리들로 온통 감싸인 메이데이, 그날이 아스라이 펼쳐졌다. 게다가 그날의 슬픔은 예전의 슬픔과는 질적으로 달라, 턱이 얼얼할 정도로 호되게 한 방을 날려 머리를 땅바닥에 처박게 하는 슬픔이 아니라 수십 개의 날카로운 꼬챙이로 가슴을 찌르고 굽었던 허리를 다시 곧추세우게 하는 그런 은밀한 분노를 불러일으키는 슬픔이었다.
 〈애들이 사람 사는 세상을 만들기 위해 나아가고 있는 거야〉 하고 어머니는 전에 들어 본 적이 없는 도시 밤거리의 소음들에 귀를 기울이며 생각했다. 그 소음들은 열린 창문으로 정원에서 들려오는 낙엽 소리와 함께 기어 들어와 마치 먼 곳에서 날아 들어와서 지치고 창백해진 것처럼 방 안에서는 스멀스멀 사라져 버리는 것이었다.

　이튿날 아침 일찍, 어머니는 사모바르를 깨끗이 씻어 물을 끓이고 소리가 나지 않도록 이것저것 설거지를 끝낸 다음 부엌에 앉아서 니꼴라이가 일어나기만을 기다렸다. 기침 소리가 들리는가 싶더니 그가 한 손엔 안경을 들고 다른 한 손으로 목을 어루만지면서 들어섰다. 아침 인사를 하고 그녀는 사모바르를 방으로 가지고 갔다. 니꼴라이는 마룻바닥에 비누 거품을 튀게 하면서 세수를 하고 있었다. 자신도 못마땅한 듯했다.

　차를 마시는 자리에서 니꼴라이가 어머니에게 말을 걸었다. 「전 지방 자치회에서 매우 끔찍한 일을 보고 있습니다. 우리네 농민들이 어떻게 피폐해 가고 있는가를 관찰하는 일이에요……」 그러고는 죄지은 사람처럼 멋쩍게 웃어 보이며 반복했다. 「굶주림에 시달릴 대로 시달린 사람들은 너무나도 젊은 나이에 무덤행이고, 아이들은 태어날 때부터 너무나 쇠약해서 가을 파리처럼 그냥 죽어 가기 일쑤예요. 우린 다 알아요, 그 비참함의 원인이 어디에 있는가를 다 알지요. 그러면서도 그런 그들을 그냥 지켜보면서 우린 월급을 받고 있어요. 그냥 그런 거예요. 특별히 무슨 큰일이라고 날을 받아 이야기할 필요도 없는……」

　「그럼 전엔 학생이었소?」 어머니가 그에게 물었다.

　「아니에요, 전 선생이었답니다. 저희 아버지가 뱌뜨까에 있는 공장 관리인이셨기 때문에 전 선생이 될 수 있었지요. 하지만 전 농부들에게 책을 나누어 주기 시작했지요. 그 때문에 감옥에 가기도 했지만요. 감옥에서 나와서는 서점에서 한동안 점원 노릇을 했는데 그 짓도 제가 조심을 덜하는 바람에 그만두게 되자 다시 감옥에 가는 신세가 되었다가 결국엔 아르한겔스끄로 유형을 가게 되었답니다. 그런데 거기서도 그 지방 지사의 눈 밖에 나는 바람에 백해 연안 촌구석으로 보내져 거기서 한 5년 살게 되었죠.」

그의 이야기는 따스한 햇빛이 꽉 들어찬 방 안에 조용조용하면서도 온화하게 울려 퍼졌다. 어머니는 이미 그런 이야기라면 여러 번 들었지만 그래도 전혀 이해할 수 없는 구석이 있었다. 그런 고통을 당하고도 어떻게 그리도 태연하게 이야기를 할 수 있고, 또 그런 고통을 당연한 것으로 여기는 이유는 무엇으로 설명될 수 있단 말인가?

「누이가 오늘 올 거예요!」 그가 말했다.

「결혼을 했다고 했던가?」

「과부지요. 남편이 시베리아로 유형을 갔다가 구사일생으로 탈출을 했는데, 2년 전에 외국에서 그만 폐병으로 죽고 말았답니다……」

「손아래 누이요?」

「아니에요, 저보다 여섯 살 위예요. 제가 신세를 많이 지고 있지요. 이제 누이가 치는 피아노 소리를 들으실 수 있을 거예요. 저게 누이 피아노지요……. 여기 있는 대부분은 다 누이 물건이고, 제 거라면 책들이나 있을까……」

「누이가 사는 곳은 어딘데?」

그가 피식 웃으며 대답했다. 「딱 어디라고 할 수 없어요. 용감한 사람이 필요한 곳이 있으면, 거기가 바로 누이 사는 데예요.」

「그럼 누이도 역시 이 운동에?」

「물론이에요.」

그가 이내 일을 하러 집을 나서자 어머니는 사람들이 밤낮을 가리지 않고 매일매일 침착하면서도 결연한 의지로 벌여 나가는 〈이 운동〉에 대한 생각에 빠져들었다. 그리고 그녀는 그런 사람들을 생각하다 보면 마치 한밤중에 거대한 산 앞에 서 있는 것 같은 자신을 발견하는 것이었다.

정오쯤 검은색 외투를 걸친, 키가 크고 균형 잡힌 몸매의 부인이 찾아왔다. 어머니가 문을 열어 주기 무섭게 그 여자는 마룻바닥에 누런색의 조그만 손가방을 집어 던지고서 다급하게 어머니의 손을 잡고는 물었다. 「아주머니가 빠벨 미하일로비치의 어머니시군요, 그렇죠?」

「그렇소만······.」 어머니는 그 여자의 값비싼 옷차림에 당황해하면서 대답했다.

「제가 상상했던 그대로세요. 동생이 아주머니께서 옮겨 와 같이 사시기로 했다고 편지를 썼더군요.」 거울 앞에서 모자를 벗으며 그 부인이 말했다. 「빠벨 미하일로비치와는 오랜 친구 사이예요. 빠벨이 어머님 말씀을 어찌나 하던지······.」

그녀의 목소리는 좀 똑똑지 못했고 게다가 말도 느리게 했음에도 불구하고 움직임만은 민첩하고 어딘가 힘이 있어 보였다. 왕방울만 한 회색 눈은 어린애처럼 초롱초롱 빛나며 눈웃음을 치고 있었지만 그래도 나이는 못 속이는지 관자놀이에는 이미 잔주름이 패었고 귀 언저리엔 희끗희끗한 머리카락이 은빛으로 반짝이고 있었다.

「배가 고프네요. 우선 커피라도 한잔 마셨으면 좋겠군요······.」 부인이 말했다.

「내 얼른 끓여 오리다.」 어머니는 대답을 하고 선반에서 커피 잔을 꺼내면서 조용히 물었다.

「정말 빠샤가 내 얘길 합디까?」

「그럼요, 얼마나 많이 했는지 몰라요······.」 그녀는 조그만 가죽 담뱃갑에서 담배 한 개비를 뽑아 피워 물고 방 안을 서성이며 물었다. 「빠벨 일이 몹시 걱정되시죠?」

어머니는 커피 주전자 밑에서 알코올 램프의 불꽃이 떨고 있는 것을 쳐다보며 미소를 지었다. 부인을 만난 당혹감은 기쁨의 심연 속으로 사라진 지 오래였다. 〈내 얘길 많이 했구나, 기특한 녀석!〉 어머니는 이런 생각을 하고는 천천히 말했다. 「물론이라오, 맘이 편칠 못해요. 하지만 이전엔 더 나쁜 경우도 있었소. 지금은 빠샤 혼자가 아니라는 것도 알고 있는데 뭐······.」 그리고 그 여자의 얼굴을 들여다보면서 물었다. 「이름이 어떻게 되오?」

「소피야예요.」 부인이 대답했다.

어머니는 찬찬히 그 여자를 살펴보았다. 부인에게선 언뜻 뭔가 자유분방하고 지나치리만큼 활달하면서도 조급한 면이 엿보였다.

그녀는 황급히 커피를 다 마시고는 똑똑한 목소리로 이야기를 시작했다. 「요는 모두들 감옥에 오래 있지는 않을 거라는 거예요. 곧 형을 언도받게 될 테니까요. 유형에 처해지는 대로 우린 곧바로 빠벨 미하일로비치를 탈출시킬 계획을 세울 겁니다. 빠벨은 여기에서 꼭 필요한 인물이거든요.」

어머니가 미심쩍은 눈초리로 소피야를 쳐다보았다. 소피야는 담배꽁초를 버릴 만한 곳이 없는지 두리번거리더니 화분에 담겨 있는 흙에다 결국 비벼 꺼버렸다.

「그러면 꽃에 별로 안 좋을 텐데!」 어머니는 무심결에 중얼거렸다.

「죄송해요. 니꼴라이도 늘 나한테 그런 말을 하곤 했죠.」 그러고는 화분에서 담배꽁초를 꺼내 창밖으로 휙 집어 던졌다.

어머니는 당혹스러운 눈길로 그녀를 쳐다보다가 미안해하며 말했다. 「내가 오히려 미안하구려! 난 그저 생각 없이 한 소린데. 내가 어떻게 부인을 훈계하겠소?」

「무슨 말씀을 그렇게 하세요? 제가 잘못하는 게 있으면 당연히 따끔하게 야단을 쳐주셔야죠.」 어깨를 들먹이며 소피야가 대꾸했다. 「커피가 준비되었나요? 고맙게 잘 마시겠습니다. 그런데 왜 잔이 하나뿐이죠? 아주머니는 안 마시세요?」 그러고는 갑자기 어머니의 어깨를 와락 자기 쪽으로 끌어당기고 어머니의 두 눈을 들여다보면서 놀란 듯 물었다. 「제가 좀 불편하게 해드렸나요?」

어머니는 웃으면서 대답했다. 「난 그저 담배꽁초에 대해서 한마디 했을 뿐인데 불편하냐 어떠냐 하고 물어보면 난 어쩌라고 그러오?」 그리고 어머니는 자기의 놀라움을 감출 생각도 안 하고 마치 따지듯이 말했다. 「어제 여기로 옮겨 왔는데, 내 집에 와 있는 것 같다오. 무서울 것도 하나 없고, 뭐 하고 싶은 얘기가 있으면 그냥 하고……」

「그러셔야만 해요.」

「난 지금 하도 머리가 어지러워서 나 자신에게조차 낯설 정도라오. 전에는 상대방이 마음을 터놓고 대해 주지 않으면 말도 못하고 끙끙 앓았는데 이젠 마음을 활짝 열어서 그런지 이전에 생각지도 못했던 얘기까지도 서슴없이 털어놓게 되었다오……」

소피야는 담배 한 대를 다시 피워 물고 아무 말 없이 잿빛 시선으로 어머니의 얼굴을 들여다보았다. 한없이 다정스러운 눈길이었다.

「참 아까 탈출 계획이 어떠니 얘길했는데, 그럼 빠샤는 어떻게 되는 거지요? 빠샤는 평생 도망자로 사는 거요?」 어머니는 흥분한 어조로 물었다.

「그건 아무 일도 아니에요.」 소피야는 자기 잔에 커피를 한가득 다시 따르고서 대꾸했다. 「그런 식으로 도망쳐 사는 사람이 한 열 명 남짓 되는데 그들과 함께 살아갈 거예요. 지금도 막 한 사람을 만나 배웅하고 오는 길인데, 그 사람 역시 참 중요한 인물이지요. 5년 유형에 처해졌는데 지금까지 한 석 달 반가량 유형지에서 보냈던가 그래요……」 어머니는 그녀를 뚫어져라 쳐다보고, 고개를 저으면서 미소를 머금은 얼굴로 조용히 이야기했다. 「분명한 건, 그날 그 5월 1일이란 날이 날 참 당황하게 만들었다는 거요. 왠지 무슨 일에도 서툴다는 느낌이 드는가 하면, 마치 동시에 두 길을 걷고 있는 것 같은 착각에 빠지기도 한다오. 그러다 보니 모든 걸 이해할 것 같다가도 졸지에 안개 속으로 빠져 드는 기분 같기도 해요. 막상 지금 당신, 부인을 바라보고 있노라니…… 부인이 이 운동에도 참여하고 있다…… 빠샤를 잘 안다…… 게다가 빠샤를 인정해 주고…… 그저 고맙다는 말밖에는 할 말이 없으면서도……」

「천만에요, 고마워할 사람은 바로 전데요, 뭐!」 소피야가 웃었다.

「뭐라고요? 나한테 말이오? 빠샤한테 그 운동이란 것에 대해서는 전혀 도움을 주지도 못했는데도?」 한숨을 몰아쉬며 어머니가 말했다.

소피야는 담배꽁초를 자기 찻잔 받침에 비벼 끄고 머리를 흔들었다. 숱이 많은 금발 머리채가 등에서 굽이쳤다. 그녀는 이런 말을 남기고 방을 나갔다. 「자, 이젠 이런 화려함도 제게서 깡그리 벗겨질 때가 되었군요……」

3

저녁때 니꼴라이가 집으로 돌아왔다. 같이 식사를 하는 자리에서 소피야는 때때로 웃음을 지으면서 자기가 도망자를 어떻게 만나 위험한 순간에 어떻게 숨겨 주었으며, 첩자들의 눈길이 얼마나 무서웠던가, 그리고 그 도망자가 얼마나 행동을 재치 있게 했던가 하는 것들을 시시콜콜 죄다 이야기했다. 그녀의 말투에서 어머니는 어려운 일을 끝내 놓고 만족해하는 노동자의 뿌듯함을 느꼈다.

그녀는 이미 헐렁한 감청색 부인복으로 갈아입고 있었다. 옷 때문인지 키도 더 커 보였고, 눈도 어딘가 모르게 은은해졌으며 동작 역시 더욱 안정감이 있었다.

「소피야, 해야 할 일이 하나 더 생겼어.」 식사가 끝난 후 니꼴라이가 입을 열었다. 「누이도 알겠지만, 우리가 농촌 신문을 계획하고 있었는데 최근의 검거 사건 때문에 그쪽 사람들과 연락이 끊어져 버렸어. 이제 뻴라게야 닐로브나만이 어떻게 하면 신문을 배포할 사람을 찾을 수 있는지를 가르쳐 줄 수 있게 됐어. 누이가 빠벨 어머님과 같이 그리로 가줘야겠어. 되도록 빨리.」

「좋아!」 담배 연기를 내뿜으며 소피야가 대답했다. 「같이 가주시겠죠, 뻴라게야 닐로브나?」

「일이 그렇게 되었다면 갑시다……」

「먼가?」

「80베르스따가량 되지…….」

「멋진 여행이 되겠는걸……. 그건 그렇고 피아노 좀 쳤으면 좋겠는데. 어때요, 뻴라게야 닐로브나. 잘은 못 치는 솜씨지만 들어 주실 수 있겠죠?」

「그런 거라면 나한테 물어볼 필요도 없어요. 그냥 내가 없다 생각하구려!」 어머니는 푹신한 소파의 한 귀퉁이에 자리를 잡으며 대답했다.

어머니는 두 남매가 일부러 자기에게 주의를 기울이지 않는 척하고 있다는 것을 알았고, 동시에 자기가 자신도 모르는 사이에 그들의 대화 속으로 끼어들고 있다는 사실도 알았다.

「자, 들어 봐, 니꼴라이! 그리그의 곡인데 오늘 사 왔어……. 창문도 좀 닫아 주고.」

그녀는 악보를 펼치고 왼손으로 피아노 건반을 힘들이지 않고 두드렸다. 피아노 건반들이 표현력이 풍부한 낮고 굵직한 소리로 노래를 부르기 시작했다. 그녀가 깊은 숨을 한 번 몰아쉬자 성량이 풍부한 음이 하나 더 조금 전의 음에 겹쳐 흘러나왔다. 오른손 손가락 밑에서 이상하리만큼 투명한 현의 외침이 맑게 울려 퍼지며 흘러나와 놀란 새 떼처럼 우왕좌왕 정신없이 파드득거리기도 하고 서로 마구 부딪치기도 하면서 낮은 운율의 은은한 화음으로 내리깔리고 있었다.

처음엔 어머니는 이들 소리에 별 감동을 받지 않아 음악이 흐르긴 흐르는데도 시간이 지날수록 어머니의 귀에는 그저 정신없는 불협화음으로만 들렸다. 어머니의 귀는 여러 가지 운율 속에 복잡하게 얽혀 떨리고 있는 그 진정한 멜로디를 포착할 수가 없었던 것이다. 마구 졸음이 밀려와 반쯤 감긴 게슴츠레한 눈으로 니꼴라이를 보니, 그는 발을 꼰 채 넓은 의자의 다른 쪽 귀퉁이에 앉아서 소피야의 진지한 얼굴의 옆모습과 숱이 많은 금발을 넋을 잃고 바라보고 있었다.

햇살이 처음엔 소피야의 머리와 어깨를 따스하게 비추다가 다음엔 피아노 건반에 드리워져 여인의 손가락 밑에서 떨다가는 손가락을 따뜻하게 감싸는 것이었다. 음악이 방 안에 가득 차 자신도 모르는 사이에 어머니의 가슴을 일깨웠다.

왠지 그녀의 앞에는 오래전에 잊어버린 아득한 과거의 울분 하나가 새삼스레 아련히 떠올랐다. 너무나도 가슴이 저리도록 선명하게 되살아나는 것이었다.

한번은 남편이 밤늦게 곤드레만드레 취해 가지고 집에 돌아와서는 그녀의 손을 와락 움켜잡고 침대에서 끌어내 마룻바닥에다 내팽개친 다음 옆구리를 한 방 걷어차면서 이렇게 말한 적이 있었다. 「멀리 꺼져 버려, 염병할 년아. 너만 보면 머리가 빠개질 것 같다고!」

그녀는 남편의 주먹질을 막으려고 재빨리 손으로 두 살 난 아들을 끌어안고 무릎을 꿇은 채 아들의 몸을 방패 삼아 와락 감싸 안았다. 아기는 울어 대며 매달렸고 놀랐는지 그녀의 손에서 몸을 파르르 떨었다. 게다가 제대로 젖도 먹지 못하고 열이 펄펄 끓었다.

「꺼져 버려!」 남편이 버럭 소리를 질러 댔다.

그녀는 벌떡 일어나 부엌으로 뛰어갔다. 어깨에 윗도리 하나를 걸치는 둥 마는 둥 하고 등에 업은 아이를 수건으로 감싸고는 반항이고 불평이고 그 흔한 말 한마디 못한 채 거리로 뛰쳐나왔다. 신발도 신지 않았고 윗도리는 하나 걸쳤지만 그 안에는 그냥 내의만 달랑 입고 있었다. 때는 5월이었는데, 밤인지라 바람이 꽤 싸늘했다. 거리의 차디찬 먼지들이 발끝에 와 부딪쳐 발가락 사이엔 뽀얀 먼지가 수북이 쌓였다. 아이는 발버둥치면서 울음을 그칠 줄 몰랐다. 어머니는 가슴을 풀어 헤치고 아들을 바짝 끌어당겼다. 두려움에 쫓겨 거리를 하염없이 걸어 내려갔다. 나지막이 아기를 달래면서…….

「오 — 오 — 오……, 오 — 오 — 오…….」

벌써 날은 밝아 오고 있었다. 누군가 거리를 지나다 자기를, 그것도 반쯤 벗은 거나 진배없는 자기를 보지나 않을까 하는 마음에 두렵기도 하고 부끄럽기도 했다. 그녀는 소택지 있는 곳으로 달려가 그냥 땅바닥에 털썩 주저앉아 버렸다. 주위엔 어린 사시나무가 무성했다. 밤공기를 이불 삼아 덮어쓰고 휘둥그레진 두 눈으로 어둠 속을 바라보면서 꼼짝도 하지 않고 그대로 한참을 앉아 있었다. 잔뜩 겁에 질린 채 잠든 아기를 안고 가슴속에서 꿈틀거리는 분노의 감정을 삭이느라 나지막하게 노래를 부르면서……

「오 ― 오 ― 오……, 오 ― 오 ― 오……, 오 ― 오 ― 오…….」

그러고 있는데 갑자기 들새 한 마리가 머리 위를 날더니 저 멀리 날아가 버렸다. 그 바람에 그녀는 깜짝 놀라 자리에서 일어났다. 추위에 벌벌 떨면서 그녀는 집으로 돌아오고 말았다. 매질과 새로운 울분의 습관적인 공포를 맞이하기 위해……

마지막으로 은은한, 그러면서도 평범하고 싸늘한 느낌을 주는 화음이 숨을 내쉬고는 서서히 사위어 갔다.

소피야는 몸을 휙 돌리고는 니꼴라이에게 그리 크지 않은 목소리로 물었다. 「어때? 맘에 들어?」

「썩 좋은데! 아주 멋진 곡이군…….」 니꼴라이가 방금 잠에서 깨어난 듯 움찔하며 대꾸했다.

어머니의 가슴에선 추억의 메아리가 저리도록 울려 퍼졌다. 언뜻 이런 생각이 머리를 스쳤다. 〈봐, 여기 사람들이 살아가는 모양이란 다정스럽고 단란하기 이를 데 없어. 서로 욕을 하나, 술을 마시나, 그렇다고 밑바닥 인생을 살아가는 사람들이 흔히 그렇듯 빵 한 조각에 아웅다웅 잡아먹으려 달려들길 하나…….〉

소피야는 담배 한 대를 피웠다. 그녀는 담배를 많이 피웠는데 줄담배라 할 수 있을 정도였다. 「이 곡은 죽은 꼬스쨔가 참 좋아했었어.」 그녀는 담배 연기를 황급히 내뿜으며 말을 하고는 다시 그렇게 높지 않으면서 왠지 슬픈 화음을 눌렀다. 「난 정말 이 곡을 그이한테 쳐주는 걸 좋아했어. 그인 정말 민감한 사람이었지. 누구에게나 다정다감해서 그이를 좋아하지 않은 사람은 없었으니까…….」

〈남편 생각이 꽤나 날 거야. 그런데도 늘 웃고 있으니…….〉 어머니는 언뜻 이런 생각을 했다.

「그이와 있으면 그렇게 행복할 수가 없었지…….」 소피야가 나직이 말했다. 마치 그의 생각이 절로 자아낼 듯한 경쾌한 음을 누르고 있었다. 「그이는 정말 삶을 살아 나갈 줄 아는 사람이었어…….」

「그 — 래! 노래하는 듯한 영혼의 소유자였어.」 니꼴라이가 턱수염을 문지르며 말했다.

소피야는 이제 막 불을 붙인 담배를 어디론가 집어 던지고 어머니에게로 몸을 돌리고는 물었다. 「제가 너무 시끄럽게 굴어서 혹 아주머니께 폐가 되지 않는지 모르겠어요, 아니겠죠?」

어머니는 화난 목소리로 대꾸했다. 정말 참을 수가 없었다. 「나에겐 그런 거 묻지 않아도 돼요. 난 아무것도 이해하질 못한다오. 그냥 앉아서 듣고 나 자신에 대해서 이 생각 저 생각 하면 그만인 거지…….」

소피야가 말했다. 「그렇지 않아요, 이해하셔야만 해요. 여자라면 음악을 이해 못할 이유가 없거든요, 그것도 슬픔에 싸인 여자라면 특히 더…….」

그녀는 힘차게 건반을 두드렸다. 그러자 커다란 고함 소리, 마치 누군가가 충격적인 소식을 듣고 외치는 비명과도 같은 소리가 울렸다. 그녀가 가슴으로 건반을 두드렸기에 이렇듯 강렬한 소리가 울려 나올 수 있었던 것이다. 두 젊은이의 목소리가 놀란 듯 몸부림을 치다 정신을 잃고 황급히 줄달음을 쳤다. 그러고는 다시 모든 사람들의 귀를 먹게 할 정도로 커다란 분노의 목소리가 터져 나왔다. 분명 그 소리는 삶에 대한 불평이 아니라 분노, 바로 그것이었다. 잠시 후 누군가 강인하면서도 정다운 사람이 나타나 자신을 설복하기도 하고 호소하기도 하면서 간단한 혁명의 노래를 부르기 시작했다.

어머니의 가슴은 이 사람들에게 뭔가 좋은 말을 해주고 싶은 욕망으로 가득 채워졌다. 어머니는 음악에 완전히 도취되어 두 남매에게 무엇이든 긴요한 일을 해줄 수 있으리라는 희망에 부풀어 언뜻 잔잔한 웃음을 흘리고 있었다.

어머니는 뭐 해줄 수 있는 일이 없을까 찾기라도 하듯이 두리번거리고는 사모바르를 올려놓기 위해 부엌으로 총총히 사라졌다.

하지만 그래도 여전히 그 충동이 식을 줄을 몰라 차를 따르면서 입을 열었다. 당혹스러운 듯한 미소를 머금은 낯빛에 마치 두 남매가 자기에게 균등한 따스한 사랑의 말로 자기의 감정을 씻어 내리기라도 하는 듯한 말투였다. 「우리들, 바로 어둡고 비참한 삶을 살아가는 사람들도 모든 걸 느낄 줄 안다오. 단지 그걸 표현하는 데 무진 애를 먹어서 그렇지. 사실 우리네 같은 사람에겐 이해는 하는데 말을 하지 못한다는 게 큰 부끄러움이라오. 그러다 보니 그 부끄러움 때문에 우린 우리 자신들의 생각에 화가 치미는 거지. 삶이란 게 어떤가 보시오. 그저 사방에서 죽도록 얻어터지는 일 말고 뭐가 있느냐 말야. 그러니 그저 좀 쉬고 싶은 마음만 간절하게 되고 결국 생각 따윈 귀찮게 되어 버리는 거라오.」

니꼴라이는 안경을 닦으면서 가만히 귀를 기울이고 있었고, 소피야는 눈을 크게 뜨고, 불을 붙여 입에 문 담배를 피울 생각도 잊어버린 채 어머니의 얼굴을 바라보고만 있었다. 소피야는 피아노 옆에 반쯤 몸을 틀고 앉아 가끔 오른손의 가냘픈 손가락으로 건반을 퉁기곤 했다. 화음이 어머니의 말 속으로 조심스레 섞여 들어갔다. 어머니는 자신의 감정을 쉬우면서도 진심에서 우러나오는 말로 감싸고 있었다.

「난 이제야 나나 나와 같은 사람들에 대해 무슨 말이든 할 수가 있게 되었소. 왜냐하면 이해하고 비교하는 법을 터득하게 되었거든. 이전엔 그냥 살았던 거라오. 뭐 비교할 만한 거리가 있었어야지. 우리네 살아가는 게 뭐 하나 특이한 것도 없고, 죄다 그 타령이었거든. 하지만 다른 사람들이 사는 모양을 보면서부터 내 자신이 살아왔던 것을 돌이켜보게 되었소. 지독히도 비참하고 암담했던……」 어머니는 목소리를 약간 낮추어 말을 계속 이어 나갔다. 「어쩌면 내가 괜한 이야기를 하고 있는지도, 정말 쓸데없는 말을 지껄이는지도 몰라요. 그런 거라면 당신들이 벌써 다 아는 걸 테니까.」 어머니는 미소를 머금은 눈으로 그들을 바라보며 금방이라도 울음이 왈칵 쏟아질 것 같은 목소리로 계속했다. 「당신들한테는 그저 내 가슴을 활짝 열어 보이고 싶어요. 앞으로도 당신들이 계속해서 선한 마음을 갖고, 또 하는 모든 일이 잘되기를 내가 얼마나 간절히 빌고 있는지를 보여 주기 위해서라도 말이오.」

「우린 벌써 다 보고 있는걸요.」 나직한 목소리로 니꼴라이가 말했다.

어머니는 아무리 해도 자신의 욕망을 채울 길이 없어 다시 그들에게 이야기를 시작했다. 새로웠던 것이 무엇이었고 지극히 소중한 것으로 자리 잡아 버린 것은 무엇이었고…… 뭐, 그런, 그런 얘기들……. 모욕과 감당해 내기 어려웠던 고통으로 점철된 자신의 삶에 대해 이야기를 하면서도 말투엔 전혀 악의라곤 찾아볼 수가 없었고 입가엔 내내 안타까운 듯한 미소가 흐르고 있었다. 암울했던 지난날들을 마치 잿빛 두루마리를 펼치듯 그렇게 이야기를 하였고 그 가운데에서도 남편의 매질에 대해서 이야기할 때는 그 매질의 동기가 너무 사소했던 데에, 그리고 그러면서도 반항 한번 해보지 못한 자신의 무기력함에 내심 놀라기도 했다…….

두 남매는 한 인간, 즉 가축 취급을 당하고 그러면서도 아무 불평도 하지 못했던 한 인간의 진솔한 이야기를 깊은 생각에 잠겨 말없이 듣고 있었다. 수천의 사람들이 그녀의 입을 빌려 이야기를 하고 있는 것 같았다. 평범하다는 것, 그리고 순박하다는 것, 그게 그녀가 살아온 방법의 전부였다. 그러나 중요한 건 평범과 순박이라는 것이 이 땅에 살고 있는 일일이 헤아릴 수도 없는 수많은 사람들의 살아가는 방법이기도 했기 때문에 그녀의 이야기는 한낱 상징적인 의미에 불과한 것이라는 점이었다. 니꼴라이는 팔꿈치를 탁자에 올려놓고 손바닥으로 턱을 괸 채, 꼼짝도 하지 않고 안경 너머로 어머니를 바라보고 있었다. 긴장한 탓인지 두 눈이 잔뜩 찡그려 있었다. 소피야는 의자에 등을 기대고 앉아 때로는 깜짝 놀라기도 하고, 때로는 고개를 설레설레 흔들기도 했다. 얼굴은 한결 더 초췌해 보였고 파랗게 질려 있었으며 담배도 피우지 않았다.

「언젠가 한번은 나 자신이 그렇게 불행하게 느껴질 수가 없었어요. 정말 열병에 걸린 채 삶을 살아가는 것 같았어요.」 소피야가 고개를 떨구며 나지막한 목소리로 입을 열었다. 「유형지에 있는 거나 진배없었어요. 시골 군 단위의 아주 작은 마을이었는데, 할 일은 아무것도 없고 나 자신 말고는 생각할 만한 것도 없었지요. 하여튼 모든 일을 내 불행한 신세에다 꿰어 맞추고 하릴없이 빈둥거리다 급기야는 사랑하는 아버지와 싸우고 학교에서 쫓겨났죠. 그 후로 받았던 모욕, 감옥, 나와 절친했던 동지의 배신, 남편의 체포, 다시 감옥, 그리고 유형, 남편의 죽음……. 그 당시엔 이 세상에서 가장 불행한 사람은 바로 나려니 생각했어요. 하지만 내 모든 불행, 아니 거기다 열 곱 이상을 한대도 아주머니의 삶의 단 한 달에도 미치지 못할 것 같군요, 뻴라게야 닐로브나! 아주머니의 고통이란 한없는 세월 중에 어느 하루라도 피해 볼 엄두조차 내지 못했던 그런……. 도대체 그런 힘, 도저히 상상 못할 고통을 견뎌 낼 힘이 어디에서 나오는 것일까요?」

「익숙해진 게지.」 어머니가 한숨 섞인 목소리로 대꾸했다.

「전 제가 인생을 나름대로는 안다고 생각했었어요.」 니꼴라이가 생각에 잠겨 말을 이었다. 「그런데 이렇게 막상, 책에서 읽을 수도 없고, 그렇다고 내가 갖고 있는 반 토막짜리 인상들을 통해서도 엄두도 못 낼 이야기들을 직접 듣게 되니 정말 삶이라는 게 끔찍하구나 하는 것을 새삼 느끼겠어요. 사소한 것 같으면서도 끔찍한 일들이며 그런 시간들이 쌓이고 쌓여 결국 인생이라는, 더구나 끔찍한 놈을 만들어 놓다니!」

이야기가 흐르고 흘러 결국 비참하고 암울한 민중의 삶으로 귀결되어 무르익고 있을 때, 어머니는 지난 추억거리들을 생각하며 미소를 짓기도 하고, 과거의 암울함 속에서 매일매일의 치욕들을 끄집어내어 어느 정도 두려움이라 말할 수 있는 한 편의 고통스러운 장면을 만들기도 했다. 바로 그 속에서 그녀의 청춘은 뭉개져 버렸던 것이다. 결국 어머니가 입을 열었다. 「이를 어째, 좀 쉬어야들 할 텐데, 괜히 내가 이야기를 꺼내 가지고! 진작 귀띔이라도 해주지 않고서……」

남매는 말없이 어머니와 인사를 하고 자리를 떴다. 예전보다 인사를 하는 니꼴라이의 고개가 더 숙여지고 마주 잡은 손에는 한결 힘이 가는 것 같았다. 소피야는 방까지 어머니를 따라와 문 앞에 서서는 조용히 말했다. 「쉬세요, 안녕히 주무세요.」

그녀의 목소리에선 뭔가 훈훈한 기운이 새어 나왔고 잿빛 두 눈은 어머니의 얼굴을 더욱 부드럽게 애무하고 있었다.

어머니는 소피야의 손을 자기 손으로 꼭 감싸 쥐고 대답했다. 「고맙소들……」

4

 며칠이 지나서 어머니와 소피야는 찢어지게 가난한 사람들 같은 옷차림을 하고서 니꼴라이 앞에 나타났다. 거의 누더기가 다 된 무명옷에 역시 무명 외투를 걸치고 어깨엔 배낭을 메고 있었으며 손에는 지팡이가 들려 있었다. 옷 탓인지 소피야의 키가 조금 더 커 보였고 창백한 낯빛은 더욱 엄숙해 보였다.
 작별 인사를 나눌 때 니꼴라이는 누이의 손을 꼭 쥐었다. 그 모습에서 어머니는 다시 한 번 그들 남매의 솔직하고 다정한 관계를 엿볼 수 있었다.
 두 남매 사이에선 키스도, 그렇다고 다정한 말 한마디도 오가는 법이 없었지만 그들은 가슴에서 우러나온 진실한 마음으로 끔찍이도 서로를 생각해 주고 있는 것이었다. 반면에 어머니가 살던 마을에서는 사람들이 키스도 많이 하고 다정한 말도 흔히들 하면서도 늘 굶주린 개들처럼 서로를 못 잡아먹어 안달이었다.
 「고단하진 않수?」 어머니가 바로 옆에서 걷고 있는 소피야에게 물었다.
 「제가 별로 걸어다니질 않았으려니 생각하시나 보죠? 걷는 거라면 그래도 일가견이 있는 몸이에요……」
 소피야는 흡사 어린 시절에 심했던 장난을 자랑이라도 하는 듯이 자기가 맡고 있는 혁명 과업에 대해서 어머니에게 이야기를 해주었다. 그녀는 첩자들의 눈을 속이기 위해 가명과 위조 증명을 사용하고 또 변장까지 해야만 했을 뿐만 아니라, 상당한 양의 금서를 여러 도시를 돌아다니며 배포해야만 했고, 유형당한 동지의 탈출 계획을 세우고 그들을 외국까지 수행해 주어야만 했다. 한번은 집에다 비밀 인쇄소를 꾸며 놓고 있었는데 어떻게 냄새를 맡았는지 헌병들이 들이닥친 일이 있었다. 그녀는 그들이 도착하기 바로 직전에 가까스로 몸종으로 변장을 하고 집을 나서다 대문간에서 헌병들과 정면으로 맞부딪치긴 했지만 변장을 한 덕택에 겨우 밖으로 빠져나와 한겨울에 겉옷도 제대로 걸치지 않고 머리에 수건 하나만을 달랑 뒤집어쓰고서, 게다가 손엔 석유통을 들고 눈보라가 휘몰아치는 시내 거리를 뚜렷한 목적도 없이, 그냥 시간을 버느라 왔다 갔다 하던 일도 있었다. 또 한번은 아는 사람을 만나러 낯선 도시에 간 일이 있는데 그 집 현관 계단을 올라서는 순간 찾아가려던 집이 수색을 당하고 있다는 걸 언뜻 눈치챘다. 돌아가기엔 너무 때가 늦었다고 판단한 그녀는 아는 사람 바로 아래층 집의 초인종을 대담하게 누르고는 여행용 가방을 든 채 생판 알지도 못하는 사람 집에 들어가 자기 처지를 솔직히 설명해 주었다.

「원하신다면 절 헌병에게 넘길 수도 있으시겠죠. 하지만 전 그런 어리석은 행동은 안 하시리라 믿습니다.」 그녀는 자신 있는 어조로 또박또박 이야기를 했다.

그 집 사람들은 너무도 놀라 혹시 문 두드리는 소리가 나지 않을까 하는 두려움에 밤잠을 설쳤다. 하지만 그래도 그녀를 헌병에게 넘길 생각은 추호도 하지 않고 오히려 이튿날 아침 그녀와 함께 헌병들의 어리석음에 실소를 금치 못했다. 언젠가 한번은 이런 경우도 있었다. 그녀가 수녀로 변장을 하고 기차에 올라타 1등칸에 자리를 잡았는데 공교롭게도 그녀를 잡으려고 하는 첩자와 동석을 하게 되었다. 그 첩자는 자기의 능숙함을 자랑하면서 자기가 하는 일에 대해서 그녀에게 연방 떠벌리더라는 것이다. 그 첩자는 자기가 찾는 여자가 분명 이 열차 2등칸에 타고 있을 거라고 확신하고는 역마다 자리를 비웠는데 다시 자리로 돌아올 때면 으레 이런 말을 했다.「확실한 거는 아니지만 그 여자 아마 잠에 깊이 빠졌을 거요. 그 사람들도 꽤나 지쳐 있겠지. 그 사람들 생활이라는 게 고달프기는 우리나 매한가질 테니까.」

어머니는 그녀의 이야기를 듣고 웃지 않을 수 없었다. 그녀를 바라보는 어머니의 눈길은 한없이 다정스러웠다. 큰 키에 비쩍 마른 몸매를 한 소피야는 경쾌하면서도 의연한 안정된 걸음을 떼어 놓으며 길을 따라 내려갔다. 그녀의 걸음걸이나 말하는 품, 그리고 비록 부드럽진 않지만 그래도 건강하기 이를 데 없는 목소리 자체에서 풍기는 분위기 등 전반적으로 좀 뻣뻣해 뵈는 그녀의 모습에서는 정신적인 건강함, 불요불굴의 의지가 자연스레 배어 나오지 않을 수 없었다. 그녀의 두 눈은 무슨 사물을 보든지 간에 젊은이다운 패기가 넘쳐 있었고, 또한 어느 곳에서건 어린애처럼 마냥 기뻐할 만한 어떤 구석을 발견해 내곤 했다.

「좀 보세요, 정말 멋진 소나무네요.」 소피야가 나무를 가리키며 외쳤다. 어머니가 걸음을 멈추고 살펴보니 다른 나무들보다 키가 큰 편도 못 되고 그렇다고 잎이 유달리 무성하다고 할 수도 없는 그저 그런 나무일 뿐이었다.

「좋은 나무구려!」 어머니가 웃으면서 말했다. 어머니는 여인의 귀 바로 위에서 바람이 희끗희끗한 머리카락을 가지고 장난을 치고 있는 것을 보았다.

「종달새예요!」

소피야의 잿빛 눈이 부드럽게 반짝였고 몸은 마치 땅을 박차고 올라 높디높은 청명한 하늘에서 어렴풋이 들려오는 음악 소리에 가 닿기라도 하려는 듯 움찔거렸다. 때로 그녀는 나긋나긋한 허리를 구부려 들꽃을 꺾는가 하면 가늘고 민첩한 손가락을 놀려 하늘거리는 꽃잎을 애무라도 하듯 만져 보기도 했다. 그러면서 조용히 아름다운 노래를 흥얼거리는 것이었다.

이 모든 것이 어머니의 마음을 움직여 해맑은 눈망울을 가진 그 여인에게 더욱 숨김없는 친근감을 느끼도록 만든 탓에 어머니는 자기도 모르게 그녀에게 바싹 붙어서 발을 맞추어 가며 걸음을 떼어 놓고 있었다. 하지만 가끔 소피야의 말 속엔 어떤 단호함이 언뜻언뜻 엿보여 어머니는 자신이 무슨 짐이라도 된 듯한 기분에 빠져들 때가 많았고 또한 늘 조심스러운 생각이 머리를 떠나지 않았다. 〈리빈 같은 사람은 이 여자를 별로 달가워하지 않겠는걸…….〉

얼마가 지나 소피야는 다시 이야기를 시작했다. 너무도 솔직하고 진심 어린 이야기였기에 어머니는 미소를 머금고 그녀의 눈을 바라보았다.

「봐요, 아직도 어쩌면 그렇게 새색시같이 젊어 뵐까?」 어머니가 감탄스러운 목소리로 말했다.

「그래요? 제 나이 벌써 서른둘인걸요?」 소피야가 외쳤다.

어머니는 미소를 지어 보였다. 「나이 얘기 하자는 게 아니라오. 얼굴만 이렇게 봐서는 더 들어 보이지. 하지만 눈을 쳐다본다거나 목소리를 들으면 사람들은 놀라지 않을 수 없을 거요. 처녀가 아닌가 하고. 사는 게 여간 불안하고 힘들고 위험했겠소? 그런데도 마음은 언제나 웃고 있으니……」

「전 제가 힘들게 살아왔다고 느끼지도 않거니와 지금보다 더 낫고 재미있는 삶이란 상상할 수도 없어요. ……전 아주머니를 닐로브나라고 부르겠어요. 어쩐지 뻴라게야라는 이름은 아주머니에겐 어울리지 않은 것 같아요.」

어머니가 생각에 잠겨 말했다. 「맘대로 부르구려! 그렇게 부르고 싶으면 그렇게 불러요. 난 부인을 내내 보고 듣고 생각해 왔어요. 난 부인이 가장 인간적인 마음으로 가는 길을 알고 있다는 것을 보고 있는 게 그렇게 기쁠 수가 없다오. 사람이라면 누구나 부인 앞에선 기쁨이다 슬픔이다 다 제쳐 놓고 모든 걸 탁 터놓게 되고 저절로 마음을 활짝 열게 되리란 기분이 들어요. 그러면서 당신들 모두를 생각해 보건대, 모두들 하나같이 악을 극복하고 있는 거요. 그것도 확실하게 말이지!」

「우리는 승리할 거예요. 노동자들과 함께 있기 때문이지요.」 소피야가 큰 소리로 자신 있게 말을 이었다. 「그들에겐 가능성이란 가능성은 죄다 잠재해 있기 때문에 그들과 함께하는 한 모든 것은 이루어질 겁니다. 단지 필요한 것이 있다면 그들의 의식을 일깨우는 것입니다. 그들의 의식엔 아직도 해방이란 개념이 제대로 뿌리내리지 못하고 있거든요…….」

그녀의 말을 듣고 있자니 어머니의 마음은 착잡하기만 했다. 왠지 모르게 소피야란 여인에 대해서 친구로서의 연민이 느껴졌다. 그렇다고 해서 그게 무례함을 초래할 정도는 못 되었다. 어머니는 그녀에게서 뭔가 다른 좀 더 솔직한 이야기를 듣고 싶었다.

「그럼 봉사에 대한 대가는 누구에게 기대하는 거요?」 어머니는 조용한 목소리로 우울한 얼굴을 하고서 물었다.

소피야는 어머니에게 일부러 내보이기라도 하는 듯한 자부심을 가지고 대꾸했다. 「우린 이미 보상을 받았어요. 우리는 우리 자신을 만족시키는 삶을 발견했어요. 온 정성을 다해서 소중한 삶을 살아가고 있는데 그 외에 무얼 더 바랄 수 있겠어요?」

어머니는 그녀를 쳐다보던 눈길을 내리깔고 잠시 생각을 다시 해보았다. 〈맞아, 리빈은 이 여자를 별로 달가워하지 않을 거야…….〉

가슴 가득히 상큼한 공기를 호흡하면서 그들은 빠르지는 않지만 그래도 민첩한 발걸음으로 걷고 있었다. 어머니에겐 흡사 순례 행진을 하고 있는 듯이 생각되었다. 어린 시절 휴일이면 영험이 나타난다던 성상을 보려고 마을을 벗어나 한참 먼 수도원으로 가곤 했던 생각도 났다.

가끔 소피야는 그리 크지 않으면서 아름다운 목소리로 하늘과 사랑에 대한 어떤 새로운 노래를 흥얼거리기도 하고 불쑥 들녘과 숲, 그리고 볼가 강에 대한 시를 읊조리기도 했다. 그럴 때면 어머니는 늘 미소를 머금고 그걸 들었는데, 자신도 모르는 사이에 시운에 맞추어 고개를 까딱거리거나 그 음악에 흠뻑 빠져버리기가 일쑤였다.

 어머니의 가슴은 따뜻함과 고요함, 그리고 상념들로 가득 차는 것이었다. 마치 여름밤 자그마하고 오래된 정원에 홀로 남아 있는 것처럼.

5

 사흘 걸려 그들은 마침내 시골 마을에 도착했다. 어머니는 들녘에서 일을 하고 있는 농부에게 타르를 만드는 공장이 어디에 있는지 물어보고 다시 수풀이 우거진 험한 산길을 따라 내려갔다. 길 한복판엔 마치 계단처럼 나무뿌리들이 줄지어 튀어나와 있었고, 한참을 더 내려가 당도한 둥근 공터엔 석탄 찌꺼기와 톱밥이 지저분하게 흩어져 있었을 뿐만 아니라 타르 또한 여기저기 난잡하게 끼얹어져 있었다.
 「이제 다 왔나 보군!」 어머니가 불안스러운 눈초리로 주위를 둘러보며 말했다.
 가느다란 통나무와 나뭇가지들로 엉성하게 지은 임시 막사 같은 집 옆에 대패질조차 하지 않아 꺼칠꺼칠한 널빤지 세 개로 만든 탁자가 있었는데, 그걸 떠받치고 있는 삼각대는 땅속에 깊이 박혀 있었다. 그 탁자를 가운데 두고 온몸이 온통 시커멓고 가슴 부분이 해질 대로 다 해진 셔츠를 걸치고 있는 리빈과 예핌, 그리고 그들 말고도 젊은 친구 둘이 둘러앉아 식사를 하고 있었다. 어머니 일행이 오는 걸 처음 본 사람은 리빈이었는데, 그는 손을 눈 위로 가져간 상태로 그들이 더 다가오기를 기다리고 있었다.
 「안녕하시오, 미하일 형제!」 어머니가 멀리서 소리쳤다.

그는 자리에서 일어나 하나 서두르는 기색도 없이 걸어 나오더니, 어머니인 것을 알아보고는 제자리에 멈춰 서서 웃으며 시커먼 손으로 턱수염을 쓸어 내리고 있었다.

「순례 중이라오.」 어머니가 한 발짝 더 그에게 다가서며 말했다. 「뭐, 그냥 지나는 길에 형제나 한번 만나 볼까 해서 들렀소. 이 사람은 안나라는 내 친구라오……」

어머니는 자기의 수완에 짐짓 만족해하며 심각하면서도 엄해 뵈는 소피야의 얼굴을 곁눈질로 힐끔거렸다.

「어떻게 지내셨습니까?」 이렇게 일단 대꾸를 한 리빈은 시답잖은 듯한 미소를 흘리며 그녀의 손을 잡아 흔들고 소피야에게 고개 숙여 인사를 한 다음, 말을 이어 나갔다. 「거짓말 같은 건 안 해도 돼요. 여긴 도시가 아닙니다. 거짓말은 필요가 없어요. 모두 다 우리 편이랍니다.」

예핌은 그냥 자리에 앉은 채로 두 순례자들을 유심히 살펴보고 동지들에게 앵앵거리는 목소리로 뭔가를 속닥거렸다. 여인네들이 탁자 쪽으로 다가가자 그는 벌떡 일어나 말없이 고개만 까딱했고, 그의 동지들은 여전히 꼼짝 않고 있었다. 마치 손님이 오거나 말거나 관심조차 없다는 듯이.

「우린 여기서 수도승들처럼 살지요.」 리빈이 가볍게 어머니의 어깨를 토닥이며 말을 이었다. 「찾아오는 사람이라곤 하나도 없어요. 주인 나리란 양반은 이 마을엔 있지도 않고 마나님께선 병원 신세를 지고 있는 지 오래라 결국 내가 관리인이랄 수 있지요. 이리 앉으십시오. 몹시 시장하시지요? 예핌, 여기 우유 좀 내오게나!」

전혀 서두르는 기색도 없이 예핌이 움막으로 걸어갔다. 순례자들이 어깨에 메고 있던 배낭을 벗으려 하자 젊은이들 중 키가 크고 마른 사내가 일어나 그들을 도와주었다. 나머지 한 사내는 다부진 체격에 털북숭이였는데, 무슨 생각이라도 하는 듯이 탁자에 팔꿈치를 괴고서 그들을 쳐다보며 머리를 긁적거리는가 하면 고양이 울음 같은 소리로 콧노래를 조용히 흥얼거리기도 했다.

역한 타르 냄새가 숨 막힐 듯한 낙엽 썩는 냄새와 섞여서 여간 머리가 지끈거리는 게 아니었다.

리빈이 키가 큰 사내를 가리키며 말했다. 「이 사람은 야꼬프이고, 저 친구는 이그나뜨라고 합니다. 참, 아드님은 그래, 어떻게 지냅니까?」

어머니가 한숨 섞인 목소리로 대답했다. 「감옥에 가 있소.」

리빈이 소리쳤다. 「또 감옥에 갔어요? 그가 좋다면야 할 수 없는 일이지만, 그래도……」

이그나뜨는 노래를 그쳤고, 야꼬프는 어머니의 손에서 지팡이를 받아 들고 말했다. 「앉으세요.」

「아이고, 여태 서 계셨군요? 좀 앉으십시오.」 리빈이 소피야에게 자리를 권했다. 소피야는 말없이 그루터기 위에 앉아 리빈을 주의 깊게 쳐다보았다. 「언제 잡혀간 겁니까?」 리빈이 어머니 맞은편에 자리를 잡고 앉으면서 묻고는 이내 고개를 저으며 소리쳤다. 「정말 팔자도 기구하시군요, 닐로브나!」

「천만에요!」 그녀가 말했다.

「예? 이력이 나신 모양이군요?」

「이력이 난 게 아니고, 이제야 없어서는 안 될 일이 무엇인가를 알게 되었다고 하는 편이 옳지요.」

「그렇군요! 자, 이야기 좀 해주시오……」

예핌이 우유병을 가져와 식탁에서 잔을 집어 들고 물에 헹군 다음, 우유를 따르더니 소피야에게 내밀고는 어머니의 이야기에 귀를 기울였다. 그는 소리가 나지 않도록 행동 하나하나를 무척이나 조심스러워했다. 어머니가 자기의 이야기를 간단하게 끝내자 모두들 잠시 동안 말이 없었다. 서로에게 눈길조차 주는 법이 없었다. 이그나뜨는 자리에 앉은 채 널빤지에다 손톱으로 무슨 무늬가를 열심히 그리고 있었고, 예핌은 리빈의 바로 뒤에 서서 그의 어깨 위에 팔꿈치를 괴고 있었으며, 나무줄기에 기대선 야꼬프는 팔짱을 낀 채 고개를 떨구고 있었다. 소피야는 곁눈질로 농부들을 살폈다.

「으 — 으 — 음!」 리빈이 천천히 침통하게 말꼬리를 늘였다. 「그래도 그렇지, 어떻게 그렇게 노골적으로 일을 할 수가 있담!」

「여기서, 음…… 우리가 만약 그런 행진을 한다면 농부들은 초주검이 되도록 얻어맞고 말 거야.」 예핌이 스산한 미소를 지어 보이며 말했다.

「얻어맞다뿐이겠나!」 이그나뜨가 고개를 끄덕이며 거들고는 말을 이었다. 「아니, 그래도 난 공장으로 갈 테야. 아무렴 여기보다야 낫겠지…….」

「빠벨이 재판을 받게 될 거라고 말씀하셨지요? 그럼 혹 무슨 형을 받았는지는 못 들으셨습니까?」 리빈이 물었다.

「강제 노동 아니면 시베리아 종신 유형이겠지요…….」 어머니가 나직한 목소리로 대답했다.

세 젊은이들이 모두 곧바로 그녀를 쳐다보았으나 리빈만은 고개를 떨구며 천천히 물었다. 「그럼 빠벨은 처음 그 일을 계획할 때부터 이렇게 되리라는 걸 알았답디까?」

「물론 알고 있었지요.」 소피야가 큰 소리로 말했다.

모두는 일제히 입을 다물고 꼼짝도 하지 않았는데 한결같이 스산한 생각에 온몸이 마비되어 버린 것 같았다.

「그랬을 거야.」 리빈은 냉담하면서도 위엄 있는 어조로 말을 이었다. 「나 역시 그가 알고 있었을 거라고 생각하오. 앞뒤 안 가리고 무턱대고 무슨 일을 할 사람이 아니지. 얼마나 신중한 사람이라고. 이보게, 젊은이들 이제 알겠나? 그 사람은 자기가 총검에 찔리고 강제 노동에 처해지리라는 걸 알면서도 자기의 길을 간 걸세. 이를테면 어머니가 누워 있는 그 길로 어머닐 밟고 지나간 거지. 닐로브나, 당신을 밟고 지나갔다고 할 수 있겠지요?」

「그렇다고 할 수 있지.」 어머니는 몸을 부르르 떨었다. 그리고 주위를 둘러보며 대답을 한 다음 깊은 한숨을 몰아쉬었다. 소피야가 말없이 어머니의 손을 어루만지며 양미간을 잔뜩 찌푸린 채 리빈을 똑바로 쏘아보았다.

「정말 대단한 사람이야.」 그가 모든 사람들을 새까만 눈으로 둘러보며 그리 크지 않은 목소리로 말했다. 여섯 사람은 다시 입을 다물어 버렸다. 가는 햇살이 황금빛 댕기처럼 대기에 매달려 있었다. 어디선가 까마귀 울음소리가 들려왔다. 어머니는 주위를 둘러보았다. 메이데이에 대한 회상, 아들과 안드레이에 대한 걱정스러운 마음에 정신이 하나도 없었다. 조그맣고 비좁은 빈터에는 타르가 덕지덕지 묻은 나무통들이 여기저기 널브러져 있었고 뿌리째 뽑힌 그루터기들이 거꾸로 솟아 있기도 했다. 빈터 주위에 무성히 자라 있는 참나무들과 자작나무들은 어느새 사방에서 빈터를 덮치고 어두우면서도 따뜻한 그림자를 땅바닥에 드리우고 있었다. 그저 정적만이 감돌 뿐이었다.

느닷없이 야꼬프가 나무에서 물러서더니 한쪽으로 걸음을 옮겼다. 이내 걸음을 멈추고는 머리를 흔들면서 무뚝뚝하면서도 큰 소리로 물었다. 「그럼 우리가 군대에 가는 게 빠벨 같은 친구들에게 총부리라도 겨누려고 그러는 거란 말입니까?」

「자넨 자네가 총부리를 겨누게 될 사람들이 과연 누가 되리라고 생각하나?」 리빈이 침울한 목소리로 반문하곤 계속했다. 「우리는 우리 스스로가 우리 자신들의 목을 죄도록 알게 모르게 강요받고 있는 거야. 여기에 바로 문제의 핵심이 있는 거라고.」

「전 누가 뭐래도 군대에 갈 겁니다.」 예핌이 그리 크지 않은 목소리로 단호하게 말했다.

「누가 말리나! 가라고.」 이그나뜨가 외쳤다. 그러고는 예핌을 쳐다보면서 웃는 얼굴로 말했다. 「하지만 만약에 날 쏠 날이 오거든 꼭 머리를 겨냥해 주게나……. 괜히 불구 만들 생각일랑 말고 그대로 즉사를 시켜 달란 말일세.」

「그런 것쯤이야 나도 알지.」 예핌이 거칠게 소리쳤다.

「잠깐만, 이보게들!」 리빈이 그들을 쳐다보면서 입을 열고는 천천히 손을 들어 올렸다. 「여기에 바로 그 어머님이 계시네!」 그가 어머니를 가리키며 말했다. 「이분의 아들은 지금 자기의 몸을 내던졌어……」

「왜 그런 얘기를 하고 그러시오?」 침통한 표정의 어머니가 크지 않은 목소리로 말했다.

그가 슬픈 듯 대꾸했다. 「해야만 합니다. 당신의 머리카락이 헛되이 세지 않게 하기 위해서라도 해야만 하는 얘깁니다. 자, 봐. 그렇다고 이분이 죽음을 두려워하는 거 같은가, 자네들 눈에는? 닐로브나, 책 가지고 오셨소?」

어머니는 그를 쳐다보고 잠시 말이 없다가 이윽고 대답을 했다. 「가져왔소……」

리빈이 손바닥으로 탁자를 치며 말했다. 「그럼 그렇지! 처음 당신을 보는 순간 금방 알아챘지요. 그 일 때문이 아니라면 뭐 하려고 여기까지 오셨겠어요? 자네들 보았나? 아들이 대오에서 제거되니까 그 어머니가 자식의 자리에 우뚝 서신 거라네.」 그는 손으로 누굴 위협이라도 하는 듯한 시늉을 하면서 상스럽기 그지없는 욕설을 해댔다.

어머니는 그가 욕설을 퍼붓는 데에 깜짝 놀라지 않을 수 없었다. 그를 물끄러미 쳐다보고 나서야 얼굴이 많이도 변한 걸 알았다. 한결 퀭해진 얼굴에 턱수염은 제멋대로 자라 있었고 그 아래에선 튀어나온 턱뼈가 절로 느껴졌다. 푸르스름한 두 눈의 흰자 위 부분엔 뻘겋게 핏발이 서 마치 오랫동안 잠 한숨 제대로 자지 못한 것 같았고 코도 전보다 한결 푸석푸석해 보이는 데다 아주 탐욕스럽게 구부러져 있었다. 타르가 덕지덕지 묻은 채로 풀어헤쳐져 있는 셔츠 깃은 무성히 자라 있는 시꺼먼 가슴의 털을 드러내고 있어, 어찌 되었든 전체적인 모습으로 볼 때 전보다 훨씬 음산하고 침울한 분위기를 연출하고 있었다. 어찌나 타르가 많이 묻어 있던지 원래는 그 셔츠가 빨간색일 것이라는 추측을 겨우 이끌어 낼 수 있는 정도였다. 충혈된 두 눈에서 엿보이는 마른 섬광은 그의 검은 얼굴에 타는 듯한 분노의 불길을 드러내고 있었다. 소피야는 파리해진 얼굴로 아무 말도 하지 않고 그저 농부들에게 눈길을 붙박아 놓고 있었다. 이그나뜨는 눈을 가늘게 뜨고 연방 머리를 내두르고 있었고, 야꼬프는 다시 움집 옆에 바짝 기대어 서서 시꺼먼 손가락으로 통나무 껍질을 열심히 벗겨 내고 있었다. 예핌은 어머니의 등 뒤에서 탁자의 세로 방향을 따라서 천천히 걸음을 떼어 놓고 있었다.

리빈이 말을 이었다. 「요전에, 지방 서기란 자가 한번은 날 부르더니 이런 말을 합디다. 〈이 파렴치한 놈아, 그래 사제한테 뭐라고 지껄였어?〉 그래서 내가 말했죠. 〈내가 왜 파렴치한 놈인가? 매일매일 뼈 빠지게 일해서 먹고살고, 사람들한테 해가 되는 일이라곤 털끝만큼도 한 일이 없는데!〉 하고 말입니다. 그랬더니 한바탕 부산을 떨고는 개 패듯 패는 거예요....... 그런 식으로 사흘 낮밤을 잡혀 있었소. 그놈들이 사람들을 대하는 방식이란 고작 그런 거지요. 안 그렇소? 용서고 뭐고 필요가 없어, 망할 놈의 새끼들! 〈꼭 내가 아니더라도 네놈, 아니면 네놈의 자식놈들한테 누구든지 내가 받은 이 치욕에 대한 복수를 해주고 말 테니, 꼭 기억해 둬라! 네놈들이 민중의 가슴을 쇠발톱으로 들쑤셔 놓고 거기에 악의를 심어 놓았으니 용서는 꿈도 꾸지 마라, 이 망할 놈의 새끼들!〉 그런 생각이 듭디다.」

그는 들끓어 오르는 증오심에 어쩔 줄을 몰라 했다. 그의 목소리에는 어머니를 놀라게 하는 여러 소리들이 전율하고 있었다.

「그런데 내가 사제에게 뭐라고 했는지 아쇼?」 그가 한결 진정된 어두로 말을 이어 나갔다. 「마을 집회가 끝나고 그자가 농부들과 함께 길거리에 빙 둘러앉아서 하는 말이, 사람들이란 가축의 무리와 같아서 늘 그들을 위해서는 목동이 있어야만 한다는 거요. 내가 그래서 비아냥거리는 투로 끼어들었지. 〈여우를 숲의 우두머리로 삼으면, 새는 한 마리도 안 남고 깃털만 널려 있을 것이 아니오.〉 그러자 그 작자가 날 힐끔 째려보더니 하는 말이 민중들은 참아야만 하고 또 그 인내력을 주십사고 하느님께 기도를 올리라더군요. 그래서 내가 다시 그 말을 받아서 민중들은 기도를 많이 하지만 하느님에겐 시간이 없어서 제대로 듣지를 못하는 것 같다고 말했죠. 사실이 그렇지 뭐! 그자가 어떤 기도를 하느냐고 따져 물으며 내게 트집을 잡더군요. 난 평생 한 가지 기도만을 하고 사는데, 민중이면 누구나 똑같을 거라고 말했죠. 〈주여, 주인 나리께도 벽돌 나르는 법과 돌을 쌓는 법, 그리고 장작 패는 법 따위를 가르쳐 주옵소서!〉 그랬더니 그자가 내 말을 채 끝내지도 못하게 하더군요.」 리빈이 하던 말을 끊고 불쑥 소피야에게 물었다. 「당신은 귀족 마나님이시오?」

「무슨 이유로 날 귀족 마나님이라 하는 거지요?」 소피야는 그의 예기치 않은 질문에 당혹스러워하며 되물었다.

리빈이 웃었다. 「이유라……, 딱 보니 태생이 그럴 것 같아서지요. 그게 바로 이유요. 무명 수건을 머리에 둘렀다고 해서 귀족의 죄과를 숨길 수 있다고 생각하시오? 우리는 사제가 아무리 거적을 뒤집어썼더라도 금방 알아본다오. 당신은 지금 젖은 탁자 위에 팔꿈치를 올려놓고는 깜짝 놀라 얼굴을 찌푸리고 있어요. 게다가 당신은 노동자의 것이라고 하기엔 너무 곧은 허리를 갖고 있고……」

어머니는 그가 무게 있는 목소리와 비아냥거리는 말투로 소피야를 모욕할까 봐 지레 겁먹고 서둘러 나무라는 듯한 말투로 끼어들었다. 「이 부인은 내 친구요, 미하일 이바노비치, 참 좋은 사람이라오. 이 일을 하느라 머리카락이 다 셌다오. 그러니 너무 그렇게 다그치지 말구려……」

리빈이 깊은 한숨을 몰아쉬었다. 「지금 내가 하는 말이 모욕으로 들렸소?」

소피야가 그를 노려보더니 무뚝뚝하게 되물었다. 「내게 무슨 하고 싶은 말이라도 있으신 모양이네요?」

「내가요? 그렇소. 얼마 전에 여기에 야꼬프의 사촌 되는 사람이 새로 왔는데, 폐병 환자지요. 그 사람을 불러도 괜찮겠소?」

「상관없어요, 불러오세요.」 소피야가 대꾸했다.

리빈이 그녀를 쳐다보며 눈살을 찌푸리더니 목소리를 한결 낮추어 말했다. 「예핌, 자네가 좀 가주겠나? 가서 어두워지거든 건너오라고 일러 주게, 지금 당장!」

예핌이 아무 말 없이 모자를 썼다. 그리고 누구에게도 눈길조차 주지 않고 서두르는 기색도 없이 숲속으로 이내 사라졌다. 리빈이 고갯짓으로 그의 뒷모습을 가리키면서 목쉰 소리로 말했다. 「저 친군 지금 고민에 빠져 있소. 저 친군 군대엘 가야 해요, 여기 야꼬프도 그렇고. 야꼬프는 별 대수롭지 않은 일처럼 자기는 갈 수 없노라고 말하는데, 저 친구는 그러지도 못하고 그냥 군대에 가려고 하지요······. 저 친구 생각은 군인들을 선동하겠다는 겁니다. 난 그건 이마로 벽을 들이받는 격일 뿐 아니라 군인들이란 그저 총검을 손에 들고 행군이나 할 줄 아는 족속들이라고 충고하지만, 그래도 여전히 괴로워하고 있어요. 이그나뜨도 마음을 돌려 보겠다고 여러모로 애써 보았지만 허사였습니다.」

이그나뜨가 리빈을 보지도 않고 침통한 어투로 말했다. 「그렇다고 그게 꼭 허사인 건 아니에요. 군대라는 곳은 일단 가게 되면 사람을 변하게 하는 곳이니, 그 친군 아마 다른 군인들이나 별반 다를 게 없는 일개 군인이 될 겁니다······.」

「설마 그럴까! 하지만, 무엇보다 입대를 피해 도망가는 게 상책일세. 러시아가 얼마나 넓은데 어디서 찾아낼 거야? 신분증 하나 구해서 이 마을 저 마을 촌구석을 돌아다니면······.」 리빈이 생각에 잠겨 대꾸했다.

「난 그럴 거예요. 일단 싸우기로 마음먹었으면 정면으로 부딪치는 거예요.」 이그나뜨가 장작으로 발을 두드리며 말했다.

대화가 끊겼다. 꿀벌과 땅벌들이 분주히 주위를 맴돌며 날갯짓 소리로 정적을 더해 주었다. 새들이 지저귀고, 어딘가 멀리선

길을 잃고 들판을 헤매는 노랫소리가 들려왔다. 잠시 침묵이 흐른 뒤에 리빈이 입을 열었다. 「자, 일을 시작해 볼까……. 좀 쉬시겠소들? 집 안에 판자로 짠 침상이 있어요. 이분들한테 마른 나뭇잎 좀 모아다 드리게나, 야꼬프. 참 아주머니께선 가지고 오신 책들을 주세요…….」

어머니와 소피야는 자루를 풀기 시작했다. 리빈이 그들 머리 위로 머리를 숙이고 흐뭇한 듯 말했다. 「아이구, 많이도 가지고 오셨소. 이 일 한 지 오래되었나 봅니다그려.」

「그래 이름이 어떻게 되시오?」 그가 소피야를 보며 물었다.

「안나 이바노브나! 12년째지요……. 그런데 왜 그러시죠?」

「아무것도 아니오. 감옥엔 가보았소?」

「물론입니다.」

「언제 본 적이라도……. 그렇지 않고서야 당신이 소피야에게 어찌 그리 심한 말들을 할 수가 있소?」 어머니가 그리 크지 않은 목소리로 나무라듯이 말했다.

리빈이 잠시 침묵을 지키고 있다가 책꾸러미 하나를 손에 집어 들고는 이를 드러내며 말했다. 「너무 날 몰아세우지 말아요. 농부와 귀족의 관계는 물과 기름의 관계와 같아서 서로 함께하기가 어렵고 밀어내기만 하지요.」

「난 귀족 마나님이 아니라 그냥 인간일 뿐예요.」 소피야가 가볍게 웃으며 대꾸했다.

「물론 그럴 수도 있겠죠. 개도 예전엔 늑대였다는 말도 있으니까. 가서 이걸 감춰야겠소.」 리빈이 말했다.

이그나뜨와 야꼬프가 그에게 다가와 손을 내밀었다.

「우리에게 주세요.」 이그나뜨가 말했다.

「모두 같은 종류요?」 리빈이 소피야에게 물었다.

「달라요. 여기 신문도 있고…….」

「오…….」

세 사람은 서둘러 움막 안으로 걸음을 재촉했다.

「농부들이 붙붙고 있어.」 생각에 잠긴 눈으로 그들을 쳐다보며 어머니가 나지막이 말했다.

소피야가 대꾸했다. 「그래요. 저도 이런 얼굴을 보긴 난생처음이에요. 마치 그들의 얼굴은 대순교자의 얼굴 같아요. 우리도 안으로 들어가요, 저들을 더 보고 싶어요……」

「리빈이 좀 까다롭게 군다고 해서 화내지 말아요……」 어머니가 나지막이 말했다.

소피야는 웃어 보였다.

그들이 문에 들어서자, 이그나뜨는 고개를 쳐들고 그들을 쳐다보고는 이내 곱실거리는 머리카락을 손가락으로 쓰다듬으며 무릎 위에 놓여 있는 신문에 바싹 고개를 수그렸다. 리빈은 선 채로 지붕의 틈으로 새어 들어오는 햇빛으로 신문을 비추며 읽고 있었는데, 햇빛이 움직일 때마다 신문을 따라 움직이며 입술을 우물거리고 있었다. 야꼬프도 무릎을 꿇고 앉아 판자로 짠 침상에 가슴을 바투 기대고서 신문을 읽고 있었다.

어머니는 움집 저 안쪽 구석에 가 자리를 잡았고, 소피야는 어머니의 어깨를 두 팔로 끌어안고서 주위를 지켜보고 있었다.

「미하일 아저씨, 우리네 농부들을 욕하는 대목이 많아요.」

야꼬프가 신문을 계속 읽으면서 작은 목소리로 속삭이듯 중얼거리자 리빈이 몸을 돌려서 그를 쳐다보고는 웃으면서 대답했다. 「그게 다 우릴 위해서 그러는 걸세!」

이그나뜨가 깊은 숨을 몰아쉬고 나서 고개를 쳐들고는 잔뜩 찡그린 눈을 해가지고 말했다. 「여기 이렇게 쓰여 있어요. 〈농부들은 인간이기를 그만두었다.〉 물론, 포기했지요.」 그의 순박하고 환한 얼굴에 모욕의 그림자가 드리워졌다. 「제기, 이 내 옷을 걸치고 온종일 뒹굴어 보라지, 정말 볼 만할 거야. 잘난 체하는 나쁜 놈들 같으니!」

「난 좀 누워야겠는걸.」 어머니가 소피야에게 나지막이 말했다. 「좀 고단하기도 하거니와 냄새 때문에 머리가 핑핑 돌 지경이라오. 당신은 어떻소?」
「괜찮아요.」
어머니는 침상에 눕자마자 금세 잠이 쏟아졌다. 소피야는 그녀의 바로 옆에 걸터앉아 책을 읽고 있는 사람들을 유심히 살피면서 땅벌들이 어머니의 얼굴 위를 빙빙 돌 때면 벌들을 저만치로 쫓아 보내곤 하였다. 어머니는 반쯤 감은 눈으로 소피야가 하는 모양을 보았다. 왠지 흡족했다.

리빈이 다가와 은근한 속삭임으로 물었다. 「아주머닌 잠드셨소?」
「예.」
그는 잠시 말없이 가만히 있다가 어머니의 잠든 얼굴을 유심히 내려다보고는 한숨을 내쉬고 조용히 입을 열었다. 「이분은 자식을 위해서, 자식의 길을 따라나선 최초의 어머니일 거요, 최초의 어머니!」

「주무시는 데 방해가 될지도 모르니 우린 밖으로 나가죠.」 소피야가 제안했다.

「그럽시다. 우리도 일을 해야 하니까. 물론 같이 이야기를 나누고 싶지만 이야길랑 저녁때까지 미루도록 합시다. 가세, 젊은 친구들!」

세 사람은 움막에 소피야만을 남겨 두고 모두 나갔다. 어머니는 언뜻 생각했다. 〈주님의 은총이야! 벌써 다들 친구가 되어 버렸군…….〉

이런 생각을 하다가 어머니는 숲과 타르의 자극적인 냄새를 호흡하며 스르르 잠이 들었다.

6

작업을 끝낸 흡족한 낯빛의 일꾼들이 돌아왔다.

그들의 목소리에 잠이 깬 어머니는 움막 밖으로 나와 얼굴엔 한가득 미소를 머금은 채 하품을 했다.

「모두들 일을 하고 돌아오는데 난 무슨 대단한 귀부인이나 된 양 늘어지게 잠만 잤구려!」 다정한 눈길로 모두를 둘러보며 어머니가 말했다.

「아주머니의 경우는 용서가 되지요.」 리빈이 대답했다. 그는 한결 조용해졌는데, 이는 피로감이 흥분의 여지를 남겨 두지 않았기 때문이었다. 「이그나뜨, 차 좀 끓여 내오게!」 그가 이그나뜨를 향해 소리치고는 말을 이었다. 「여기서 우린 번갈아 가며 주인이 되지요. 오늘은 이그나뜨가 우리에게 마실 거며 먹을 걸 준비해 줄 차례랍니다.」

「오늘은 내 순번을 사양하고 싶은걸요.」 이그나뜨가 귀를 쫑긋거리며 모닥불을 피우기 위해 장작이며 나뭇가지를 모으면서 이렇게 말했다.

「누구나 손님에겐 흥미를 갖기 마련이지!」 예핌이 소피야와 나란히 자리를 잡고 앉으며 말했다.

「내 도와줄게, 이그나뜨!」 야꼬프가 움막으로 들어가며 조용히 말했다. 그는 큰 빵 한 덩이를 가지고 나와 조각조각 쪼개서 탁자 위에 나누어 놓기 시작했다.

「가만! 기침 소리가 들리는 것 같은데……」 예핌이 조용히 소리쳤다.

리빈이 가만히 귀를 기울이더니 고개를 끄덕이며 말했다. 「그래, 누가 오는 것 같군……」

그러고는 소피야를 보고 설명했다. 「이제야 증인이 오는가 봅니다. 난 그 사람을 데리고 도시를 돌아다니며 광장에 세워 놓고 민중들이 그의 말에 귀를 기울이도록 했어요. 그가 하는 말은 오직 하나지만 모두가 들어 두어야만 하는 말입니다……」

정적과 어둠이 더욱 짙어지고 사람들의 목소리는 한결 은근해졌다. 소피야와 어머니는 농부들을 지켜보았다. 모두들 천천히 거동을 하며 무거운 발걸음을 떼어 놓고 있었고 왠지 이상스러운 조심성이 엿보일 뿐만 아니라 그들 역시도 이 여인들에게서 눈을 떼지 않고 있었다.

숲속에서 빈터 쪽으로 키가 큰 사내가 걸어 나왔다. 그는 지팡이에 몸을 의지한 채 천천히 걸음을 옮겨 놓고 있었는데 그의 가쁜 숨소리가 들려왔다.

「접니다.」 그 사내는 이런 말을 하고는 세차게 기침을 하기 시작했다.

그는 발뒤꿈치까지 내려오는, 누더기가 다 된 긴 외투를 걸치고 있었고 쭈그러진 둥근 모자 밑으로 꺼칠꺼칠하고 누런 머리카락이 정신없이 헝클어진 채로 힘없이 축 늘어져 있었다. 광대뼈가 툭 튀어나오고 핏기가 하나도 없는 얼굴에는 금빛 턱수염이 무성히 자라 있었고 입은 반쯤 벌어진 채였으며 이마 밑에 두 눈은 푹 패어서 어느 모로 보나 병색이 완연했다. 게다가 어두운 눈빛이 병색을 더해 주고 있었다.

리빈이 소피야를 소개시켜 주자 그가 그녀에게 물었다. 「책을 가져오셨다고 들었습니다만?」

「예, 들으신 대로입니다.」

「감사합니다……. 민중을 위하는 일이 따로 없어요. 민중 자신은 아직 진실을 이해할 줄 몰라요. 그래서 그걸 조금이나마 이해하는 제가 주제넘는 짓인 줄 알면서도 이런 말씀 드리는 것입니다. 정말 감사합니다.」

그는 걸신들린 듯 짧은 호흡으로 대기를 들이마시며 가쁜 숨을 몰아쉬었다. 목소리는 토막토막 끊어졌고 축 처진 손에 달라붙은 앙상한 손가락들은 외투의 단추를 잡으려고 애쓰면서 가슴 위를 더듬고 있었다.

「이토록 늦은 시간에 숲속에 계시는 건 몸에 해로워요. 게다가 이 숲은 활엽수림이라서 습기도 많으니 호흡이 곤란한 건 당연해요.」 소피야가 말했다.

「이렇게 된 마당에 이젠 건강에 좋고 자시고도 없어요. 제게 좋은 일이란 오직 죽는 일뿐이랍니다…….」 그가 가쁜 숨을 몰아쉬며 대꾸했다.

그의 목소리를 듣는다는 것은 괴로움 그 자체였고, 그의 모습은 이미 자신의 무기력과 차마 보지 못할 억울함을 일깨우는 그런 아무 쓸모 없는 연민만을 불러일으킬 따름이었다. 그는 나무통에 걸터앉았는데, 어찌나 조심스럽게 무릎을 구부리는지 흡사 두 다리가 부러질 걸 두려워하는 사람 같았다. 비 오듯 땀이 흐르는 이마를 훔치는 것을 보니 머리카락은 윤기 하나 없이 푸석푸석한 게 마치 죽은 사람의 그것 같았다.

모닥불이 활활 타오르고 주위의 모든 것은 사뭇 전율하였으며 또한 불안스레 흔들리고 있었다. 놀란 그림자가 겁먹은 듯 숲속으로 내달았고 불길 바로 위에선 심각한 표정을 한 이그나뜨의 둥근 얼굴이 불빛에 가물거렸다. 불꽃이 차츰 사위어 갔다. 연기 냄새가 진동을 하고 정적과 어둠이 병자의 거친 말소리에 귀를 곤두세우고 경청을 하느라 빈터에서 다시 결합하였다.

「하지만 전 민중들을 위해서라면 범죄의 증인으로서 아직도 유익한 일을 할 수가 있습니다……. 자, 저를 보세요. 제 나이 겨우 스물여덟입니다. 하지만 전 죽어 가고 있어요. 10년 전만 해도 12뿌드 정도 되는 짐을 어깨에 짊어지는 일이 대수롭지 않은 일이었죠. 정말 아무것도 아니었습니다. 그토록 건강에는 자신이 있었기 때문에 전 한 70까지는 중도에 거꾸러지는 일 없이 거뜬히 살 수 있으려니 생각했습니다. 그런데 10년을 살고는 막다른 골목에 들어서고 말았어요. 지주들이 절 강탈하고는 40년이란 인생을 훔쳐 갔습니다. 40년이란 인생을!」

「이것이 바로 이 사람이 매일같이 흥얼거리다시피 하는 노래랍니다.」 리빈이 무뚝뚝하게 말했다.

다시 모닥불이 타올랐다. 그러나 이번에는 불길이 한결 강했고 밝았다. 그림자들이 다시 숲속을 향해 허우적거렸고 그러다간 다시 되돌아와서는 소리 없이 적의를 잔뜩 품고 너울너울 춤을 추는 모닥불 주위에서 가물거렸다. 불길 속에선 마른 나뭇가지들이 탁탁 소리를 내며 끊임없는 푸념을 늘어놓고 있었고, 나뭇잎들 또한 따뜻해진 대기의 높은 파도에 겁먹은 듯 연방 부스럭거리며 소곤거리고 있었다. 쾌활하고 활달한 불길의 혓바닥들이 찧고 까불며 장난을 치다가는 서로 얼싸안기도 하고, 누렇고 시뻘건 불길이 이번엔 위로 솟구치기도 했으며 불붙은 잎들이 불꽃을 뿌리며 날아오르면 하늘에선 별들이 마치 유혹이라도 하는 듯 반짝거리며 미소를 보내는 것이었다.

「그렇다고 그것이 나의 노래일 수만은 없어요. 수천의 사람들이 그 노래를 부르고 있답니다. 비록 자신들의 비참한 삶 속에서 민중들에게 유익한 교훈을 이해하고 있지는 않습니다만, 노동에 지친 얼마나 많은 불구자들이 말없이 굶주림에 허덕이다 죽어 가고 있습니까⋯⋯.」

그는 허리를 구부리고 온몸을 사시나무 떨듯 하면서 연방 기침을 해대기 시작했다.

야꼬프가 끄바스(주로 나맥과 엿기름으로 만든 청량음료) 통을 탁자 위에 올려놓고 푸성귀 한 다발을 던져 놓으며 병자에게 말했다. 「이리 와요, 사벨리! 우유를 좀 가져왔어요······.」

사벨리는 고개를 가로저으며 거절을 했지만 야꼬프가 그의 겨드랑이 밑에 손을 집어넣고 일으켜서 탁자로 데려왔다.

소피야가 리빈에게 낮은 목소리로 나무라는 듯한 말투로 말했다. 「이봐요. 당신은 뭐 하려고 저 사람을 이리로 불러왔어요? 금세 숨이 끊어질 것 같은데······.」

「그럴지도 모르지요.」 리빈이 맞장구를 치고는 계속해서 말했다. 「하지만 기력이 있을 때까지 이야기를 하게 내버려 둬요. 여태껏 하찮은 일로 인생을 망쳤으니 사람들을 위해서는 좀 더 참아 보도록 내버려 두는 게 잘하는 것이오. 아무 일 없을 거요. 괜찮아.」

「당신은 흡사 그런 데에 재미라도 붙인 사람 같군요.」 소피야가 외쳤다.

리빈은 그녀를 쳐다보더니 비통한 어조로 대꾸했다. 「십자가에 매달려 신음하는 그리스도를 즐기는 사람들은 바로 지주 나리들이오. 우린 인간에게서 뭔가라도 배우고자 하고, 역시 당신도 그런 데서 뭔가 조금이라도 배우는 것이 있었으면 하고 바랄 뿐이오······.」

어머니가 움찔 두 눈썹을 치켜세우고 그에게 말했다. 「이제 그만둬요······.」

탁자에 걸터앉은 병자가 다시 이야기를 하기 시작했다. 「노동으로 사람들은 폐인이 되다시피 했어요. 도대체 무엇 때문이란 말입니까? 인간으로서의 삶이란 이미 강탈당한 지 오랩니다. 무엇 때문인가요? 내 얘길 해볼까요? 내 주인, 난 네페도프 공장에서 인생을 망쳐 버렸는데, 그 내 주인이란 작자는 어떤 가수란 년한테 홀딱 빠져서 금 세숫대야에 금 요강을 선물로 주었어요. 바로 그 요강에는 내 힘, 내 인생이 들어가 있는 거예요. 바로 그런 짓거리를 위해 내 인생은 달아나 버린 겁니다. 그놈은 나를 죽도록 일을 시켜 먹고는 고작 한다는 짓이 내 피를 빨아 제 애인 년을 즐겁게 해준 거지요. 내 피를 갖고 그년에게 금으로 만든 요강을 사주었단 말입니다.」

「인간이란 자고로 하느님을 닮은 모습을 본떠서 창조되었건만, 겨우 그런 데다 인생을 허비하다니⋯⋯.」 예핌이 미소를 지으며 말했다.

「그러니 입만 다물고 있다고 해서 잘하는 짓이 아닌 거지!」 리빈이 손바닥으로 탁자를 내리치며 소리쳤다.

「그걸 그냥 참아서는 안 돼!」 야꼬프가 나지막한 목소리로 거들었다.

이그나뜨는 웃고 있었다.

어머니는 젊은이들 셋 모두가 굶주린 영혼이 무언가를 탐욕스럽게 갈구하는 듯한 강렬한 열망으로 이야기에 귀를 기울이고 있고, 매번 리빈이 이야기를 할 때마다 몰래 매복해 있는 사람의 눈초리로 그의 얼굴을 응시한다는 것을 알아챘다. 사벨리의 이야기는 그들의 얼굴에 이상스러우리만큼 날카로운 경멸의 미소를 불러일으키고 있었다. 그들에게서 병자에 대한 연민이라곤 눈곱만큼도 찾아볼 수 없었다.

소피야에게 몸을 기울이면서 어머니가 귓속말로 물었다. 「저 사람 하는 말이 과연 진실일까?」

소피야가 큰 소리로 대꾸했다. 「그럼요, 진실이고말고요. 그런 선물 사건이 신문에 실린 적이 있었어요. 모스끄바에서 실제 있었던 일이랍니다⋯⋯.」

「그런데도 그놈은 사형에 처해지지도 않았지요. 아무 벌도 받지 않았소.」 리빈이 무뚝뚝하게 말을 이었다. 「그런 놈은 마땅히 죽여 없애야만 해요. 민중들 앞에 끌어내다가 사지를 쫙쫙 찢어서 그 더러운 살덩이들을 개에게나 던져 버려야 해요. 민중들이 한번 들고일어나기만 하면 웬만한 사형은 민중들의 손으로 집행될 겁니다. 민중이 흘린 피가 대체 얼맙니까. 그러니 자신의 오욕을 씻어 버리기 위해서라도 마땅히 그래야 해요. 그 피는 말할 필요도 없이 민중의 피며 민중의 몸 안에서 자라나 살 것이니 그

피의 주인이 민중이 되는 건 당연한 거지요.」

「쌀쌀하군!」 병자가 말했다.

야꼬프가 그를 부축해 일으키고는 모닥불 가까이로 옮겨 앉혔다.

모닥불은 더욱 밝게 타올랐고, 얼굴 없는 그림자들이 그 주위에서 활기 넘치는 불꽃놀이를 놀란 눈으로 지켜보며 이리저리 흔들리고 있었다. 사벨리는 그루터기에 걸터앉아 창백하고, 말라 앙상한 손을 뻗어 불을 쬐고 있었다. 리빈이 고개를 그의 쪽으로 기울인 채 소피야에게 말을 건넸다. 「이건 책보다도 한결 신랄하답니다. 기계에 손이 잘리거나 노동자가 목숨을 잃는 건 일정 부분 노동자 자신에게도 잘못이 있다고 설명될 수도 있어요. 하지만 이처럼 인간에게서 완전히 피를 빨아먹을 대로 빨아먹고 죽은 개새끼 버리듯 팽개친다는 건 어떤 말로도 설명될 수 없는 겁니다. 온갖 종류의 살인을 난 다 이해할 수 있지만 장난삼아 저질러 대는 학대는 결코 용납할 수 없어요. 민중이 학대를 받아야 하는 이유는 도대체 뭐며 우리 모두가 고통을 당해야 하는 이유는 도대체 무엇이란 말입니까? 그놈들은 장난삼아, 단순히 즐기려고, 이 땅에서 좀 더 편히 살아 보겠다고, 그리고 우리의 피를 빨아 저희들에게 필요한 모든 것, 이를테면 가수 년, 말들, 은장도, 순금 접시, 값비싼 장난감 따위를 사려고 그 짓거리를 한다 이겁니다. 네놈들은 일, 일, 일, 그저 일이나 죽도록 해라, 그러면 난 네놈들 노동의 대가로 돈이나 실컷 모아서 애인한테 순금 요강이나 선물할란다, 뭐 이런 식이오.」

어머니는 듣고 보았다. 다시 한 번 그녀의 앞에 펼쳐진 어둠 속에서 빠벨, 그리고 그와 함께 걸어가고 있는 모든 사람들의 길이 밝게 빛나는 줄무늬처럼 곧게 뻗어 있고 왠지 아른거리는 것을.

저녁 식사를 마치고 모두들 모닥불 주위에 빙 둘러앉았다. 그들 앞에는 나뭇가지를 조급히 먹어 치우며 불길이 타오르고 있었고 뒤에는 어둠이 숲과 하늘을 집어삼킨 채 드리워져 있었다.

병자는 두 눈을 크게 뜨고 불길을 응시한 채로 연방 기침을 해대고 있었는데, 온몸을 부르르 떠는 품이 흡사 얼마 남지 않은 삶이 질병으로 못 쓰게 된 몸뚱어리를 내던지려고 기를 쓰면서 더 이상 참지 못하고 그의 가슴으로부터 찢겨 도망가려는 것 같았다. 불꽃이 그의 얼굴에서 흔들리며 죽은 살가죽을 더없이 파리하게 만들었다. 단지 커다랗게 뜬 두 눈만이 타오르는 불길처럼 이글거리고 있을 뿐이었다.

「어때요? 안으로 들어가는 게, 사벨리?」 야꼬프가 그에게 허리를 굽히며 은근히 권했다.

「왜? 난 좀 더 앉아 있고 싶네. 사람들과 이렇게 함께 있을 시간도 내겐 얼마 남지 않았어……」 그가 힘겹게 대꾸했다.

그는 모두를 둘러보고 한동안 말이 없더니 이윽고 파리한 미소를 지어 보이며 말을 이었다. 「여러분들과 함께 있다는 게 여간 기쁘지 않아요. 전 여러분들을 보면서 이런 생각을 한답니다. 여기 있는 이 사람들이 강탈당한 사람들을 위해서, 탐욕의 희생물로 스러져 간 민중을 위해서 복수를 해줄 것이다……」

그에게 대꾸하는 사람은 아무도 없었다. 그는 이내 머리를 힘없이 가슴에 떨구고 꾸벅꾸벅 졸기 시작했다. 리빈이 잠깐 그를 쳐다보더니 나지막한 목소리로 입을 열었다. 「이 사람은 우리들을 찾아와 이렇게 앉아서는 늘 한 가지, 인간에 대한 조롱에 관한 이야기를 하곤 한답니다. 그 조롱엔 그의 영혼의 전부가 들어 있습니다. 흡사 영혼에 두 눈을 얻어맞아 더 이상 아무것도 볼 수 없는 사람처럼.」

「그 이상 더 무얼 바랄 수 있단 말이오? 수천의 사람들이 매일매일 노동으로 죽어 가고 그 덕택에 주인 놈들은 장난삼아, 즐기려고 돈을 물 쓰듯 쓰는데, 또 무슨 할 이야기가 있겠어요……」 어머니가 생각에 잠겨 말했다.

「이제 그런 얘기 듣는 것도 지겨워요. 한 번만 들어도 잊어 먹지 않을 이야기를 저 사람은 늘 이야기하니, 그것도 그것 하나에 대해서만!」 이그나뜨가 나지막이 끼어들었다.

「그 한 가지에 모든 이치가 압축된 채로 다 들어 있는 거라네, 모든 삶도 그렇고. 기억해 두게나!」 리빈이 침통한 어조로 말을 이었다. 「난 그의 운명에 대해서 열 번도 더 들었지만 때로는 의문 나는 점이 생기기도 해. 인간이라면 누구나 인간의 추악함, 인간의 용맹을 믿고 싶지 않은, 그래서 모든 사람, 없는 자나 있는 자나 할 것 없이 모두가 가엾은 그런 때도 있곤 한 거야. 어차피 가진 자도 길을 헤매긴 마찬가질 테니까. 한쪽이 굶주림에 눈이 멀었다면 다른 한쪽은 황금에 눈이 멀었다는 차이가 있을 뿐이지. 에호, 생각해 보라고, 사람이란 다 형제인 거야. 기지개를 한번 켜고 솔직히 생각해 보라고. 자기 자신이라고 봐주지 말고 한번 잘 생각해 보란 말일세.」

병자는 몸을 한 번 뒤척이더니 눈을 동그랗게 뜨고는 땅바닥에 드러누웠다. 야꼬프가 살며시 자리에서 일어나 움집으로 들어가 털가죽 외투를 가져와서는 사촌에게 덮어 주고 다시 소피야의 옆에 나란히 앉았다. 불그스레한 불길의 불꽃은 거친 미소를 지으며 주위에 둘러앉은 사람들의 시커먼 모습들을 밝게 비추어 주고 있었다. 사람들의 목소리는 나직한 나무 타는 소리, 그리고 불꽃의 속삭임 속으로 빨려 들어가고 있었다.

소피야가 삶의 권리를 찾기 위한 민중의 전 세계적 투쟁, 옛날 독일 농민들의 투쟁, 아일랜드인들의 불행, 그리고 자유를 위한 빈번한 전투에서 이룩한 프랑스 노동자들의 위대한 공훈 따위에 대해서 이야기를 했다.

융단 같은 밤공기로 뒤덮인 숲속에서도, 나무들로 울타리가 쳐지고 새까만 하늘로 덮인 비좁은 빈터에서도, 모닥불의 불꽃 앞에서도, 그리고 잔뜩 적의를 품은 채 놀라 어쩔 줄 모르는 그림자 무리에서도 배부르고 탐욕스러운 자들의 세계를 뒤흔들었던 사건들이 되살아났고, 온 누리의 민중들이 전투에 지쳐 피를 흘리면서 꼬리에 꼬리를 물고 들고일어났으며 자유와 진리를 위해 몸 바친 투사들의 이름이 되새겨지고 있었다.

소피야의 낭랑한 목소리가 은은히 울려 퍼지고 있었다. 마치 먼 과거로부터 거슬러 흘러나오듯 그 목소리는 희망을 일깨우고 확신을 불러일으켜, 모인 사람들은 자신들의 정신적 형제들에 대한 소식에 말없이 귀를 기울이지 않을 수 없었다. 그들은 여인의 여위고 창백한 낯빛을 바라보았다. 그들 앞에는 전 세계 모든 민중들의 성스러운 과업, 즉 자유를 위한 간단없는 투쟁이 한결 선명하게 비쳤다. 세계의 민중들은 암울과 피로 얼룩진 장막으로 드리워진 머나먼 과거 속에서, 그리고 전혀 알지 못할 다른 민족들 가운데서 자신들의 희망과 사상을 발견하였고, 마음 속으로는 이성과 감정으로 세계와 관계하며 그 안에서 친구들을 보았던 것이다. 세계 안의 친구들은 이미 오래전에 동지애로 결연히 이 세상의 참 진리의 쟁취를 위한 결의를 다져 왔고 헤아릴 수조차 없는 고통으로 자신들의 결의를 각인하여 왔으며, 새롭고 기쁨에 넘치는 삶의 승리를 위해 자신들의 피를 강물이 되도록 쏟았던 바로 그런 동지였다. 모든 이들과의 정신적 유대감이 생성, 발전하였으며, 모두를 이해하고, 모두를 자신 안에서 하나로 결속하고자 하는 타오르는 듯한 갈망으로 가득 찬 세상의 새로운 가슴들이 탄생하였던 것이다.

확신에 찬 소피야의 목소리가 울렸다. 「만국의 노동자들이 고개를 쳐들고 〈이젠 됐어〉라고 단호히 말할 그날이 다가오고 있어요. 그럼 우리는 더 이상 이런 삶을 원치 않게 될 겁니다. 그날이 오면 자신들의 탐욕으로 가진 자, 행세를 하던 자들의 헛된 힘은 삽시간에 무너져 내리고 그들의 발밑에서 땅덩어리가 뿌리째 흔들려 결국 그들이 발 디디고 의지할 곳이라곤 하나도 남아 나지 않게 될 겁니다……」

「반드시 그렇게 되고말고! 제 몸을 아껴선 안 돼, 그럼 모든 걸 극복하게 될 거야.」 리빈이 고개를 떨구며 맞장구를 쳤다.

어머니는 양미간을 높이 치켜세우고 얼굴엔 기쁨으로 어쩔 줄을 몰라 차라리 경악이라 말할 수밖에 없는 웃음을 흘리며 귀를 기울이고 있었다. 어머니는 모든 단호하고, 카랑카랑하며 분방한 기질, 적어도 소피야에게는 쓸데없는 것으로 여겨졌던 그 모든 것이 이제는 사라져 그녀가 내뱉는 열렬하면서도 매끄러운 이야기의 급류 속에 빠져 들어가고 있음을 보았다. 밤의 정적, 불꽃의 장단, 소피야의 얼굴, 그리고 무엇보다도 농부들의 준열한 관심이 마음에 들었다. 그들은 자기들을 세계와 이어 주는 밝은 실마리를 잡아뜯게 되지나 않을까 두려워한 나머지 이야기의 고요한 흐름을 깨뜨리지 않으려고 애를 쓰면서 꼼짝도 하지 않고 앉아 있었다. 어쩌다가 한 번씩 누군가가 나뭇가지를 조심스럽게 모닥불에 얹어 놓기도 했고, 모닥불에서 불티나 연기가 올라올 때면 그것들이 소피야에게로 가지 못하도록 손을 부채 삼아 허공에서 내젓는 게 고작이었다.

한번은 야꼬프가 일어나 나지막한 목소리로 부탁을 했다.「잠깐만 기다렸다가 말씀을 계속해 주세요……」그러고는 안으로 뛰어 들어가 옷가지를 몇 벌 가지고 나오더니 이그나뜨와 함께 말없이 소피야의 발과 어깨를 감싸 주기도 했다. 소피야는 다시 이야기를 계속하면서 승리의 날을 그리는가 하면, 사람들에게 자신들의 힘에 대한 믿음을 심어 주기도 하고, 혹은 그들에게 배부른 자들의 바보 같은 장난을 위한 무익한 고역에 일생을 빼앗겨 버린 모든 이들과의 유대감을 일깨워 주기도 했다. 소피야가 하는 말들은 어머니의 가슴을 두근거리게 했다. 그러나 소피야의 이야기가 불러일으킨 어떤 거대한, 그래서 모든 이들을 포용하고도 남을 감정이, 위험을 무릅쓰고 노동의 족쇄로 발목이 묶여 버린 사람들에게로 달려가게 했고, 또 그들을 위해서 고결한 이성이라는 선물, 진리에 대한 사랑이라는 선물을 가지고 온 사람들에 대한 감사하리만큼 간절한 마음으로 어머니의 가슴이 충만되게 했다.

〈도와주소서, 주여!〉그녀는 두 눈을 지그시 감으며 생각했다.

새벽 어스름, 소피야는 고단한지 잠시 입을 다물고 있다가 이내 다시 미소를 지으면서 자기를 둘러싼 진지하면서도 밝게 빛나는 얼굴들을 일일이 둘러보았다.

「이젠 그만 떠날 시간이라오.」 어머니가 말했다.

「시간이 다 됐군요.」 소피야는 피로한 기색으로 말을 받았다.

젊은이들 가운데 하나가 요란하게 한숨을 내쉬었다.

리빈이 평소와는 달리 부드러운 목소리로 말했다. 「떠나신다니 섭섭하군요. 좋은 말씀, 뭐라 감사를 드려야 할지! 거대한 일이 민중 서로서로를 한 가족처럼 가깝게 해줄 겁니다. 우리는 말할 것도 없고, 수백만이 바로 그걸 원하고 있다는 걸 아신다면 마음은 한결 더 선하게 될 것입니다. 선함 속에 바로 거대한 힘이 있는 게 아니겠습니까?」

「선을 베푸셨으니 필시 복 받으실 거예요.」 예핌은 살며시 웃으며 이렇게 말하고 얼른 자리에서 일어섰다.

「이분들은 떠나셔야만 해요. 미하일 아저씨, 딴 사람들 눈에 띄기 전에 말이죠. 우리가 이 책들을 돌리면 당국에선 이 책들의 출처를 캐내려 들 게 아니겠어요? 누구건 기억을 더듬어 만약에라도 여기에 이상한 사람들이 왔네 마네 하고 떠들기라도 하는 날이면……」

「저, 고맙습니다, 아주머니. 친히 이런 어려운 일을 다 하시고!」 리빈이 예핌의 이야기를 가로막으며 입을 열었다. 「전 당신을 볼 때마다 빠벨 생각을 한답니다. 지금 가시는 이 길은 너무나도 훌륭하신 길입니다.」

한결 마음이 진정된 그의 얼굴에선 웃음이 피었다. 너무도 선한 웃음이었다. 공기가 꽤나 찼지만 그는 셔츠 하나만 달랑 입고 더구나 윗단추를 풀어 헤쳐 가슴을 온통 드러낸 채 있었다. 어머니는 그의 당당한 풍채를 보고 다정스레 충고를 해주었다. 「뭘 좀 걸치지 그러시오, 날도 쌀쌀한데!」

「안은 불덩이 같은걸요.」 그가 대꾸했다.

젊은이 셋은 모닥불 가에 서서 조용히 이야기를 나누고 있었는데, 그들의 발 옆에는 털가죽 외투로 몸을 감싼 병자가 누워 있었다.

하늘이 밝아짐에 따라 밤그림자도 더불어 사위어 갔으며 나뭇잎들이 태양을 기다리며 떨고 있었다.

「자, 이젠 작별의 순간이 온 것 같습니다. 뵙고 싶으면 시내에 가서 어떻게 찾으면 될까요?」리빈이 소피야의 손을 거머쥐며 말했다.

「우선 날 찾으시구려!」어머니가 말했다.

젊은이들이 천천히 무더기로 소피야에게 다가가서는 말없이 그녀의 손을 잡았다. 서투르긴 해도 다정하기 이를 데 없었다. 너 나 할 것 없이 감사하는, 다정한 만족감을 숨기려 애쓰는 모습이 역력했는데, 아마도 이제껏 접해 보지 못한 어떤 새로움에 굉장히 당혹스러워하는 게 분명했다. 밤잠을 못 잔 탓에 퀭한 두 눈에 미소를 머금고서 그들은 말없이 소피야의 얼굴을 쳐다보았다. 두 발을 연방 바꾸어 디디는 품이 무언가를 주저하고 있음을 보여 주었다.

「가실 땐 가시더라도 뭐 좀 드시지 않겠어요?」야꼬프가 물었다.

「남은 게 좀 있을까?」예핌이 말했다.

이그나뜨가 멋쩍은 듯 머리를 긁적이며 말했다. 「없어, 내가 아까 그걸 몽땅 엎질렀거든……」

셋은 한바탕 웃음을 터뜨렸다.

그들이 이야기하고 있는 것은 우유에 대해서였지만 어머니는, 그들이 말은 하지 않지만 소피야 그녀에게 좋은, 훌륭한 어떤 것을 안겨 주려고 딴생각들을 하고 있음을 느낄 수 있었다. 이에 감동한 소피야는 당혹감과 어색함, 그리고 수줍음을 느끼지 않을 수 없었고 결국엔 기어 들어가는 목소리로 이 한마디밖에는 더 이상 할 말을 찾지 못했다. 「감사합니다, 동지들!」

그들은 서로 눈길을 교환했는데, 이 한마디 말에 적잖이 동요되는 눈치였다.

병자의 둔탁한 기침 소리가 들렸다. 장작더미의 타다 남은 불길마저 꺼져 버렸다.
　「안녕히 가십시오.」 농부들이 속삭이듯 작별 인사를 했다. 구슬픈 작별의 말이 여인들의 귓전에 오래도록 울렸다.

　그들은 서두르지 않고 여명의 숲길을 따라 걸었다. 어머니가 소피야의 뒤를 따라 걸으며 말했다. 「모든 것이 훌륭해, 마치 꿈속을 헤매는 기분이랄까, 정말 좋아! 사람들은 진리를 알고자 한다오, 소피야. 그들은 바라고 있단 말이오. 꼭 휴일 이른 새벽 교회에 와 있는 것 같구려……. 신부도 아직 오지 않고 사방은 어둡고 조용해, 사원 안은 왠지 모르게 섬뜩하기도 하지만, 사람들은 벌써 하나둘씩 모여들고 있지……. 성상 앞엔 촛불이 켜지고 등불마저 켜져 차츰차츰 어둠을 몰아내고 있지. 교회를 밝게 비추면서.」
　「그렇다마다요! 다만 여기서 교회란 세상 전부를 말함이지요.」 소피야가 기쁜 마음으로 대꾸했다.
　「세상 전부라!」 어머니는 생각에 잠긴 듯 고개를 끄덕이며 되풀이했다. 「그 말 참 근사하군, 믿기는 좀 어렵지만……. 하여튼 당신이 하는 얘기는 모두 멋있구려. 정말 근사해. 난 말을 별로 잘하지 못하니, 내 말을 듣노라면 답답한 게 한두 가지가 아닐 거요…….」
　소피야는 잠시 말이 없다가, 나지막한 목소리로 아쉬운 듯 대답했다. 「그들에게 좀 더 솔직했어야 하는 건데…….」
　그들은 길을 걸으며 리빈과 병자에 대해서, 그리고 소심한 탓인지 말도 없고 매사에 서투르면서도 여인들에 대해서 세심한 배려로 고마운 우정의 감정을 솔직하게 표해 주었던 젊은이들에 대해서 이야기를 했다. 탁 트인 들판에 들어서자 맨 먼저 떠오르는 태양이 그들을 맞아 주었다. 아직 보이지는 않았지만 태양은 이미 하늘에 투명한 부챗살 모양의 장밋빛 햇살을 펼치고 있었고, 풀잎에 맺힌 이슬방울들은 활기 넘치는 봄의 기쁨을 알리는 갖가지 색깔의 불꽃으로 반짝이고 있었다. 새들도 갓 잠에서 깨어나 즐거운 지저귐으로 아침에 청신한 봄기운을 마구 불어넣고 있었다. 살찐 까마귀 떼가 까악까악 분주히 울며 굼뜬 날갯짓을 해대면서 날아올랐고 어디선가 꾀꼬리들의 구성진 울음소리가 들렸다. 먼동이 터 오며 밤그림자가 언덕 너머로 사라지고 태양을 맞았다.

「때로는 지나칠 정도로 말이 많은 사람이 있어요. 하지만 정작 그 사람을 이해할 수 있는 것은 그 사람이 몇 마디의 쉬운 말로 다른 사람을 이해시킬 수 있는 경우지요. 바로 그 말 한마디에 모든 게 명백해진다오.」 어머니가 생각에 잠겨 이야기를 꺼냈다. 「이를테면 그 병자가 바로 그런 경우랄 수 있어요. 나는 그 사람의 말을 듣고 공장, 아니 그뿐만 아니라 모든 곳에 있는 노동자들이 어떻게 착취당하고 있는지를 비로소 알 수 있었어요. 하지만 보통 사람들은 그런 생활에 익숙해 있어서인지 그걸 가슴으로 느끼진 못하는 것 같습니다. 그런데 그가 불쑥 그런 비굴한 삶을 돌아보게 했지요. 세상에나! 어찌 평생 죽도록 일만 할 수 있겠소? 그것도 주인들이 제 자신을 조롱거리로 만드는 것을 그대로 보아 넘기면서 말이오. 그건 정말 당치도 않은 소리요.」

어머니의 생각은 어떤 한 사건에까지 미쳤는데, 그 사건은 어렴풋하나, 날카로운 섬광으로 언젠가 알기는 했었지만 곧바로 잊힌 일련의 비슷한 사실들에 대해서 어머니를 일깨웠다.

「분명한 건, 그자들은 이미 모든 걸 배불리 처먹었고, 이젠 정말 더 이상은 참을 수 없다는 거요. 어떤 지방 관리 하나를 내가 아는데 그자는 말을 타고 시골길을 걸어가면서 농부들에게 말한테 인사를 하라고 강요했어요. 그리고 인사를 하지 않는 사람은 모두 그 자리서 체포했다오. 도대체 그럴 필요가 뭐가 있느냐 말이오? 이해하려야 도무지 이해할 수 없는 기막힌 일이지.」

소피야는 나지막한 소리로 노래를 부르기 시작했다. 아침처럼 활기 넘치는 노래를……

7

 닐로브나의 생활은 이상스러울 만큼 평온하게 흘러갔다. 그녀는 간혹 그런 평온함에 화들짝 놀라기도 했다. 아들은 여전히 감옥에 갇혀 있었고, 그녀는 무거운 형벌이 그를 기다리고 있다는 것을 알았지만, 매번 그런 생각을 할 때면, 의지와는 무관하게 안드레이, 페쟈, 그리고 다른 사람들의 얼굴이 차례로 떠올랐다. 아들의 얼굴은 모든 사람들을 자기의 운명과 동일한 운명 속으로 흡수하면서 그녀의 두 눈에 확대되어 나타나서는 어느새 본능적으로 빠벨에 대한 근심을 증대시키고, 한편으론 모든 방면으로 퍼뜨리며 관조적인 감정을 불러일으키는 것이었다. 그 근심들은 가늘고 불규칙적인 광선과도 같이 여기저기로 퍼져 어느 것 하나 그대로 놓아두지 않고 다 건드리며 죄다 밝게 비추고 하나의 광경으로 모으느라 바삐 뛰어다녀서는 그녀가 어떤 하나의 생각에 몰두하는 것을 방해할 뿐 아니라 철저하게 아들에 대한 근심과 공포의 감정이 하나로 결합되는 것 또한 방해했다.
 소피야는 곧바로 어딘가로 길을 떠났다가는 약 닷새가 지나서 쾌활하고 생기발랄한 모습으로 돌아왔지만, 다시 얼마 안 있어 사라져서는 두 주일이 채 지나지 않아 돌아왔다. 마치 그녀는 간혹 니꼴라이를 엿보면서 동생의 집을 자신의 활달함과 소란으로 채우기 위해 넓은 원을 그리며 삶을 살아가는 것 같았다.

그녀가 피우는 소란은 어머니에게도 이해되기 시작했다. 소란에 귀를 기울이면서 어머니는 따뜻한 물결이 그녀의 가슴에 와 부딪치고 심장 속으로 녹아드는 걸 느꼈다. 또한 심장이 고르게 고동치고, 흡사 충분히 비를 맞아 축축하고 깊게 개간된 대지의 알곡처럼 심장 안에선 근심의 물결이 빠르고 활달하게 굽이치고 소리의 힘에 의해 일깨워진 여러 말들이 부드러우면서도 아름답게 꽃을 피우는 기분에 감싸이기도 했다.

어머니에게는 소피야의 단정치 못함을 참고 견디기가 꽤나 어려운 일이었다. 소피야는 여기저기에 자기의 물건들, 담배꽁초, 재를 어지럽게 늘어놓았고 게다가 그녀의 자유분방한 말투엔 정말 손을 들지 않을 수 없었다. 이 모든 것이 니꼴라이의 태연한 확신, 예의 그가 하는 말의 온화한 심각성과 더불어 지나칠 정도의 언짢은 감정을 불러일으켰다. 소피야는 흡사, 자신을 성인으로 사칭하려 안달해서 사람들의 호기심을 자극하는 장난감을 쳐다보는 소녀 같았다. 그녀는 노동의 신성함에 대해서 많은 말을 하면서도 자신의 단정치 못한 성격으로 어머니에게 이것저것 잡일에 대한 부담을 한껏 지워 주었고, 자유에 대해 열변을 토하면서도 너무나 강한 신경질적인 성격, 논쟁으로 어머니도 알아챌 정도로 모든 사람을 압박했다. 논쟁을 하다 보면 많은 모순점을 발견할 수 있었다. 그래서 어머니는 이것을 보고 조심성을 갖고 바짝 긴장해서, 남모르는 주의를 기울여 그녀를 대할 수밖에 없었다. 니꼴라이가 은근히 일깨워 주는 가슴속의 한없는 따뜻함과는 대조적이었다.

항상 근심스러운 표정의 그는 매일매일 단조로우면서도 유유한 생활을 이어 나갔다. 아침 8시면 그는 늘 차를 마시고, 신문을 읽어 내려가면서 새로운 소식들을 어머니에게 들려주었다. 그의 이야기를 듣고 어머니는 어떻게 삶의 거대한 기계 뭉치가 무자비하게 사람들을 갈아서 돈을 만들어 내는지를 아주 분명하게 보게 되었다. 그녀는 그에게서 안드레이와의 어떤 공통점을 느꼈다. 우끄라이나인처럼 그도 모든 걸 역한 삶의 구조 탓으로 돌리면서 사람들에 대해서 악의 없이 이야기하곤 했지만, 그에게 새로운 삶에 대한 믿음은 안드레이의 경우처럼 그렇게 열렬하지도, 명백하지도 않았다. 그는 항상 청렴결백하면서 준열한 심판관의 목소리로 조용조용 말을 했고 심지어 아주 무서운 이야기를 할 때에도, 비록 조용히 유감의 미소를 지었지만 두 눈만은 차갑고 결연하게 빛났다. 두 눈에서 빛나는 광채를 보면서 어머니는, 이 사람은 어느 누구도, 어떤 일도 용서하지 않고 또 용서할 수도 없다는 걸 이해했다. 또한 그러한 결연함이 고통스러울 것임을 느끼자 니꼴라이가 한없이 가련한 생각이 들었다. 그래서 그런지 그가 더욱 마음에 들었다.

9시에 그는 출근을 했다. 어머니는 방들을 청소하고 점심을 준비하고 세수를 한 다음, 깨끗한 옷으로 갈아입고는 자기 방에 들어앉아 이 책 저 책을 뒤적거리며 여러 그림들을 자세히 들여다보았다. 그녀는 이미 책을 읽을 줄 알게 되었지만, 항상 지나친 긴장을 해서인지 조금만 읽다 보면 금방 지치고 문맥을 파악할 수 없게 되었다. 하지만 그림을 들여다보는 일은 그녀를 사로잡아 그때만큼은 마치 어린아이가 된 기분이었다. 그림들은 그녀 앞에 새롭고 경이로운 세계, 그러면서도 이해할 수 있고 느낄 수 있는 세계를 펼쳐 보였다. 거대한 도시들, 아름다운 건물, 자동차, 선박, 기념비, 인간이 창조한 헤아릴 수 없이 많은 부귀, 그리고 깜짝 놀랄 정도로 다양한 자연의 창조물들이 나타났다. 매일매일 눈앞에 거대하고 익히 본 적도 없고 경이로운 그 무엇을 펼쳐 내보이며 삶은 끝없이 확장되어 나갔고, 한결 강력하게 자원의 풍부함과 헤아릴 수 없이 많은 아름다움으로, 갓 깨어난 굶주린 여인의 영혼을 자극했다. 그녀는 특히 2절판 대형 동물 그림책 보기를 좋아했다. 그 책은 비록 외국어로 쓰여 있기는 했지만, 그녀에게 대지의 아름다움, 풍요로움, 그리고 광활함에 대한 한결 선명한 지식을 제공해 주었다.

「대지는 정말 굉장해!」 그녀가 니꼴라이에게 말했다.

무엇보다도 그녀를 황홀케 한 것은 곤충들, 그 가운데에서도 특히 나비였다. 그녀는 너무도 놀란 눈으로 나비를 묘사한 그림들을 들여다보고는 따지듯 물었다. 「얼마나 아름다워, 니꼴라이 이바노비치, 안 그러오? 가는 곳마다 얼마나 많은 아름다움이 그 황홀함을 뿜내고 있나 말이오. 하지만 모든 것이 우리들로부터 차단되어 있고 곁을 스쳐 날아가되 눈에는 보이질 않아요. 사람들은 그저 허우적거릴 뿐, 아는 것 하나 없고 어느 것에도 도취될 수 없으며, 또 그렇게 할 시간도, 욕망도 없어요. 대지가 얼마나 풍요로운지 얼마나 많은 경이로움이 그 대지 안에서 삶을 영위하고 있는지를 사람들이 안다면, 얼마나 큰 기쁨을 얻게 될까! 모든 건 모두를 위해서, 하나하나 또한 전체를 위해서, 안 그러오?」

「물론이지요.」 니꼴라이가 웃으면서 말했다. 그러고는 그림책 하나를 더 가져왔다.

저녁마다 그의 집은 손님들로 들끓었다. 알렉세이 바실리예비치는 창백한 얼굴에 검은 턱수염을 기른 고결한 농부로 믿음직스럽고 게다가 말수도 적었다. 로만 뻬뜨로비치는 부스럼투성이의 동그란 머리의 소유자로 늘 무엇이 그리도 유감인지 입술을 올려 소리를 내는 친구였다. 또 이반 다닐로비치는 작은 키, 왜소한 체격에 뾰족한 턱수염을 기른 데다 목소리마저도 가늘고 높았으며, 성격 또한 걸핏하면 화나 내고 야단스러웠으며 송곳처럼 날카로웠다. 그리고 항시 자기 자신, 동지들, 그리고 점점 나빠만 가는 자기의 병에 대해서 농담을 즐기는 이고르가 있었다. 간혹 먼 도시들에서 찾아오는 다른 사람들의 모습도 보이곤 했다. 니꼴라이는 그들과 장시간에 걸친 평온한 대화를 나누었는데, 언제나 하나의 주제, 세계의 노동자들에 대해서였다. 논쟁을 하다 보면 서로 열이 올라 손을 내젓기도 하고 몇 잔의 차를 연거푸 마시기도 했다. 가끔 니꼴라이는 그 시끄러운 와중에도 그 안에서 이야기되는 내용을 기초로 해서 성명서를 작성해서는 동지들에게 읽어 주고 그 자리에서 인쇄체 글자로 옮겨 적었다. 어머니는 조심스레 찢긴 초고 뭉치들을 주워 모아 소각시켰다. 그녀는 모임이 있을 때면 차 끓이는 일을 주로 맡았는데, 모인 사람들의 열렬함에 놀라지 않을 수 없었다. 그들은 노동자들의 삶과 운명에 대해서, 어떻게 하면 노동자들에게 진실에 대한 사상의 씨를 뿌리고 그들의 정신을 궐기시킬 수 있는가에 대해서 아주 열띤 논쟁을 벌였다. 자주 그들은 화가 머리끝까지 나서 서로 의견 차이를 보이다가는 무슨 일 때문인지는 몰라도 서로를 책망하기도, 모욕하기도 했지만, 이내 또다시 주제로 돌아가 열띤 논쟁을 계속하는 것이었다.

어머니는 자기가 이 사람들보다 노동자의 삶에 대해서 더 잘 알고 있으며, 그들이 자신들의 것이라고 여기는 과제의 중대성을 한결 더 명백히 보고 있다고 생각했다. 그래서 그녀는 어떤 때는, 남녀 관계의 극적인 면을 이해조차 못하면서 신랑 신부 놀이를 하는 어린아이들을 대하는 어른처럼, 관대하면서도 어느 정도는 서글픈 감정으로 모든 사람들을 대하기도 했다. 그녀는 자신도 모르게 그들의 말과 이전의 아들의 말, 그리고 안드레이의 말을 비교하기도 했는데, 그럴 때면 어떤 차이점을 느끼지 않을 수 없었다. 처음엔 그것이 이해되지 않았다. 간혹 그녀는 여기서 외치고 있는 말들이 공장촌에서의 그것들보다 훨씬 더 힘이 있다는 걸 느끼면서 자신에게 가만히 속삭이는 것이었다. 〈많이 알면 알수록 목소리가 커지는 법이지…….〉

그러나 그녀는 지나치리만큼 자주 여기 모여 있는 사람들 전부가 마치 고의로 그러하듯 서로를 흥분시키고 남에게 보이기 위해 열을 내고 있는 것을 보았는데, 실제로 예외 없이 누구나 자기의 말이 다른 사람의 말보다 진리에 가깝고 가치 있다는 것을 동지들에게 증명해 보이기를 원했고, 이런 점에 대해서 설혹 남이 비난하기라도 하면 거꾸로 진실에의 접근을 증명해 보이려 애쓰며 더욱더 날카롭고 끈덕지게 논쟁을 시작했던 것이다. 어머니에겐 개개인이 남들보다 더 높이 뛰어오르고 싶어 하는 것처럼 생각되었다. 그럴 때면 어머니의 마음 한구석에서는 근심스러운 슬픔이 움틋움틋 솟아나는 것이었다. 그녀는 미간을 찌푸리고 간청하는 듯한 눈길로 모두를 쳐다보면서 생각했다. 〈모두 빠샤나 동지들에 대해서는 까맣게 잊고 있어……〉

항상 잔뜩 긴장된 상태에서 논쟁에 귀를 기울이면서 어머니는, 비록 다 이해할 수는 없다지만, 말들 뒤에 숨겨져 있는 감정을 포착하려 애썼고, 일찍이 공장촌에선 선에 대해서 이야기할 때 그것을 뭉뚱그려 전체적으로 다루는 데 반해, 여기서는 모든 것이 조각조각 찢기고 잘게 부서진다는 것을 알 수 있었다. 거기선 사람들의 감정이 한결 깊고 강렬했다면 여기는 모든 걸 잘게 부수는 예리한 사고가 통하는 곳이었다. 또 여기서는 대부분 옛 것의 파괴에 대해 이야기하는 데 반해, 거기선 사람들이 새로운 것에 대한 꿈만을 꿀 뿐이어서 이 때문에 아들과 안드레이의 말이 그녀에겐 더 친근감 있고 이해도 잘되었다.

그녀는 니꼴라이를 찾아오는 사람이 그 누구든 노동자이기만 하면, 니꼴라이가 보통 때와는 달리, 대하는 데 있어 전혀 거리낌이 없어지고 얼굴엔 어떤 유쾌함이 엿보이며 말을 할 때에도 평소와는 딴판으로 사근사근해지고 큰 관심을 쏟는다는 걸 눈치 챘다. 〈남을 이해하려고 무던 애쓰는구나!〉 어머니는 생각했다.

그렇다고 이 때문에 어머니의 비애감이 덜어진 것은 아니었다. 그녀는 손님으로 찾아온 노동자도 역시 당혹감을 감추지 못하고 잔뜩 긴장한 채, 그녀가 평범한 여인과 이야기를 나눌 때처럼 그렇게 싹싹하면서도 자유롭게 이야기를 나누고 있지 못함을 보았다. 언젠가 한번은 니꼴라이가 외출을 하고 집에 없을 때 그녀가 어떤 젊은이에게 말했다. 「젊은인 뭣 때문에 그리 주눅이 들어 있는가? 차 들어요, 어린아이가 시험 치는 것도 아닌데……」

그러자 그 젊은이가 씩 웃었다. 「어색하기도 하고 또 중요한 건 제 분수를 아는 거 아니겠어요? 어쨌든 그분은 우리하곤 다른 분이세요…….」

가끔 사샤도 찾아왔는데, 한 번도 오래 머무르는 적이 없었고, 항상 웃지도 않고 사무적으로 이야기를 했으며 매번 떠날 때가 되면 어머니에게 이런 물음을 던졌다. 「빠벨 미하일로비치는 어때요, 건강하죠?」

「덕택에! 아무 일 없어, 기운도 좋아 보이고.」

「그 사람한테 안부 전해 주세요.」 처녀는 이런 말을 남기고 총총히 사라졌다.

한번은 어머니가, 빠벨이 너무 오래 잡혀 있고 또 재판이 자꾸 미루어지기만 한다고 하면서 그녀에게 불평을 늘어놓은 적이 있었다. 사샤는 얼굴을 찡그리고 말없이 손가락만 꼼지락거렸다.

어머니는 그녀에게 이런 말을 해주고 싶었다. 〈오, 불쌍한 것! 난 네가 빠벨을 좋아하고 있다는 걸 안단다…….〉

그러나 어머니는 처녀의 심각한 얼굴, 꽉 다문 입술, 그리고 흡사 사전에 친절을 사양하겠다는 듯한 냉랭하고 사무적인 말 때문에 한마디의 말도 입 밖에 내지 못했다. 한숨을 내쉬고 어머니는 아무 말 없이 그녀의 내민 손을 움켜쥐었다. 그리고 마음속으로 생각했다. 〈가엾은 것…….〉

한번은 나따샤가 찾아왔다. 그녀는 어머니를 보자마자 무엇이 그리도 반가운지 키스를 하고는 다짜고짜 묻지도 않는 말을 꺼냈다. 「저의 어머니가 돌아가셨어요, 돌아가셨답니다, 불쌍하신 어머니가…….」 그녀는 고개를 저으며 손으로 재빨리 눈물을 훔치곤 말을 이었다. 「어머니가 불쌍해 죽겠어요. 이제 쉰도 안 된 나이에 벌써 가시다니. 아직도 사실 날이 창창한데……. 하지만 다른 한편으로 생각해 보면 그렇게 사시느니 차라리 돌아가시는 게 더 나아요. 항상 어머니는 혼자였어요. 모두에게 외면만 당하시고, 어느 누구에게도 쓸모없는 분이셨고, 아버지의 호통에 놀라기만 하셨는데, 그걸 보고 어찌 산다고 할 수 있겠어요?

사람이란 그래도 뭔가 기대할 만한 좋은 일이 있어야만 산다고 할 수 있는 건데, 어머니가 기대할 것이라곤 아무것도 없었어요. 모욕 말고는······.」

생각에 잠겨 있던 어머니가 입을 열었다. 「아가씨 말이 옳아, 나따샤! 사람이란 뭔가 좋은 걸 기대하며 살게 마련인데, 기대할 게 없다면 그게 어디 삶이야?」 그러고는 처녀의 손을 어루만지며 물었다. 「그럼 이제 남은 건 아가씨 혼자뿐이로군?」

「그래요.」 나따샤가 힘없이 대꾸했다.

어머니는 잠시 입을 다물고 있다가 불쑥 웃으며 말했다. 「너무 상심 말아요. 선량한 사람은 혼자 살지 않아. 주위에 항상 사람들이 모여드는 법이거든······.」

8

 나따샤는 방직 공장 부속 학교에 교사로 취직을 했다. 그래서 어머니는 그녀에게 금서, 성명서, 신문 따위를 공급해 주었다.
 이런 일이 바로 그녀의 일이었다. 한 달에도 몇 차례씩 그녀는 수녀, 레이스와 손으로 짠 베천을 뒤집어쓴 행상 아낙, 부잣집 마나님, 혹은 순례하는 여행자로 변장하고서 등에는 가방을 짊어지고 양손에는 손가방을 들고 이 지방 저 지방을 분주히도 돌아다녔다. 기차 안에서건 배 안에서건, 여관에서건, 싸구려 여인숙에서건 구별 없이 어디에서나 그녀는 소박하면서도 침착하게 처신을 했기 때문에 아무리 생면부지의 사람이라도 그녀와 일단 이야기를 나누다 보면 그녀의 상냥하면서도 붙임성 있는 말, 그리고 예전부터 알고 지낸 사람이 그러는 듯한 신뢰할 만한 태도에 아무 거리낌 없이 그녀에게 마음이 끌리는 것이었다.
 그녀는 사람들과 이야기를 나누고 인생, 불의, 그리고 의혹에 대한 그들의 이야기를 듣는 것을 좋아했다. 매번 어느 누구나 가질 수 있는 신랄한 불만을 포착할 때마다 그녀의 가슴은 기쁨으로 사정없이 설레었다. 그 불만이란 구차한 운명에 저항하면서 이미 기억에 새겨 둔 문제들에 대한 대답을 절실히 갈구하는 그런 불만이었던 것이다. 그녀의 눈앞에는 인간의 삶, 그것도 배부름을 위한 투쟁에서 번거로우면서도 불안한 삶의 광경이 점점 더 광범위하고 다채롭게 펼쳐지는 것이었다. 어디를 가나 인간을 속이고, 무언가를 우려내고, 저만을 위해 더욱 많은 것을 착취하고, 피를 빨아먹고자 하는 지독히 적나라하고 파렴치할 정도로 노골적인 욕망이 명백하게 눈에 들어왔다. 그리고 그녀는, 이 세상엔 없는 것이 없다지만 항상 궁핍하고, 그저 헤아릴 수조차 없이 많은 재물의 주변에서 죽지 않을 정도로 배를 채우며 사는 민중들이 있다는 것도 알았다. 도시들마다 정작 하느님에겐 하등 쓸모도 없는 금은보화로 가득 찬 사원들도 많이 세워져 있는 반면에, 바로 그 입구에는 동전 한 닢이라도 어떻게 손에 쥐어 볼 수 없을까 고대하며 벌벌 떨고 있는 거지들이 바글바글했다. 전에도 그녀는 그러한 것, 이를테면 돈 많은 교회들, 금실로 바느질한 사제복, 그런가 하면 구차한 민중들의 판잣집이나 웃음거리밖에 안 되는 누더기 옷들을 보아 왔지만, 그때는 그것이 당연하게 생각되었었다. 그러나 이제는 그러한 것이 구차하게 살아가는 사람들에게는 결코 화해할 수 없는 모욕적인 일이며, 교회 또한 있는 자들에게보다는 없는 자들에게 더 가깝고 필요한 것이라는 걸 알게 되었다.

그리스도를 묘사한 그림을 보아도, 또 그에 대한 이야기들을 들어 보아도 그는 가난한 사람들의 친구로 옷도 검소하게 차려입었음을 알 수 있는데도 빈민이 마음의 위안을 받기 위해 찾는 교회에 가보면 그리스도는 빈민의 눈에는 혐오스러우리만큼 사치스럽게 보이는 금과 실크로 온몸을 두르고 있는 게 지금의 실정임을 또한 그녀는 알고 있었다. 그녀는 자신도 모르게 리빈의 말을 떠올렸다. 「놈들은 하느님마저 우리를 속이는 데 써먹고 있어.」

그녀는 어느덧 자기도 모르는 사이에 기도를 많이 하지 않게 된 반면 그리스도와 민중들에 대해서 점점 더 많은 생각을 하게 되었다. 그녀가 생각했던 민중들은 심지어 그리스도를 알고 있지도 않다는 듯 그의 이름조차 입에 올리지 않으면서 그의 유훈에 따라 삶을 살아가며, 그리스도나 마찬가지로 세상을 가난한 이들의 왕국으로 여기면서 이 세상 모든 재물을 사람들에게 똑같이 분배하기를 바라는 사람들이었다. 이런 생각을 많이 해서인지 그녀의 마음속에선 이런 생각이 더욱 성숙하였고, 그녀 자신 또한 눈에 보이고 귀에 들리는 모든 것에 몰두하고 가슴으로 감싸 안음으로 해서 더욱 성숙하여 갔다. 그러면 그럴수록 그녀의 얼굴은 암흑의 세상, 모든 삶, 그리고 모든 사람들을 고른 등불로 비추어 주는 찬란한 기도의 얼굴색을 띠어만 갔다. 그리고 그녀가 항상 불명료한 사랑으로 대했던 그리스도 자신도 — 그런데 또한 그 사랑은 복잡한 감정으로, 그 안의 두려움은 희망과, 감동은 비애와 밀접히 연관되어 있었다 — 이제는 그녀에게 있어선 한결 가까운 영 다른 의미로 와 닿았으니, 그리스도가 더 높고 훌륭하며 그 얼굴엔 더 기쁘고 밝은 미소가 배어 나오고 있었다. 실제로 그는 삶을 위해 부활했고, 뜨거운 피로 물들었다지만 또 그 피로 인해 되살아났다. 사람들은 그 피를 그리스도의 이름에 무자비하게도 쏟아부었던 것이다. 불행한 친구의 순결한 이름을 큰 소리로 한번 불러 보지도 못하면서, 여행을 마치고 니꼴라이에게로 돌아올 때면, 그녀는 언제나 길을 걸으며 보고 들은 것으로 뭔가 깨어나고 있는 듯한 흥분에 싸여 어찌할 바 몰랐고 완수한 과업에 대한 용기와 만족감으로 충만되곤 했다.

그녀는 저녁때마다 니꼴라이에게 말했다. 「여기저기 돌아다니며 많은 일들을 본다는 것은 정말 좋은 일이라오. 당신은 세상살이가 어떻게 돌아가고 있는지 이해하고 있을 거요. 민중들은 삶의 가장자리로 밀려나고 내동댕이쳐져 그곳에서 심한 모욕을 감수하며 우글거리며 살고 있지만, 그렇다고 별다른 바람도 없이 그저 이런 질문만을 계속 던지고 있어요. 무엇 때문에? 왜 나를 멀리 몰아내는 거야? 세상엔 없는 것 없이 많은데 왜 나만 유독 굶주려 있담? 그리고 세상엔 똑똑한 사람이 도처에 깔렸는데 왜 나만 유독 바보에다 까막눈일까? 그래, 그럼 그분, 자비로운 하느님은 어디 계신 거야? 부자니 거지니 하는 차별도 없고 모두가 어린 양이며 모두가 사랑스러운 아들이 되게 하시는 그분은. 민중은 조금씩 자기의 삶에 반기를 들고 있어요. 제 앞가림 제가 하지 않으면 불의에 목을 졸리고 말 것임을 느끼기 시작한 거라오.」

그녀는 점점 더 자주 자신의 언어로 삶의 불공평에 대해서 사람들에게 말하고 싶은 강한 충동을 느꼈다. 때로는 이러한 충동을 그냥 삭인다는 게 여간 어려운 일이 아니었다.

니꼴라이는 그림책에 정신을 온통 빼앗기고 있는 그녀를 볼 때면 얼굴 가득 웃음을 띠고 뭔가 경이로운 것을 이야기해 주곤 했다. 그러면 인간의 끝없는 욕망에 깜짝 놀란 그녀는 의심이 간다는 투로 니꼴라이에게 묻는 것이었다. 「아니, 어떻게 그럴 수 있단 말이지?」

그러면 그는 자기 예언의 진리에 대한 굽힐 줄 모르는 확신을 가지고 불굴의 의지로, 그녀의 얼굴을 안경 너머 부드러운 눈길로 바라보며 미래에 대한 이야기를 들려주었다. 「사람의 욕망이란 측정할 수 없고, 그 능력 또한 끝이 없답니다. 하지만 세계는 아직도 인간의 영혼을 살찌우는 일에는 게으름을 피우고 있습니다. 왜냐하면 지금 현재 어느 누구나 예속으로부터 자신을 해방시키고자 하는 바람은 갖고 있으면서도 지식이 아니라 돈을 모으는 데만 눈이 뻘게 있기 때문이지요. 하지만 민중들이 탐욕을 압살하는 날, 그들이 강제 노동의 쇠사슬로부터 자신을 해방시킬 그날은 오고 말 것입니다……」

그녀는 그가 하는 말의 의미를 전적으로 다 이해할 수는 없었다. 그러나 그 의미에 활기를 불어넣어 주는 평온한 믿음의 감정은 시간이 가면 갈수록 더욱 선명하게 그녀의 가슴에 아로새겨졌다.

「이 세상엔 해방된 민중이 너무 적어요. 그게 바로 이 땅의 불행이랍니다.」그가 말했다.

그 말을 어머니는 이해할 수 있었다. 그녀는 탐욕과 악으로부터 자신을 해방시킨 사람들을 익히 알고 있었고, 만약 그런 사람들이 더 많아지면 어둡고 무서운 삶의 얼굴은 한결 더 상냥해지고 소박해져 결국엔 선하고 밝은 얼굴이 될 것임을 이해하고 있었던 것이다.

「인간은 어쩔 수 없이 잔인해질 수밖에 없습니다.」 니꼴라이가 우울하게 말했다.

그녀는 우끄라이나인의 말을 떠올리며 수긍이 가는 듯 고개를 끄덕였다.

9

하루는, 시간에서는 항시 1초의 오차도 없는 니꼴라이가 평소보다 훨씬 늦은 시간에 직장에서 돌아와 씻지도 않고 조금은 흥분된 어조로 두 손을 비비며 다급하게 말했다. 「혹 소문 들으셨어요, 닐로브나? 오늘 우리 동지 가운데 하나가 탈옥을 했다는군요. 그런데 그게 누군지는 알아내지 못했어요…….」

어머니는 그 말을 듣는 순간 두 다리가 후들거리는 걸 느꼈다. 흥분에 사로잡혀 속삭이듯 물으며 의자에 털썩 주저앉았다. 「설마 빠샤는 아니겠지?」

니꼴라이가 어깨를 움츠리며 대꾸했다. 「장담할 수야 없죠. 하지만 그가 숨을 수 있도록 도와주는 것도 문제이지만 그를 어디서 찾느냐 하는 것 또한 중요한 문제이지요. 전 지금 이 거리 저 거리를 헤매다 오는 길입니다. 혹시나 그를 만날 수 있지 않을까 해서요. 바보 같은 짓인 줄은 알지만 그래도 가만있을 수야 없는 일 아니겠어요? 그래서 지금 또 나가 보려고 해요…….」

「나도 가겠소!」 어머니가 소리쳤다.

「어머님은 이고르한테 가보세요. 그 사람이라면 뭔가 들은 게 있을지도 모르니까요.」 니꼴라이가 서둘러 집을 빠져나가면서 제안했다.

그녀는 수건을 머리에 두르고, 기대감에 사로잡혀 그의 뒤를 따라서 서둘러 거리로 빠져나갔다. 눈앞이 아득해지고 심장이 마구 뛰었다. 흡사 그녀에게 걷지 말고 달리라고 강요하는 것 같았다. 그녀는 고개를 푹 숙이고 한줄기 가능성을 향해 걸음을 재촉했다. 도무지 아무것도 보이지 않았다.

〈빠샤가 있는 곳으로 난 가야만 해!〉 아들을 만나게 될지도 모른다는 기대감이 언뜻언뜻 그녀를 설레게 했다.

무더운 날씨였다. 그녀는 너무나 힘이 들어서 숨이 막힐 지경이었다. 이고르 집 현관에 이르렀을 때는 더 이상 걸을 힘조차 없어 그냥 그 자리에 서 버렸다. 그러고는 돌아서서 눈을 뜨는 순간 깜짝 놀라 하마터면 비명을 지를 뻔했다. 문 앞에 니꼴라이 베소프쉬꼬프가 호주머니에 손을 찔러 넣은 채 서 있는 것이 보였던 것이다. 그러나 다시 정신을 차려 쳐다보니 거기엔 아무도 없었다.

「분명 있었는데!」 그녀는 웅얼거리며 계단을 올라갔다. 그리고 가만히 귀를 기울였다. 마당 저편에서 천천히 발걸음을 옮겨 놓는 소리가 들렸다. 현관 문 앞에 선 채로 그녀는 허리를 구부려서 아래를 쳐다보았다. 그랬더니 다시 그녀에게 웃음 짓고 있는 곰보 자국투성이의 얼굴이 보이는 게 아닌가!

「니꼴라이, 니꼴라이……」

그녀는 그를 보고 실망감으로 가슴이 아파 왔다.

「그냥 올라가세요, 올라가요.」 그가 손을 내저으며 나지막이 대꾸했다.

그녀는 재빨리 계단을 뛰어올라 이고르의 방으로 들어갔다. 그리고 소파에 누워 있는 그를 발견하고 숨찬 목소리로 속삭였다. 「니꼴라이가 도망쳤어…… 감옥에서……」

「어떤 니꼴라이 말씀이세요? 니꼴라이가 둘이나 있으니……」 이고르가 베개에서 고개를 들며 잠긴 목소리로 물었다.

「베소프쉬꼬프가…… 이리로 오고 있어요.」

「기적이로군요.」

그는 벌써 방 안에 들어와 방문을 잠그고 모자를 벗은 다음, 잔잔하게 웃으며 머리카락을 쓸어 넘기고 있었다. 이고르가 팔꿈치를 소파에 기댄 채 몸을 일으키고는 고개를 흔들며 힘들게 입을 열었다. 「미안해요……」

빙긋 웃으며 베소프쉬꼬프는 어머니에게로 다가가 그녀의 손을 꼭 쥐었다. 「어머님을 보지 못했더라면 다시 감옥으로 갈 뻔했어요. 시내엔 아는 사람이라곤 하나도 없고 해서 공장촌으로 가려고 했는데 그랬더라면 지금쯤 붙들렸을 거예요. 여기저기를 돌아다니다 보니 괜히 바보 같은 짓을 했다 싶더군요. 도대체 뭐 하러 도망쳤나 하고요. 그런데 갑자기 어머님이 뛰어가시는 게 보이는 거예요. 그래서 어머님 뒤를 줄곧 따라왔지요……」

「어떻게 도망친 거야?」 어머니가 물었다.

그는 겸연쩍은지 소파 한 귀퉁이에 걸터앉아 당혹스러운 듯 어깨를 으쓱거리며 말문을 열었다. 「뜻밖에 기회가 왔어요. 산책을 하고 있는데, 죄수들이 간수를 두들겨 패기 시작하더군요. 그때 거기엔 그놈 혼자였는데, 워낙은 헌병 출신으로 공금을 착복했다가 걸려 쫓겨난 다음에는 첩자 노릇도 하고 밀고도 하고, 하여튼 그놈한테 걸려서 온전했던 사람은 하나도 없었대요. 죄수들이 그놈을 팬다 어쩐다 한바탕 소란이 일자 다른 간수들이 깜짝 놀라 마구 뛰어오고 호각을 불고 난리였어요. 그런데 가만히 보니까 문이 열려 있고 멀리 들판과 시내가 눈에 들어오더군요. 그래서 걷기 시작했죠. 서두르지도 않고…… 정말 꿈을 꾸는 것 같았어요. 얼마를 정신없이 걷다 정신이 들어서는 내가 지금 어디로 가고 있는지 생각해 보았죠. 뒤를 돌아보니 감옥 문은 벌써 닫혀 있었어요……」

「흠! 그렇다면 다시 돌아가 정중하게 문을 두드리고 들어가게 해달라고 부탁할 걸 그랬군. 죄송합니다. 내가 잠깐 정신을 딴 데 팔다 보니 그만……」 이고르가 말했다.

「그래요.」 베소프쉬꼬프가 웃으며 계속했다. 「그것 또한 바보 같은 짓이에요. 무엇보다도 동지들한테 좋은 일은 못 되겠죠. 난 아무에게도, 아무 말도 하지 않았어요……. 그냥 걸었죠. 걷다 보니 어린아이의 장례 행렬이 보이더군요. 관의 뒤를 따랐어요. 아무도 보지 않으려고 고개를 푹 숙인 채. 묘지 위에 앉아서 맑은 공기를 쐬다가 한 가지 생각을 떠올렸어요…….」

「한 가지 생각?」 이고르는 이렇게 묻고 한숨을 쉰 다음 덧붙였다. 「내 생각엔, 고작 상쾌하다는 생각뿐이었을 것 같은데…….」

베소프쉬꼬프가 머리를 흔들며 천진난만하게 웃었다. 「하지만 지금의 내 머리는 전처럼 그렇게 텅 비어 있지 않아요. 그건 그렇고, 이고르 이바노비치, 안색이 아주 나빠 보이는군요…….」

「누구나 자기가 할 수 있는 일에 최선을 다하면 그만인 거야. 계속하게나!」 이고르가 심하게 기침을 하며 대꾸했다.

「그다음엔 지방 박물관으로 갔어요. 거기서 계속 서성거리며 여기저기를 둘러보다가 결국엔 이런 생각까지도 하게 되었죠. 〈아, 이제 어디로 간담?〉 심지어 나 자신에 대해서 화가 치밀기도 했답니다. 게다가 배는 얼마나 고프던지! 다시 거리로 나와 하염없이 걷는데, 정말 그렇게 지긋지긋한 경우는 다신 없을 거예요……. 보니까 경찰들이 모든 사람들을 샅샅이 조사하더군요. 이제 죽었구나 하고 생각했죠……. 그런데 갑자기 어머니가 내 쪽으로 뛰어오시는 게 보이지 않겠어요? 그래 살짝 몸을 숨겼다가 줄곧 뒤를 따랐던 거예요. 이게 전부예요.」

「그런데도 난 전혀 몰랐는걸!」 어머니가 죄지은 사람처럼 말했다. 그녀는 베소프쉬꼬프를 유심히 살폈다. 그가 예전보다 한결 싹싹해 보였다.

「아마 동지들은 내 걱정을 하고 있을 거예요…….」 머리를 긁적이며 베소프쉬꼬프가 말했다.

「하지만 간수들도 불쌍하지 않은가? 모르긴 몰라도 그들 역시 자네 걱정 꽤나 할 걸세.」 이고르가 끼어들었다. 그는 입을 열고 마치 공기를 씹기라도 하듯 그렇게 입술을 움직거리기 시작했다. 「이제 농담은 집어치우기로 하고, 자네를 숨겨야겠는데, 당연히 해야 할 일이겠지만 쉬운 일은 결코 아니야. 내가 몸이라도 좀 성하면 어떻게⋯⋯.」

그는 긴 한숨을 몰아 쉰 다음, 두 손을 자신의 가슴에 가져가 천천히 문지르기 시작했다.

「심하게 앓고 계시는군요, 이고르 이바노비치!」 베소프쉬꼬프가 이렇게 말하곤 고개를 떨구었다. 어머니는 한숨을 내쉬고 떨리는 마음으로 작고 비좁은 방을 둘러보았다.

이고르가 대꾸했다. 「이건 내 개인적인 문제야. 어머님, 빠벨에 대해서도 물어보세요. 어려워하실 필요가 뭐 있습니까?」

베소프쉬꼬프의 얼굴 가득 웃음이 피었다. 「빠벨은 건강하게 아주 잘 있어요. 거기선 우리들 가운데 제일 윗사람이나 마찬가지랍니다. 도맡아서 간수들과 이야기를 나누는데 거의 아랫사람에게 명령하듯 한답니다. 그래서 모두들 존경하지요⋯⋯.」

어머니는 베소프쉬꼬프의 이야기를 들으면서 고개를 끄덕였고, 또 연방 곁눈질로 퉁퉁 붓고 파리한 이고르의 얼굴을 살폈다. 굳어 무표정해진 얼굴이 이상스레 납작해 보였는데, 유독 두 눈만 살아 유쾌하게 반짝이고 있었다.

「먹을 것 좀 갖다주시겠어요? 정말 배가 고파 죽을 지경이에요.」 베소프쉬꼬프가 갑자기 소리쳤다.

「어머님, 선반 위에 빵이 있고요, 복도로 나가시면 왼쪽으로 두 번째 문이 보일 거예요, 그 문을 두드리도록 하세요. 여자가 문을 열어 주거든, 이고르가 시켜서 왔는데 가진 음식 있거든 죄다 가져오란다고 말씀하세요.」

「왜요? 왜 전부 다예요?」 베소프쉬꼬프가 그럴 필요 없다는 투로 끼어들었다.

「신경 쓸 것 없어. 많지도 않은 걸 뭐⋯⋯.」

어머니가 복도로 나가 문을 두드리고 뒤따르는 정적에 귀를 기울이며 슬픈 마음으로 이고르에 대해서 잠시 생각했다. 〈죽어

가고 있어······.〉

「누구세요?」 문 안쪽에서 누군가가 물었다.

「이고르 이바노비치가 보내서 왔어요. 부탁이 있습니다만······.」 어머니가 나지막한 목소리로 대답했다.

「곧 나가지요.」 문은 열리지 않고 대답 소리만 들렸다. 그녀는 잠시 기다렸다가 다시 문을 두드렸다. 그러자 문이 획 열리고 키가 크고 안경을 낀 부인이 복도로 나왔다. 구겨진 윗도리 소매를 급히 여미며 그녀가 거친 목소리로 어머니에게 물었다. 「무슨 일이죠?」

「전 이고르 이바노비치가 보내서 온 사람입니다만······.」

「아, 네, 어서 오세요. 오, 맞아. 한 번 뵌 적이 있는 것 같군요. 안녕하셨습니까? 여긴 워낙 어두워서······.」 부인이 조용히 소리쳤다.

어머니는 그녀를 쳐다보았다. 종종 니꼴라이 방에 와 있는 걸 본 기억이 났다. 〈모두들 동지로구나〉 하는 생각이 어머니의 머리를 스쳤다.

그녀는 어머니의 옷소매를 끌어 앞장을 서게 하고 자신은 그 뒤를 따라 걸으면서 물었다. 「더 나빠졌던가요?」

「그래요, 누워 있어요. 당신보고 먹을 것 좀 가져오라고 그러더군요······.」

「이젠, 먹어 봐야 소용없을 텐데······.」

그들이 이고르의 방에 들어서자, 맨 먼저 그의 목쉰 소리가 그들을 맞았다. 「난 조상들에게로 가려 하네, 친구. 류드밀라 바실리예브나, 이 사람은 간수의 허락도 없이 감옥을 나와 버렸다오. 대단한 친구지! 우선 먹을 것 좀 주고, 그다음엔 어디에든 한동안 숨겨 주어요.」

여인은 고개를 끄덕이고 병자의 얼굴을 유심히 들여다보더니 위엄 있는 목소리로 입을 열었다. 「이고르, 손님들이 찾아왔으면 그 즉시 절 불렀어야 할 것 아니에요. 그리고 당신은 약을 두 번이나 먹지 않았어요. 왜 멋대로 그러는 거예요? 동지, 나한테 와 있도록 하세요. 이제 곧 병원에서 사람이 올 거예요. 당신을 데리러 말이에요.」

「결국 날 병원에 보낼 거요?」 이고르가 물었다.

「그래요. 난 거기서 당신과 함께 있겠어요.」

「거기 가서까지? 오, 맙소사!」

「고집 부리지 말아요……」

이야기를 하면서 여인은 이고르의 가슴 위로 이불을 고쳐 덮어 주고 베소프쉬꼬프를 뚫어지게 쳐다본 다음, 눈대중으로 병에 들어 있는 약을 어림짐작해 보았다. 그녀는 그리 크지 않은 목소리로 거침없이 이야기를 했고 거동 하나하나가 경쾌했으며 얼굴은 창백했다. 또 새까만 눈썹은 위로 치켜 올려져 미간에서 거의 맞붙는 것만 같았다. 그녀의 얼굴이 어머니에게 영 마음에 들지 않았다. 오만해 보이는 데다 눈길엔 미소도 없었고 광채도 없었던 것이다. 그리고 말할 때면 흡사 명령하는 투였다.

그녀가 계속해서 말했다. 「우린 나갔다 올게요. 전 곧 돌아오겠어요. 당신이 이고르에게 이 약을 먹여 주도록 하세요. 큰 숟가락 하납니다. 말을 시키지 마세요……」 그리고 그녀는 베소프쉬꼬프를 앞세우고 집을 나섰다.

「굉장한 여자야!」 이고르가 한숨 섞인 목소리로 말했다. 「멋진 여자죠……. 어머님께선 저 여자를 도와주셔야 합니다. 그녀는 이만저만 지친 게 아니거든요……」

「그만 이야기하구려. 자, 약을 들어야지……」 어머니가 부드럽게 말했다.

그는 약을 단숨에 마셔 버리고 한쪽 눈살을 찌푸리며 말을 이었다. 「죽는 건 마찬가지예요. 말을 하나 안 하나……」

다른 눈으로 그가 어머니를 바라보았는데, 입술이 웃음으로 살며시 떨렸다. 어머니는 고개를 떨구었다. 가슴을 찌르는 듯한 안쓰러움에 눈물을 흘리지 않을 수 없었다.

「너무 신경 쓰실 것 없어요. 당연한 일인걸요, 뭐. 만족스럽게 살았으면 죽어야 하는 의무도 잇따라 찾아오는 법이지요……」

어머니는 그의 머리에 가만히 손을 얹고 다시 속삭였다.「이야기하지 말고 그대로 있어요, 응……」

그는 흡사 심장의 고동 소리에 귀를 기울이는 것처럼 두 눈을 지그시 감고 고집스럽게 계속했다.「입을 다물고 있다 해서 무슨 소용입니까, 어머님? 제가 침묵을 지켜서 무얼 바라겠어요? 죽음을 앞둔 고통의 시간도 얼마 남지 않았는데, 그 시간만큼이라도 좋은 사람과 더불어 이야기를 나누는 즐거움을 맛보렵니다. 저승엔 여기 이승만큼 그렇게 좋은 사람들이 없을 것 같아요……」

어머니가 조심스럽게 그의 말을 가로막았다.「곧 그 부인이 돌아올 텐데, 그러면 아마 당신에게 말을 시켰다고 날 나무랄 거요……」

「그녀는 부인이 아니고 혁명 투사요, 동지며, 뛰어난 사람이랍니다. 그녀는 틀림없이 어머님을 나무랄 겁니다. 그녀는 누구에게든지 꾸지람을 주고, 또 항상 그러니까……」

그리고 이고르는 입술을 어렵게 움직여 천천히 자기 이웃의 그간 살아온 이야기를 늘어놓기 시작했다. 그의 두 눈엔 미소가 담겨 있었다. 어머니는 그가 일부러 농담 반 진담 반으로 자신을 놀리고 있음을 보았다. 그리고 축축하고 시퍼런 반점으로 뒤덮인 그의 얼굴을 쳐다보며 불안한 마음으로 이런 생각을 했다. 〈죽어 가고 있어……〉

류드밀라가 들어와 문을 조심스레 닫고는 어머니를 보고 말했다.「당신 친구 분 옷을 갈아입혀야겠어요. 가능한 한 빨리 갔다 오도록 하세요, 뻴라게야 닐로브나. 지금 곧바로 가서서 그에게 입힐 만한 옷을 구해 죄다 가져오도록 하세요. 소피야가 여기 없는 게 유감이군요. 사람 숨기는 일이라면 그녀가 전문인데.」

「내일 올 거요!」어머니가 어깨에 수건을 두르면서 말했다.

매번, 어떤 임무를 부여받을 때면 그녀는 그 일을 그 즉시 훌룹히 완수하고픈 강한 열망에 휩싸였다. 그래서 그녀는 벌써 자기의 임무 외에는 어떤 생각도 할 수 없게 되었다. 그래서 곧바로 그녀는 조심스러운 듯 두 눈을 내리깔고 사무적으로 물었다.
「어떤 식으로 옷을 갈아입히면 좋겠소?」
「아무래도 괜찮아요. 그 사람은 밤에 나다니게 될 테니까……」
「밤에는 좋지 않아요. 거리엔 사람들도 훨씬 적고 감시의 눈초리가 더 많은 데다 그 사람은 민첩하질 못하다오……」
이고르가 목쉰 소리로 웃어 댔다.
「그런데 병원으로 당신을 찾아가도 괜찮겠소?」 어머니가 물었다.

그는 세찬 기침을 하며 고개를 끄덕였다. 류드밀라가 새까만 눈으로 어머니의 얼굴을 쳐다보며 계속했다. 「저와 교대로 간호하고 싶으세요? 그래요? 좋아요. 우선 얼른 다녀오세요.」 부드러우면서, 하지만 위엄 있게 어머니의 손을 움켜쥔 채, 그녀는 어머니를 문 뒤로 데려가 조용히 말했다. 「제가 당신을 마구 내몬다고 화내지 마세요. 그 사람한테 말하는 것이 무척이나 해롭거든요……. 전 아직도 포기하지 않고 희망을 갖고 있답니다……」 그녀는 손가락이 으스러질 정도로 세차게 손을 움켜쥐었다. 그리고 지친 듯 눈꺼풀을 내리깔았다.

이 말에 어머니는 당황하지 않을 수 없었다. 그래 혼자 말하듯 중얼거렸다. 「별말씀을……」

「조심하세요, 첩자들이 없더라도 말이죠.」 여인이 조용히 말했다. 손을 얼굴로 가져간 그녀는 어머니의 머릿수건을 고쳐 매어 주었다. 입술이 살포시 떨리고 낯빛이 부드럽게 되었다.

「알고 있어요……」 어머니는 적잖이 자부심을 갖고 그녀에게 대답했다.

그녀는 대문을 나와 잠시 멈춰 서서 수건을 고쳐 쓰는 척하며 아무도 눈치채지 못하게 주의 깊게 주위를 둘러보았다. 그녀는 벌써 거리의 군중 속에서 첩자를 거의 정확히 구별해 낼 수가 있었다. 무사태평을 가장한 듯한 걸음걸이, 부자연스러울 만큼 허물없이 구는 행동, 얼굴에 씌어 있는 피곤과 지루함의 표정, 그리고 나름대로 이 모든 것 뒤에 감추려고 애를 썼지만 제대로 되지 않아 그대로 엿보이는, 불안하면서도 기분 나쁘게 날카로운 눈빛에 그녀는 익숙해질 대로 익숙해져 있었던 것이다.

이번에 그녀는 낯익은 얼굴을 하나도 찾아내지 못했다. 그래서 서두르지도 않고 거리를 걸어 내려가다가 마차를 하나 불러 세워 시장으로 가 달라고 말했다. 베소프쉬꼬프가 갈아입을 옷을 사면서 그녀는 옷 파는 여자와 박정하게 홍정을 했고 더구나 자기 남편이 주정꾼이어서 한 달에 거의 한 번씩은 새 옷을 사 입혀야 한다고 남편 욕을 쏟아부으며 온갖 수다를 다 떨었다. 상인들은 이 수다에 전혀 신경도 쓰지 않았지만 그래도 그녀는 자기 꾀에 꽤나 흐뭇해했다. 그녀는 오면서 경찰들이 베소프쉬꼬프에게 갈아입힐 옷이 필요하다는 것을 간파하고 시장으로 형사를 보낼지도 모른다는 생각을 했던 것이다. 그토록 천연스러운 신중함으로 일을 처리한 그녀는 이고르의 집으로 돌아온 다음 베소프쉬꼬프를 시내 변두리까지 보호하여 데리고 갔다. 그들은 서로 거리의 양편으로 갈라져서 걸었다. 어머니는 베소프쉬꼬프가 고개를 푹 숙이고 적황색의 긴 옷자락이 발에 밟히지 않게 하려고 애쓰면서 무거운 발걸음을 옮기고 있는 것을 보는 게 우습기도 하고 한편으론 재미있기도 했다. 그는 또 코끝까지 푹 뒤집어쓴 모자를 연방 고쳐 쓰고 있었다. 한적한 길거리를 내려오다가 그들은 사샤와 마주쳤다. 어머니는 고갯짓으로 베소프쉬꼬프에게 작별 인사를 보내고 집으로 향했다.

〈하지만 빠샤는 아직 감옥에 그대로 있어. 그리고 안드류샤도……〉 그녀는 슬픈 마음으로 생각했다.

10

 집에 돌아오자마자 니꼴라이의 떨리는 음성이 어머니를 맞았다. 「어머님, 알고 계세요? 이고르가 몹시 위독하다는군요, 몹시! 이고르는 병원으로 실려 갔고, 여기에 류드밀라가 다녀갔는데 어머님보고 병원으로 오시라더군요…….」

 「병원으로?」

 안경을 신경질적으로 고쳐 쓴 니꼴라이는 어머니가 옷 입는 것을 도와주며 앙상한 손으로 어머니의 손을 뜨겁게 움켜쥐고 떨리는 목소리로 말했다. 「됐어요. 이 꾸러미를 들고 가세요. 베소프쉬꼬프 일은 잘 처리하셨어요?」

 「모든 일이 다 순조롭게 되었는데…….」

 「저 역시 이고르에게 가겠어요…….」

 어찌나 피곤한지 어머니는 머리가 빙글빙글 도는 듯했다. 근심스러운 듯 수선을 피우는 니꼴라이를 보면서 왠지 어떤 슬픈 일이 조만가 일어날 것 같은 불길한 예감이 들었다. 〈죽어 가고 있어.〉

 무엇인지 알 수 없는 생각이 어머니의 머리를 둔탁하게 두드렸다.

 하지만 그녀가 작지만 깨끗하고 밝은 병실에 도착해 이고르가 새하얀 베개에 기댄 채 침상에 앉아 쉰 목소리로 너털웃음을 짓는 것을 보는 순간, 일단 안도의 숨을 내쉴 수 있었다. 그녀는 웃으면서 문에 기대어 서서 이고르가 의사에게 하는 말을 들었다. 「치료, 그건 개혁이지……」

「어리석은 소리 하지 말게, 이고르!」 의사가 째지는 목소리로 근심스러운 듯 소리쳤다.

「하지만 난 혁명가라서 개혁은 딱 질색이야……」

의사는 조심스레 이고르의 팔을 그의 무릎에 올려놓고 의자에서 일어나 깊은 생각에 잠긴 표정으로 턱수염을 잡아당기며 환자의 얼굴에 난 종기를 손가락으로 더듬기 시작했다.

어머니는 의사를 잘 알고 있었는데, 그는 니꼴라이의 가장 가까운 동지들 가운데 하나로 이름난 이반 다닐로비치였다. 어머니는 이고르에게 다가섰다. 그가 그녀에게 혀를 내밀었다. 그 바람에 의사가 돌아보았다.

「아, 닐로브나! 안녕하셨습니까! 손에 든 건 뭐죠?」

「아마 책일 거요.」

「책을 읽으면 안 돼요.」 작은 키의 의사가 말했다.

「의사 양반은 날 노리갯감으로 만들려고 한다니까!」 이고르가 투덜거렸다.

가래 끓는 소리와 함께 짧고 거친 숨소리가 이고르의 가슴에서 찢어져 나왔고 얼굴엔 작은 땀방울이 송골송골 맺혀 있었다. 제대로 말도 듣지 않는 무거운 손을 천천히 들어 올려 손바닥으로 이마의 땀을 훔쳤다. 이상하리만큼 꼼짝도 하지 않는 통통 부어오른 볼 때문에 그의 둥글고 선해 뵈는 얼굴이 전혀 딴사람의 얼굴로 변해 버렸고, 죽은 듯 푸르뎅뎅한 얼굴은 말이 아니었다. 움푹 팬 두 눈만이 관대한 미소를 지어 보이며 반짝일 따름이었다.

「에이, 의사 양반! 난 너무 피곤해, 누워도 괜찮겠지……」 그가 물었다.

「안 돼요.」 의사가 잘라 말했다.

「그럼, 당신 나가고 나면 눕지, 뭐……」

「닐로브나, 이 사람 눕지 못하도록 하세요. 베개를 고쳐 받쳐 주시고 되도록 말을 시키지 마세요. 해롭습니다……」

어머니는 고개를 끄덕였다. 의사는 종종걸음으로 서둘러 병실을 빠져나갔다. 이고르는 고개를 뒤로 젖히고 두 눈을 꼭 감은 채 죽은 듯 꼼짝도 하지 않았다. 다만 손가락만을 조용히 움직일 따름이었다. 작은 병실의 하얀 벽으로부터 마른 냉기, 어슴푸레한 슬픔이 배어 나왔다. 커다란 창을 통해서는 울창한 보리수 나뭇가지들이 보였고, 뿌옇게 먼지가 내려앉은 잎들 사이로는 다가올 가을의 차디찬 접촉이랄 수 있는 누런 반점들이 반짝이고 있었다.

「죽음이 내게로 천천히 다가오고 있습니다. 마지못해……」이고르가 두 눈을 꼭 감은 채 움직이지도 않고 입을 열었다. 「죽음이란 놈도 절 데려가는 게 조금은 안됐나 보죠? 전 그래도 붙임성이 꽤나 있는 놈이었지요……」

「말하지 말아요, 이고르 이바노비치!」 어머니가 살며시 그의 손을 어루만지며 애원하듯 말했다.

「잠깐만요, 그렇지 않아도 곧 입을 다물게 될 텐데요……」 숨을 헐떡이기도 하고 간신히 한마디씩 말을 뱉어 내면서 그는 이야기를 계속했다. 기력이 빠질 때면 긴 시간 동안 말이 끊기기도 했다. 「어머님이 제 곁에 계신 게 여간 좋지 않아요. 어머님의 얼굴을 볼 수 있어 기분이 너무 좋아요. 전 가끔 제 자신에게 이런 질문을 던져 보기도 한답니다. 닐로브나의 종말은 어떻게 다가올 것인가? 다른 모든 사람들과 마찬가지로 역시 감옥과 온갖 비열이 어머님을 기다리고 있다고 생각하면 가슴이 찢어지는 것 같을 거예요. 어머님은 감옥이 두렵지 않으세요?」

「두렵지 않아.」 그녀가 대수롭지 않게 대꾸했다.

「그야 지당하신 말씀이지요. 하지만 누가 뭐래도 감옥은 필요치 않아요. 저를 불구로 만든 곳도 바로 그 감옥이거든요. 솔직히 말하면 전 죽고 싶지 않아요…….」

아직 더 살 수 있을 거라고 그녀는 말하고 싶었지만 그의 얼굴을 보는 순간 그 말이 입안에서만 맴돌았다.

「전 아직도 일을 할 수 있을지도……. 하지만, 일을 할 수 없게 되면 살 의미가 없는 거예요. 산다는 게 어리석은 일인 셈이죠…….」

〈옳은 소리요. 하지만 그런다고 위안이 되는 것은 아니지.〉 어머니는 자신도 모르게 안드레이의 말을 떠올리고 무거운 한숨을 내쉬었다. 그녀는 하루 온종일 너무 뛰어다녀서 그런지 배가 무척이나 고팠다. 환자의 단조로우면서도 눅눅한 속삭임이 방 안을 가득 메우며 미끄러운 벽을 힘없이 기어오르고 있었다. 창문에 잇닿은 보리수 나뭇가지들이 흡사 낮게 깔린 먹구름 같았고 그 슬픈 흙빛으로 무언가를 놀라게 하는 것 같았다. 모든 것들이 음울한 정적 속에서, 음침한 밤의 기다림 속에서 이상스럽게 사위어 갔다.

「왜 이리 기분이 좋지 않을까!」 이고르는 이렇게 말하고 두 눈을 감더니 조용해졌다.

「잠을 청해 봐요. 아마 기분이 나아질 거야.」 어머니가 조용히 말했다.

잠시 후, 어머니는 그의 숨소리에 귀를 기울여 보고 주위를 둘러본 다음, 몇 분 동안 차디찬 슬픔에 휩싸인 채로 꼼짝도 하지 않고 앉아 있다가 깜빡 잠이 들었다.

그러다가 조심스럽게 문 여닫는 소리에 잠을 깼다. 깜짝 놀란 그녀는 자신을 멀뚱히 쳐다보고 있는 이고르의 두 눈을 발견했다.

「깜빡 졸았구먼, 미안해요.」 그녀가 나지막이 말했다.

「제가 죄송한걸요…….」 그 역시 나지막한 목소리로 대답했다.

창문을 통해 저녁 어스름이 새어 들었고 어두운 한기가 눈을 자극했다. 모든 것이 이상스럽게 빛을 잃었고 환자의 얼굴도 흙빛으로 변해 있었다.

부스럭거리는 소리가 들리는가 싶더니 이내 류드밀라의 목소리가 들렸다. 「어둠 속에 앉아서 속삭이고 있군요. 여긴 스위치가 어디 있지?」

병실 안이 갑자기 허옇고 낯선 불빛으로 가득 채워졌다. 병실 한가운데에 키가 큰 류드밀라가 서 있었는데, 온통 까만 옷차림에 꼿꼿한 모습이었다.

이고르가 온몸을 움직여 보려고 애쓰며 손을 가슴께로 끌어올렸다.

「왜 그래요?」 류드밀라가 그에게 뛰어가며 소리쳤다.

그는 움직이지 않는 눈으로 어머니를 쳐다보았다. 왠지 두 눈이 크고 이상스레 반짝거렸다.

입을 크게 벌린 그는 고개를 위로 쳐들고 한쪽 팔을 앞으로 뻗었다. 어머니는 그의 팔을 조심스럽게 잡고 숨을 죽이며 이고르의 얼굴을 들여다보았다. 갑자기 그는 발작적으로 격렬하게 목을 움직여 고개를 뒤로 젖히더니 크게 소리쳤다. 「숨이 막혀, 정말……」

그의 몸이 가볍게 떨렸고 부릅뜬 두 눈에는 침대 위에서 타고 있는 싸늘한 램프의 불빛이 죽은 듯 비쳤다.

「이보게나!」 어머니가 속삭였다.

류드밀라가 천천히 침대로부터 떨어져 창가에 선 채로 어딘지 먼 허공을 쳐다보며 어머니가 한 번도 들어 보지 못한 의외의 큰 목소리로 말했다. 「죽었어요……」

그녀는 허리를 굽혀 팔꿈치를 창턱에 기대고 있다가 느닷없이, 흡사 누구에겐가 머리를 한 대 얻어맞기라도 한 듯 무릎을 꿇고서 얼굴을 두 손으로 감싼 채 흐느껴 울기 시작했다.

어머니는 이고르의 육중한 두 손을 포개어 그의 가슴 위에 올려놓고 이상하리만큼 무거운 그의 머리를 베개 위에 똑바로 놓은 다음, 눈물을 닦으며 류드밀라에게로 다가가 그녀 위로 몸을 굽혀 말없이 그녀의 무성한 머리카락을 쓰다듬었다. 류드밀라는 천천히 몸을 돌려 어머니를 쳐다보았다. 그녀의 윤기 없는 두 눈이 병자의 그것처럼 퀭하게 보였다. 류드밀라는 일어서서 떨리는 입술로 속삭이기 시작했다. 「우리는 유형을 갈 때도 같이 걸어서 가고 감옥에도 같이 있었습니다……. 간혹 정말 참기 힘들고 혐오스럽기까지 해서 많은 사람들이 정신적으로 타락하기도 했지요…….」

그녀는 가슴이 터질 것 같은 슬픔에 목이 메어 제대로 말을 잇지도 못했다. 부드러우면서도 슬픔에 찬 감정으로 인해 어느 정도 가라앉은 얼굴을 어머니에게 가까이 대고 눈물도 없이 신음하면서 빠른 입놀림을 계속했다. 「그런데 그는 언제나 한결같이 쾌활하고 농담을 즐기고 웃음을 잃지 않고 남자답게 자신의 욕망을 억제할 줄도 알면서…… 약한 사람들에게 용기를 주려고 애썼지요. 정말 선하고 동정심도 많고 자상한 사람이었어요……. 그곳 시베리아에서는 게으름 때문에 몸을 망치고 결국 삶을 추하게 만든답니다. 하지만 그는 그 삶을 추하게 하는 것들과 얼마나 잘 싸워 나갔던지……. 당신도 그런 그를 보았다면 훌륭한 동지라고 감탄하지 않을 수 없었을 거예요. 그의 개인적 삶은 힘들고 참을 수 없이 고통스러웠지만 어느 누구도 그에게서 어떠한 불평도 들을 수 없었어요. 어느 누구도 결코! 전 여태껏 그와 친하게 사귀어 오면서 많은 면에서 신세를 졌어요. 그는 모든 힘을 동원해서 할 수 있는 전부를 저에게 베풀었어요. 그리고 그 자신은 항상 외롭고 지쳐 있으면서도 단 한 번도 사랑이나 관심 따위의 보답을 요구하지 않았죠…….」

그녀는 이고르에게 다가가 허리를 굽혀 그의 손에 키스를 하고는 나지막한 목소리로 우울하게 말했다. 「동지여! 오, 비할 데 없이 소중하고 사랑스러운 친구여! 무어라 감사의 마음을 표현해야 좋을지……. 잘 가요. 나 역시 당신처럼 일하겠어요, 지칠 줄 모르고 열심히. 그리고 어느 누구도 의심치 않고 내 전 생애를 바쳐서……. 편히 잠드세요.」

흐느끼느라 그녀의 몸이 사뭇 떨렸다. 터져 나오는 울음을 억지로 참으며 그녀는 이고르 발밑 침대에 머리를 파묻었다. 어머니는 말없이 눈물만 하염없이 흘렸다. 그녀는 왠지 흐느낌을 억제하고 류드밀라를 위로해 주고 싶었다. 특별히 힘이 넘치는 위로의 말로. 또 그녀는 이고르에 대해서 사랑과 슬픔이 담긴 좋은 이야기를 해주고 싶었다. 눈물이 가득 고인 눈으로 그녀는 이고르의 퉁퉁 부은 얼굴, 내리 덮인 눈꺼풀에 졸린 듯 가려져 있는 두 눈, 그리고 애잔한 미소를 머금고 있는 흙빛 입술을 넋을 잃고 바라보았다. 정적만이, 그리고 울적한 기운만이 방 안을 채우고 있었다…….

이반 다닐로비치가 여느 때와 마찬가지로 종종걸음으로 황급히 병실 안으로 들어와서는 갑작스레 병실 한가운데에 멈춰 서서, 두 손을 호주머니에 재빨리 찔러 넣더니만 신경질적인 목소리로 크게 소리쳤다. 「오래되었나요…….」

아무도 대답이 없었다. 그는 조용히 발을 구르다 이마를 훔치고 나서야 이고르에게 다가가 그의 팔을 만져 보고 한편으로 비켜섰다. 「놀랄 일도 아냐. 이런 심장으로라면 일이 나도 한 반년 전엔 일어났어야 했어, 적어도…….」 그의 목소리는 억지로 태연한 척하려는 빛이 역력했지만 어쨌든 너무 커서 조금은 부자연스러웠다. 벽에 기대어 선 채로 그는 빠른 손놀림으로 턱수염을 말아 올리면서 침대 옆에 있는 사람들을 쳐다보았다. 연방 두 눈을 깜빡거리면서. 「또 한 사람이…….」 그가 조용히 웅얼거렸다.

류드밀라가 자리에서 일어나 창문께로 다가가더니 창문을 열어젖뜨렸다. 몇 분이 지나 그들 세 사람은 창문 옆에 꼭 붙어 서서 가을밤의 음울한 얼굴을 서로 쳐다보았다. 시커먼 나무 꼭대기 위로는 별무리가 멀리 끝없이 별쳐져 있는 하늘을 비추며 반짝거리고 있었다.

류드밀라는 어머니의 손을 꼭 잡고 어머니의 어깨에 바짝 몸을 당겼다. 의사는 고개를 아래로 떨구고 손수건으로 코안경을 닦았다. 창문 너머 정적 속에선 도시의 저녁 소음이 지친 듯 숨을 쉬었고 그때마다 찬 공기가 사람들의 얼굴에 와 부딪쳤으며 그 바람에 머리카락이 흩날렸다. 류드밀라가 사뭇 몸을 떨었다. 그녀의 볼을 따라 눈물이 흐르고 있었다. 병원 복도에서는 피로에 지치고 화들짝 놀라는 소리들, 황망히 재촉하는 발소리, 신음 소리, 음울한 속삭임 따위가 서로 섞여 허우적거렸다. 세 사람은 붙박인 듯 창가에 서서 어둠 속을 바라볼 뿐 아무도 말이 없었다.

어머니는 자기가 이 자리에 있을 필요가 없다고 느끼고는 조심스럽게 손을 놓으며 문 쪽으로 다가가 이고르에게 인사를 했다.

「가십니까?」 의사가 쳐다보지도 않고 그대로 서서 나지막이 물었다.

「그렇습니다……」

거리에 나와서 그녀는 류드밀라 생각을 했다. 류드밀라의 눈에 글썽이던 눈물이 떠올랐다. 〈제대로 실컷 울지도 못하고……〉 죽기 바로 전 이고르가 내뱉던 말을 생각하니 절로 한숨이 나왔다. 천천히 거리를 따라 걸으면서 그녀는 그의 총명한 눈, 그가 자주 하던 농담들, 그리고 인생에 대한 이야기들을 떠올렸다. 〈사람이 너무 좋아. 그토록 어려운 삶을 산 사람이 너무도 쉽게 죽었어……. 그렇다면 난 어떤 모습으로 이 세상을 하직할 것인가?〉

또 그녀는 류드밀라와 하얗고 지나치게 밝은 병실 창문 옆에 서 있던 의사, 그리고 그들 뒤에 있던 이고르의 죽은 눈을 생각했다. 그러자 사람들에 대한 복받치는 연민 때문에 무거운 한숨이 절로 나오고 걸음이 빨라졌다. 어떤 복잡한 감정이 그녀를 괴롭혔던 것이다.

〈서둘러야겠군!〉 그녀는 우울하지만 건강한 힘, 마음 안에서 그녀를 부추기는 힘에 어쩔 수 없이 이끌리면서 생각했다.

11

 다음 날 하루 온종일 어머니는 장례식 준비를 하느라 무척 바빴다. 저녁때, 그녀와 니꼴라이, 그리고 소피야가 차를 마시고 있을 때 사샤가 나타났다. 이상하리만큼 유난을 떠는 품이 기분이 꽤나 좋아 보였다. 두 뺨은 발그레하게 홍조를 띠고 두 눈은 유쾌하게 빛나고 있어 어머니는 그녀가 어떤 기쁜 희망으로 충만되어 있음을 쉽게 느낄 수 있었다. 그녀의 그런 기분이 날카로우면서도 급격하게, 죽은 이에 대한 슬픈 회상의 분위기 속으로 끼어들어 전혀 어울리지 못하고 모든 사람들을 당혹스럽게 하고 또한 아연하게 했다. 흡사 어둠 속에서 예기치 않게 반짝이는 불빛과도 같이. 니꼴라이가 생각에 잠겨 손가락으로 책상을 두드리다가 입을 열었다.「오늘은 어째 예전의 당신 모습이 아닌 것 같군요, 사샤……」
「그래요? 아마 그럴지도 모르죠.」그녀가 유쾌한 웃음을 지어 보이며 대꾸했다. 어머니는 무언의 꾸짖음이 담긴 눈빛으로 그녀를 쳐다보았고, 소피야 또한 나무라는 투로 말했다.「우린 이고르 이바노비치에 대해서 이야기를 하고 있었어요……」
 사샤가 대꾸했다.「정말 대단한 사람이죠, 안 그래요? 나는 얼굴에 미소를 띠지 않고, 또 농담을 하지 않는 그 사람을 본 적이 없어요. 게다가 일은 또 얼마나 열성적으로 했나요. 가히 혁명의 예술가라 할 만한 사람이었지요. 흡사 위대한 장인처럼 그는 혁명 사상을 아주 능숙하게 다루었으니 말이에요. 그는 너무도 간결하게, 그러면서도 힘이 넘치는 붓으로 항상 거짓과 폭력, 그리고 불의라는 못된 그림을 아주 명쾌하게 그렸죠.」

그녀는 두 눈에 생각에 잠긴 듯한 우울한 미소를 머금고 나지막한 목소리로 말했지만 그런 미소로도 그녀의 눈매에 서려 있는 기쁨이 감추어질 수는 없었다. 그녀는 여전히 무언가를 이해 못하는 눈치였다.

그들은 사샤가 몰고 온 기쁨의 감정 때문에 동지에 대한 슬픔의 기분이 달리 바뀌는 것을 원치 않았다. 그래서 슬픔을 곱씹고픈 자신들만의 비장한 권리를 무의식적으로 방어하면서 그들은 사샤에게 자신들의 기분을 애써 이해시키고자 했다.

「그런데 지금은 그가 죽었어요.」 소피야가 그녀를 유심히 들여다보면서 고집스럽게 말했다.

사샤는 영문을 모르겠다는 듯이 황망히 모두를 둘러보았다. 그녀의 두 눈썹이 잔뜩 찡그려졌다. 그리고, 고개를 떨구고 천천히 머리카락을 쓸어 넘기며 아무 말도 하지 않았다.

「죽어요?」 어느 정도의 시간이 흐른 후 그녀가 큰 소리로 외치고는 다시 못 믿겠다는 눈빛으로 모두를 둘러보았다. 「무슨 소리예요, 죽다니? 뭐가 죽었단 말이에요? 이고르에 대한 나의 존경심이, 아니면 동지에 대한 내 사랑이 죽었다는 말인가요? 아니면 그의 사상 활동에 대한 기억이? 그런 활동이 죽고, 그가 내 가슴속에 불어넣어 주었던 그 감정이 한순간 사라져 버리고, 용감하고 고결한 인간으로서의 그에 대한 내 생각이 산산이 부서졌단 말입니까? 대체 이 모든 게 죽었다는 말이 어떻게 통해요? 전 알아요, 이것은 나에게 결단코 죽지 않는다는 것을. 우린 사람에 대해서 너무 서둘러 이야기하는 습성에 물들어 있는 것 같아요. 이를테면, 〈그는 죽었어〉라고 말이죠. 인간의 입은 죽었더라도 그의 말만은 산 자의 가슴속에 영원히 살아 숨쉬는 법이지요.」

잔뜩 흥분한 그녀는 다시 책상 앞에 앉아 책상에 팔꿈치를 괴고 한층 나지막한 목소리로 더욱 심각해져서 말을 이었다. 눈물이 글썽한 두 눈에 미소를 담아 동지들을 바라보면서.「제가 어쩌면 바보 같은 소리를 하고 있는지도 모르겠어요. 하지만 동지들, 난 고결한 사람들의 불멸을 믿어요. 내게 아름다운 삶을 살 수 있는 행복을 주었던 바로 그런 사람들의 불멸을. 그리고 난 그런 사람들이 준 삶으로 해서 삶의 의미를 찾게 되었고 결국엔 놀랍도록 복잡한 삶의 성격, 현상의 다양함과 내 심장만큼이나 소중한 사상의 성장에 넋을 잃고 말았답니다. 우린 어쩌면 감정 표현에 지나치게 인색해서 생각만으로 삶을 살아가고 있는지도 모릅니다. 이 때문에 우린 일그러질 대로 일그러져서 평가나 할 줄 알지 느끼지는 못하는 것이죠……」

「무슨 좋은 일이라도 있었어요?」 소피야가 웃으면서 물었다.

「네, 있었죠.」 사샤가 고개를 끄덕이며 말을 이었다. 「그것도 매우 좋은 일! 난 밤에 베소프쉬꼬프와 이야기를 나누었어요. 난 예전엔 그를 별로 달갑게 생각하지 않았어요. 그는 무례하면서도 음침해 보였거든요. 정말 그랬어요. 틀림없이 그 사람 안에는 모든 사람에 대한 확고하면서도 뭔가 알 수 없는 짜증이 자리 잡고 있어 정말 늘 불쾌할 정도로 자기 자신을 의식한 나머지 무례하면서도 신경질적으로 나, 나라고 말하곤 했어요. 그럴 때마다 왠지 화가 나면서 그의 속물근성을 탓하지 않을 수 없었지요……」 그녀는 미소를 지어 보이고 반짝이는 눈빛으로 다시 모두를 감싸는 것이었다. 「그런데 그가 이제는 이렇게 말하는 거예요, 〈동지들!〉 하고 말입니다. 그가 이런 말을 할 때는 귀를 기울일 필요가 있어요. 비록 어쩔 줄을 몰라 한다지만 얼마나 부드러운 사랑을 담은 말을 하는지, 정말 어떻게 말로 표현할 길이 없을 정도랍니다. 놀랄 만큼 솔직해지고 성실해졌어요. 또 일에 대한 욕망에 가득 차 있기도 하고요. 그는 자신을 발견한 겁니다. 그리고 자신의 힘을 보게 되고 자기에겐 이젠 아무것도 남은 게 없다는 걸 깨닫게 된 거죠. 중요한 건 그의 안에 진정 동지애적인 감정이 싹트기 시작했다는 사실이랍니다……」

어머니는 사샤의 말을 유심히 들었다. 왠지 한결 누그러진 유쾌한 기분으로 준열한 처녀를 바라본다는 게 그저 좋기만 했다. 그러나 동시에 어딘가 모르게 그녀의 마음속에선 서운함이 움트기 시작했다. 〈그럼 빠샤에 대해선 어떻게 생각하지?〉

사샤가 계속했다. 「그는 온통 동지들에 대한 생각뿐이에요. 그가 내게 뭐라고 했는지 아세요? 동지들을 탈옥시켜야만 하는 필요성을 제게 확인시켜 주었어요. 그래요! 그의 말에 따르면, 그건 식은 죽 먹기라는 거예요……」

소피야가 고개를 들고 활기 있게 말했다. 「그럼 당신 생각은 어때요, 사샤? 그건 단지 생각일 뿐이랍니다.」

어머니의 손에 들린 찻잔이 떨렸다. 사샤는 눈썹을 찌푸리고 자신의 유쾌한 기분을 억제하느라 잠시 입을 다물고 있다가 심각한 목소리로, 하지만 즐거운 웃음을 지어 보이며 투둥지게 말했다. 「사실 그의 말대로라면, 우린 마땅히 시도해 보아야만 합니다. 그건 우리의 의무예요……」 그녀의 얼굴이 시뻘게져서 의자에 털썩 주저앉아 다시 말이 없었다.

〈오, 내 사랑하는 사샤!〉 하고 어머니는 웃으며 생각했다. 소피야도 웃었고, 니꼴라이 역시 부드러운 눈길로 사샤의 얼굴을 쳐다보면서 조용히 웃었다. 그때 사샤가 고개를 들고 심각한 눈으로 모두를 쳐다보았다. 얼굴은 하얗게 질리고 두 눈은 번뜩였다. 그러곤 마음이 상했는지 무뚝뚝하게 말했다. 「웃고 계시는군요. 전 여러분들을 이해해요……. 당신들은 제가 저만의 이해관계 때문에 이런다고 생각하시는 거죠?」

「왜 그래요, 사샤?」 소피야가 자리에서 일어나 그녀에게로 다가가며 능청스럽게 물었다. 어머니는 소피야의 이 질문이 전혀 쓸데없고 사샤의 기분만 상하게 할 뿐이라는 생각을 했다. 그래서 한숨을 내쉬고 눈썹을 찌푸리면서 나무라는 눈빛으로 소피야를 쳐다보았다.

　사샤가 소리쳤다. 「아니에요, 전 빠지겠어요. 여러분들 생각이 정 그러시다면 그 문제의 결정에 전 참여하지 않겠어요……」

　「그만해요, 사샤!」 니꼴라이가 침착하게 말했다.

　어머니 역시 그녀에게 다가가 허리를 굽혀 그녀의 머리를 조심스레 어루만져 주었다. 사샤가 어머니의 팔을 잡고 시뻘게진 얼굴을 위로 들고는 어머니의 얼굴을 쳐다보며 어쩔 줄 몰라 했다. 어머니는 그저 웃고만 있을 뿐 사샤에게 무슨 말을 해주어야 할지 도무지 생각이 나지 않았다. 나오느니 씁쓸한 한숨뿐이었다. 소피야가 사샤의 옆에 나란히 앉아 어깨를 감싸 안고 호기심 가득한 미소를 지은 채 그녀의 눈을 쳐다보며 말했다. 「이럴 땐 꼭 어린애 같아요……」

　「그래요, 제가 생각해도 제가 너무 바보짓을 한 것 같아요……」

　「사샤가 그렇게 생각할 줄은……」 소피야가 계속했다. 하지만 니꼴라이가 사무적이면서도 심각한 어조로 그녀의 말을 가로막았다. 「가능한 한 동지들을 탈옥시켜야 한다는 데에는 다른 의견이 있을 수 없어요. 무엇보다도 우리는 갇혀 있는 우리의 동지들이 그걸 원하는지 어떤지를 알아야만 합니다……」

　사샤가 고개를 떨구었다.

　소피야는 담배를 피워 물며 동생을 쳐다보고 재빠르게 구석 어디로 성냥을 집어 던졌다.

　「어쩐지 그들이 탈옥을 원치 않을 것 같은 생각이 듭니다. 그렇다면 그건 결코 가능한 일이 못 돼요……」 어머니가 한숨 섞인 목소리로 말했다.

　모두들 아무 말이 없었다. 하지만 어머니는 누구라도 좋으니 탈옥이 가능하다는 한마디만이라도 해주길 은근히 바랐다.

　「제가 베소프쉬꼬프를 한번 만나 봐야겠어요.」 소피야가 말했다.

　「내일 시간과 장소를 연락해 드릴게요.」 사샤가 나지막이 말했다.

「그는 앞으로 뭐 한답디까?」 소피야는 방 안을 서성이며 물었다.

「새로 만들 인쇄소에 식자공으로 자리를 주선해 주기로 결정을 보았습니다. 하지만 그 전까지는 산속 사람들과 같이 지내게 될 겁니다.」

사샤의 두 눈썹이 잔뜩 찌푸려지고 얼굴은 평상시의 심각한 표정으로 돌아갔으며 목소리 또한 무뚝뚝해졌다. 니꼴라이가 접시를 닦고 있는 어머니에게로 다가가 말을 꺼냈다. 「모레 면회를 가시게 되거든 쪽지를 꼭 빠벨에게 전하도록 하세요. 이해하시겠죠? 우리는 알아야만 합니다…….」

「알겠소, 내 틀림없이 전하지…….」 어머니가 서둘러 대꾸했다.

「전 이만 가겠습니다.」 사샤가 말없이 빠른 동작으로 모두의 손을 잡았다 놓고 왠지 무거워 보이는 발길을 재촉했다. 여전히 매몰차고 무뚝뚝했다.

소피야는 어머니의 어깨에 손을 얹고 의자에 앉아 있는 어머니를 흔들며 웃음 띤 얼굴로 물었다. 「닐로브나! 저런 딸 하나 있었으면 하는 생각 안 드세요?」

「오, 제발! 단 하루만이라도 둘이 함께 있는 걸 보았으면!」 어머니가 눈물을 글썽이며 말했다.

「맞아요. 아주 작은 행복이라도 모두에겐 좋은 거예요…….」 니꼴라이가 그리 크지 않은 목소리로 말을 이었다. 「하지만 문제는 작은 행복을 바라는 사람이 과연 얼마나 있을까 하는 것이겠지요. 하긴 그것마저도 많으면 별게 아니지만…….」

소피야가 피아노 앞에 앉아 뭔가 슬픈 곡조를 두드리기 시작했다.

12

 이튿날 이른 아침 수십 명의 남녀가 병원 문 앞에 서서 동지의 관이 거리로 운구되기만을 기다리고 있었다. 사람들의 주변에는 첩자들이 여기저기서 터져 나오는 함성 소리에 귀를 곤두세우고 사람들의 얼굴, 태도와 말을 주시하면서 서성거리고 있었고, 그 맞은편 거리에서는 연발 권총을 허리에 찬 한 무리의 경찰들이 역시 감시의 눈을 번뜩이고 있었다. 첩자들의 파렴치한 행위, 경찰의 비웃음, 그리고 자신들의 힘을 한껏 과시하거나 할 것 같은 경찰의 만반의 채비에 군중들은 잔뜩 긴장하지 않을 수 없었다. 어떤 사람들은 자신의 초조함을 숨기느라 농지거리를 했고 어떤 사람들은 모욕감을 느끼지 않으려고 불쾌한 표정으로 땅만을 쳐다보고 있었다. 그런가 하면 또 어떤 사람들은 치밀어 오르는 분노를 억제하지 못하고 단지 말로밖에는 무장할 것이 없는 민중들을 위협할 줄이나 아는 정부에 대해서 이리저리 돌려 비웃기도 했다. 희뿌연 가을 하늘이, 누런 낙엽들이 나뒹구는 잿빛 자갈길을 음울하게 비추고 있었다. 그리고 바람은 연방 낙엽들을 불어 올려 사람들의 발밑으로 내팽개쳤다.
 어머니는 군중들 속에 서서 낯익은 얼굴들을 하나둘 헤아려 보며 슬픔에 가득 차 이런 생각을 했다. 〈너희들이 많이 보이지 않는구나, 많이 없어. 그리고 노동자들이라곤 거의 찾아볼 수도

없으니……〉

 병원 문이 열리고 화환과 리본으로 장식을 한 관이 거리로 운구되어 나왔다. 사람들이 한결같이 모자를 벗었다. 흡사 시꺼먼 새 떼가 그들의 머리 위로 날아오르는 것 같았다. 불그레한 얼굴에 새까만 수염을 무성하게 기른 키 큰 경찰 장교가 재빨리 군중 사이로 비집고 들어오고 그 뒤를 따라서 병사들이 함부로 사람들을 밀어 대고 보도에 무거운 군홧발 소리를 내면서 줄을 맞춰 걸어 들어왔다. 장교가 명령조의 씩씩거리는 목소리로 소리쳤다. 「리본을 떼시오!」

 장교의 주위로 젊은 남녀들이 빽빽하게 몰려들어 삿대질을 해대며 무어라고 그에게 고함을 치는가 하면 잔뜩 흥분한 나머지 서로 밀고 밀리는 몸싸움을 하느라 아우성이었다. 흥분에 못 이겨 입술을 바르르 떨고 있는 창백한 얼굴들이 어머니의 눈앞에 어른거렸다. 한 여인의 얼굴에서는 울분의 눈물이 주르륵 흘러내리기도 했다.

 「폭력은 물러가라!」 젊은 사람의 목소리가 터져 나왔다가 이내 다시 시끌벅적한 소음 속으로 사라졌다.

 어머니 역시 가슴 쓰린 비애를 느끼지 않을 수 없었다. 그래서 옆에 서 있던 허름한 옷차림의 젊은이에게 격앙된 어조로 말했다. 「사람 장사도 못 지내게 하면 어쩌자는 거야? 동지들이 저리도 원하는데. 이게 말이나 되는 소리야.」

 증오심은 더욱 고조되었고 사람들의 머리 위에서는 관 뚜껑이 흔들렸으며 리본은 바람에 날려 사람들의 머리와 얼굴을 덮어씌우곤 했다. 그리고 옷자락 펄럭이는 소리가 신경질적으로 들려왔다.

 어머니는 충돌이라도 일어날 것 같은 두려움에, 서둘러 양옆의 사람들에게 나지막한 목소리로 말했다. 「놈들 하자는 대로 하게 둡시다. 지금은 그냥 리본을 떼는 게 좋을 것 같아요. 일단 양보를 하는 거지, 뭐. 어쩔 도리가 없을 것 같은데……」

누군가의 소란스러움을 압도하는 크고 날카로운 목소리가 들려왔다. 「여러분, 가시는 임의 마지막 길을 방해하지 맙시다. 그것도 저놈들의 괴롭힘에 끝내 목숨을 잃은 분의!」

누군가가 카랑카랑한 큰 목소리로 노래를 부르기 시작했다.

투쟁에 몸 바쳐서……

「리본을 떼라! 야꼬블레프, 칼로 베어 버려!」

칼 뽑는 금속성 소리가 들렸다. 어머니는 곧이어 터져 나올 비명 소리를 듣지 않으려고 아예 눈을 감아 버렸다. 그러나 주위는 한결 조용해졌다. 처음에 사람들은 흡사 궁지에 몰린 늑대처럼 으르렁거렸지만 금세 고개를 떨군 채 아무 말이 없었다. 그들은 입을 꼭 다문 채 거리에 발소리만을 흩뿌리며 앞으로 움직여 나갈 뿐이었다.

앞에서는 강탈을 당한 관 뚜껑이 마구 짓밟힌 화환과 더불어 허공을 미끄러져 가고 있었고, 양옆으로 말 탄 경찰들이 비칠거리며 따르고 있었다. 어머니는 인도를 따라 걷고 있었는데 빽빽이 둘러선 군중들 때문에 관은 보이지 않았다. 어느새 군중이 늘어 그 넓은 거리를 가득 메우고 있었던 것이다. 군중의 뒤에서도 잿빛의 말을 탄 경찰들이 눈에 띄었고, 그 양옆으로 역시 경찰들이 칼에 손을 얹고서 따라 걷고 있었다. 도처에서 어머니가 익히 알고 있는 첩자의 날카로운 눈이 사람들의 얼굴을 유심히 살피느라 번뜩이고 있었다.

안녕, 우리 동지여, 안녕……

아름다운 두 목소리가 서글프게 노래를 부르기 시작했다.
「안 됩니다!」 고함 소리가 들렸다. 「조용히 해야 합니다. 여러분!」

이 고함 소리는 준열하면서도 뭔가 인상적인 느낌이 있었다. 슬픈 노래가 멈추고 이야기 소리도 한층 낮아졌으며, 다만 보도에 구르는 의연한 발걸음 소리만이 답답하면서도 단조롭게 거리를 가득 메우고 있었다. 그 소리는 사람들의 머리 위로 솟아올라 투명한 하늘 속으로 자취를 감추었다. 그리고 멀리서 맨 처음 들려오는 천둥소리와도 같이 공기를 진동시켰다. 차디찬 바람은 점점 거세어지더니만 한껏 적의를 품고 거리의 먼지와 쓰레기를 사람들의 정면으로 날렸고, 외투와 머리카락을 흩날리게 하는가 하면 눈도 뜨지 못하고 가슴에 부딪치면서 발밑으로 나뒹굴었다.

사제도 없고 가슴을 저미는 노래도 없는 이 무언의 장례식, 생각에 깊이 잠긴 얼굴들, 그리고 찌푸린 눈썹들은 어머니의 가슴에 무서운 감정을 불러일으켰다. 이러한 생각은 그녀의 주위를 빙글빙글 맴돌면서 서글픈 구절을 상기시켰다. 〈너희들 가운데 진실의 편에 서는 자는 적으리니……〉

그녀는 고개를 푹 숙이고 걸었다. 마치 이고르가 아니고 다른 가까운 사람, 정말 그녀에게 필요한 사람의 장례식인 것 같은 기분이 들었다. 왠지 우울하고 꺼림칙했다. 가슴은 이고르를 전송하고 있는 사람들에게 동의할 수 없다는 떨림으로 가득 찼다.

그녀는 생각에 잠겼다. 〈물론, 이고르는 신을 믿지 않았어. 그리고 다른 사람들도 모두 그랬지……〉 그러나 그렇다고 해도, 하던 생각을 그만두고 싶지는 않아서 답답함을 지워 버리고자 한숨을 내쉬었다. 〈오, 하느님, 예수 그리스도여! 도대체 왜 저를 이토록……〉

장례 행렬이 묘지에 도착했다. 장례 행렬은 자그맣고 하얀 십자가들이 여기저기 꽂혀 있는 탁 트인 공간으로 나올 때까지 묘들 사이의 좁은 길을 따라서 길에 원을 그리고 있었다. 사람들은 묘 주위에 모여서 숙연한 분위기로 하나같이 입을 다물고 있었다. 묘들 사이에서 산 사람들이 이토록 숙연한 침묵을 지키고 있다고 생각하니 왠지 무서운 생각이 들어 어머니의 가슴은 떨리고 막연한 기대감으로 벅차올랐다. 십자가 사이로 바람이 윙윙 소리를 내며 지나다니고 관 뚜껑 위에서는 엉망이 다 된 꽃들이 구슬프게 떨고 있었다.

경찰들이 바짝 긴장해서 허리를 꼿꼿하게 펴고 자신들의 상관을 쳐다보고 있었다. 묘 위로, 모자를 쓰지 않아 긴 머리카락이 나풀대는 키 크고 젊은 사람이 우뚝 섰다. 눈썹은 새까맣고 얼굴은 창백해 보였다. 그와 동시에 경찰 우두머리의 씩씩거리는 목소리가 울려 퍼졌다.

「여러분……」

「동지들!」 검은 눈썹의 사내가 큰 소리로 외치기 시작했다.

그러자 경찰이 소리쳤다. 「왜 연설을 허락할 수 없는지 설명해 주겠소……」

「많이도 말고 몇 마디만 하겠소!」 젊은이가 잔잔한 목소리로 말을 시작했다. 「동지들! 우리의 스승이자 친구인 이분의 무덤 옆에서 우리 맹세합시다! 그분의 유언을 잊지 말 것을. 그리고 우리 모두 우리 조국의 재난의 씨앗을 묻을, 조국을 압박하는 악의 무리, 즉 전제를 매장할 무덤을 파도록 합시다! 지치지 말고 파도록 합시다!」

「체포하라!」 경찰이 소리쳤다. 하지만 그의 목소리는 여기저기서 터져 나오는 고함 소리에 파묻히고 말았다.

「전제 타도!」

경찰들이 군중을 밀치고 연설을 한 사람을 향해서 돌진했다. 그러나 그는 사람들에게 빽빽이 둘러싸여 손을 흔들면서 소리쳤다. 「자유여, 만세!」

어머니는 사람들에 이리 밀리고 저리 밀리다 잔뜩 겁에 질려 십자가에 딱 붙어서 돌발적인 사태를 기대하며 눈을 감았다. 돌풍처럼 터져 나오는 함성에 정신이 다 아찔해질 정도로 발밑의 땅이 흔들렸다. 바람과 공포 때문에 숨을 쉴 수가 없었다. 경찰의 호각 소리가 허공을 찢고 난폭한 명령의 목소리가 들렸으며 여인들의 히스테리한 비명이 들렸다. 그런가 하면 나무 울타리가 찢어지는 소리를 내며 쓰러지고 마른땅을 디디는 무거운 발소리가 둔탁하게 울렸다. 한동안 계속되었다. 어머니는 참을 수 없는 두려움에 두 눈을 꼭 감고 선 채로 꼼짝도 하지 않았다.

그녀는 주위를 둘러보다가 자기도 모르게 비명을 지르고 두 손을 앞으로 뻗으면서 내달렸다. 그녀에게서 멀리 떨어지지 않은 무덤들 사이 좁은 길에서 경찰들이 장발의 사내를 에워싸고 사방에서 달려드는 사람들을 마구 패며 물리치고 있었다. 허공에서는 경찰들이 뽑아 든 칼들이 사람들의 머리 아래위로 쌩쌩거리며 번뜩이고 있었다. 몽둥이들, 벽돌 조각들이 마구 날아다니고 서로 뒤엉킨 사람들의 비명이 야만적인 춤을 추며 빙글빙글 돌았다. 젊은이의 창백한 얼굴이 갑자기 나타났다. 악의에 찬 분노의 돌풍 위로 그의 신념에 찬 목소리가 울려 퍼졌다. 「동지들! 무엇 때문에 기력을 낭비하십니까?」

그의 승리였다. 사내들은 막대기를 집어 던지고, 하나둘 군중에서 떨어져 나갔다. 어머니는 믿기 힘든 힘으로 겨우 앞으로 빠져나갔다. 그리고 모자를 뒤통수 쪽으로 삐딱하게 눌러쓴 니꼴라이가 완전히 악에 받친 사람들 쪽으로 물러서는 것을 보았다. 그의 질책하는 목소리가 들렸다. 「당신들 정신 나갔소! 진정들 해요!」

그의 한쪽 손이 뻘겋게 물들어 있는 것처럼 보였다.

「니꼴라이 이바노비치, 도망쳐!」 그녀가 그에게로 달려가며 소리쳤다.

「어디 가시는 거예요? 그리 가면 경찰들한테 맞게 돼요……」

소피야가 그녀의 어깨를 잡고 바로 옆에 서 있었다. 모자도 쓰지 않고 머리는 헝클어져 있었다. 그리고 다른 한 손으로는 거의 어린애라고 할 젊은이를 잡고 있었다. 그는 맞아서 피가 흐르는 이마를 손으로 훔치고 떨리는 입술로 중얼거렸다. 「놓아주세요,

아무렇지도 않은걸요…….」

「이 아이 좀 맡아 주세요. 우리 집으로 데리고 가세요! 여기 손수건이 있어요, 얼굴을 싸매세요…….」

소피야는 젊은이의 손을 어머니의 손에 넘겨주면서 빠르게 말하고는 이런 말을 남기고 앞으로 뛰어나갔다. 「얼른 빠져나가세요. 체포될 거예요…….」

사람들은 공동묘지 사방으로 흩어졌고 그들 뒤를 따라서 경찰들이 우왕좌왕 무덤 사이를 헤집고 다녔다. 무거운 군화 소리가 울리고 군복 펄럭이는 소리가 들렸다. 마구 욕지거리를 해대는가 하면 칼을 휘두르기도 했다. 젊은이는 날카로운 눈으로 그들을 쫓았다.

「얼른 가자꾸나!」 어머니가 손수건으로 그의 얼굴을 닦아 주며 나지막이 말했다.

젊은이가 피를 흘리며 중얼거렸다. 「걱정하지 마세요, 전 아프지 않아요. 그놈이 절 칼자루로 후려쳤어요…… 그래서 저도 그놈을 막대기로 후려갈겼지요, 뭐! 그놈도 비명을 지르더군요…….」

그리고 피 묻은 주먹을 공중에 휘두르며 의미심장한 목소리로 외쳤다. 「두고 보자, 예전의 우리가 아닐 테니. 네놈들을 주먹한 방 쓰지 않고 죽여 버릴 테다. 우리 전 노동자들이 들고일어나는 날에!」

「서둘러!」 어머니가 공동묘지 담에 조그맣게 나 있는 쪽문 쪽으로 걸음을 재촉했다. 울타리 너머 들판에 경찰들이 숨어 있다가는 느닷없이 덮칠 것만 같았다. 그래서 어머니는 경찰들이 보이기만 하면 몸을 날려 한바탕 붙어 볼 심산이었다. 그러나 문을 조심스럽게 열고 바깥 들판을 살펴보니 회색 옷을 차려입은 가을 황혼만이 눈에 들어올 뿐이었다. 너무나도 고요하고 적막해서 금방 마음을 가라앉힐 수 있었다.

「우선 네 머리부터 동여매자꾸나.」 그녀가 말했다.

「그럴 필요 없어요, 전 부끄러워요. 한 일이 없거든요. 정당한 싸움이었어요. 그놈이 저를 치고, 전 그놈을 치고……」

어머니는 서둘러 상처를 동여맸다. 흐르는 피를 보자 어머니의 가슴은 안쓰러움으로 한없이 저미었다. 손가락에 느껴지는 피의 축축하면서도 따뜻한 촉감에서 공포를 느끼지 않을 수 없었다. 그녀는 입을 꾹 다물고 젊은이의 손을 잡은 채 서둘러 들판을 가로질렀다. 헝겊 사이로 입을 삐죽이 내밀고서 그가 웃음기 섞인 목소리로 말했다. 「절 어디로 끌고 가십니까, 동지? 저 혼자 갈 수 있어요……」

그러나 어머니는 그가 비칠거리고 다리는 풀려 후들거리고 두 팔은 힘없이 축 늘어져 있다는 걸 한눈에 알 수 있었다. 그가 맥 빠진 목소리로 말하더니 대답할 새도 주지 않고 물었다. 「전 양철공 이반입니다만, 당신은 누구시죠? 이고르 이바노비치가 이끌던 모임엔 양철공이 셋 있었고, 모임 전체로 치면 모두 열둘이 있었지요. 정말 우린 그분을 사랑했어요. 고인의 명복을 빕니다! 비록 제가 하느님을 믿고 있지는 않다 하더라도……」

어머니는 거리에서 마부를 불러 이반을 마차에다 태우고 그에게 속삭였다. 「이젠 입을 조심해야 해.」 그리고 손수건으로 그의 입을 감쌌다.

그는 손을 얼굴로 가져가 보았지만, 이미 입을 자유롭게 놀릴 수는 없었고 그래서 하는 수 없이 팔을 무릎 위에 맥없이 떨어뜨렸다. 그러면서도 연방 수건을 통해서 무어라고 중얼거렸다. 「전 당신들, 내가 정말 사랑하는 이들을 위해서 오늘의 이 뭇매를 잊지 않을 겁니다……. 이고르가 우릴 가르치기 전까지는 찌또비치라는 학생이…… 정치 경제학을 가르쳐 주었답니다……. 그러다가는 그 사람도 붙잡혀 갔지요…….」

어머니는 이반을 껴안고 그의 머리를 가슴으로 바투 끌어당겼다. 갑자기 젊은이의 몸이 축 처지는가 싶더니 이내 조용해졌다. 어머니는 공포에 질려서 꼼짝달싹도 하지 못하고 사방을 곁눈질로 힐끔힐끔 쳐다볼 뿐이었다. 골목 어딘가에서 경찰이 튀어나와 이반의 상처 난 머리를 보고 그를 우악스럽게 붙잡아 마구 매질을 가할 것만 같았다.

「술에 취했소?」 마부가 얼굴엔 인자한 미소를 듬뿍 담은 채 마부석에서 몸을 돌리며 물었다.

「인사불성이 되도록 마셨답니다!」 어머니가 한숨 섞인 목소리로 대꾸했다.

「아들이오?」

「예, 제화공이랍니다. 난 식당에서 일합니다……」

「힘드시겠습니다, 정말……」 말에 채찍을 휘두르고 나서 마부는 다시 뒤를 돌아보고 한결 나지막한 목소리로 말을 이었다. 「그런데 방금, 혹 들으셨는지 모르겠습니다만, 공동묘지에서 치고받고 난리였다는군요……. 이를테면, 여태껏 반정부 활동을 해온 탓에 정부가 일찍이 점찍어 놓았던 그런 사람 가운데 어떤 정치적 인물의 장례식이 있었대요. 뜻을 같이하던 사람들이 그를 묻었지요. 암, 당연히 그래야지요. 그런데 거기서 사람들이 구호를 외치기 시작했답니다. 〈전제 타도!〉라고 말이지요. 이유인즉, 정부 때문에 민중이 도탄에 빠지게 되었다는 거예요……. 경찰들이 사람들을 개 패듯 패기 시작했지요. 사람들이 그러는데 정말 죽이겠다고 덤벼들어 패더라는 거예요. 경찰도 이젠 끝장이에요……」 그는 잠시 말이 없다가 슬픔에 잠긴 듯 고개를 흔들며 이상스러운 목소리로 말을 했다. 「놈들은 죽은 사람에게도 고통을 주고 이미 잠든 사람 또한 깨우고도 남을 놈들이지요.」

마차가 자갈길을 달리느라 몹시도 털털거렸고, 그럴 때마다 이반의 머리가 어머니의 가슴에 살며시 부딪쳤다. 마부가 반쯤 돌아앉은 채 깊은 생각에 잠긴 목소리로 중얼거렸다. 「민중들이 동요하고 있고, 머지않아 봉기가 일어나고 말 겁니다. 암요. 어젯밤만 해도 우리 이웃집에 헌병들이 들이닥쳐 밤새 난리를 피우더니만 아침에 편자공 한 사람을 잡아갔답니다. 사람들 말로는, 밤에 강으로 데려가서 몰래 물에 빠뜨릴 거라고 그러더군요.

정말 그만한 사람도 드물 거예요……」

「그 사람 이름이 어떻게 됩니까?」

「편자공 말씀이신가요? 사벨리였는데 보통 예프첸꼬라고 부르곤 했답니다. 젊은 데다가 아는 건 또 얼마나 많았던지. 그러니 무얼 많이 알아도 안 되나 봅니다. 그는 시간만 있으면 우리를 찾아와서 말을 걸곤 했어요. 〈당신들, 마부의 생활은 어떻습니까?〉 그러면 우리는 이렇게 대답하곤 했지요. 〈아마 개도 우리보다는 나을 거요.〉」

「세워 주세요!」 어머니가 말했다.

마차가 갑자기 서는 바람에 이반이 잠에서 깨어나 작은 신음 소리를 냈다.

마부가 말했다. 「아주 곤드레가 되었군, 젊은이! 에이그, 술, 그놈의 술……」

간신히 마차에서 내린 이반은 몸을 비칠거리면서 문 쪽으로 걸음을 옮겼다. 그러면서도 말했다. 「괜찮아요, 혼자 걸을 수 있어요……」

13

 소피야는 벌써 집에 돌아와 있었다. 그녀는 궐련을 입에 물고 어머니를 맞았는데, 그 모양이 부산스러우면서도 잔뜩 흥분해 있었다.
 다친 사람을 소파에 뉘며 그녀는 능숙한 솜씨로 머리에 싸맨 수건을 풀고 이것저것 잡다한 일을 처리해 나갔다. 담배 연기 속으로 두 눈이 번뜩였다.
 「이반 다닐로비치, 여기 환자가 실려 왔어요. 피곤하시겠어요, 닐로브나? 그리고 놀라셨죠, 그렇죠? 이젠 좀 쉬세요. 니꼴라이! 닐로브나에게 포트와인 한 잔 갖다 드려!」
 어찌나 놀라운 일이었던지 어머니는 숨도 제대로 쉬지 못하고 가슴을 저미는 듯한 통증을 느끼며 중얼거렸다. 「내겐 신경 쓰지 말아요……」
 하지만 상태로 보아 어머니는 사실 따뜻한 보살핌을 필요로 하고 있었다.
 옆방에서 손에 붕대를 감은 니꼴라이와 의사 이반 다닐로비치가 건너왔다. 온통 너절한 차림에 머리는 고슴도치처럼 산발을 하고 있었다. 그는 재빨리 젊은이에게로 다가가 허리를 구부리면서 말했다. 「물 좀 가져와요, 아주 많이. 깨끗한 가제하고 약솜도.」

어머니가 부엌으로 갔다. 그러나 니꼴라이가 왼손으로 그녀의 손을 잡고 식당으로 가면서 부드럽게 말했다. 「어머님한테 한 소리가 아니고 소피야한테 한 소리예요. 많이 놀라셨죠, 어머님? 그렇죠?」

어머니는 그의 진지하면서도 정감 어린 눈길을 접하자 못내 감정을 억제하지 못하고 흐느끼듯 소리쳤다. 「너무나도 끔찍한 일이었어, 니꼴라이! 놈들이 사람들을 마구 패대기를 쳤어, 패대기를 쳤다고!」

「저도 보았습니다.」 포도주를 따라 주고 고개를 끄덕이면서 니꼴라이가 말을 이었다. 「서로가 약간 흥분했던 거예요. 하지만 너무 걱정하지 마세요. 놈들이 비록 사람들을 사정없이 두들겨 팼다지만, 제가 보니, 치명상을 입은 사람은 단 한 사람뿐인 것 같더군요. 바로 내 눈앞에서 그런 일이 벌어졌지요. 그래, 전 그 사람을 사람들 틈바구니에서 간신히 빼냈답니다……」

니꼴라이의 얼굴과 목소리, 그리고 방 안의 따뜻하고 밝은 분위기에 어머니는 어느 정도 마음이 놓였다. 그녀는 감사하는 눈길로 그를 보며 물었다. 「당신도 역시 맞았구려?」

「전 무언가에 손이 걸리는가 싶더니만 살갗이 찢어져 있더군요. 차 드세요. 날씨도 찬데 너무 옷을 얇게 입으셨어요……」

찻잔을 집으려고 손을 뻗으니 손가락에 말라붙은 핏자국이 엉겨 있는 게 눈에 띄었다. 자신도 모르게 얼른 손을 무릎 뒤로 감추었다. 치마도 축축했다. 두 눈을 크게 뜨고 눈썹을 치켜 올리고서 그녀는 곁눈질로 자기 손가락을 쳐다보았다. 눈앞이 갑자기 아찔해지고 가슴이 두근거렸다. 〈놈들이 혹 빠샤도 이 지경으로? 그러고도 남을 놈들이지.〉

이반 다닐로비치가 옷소매를 걷어 올리고 조끼 바람으로 들어왔다. 그러고는 니꼴라이의 조용한 질문에 자신의 가는 목소리로 대답했다. 「얼굴에 난 상처는 별게 아닌데 두개골을 다쳤어, 심한 건 아니고. 하여튼 아주 건강한 친구야. 그런데 피를 너무 많이 흘렸어. 병원으로 데리고 가는 게 어떻겠어?」

「무엇 때문에? 여기에 그냥 두세나!」 니꼴라이가 소리쳤다.

「오늘하고 내일은 그냥 여기에 두어도 괜찮겠지만, 내 생각에 그다음엔 병원에 제대로 입원시키는 게 나을 것 같아. 이젠 왕진 올 시간도 없어. 자네도 공동묘지에서 있었던 일을 가지고 유인물을 만들어야 할 것 아닌가?」

「물론이지!」 니꼴라이가 대꾸했다.

어머니는 조용히 일어나 부엌으로 갔다.

「어디 가세요, 닐로브나?」 그가 당황해하며 어머니를 붙잡아 세우곤 말했다. 「소피야 혼자 다 알아서 할 거예요.」

그녀는 그를 쳐다보고 움찔 놀라 어색하게 웃으며 대답했다. 「내 몸도 온통 피투성이라서……」

자기 방에서 옷을 갈아입으면서 그녀는 다시 한 번 이 사람들의 침착함에 대해서, 끔찍한 일을 당하고서도 금방 참고 이겨 내는 이들의 능력에 대해서 생각해 보았다. 이런 생각을 하자 정신도 다시 맑아지고 두려움도 사라졌다. 환자가 누워 있는 방에 들어갔을 땐 소피야가 허리를 굽히고서 환자에게 이야기를 하고 있었다.

「바보 같은 짓이야, 동지!」

「폐를 끼치게 되었군요.」 그가 힘없는 목소리로 말했다.

「입 다물고 있어, 그게 좋을 거야……」

어머니는 소피야 뒤에 서서 두 손을 그녀의 어깨에 올려놓고 아픈 사람의 얼굴을 미소를 머금은 눈길로 쳐다보다가 그가 마차 안에서 무슨 헛소리를 했고 또 그 때문에 얼마나 놀랐는지를 말하기 시작했다. 이반이 가만히 그 이야기를 듣고 있었는데 그의 두 눈이 열병을 앓는 이의 눈처럼 불탔다. 그가 입술을 움직여 소리를 내다가 당혹스러운 듯 소리쳤다. 「아…… 정말 바보 같으니!」

「자, 우린 이제 나갈게.」 소피야가 그의 옷매무새를 고쳐 주면서 말했다.

「푹 쉬도록 해요.」

소피야와 어머니는 부엌으로 가서 거기서 오랫동안 그날 낮에 있었던 일에 대해서 이야기를 나누었다. 둘은 벌써 장래에 대한 확신을 갖고 기대했으며 내일 할 일의 방법을 모색하면서 그날의 일을 먼 옛날의 일처럼 이야기하고 있었다. 얼굴빛은 지친 기운이 역력했지만 생각만은 확신에 차 있었고, 자신의 일에 대해서 이야기를 하면서도 자신의 불만을 전혀 감추려 들지 않았다. 의자에 앉아 신경질적으로 몸을 꼼지락거리고 있던 의사는 자신의 가늘고 날카로운 목소리에 힘을 주어 가면서 이야기를 했다. 「선전이야, 선전! 요즘은 선전이 너무 없어. 젊은 노동자들이 옳아. 선전의 범위를 더욱 넓히는 일이 필요해. 노동자들이 옳아. 말하자면…….」

니꼴라이가 찌푸린 얼굴을 해가지고 그에게 대꾸했다. 「도처에서 서적이 충분치 못하다는 불평의 소리가 일고 있는데도 우린 여전히 인쇄소 하나 변변한 걸 갖고 있지 못해. 류드밀라는 이젠 거의 탈진한 상태여서 우리가 그녀를 도와줄 사람을 구해 주지 못하면 그녀는 틀림없이 앓아눕고 말 거야…….」

「그럼, 베소프쉬꼬프는 어때?」 소피야가 물었다.

「그 사람은 시내에서 살 수가 없어. 새 인쇄소가 차려지지 않는 한 일을 할 수가 없다고. 그 사람 말고 한 사람이 더 필요한데…….」

「내가 하면 안 되겠소?」 어머니가 조용히 물었다.

모두 그녀를 쳐다보았다. 몇 초 동안 아무 말도 없었다.

「좋은 생각이에요.」 소피야가 소리쳤다.

「안 돼요. 어머님이 하시기엔 너무나도 힘든 일예요. 닐로브나! 그렇게 되면 시내를 벗어나서 살아야 하기 때문에 빠벨 면회 가시는 것도 그만두셔야 해요. 그리고 대개…….」 니꼴라이가 매정하게 잘라 말했다.

어머니가 한숨 섞인 목소리로 말했다. 「빠샤를 위해서도 그리 크게 나쁠 것도 없는 일이라오. 면회를 해봤자 가슴만 찢어질 뿐이야. 아무 말도 할 수가 없어요. 바보처럼 아들을 마주하고 서 있고, 간수 놈들은 입만 쳐다보면서 혹 무슨 쓸데없는 소리나 하지 않을까 귀를 곤두세우고 있으니⋯⋯.」

최근의 사건들로 인해 심신이 피곤하던 터에 지금 도시의 이런저런 사건에서 멀리 벗어나 도시 밖에서 살 수 있을지도 모른다는 말을 듣고, 그녀는 어떻게 해서든지 그렇게 하고 싶었다. 그러나 니꼴라이가 화제를 바꾸었다.

「지금 무슨 생각을 하고 있는 건가, 이반?」 그가 의사를 보고 물었다.

떨구었던 고개를 들면서 의사가 언짢은 기분으로 대꾸했다. 「우린 수가 너무 적어, 그런 생각을 하고 있었어. 한결 정열적으로 일할 필요가 있어⋯⋯. 빠벨과 안드레이를 설득해서 탈옥시켜야만 해. 그들이 아무 일도 하지 않고 감옥에 틀어박혀 있다는 건 우리에겐 너무나도 큰 손실이야⋯⋯.」

니꼴라이가 눈썹을 잔뜩 찌푸리고 모르겠다는 듯 고개를 저으며 어머니를 한 번 힐끔 쳐다보았다. 그녀는 그들이 자기가 있는 데서 그녀의 아들에 대해서 이야기하는 것을 거북살스럽게 여기고 있다는 것을 눈치채고 자기 방으로 건너갔다.

그녀의 가슴 한구석엔 그들이 그녀의 바람에 대해서 냉대하는 것 같아 왠지 그들에 대한 남모르는 모욕감이 일었다. 뜬눈으로 침대에 누워 있자니 나지막한 속삭임이 들려오는 게 불안했다.

지난날은 이해할 수 없는 것투성이였고 상서롭지 못한 징조들로 가득 차 있어서 아들에 대해서 생각한다는 것이 여간 고통스러운 일이 아니었지만, 지금은 우울한 인상들은 모두 떨쳐 버리고 빠벨에 대해 생각을 하기 시작했다. 그녀는 정말 아들이 자유의 몸이 되는 모습을 보고 싶었다. 하지만 그런 생각을 함과 동시에 무서운 생각이 들기도 했다. 그녀는 그녀 주위에서 벌어지고 있는 모든 일이 점점 첨예화되고 격렬한 충돌이 위협으로 다가오고 있음을 느꼈던 것이다. 사람들의 무언의 인내에도 이젠 한계가 생겨 격분이 눈에 띄게 고조되고 신랄한 말들이 울려 퍼지며, 도처에서 뭔가 새로운 동요가 일고 있었던 것이다. 전단이 나돌 때마다 시장 바닥에서, 상점가에서, 그리고 하인들과 직공들 사이에서도 격렬한 견해들이 나타났고, 누군가 체포라도 되는 날이면, 맘 놓고 드러내지는 못하지만, 어쨌든 짙은 의혹들이 고개를 들고 일어나 때로는 체포 동기에 대한 동정의 견해들이 무의식적으로 일었다. 가면 갈수록 자주 그녀는 예전엔 그녀 자신이 듣고 놀라지 않을 수 없었던 폭동이니 사회주의니 혁명운동이니 하는 말들이 일반 사람들 사이에도 빈번히 사용되고 있다는 사실을 느낄 수 있었다. 비록 그들이 제대로 그런 말들을 사용하지 못하고 우스갯소리처럼 사용한다고는 해도 그 이면엔 뭔가 알고자 하는 강한 욕망이 자리하고 있었고 또한 증오심과 더불어 공포가 깔려 있었다. 그리고 희망과 위협이 뒤섞인 채로 고정된 어두운 삶에서도, 느리지만 광범위한 원을 그리며 동요가 머리를 들고, 잠자던 생각들이 깨어나고, 매일매일의 사건들에 대해서 일상적이면서도 태평하게 대하던 태도들이 밑에서부터 흔들리고 있었다. 왜냐하면 다른 사람들보다도 삶의 비참한 얼굴을 훨씬 잘 알고 있었고 얼굴에 패어 있는 망설임과 격분의 주름살을 누구보다도 정확히 볼 수 있었기 때문이었다. 그녀는 그런 것들이 기쁘기도 하거니와 자신이 생각해도 놀랍기까지 했다. 기쁨의 원인은 다름 아닌 그저 그 일을 자기 아들의 일이라 생각하였기 때문이면서도 만약에 아들이 감옥에서 나와 모든 사람들의 앞에 서고 그러다 보면 가장 위험한 처지에 놓이게 될 것을 생각할 때면 자신도 모르게 두려움이 엄습해 왔다. 더욱이 그것은 죽음을 의미했던 것이다.

가끔 아들의 형상은 그녀의 눈앞에 옛날이야기에나 나오는 영웅의 모습으로 떠올라 마치 그녀가 익히 들어 알고 있던 모든 고결하고 용감무쌍한 말들, 그녀가 마음에 꼭 들어 했던 모든 사람들, 그녀가 알고 있던 영웅적이고 밝은 그 무엇을 모두 자신 안에 하나로 결합시키거나 한 것 같은 착각 속으로 그녀를 빠뜨리는 것이었다. 그럴 때면 그녀는 감정이 복받쳐 어쩔 수 없는 자부심에 나직한 환호성을 올리지 않을 수 없었다. 그녀는 그런 생각에 도취된 나머지 희망에 가득 차서 이런 생각을 하곤 했다. 〈모든 일이 잘될 거야, 모든 일이!〉

그녀의 사랑, 곧 어머니의 사랑이 거의 고통이랄 수 있을 정도로 가슴에 강한 불길을 던져 인간적인 면의 성장을 방해하고 결국엔 그것을 불태워 버렸으며, 위대한 감정의 자리인 불안의 잿더미 속에선 이런 우울한 생각이 겁먹은 듯 몸부림쳤다. 〈빠샤는 죽게 되겠지……, 파멸하게 될 거야…….〉

14

정오쯤에 어머니는 감옥 면회실에서 빠벨과 마주 앉아 눈물 어린 눈으로 그의 수염 난 얼굴을 바라보며 손가락 사이에 꽉 쥐고 있던 쪽지를 그에게 전해 줄 기회만을 엿보고 있었다.

「전 잘 지내요. 모두들 별일 없겠죠. 어머니는 어떠세요?」 그가 나지막이 말했다.

「잘 지내고 있단다. 이고르 이바노비치가 죽었어.」 그녀가 무심코 말했다.

「예?」 빠벨이 소리를 치더니만 조용히 고개를 떨구었다.

「장례식 날에 경찰이 마구 폭력을 휘두르다가 급기야는 사람 하나를 잡아갔단다.」 그녀가 담담한 어조로 말을 이었다.

감옥의 부간수가 당혹스러운 듯 얇은 입술을 삐죽이다가 자리에서 벌떡 일어나 중얼거리기 시작했다. 「그런 말은 금지되어 있습니다. 다 알 만한 양반들이! 이곳에서는 정치적인 문제를 거론해서는 안 됩니다…….」

어머니 역시 의자에서 벌떡 일어나 이해할 수 없다는 듯이 미안한 표정을 지으며 말했다. 「정치 얘기를 하자는 게 아니고 난 그저 싸움 이야기를 한 것뿐이오. 사실 싸움이 있었어요. 정말입니다. 심지어 한 친구는 머리를 다치기까지 했어요…….」

「마찬가집니다. 조용히 하세요. 이를테면 사적인 얘기, 가족이나 집 얘기 말고는 하지 마시오.」 부간수는 난처해졌는지 자기 책상 앞에 앉아 서류를 뒤적이면서 우울한 어조로 귀찮은 듯 덧붙였다. 「모두 내가 책임을 져야 합니다. 내 책임이라고요……」

어머니는 주위를 둘러보고 재빨리 빠벨의 손에 쪽지를 찔러 넣어 준 다음, 홀가분한 마음으로 숨을 내쉬었다. 「무슨 말을 해야 할지……」

빠벨이 미소를 지었다. 「저도 역시 말문이 막히네요……」

간수가 신경질적으로 소리쳤다. 「그럼 면회는 뭣 하러 왔소? 할 얘기도 없으면서 괜히 면회는 와서 내 신경만 건드리고……」

「재판이 곧 열릴까?」 잠시 입을 다물고 있던 어머니가 물었다.

「며칠 전 검사가 왔었는데 곧 열리게 될 거라고 했습니다만……」

그들은 서로 별로 중요하지도 않은 말들을 나누었다. 어머니는 빠벨이 사랑을 듬뿍 담은 부드러운 눈으로 자신을 바라보고 있음을 알 수 있었다. 예전이나 다름없이 침착하고 태연한 게 전혀 변한 데가 없었다.

다만 수염이 길게 자랐고, 팔목이 야위어 나이가 한결 들어 보였다. 어머니는 그를 즐겁게 해주고 싶었고 또 베소프쉬꼬프에 대해서도 이야기해 주고 싶었다. 그래서 그녀는 목소리를 전혀 바꾸지 않고 똑같은 어조로 쓸데없고 아무런 재미도 없는 이야기를 하듯이 말을 이어 나갔다. 「일전에 네 교자(教子)를 만났단다……」

빠벨이 말없이 이해가 가지 않는다는 눈길로 어머니를 유심히 쳐다보았다. 그녀는 베소프쉬꼬프의 곰보 자국 난 얼굴을 상기시켜 주느라고 손가락으로 자기 볼을 콕콕 찍었다. 「별일 없이 잘 지낸다, 몸도 건강하고, 그리고 곧 일자리도 구하게 될 게다.」

아들이 알아듣고 고개를 끄덕인 다음, 눈에 웃음을 머금고 대답했다. 「그것참 잘됐네요.」

「그래, 그래!」 그녀는 아들을 기쁘게 해주었다는 생각에 너무나도 기뻐서 어쩔 줄을 몰라 했다.

작별 인사를 나누면서 그는 어머니의 손을 힘 있게 잡았다.
「고맙습니다, 어머니.」
아들에 대한 애정 어린 친근감이 취기가 돌듯 가슴에 밀려왔다. 어머니는 도저히 대답할 기운이 없어 무언의 악수로 대신했다.

집에서 그녀는 사샤를 만났다. 그 처녀는 어머니가 빠벨을 면회하고 오는 날이면 어김없이 닐로브나의 집에 모습을 나타냈다. 그녀는 결코 빠벨에 대해서는 한마디도 묻지 않았고, 만약에라도 어머니가 아들에 대해서 이야기를 할라치면 그냥 어머니의 얼굴만을 뚫어지게 바라볼 뿐 더 이상 바라지도 않았다. 그런데 오늘은 웬일인지 어머니를 보자마자 질문을 던지며 유난을 떨었다.「그는 잘 있어요?」
「그래, 아주 건강하더구나.」
「쪽지는 전하셨겠죠?」
「물론이지! 아주 감쪽같이 찔러 넣었지……」
「그가 읽어 보던가요?」
「거기서? 그럴 수야 없었지.」
「그래요, 제가 잠시 깜빡했어요.」 처녀가 천천히 말을 이었다. 「한 주일 더 기다려야겠군요, 한 주일 더! 그가 동의할 것 같던가요?」 그녀는 미간을 찌푸리고 어머니의 얼굴을 뚫어져라 쳐다보았다.
「잘은 모르겠다만……」 어머니가 잠시 생각에 잠겼다. 「별 위험만 없다면야 왜 도망치기를 거부하겠냐?」
사샤는 고개를 젓고는 무뚝뚝하게 물었다. 「환자한테 뭘 먹여야 할지 아세요? 배가 고프다는군요.」
「아무거나 괜찮아, 뭐든! 내가 곧……」 그녀는 부엌으로 갔다. 사샤도 천천히 그 뒤를 따랐다.
「도와 드릴까요?」
「고맙군!」 어머니가 뻬치까 위로 허리를 굽혀 냄비를 집었다.

처녀가 조용히 말했다.「잠깐만요……」그녀의 얼굴이 창백해지고 두 눈은 슬픔에 잠겨 휘둥그레졌다. 그리고 파르르 떨리는 입술로 간신히 입을 열었다. 격렬한 어조였다.「어머니께 부탁이 있어요. 전 그가 동의하지 않을 거라는 걸 알아요. 그를 설득시켜 주세요. 그는 정말 없어선 안 될 사람이에요. 그러니 그에게 말씀해 주세요. 그가 절대적으로 우리 일에 필요하고 또 혹 병이나 나지 않을까 제가 걱정하고 있노라고 말이에요. 아시잖아요. 재판이 여태껏 열리지 못하고……」

너무나도 힘들게 이야기를 하고 있음이 분명했다. 그녀는 똑바로 서서 한쪽 옆을 바라보고 있었다. 목소리는 불규칙하게 울렸다. 피로한 듯 눈썹을 내리깐 그녀는 입술을 깨물었고, 꽉 움켜쥔 주먹에서는 심지어 뼈마디 소리가 들리기까지 했다.

어머니는 처음엔 그녀의 갑작스러운 감정 폭발에 당혹감을 느끼지 않을 수 없었지만 이내 그 감정을 이해하게 되었다. 슬픈 감정에 사로잡힌 어머니는 격정적으로 사샤를 껴안고 나지막한 목소리로 대답했다.「오, 사랑스러운 것! 빠벨은 자신 외에는 어느 누구의 이야기도 듣지 않을 거야, 어느 누구의 이야기도.」

둘은 서로를 꼭 껴안고 말이 없었다. 잠시 후에 사샤는 조심스럽게 자기의 어깨에서 어머니의 손을 내리고는 떨리는 목소리로 말했다.「네, 어머니 말씀이 옳아요. 모두 부질없는 짓이에요. 신경만 날카로워지고……」그러더니 갑자기 심각한 어조로 말했다.「참, 환자에게 먹을 걸 갖다주어야지요……」

이반의 침대 옆에 앉아서 그녀는 걱정스러운 듯이 부드러운 말투로 물었다.「머리가 많이 아파요?」

「많이 아프지는 않아요. 단지 모든 게 빙글빙글 도는 기분이에요. 그리고 기운이 없어요.」황망히 담요를 턱까지 끌어다 덮으면서 이반이 대답했다. 그리고 밝은 빛에 눈이 부시기라도 한 것처럼 눈을 게슴츠레 떴다. 자기 앞이라 그가 먹을 생각도 못하고 있다는 것을 눈치챈 사샤는 일어나 밖으로 나왔다.

이반은 침대에서 일어나 그녀의 뒷모습을 바라보고 눈을 깜빡이며 말했다. 「굉장한 미인이군요!」

그의 눈은 맑고 명랑했으며, 이는 작고 고르며, 목소리는 아직도 천진스러웠다.

「몇 살이지?」 어머니가 생각에 잠겨 물었다.

「열일곱인데요……」

「부모님은 어디 계시고?」

「시골에요. 전 열 살 때 학교를 마치자마자 이리로 왔어요. 성함이 어떻게 되시죠, 동지?」

어머니는 이 동지란 말을 들을 때면 항상 허둥대고 기분이 이상했다. 그녀는 웃으며 되물었다. 「이름은 알아서 뭘 해?」

젊은이가 당혹감에 말을 잊고 있다가 이내 설명을 했다. 「저번에 말씀드렸었지요, 우리 모임에 나오던 대학생. 우리와 같이 책을 읽었던 사람인데, 그가 항상 우리에게 노동자인 빠벨 블라소프의 어머니에 대해서 이야기해 주곤 했어요. 알고 계시죠, 메이데이 시위 행진에 대해서?」

그녀는 고개를 끄덕였다. 귀가 번쩍 뜨였다.

「그분은 우리 당의 깃발을 처음 공개적으로 들어 올린 분이에요.」 젊은이는 아주 자랑스럽게 말했다. 그의 자랑스러워하는 태도가 어머니의 가슴에 반향을 불러일으키며 와 닿았다. 「저는 그때 거기 없었어요. 우린 그때 거기서 독자적인 시위 행진을 벌이려고 생각했었는데 그만 실패하고 말았어요. 그때 우린 수가 너무 적었거든요. 하지만 올해는 해내고야 말 거예요. 두고 보세요.」

그는 장래 닥쳐올 사건을 생각하며 어찌나 흥분을 했는지 숨이 막힐 지경이었다. 그는 손가락을 공중에서 내저으며 말을 이었다. 「그래 그 블라소바란 분, 제가 말씀드린 그 어머니 말이에요. 그분도 그 일이 있고 난 후에 우리 편이 되었어요. 사람들이 그러는데, 정말 기적 같은 일이라는군요.」

어머니의 얼굴에 가득 웃음이 피었다. 젊은이의 열정적인 찬사를 듣고 있자니 절로 기분이 좋아졌던 것이다. 즐거우면서도 한편 멋쩍었다. 그녀는 심지어 자기가 바로 그 블라소바라는 걸 말하고 싶었지만 억지로 참고서, 애수에 잠겨 자신을 애써 책망하며 속으로 중얼거렸다. 〈아이구, 이 바보 같은 할망구 좀 보라지!〉

「더 먹어라! 좋은 일을 하려면 어서 몸이 나아야지.」 그녀는 그에게 허리를 굽히면서 갑작스럽게 흥분을 못 이겨 말했다.

문이 열리고 눅눅한 가을 찬 바람과 함께 소피야가 들어왔다. 얼굴이 벌건 게 기분이 좋아 보였다.

「첩자 놈들이 나를 무슨 부잣집 새색시나 되는 줄 아는지, 계속 날 주시하지 않겠어요. 정말 그런 것 같더라고요. 난 이제 여기를 떠나야겠어요……. 좀 어때, 바냐(이반의 애칭)? 빠벨은 어때요? 닐로브나, 사샤가 왔군요?」

담배를 피워 물고 그녀는 잿빛 눈길로 어머니와 젊은이를 더듬으며 대답도 기다리지 않고 질문을 퍼부었다. 어머니는 그녀를 쳐다보고 속으로 웃으면서 생각했다. 〈난 좋은 사람들 틈바구니를 비집고 들어왔어.〉

소피야는 다시 이반에게 허리를 굽히더니 말했다. 「빨리 나아야지, 도련님!」

다시 식당으로 들어가서는 거기서 사샤에게 말했다. 「벌써 그녀는 3백 부나 준비해 놨더군! 그러다간 과로 때문에 몸을 해치고 말 거야. 그게 바로 영웅주의지. 사샤도 알겠지만, 그런 사람들 사이에서 살고 있고, 그들의 동지가 되고, 그들과 더불어 일하고 있다는 것이 얼마나 큰 행복이야?」

「맞아요.」 처녀가 나직한 목소리로 대꾸했다.

저녁때 차를 마시며 소피야가 어머니에게 말했다. 「닐로브나, 한 번 더 시골에 다녀오셔야겠어요.」

「갔다 오지 뭐! 언제?」

「3일쯤 후에요. 다녀오실 수 있죠?」

「그럼……」
「마차를 타고 가세요.」 니꼴라이가 나직한 목소리로 충고해 주었다. 「우편 마차를 세 내세요. 그리고 되도록 지난번하곤 다른 길로 가세요. 니꼴스끄 지방을 거쳐 가시는 게 좋을 거예요……」

그는 입을 다물고 미간을 찌푸렸다. 그런 얼굴 표정은 그에겐 전혀 어울리지 않았다. 그는 항상 침착한 표정을 지었던 것이다.

「니꼴스끄를 지나가려면 길이 너무 먼데……. 또 마차를 세 내자면 비용도 너무 많이 들고…….」

「다들 아는지 모르겠지만……」 니꼴라이가 계속했다. 「난 이번 여행에는 전적으로 반댑니다. 거긴 지금 조용하지가 못해요. 벌써 체포가 시작되었고 어떤 선생 하나가 잡혀 들어갔다는 말도 있어요. 좀 더 신중할 필요가 있어요. 시간을 두고 좀 더 생각해 보는 것이…….」

「책자 배포하는 일을 거르지 않고 계속해 나가는 것도 우리에겐 중요한 일이야.」 소피야가 손가락으로 탁자를 두드리며 말했다. 「여행이 두렵지 않으시죠, 닐로브나?」 그녀가 불쑥 물었다.

어머니는 기분이 좀 언짢았다. 「내가 언제 두려워한 적이 있었나? 처음에도 이 일을 전혀 두려움 없이 해치웠는데…… 이제 와서 난데없는…….」 어머니는 말을 다 끝맺지 못하고 고개를 떨구었다. 매번 두렵진 않느냐, 불편한 점은 없느냐, 이 일 아니면 저 일을 할 수 있느냐, 이런 질문을 받을 때마다 그녀는 그런 말 속에 숨겨져 있는 강한 요구를 들어야 했고, 또 그럴 때마다 사람들이 아무래도 자기를 경계하고 있고, 그들 서로 간에 대하는 것과는 다른 방식으로 자기를 대하고 있다는 생각을 떨쳐 버릴 수 없었다. 「나한테 무섭지 않느냐는 질문을 하는 것은 부질없는 짓이오. 당신들 서로는 두려움에 대해서는 묻지 않아.」 그녀가 한숨 섞인 목소리로 말했다.

니꼴라이가 황망히 안경을 벗었다가 다시 쓰고는 누이의 얼굴을 뚫어지게 쳐다보았다. 당혹감으로 빚어진 침묵에 어머니는 놀라지 않을 수 없었다. 그녀는 미안한 마음에 의자에서 벌떡 일어나 그들에게 뭔가 한마디 말을 해주고 싶었다. 그런데 소피야가 그녀의 손을 어루만지면서 조용히 말했다. 「절 용서하세요. 다신 그런 소리 하지 않을게요.」

어머니는 웃지 않을 수 없었다. 얼마가 지나서 셋 모두는 시골 여행에 대해 진지하면서도 다정스럽게 이야기를 나누기 시작했다.

15

 이튿날 새벽, 어머니는 우편 사륜마차에 몸을 싣고 가을비에 씻겨 내려간 도로를 따라 덜커덩거리며 달려가고 있었다. 습기 찬 바람이 얼굴을 때리고 흙탕물이 튀었다. 한편 마부석에서 그녀를 향해 비스듬히 앉아 있던 마부는 명상에 잠긴 듯 코맹맹이 소리로 불평을 늘어놓고 있었다. 「제가 그 사람, 그러니까 형님 보고 하는 말이, 우리 반으로 나눕시다, 했습지요. 그래서 우리는 나누기 시작했답니다……」

 그는 갑자기 왼쪽 말에 채찍질을 가하며 성난 목소리로 외쳤다. 「그 — 래! 이럇, 네 어미는 마녀다!」

 살찐 가을 까마귀들이 벌거벗은 경작지에서 근심스러운 듯 뛰어다니고, 찬 바람이 휘파람 소리를 내며 그들을 덮쳤다. 까마귀들은 바람에 제 옆구리를 노출시키고, 바람이 깃털을 날려 넘어뜨리려고 할 때마다 넘어지지 않으려고 안간힘을 쓰다가는 결국 푸드덕 날갯짓을 하며 새로운 장소로 날아가곤 했다.

 「그런데 저를 속였어요, 그 사람이. 나중에 알고 보니 전 빈털터리지 뭡니까.」 마부가 말했다.

 어머니는 꿈을 꾸듯 그의 말을 듣고 있었다. 어머니의 머릿속에선 최근에 겪은 일련의 사건들이 잇따라 떠올랐고 그 생각들을 찬찬히 살펴보니 어디고 자신이 끼어 있지 않은 곳이 없었다.

전에는 삶이라는 것이 어딘가 멀리 떨어진 곳에서, 누구 때문에, 또 무엇을 위해서 진행되는지도 모르는 채 흘러가 버렸다면, 지금은 많은 것들이 바로 그녀의 눈앞에서 벌어지고 더욱이 그녀 자신의 도움을 필요로 하고 있는 것이다. 이 때문에 그녀의 가슴속에선 자신에 대한 불신과 만족, 그리고 의혹과 조용한 우수의 감정이 복잡하게 뒤얽혔다.

주위의 풍경이 아주 천천히 움직이고, 하늘에선 먹구름이 서로가 서로를 힘들게 앞지르며 떠다니고, 길가엔 비에 젖은 나무들이 제 꼭대기를 나풀거리며 반짝이고, 들판과 언덕이 원을 그리며 나타났다가는 다시 사방으로 뿔뿔이 흩어졌다.

마부의 코맹맹이 소리, 마차 방울 소리, 축축한 바람의 속삭임과 휘파람 소리가 마치 굽이쳐 흐르는 시냇물처럼 하나로 모여 흘러갔다.

「부자는 천국에서도 골 아플 거예요, 정말 그럴 겁니다……. 일단 착취를 시작하면 정부 당국이야 당연히 금방 친구가 되지요.」 마부가 마부석에서 몸을 비비 틀며 중얼거렸다.

마차가 역에 도착했을 때 마부는 말을 풀고 절망적인 소리로 어머니에게 말했다. 「한 5꼬뻬이까는 주셔야 술이라도 한잔 걸칠 텐데!」

어머니가 동전 한 닢을 주자 마부는 동전을 손바닥 위에서 톡톡 튀기면서 똑같은 어조로 어머니에게 말했다. 「한 세 닢은 있어야 보드까 한 잔이라도 걸칠 수 있고, 두 닢 정도 더 주신다면 빵 한 조각이나마 맛볼 수 있을 텐데…….」

정오가 지나서 어머니는 마차에 시달리고 추위에 떨다가 니꼴스끄 큰 마을에 도착한 다음, 역사에 들어가 차를 시키고는 무거운 여행 가방을 의자 밑에 밀어 넣고 창가에 자리를 잡고 앉았다. 창문을 통해서 밟혀 더러워진 융단과 같은 누런 잔디로 뒤덮인 그리 크지 않은 광장과 지붕이 축 늘어진 짙은 잿빛의 관청 건물이 내다보였다. 관청 현관 계단에는 턱수염을 길게 기른 대머리 농부가 내의 하나만을 걸치고 앉아서 파이프 담배를 피우고 있었다. 돼지 한 마리가 꿀꿀거리며 잔디밭을 돌아다니고 있었다. 무슨 불만이라도 있는 듯 귀를 흔들면서 돼지는 주둥이를 땅바닥에 처박고 연방 머리를 흔들었다.

먹구름이 떼를 지어 떠다니며 서로에게 마구 덤벼들었다. 사위가 어둑하고 침울하고 적적해서 흡사 인생이 어디론가 사라져 버린 것 같았다.

갑자기 까자고 군 하사 하나가 말을 타고 광장으로 쏜살같이 달려와 관청 계단 옆에다 밤색 말을 매고는 허공에 가죽 채찍을 휘두르면서 농부에게 고함을 질러 댔다. 고함 소리는 유리창을 흔들 정도로 우렁찼지만 무슨 말인지는 도무지 알아들을 수가 없었다.

농부가 벌떡 자리에서 일어나 손을 뻗어 멀리 손짓을 하자, 하사는 말고삐를 잡아당겨 농부에게 주고는 손으로 울타리를 잡고 계단을 올라가 관청 문으로 사라졌다.

다시 정적이 계속되었다. 말이 징 박은 발굽으로 두 번 부드러운 흙을 차올렸다. 어린 소녀 하나가 역사 안으로 들어왔다. 짧고 노란 머리를 목까지 땋아 늘인, 동그란 얼굴에 상냥스러운 눈을 가진 소녀였다. 그녀는 손을 뻗어 모서리가 떨어져 나간 쟁반에 접시들을 담아 가지고 입술을 깨물며 다가와 연방 머리를 조아리면서 인사를 했다.

「안녕, 귀염둥이 아가씨!」 어머니가 친절하게 말했다.

「안녕하세요.」 소녀가 접시와 찻잔을 탁자에 올려놓으면서 갑자기 생기 넘치는 목소리로 말했다.

「방금 강도를 잡았는데, 지금 이리로 데려오고 있는 중이랍니다.」

「어떤 강돈데?」

「잘 모르겠어요……」

「그가 무슨 짓을 했다던?」

「잘 몰라요. 전 다만 잡았다는 말만 들었어요. 관청 수위가 경찰서장을 부르러 달려갔어요.」

창밖을 내다보니 광장에 농부들이 서성이고 있는 것이 보였다. 어떤 사람들은 천천히 혹은 점잖게 왔다 갔다 하는가 하면, 또 어떤 사람들은 황망히 외투 단추를 채우며 달음질을 치기도 했다. 사람들은 모두 관청 계단 옆에 멈추어 서서 왼편 어딘가를 응시하고 있었다.

소녀 역시 거리를 내다보고는 문을 소리 나게 닫고 역사에서 뛰어나갔다. 몸을 한번 부르르 떤 어머니는 여행 가방을 의자 밑으로 깊숙이 밀어 넣고 숄을 머리에 두르면서 문을 향해 걸어갔다. 좀 더 빨리 걷거나 아니면 차라리 달려가고 싶은 충동을 억누르면서…….

관청 계단을 걸어 올라가던 그녀의 눈에 깜짝 놀랄 광경이 들어왔다. 심장이 멎고 숨이 막히는 듯했으며 두 발 역시 말을 듣지 않았다. 광장 한가운데서 두 팔을 등 뒤로 포박당한 리빈이 두 명의 경찰에 이끌려 걸어오고 있는 것이 아닌가! 더구나 경찰들은 규칙적으로 막대기를 땅바닥에다 탁탁 내리찍고 있었다. 너무도 놀란 어머니는 리빈에게서 한시도 눈을 뗄 수가 없었다. 리빈이 연방 무어라고 말을 하고 있어 그의 목소리는 들렸지만, 그 말들은 그녀 가슴 안에 패어 있는 전율하는 암흑의 공간 속에서 아무런 메아리 없이 이내 그냥 사라졌다.

그녀는 정신을 차리고 심호흡을 크게 해보았다. 풍성한 은빛 수염을 기른 농부 하나가 계단 옆에 서서 푸른 눈으로 그녀의 얼굴을 쏘아보고 있었다. 기침을 한 번 하고 두려움에 힘이 쭉 빠진 손으로 목을 만지면서 그녀는 용기백배하여 간신히 그에게 물었다. 「무슨 일이오?」

「우선 좀 지켜봅시다.」 농부가 대꾸를 하고 돌아섰다. 농부 하나가 더 다가와 그들과 나란히 섰다.

경찰들이 군중 앞에 멈추어 섰고, 군중은 어느새 많이 불어나 침묵을 지키고 있었다. 갑자기 군중 머리 위로 리빈의 우렁찬 목소리가 울려 퍼졌다. 「여러분! 여러분은 우리 농부의 삶에 대한 진실이 쓰여 있는 신뢰할 만한 책들에 대해서 혹 들어 보신 적이 있습니까? 내가 이렇게 붙잡혀 고역을 치르는 건 바로 그 책들 때문이랍니다. 내가 바로 그것들을 사람들에게 배포한 장본인입니다.」

사람들이 리빈을 더욱 빽빽하게 에워쌌다. 그의 목소리가 조용하면서도 침착하게 울려 퍼졌다. 어머니는 정신이 번쩍 들었다.

「들어 본 얘기요?」 옆에 섰던 다른 농부가 푸른 눈을 가진 농부의 옆구리를 쿡 찌르며 나지막이 물었다. 그는 묻는 말에 대답할 생각도 하지 않고 고개를 들더니 다시 어머니의 얼굴을 쳐다보았다. 옆에 섰던 다른 농부 역시 그녀를 쳐다보았는데, 그 농부는 푸른 눈의 농부보다 한결 젊어 보였고 까맣고 드문드문한 턱수염에 얼굴이 야위고 주근깨가 끼어 있었다. 그런 다음 두 농부는 계단에서 한 발짝 물러났다.

「무서워들 하고 있군!」 어머니는 자기도 모르게 중얼거렸다.

어머니는 신경을 더욱 곤두세웠다. 계단 꼭대기에서 그녀는 맞아 상처투성이가 된 새까만 미하일 이바노비치 리빈의 얼굴을 또렷이 바라보며 그의 불타는 눈빛을 알아보았다. 그녀는 리빈도 자기를 알아보았으면 하는 마음에 발뒤꿈치를 들고 리빈 쪽으로 목을 쭉 내밀었다.

사람들은 찡그린 눈으로 미심쩍게 그를 바라볼 뿐 아무도 입을 여는 사람이 없었다. 단지 늘어서 있는 군중 뒤편에서 숨죽인 말소리가 간간이 들려올 뿐이었다.

「농부 여러분!」 리빈이 가슴이 터질 듯한 목소리로 소리쳤다. 「그 책자들을 믿으시오, 여러분! 난 그 책자들 때문에 어쩌면 죽게 될지도 모릅니다. 놈들은 내가 그것을 어디서 구했는지 알아내기 위해 때리고 가혹한 고문을 했습니다. 그러고도 또 매질을 가할 테지만 난 그래도 참을 것입니다. 왜냐하면 그 책자들 안에는 진실이 담겨 있고, 그 진실은 우리에게 있어 빵보다도 더 값진 것이기 때문입니다. 내가 하고 싶은 말은 이게 전부입니다.」

「저 사람, 저런 말 하는 이유가 뭐야?」 계단 옆에 서 있던 농부들 가운데 한 사람이 조용히 지껄였다.

푸른 눈의 농부가 천천히 대답했다. 「무슨 말을 한다 해도 다 부질없는 짓이지. 사람이 태어나 한 번 죽지 어디 두 번 죽는다던가……」

사람들이 입을 꾹 다물고 흡사 길가에 버려진 육중한 돌멩이처럼 꼼짝 않고서 서로를 곁눈질로 힐끔거렸다.

갑자기 하사가 계단 옆에 나타나더니 비틀거리며 술 취한 목소리로 불호령을 내렸다. 「지금 지껄이고 있는 놈이 누구야?」 그는 느닷없이 계단에서 풀쩍 뛰어 내려와서는 리빈의 머리채를 움켜쥐고 이리저리 흔들면서 소리쳤다. 「바로 네놈이지? 그렇지? 이런 개새끼!」

군중들이 웅성거리며 서서히 동요하기 시작했다. 어머니는 가눌 길이 없는 슬픔에 고개를 떨구었다. 그리고 다시 리빈의 목소리가 울렸다. 「자, 보시오! 선량한 사람들이……」

「입 닥쳐!」 하사가 그의 뺨을 후려쳤다. 리빈이 비틀하더니 옆으로 고꾸라졌다.

「그래, 네놈들은 항상 사람 손을 묶어 놓고서 멋대로 깔고 뭉개는 놈들이지……」

「경찰! 저놈을 끌고 가. 그리고 나머지는 해산시켜!」

하사는 흡사 고깃덩어리 앞에 쇠사슬로 매어 놓은 개처럼 리빈에게로 달려들어 얼굴이며 가슴이며 배며 닥치는 대로 주먹질을 해댔다.

「때리지 마라!」 군중 가운데 누군가가 소리쳤다.

「왜 사람을 때리는 거야?」 다른 목소리가 곧바로 뒤따랐다.

「갑시다!」 푸른 눈의 농부가 고갯짓을 하며 말했다. 둘은 전혀 서두르는 기색도 없이 관청 쪽으로 발걸음을 떼었고 어머니는 그런 그들을 선량한 시선으로 쳐다보았다. 어머니는 한시름 놓았다. 하사가 다시 계단 위로 뛰어오르더니만 위협이나 하듯 주먹을 휘둘러 가며 미친 듯이 고래고래 소리 질렀다. 「저놈을 이리 끌고 와! 내 다시 말하는데……」

「안 돼!」 군중 속에서 힘 있는 목소리 하나가 울렸다. 어머니는 그 목소리의 주인공이 푸른 눈의 농부, 바로 그 사람임을 대번에 알 수 있었다. 「그냥 놔두어서는 안 됩니다, 여러분! 그냥 놔두면 놈들은 저 사람을 죽도록 때리고 나서 필시 우리가 죽였노라고 할 게 뻔합니다. 그냥 놔두어서는 안 됩니다.」

「농부 여러분!」 리빈의 목소리가 울렸다. 「여러분은 여러분의 삶이 어떤 상태인지 보지도 못했습니까? 놈들이 어떻게 여러분을 약탈하고 어떻게 속이며 또 어떻게 피를 빨아 가는가를 여러분은 모르고 있단 말입니까? 모든 일이 다 여러분의 손에 달려 있습니다. 여러분은 이 세상에서 첫째가는 힘인 것입니다. 그런데 도대체 여러분이 가진 권리가 뭐가 있습니까? 굶어 죽을 권리밖에 더 있습니까? 그게 여러분이 갖고 있는 유일한 권리 아닙니까?」

농부들이 갑자기 서로의 말을 가로채며 소리치기 시작했다.

「다 옳은 소리야!」

「서장을 불러! 서장은 어디 있는 거야?」

하사가 달려갔다.

「술주정뱅이 같은 놈!」

「어차피 한통속인데 불러서 뭐 해……」

사람들이 웅성거리기 시작하더니 시간이 갈수록 더욱 시끌시끌해졌다.

「말을 계속하시오! 우리가 때리지 못하도록 하겠소……」

「손을 풀어 줘라……」

「이봐요들, 죄가 없다면야……」

「이 손 좀 풀어 주시오.」 리빈이 다른 목소리들을 압도하면서 침착하지만 우렁찬 목소리로 말을 시작했다. 「난 도망치지 않습니다, 여러분! 난 나의 진실을 외면할 수가 없습니다. 왜냐하면 그 진실이 바로 내 몸 안에 살아 있기 때문입니다……」

몇몇 사람이 군중으로부터 상당히 떨어져 나와 고개를 끄덕이며 서로 이야기를 나누고 있었다. 하지만 사람들은 자꾸 불어났다. 대부분 서둘러 옷을 걸치고 뛰어나온 흥분된 얼굴의 사람들이었다. 사람들이 리빈의 주위에서 시커먼 거품과도 같이 들끓었다. 리빈은 숲속의 작은 예배당처럼 그들 사이에 서서 손을 머리 위로 올린 채로 이리 휩쓸리고 저리 휩쓸려 가며 군중에게 소리쳤다. 「고맙습니다, 여러분, 고맙습니다! 우린 서로서로 도와야 합니다. 그렇습니다. 누가 우리를 도와주겠습니까?」

그는 턱수염을 쓸어 내리면서 피투성이가 된 손을 다시 쳐들었다. 「여기 내 피가 있습니다. 진실을 위해 흘린 피 말입니다!」

어머니는 계단을 내려갔다가 빽빽이 둘러싼 사람들 때문에 리빈의 모습이 보이지 않아 다시 계단에 올라섰다. 가슴 안에서 뭔가 뜨거운 것이 솟아오르고, 분명하진 않지만 뭔가 유쾌한 것이 고개를 쳐들었다.

「이보시오! 책자들을 찾아서 읽으십시오. 그리고 진리를 전하는 사람들이 바로 신을 믿지 않는 폭도라고 지껄이는 정부와 사제들을 믿지 마십시오. 진리는 은밀하게 이 땅에 퍼져 민중 안에 보금자리를 마련하는 중입니다. 정부 당국엔 진리란 칼이자 불이어서 그들을 결코 받아들일 수 없는 것입니다. 하나 진리는 그들의 목을 베고 불태울 것입니다. 진리가 여러분의 좋은 친구라면 정부 당국엔 철천지원수입니다. 바로 그런 이유로 진리가 제 모습을 드러내기를 꺼려 하는 것입니다.」

다시 군중 속에서 몇 마디의 외침이 터져 나오기 시작했다.
「귀를 기울입시다, 여러분!」
「아, 형제여! 그대는 죽게 될 것이오……」
「누가 그대를 일러바쳤소?」

「사제다!」 경찰 가운데 하나가 말했다.
농부 둘이 심한 욕설을 퍼부었다.
「봐요!」 뭔가 위험을 알리는 듯한 급박한 소리가 울렸다.

16

 얼굴이 동그랗고 키가 큰 건장한 체격의 지방 경찰서장이 군중을 향해 걸어오고 있었다. 군모를 삐딱하게 쓰고 콧수염이 한쪽은 치켜 올라가고 다른 한쪽은 아래로 축 처져서, 얼굴이 마치 애꾸눈 사내를 보는 것 같았다. 게다가 무의미하면서도 죽은 미소를 짓고 있어서 아주 밉살스럽게 보였다. 그는 왼손엔 군도를 들고 오른손은 공중을 향해 마구 휘두르고 있었다. 그의 군홧발 소리가 둔탁하면서도 억세게 들려왔다. 사람들이 그에게 길을 내주었다. 사람들의 표정엔 우울하면서도 의기소침한 빛이 역력했고, 시끌벅적하던 아우성도 언제 그랬나 싶게 땅속으로 꺼져버렸다. 어머니는 이마의 피부가 푸르르 떨리고 두 눈에 핏발이 서고 있음을 느낄 수 있었다. 다시 군중 속으로 달려가고 싶은 마음에 막 앞으로 몸을 숙이려던 찰나, 흠칫 그 자리에 서지 않을 수 없었다.
 「무슨 일이야?」 경찰서장이 리빈 앞에 서서 그를 찬찬히 살펴보며 물었다.
 「이자는 왜 묶지도 않았어? 이봐, 어서 묶어!」 그의 목소리는 우렁차고 카랑카랑했지만 별다른 특색은 없었다.
 「묶었습니다만 사람들이 풀어 주었습니다.」 경찰 하나가 대답했다.

「뭐라고? 사람들? 누구를 말하는 거야?」 경찰서장은 자기 앞에 반원을 그리며 빙 둘러서 있는 사람들을 쳐다보았다. 그리고 여전히 단조로운 목소리로 말을 이었다. 「그게 누구야? 누구냐고?」 그가 칼을 크게 휘두르며 푸른 눈을 가진 농부의 가슴을 겨냥했다. 「너야, 추마꼬프? 또 누구야? 미쉰 너야?」

그리고 오른손으로 옆에 선 사람의 턱수염을 잡아당겼다. 「해산해, 버러지 같은 놈들아! 안 그러면 네놈들한테 아주 본때를 보여 줄 테다!」

그는 목소리에도, 표정에도 흥분이나 협박의 기미는 전혀 담지 않고서 태연하게 이야기하면서, 우악스럽고 긴 손으로 그저 그렇다는 듯한 동작으로 사람들을 밀쳤다. 사람들이 고개를 떨구거나 딴 데로 얼굴을 돌리고서 그에게서 멀찌감치 물러났다. 「뭐야? 뭣들 하고 있는 거야? 어서 묶어!」 그가 경찰들을 보고 소리쳤다.

아주 몰염치한 말로 마구 욕설을 퍼붓더니만 다시 리빈을 쳐다보고서 큰 소리로 말했다. 「손을 뒤로 해, 이 새끼야!」

「내 손을 묶을 필요까지는 없소.」 리빈이 입을 열었다. 「난 도망칠 생각도 없는데 손은 묶어서 뭐 한단 말이오?」

「뭐야?」 경찰서장이 그에게 성큼 다가서며 신경질적으로 물었다.

「그만큼 사람들을 괴롭히고도 성이 안 차냐, 이 짐승만도 못한 놈들아! 곧 네놈들에게도 맑고 밝은 새 세상이 도래할 것이다!」 리빈이 목청을 돋우며 말했다.

경찰서장이 그의 앞에 서서 콧수염을 씰룩이며 그를 쏘아보았다. 그러더니만 한 발짝 물러서서는 코맹맹이 소리로 놀라서 소리쳤다. 「아니, 이런 개새끼! 뭐라고?」 그러고는 느닷없이 리빈의 얼굴을 세차게 후려갈겼다.

「주먹 가지고는 진리를 죽일 수 없다! 넌 날 칠 권리가 없어, 이놈아!」 리빈이 그에게 달려들며 소리쳤다.

「권리가 없다고? 내게?」 경찰서장이 한마디 한마디 천천히 말했다.

그리고 다시 그는 리빈의 머리를 향해서 주먹을 날렸다. 리빈이 살짝 피하는 바람에 주먹이 허공을 갈라 경찰서장은 하마터면 넘어질 뻔했다. 군중 속에서 누군가가 크게 비웃는가 싶더니 다시 리빈의 격분한 외침 소리가 울렸다. 「다시 말하지만, 네놈은 날 칠 권리가 없어. 이 망할 자식아!」

경찰서장은 주위를 둘러보았다. 사람들이 입을 꾹 다문 침울한 표정으로 더욱 빽빽이 모여 섰다.

「니끼따!」 경찰서장이 주위를 두리번거리며 큰 소리로 불렀다. 「어이, 니끼따!」

짧은 외투 차림에 키가 작고 다부진 체격의 농부 하나가 군중 속에서 튀어나왔다. 그는 머리카락이 마구 헝클어진 큼지막한 머리를 떨구고서 땅을 쳐다보고 있었다.

「니끼따!」 경찰서장이 콧수염을 비비 꼬면서 전혀 서두르는 기색도 없이 말했다. 「이봐, 놈의 귀싸대기를 보기 좋게 한 대 갈겨 줘!」

농부는 앞으로 몇 발짝 나가 리빈 앞에 서서는 고개를 쳐들었다. 리빈의 엄중하면서도 믿음직한 말이 그의 얼굴을 정통으로 강타했다.

「자, 여러분, 똑똑히 보시오. 저 짐승만도 못한 놈들이 어떻게 여러분 자신의 손으로 여러분의 목을 짓누르게 하는지를! 똑똑히 보시오. 그리고 생각해 보시오.」

농부는 천천히 손을 들어 리빈의 머리를 힘없이 쳤다.

「정말 그렇게 나올 거야, 이 개새끼야?」 경찰서장이 눈을 부라렸다.

「어이, 니끼따!」

「하늘이 무섭지도 않나!」 군중 속에서 여러 목소리가 터져 나왔다.

「명령이다, 후려갈겨!」 경찰서장이 농부의 머리를 밀면서 호통을 쳤다.

농부는 한쪽으로 몇 발짝 비켜서서는 고개를 떨구고는 침울하게 말했다. 「더 이상은 못하겠소……」

「뭐라고?」 얼굴을 부르르 떨던 경찰서장은 발을 동동 구르다가는 욕지거리를 퍼부으면서 느닷없이 리빈에게 달려들었다. 첫 번째 주먹이 허공을 가르고, 리빈은 손을 흔들며 몸을 낮추었지만, 두 번째 주먹에 그대로 땅바닥에 나자빠졌다. 경찰서장은 펄쩍펄쩍 뛰며 가슴이며 옆구리, 머리 할 것 없이 마구 발길질을 해댔다.

군중이 흥분한 나머지 술렁대기 시작하고 여기저기서 욕이 튀어나오기 시작했으며 어떤 사람들은 경찰서장에게 달려들기도 했다. 그러자 분위기를 간파한 경찰서장이 벌떡 일어나 칼집에서 군도를 뽑아 들었다.

「네놈들이 정말 그런다 이거지? 폭동을 일으키겠다고? 어, 어? 저놈이 뭔데 그러는 거야?」

그의 목소리는 떨리고 째지는 듯한 소리가 나고 나중에는 목소리가 아주 쉬어 버렸다. 목소리도 그렇고 그는 갑자기 힘이 쭉 빠지는지 목을 움츠리고 등을 꾸부정하게 하고서, 사방으로 눈을 돌리며 조심스럽게 한 발 한 발 짚어 가면서 뒷걸음질치기 시작했다. 뒷걸음질치면서 그는 목쉰 소리로 떨면서 소리쳤다. 「좋아! 난 갈 테니 어디 저놈을 데리고 가봐. 자, 네놈들, 알기나 하는 거야? 이 저주받을 놈의 개새끼들아! 저놈은 정치범이다. 짜르에 반대해서 폭동을 일으킨 놈이라고. 알기나 해? 그런데도 네놈들이 저놈을 두둔해, 엉? 네놈들은 모두 폭도다! 아암!」

어머니는 두려움과 동정심에 휩싸인 채로 꼼짝도 않고 눈도 깜박이지 않으면서 아무 생각 없이 서 있었다. 마치 무서운 꿈을 꾸고 있는 듯한 기분이었다. 머릿속에선 성난 사람들이 왁자지껄하게 떠드는 소리로 윙윙거렸고, 경찰서장의 목소리가 사뭇 떨렸으며, 그런가 하면 누군가의 속삭임도 느껴졌다.

「그가 잘못을 저질렀으면 우선은 재판을 받도록 해야 할 것 아냐!」

「용서해 주시지요, 나리……」

「대체 네놈들은 뭐 하는 놈들이야! 네놈들에겐 법도 없단 말인가?」

「누가 아니래! 다들 그런 식으로 때리기부터 해봐. 도대체 무슨 일이 벌어지겠어?」

사람들은 두 패로 갈라졌다. 한 패는 경찰서장을 에워싸고 서서 소리치기도 하고 또 그를 설득하기도 했다. 또 한 패는 수는 적어도 맞은 사람 주위에 남아서 볼멘소리로 침울하게 수군거리고 있었다. 몇몇 사람이 그를 땅에서 일으켜 세우려 하자 경찰들이 다시 그의 손을 묶으려고 했다.

「잠깐 기다려, 이 빌어먹을 놈아!」 사람들이 경찰들에게 소리쳤다.

리빈이 얼굴과 수염에 묻어 있는 진흙과 피를 말없이 훔치며 주위를 둘러보았다. 그의 눈길이 얼굴을 스치자, 어머니는 깜짝 놀라서 자기도 모르게 손을 흔들면서 그에게로 몸을 쭉 내밀었다. 그가 고개를 돌렸다. 그러나 잠시 후 다시 그의 눈이 어머니의 얼굴에 와서 멎었다. 그가 머리를 쳐들고 허리를 곧추세우고서 선혈이 낭자한 두 뺨을 부르르 떨고 있는 것처럼 보였다.

〈날 알아봤어. 아냐, 과연 날 알아봤을까?〉

어머니는 슬픔과 어떤 야릇한 기쁨에 놀란 나머지 그에게 고개를 끄덕여 주었다. 그러나 다음 순간 그녀는 푸른 눈의 농부가 리빈의 옆에 서서 그녀를 빤히 쳐다보고 있음을 알았다. 그의 시선과 마주친 순간 그녀는 닥쳐올 위험에 정신이 번쩍 들었다. 〈내가 지금 무슨 짓을 하고 있는 거야? 이러다간 나까지 잡혀가겠군!〉

농부가 무어라고 소곤거리자 리빈은 머리를 젓고서 떨리는 목소리로, 하지만 또박또박 용감하게 말하기 시작했다. 「아무 걱정 할 필요가 없습니다! 난 이 세상에서 혼자 몸이 아니고 놈들은 또 진리 전부를 잡아 처넣지는 못할 테니까 말이오. 내가 살던 곳에는 나에 대한 기억이 남아 있을 겁니다. 그렇습니다. 비록 그들이 보금자리를 박살 냈다지만 그곳에선 더 많은 친구이자 동지들이 생겨날 것이 아니겠습니까…….」

〈나 들으라고 하는 소리구나!〉 어머니는 얼른 생각했다.

「그리고 그날이 오면 독수리들이 자유롭게 창공을 날고 민중들은 해방될 것입니다.」

어떤 여인이 물통을 들고 와 목 놓아 울면서 리빈의 얼굴을 씻어 주었다. 그녀의 가냘프면서 애처로운 목소리가 리빈의 말과 뒤섞여서 어머니는 도저히 무슨 말인지 알아들을 수가 없었다. 한 패의 농부들이 경찰서장 앞으로 걸어 나와서는 그 가운데 누군가가 크게 소리쳤다. 「자, 나도 체포해 가시오. 또 누가 같이 가겠소?」

이어 종전과는 달리, 한결 비굴해진 경찰서장의 목소리가 들렸다. 「난 네놈을 칠 수 있어도 네놈은 날 칠 수 없을 거다, 이 무식쟁이야!」

「그래서! 네놈은 무슨 신이라도 된다더냐?」 리빈이 소리쳤다.

이때 그리 크지 않은 흐트러진 외침 소리가 그의 목소리를 덮어 버렸다. 「말대꾸하지 말아요, 아저씨! 그건 곧 정부 당국에 거스르는 행위예요!」

「진정하십시오, 나리! 이 사람은 정신이 나간 사람이에요…….」

「입 닥치지 못해, 바보 같은 놈아!」

「가능한 한 곧 너를 시내로 호송하겠다.」

「거기에 가면 법이야 있겠지.」

뭔가 애원하고 간청하는 듯한 군중의 함성이 분명치 않은 허망함에 뒤섞여 절망적이고 애처롭게 들렸다. 경찰들이 리빈의 팔을 잡고 관청 현관으로 끌고 올라가 문을 쾅 닫고는 사라져 버렸다. 농부들이 광장 여기저기로 느릿느릿 흩어지기 시작했다. 어머니는 푸른 눈의 농부가 광장을 가로질러 걸어가면서 곁눈질로 자기를 힐끔거리는 것을 보았다. 다리가 후들거리고 음울한 감정이 가슴을 저며 와 구역질이 나올 지경이었다.

〈도망칠 필요가 없지, 없어!〉 그렇게 생각하고 층계 난간을 꼭 잡고서 무작정 기다렸다.

경찰서장이 관청 계단 위에 서서 두 손을 내저으면서 지껄이고 있었다. 여전히 목소리는 공허하고 인정머리가 없었다.

「머저리 새끼들아! 뭐가 뭔지도 모르는 것들이 이런 일에 끼어들어? 정부가 하는 일에! 짐승 같은 놈들! 나보고 고맙다고 해야 해. 무릎을 꿇고 내 은혜에 감사해야 한다고. 내 말 한마디면 모두 중노동이라는 거 몰라?」

스무 명 남짓한 농부들이 모자를 벗고 서서 그 소리를 듣고 있었다. 점점 어둠이 짙게 깔리고 먹구름마저 낮게 드리워져 있었다. 푸른 눈의 농부가 계단을 걸어 올라오며 한숨 섞인 목소리로 입을 열었다. 「정말 큰일 하나 치렀군요……」

「그래요.」 그녀가 나지막이 대꾸했다.

그는 눈을 크게 뜨고 그녀를 쳐다보다가 불쑥 물었다. 「뭐 하시는 분이죠?」

「여자들 레이스를 사러 다닙니다, 베천도 사고요……」

농부는 천천히 턱수염을 만지작거렸다. 그러곤 관청 쪽을 둘러보더니 크지 않은 목소리로 무뚝뚝하게 말했다. 「여기선 그런 거 살 수 없을 텐데요……」

어머니는 아래를 내려다보면서 역사로 다시 들어갈 기회만 엿보고 있었다. 농부의 얼굴은 아주 잘생기고 생각이 깊어 보였으며 눈은 어딘지 음울해 보였다. 넓은 어깨와 건장한 체격의 그는 헝겊 조각을 댄 외투를 입고 있었고 안에는 깨끗한 면내의에다 집에서 손수 박은 것 같은 바지를 입고 있었으며 양말도 신지 않은 맨발이었다.

어머니는 왠지 안도의 한숨을 내쉬었다. 그러다 갑자기 어떤 어렴풋한 생각이 떠올라 이렇게 물었다. 물론 자신도 그래 놓고는 놀라지 않을 수 없었다. 「저, 오늘 댁에서 하루 묵어도 괜찮겠소?」

그런 질문을 해놓고 나니 근육과 뼈마디가 저려 왔다. 그녀는 자세를 바로잡아 농부를 가만히 들여다보았다. 섬뜩한 생각이 불현듯 머리를 스쳤다. 〈내가 니꼴라이 이바노비치를 파멸시키는 건 아닐까? 빠샤를 다신 못 볼지도 몰라! 어쩌면 놈들이 모두를 잡아 죽일지도……〉

땅을 쳐다보고 있던 농부는 전혀 서두르는 기색도 없이 외투 자락을 여미며 대답했다. 「하룻밤 묵으시겠다고요? 좋아요, 안 될 게 뭐 있겠습니까? 다만 집이 누추한 게 탈이지……」

「난 그런 거 가리는 사람이 아닙니다.」 어머니는 되는대로 대답했다.

「좋도록 하십시오.」 농부는 호기심 가득한 눈길로 그녀를 훑어보며 반복했다.

이미 어둠은 짙어져 그의 두 눈이 더욱 차갑게 번뜩였고 얼굴은 매우 창백해 보였다. 어머니는 흡사 산을 내려가듯 작은 소리로 말했다. 「그럼 곧 갈 테니 내 여행 가방 좀 들어다 주시오……」

「좋습니다.」 그는 어깨를 추켜올리고 다시 외투 자락을 여미면서 나긋나긋하게 말했다.

「저기 마차가 오는군요……」

관청 계단에 리빈이, 두 손은 다시 묶이고 머리와 얼굴에는 뭔가 희끗한 것을 감은 모습으로 다시 나타났다.

「안녕히들 계시오, 여러분!」 그의 목소리가 저녁 어스름의 한기 속으로 울려 퍼지기 시작했다. 「진리를 찾아 그것을 간직하시오. 그리고 옳은 말을 하는 사람을 믿고 진리를 위한 일에 자신을 바치기를 두려워하지 마시오.」

「입 닥쳐, 이 개새끼야!」 어디선가 경찰서장의 목소리가 들렸다. 「경찰! 말 빨리 안 몰고 뭐 하는 거야. 이 머저리 같은 놈아!」

「무엇이 당신들을 슬프게 합니까? 당신들의 삶은 대체 어떻습니까?」 마차가 출발했다. 양옆에 경찰 둘을 앉히고 리빈은 계속해서 소리쳤다. 「여러분은 무엇 때문에 굶어 죽어 갑니까? 자유를 위해 투쟁하시오. 자유가 빵과 진리를 줄 것입니다! 안녕히들 계시오, 여러분!」

마차 바퀴 소리, 말발굽 소리, 경찰서장의 목소리가 그의 말을 휘감아 혼란시키고 급기야는 덮쳐 버렸다.

「물론이지!」 고개를 끄덕이며 이렇게 말한 농부는 다시 어머니를 보고 작은 목소리로 말을 이었다. 「역사에 조금만 앉아 계세요. 제가 곧 가겠습니다……」

어머니는 역사로 돌아와 사모바르 앞에 놓여 있는 탁자에 앉아서 빵 한 조각을 집어 들고 들여다보다가는 도로 접시에 천천히 갖다 놓았다. 먹고 싶은 생각이 전혀 없었다. 명치끝이 다시 쓰려 왔다. 속이 메스꺼워 기운이 쪽 빠지고 심장에선 피가 말랐으며 정신이 아찔아찔했다. 눈앞에 푸른 눈을 가진 농부의 얼굴이 떠올랐다. 뭔가 석연치 않은 탓에 왠지 믿음이 가지 않았다. 생각하고 싶진 않았지만, 그가 어쩌면 배반할지도 모른다는 생각이 가슴 깊은 곳에 잠재하고 있어 자신도 모르게 숨이 자꾸 막혔다.

〈그가 날 알아본 게 분명해! 뭔가 낌새를 챈 거야……〉 이렇게 생각하자 온몸의 기운이 일순간에 빠져 버리는 것이었다. 더 이상은 아무 생각도 할 수 없었다. 그저 참기 힘든 우울함, 그리고 질펀한 구토의 감정 속으로 점점 빠져들 뿐이었다.

조금 전의 왁자지껄함을 대신해서 창밖에 흐르는 겁먹은 정적이 짓밟히고 겁에 질린 무엇인가를 발가벗기고 가슴 안에 고독감을 더욱 절실하게 느끼게 하면서 온통 머리를 잿빛의 부드러운 어스름으로 가득 메우고 있었다.

아까 그 소녀가 들어와 문 옆에 서서 물었다. 「달걀부침 좀 갖다 드릴까요?」

「아니, 괜찮아. 별로 생각이 없구나. 그냥 고함 소리에 조금 놀랐을 뿐이란다.」

소녀가 탁자로 다가와 흥분했지만 그래도 차분한 목소리로 이야기를 시작했다. 「그 경찰서장이란 작자, 얼마나 심하게 때리던지! 전 가까이서 다 보았는데, 이빨이 다 부러져서 침을 퉤 뱉으니까 정말 시꺼먼 피가 튀었어요. 보니까 눈도 안 보이던데 아마 빠져 달아났을 거예요! 하사 그 사람 여기 이 자리에서 술을 곤드레만드레 되도록 마셨는데 그래도 계속 술을 달라는 거예요. 그러면서 하는 말이, 그 사람들 패거리가 있는데, 그중에서도 수염을 기른 사람이 나이도 제일 많고, 말하자면 대장 격이라 더군요. 들리는 말에 의하면, 세 사람이 잡히고 한 사람이 도망갔다던가. 선생도 한 명 잡혔는데, 그 선생도 그때 그들과 함께 있더래요. 그 사람들은 하느님도 믿지 않을뿐더러 만나는 사람마다 교회를 헐라고 설득한다더군요. 정말 그런 사람들이래요. 농부들이 두 패로 나뉘어, 한 패는 그들을 동정하는데, 한 패는 그들을 죽여 버려야 한다고 말한답니다. 이곳엔 그런 표독스러운 농부들도 있어요, 에구머니나!」

어머니는 소녀의 빠르면서도 두서없는 이야기에 온 신경을 집중시켜 귀 기울이면서 자신의 불안한 마음을 억누르고 우울한 예감을 지워 버리려고 애썼다. 소녀는 아마도 남이 자기 이야기를 들어 주는 걸 꽤나 좋아하는 것 같았다. 그래서 그런지 숨까지 헐떡여 가면서 이런저런 이야기를 마구 지껄이기 시작했다. 「아버지가 그러는데, 이게 다 흉년이 든 탓이래요. 2년이나 연거푸 흉작이니 오죽 기진맥진들 했겠어요. 요즘 그 때문에 그런 농부들이 생긴 거래요. 얼마나 끔찍한 일이에요. 집회 때면 언성 높여 싸우는 일은 예사예요. 최근에 체납금 때문에 바슈꼬프란 사람이 팔린 적이 있었는데, 그때 그 사람이 책임자의 면상을 후려갈겼답니다. 이게 네놈한테 줄 체납금이다, 하면서요…….」

문밖에서 무거운 발걸음 소리가 들렸다. 어머니는 손으로 탁자를 집고서 자리에서 일어났다.

푸른 눈의 농부가 들어와 모자도 벗지 않고 대뜸 물었다. 「짐은 어디 있습니까?」 그는 여행 가방을 가볍게 들어 올려 흔들어 보면서 말했다. 「속은 비었군요! 마리까, 우리 집으로 안내 좀 해 드려.」

그러고 나서 그는 뒤도 돌아보지 않고 걸어 나갔다.

「여기서 하룻밤 묵으실 거예요?」 소녀가 물었다.

「그래! 난 레이스를 취급하는데, 여기서 레이스를 좀 살 수 없을까 하고······.」

「우리들은 레이스를 뜨지 않아요. 찐꼬프라든가 다리이나에나 가야 있을까 여긴 없어요.」 소녀가 설명해 주었다.

「내일 가보도록 하지······.」

찻값을 소녀에게 지불하면서 3꼬뻬이까를 집어 주니 소녀는 무척이나 좋아했다. 거리에 나와서 맨발로 젖은 땅을 소리 나게 밟아 가며 입을 열었다. 「원하신다면 제가 다리이나로 달려가서 레이스 좀 이리 가져오시라고 거기 아는 아주머니께 말씀드릴게요. 그럼 일부러 거기까지 가실 필요는 없잖아요. 기껏해야 12베르스따밖에 안 되는데요······.」

「그럴 필요까진 없단다, 얘야!」 어머니가 소녀 옆에서 나란히 걸음을 옮겨 놓으면서 대꾸했다. 찬 공기를 쐬자 정신이 맑아지면서 무언가 어렴풋한 결심이 서서히 고개를 쳐들었다. 혼란스럽긴 하지만 일단 마음속에서 정리가 되니 어쩔 도리 없이 거듭거듭 다짐하면서 자신에게 이악스럽게 반문했다. 〈어쩐다? 내가 진정 양심이 있는 사람이라면······.〉

날은 어둡고, 습했으며 싸늘했다. 농가 창문들이 꼼짝도 하지 않는 불그레한 빛처럼 희미하게 반짝거렸다. 정적 속에서 졸린 듯한 가축의 울음소리와 짧은 비명 소리가 들려왔다. 어둡고 짓눌린 묵상이 마음을 뒤덮고 있었다.

소녀가 말했다. 「여기예요! 너무 초라한 숙소를 택하셨군요.

찢어지게 가난한 집이거든요.」 소녀는 문을 더듬어 찾아내고는 활짝 열어젖뜨리고 안채를 향해서 입심 좋게 소리쳤다. 「따찌야 나 아줌마!」

그러고는 어느새 줄행랑을 놓았다. 어둠 속에서 소녀의 목소리만 들려왔다. 「안녕히 계세요.」

17

어머니는 문턱에 서서 이마에 손을 올리고 주위를 살폈다. 농가는 어둡고 협소했지만 깨끗하게 정돈되어 있음을 한눈에 알 수 있었다. 뻬치까 뒤에서 젊은 여인이 빠끔 내다보고는 말없이 인사를 하고 다시 사라졌다. 방 앞쪽 구석에 놓인 탁자 위에서는 남폿불이 타고 있었다.

농가 주인이 탁자 앞에 앉아 그 모서리를 손가락으로 두드리면서 어머니의 눈을 뚫어져라 쳐다보고 있었다.

그가 불쑥 입을 열었다. 「들어오십시오. 따찌야나, 가서 뾰뜨르 좀 불러오구려, 얼른!」

여인은 손님을 거들떠볼 생각도 않고 서둘러 걸어 나갔다. 어머니는 주인 맞은편 긴 의자에 앉으며 주위를 둘러보았다. 그녀의 여행 가방이 보이지 않았다. 가끔 남포등의 불꽃이 탁탁 소리를 내며 탈 뿐, 농가는 참기 힘든 정적으로 뒤덮여 있었다. 어머니의 눈에는 농부의 얼굴이 영문을 몰라 이맛살을 찌푸린 채 잔뜩 뭔가를 근심스러워하는 것만 같이 느껴졌다. 괜한 불쾌감이 일었다.

「내 여행 가방은 어디 있지요?」 어머니는 자신도 모르게 불쑥 큰 소리로 물었다.

그러자 농부가 어깨를 움찔하며 생각에 잠긴 목소리로 대답했다.「잘 보관하고 있습니다.」그리고 목소리를 낮추어서 침울하게 말을 이었다.「아까는 애 앞이라서 일부러 가방이 비었다고 거짓말을 했습니다만 아니었어요. 가방은 비어 있기는커녕 꽉 차서 무겁기까지 하더군요.」

「그래요? 그런데요?」

그는 자리에서 일어나 어머니에게로 다가와서는 허리를 굽히고 나지막한 목소리로 물었다.「아까 그 사람, 아는 사람입니까?」

어머니는 깜짝 놀랐지만, 힘을 주어 대답했다.「그렇소.」

그녀의 간결한 대답 한마디에 그녀의 속마음을 훤히 내보이고 또 외부로부터의 모든 것도 명백해진 셈이었다. 그녀는 안도의 한숨을 내쉬고 긴 의자에 몸을 착 붙이고서 자세를 가다듬었다.

농부가 웃음을 지어 보였다.「내 그럴 줄 알았습니다. 당신이 신호를 보내니까 그 사람 역시 신호를 보내더군요. 그래 그 사람 귀에다 대고 물었죠. 계단 위에 서 있는 부인을 아느냐고요.」

「그가 뭐라던가요?」어머니가 재빨리 물었다.

「그 사람이오? 우리 편은 많다고 했어요. 맞아요? 많다는 말을 했어요……」그가 손님의 눈을 호기심 가득한 눈길로 쳐다보다가 다시 웃으면서 말을 이었다.「대단한 힘을 가진 사람입니다……. 곧 죽어도 남이 아닌 나임을 당당하게 말하던 그 용기! 숱하게 얻어맞으면서도 할 말은 다 하지 않던가요!」

주저하는 듯한 힘없는 그의 목소리, 윤곽이 뚜렷치 않은 얼굴, 그리고 반짝반짝 빛나는 큰 눈에 어머니는 왠지 마음이 놓였다. 두려움과 우울함 대신 리빈에 대한 가슴을 에는 듯한 애틋한 동정이 그녀의 가슴에 자리를 잡았다. 그녀는 저며 오는 가슴의 아픔을 더 이상 억제하지 못하고 갑작스러우면서도 쓰디쓴 증오심으로 가득 찬 분노를 폭발시키고 말았다.

「날강도 놈들, 미친놈들!」그러곤 결국 흐느껴 울고야 말았다.

농부가 그녀에게서 한 발짝 물러서면서 침울하게 고개를 끄덕였다.「윗대가리 놈들은 제 측근을 규합하느라 아주 혈안이 되어 있어요, 그래요.」 그러더니 불쑥 다시 어머니에게로 몸을 돌려 나직한 목소리로 말했다. 「이건 순전히 제 추측입니다만, 여행 가방 속에 혹 유인물들이 들어 있지 않습니까? 맞죠?」

「맞소. 그 사람한테 가져가던 중이었지요.」 눈물을 닦으며 어머니가 간단하게 대답했다.

그는 양미간을 잔뜩 찌푸리고 턱수염을 한 손에 모아 쥔 채로 시선은 딴 데를 향하고서는 한동안 아무 말이 없었다.

「유인물이라면 우리도 받아 본 적이 있습니다. 서적들도 마찬가지고요. 그 사람, 우린 알아요. 전에도 본 적이 있습니다.」

농부는 가만히 서서 잠시 생각을 하더니 불쑥 물었다. 「이제 어쩔 셈이세요? 이 여행 가방 말입니다.」

어머니가 그를 쳐다보다 말고 당당한 목소리로 말했다. 「당신들에게 주고 가겠소.」

그는 놀라지도 않고, 거절하지도 않고 다만 짧게 되풀이할 뿐이었다. 「우리에게……」 그가 긍정적으로 고개를 끄덕이고 움켜쥐었던 턱수염을 놓고 손가락으로 쓸어 내리면서 자리에 앉았다.

생각하면 할수록 어머니의 눈앞에 리빈이 뭇매를 맞던 장면이 무자비할 정도로 집요하게 떠올라, 곧 그의 모습이 여타의 생각들을 방해하는가 하면 인간에 대한 고통과 모욕감이 다른 모든 감정을 가렸다. 이미 여행 가방은 안중에도 없었을 뿐 아니라 더 이상 아무 생각도 할 수 없었다. 두 눈에선 하염없는 눈물이 흘러내리고 얼굴은 일그러졌지만 농가 주인한테 말을 할 때만큼은 목소리가 떨리지 않고 나왔다.

「놈들은 닥치는 대로 약탈하고 목을 조이는가 하면 사람들을 진흙 구덩이에 처넣고 지근지근 짓밟고 있어요, 저주받을 놈들!」

「힘이죠. 놈들은 막강한 힘을 갖고 있습니다.」 농부가 조용히 말했다.

「그런 놈들은 어디서 그런 힘을 얻었단 말이오? 우리에게서 뺏어 간 겁니다. 민중들에게서, 죄다 우리에게서 뺏어 간 거요.」

어머니가 한껏 목청을 돋우어 소리쳤다.

어머니는 농부의 밝지만 이해할 수 없는 얼굴에 괜히 속이 상했다.

그가 생각에 잠긴 채로 대꾸했다. 「맞아요. 톱니바퀴라고나 할까……」그는 바짝 긴장한 채로 문 쪽으로 고개를 돌리고 유심히 귀 기울이면서 나직이 말했다. 「그들이 오는군요.」

「누가?」

「아마 우리 쪽 사람들일 겁니다.」

그의 아내가 들어오고 그녀의 뒤를 따라서 농부 하나가 걸어 들어왔다. 그는 구석에 모자를 집어 던지고 재빨리 주인에게로 다가와서는 물었다. 「무슨 일이 있나?」

주인이 고개를 끄덕였다.

여인이 뻬치까 옆에 서서 말했다. 「스쩨빤! 손님들 오시느라 피곤하실 텐데 뭐라도 드시도록 해야죠?」

「고맙습니다만 별로 들고 싶은 생각이 없군요.」 어머니가 대답했다.

농부는 어머니에게로 다가와 찢어지는 듯한 목소리로 빠르게 이야기하기 시작했다. 「그럼 제 소개를 하자면, 전 뾰뜨르 이고로프 랴비닌입니다. 보통들 쉴로라고 부른답니다. 전 어느 정도 당신들의 일을 알고 있으며 읽고 쓸 줄은 압니다. 이를테면 멍텅구리 아닌 셈이죠.」

그는 어머니의 내민 손을 꽉 잡고 세차게 흔들고는 주인을 쳐다보았다. 「이보게나 스쩨빤! 바르바라 니꼴라예브나는 좋은 여자야, 정말일세. 가끔 이 모든 것이 어리석은 잠꼬대에 불과하다고 말하긴 해도 말이지. 어린애에 불과한 학생들이 아직은 어리석어서 민중들을 불안케 한다는 거야. 하지만 자네나 나나 아주 건실한 농부 하나가 마치 그래야 당연한 듯이 체포되는 걸 보지 않았나. 그리고 여기 이렇게 주인의 피라곤 한 방울도 섞이지 않은 것 같은 초로의 부인이 우리를 찾아 주었고. 무례를 용서하세요. 당신은 태생이 어디시죠?」

그는 숨도 쉬지 않고 빠른 어조로 똑똑하게 말했다. 턱수염이 신경질적으로 떨리고, 가늘게 뜬 두 눈은 어머니의 얼굴과 몸 전체를 더듬었다. 옷은 해어지고 머리카락은 헝클어질 대로 헝클어져서 흡사 지금 막 싸움을 했다가 적을 보기 좋게 물리치고는 승리의 기쁨에 어쩔 줄 몰라 하는 것 같았다. 어머니는 그의 활달함과 솔직하면서도 간결하게 핵심을 찌르는 말주변에 홀딱 반해 버렸다. 어머니가 부드러운 눈길로 얼굴을 쳐다보며 물음에 대답을 하자 그는 다시 한 번 어머니의 손을 힘 있게 흔들면서 과묵한 미소를 지어 보였다.

「스쩨빤, 내가 그 일은 정말 순결한 일이라고 하지 않던가? 훌륭한 일이기도 하고, 되풀이하지만, 그건 바로 민중이 제 몫을 하기 시작하고 있다는 것을 의미해. 하지만 여기 부인께서는 진실을 이야기하지 않을 걸세. 그걸 얘기한다는 건 그녀로 봐선 득이 될 게 없거든. 이분을 존경하노라고 난 자신 있게 말할 수 있네. 좋은 사람이라면 당연히 우리에게 선을 베풀고 싶어 하겠지. 하지만 조금이면 돼. 왜냐면 그게 지나치다 보면 자신에게 해를 끼칠 수 있거든. 그런데 민중들은 곧장 나아가고 싶어 해. 그들은 어떤 손해도 두려울 게 없어. 내 말 알아듣겠나? 삶 전체가 그들에게 해악이었고 어디를 가나 손해가 그들을 기다리고 있으니 어디 믿을 데가 있나. 게다가 주위를 둘러보면 귓가엔 그저 〈꼼짝 마!〉 소리만 쟁쟁하니 어디…….」

「알 만해!」 스쩨빤이 고개를 끄덕이면서 그 즉시 덧붙였다. 「이분은 짐 걱정을 하고 계시다네.」

뾰뜨르는 능청스레 어머니에게 눈짓을 보내고는 안심하라는 시늉으로 손을 흔들면서 다시 이야기를 시작했다. 「염려하지 마세요. 모든 일이 다 잘될 겁니다. 아주머니! 가방은 우리 집에 있습니다. 아까 스쩨빤이 제게 와서 당신에 대해서 얘기해 주더군요. 당신 역시 이런 일을 하고 있고 아까 그 사람을 알더라고 말이죠. 제가 그래서 말했습니다. 〈조심해, 스쩨빤! 이런 중차대한 일은 함부로 떠벌리는 게 아냐!〉라고 말입니다. 그런데, 아주머니도 아까 그 주위를 서성대는 우리를 한눈에 알아보셨을 거예요. 정직한 사람의 얼굴은 눈에 잘 띄거든요. 왜냐하면 솔직히 말해 거리를 나다니는 사람 중에 그런 사람은 그렇게 많지 않기 때문이지요. 가방은 우리 집에 잘 있으니까……」 그는 어머니 옆에 앉아 그녀의 눈을 애원하는 듯한 눈초리로 바라보면서 말을 이었다. 「만약 당신이 그 속에 든 걸 빼내고 싶으시다면 우리가 기꺼이 도와 드리겠어요. 우리에겐 책자들이 필요합니다.」

「이분이 그걸 몽땅 우리에게 주고 싶어 하셔.」 스쩨빤이 끼어들었다. 「훌륭하십니다, 아주머니! 우린 그걸 필요로 하는 곳을 찾아낼 것입니다.」 그는 벌떡 일어나 웃음을 터뜨리며 방 안을 왔다 갔다 하다가 만족스러운 듯 말했다. 「이를테면 절호의 기회라고나 할까요? 아주 간단한 일이랍니다. 어떤 곳에 놓자마자 게 눈 감추듯 없어질 테고 다른 곳이야 잘 포장을 해서 보내 버리면 되니까요. 별거 아니에요. 그리고 아주머니, 신문은 이점이 한두 가지가 아니어서, 글쎄 신문은, 그 일은 제가 알아서 하지요. 사람들의 정신을 번쩍 뜨이게 하지요. 주인 나리들한테야 썩 유쾌한 일은 못 되죠. 전 여기서 7베르스따 떨어진 어떤 부인 집에서 목수 일을 보고 있어요. 사람이야 좋죠. 갖가지 책들을 나한테 갖다주는데 어떤 땐 책을 읽다 보면 정신이 번쩍 들 때도 있어요. 여하튼 고마운 부인이지요. 하지만 언젠가 한번은 내가 여러 장의 신문을 읽어 보라고 갖다준 적이 있었는데 어지간히 기분이 상했던 모양이에요. 〈집어치워요, 뾰뜨르! 이런 일이라면 아무것도 모르는 어린애들이나 해야 어울려요. 그런 일을 하다간 고통스럽기만 하고 결국 기다리는 건 감방 신세 아니면 시베리아야……〉 하지 않겠습니까?」

그는 다시 갑작스럽게 하던 말을 중단하고 잠시 생각에 잠기는가 싶더니 이내 입을 열었다. 「말씀해 주시겠습니까, 아주머니? 아까 그 사람은 친척이라도 됩니까?」

「아니요.」 어머니가 대답했다.

뾰뜨르가 소리 없이 웃으며 뭔가 매우 만족스럽기라도 한 듯 고개를 뒤로 젖혔는데, 바로 그 다음 순간 어머니는 리빈에 대해서 너무 무심하게 말한 것 같아 마음에 걸렸다. 「친척은 아니지만 오래전부터 알고 지내는 사이로 친오라비처럼 존경하는 사람이라오.」

그녀는 필요한 말을 제때에 찾지 못해 기분도 엉망이고 나오느니 한숨뿐이었다. 슬프고도 예정된 정적이 농가를 가득 채웠다. 뾰뜨르는 무언가에 열심히 귀를 기울이기라도 한 듯 한쪽 어깨에 고개를 쑤셔 박고 서 있었다. 스쩨빤은 탁자 위에 팔꿈치를 괴고 앉아서 뻬치까에 바짝 기대어 서 있었는데, 어머니는 그녀의 붙박인 시선을 느끼고 간혹 그녀의 얼굴을 곁눈질로 힐끔거렸다. 타원형의 검게 그을린 얼굴에 오뚝한 코, 그리고 무엇인가에 잘린 듯한 짧은 턱이 눈에 들어왔다. 초록빛의 눈동자가 신중하면서도 날카롭게 번뜩였다.

「그 친구에 대해서 한마디 하자면……」 뾰뜨르가 나지막이 말을 시작했다. 「뭔가 특징이 있어, 정말이야. 자신을 굉장히 높게 평가하고 있어. 뭐 당연한 거지. 이봐요, 따찌야나! 안 그래요? 당신이 입버릇처럼 말하던 그런 사람……」

「그 사람 결혼했나요?」 따찌야나가 그의 말을 가로채며 묻고는 그리 크지 않은 얇은 두 입술을 꼭 다물었다.

「홀아비라오.」 어머니가 우울하게 대꾸했다.

「그러니 용감할 수밖에! 결혼했다면 그런 일에 뛰어든다는 게 얼마나 어렵겠어? 우선 두려움이 앞설 거라고.」 따찌야나가 낮은 음성으로 말했다.

「나 들으라고 하는 소리요? 난 결혼했어도 못할 일이 없어.」 뾰뜨르가 소리쳤다.

여인이 그에게 눈길도 주지 않고 입술을 오무락거리며 말했다.「장하시구려, 대장부 나리! 그래서, 어쨌다는 거예요? 그저 말만 하고 이따금 책 읽는 일 말고 뭐 하는 일이 있어요? 당신이나 스쩨빤이나 만나면 구석에 숨어서 소곤거리기나 하는데 그래서야 사람들에게 무슨 소용이 있단 말이에요?」

「그래도 많은 사람들이 내 말에 귀를 기울입니다. 그래도 여기선 누룩과 같은 존재라오. 그러니 말을 함부로 하는 게 아니라고……」 농부가 기분이 상했는지 기어 들어가는 목소리로 말했다.

스쩨빤이 말없이 아내를 쳐다보더니 다시 고개를 떨구었다.

따찌야나가 물었다.「농부들은 왜 결혼을 하는 거지요? 사람들이 그러는데 나서서 일할 일꾼들이 필요하다던데 대체 무슨 일이에요?」

「이제 그만 좀 해둬!」 스쩨빤이 볼멘 소리로 말을 가로막았다.

「하지만 우리가 하고 있는 일이 무슨 의미가 있는지는 알아야 할 것 아니에요? 허구한 날 굶주린 배를 채우기에 급급하고, 애들이라도 태어나는 날이면 먹이는 건 둘째치고 돌볼 시간도 없으니……. 빵 조각 하나 제대로 얻지도 못하는 그놈의 일은 해서 뭣 하느냐 말이에요.」 그녀는 어머니에게로 다가와 그 옆에 앉아서는 고집스럽게 말을 계속했다. 그렇다고 막무가내의 푸념만도 아니었고 슬퍼하는 기색도 없었다.「저도 애가 둘이나 있었어요. 하나는 겨우 두 살 때 끓는 물에 데어 죽었고 또 한 놈은 그놈의 저주받을 일 때문에 사산해 버렸답니다. 그러니 제게 무슨 낙이 있었겠어요? 제가 하고 싶은 말은 농부에게 결혼이란 아무 쓸데없는 짓이란 말입니다. 제 손만 올가미로 묶는 셈이죠. 집 안에 매이지만 않는다면 농부들도 모든 이들을 위해 생활을 알차게 꾸밀 수 있을 거예요. 진리를 위한 의로운 길에 곧바로 떨쳐 나갈 수가 있을 겁니다. 제가 어디 틀린 말 했습니까, 아주머니?」

「옳은 소리요. 옳은 소리고말고, 달리 우리네 인생을 견뎌 낼 방법이 없어요.」 어머니가 말했다.

「혹 남편이 계신가요?」

「죽었소. 아들이 하나 있지만······.」

「아들이 어디 있지요? 함께 사시나요?」

「감옥에 있소.」 어머니가 대답했다. 이런 말을 할 때면 매번 고통스럽기만 하던 것이 이제는 왠지 한없는 자부심으로 가슴에 와 닿았다. 「이번이 두 번째라오. 모두가 하느님의 진리를 알게 되고 그것을 세상에 공공연히 퍼뜨렸기 때문이지요. 그 애는 아직 젊고 미남인 데다 총명하기까지 하답니다. 신문도 다 그 애가 만들었지요. 그리고 만든 신문을 미하일 이바노비치에게 보냈답니다. 나이가 두 배도 넘는 미하일 같은 사람에게 말입니다. 지금은 그 때문에 잡혀서 재판을 기다리고 있는데 만약 시베리아로 유형을 가게 되면 탈출해서 하던 일을 계속하게 될 거요.」

말을 하면 할수록 그녀의 가슴에 더욱더 커다란 자부심이 생겨나 영웅의 모습을 만들어 내려 하다 보니 적절한 말이 떠오르지 않고 목이 메어 왔다. 그날 그녀가 직접 보았던 그 암담했던 상황, 그리고 머리를 짓누르는 무자비한 공포와 잔인함을 어떻게든 이야기해 주어야만 했다. 무의식적으로 건강한 영혼의 이러한 요구에 복종하면서 그녀는 직접 목도했던 순수하고 고결한 모든 것을 눈이 부실 정도로 찬란히 빛나는 하나의 불길로 합쳐야 했다.

「벌써 그런 사람들은 많이 태어났지만 앞으로도 더욱 많은 이들이 태어나, 모두가 하나같이 생명이 다할 때까지 민중의 해방을 위해, 진리를 위해 떨쳐 일어설 것입니다.」

그녀는 조심하는 것도 잊어버리고 비록 이름까지는 들먹이지 않았지만 탐욕의 사슬로부터 민중을 해방시키기 위해 진행되고 있는 은밀한 운동에 대해서 알고 있는 대로 죄다 이야기를 해버렸다. 그래서 정말 소중한 형상들을 그리면서, 그녀는 말 속에 온 힘을, 그리고 늦게나마 그녀의 가슴 안에서 삶의 떨리는 충격으로 일깨워진 한없는 사랑을 쏟아부었고, 그녀 자신은 끓어오르는 기쁨으로 기억 속에 되살아나 그녀의 감정으로 꾸며져 밝게 빛나는 바로 그 사람들을 넋을 잃고 바라보았다.

「운동의 물결이 온 세상, 모든 도시를 휩쓸고 지나가고 있어요. 사실 선량한 사람들의 힘이란 측량할 수도, 뭐라고 평가할 수도 없는 거랍니다. 운동의 물결은 더욱 거세어지고 우리 승리의 그 시간까지 높아만 갈 것입니다.」

그녀의 말엔 전혀 거침이 없었다. 그녀는 실에 각양각색의 구슬을 꿰듯 그렇게 여태껏 살아온 날들의 피와 오욕을 가슴속에서 말끔히 씻어 버리려는 강렬한 욕망을 하나하나 죄다 털어 버렸다. 그녀는 농부들이 그녀 자신의 말이 닿는 곳에 마치 뿌리를 내리고 자란 것처럼 꼼짝도 하지 않고 넋을 잃고 서서 그녀 자신을 뚫어져라 쳐다보고 있음을 알았고, 그녀와 나란히 앉아 있는 여인의 뚝뚝 끊어지는 숨소리를 들었다. 이 모든 것 때문에 사람들에게 말하고 굳게 약속했던 것에 대한 그녀의 믿음의 힘은 더욱 강해지는 것이었다.

「비참한 삶을 살아가는 사람들과 빈곤과 불의에 신음하고 있는 사람 모두가 배부른 자들, 그리고 그들의 아첨꾼들을 물리쳤습니다. 모두, 전 민중은 민중 그들을 위해 감옥에서 죽어 가면서도 죽음의 고통을 달게 받고 있는 사람들을 맞으러 떨쳐 일어서야 합니다. 그들은 정말 아무런 사심도 없이 모든 민중의 행복으로 가는 길이 어디에 뻗어 있는지를 설명해 주고, 또 바로 그 길이 고난의 길이 되리란 걸 솔직히 말해 줄 것입니다. 그렇다고 그 길에 동참할 것을 강요하는 사람도 없습니다. 하지만 한번 그들 옆에 서 보기만이라도 한다면 결코 그들을 버릴 수 없을 겁니다. 옳은 게 뭔가를, 그리고 딴 길도 아닌 바로 이 길이 우리의 나아갈 길임을 눈으로 직접 보게 될 것이기 때문입니다.」

그녀는 오래전부터 간직하고 있던 욕망을 실현시켰다는 게 너무나도 기뻤다. 바로 지금 그녀는 진리에 대해서 사람들에게 이야기를 하고 있는 것이다.

「그런 사람들과 함께라면 어디든 여행을 할 수 있습니다. 그들에겐 조그만 일에 만족해서, 가던 길을 그만두는 경우란 있을 수도 없어요. 그들은 모든 기만과 악, 그리고 모든 탐욕을 물리칠 때까지는 결코 걸음을 멈추지 않을 겁니다. 그리고 그들은 전체 민중이 하나 되는 그날까지, 한목소리로 〈나는 주권자니 모두의 평등을 위해 법을 만들겠노라〉고 소리치는 그날까지 팔짱 끼고 구경만 하지는 않을 것입니다.」

이야기를 하느라 지친 그녀는 잠시 입을 다물고서 주위를 둘러보았다. 더 이상의 말이 필요 없음을 대번에 가슴으로 느낄 수 있었다. 농부들이 뭔가를 더 기대하는 듯이 그녀를 쳐다보았다. 뾰뜨르는 팔짱을 낀 채로 서서 양미간을 잔뜩 찌푸리고 있었다. 붉으락푸르락한 얼굴에서 미소가 파르르 떨렸다. 스쩨빤은 한 손을 탁자에 기댄 채 상체를 앞으로 쑥 내밀고 허리를 꼿꼿하게 펴고서 잔뜩 귀 기울여 어머니의 이야기를 듣고 있었다. 그림자가 그의 얼굴에 내려앉아 그 때문에 얼굴이 한결 멋스럽게 보였다. 그의 아내는 어머니 옆에 앉아서 몸을 굽히고 팔꿈치를 무릎에 올린 채 자기 발만 내려다보고 있었다.

「지당하신 말씀이십니다.」 뾰뜨르가 속삭이듯 말하고 고개를 끄덕이면서 긴 의자에 앉았다.

스쩨빤이 천천히 몸을 일으켜 아내를 한번 쳐다보고 흡사 뭔가를 가슴에 안으려는 사람처럼 허공에 손을 쑥 내밀었다. 「기왕 사람이 돼서 무슨 일을 시작하면……」 그가 깊은 생각에 잠겨 나지막한 소리로 입을 열었다. 「정말 온 영혼을 바칠 수 있어야 해.」

뾰뜨르가 머뭇거리며 맞장구를 쳤다. 「그렇고말고, 뒤를 돌아다보지 말아야 해.」

「이 일은 정말 곳곳으로 번져 나가고 있어.」 스쩨빤이 말을 이었다.

「세상 구석구석까지.」 뾰뜨르가 다시 덧붙였다.

18

 어머니는 벽에 등을 기댄 채, 고개를 뒤로 젖히고서 그들의 나 직나직한 말에 귀를 기울였다. 따찌야나가 자리에서 일어나 주위를 둘러보고는 다시 자리에 앉았다. 농부들의 얼굴을 불만과 멸시에 가득 차서 쳐다보는 그녀의 초록색 두 눈이 쌀쌀맞게 번뜩였다.
 「말씀을 듣고 보니 얼마나 한 많은 삶을 살아오셨는지를 조금이나마 알 것도 같군요.」 그녀가 어머니 쪽으로 돌아앉으며 말했다.
 「말해 뭣 하겠소.」 어머니가 대답했다.
 「말씀을 하도 잘하셔서, 꼭 가슴으로 말씀하시는 것 같은 느낌을 갖게 해요. 그게 얼마나 대단한 일이에요? 그런 사람들, 그리고 그런 삶을 틈새로라도 들여다볼 수 있으면 좋으련만! 보통 어떻게들 살아요? 분명 양 같은 삶을 살아가고 있겠죠? 저 역시 글을 읽고 쓸 줄 알아서 책들을 읽고 많은 생각을 한답니다. 언젠가는 잠 한숨 안 자고 책을 읽은 적도 있었어요. 그래야 무슨 소용이 있겠어요? 생각을 하지 않으면 헛된 삶을 살게 될 테고, 그렇다고 생각을 한다 해도 역시 마찬가질 테니까요.」
 그녀는 두 눈에 냉소를 머금고서 이야기를 했는데, 간혹 팽팽한 실을 잡아당기듯 그렇게 위태롭게 이야기하고 있다는 느낌이

들기도 했다.

농부들은 너 나 할 것 없이 말이 없었다. 바람이 유리창을 더듬고 지붕 위에서 지푸라기 소리를 냈으며, 굴뚝에선 이상한 흐느낌 소리가 들려오기도 했다. 개 짖는 소리가 들렸다. 어쩌다 마지못해 그러기라도 하듯 빗방울이 창문을 두드렸다. 남폿불이 흔들리다 잠시 꺼질 듯 불꽃이 눕더니 이내 살아나 방 안을 밝혀 주었다.

「저는 당신의 말씀을 듣고 사람들이 과연 무엇을 위해 살고 있는지를 알게 되었습니다. 그런데 조금 이상한 건 당신의 말씀을 가만히 듣고 있노라면 익히 듣고 보았던 일을 듣는 것 같은 착각을 일으켜요. 사실 여태껏 그런 얘기를 들어 본 적도 없거니와 그런 생각을 해본 적도 없거든요……」

「따찌야나, 이제 뭐라도 먹고 불을 그만 꺼야 되지 않을까? 사람들이 추마꼬프네 집에 이렇게 늦게까지 불이 켜져 있는 걸 알게 되면, 우리야 아무 상관 없지만 혹 손님께 무슨 해라도 미치지 않을까 해서……」 스쩨빤이 우울한 목소리로 천천히 말했다.

따찌야나가 자리에서 일어나 뻬치까 쪽으로 걸어갔다.

「옳은 소리야. 자, 친구들! 이젠 정신을 똑바로 차리세. 유인물들이 사람들 사이에 나돌기 시작하면 이젠……」 뾰뜨르가 웃으면서 나직이 말했다. 「내 얘기를 하자는 게 아냐. 내가 체포된다 한들 그리 대수로운 일도 못 돼.」

그의 아내가 탁자로 다가가 그에게 말했다. 「좀 비켜 봐요……」

그가 자리에서 일어나 한편으로 비켜서 그녀가 탁자에 식탁보를 씌우는 것을 보면서 미소 띤 눈으로 말했다. 「우리 같은 친구들의 값어치는 굉장한 거야. 금전 수십, 수백 냥하고도 바꿀 수 없을 만큼……」

어머니는 갑자기 그가 가엾다는 생각이 들면서 점점 마음에 쏙 들었다. 일장 연설을 늘어놓고 난 후 그녀는 고통의 진흙탕에서 빠져나와 쉬고 있는 듯한 느낌이 들어 왠지 가슴이 뿌듯한 게 누구에게고 선과 사랑을 마음껏 전하고 싶은 충동에 사로잡혔다.
 어머니가 말했다. 「그 판단은 그다지 옳게 여겨지지는 않는군요, 주인 양반! 나 아닌 남이 내려 주는 가치에 동의할 필요는 없어요. 그들은 피 외에 어느 것 하나 필요로 하는 것이 없는 사람들이니까요. 스스로 자기 자신의 가치를 부여해야만 합니다. 적들을 위해서가 아니라 친구들을 위해서……」
 「우리에게 무슨 친구가 있습니까? 그날그날 살아가기가 바쁘다 보니……」 농부가 나직한 목소리로 힘 있게 외쳤다.
 「내 말뜻은 민중들에겐 친구가 있다는 겁니다……」
 「물론 있겠죠. 하지만 여기엔 없어요, 그게 바로 문젭니다.」 스쩨빤이 시름에 잠긴 목소리로 대꾸했다.
 「그럼 여기에서도 만드세요.」 어머니가 말했다.
 스쩨빤이 잠시 생각에 잠겨 있다가 입을 열었다. 「좋아, 여기서도 만들면 되지……」
 「자리에 앉으세요.」 따찌야나가 어머니에게 자리를 권했다.
 저녁 식사를 하면서, 어머니의 말에 기가 죽어 있던 뾰뜨르가 기분을 풀고 활발하게 이야기를 했다. 「아주머니, 사람들이 눈치채지 않도록 내일 아침 되도록이면 빨리 여기를 떠나시는 게 좋을 것 같아요. 다음 정거장으로 계속 가세요, 시내 쪽으로가 아니고요, 우편 마차를 우선 빌려야겠군요……」
 「왜? 내가 모셔다 드리고 싶은데.」 스쩨빤이 말했다.
 「그럴 필요 없어! 만일의 경우, 놈들이 아주머니가 이 집에서 잤는지 물어볼지도 몰라. 여기서 잤다. 어디로 떠났느냐? 내가 모셔다 드렸다. 오, 그래 네놈이 데려다주었어? 그럼 감방으로나 가실까! 뭐 이럴지도 모르는 일이야. 이해가 가나? 감방에 서둘러 들어갈 필요는 없잖아? 다 차례가 돌아올 거야. 사람들이 그러는데 때가 오면 짜르도 별수 없이 죽는다더군. 그런데 또 쉽게 생각하면, 부인 하나가 하룻밤 신세를 지고 말을 빌려 떠났다. 하룻밤 지나는 길에 신세 좀 졌기로서니 무슨 대단한 일이야? 어디 여기를 지나는 사람이 한둘이냐고……」

「뾰뜨르, 당신은 어디서 무서워하는 법을 다 배웠수?」따찌야나가 비아냥거리는 투로 물었다.

뾰뜨르가 무릎을 치며 소리쳤다.「남자는 모름지기 모르는 게 있어선 안 되는 법이오. 두려워할 줄도 알아야 할뿐더러 용감해질 줄도 알아야 해. 당신도 알잖소? 이 유인물 때문에 바가노프가 경찰한테 얼마나 많이 두들겨 맞았는지. 이젠 바가노프도 옛날의 그가 아니어서 억만금을 준다 해도 일단 손에 들어온 유인물은 절대 놈들한테 빼앗기지 않을 것이오, 그럼! 아주머니 절 믿으세요. 어떤 속임수에도 넘어가지 않을 자신이 있습니다. 제가 얼마나 재치 있는지는 모든 사람들이 익히 잘 아는 사실입니다. 서적과 유인물들을 저는 아주 감쪽같이 배포하겠습니다. 아주머니 맘에 꼭 들게 말입니다. 물론 우리 민중들은 배운 것도 없고 겁도 많아요. 하지만 우리도 이제 눈을 뜨고 무슨 일이 일어났는지를 똑바로 쳐다볼 때가 되었습니다. 서적은 우리에게 간단히 답을 내려 줍니다. 생각하라! 그리고 단결하라! 못 배운 사람들이 아는 게 많을 때가 있습니다. 그런 예는 허다해요. 특히 배운 자들이 배까지 부를 때 그런 경우가 나타나지요. 전 여기서 안 가본 데 없이 다 가보면서 많은 것을 보았지만 절망할 필요는 없어요. 사는 거야 문제가 아닌데, 웅덩이 속에 주저앉아 살지 않으려면 많이 알아야 해요. 그만한 힘을 길러야 한단 말입니다. 당국도 냄새를 얼마나 잘 맡는지 농부들 사이에 떠도는 심상치 않은 기운을 결코 놓치지 않아요. 농부들이 잘 웃지도 않고 붙임성이라고는 전혀 없지만 전반적으로 권위라는 것에서 벗어나고자 하는 바람들이 서서히 무르익어 가고 있답니다. 최근에 여기서 그리 멀지 않은 시골 마을인 스몰랴꼬프에서 무슨 일이 있었는가 하면, 당국에서 세금을 거두겠다고 사람들이 파견된 거예요. 그런데 농부들이 완강하게 반대를 하고 나섰지요. 급기야는 경찰서장이 직접 나와 말을 했어요.〈네놈들은 다 개새끼들이야! 네놈들이 하고 있는 짓이 짜르에 대한 반역이란 걸 알기나 하고 이러는 거야?〉 거기에 스뻬바긴이란 농부가 하나 있었는데, 그가 이렇게 대꾸했답니다. 〈그놈의 짜르, 어디 한군데 써먹지 않는 데가 없군! 마지막 속옷 한 벌까지 다 벗겨 가는 판국에 무슨 놈의 얼어 죽을 짜르야……〉 이 정도예요, 아주머니! 물론, 스뻬바긴은 감옥에 갔지만 그 말만은 여전히 남아서 심지어 어린애들도 그 얘길 다 안다니까요. 말이 혼자 살아서 외치고 있는 셈이지요.」

그는 뭘 먹을 생각도 않고 쉴 새 없이 검은 눈을 유쾌하게 반짝거리며 빠르게 속삭였다. 그는 거침없이 시골 생활에서 보고 들은 것을 어머니에게 다 털어놓았다. 마치 돈지갑에서 동전이 좌르르 쏟아지는 것 같았다.

스쩨빤이 두세 번 그에게 말했다. 「좀 들면서 얘기하지……」

그러면 뾰뜨르는 빵 조각과 숟가락을 잡고서 방울새가 노래라도 하듯 다시 그렇게 이야기에 푹 빠져 버리는 것이었다. 마침내 식사가 다 끝나자 그는 자리에서 일어나 말했다. 「이제, 집에 갈 시간이군요.」 그는 어머니 앞에 서서 그녀의 손을 잡고 고개를 끄덕이며 말했다. 「안녕히 주무세요, 아주머니! 어쩌면 다시 못 볼지도 모르겠군요. 〈모든 게 참 좋았다〉는 말씀만은 드려야 되겠군요. 당신을 만나 당신의 이야기를 듣게 되어 정말 영광이었습니다. 탁월하십니다. 여행 가방 속에 유인물 말고 또 들어 있는 게 있습니까? 털실로 짠 숄이오? 어깨 숄이시라네, 스쩨빤. 기억해 두게나! 이 사람이 곧 가방을 갖다 드릴 겁니다. 가세, 스쩨빤! 안녕히 계세요. 행운을 빕니다.」

그들이 나가자 바퀴벌레들이 기어다니고 지붕 위로 바람이 휘몰아쳐 굴뚝의 작은 덮개를 두드리고 가랑비가 단조롭게 창문을 때리는 소리가 귀에 들어왔다. 따찌야나가 부엌과 창고에서 가져온 옷가지들을 긴 의자에 깔아서 어머니의 잠자리를 만들어 주었다.

「활달한 사람이로군요.」 어머니가 말했다.

여주인이 어머니를 곁눈으로 힐끔 쳐다보며 대답했다. 「말이 얼마나 많은지 멀리서 가만히 들어 보면 그 사람 목소리만 들려요.」

「그럼 당신 남편은 어떻소?」

「대단한 사람은 못 돼요. 사람이야 좋죠. 술도 안 마시고 남들과 사이좋게 지내고, 그저 그래요. 그런데 성격이 좀 소극적이라서……」

그녀는 자세를 바로 하고 이번엔 자기 쪽에서 갑자기 물었다. 「지금 필요한 것이 있다면 사람들이 들고일어나는 거겠죠? 당연하겠죠. 이런 생각을 다들 하고 있지만 각자 마음속으로만 하고 있는 것 같아요. 다들 소리 내서 외칠 날이 와야 할 텐데……. 그러려면 우선 누군가 하나가 나설 결심을 해야만 할 테고……」

그녀는 의자에 앉아서 다시 불쑥 질문을 던졌다. 「말씀 좀 해주세요. 젊은 여자들도 이 일에 가담하고 있나요? 노동자들 하는 대로 하고 책도 읽나 말이에요? 혹 수다스럽다거나 겁이 많다거나 하진 않나요?」

그러자 그녀는 어머니의 대답을 주의 깊게 듣고서 깊은 한숨을 내쉬었다. 그런 다음, 눈을 내리깔고 고개를 떨구고서 다시 입을 열었다. 「어떤 책에선가 의미 없는 삶이란 말을 본 적이 있어요. 난 그 말뜻을 금방 이해할 수 있었어요. 전 그런 삶을 익히 알고 있거든요. 생각은 있되 서로 연결이 되어 있지 못하고 목동 없는 양 떼처럼 뿔뿔이 흩어져 있는 그런 삶 말이죠. 하려고도 안 하고 또 그런 뿔뿔이 흩어진 것들을 한군데로 끌어 모은 사람도 없는…… 이게 바로 의미 없는 삶이 아니고 뭐겠어요. 전 정말 그런 삶을 뛰쳐나오고 싶었어요. 뭔가를 점점 깨닫게 되면서 느껴야만 하는 그런 고통을 저도……」

어머니는 여인의 공허한 푸른 눈빛에서 그 고통을 읽을 수 있었다. 그리고 야윈 얼굴과 목소리에서도 마찬가지의 고통이 느껴졌다. 그녀를 어루만져 위로해 주고 싶었다. 「당신은 벌써 할 일을 알고 있구려……..」

따찌야나가 가만히 그녀의 말을 가로챘다. 「할 줄 아는 게 있어야죠. 잠자리가 준비되었어요. 누우세요.」

그녀는 삐치까 쪽으로 다가가 무엇에 홀린 사람처럼 꼿꼿이 서 있었다. 어머니는 옷도 벗지 않고 잠자리에 들었다. 뼈마디가 안 쑤시는 곳이 없이 무척이나 피곤해서 저절로 신음 소리가 입 밖으로 새어 나왔다. 따찌야나가 불을 껐다. 오두막에 짙은 어둠이 가득해지자 그녀의 낮고 단조로운 목소리가 들렸다. 그것은 흡사 숨 막히는 어둠 속에서 뭔가를 긁어내는 듯한 착각을 불러 일으켰다.

「기도를 하지 않으시는군요. 저 역시 하느님은 없다고 생각해요. 기적도 없고요.」

어머니는 긴 의자 위에서 불안스레 몸을 뒤척였다. 한없이 깊은 어둠이 창문을 통해 정면으로 그녀를 응시하고, 들릴락 말락 하는 사각거림이 정적을 조심스럽게 깨뜨렸다. 그녀는 거의 속삭이는 듯한 겁먹은 목소리로 말문을 열었다. 「하느님에 대해선 난 잘 모르지만, 그리스도는 믿지……. 그리고 그의 말도 믿고……. 이웃을 네 몸과 같이 사랑하라, 나는 이 말을 믿어요.」

따찌야나는 아무 말이 없었다. 어둠 속에서 검은색의 삐치까 때문에 잿빛으로 희미하게 보이는 그녀의 모습을 보고 있었다. 그녀는 꼼짝도 않고 서 있었다. 어머니는 슬픈 마음에 눈을 감았.

「내 아이들의 죽음에 대해서 전 하느님이건 사람이건 그 누구도 용서할 수 없어요.」

어머니는 이 말을 듣자마자 가슴이 저며 오는 것 같은 아픔 때문에 뒤숭숭한 마음으로 잠자리에서 일어났다.

「당신은 아직 젊어요, 아직 아이를 가질 수가 있을 거요.」 그녀가 부드럽게 말했다.

여인은 금방 대답을 못하고 조금 뜸을 들인 후에야 속삭이듯 대답했다. 「아니에요. 전 끝난 몸이에요. 의사가 다시는 아이를 가질 수 없다고 말한걸요…….」

 쥐새끼 한 마리가 마룻바닥을 가로질러 질주했다. 무언가 크게 깨지는 소리가 들렸다. 이 보이지 않는 소리 때문에 정적이 깨졌다. 가을비가 야윈 손바닥으로 지붕을 더듬듯 그렇게 초가지붕을 때리고 커다란 물방울들이 땅바닥에 떨어지며 음산한 소리를 내 깊어 가는 가을밤의 정취를 더해 주었다. 뚜벅뚜벅 공허한 발소리가 길에서 들리는가 싶더니 어느새인가 현관에서 들렸다. 그 소리에 어머니는 사정없이 쏟아지던 졸음이 깼다. 문이 조심스럽게 열리고 낮게 부르는 소리가 들렸다.「따찌야나, 벌써 잠든 거야?」

「아니에요.」

「아주머니는 주무시나?」

「그런 것 같아요.」

 잠깐 불이 번쩍이는가 싶더니 이내 어둠 속에 묻혀 버렸다. 농부가 어머니의 침대로 다가와 염소 가죽으로 된 담요를 다시 덮어 주고 발까지 가지런히 싸주었다. 티없이 맑은 그의 친절에 가슴이 찡했다. 어머니는 감았던 눈을 뜨고 빙그레 웃었다. 스쩨빤이 말없이 옷을 벗고 다락방으로 기어 올라갔다. 조용해졌다.

 어머니는 꼼짝도 않고 누워서 졸음에 취한 정적의 부드러운 동요에 귀를 기울였다. 그녀 바로 앞의 어둠 속에서 피투성이가 된 리빈의 얼굴이 가물거렸다…….

 다락방에서 속삭임이 들려왔다.「당신은 어떤 사람들이 이 일에 뛰어들고 있는지 아세요? 더 이상은 당할 고통도 없는 늙은 사람들까지 일을 하고 있어요. 이제 그 사람들은 쉴 때가 되었어요. 당신은 젊고 현명하잖아요, 네, 스쩨빤!」

 굵고 어두운 농부의 목소리가 대답했다.「그런 일에 아무 생각도 없이 달려들어선 안 돼.」

「그런 소리 전에도 들었어요.」

 말소리가 끊어졌다가 다시 스쩨빤의 목소리가 들렸다.「이렇게 하도록 합시다. 먼저 농부들을 만나서 개별적으로 이야기를 해보아야겠소. 마꼬프라든가 알레샤 같은 사람 말이오. 알레샤 그 사람 활달하고 글도 읽고 쓸 줄 안다고. 그러다 한 번 된통 당하긴 했지만. 쇼린도 있고, 머리가 잘 돌아가는 세르게이도 있고, 또 끄냐제프란 사람, 얼마나 정직하고 용감하오? 이 정도면 무슨 일을 벌이고도 남아. 그리고 아주머니가 말했던 사람들도 한번 만나 봐야 되겠어. 난 이제 도끼를 메고 시내로 가서 장작을 패주고 돈을 좀 마련해 놓아야겠소. 조심해야 하오. 그녀가 말했잖소. 사람의 가치란 자신이 부여하는 것이라고. 옳은 소리요. 바로 그 농부가 그런 경우 아니오. 그 사람 정말 하느님 앞에서도 떡 버티고 설 사람이야. 그러니 고작 경찰서장 따위가 어떻게……. 그런데, 니끼따던가, 응? 정말 어찌나 부끄럽던지!」

「바로 앞에서 사람이 죽어 가는데도 당신들은 그저 입만 크게 벌리고서……」

「두고 보구려! 당신도, 우리가 그 녀석들을 때리지 않고 가만히 있은 데 대해서 하느님한테 감사할 날이 있을 거요. 어찌 되었든 인간을 때릴 수 있는 사람은 없어.」

그는 오랫동안 속삭였는데, 이제는 목소리가 작아져서 무슨 말을 하는지 어머니의 귀에 통 들어오지 않았다. 그러다가 다시 그가 목소리에 힘을 주어 말을 시작했는데 그러자마자 금세 그의 아내가 그의 말을 가로챘다. 「말소릴 낮춰요. 깨시겠어요.」

어머니는 완전히 곯아떨어졌다. 그녀는 곧바로 마음껏 꿈나라를 여행했다.

아침 잿빛 어둠이 오두막의 창문을 들여다보고 마을 위로 구릿빛 교회 종소리가 울려 퍼져 싸늘한 정적을 사정없이 흔들어 깨울 때쯤 해서 어머니는 따찌야나가 깨우는 바람에 눈을 떴다.

「사모바르를 준비했으니 차 한잔 드시고 길을 떠나세요. 새벽이라 날씨가 꽤 싸늘할 거예요. 그리고 잠도 깨실 겸해서……」

헝클어진 턱수염을 쓸어 내리며 시내에서 어떻게 하면 만나 뵐 수 있겠는가를 간절히 물어보는 스쩨빤의 얼굴이 왠지 어제보다도 더 의지가 굳어 보이는 게 여러모로 어머니로 하여금 그에 대한 좋은 인상을 갖도록 만들었다. 차를 마시면서 그가 미소 띤 얼굴로 말했다. 「아무리 생각해도 정말 잘된 일이오!」

「뭐가요?」 따찌야나가 물었다.

「우리가 알게 된 것 말이오. 너무 쉽게 일이……」

어머니는 잔뜩 생각에 잠겨 있다가 자신 있는 어조로 말했다. 「워낙 이런 일은 아주 간단하게 풀려 나가는 법이라오.」

그들은 어머니와 헤어지면서 온갖 격식을 다 차려 성의를 다해 작별 인사를 하고 싶었으나 꾹 참았고 심지어는 말도 아꼈다. 그 대신 아낌없는 정을 나누고 염려를 해주었다.

마차를 타고 오면서 어머니는 줄곧 농부를 생각했다. 그는 분명 조심조심 소리도 내지 않고 두더지처럼 열심히 쉬지 않고 일을 할 것이고, 그 옆에서 그의 아내는 여전히 불만에 가득 찬 넋두리를 늘어놓을 것이며 자식을 잃은 어머니의 분노가 사라지지 않는 한 그녀의 초록빛 눈에서 활활 타오르는 불길은 결코 가라앉지 않을 것이다.

피 묻은 얼굴, 충혈된 눈빛, 그리고 그가 외치던 말들과 더불어 리빈을 떠올리자 어머니의 가슴은 사나운 짐승 바로 앞에 서 있을 때처럼 고통스러운 무력감에 짓눌려 왔다. 시내까지 오는 동안 줄곧 머리는 헝클어질 대로 헝클어지고 옷은 다 찢긴, 그리고 손은 등 뒤로 묶였으되 눈만은 진리에 대한 원한과 믿음으로 불타오르는 검은 턱수염의 리빈의 모습을 떨쳐 버릴 수가 없었다. 날씨마저 짓궂기만 했던 그날의 리빈의 모습을 머리에 떠올릴 때면 언제나 그와 더불어 무력하게 땅 위에 박혀 있는 헤아릴 수 없이 많은 시골 마을들이 함께 연상되었다. 사람들은 나약한 마음으로 진리의 날이 도래하길 몰래 기다리지 않으면, 차라리 아무런 기대도 없이 그저 평생을 일만 하며 묵묵히 살아가는 것이었다.

    삶이란 개간도 안 한 울퉁불퉁한 들판으로 자유롭고 정직한 손들을 통해 알찬 수확을 약속하며 말없이 그 일꾼을 기다리는 것이란 생각이 들었다.

    〈내게 진리와 이성의 씨를 뿌려 주시오, 그러면 난 당신에게 백배의 보답을 드리리다!〉

    어머니는 이번 일을 제대로 해냈다는 생각이 드는 동시에 가슴 저 깊은 곳에서 전해 오는 기쁨의 전율을 느꼈다. 그러고는 괜히 부끄러워져 애써 태연한 척했다.

19

 집에 당도하니 덥수룩한 모습의 니꼴라이가 양손에 책을 들고서 문을 열어 주었다.
「벌써 다녀오시는 거예요?」 그가 반갑게 소리치며 맞아 주었다. 「빨리도 다녀오셨네요.」
 그의 눈이 안경 너머에서 부드러우면서도 생기 있게 빛나고 있었다. 그는 그녀가 옷을 벗는 것을 도와주고서는 부드러운 미소를 머금은 눈으로 그녀의 얼굴을 쳐다보며 말했다. 「보셔서 아시겠지만 어젯밤에 가택 수색이 있었어요. 도대체 무슨 이유 때문에 그러는지 궁금한 게, 혹 어머님한테 무슨 일이 생긴 것은 아닌가 하는 불길한 생각이 들지 않겠어요? 하지만 잡혀간 사람은 아무도 없었어요. 어머님께서 붙들렸다면 그놈들이 절 가만 놔둘 리 없었겠지만 말이죠.」
 그는 어머니를 식당으로 안내하면서 잔뜩 흥분해 가지고는 말을 이었다. 「그런데 놈들은 저보고 직장을 그만두라더군요. 별로 놀랄 일도 아니죠, 뭐. 사실 말[馬]이 없는 농부들의 숫자나 세고 있는 게 구역질이 나도록 싫었거든요.」
 방 안은 누군가 힘센 사람이 발작을 일으킨 나머지 난폭하게 벽을 밖에서 안으로 밀어붙여 그 안의 모든 것을 온통 벌집 쑤시듯 쑤셔 놓은 것처럼 그렇게 엉망이었다. 벽에 걸려 있던 초상화들이 마룻바닥 여기저기서 나뒹구는가 하면 벽지는 찢어져 너덜너덜하고 마룻바닥엔 널빤지 하나가 뽑혀져 있었으며 창문 받침대도 떨어져 나가고 없었다. 게다가 부엌 바닥엔 여기저기 재가 뿌려져 있었다. 어머니는 전에도 당해 본 일이라서 알고 있는 광경에 고개를 설레설레 흔들며 니꼴라이를 뚫어져라 쳐다보았다.

탁자 위에는 싸늘하게 식은 사모바르와 설거지도 하지 않은 접시들, 먹다 남은 소시지, 종이에 싼 치즈 조각들, 그리고 온통 빵 부스러기를 뒤집어쓴 책들이 너저분하게 널려 있는가 하면 사모바르용 숯검정들도 그 가운데 한몫을 차지하고 있었다. 어머니는 빙그레 웃었다. 니꼴라이 역시 멋쩍은 듯이 따라 웃었다.

「제가 진작 치웠어야 하는 건데, 하지만 괜찮아요, 닐로브나! 신경 쓰지 마세요. 제 생각에 놈들이 다시 들이닥칠 것 같거든요. 그래서 그냥 놔두었습니다. 그건 그렇고, 여행은 어땠어요?」

느닷없는 질문에 깜짝 놀라서 가슴이 뜨끔거리기까지 했는데, 그것은 순전히 리빈에 대한 생각 때문이었다. 그녀는 왠지 가슴이 떨려 선뜻 리빈의 이야기를 꺼낼 수가 없었다. 의자에서 앞으로 몸을 굽히고 그녀는 혹시나 그 당혹스럽던 일에 대해서 한 가지라도 빠뜨리지나 않을까 하는 마음에 되도록 침착성을 잃지 않으려고 애쓰면서 니꼴라이에게 죄다 털어놓았다. 「리빈이 붙잡혔어……」

니꼴라이의 얼굴이 일그러졌다. 「예?」

어머니는 손을 뻗어 그의 말을 가로막고 흡사 판사 앞에서 고문에 대한 불평을 늘어놓고 있는 사람처럼 말을 이어 나갔다. 니꼴라이는 몸을 의자 뒤로 젖혔는데, 얼굴은 새파랗게 질려 있었고 두 입술은 앙다물려 있었다. 그는 천천히 안경을 벗어 탁자 위에다 놓고 마치 얼굴에 거미줄이라도 쳐져 있는 것처럼 손으로 얼굴을 우악스럽게 잡아뜯었다. 얼굴은 일그러질 대로 일그러졌고 광대뼈는 이상스레 툭 불거져 나왔으며 콧구멍이 벌렁벌렁했다. 어머니는 여태껏 그렇게 침울한 표정의 니꼴라이를 한

번도 본 적이 없었다.

그녀가 말을 마치자 그는 자리에서 일어나 잠시 동안 아무 말도 없이 두 주먹을 호주머니에 찔러 넣고서 방 안을 왔다 갔다 했다. 잠시 후 그가 악문 잇새로 중얼거렸다. 「걸물이었는데……. 감옥 생활이 꽤나 견디기 힘들 거예요. 그런 종류의 사람들은 모르긴 몰라도 제대로 그런 생활에 적응을 못할 거예요.」

그는 흥분을 억제하느라 손을 더 깊숙이 찔러 넣었지만 어머니의 눈은 속일 수 없어 어머니는 전해 오는 그의 흥분을 느낄 수가 있었다. 그의 눈이 칼끝처럼 날카롭게 찢어졌다. 다시 그는 방 안을 왔다 갔다 하면서 분노를 담은 목소리로 차갑게 말했다. 「보세요, 얼마나 끔찍스러운 일입니까! 어리석은 놈들, 민중을 압살하는 권위, 그 파멸을 바로 눈앞에 둔 권위를 지킨답시고 닥치는 대로 때리고 목 조르고 짓밟아 대니…… 포악성이 날로 더해지고 이젠 잔혹함이 삶의 법칙이 되었습니다. 생각해 보세요. 한쪽에선 법이 있는지 없는지 아랑곳없이 주먹질을 해대며 야수로 돌변해서는 학대라는 음탕한 병을 끙끙 앓고 있습니다. 노예의 감정과 짐승의 습성의 힘을 죄다 발휘할 이유가 주어져 있는 노예의 가장 혐오스러운 병이 바로 그 병입니다. 그런가 하면 다른 쪽에선 복수심에 불타고, 어떤 사람들은 정신이 이상해질 정도로 맞아서 귀머거리가 되고 장님이 되는 것이 지금의 실정입니다. 이 모든 것들이 민중을, 민중 전체를 타락시키고 있습니다.」

그가 걸음을 멈추고 우뚝 서서, 하던 말을 중단하고 이를 악물었다.

「그게 누구든지 간에 야수 같은 생활 속에 묻혀 살다 보면 자기도 모르게 점점 야수가 되어 가는 법이랍니다.」 그가 조용히 말했다.

하지만 그는 흥분을 어느 정도 가라앉혀 거의 평상시의 그로 돌아와서 굳은 의지의 광채를 두 눈에서 번뜩이며 소리 없이 흐르는 눈물로 촉촉이 젖어 있는 어머니의 얼굴을 들여다보았다.
「하지만 우린 이렇게 시간을 허비해선 안 됩니다. 닐로브나! 친애하는 동지, 제 손을 잡아 주세요.」 슬픈 미소를 지으며 그는 어머니에게로 다가와 허리를 굽혀 어머니의 손을 잡으면서 물었다. 「갖고 가셨던 가방은 어디에 있죠?」
「부엌에!」 그녀가 대답했다.
「지금 대문 옆에는 첩자들이 숨어 있습니다. 그러니 유인물을 눈치 못 채게 대량으로 빼돌린다는 것은 사실상 불가능해요. 그렇다고 마땅히 숨길 데도 없는 형편이고, 낌새를 보니 오늘 밤에 다시 들이닥칠 모양이에요. 저, 이건 순전히 제 생각인데⋯⋯ 공들인 건 아깝지만 죄다 태워 버리는 게 어떻겠어요?」
「뭘?」
「뭐긴요, 가방 속에 들어 있는 것 다지요.」
그녀는 그를 이해할 수 있을 것 같았다. 씁쓸한 기분도 없지 않았지만 어쨌든 성공적으로 맡은 바 일을 완수한 데 대한 자부심으로 그녀의 얼굴엔 미소가 흘렀다.
「그 안에 아무것도 없다오. 한 장의 전단도 말이야.」 그녀는 이렇게 말하고 점점 활기를 띠어 가면서 추마꼬프를 만났던 일에 대해서 이야기를 늘어놓기 시작했다. 니꼴라이는 그녀의 이야기를 들으면서 처음엔 불안한 듯 얼굴을 찌푸리더니 조금 지나서는 깜짝 놀라며 마침내는 이야기를 가로막고 나섰다. 「들어 보세요, 정말 멋진 일입니다. 어머님은 정말 행복한 분이십니다.」 그는 어머님의 손을 꽉 움켜쥐고 조용히 소리쳤다. 「어머님은 지금 사람들에 대한 믿음을 가지고 절 감동시켰습니다. 전 진정 어머니를 사랑하듯 그렇게 당신을 사랑합니다.」
그녀는 호기심 가득한 눈에 미소를 머금고 그의 시선을 열심히 쫓았다. 어떻게 그토록 열정적이 되고 생기가 흘러넘치게 되었는지 그 이유를 알고 싶었다.
「정말 기적과도 같은 일입니다.」 그는 두 손을 비비며 이렇게 말하고는 조용하고 부드러운 미소를 지어 보이며 계속했다. 「요즘은 정말 살맛이 납니다. 내내 노동자들과 더불어 책을 읽고, 이야기도 하고, 그리고 여러 가지를 보았습니다. 마음속에 뭔가 놀랄 만큼 건강하고 깨끗한 그 무엇이 자라나고 있어요. 얼마나 좋은 사람들이에요, 닐로브나! 전 요즘 젊은 노동자들에 대해서 한마디 해야 할 것 같은데, 그렇게 씩씩하고 예민할 수 없어요. 게다가 뭔가 알고자 하는 욕구들이 어찌나 대단한지⋯⋯. 그들을 가만히 들여다보고 있노라면 민주화가 실현된 이 땅, 러시아의 미래가 확실히 보여요.」

그는 흡사 선서라도 하듯 손을 쳐들고 잠시 말이 없다가 다시 하던 말을 계속했다. 「전 여기 이렇게 앉아서 글을 쓰고 있지만 장부나 주판알 위엔 곰팡이가 슬었습니다. 이런 삶의 순간들이 거의 1년 내내 계속된다는 건 정말 추악한 일입니다. 이젠 저도 노동자들 사이에 있는 것에 익숙해져서 한시라도 그들을 떠나 있으면 마음이 편치를 못해요. 전 그래서 요즘 바짝 긴장해서 신경을 곤두세우고 있습니다. 조만간 그들과 더불어 보고 일하는 그런 삶을 자유롭게 영위할 수 있을 것입니다. 어머님은 이해하실 거예요. 새로 발흥하는 생각의 요람은 바로 창조의 에너지가 넘치는 젊은 얼굴이라는 걸 말입니다. 이건 어려운 게 아닙니다. 젊고 굳건한 사람들과 함께 일을 한다면 자연 삶이라는 것을 풍요롭게 살게 되는 법입니다.」

그녀는 당혹스럽기도 하고 기쁘기도 해서 그냥 빙그레 웃었다. 그의 기쁨이 어머니의 가슴을 감싸 안았다. 어머니는 그 기쁨이 어떠리라는 걸 이해할 수 있었던 것이다.

「그건 그렇고, 어머님은 정말 좋으신 분입니다. 어쩌면 그렇게 민중들을 명백하게 그릴 수 있단 말입니까? 언제 그런 눈을 갖고 계셨어요?」

니꼴라이는 웃는 얼굴을 한쪽으로 돌린 채 그녀의 옆에 자리를 잡고 앉아서 머리를 긁적거리다가 이내 돌아앉아 어머니를 쳐다보면서 그녀의 간결하면서 막힘이 없는, 불이 붙어 활활 타오르는 것 같은 이야기에 귀를 기울이고 있었다.

그가 소리쳤다. 「정말 훌륭한 일입니다. 까딱 잘못했으면 모두 감옥 신세를 지게 될 뻔했군요. 어쨌든 분명한 건, 농민들이 들끓기 시작했다는 겁니다. 더구나 그것도 자연스럽게 말이죠. 전 어머님을 경외의 눈으로 바라보고 있습니다. 우리에겐 시골 마을로 달려갈 특별한 사람들이 필요합니다. 그런 사람들이 아직 부족해요. 삶이 수백의 그런 손들을 필요로 하고 있는데……」

「이런 때 빠샤라도 곁에 있다면, 그리고 안드류샤도!」 어머니가 나직이 말했다.

그가 어머니를 바라보더니 고개를 떨구었다.

「저, 닐로브나! 솔직히 말씀드리기 거북살스러운 말씀입니다만, 그래도 말씀을 드리는 게 나을 것 같군요. 빠벨을 잘 아는데, 그 사람 탈옥하려고 하지 않을 겁니다. 그는 재판을 받고 싶어해요. 그래서 최선을 다해 보겠다는 생각이지요. 그는 결코 피하지 않을 거예요. 또 그럴 필요도 물론 없고요. 그는 시베리아에 가서나 도망칠 거예요.」

어머니는 긴 한숨을 몰아쉬고 조용히 대답했다. 「나도 뭔가 뭔지……. 어쨌든 빠샤는 어떻게 하는 게 최선을 다하는 건지 잘 알 테니까……」

「물론이지요.」 니꼴라이가 다음 순간 안경 너머로 그녀를 쳐다보며 말을 이었다. 「말씀하신 농부들이 하루빨리 우리들을 찾아오면 좋으련만! 아시겠지만, 리빈에 대한 유인물을 만들어서 시골에 뿌려야 해요. 분명 그런 용감한 행동은 그 사람을 더욱 강하게 할 것입니다. 전 오늘 그걸 쓰고 류드밀라가 재빠르게 인쇄를 할 겁니다. 그런데 한 가지 어떻게 그 유인물들을 그리로 가져가느냐 하는 문제가 남습니다.」

「내가 가져가지…….」

「그건 안 될 말씀이십니다.」 니꼴라이가 황급히 소리쳤다. 「제 생각엔 이런 일이라면 베소프쉬꼬프가 적격일 것 같은데, 안 그래요? 한번 말이나 해볼까요?」

「그래, 잘 말해서 하게 하지 뭐.」

「제가 잘할 수 있을까요?」

「염려할 것 없어요.」

니꼴라이는 앉아서 글을 쓰기 시작했다. 어머니가 탁자를 치우면서 살짝 엿보니 새까만 글씨로 종이를 가득 메워 나가는 그의 손이 펜과 함께 부르르 떨리고 있었다. 가끔 목덜미가 경련을 일으켰고 그럴 때마다 그는 머리를 뒤로 젖히고 눈을 감았는데 이 모든 것들이 어머니를 감동시켰다.

「이제 다 되었군!」 그가 자리에서 일어서며 말했다. 「이것들 좀 어디에다 잘 감추어 두세요. 헌병들이 들이닥치면 어머님도 꼼짝없이 수색을 당해야 한다는 사실을 명심하시고요.」

「개나 물어 갈 놈들!」 그녀가 나직한 목소리로 대꾸했다.

저녁때 의사 이반 다닐로비치가 찾아왔다.

「경찰이 웬일로 저렇게 설쳐 대는 거야?」 방 안을 왔다 갔다 하며 그가 입을 열었다. 「간밤에 일곱 군데나 수색이 있었다는구면. 환자는 어디 있지, 응?」

「어제 나가서 아직 안 돌아왔어. 자네도 알다시피 오늘은 토요일 아닌가. 토요일엔 독서 모임이 있는데 빠질 수가 없다더군……」 니꼴라이가 대답했다.

「저런, 멍청하기는, 그 머리를 해가지고 앉아서 책을 읽겠다고……. 그 깨진 머리로……」

「만류도 해보았지만 소용이 없었네……」

「동지들 앞에서 자랑을 하고 싶었던 게지. 〈이보게나 친구들, 날 좀 보라고. 난 벌써 피를 흘렸단 말씀이야〉 하고 말이오……」 어머니가 끼어들었다.

의사는 어머니를 쳐다보고 인상을 찌푸리고는 이를 앙다물고 말했다. 「으 ― 피에 굶주리셨어……」

「이보게, 이반, 여기 있어 보았댔자 할 일도 없을 테니 이만 돌아가 주게. 우리는 지금 손님을 기다리고 있는 중이거든. 닐로브나, 이 사람한테 그 종이나 집어 주세요.」

「새로 작성한 건가?」 의사가 말했다.

「자! 가져가서 인쇄소에 넘기도록 하게.」

「그러지. 이제 됐나?」

「됐어. 대문 앞에 첩자가 있네.」

「봤어. 우리 집 앞에도 마찬가지야. 자, 잘 있게나! 맹렬 부인도 안녕히 계시고요. 아 참, 친구, 공동묘지에서 있었던 일이 탈없이 잘 마무리된 것 알고 있던가? 온 시내가 그 얘기로 떠들썩했지. 그것에 대해서 쓴 자네의 유인물이 참 훌륭했어. 나온 시기도 좋았고. 내가 입버릇처럼 그러지 않던가. 서툰 평화보다는 멋진 투쟁이 훨씬 낫다고……」

「알았으니 어서 가기나 해.」

「별로 친절치 못하군! 손을 주세요, 닐로브나. 누가 뭐래도 그 젊은 친구는 바보 같은 행동을 한 겁니다. 어디 사는지 혹 알고 계세요?」

니꼴라이가 그의 주소를 적어 주었다.

「내일 찾아가 봐야겠군. 훌륭한 젊은이야, 안 그런가?」

「그야 이를 말인가.」

「잘 보살펴 주어야 해. 아주 건강한 머리를 갖고 있거든.」 의사가 나가면서 말을 이었다. 「그런 젊은이들이 커서 나중에 프롤레타리아 인텔리겐치아가 되어야 해. 그래서 계급 모순이 사라지게 될 그곳을 향해 우리가 나아갈 때, 우리를 대신해야만 하지…….」

「자네 정말 쓸데없는 말 자꾸 지껄일 텐가, 이반……」

「기분이 좋아서 그래. 딴 이유는 없어. 자네는 뭐 감옥에 가게 될 날만을 기다리고 있단 말인가? 나도 자네가 그곳에서나마 편히 쉴 수 있도록 빌어 주지.」

「고맙군. 하지만 내가 지쳐 쓰러지려면 아직 멀었어.」

어머니는 그들의 대화를 들으면서 그들이 갖고 있는 노동자들에 대한 걱정에 왠지 기분이 좋아졌다.

의사를 보내고, 니꼴라이와 어머니는 차와 함께 간단한 요기를 하면서 밤에 찾아오기로 되어 있는 손님들을 기다렸다. 니꼴라이는 유형 생활을 했던 동지들에 대해서 오랫동안 이야기를 했다. 그들 가운데는 이미 거기서 빠져나와 현재 남의 이름으로 일을 계속하고 있는 사람들도 물론 끼여 있었다. 발가벗은 방 안의 벽들이, 세계의 변혁이라는 위대한 사업에 온 힘을 사심 없이 바친 이름 없는 영웅들의 이야기에 놀라기라도 한 듯, 그리고 못 믿겠다는 듯 그의 목소리를 떼밀었다. 따스한 밤그림자가 본 적 없는 사람들에 대한 사랑의 감정으로 가슴에 불을 지르며 여인을 부드럽게 감싸자 그 사람들은 그녀의 상상 속에서 지칠 줄 모르는 남자다운 힘이 철철 넘치는 하나의 거대한 인간의 모습으로 변하는 것이었다. 그는 천천히, 그러나 피로도 모르고 자신의 일을 홀딱 반한 손으로 이 세상에 존재하는 온갖 거짓의 곰팡이를 씻어 내고 사람들 눈앞에 단순하면서도 명백한 삶의 진리를 드러내 보이면서 대지 위를 걸어 다녔다. 그러면 위대한 진리가 죽음에서 되살아나 모든 사람들을 한꺼번에 상냥하게 자신에게로 부르고 누구 하나 차별 없이, 자신의 파렴치한 힘으로 전 세계를 노예로 만들고 윽박질렀던 괴물 3형제, 탐욕과 악, 그리고 거짓으로부터의 해방을 사람들에게 약속해 주는 것이다. 이런 형상은, 그녀가 살아오며 그래도 은혜로운 날이었다고 생각되는 날에 기쁨과 감사의 기도를 끝내고 성상 앞에 서 있던 때의 바로 그런 감정을 그녀의 영혼에 불어넣어 주었다. 이제 그녀는 그런 날들은 잊은 지 오래였지만 그 때문에 불러일으킨 감정만은 그대로 남아 더욱 폭이 넓어져서 한결 밝고 즐겁게 되는가 하면 영혼 저 깊숙한 곳에서 자라나 무엇보다도 밝게 활활 타올랐다.

「헌병들은 오늘 안 오려나!」 니꼴라이가 느닷없이 하던 말을 중단하고 말했다.

어머니도 그를 쳐다보고 잠시 말이 없다가 치미는 분노를 참지 못하고 소리쳤다.「망할 놈들 같으니!」

「말해 뭐 하겠어요. 이제 주무셔야죠, 닐로브나. 모르긴 몰라도 무척 고단하실 거예요. 놀랄 만큼 강해지셨다는 느낌이 들어요. 그렇게 많은 동요와 혼란을 겪으시고도 다 대수롭지 않게 극복해 내시는 걸 보면! 머리카락만 몰라보게 세셨어요. 이제 가서 쉬세요.」

20

 어머니는 부엌문 두드리는 소리에 놀라 잠을 깼다. 문 두드리는 소리가 집요하고 불안스레 계속되었다. 아직도 깜깜하고 고요했다. 정적 속에서 고집 센 두드림이 불안감을 불러일으켰다. 황급히 옷을 주워 입은 어머니는 재빨리 부엌으로 달려나가 문 앞에 서서 물었다. 「게 누구요?」

「저예요!」

누구 목소린지 감이 잡히지 않았다.

「누구라고요?」

「문부터 여세요.」 문밖에서 부탁의 목소리가 나직이 들렸다.

어머니가 빗장을 벗기고 발로 문을 밀자 이그나뜨가 안심한 듯 중얼거리며 안으로 들어왔다. 「휴, 제대로 찾아왔군!」

그는 허리까지 진흙투성이였는데, 얼굴은 허옇게 질려 있고 눈은 충혈되어 있었으며 곱슬머리는 모자 밑으로 빠져나와 제멋대로 마구 헝클어져 있었다.

「우리들 있는 곳에 난리가 한바탕 벌어졌습니다.」

「나도 알고 있어요……」

이그나뜨가 깜짝 놀라 눈을 끔뻑이며 물었다. 「어떻게 아셨어요?」

어머니는 간단히 설명을 하고 서둘러 물었다. 「둘만 붙들려 갔소? 다른 동지들은?」

「그들은 거기에 없었어요. 그들은 입대를 했습니다. 자원해서요. 미하일 아저씨를 포함해서 다섯 명이 잡혀갔습니다.」그는 코로 한숨을 길게 내쉬고서 웃으며 말했다. 「그리고 저만 남았습니다. 놈들은 지금 저를 찾느라 혈안이 되어 있을 겁니다.」

「어떻게 도망쳤지?」어머니가 물었다. 방문이 소리 없이 열렸다.

「저 말씀이신가요?」긴 의자에 앉아 주위를 둘러보며 이그나뜨가 말했다. 「그들이 들이닥치기 몇 분 전에 꼬마 하나가 창문을 막 두드리면서 하는 말이, 놈들이 그리로 오고 있다는 게 아니겠어요?」그는 풀어 헤쳐진 옷자락으로 얼굴을 훔치고 웃으면서 말을 이었다. 「하지만 미하일 아저씨가 쇠망치로 후려친다 해서 눈 하나 깜짝할 사람인가요? 아저씨가 제게 말씀하시더군요. 〈이그나뜨! 서둘러서 도시로 가! 중년 부인 기억나지!〉그러곤 쪽지를 하나 써주셨어요. 〈자, 서둘러!〉전 숲 속으로 기었습니다. 그들이 오는 소리가 들리더군요. 여러 명이었어요. 사방에서 왁자지껄한 소리가 들리더군요. 망할 놈의 자식들! 작업장을 쫙 에워싸더군요. 전 관목 숲 아래 누워 있었는데, 놈들이 바로 옆을 지나갔어요. 전 이때다 싶어 벌떡 일어나 날 살려라 줄달음질을 쳤습니다. 이틀 밤 하루 낮을 쉬지 않고 걸었습니다.」

스스로 만족스러운지 그의 갈색 눈엔 미소가 흐르고 불그레한 입술은 떨리고 있었다.

「내, 차를 좀 내오지!」어머니가 사모바르를 들고 서둘러 말했다.

「쪽지 먼저 받으세요……..」그는 어렵게 발을 들어, 인상을 쓰고 신음 소리를 내면서 간신히 의자 위에 올려놓았다.

니꼴라이가 문에 나타났다. 「안녕하시오, 동지! 괜찮다면, 내가 도와 드리리다.」그가 눈동자를 굴리며 말했다.

그리고 그는 허리를 구부리고 흙탕물이 묻어 있는 각반을 재빨리 끄르기 시작했다.

「아니에요. 됐습니다.」이그나뜨가 깜짝 놀라 말하곤 눈을 끔뻑이며 어머니를 보았다.

그의 시선을 알아채지도 못하고 어머니가 말했다. 「알코올로 다리를 좀 씻어 내야겠어……」

「그래야겠어요!」 니꼴라이가 맞장구를 쳤다.

이그나뜨가 당혹스러운 듯 콧김을 뿜었다.

니꼴라이가 쪽지를 찾아내어 펼치고는 깨알 같은 글씨가 쓰여 있는 종이 쪽지에다 얼굴을 바짝 들이대고는 쭉 읽어 내려갔다. 〈아주머님, 이 일을 그대로 보고만 있을 순 없습니다. 그 키 큰 부인에게 잊지 말고 우리의 일을 글로 적으라고 말씀해 주십시오, 부탁드립니다. 리빈.〉

니꼴라이는 쪽지를 든 손을 천천히 내리고 작은 목소리로 말했다. 「정말 훌륭합니다……」

이그나뜨는 신발 벗은 발을 흙투성이의 손가락으로 어루만지면서 그들을 쳐다보았다. 어머니는 눈물로 축축해진 얼굴을 애써 가리고 물 한 대야를 가지고 그에게 다가가 마룻바닥에 앉아 그의 발을 잡으려고 손을 뻗었다. 그가 깜짝 놀라 소리치면서 발을 재빨리 의자 밑으로 감추었다.

「왜 그러세요?」

「발을 이리 내요, 어서……」

「저는 얼른 알코올을 가져오겠습니다.」 니꼴라이가 말했다.

이그나뜨는 발을 의자 밑으로 더욱 깊숙이 집어넣고 투덜거렸다. 「무얼 하시려는 거예요? 병원도 아닌데……」

어머니는 벌써 나머지 신발도 마저 벗기기 시작했다.

이그나뜨는 더욱 크게 씩씩거리고 목을 비틀고 우스꽝스럽게 입술을 오므리고서 그녀를 내려다보았다.

「알고 있나?」 그녀가 떨리는 목소리로 입을 열었다.

「미하일 이바노비치가 얼마나 맞았던지……」

「뭐라고요?」 그는 흠칫 놀라며 나직이 외쳤다.

「정말이야. 처음 데려올 때부터 보니 벌써 많이 맞은 것 같더라고. 그런데 니꼴스끄에서도, 하사한테 맞은 건 그렇다 치고 경찰서장이란 놈이 나와서는 어찌나 세게 발길질을 해댔는지 피가 다 튀더라고.」

「그러고도 남을 놈들이죠!」 양미간을 찌푸리며 이그나뜨가 대꾸했다. 그의 어깨가 떨렸다.

「사실 저도 그놈들이 무서워요. 마치 악마 같아요. 농부들은 가만히 있었나요?」

「농부 하나가 경찰서장이 명령하니까 리빈을 때리더군. 그리고 다른 사람들은 그냥 그랬고, 때리지 말라고 하면서 편들어 주는 사람도 있긴 했지……」

「그럴 거예요. 농부들도 이젠 어디에 누가, 왜 서 있는지를 깨닫기 시작했거든요.」

「거기에도 똑똑한 사람이 많던데…….」

「어디엔들 그런 사람이 없겠어요? 부족하다뿐이지! 가는 곳마다 있긴 있는데 찾는 게 어려워서 그래요.」

니꼴라이는 알코올 통을 가져다주고 사모바르에 석탄을 조금 집어넣고는 말없이 방을 나갔다. 호기심 가득한 눈으로 그가 나가는 것을 쳐다보던 이그나뜨가 어머니에게 나직이 물었다. 「주인 나린가 본데, 의사예요?」

「이런 일에 주인이 어디 있어, 모두 동지일 뿐이야…….」

「제겐 이해가 가지 않아요.」 이그나뜨가 믿을 수 없다는 듯 어쩔 줄 몰라 하며 말했다.

「이상할 게 뭐 있나?」

「하여튼 그래요. 한쪽에선 얼굴에 주먹질을 해대고, 다른 쪽에선 발을 씻겨 주고, 그럼 그 중간엔 뭐가 있는 거예요?」

방문이 열리고 문지방에 선 니꼴라이가 말했다. 「그 중간에는 얼굴에 주먹질을 하는 사람에게 아첨하고, 그러면서 또 주먹질 당한 사람들의 피를 빠는, 바로 그런 부류의 사람들이 있습니다. 중간이란 바로 그런 거예요.」

이그나뜨는 그를 존경스러운 눈으로 쳐다보고 잠시 입을 다물고 있다가 다시 입을 열었다. 「그럴듯하군요.」

젊은이가 벌떡 일어나 제자리걸음을 몇 번 하다가 두 발을 딱 바닥에 대고 서서 말했다. 「마치 갓 담금질된 쇳덩이 같아요. 정말 감사합니다.」

그런 다음 그들은 식당에 앉아 차를 마셨는데, 그 자리에서 이그나뜨가 믿음직스러운 목소리로 말을 꺼냈다. 「전 유인물 배포하는 일을 맡아 했었어요. 걷는 데는 자신이 있었거든요.」

「많은 사람들이 읽던가요?」 니꼴라이가 물었다.

「글을 읽을 줄 아는 사람이면 죄다 읽었어요. 심지어 부자들도 읽었는걸요. 물론 그것을 우리가 가져다주지는 않았지만요……. 그들도 아마 이해하고 있을 거예요. 농민들이 지주와 부자 밑에서 제 피를 가지고 대지를 씻어 내고 있다는 것을요. 다시 말해, 농민 스스로가 토지를 분배해 나눠 가질 것이고, 이젠 더 이상 주인도 일꾼도 존재하지 않게 하려고 토지를 분배하고 있다는 것을 말입니다. 사실 이 때문이 아니라면 무엇 때문에 서로 치고받고 난리겠어요.」

그는 심지어 니꼴라이에게도 모욕감을 느끼는지 아주 미심쩍은 눈으로 유심히 그를 쳐다보았다. 니꼴라이는 말없이 웃고만 있었다.

「만약 오늘 전 세계를 위한답시고 막 치고받고 싸워서 어느 쪽이 이기든 판가름이 났다고 쳐요. 그래 보았댔자 내일이면 다시 한쪽은 부자, 다른 쪽은 가난뱅이로 나누어지게 될 것 아닙니까? 그러면 끝인가요? 우리는 익히 잘 알고 있습니다. 부라는 건 바람에 날리기 쉬운 모래와 같아서 온순하게 바닥에 누워 있지 못하고 다시 여기저기로 날리게 되리라는 것을 말이죠. 그러니 대체 뭘 어떻게 해야 하는 거예요?」

「성낼 필요 없어요.」 어머니가 장난기 섞인 목소리로 말했다.

니꼴라이가 생각에 잠겨 있다가 소리쳤다. 「어떻게 하면 좀 더

빨리 리빈의 체포에 관한 전단을 그곳에 보낼 수 있겠소?」

이그나뜨가 바짝 긴장을 했다. 「전단이 있어요?」 그가 물었다.

「물론이오.」

「절 주세요, 제가 가져가겠어요.」 젊은이가 손을 비비면서 말했다.

어머니는 그를 쳐다보지도 않고 조용히 미소를 지었다. 「아까 너무나도 지쳤고 무서워 죽겠노라고 말하지 않았던가?」

이그나뜨는 굵은 손가락으로 곱슬머리를 긁적이면서 태연히 사무적인 말투로 말했다. 「무서운 건 무서운 거고, 일은 일 아닙니까! 왜 웃으시는 거예요? 아니 당신도!」

「아유, 요 귀여운 것 같으니!」 넘쳐 나는 기쁨을 억제하면서 어머니는 자신도 모르게 이렇게 소리쳤다. 그는 웃으면서도 무척 당혹스러워했다.

「사실, 어린애죠, 뭐!」 니꼴라이가 찡그린 눈에 선량한 미소를 흘리며 이그나뜨를 쳐다보면서 입을 열었다. 「당신은 그리 안 가게 될 거요.」

「왜요? 그럼 전 어디로 가게 되죠?」 이그나뜨가 조심스러운 듯 물었다.

「당신 대신에 딴 사람이 가게 될 텐데, 당신은 그 사람한테 무엇을 어떻게 해야만 하는지를 소상하게 말해 주도록 하세요, 그럼 됐어요?」

「좋습니다!」 이그나뜨는 대답은 하면서도 뭔가 내키지 않는 것이 있는 듯한 눈치였다.

「그리고 당신에게 적당한 신분증을 하나 만들어 주고 산림 간수로 일하도록 해주겠소.」

젊은이는 위로 머리를 힘차게 쳐들고 불안한 듯 물었다. 「그러다 만일 농부들이 땔감이라도 마련하겠다고 산에 올라오기라도 하는 날이면…… 전 어떻게 해야 되죠? 붙잡아요? 전 그런 일이라면 죽어도 못해요…….」

어머니도 웃고 니꼴라이도 따라 웃었다. 이 때문에 다시 이그나뜨는 얼굴이 확 붉어지는 게 당혹스럽기 짝이 없는 눈치였다.

니꼴라이가 그를 안심시켰다. 「염려하지 말아요. 농부들을 붙잡아야 할 일은 생기지 않을 거요. 우리를 믿으시오.」

「뭐, 그렇다면야!」 이그나뜨가 조금 안심이 되는지 기쁘게 웃으면서 중얼거렸다. 「전 공장에 취직했으면 좋겠어요. 사람들이 그러는데 그들은 죄다 똑똑하다던데……」

어머니가 탁자에서 몸을 일으키고 생각에 잠겨 창밖을 내다보면서 말했다. 「에그, 이놈의 인생! 하루에도 다섯 번씩 웃고 또 울어야 하니! 다 된 거야, 이그나뜨? 그럼 가서 자야지……」

「별로 자고 싶은 생각이 없는데……」

「군소리하지 말고 어서 가서 자……」

「그렇게 엄하신 줄 예전에 몰랐습니다. 알겠어요, 가지요……. 차 잘 마셨습니다. 그리고 친절 감사드려요……」

어머니의 침대에 누운 그는 머리를 긁적이며 중얼거렸다. 「이제 침대에서 타르 냄새가 진동을 하게 될 겁니다……. 아, 그건 뭐 대수로운 일도 아니죠…… 잠이 올 것 같지 않아요……. 아까 그분 중간이란 것에 대해서 너무나 옳은 말씀을 하셨어요, 정말!」

그러다가 느닷없이 코 고는 소리가 크게 들렸다. 그가 잠이 든 것이었다. 두 눈썹은 높이 치켜 올리고 입은 반쯤 벌리고서.

21

 저녁때 그는 조그만 지하실 방에서 베소프쉬꼬프와 마주 앉아서 잔뜩 찡그린 얼굴을 해가지고 낮은 음성으로 이야기를 주고받고 있었다.
「가운데 창문을 네 번……」
「네 번요?」 베소프쉬꼬프가 걱정스럽게 되물었다.
「처음에 세 번, 이렇게 말입니다.」 그리고 그는 손가락을 구부려 탁자를 두드리면서 셈을 하였다.「하나, 둘, 셋, 그리고 조금 기다렸다가 다시 한 번.」
「알겠어요.」
「붉은 머리의 농부가 문을 열고 산파에 대해서 물을 겁니다. 그러면 〈예, 공장 주인이 보내서 왔습니다〉하고 말씀하세요. 그렇게만 말하면 그쪽에서 다 알아서 할 겁니다.」
 그들은 서로 머리를 맞대고 앉아서 이야기를 나누고 있었는데, 둘 다 건장한 체구에 눈에선 비장함의 불꽃이 튀었다. 어머니는 팔짱을 끼고 탁자 옆에 서서 그들을 번갈아 쳐다보았다. 비밀스러운 노크, 암호와 대답이 왠지 우스운 생각이 들어서 어머니는 이런 생각을 했다.〈아직 어린애들이야……〉
 벽에서는 마룻바닥에 너절하게 어질러져 있는 찌그러진 물통, 지붕용 함석 쪼가리들을 비추며 램프가 타고 있었다. 곰팡이 냄새, 기름 물감 냄새, 그리고 눅눅한 냄새가 방 안에 가득했다.

이그나뜨는 털이 북슬북슬한 두툼한 가을 외투 차림이었는데, 그는 그 옷에 만족해하고 있었다. 어머니가 가만히 보니, 그는 손바닥으로 조심스레 자기 옷을 어루만지면서 자기 차림새를 보기도, 또 어색하게 고개를 돌리기도 하는 것이었다. 그녀의 가슴은 부드럽게 고동쳤다. 〈애들하고는! 꼭 친자식 같은 생각이 드니······.〉

이그나뜨가 자리에서 일어서며 말했다. 「어때요? 기억할 수 있겠어요? 먼저 무라뚜프한테 가서 물어보도록 하세요······.」

「기억하다마다요!」 베소프쉬꼬프가 말했다.

그러나 이그나뜨는 아직도 그를 믿을 수가 없는지 다시 한 번 노크며 암호들을 일일이 반복하고 나서야 마침내 손을 내밀었다. 「그들한테 안부 전해 주십시오. 가서 보면 금방 알겠지만, 다 좋은 사람들이랍니다.」 그는 흡족한 눈으로 자신을 둘러보고 손으로 외투를 매만지고 나서 어머니에게 물었다. 「가도 되겠습니까?」

「제대로 잘 찾아갈 수 있겠어?」

「그럼요, 찾고말고요. 안녕히 계세요, 동지들!」 그리고, 그는 어깨를 추켜세우고 가슴을 쭉 내밀고서 방을 빠져나갔다. 새로 산 모자는 삐딱하게 기울여 쓰고 양손은 한껏 폼을 잡으며 호주머니에 찔러 넣은 채였다. 관자놀이 부근엔 곱슬머리가 빠져나와 더펄더펄 흔들리고 있었다.

베소프쉬꼬프가 발걸음도 가볍게 어머니에게 다가오면서 말했다. 「이제 저도 할 일이 생겼군요! 얼마나 지루하던지······ 왜 감옥을 뛰쳐나왔나 싶기도 했답니다. 숨는 일밖에 더 있어요? 감옥 안에선 차라리 배우는 거라도 있죠. 빠벨이 얼마나 많은 걸 우리들 머릿속에 채워 넣어 주었다고요. 그건 정말 유일한 만족이었어요. 닐로브나, 그런데 탈옥 건에 대해선 다들 어떻게 결정을 보았어요?」

「나도 잘 몰라!」그녀가 자기도 모르게 한숨을 내쉬며 대답했다.

베소프쉬꼬프가 그녀의 어깨 위에 둔중한 손을 올려놓고 어머니의 얼굴 가까이에 제 얼굴을 바짝 디밀고서 입을 열었다. 「그 사람들한테 말씀하세요, 그건 아주 손쉬운 일이라고! 그들은 어머니 말씀을 들을 거예요. 직접 보시면 아시겠지만, 감옥 벽 가까이에 가로등이 있는데 맞은편은 텅 빈 공터요, 왼편은 공동묘지, 그리고 오른편이 바로 길거리로 해서 시가지로 통하는 쪽입니다. 점등원이 낮에 매일같이 와서 등을 닦습니다. 그걸 이용해서 우선 사다리를 벽에 걸치고 기어 올라가서 다시 줄사다리 고리를 벽 윗부분에 걸고서 그걸 감옥 뜰 쪽으로 늘어뜨립니다. 줄행랑치는 일만 남는 거죠. 미리 그 일이 진행되는 시간을 알아 두었다가 벽 뒤에 숨어서 그 시간에 딴 사람들을 시켜서 소란을 일으키거나 아니면 직접 소란을 일으켜 놓고, 꼭 탈출하고 싶은 사람이 있으면 사다리를 타고 벽을 넘게 하면 되는 거예요. 하나 둘씩, 어때요, 완벽하죠!」

그는 어머니 얼굴 바로 앞에서 손을 휘둘러 자신의 계획을 상세히 설명했는데, 그에겐 그 모든 일이 간단하고 확실하게 느껴지는 것 같은 인상을 풍겼다. 그녀는 그를 답답하고 서툰 사람으로 알고 있었다. 이전에 베소프쉬꼬프의 눈에선 음울한 사악함과 불신밖에 보이는 게 없었다면, 지금은 눈빛도 날카롭지만 그래도 어딘가 둥글둥글하면서도 따뜻한, 아니면 어떤 확고함이라는 것이 깃들어 있다고 해도 무방할 만큼 예전과는 다른 데가 있었으므로 어머니의 마음 또한 달라지지 않을 수 없었다.

「탈옥을 할 수 있다는 생각만 하루 온종일, 그것도 하루도 거르지 않고 해보세요. 일단 그러기로 마음먹은 사람 눈에 보이는 게 뭐 있겠어요? 감옥이 다 뭐냔 말입니다······.」

「그러다 총에라도 맞으면!」어머니가 새파랗게 질려서 중얼거렸다.

「누가 총을 쏜단 말예요? 군인은 있지도 않을뿐더러 그나마 간수들이 갖고 있는 권총도 못 박는 데나 쓸까……」

「그렇담, 정말 간단하군그래, 간단해……」

「얼마나 완벽한지 한번 들어 보세요. 어머니는 그저 얘기만 하면 됩니다. 전 모든 준비를 다 끝내 놨어요. 줄사다리, 그걸 거는 데 쓸 걸쇠 따위 말예요. 그리고 이 집 주인장이 점등원이 되어 주기로 말이 다 되어 있어요.」

문밖에는 누군가의 기침 소리, 그리고 쇠 덜컹거리는 소리가 들렸다.

「그가 오는군요.」 베소프쉬꼬프가 말했다.

열린 문으로 양철 목욕통이 들어오고 목이 잠긴 소리가 들렸다. 「제발 좀 들어가 다오, 제기랄……」

잠시 후 모자도 쓰지 않은 백발의 둥근 머리가 나타났는데, 눈은 툭 불거져 나오고 수염이 덥수룩하긴 해도 인상은 좋아 보이는 사람이었다.

베소프쉬꼬프가 목욕통 들여놓는 것을 거들자 키가 크고 허리가 굽은 사람이 기침을 하면서 문 안으로 들어섰다. 면도를 깨끗이 한 볼을 부풀리고 가래침을 뱉고 나서 거친 목소리로 인사를 했다. 「안녕하쇼……」

「오셨으니, 물어보세요.」 베소프쉬꼬프가 말했다.

「나한테? 뭘?」

「탈옥에 대해서죠……」

「아하!」 시꺼먼 손가락으로 콧수염을 쓸어 내리며 주인이라는 사람이 말했다.

「이보세요, 야꼬프 바실리예비치, 그게 간단한 일이라는 걸 여기 계신 이분이 믿질 않아요.」

「으음, 믿지 않는다고? 그럴 마음이 없으신 게지. 우리는 마음이 있으니 믿는 거고.」

주인이란 사람이 태연히 말을 하고는 갑자기 허리를 구부리고 심하게 마른기침을 하기 시작했다. 그리고 기침을 하고 가슴을 비벼 대면서 방 한가운데 한참을 서서 숨을 힐떡이며 휘둥그레진 두 눈으로 어머니를 훑어보았다.

「결정은 빠샤와 동지들이 해.」 어머니가 말했다.

베소프쉬꼬프가 고개를 떨구고 생각에 잠겼다.

「누구야, 빠샤가?」 주인이 자리에 앉으며 물었다.

「내 아들입니다.」

「성이 어떻게 되오?」

「블라소프.」

그는 고개를 끄덕이면서 담배쌈지를 꺼내 들고 파이프를 후 — 하고 분 다음 끊어지는 소리로 말했다. 「들은 적이 있소. 내 조카가 그 사람을 알지요. 그 애도 감옥에 있는데, 예프첸꼬라고 혹 들어 보셨소? 내 성은 고분이오. 곧 젊은 사람들은 죄다 감옥에 가게 될 테고, 그러면 우리 같은 늙은이들만의 세상이 되겠지. 헌병이란 놈이 와서 한다는 소리가, 조카애가 시베리아로 가게 될 거라던가…… 그렇게만 되어 봐라, 이 빌어먹을 놈들!」

파이프에 불을 붙이고서 그는 마룻바닥에 침을 뱉으며 베소프쉬꼬프를 향해 돌아앉았다.

「원하지 않는다고? 남이 간여할 일이 아닌 건 사실이오. 인간이란 자유로워서, 앉아 있기 지치면 걷는 거고, 걷다 지치면 앉는 거지. 도둑질을 해가도 아무 말 못하고, 때려도 참고, 죽인다고 덤비면 그냥 죽어 주고, 안 봐도 뻔하지. 하지만 난 예프첸꼬를 구해 내고 말겠어. 꼭 구해 낼 거라고.」

그의 간결하면서도 신랄한 말들이 어머니를 좀 망설이게 했는데, 마지막 말 한마디가 어머니를 일깨웠다.

차가운 비바람을 맞으며 거리를 걸어 내려가면서 어머니는 베소프쉬꼬프를 생각했다. 〈완전히 딴사람이 됐어, 정말!〉

그리고 기도문을 외우듯 고분이란 사람에 대해서도 신중히

생각해 보았다. 〈분명한 건, 새롭게 삶을 시작한 사람이 나 혼자만은 아니라는 사실이야.〉

이런저런 생각을 하고 나니 아들에 대해서도 생각하지 않을 수 없었다. 〈탈옥에 응한다면 좋으련만!〉

22

 일요일, 감옥 면회실에서 빠벨과 헤어질 때 어머니는 자기 손에 조그만 종이 뭉치가 쥐어져 있는 것을 느꼈다. 그가 마치 손바닥으로 후려치기라도 한 듯 몸을 부르르 떨며 그녀는 무얼 묻기라도 할 것처럼 아들의 얼굴을 쳐다보았지만 무슨 말을 해야 할지 도무지 생각이 나지 않았다. 빠벨의 두툼한 입술이 미소를 띠었다. 침착하면서도 의지가 굳어 보이는 그 미소였다.
 「잘 있거라!」 그녀가 한숨 섞인 목소리로 말했다.
 아들이 다시 그녀에게 손을 내밀었는데, 그의 얼굴에선 무언가 부드러운 것이 언뜻 스치고 지나갔다. 「안녕히 가세요, 어머니.」
 그녀는 손도 내밀지 않고 가만히 있었다.
 「염려하지 마세요. 그리고 화내실 필요는 더구나 없습니다.」 그가 말했다.
 말은 물론이고 이마의 고집 센 주름살마저도 그녀에게 대답하고 있는 것 같았다.
 「그래, 무슨 일이지? 일이 있긴 있구나……」 고개를 떨구며 그녀가 중얼거렸다.
 그 말을 남기고 그녀는 괜히 눈물을 보인다거나 입술을 부르르 떨어 아들에게 걱정을 끼치면 어쩌나 하는 마음에 그에겐 눈길도 주지 않고 그 길로 그냥 밖으로 나와 버렸다. 거리를 걸어 내려가면서 그녀는 아들의 대답을 꽉 쥐고 있는 손가락 마디마디가 쑤시고, 마치 어깨를 한 방 얻어맞은 것처럼 손 전체가 무거워 옴을 느꼈다. 집에 돌아와 쪽지를 니꼴라이의 손에 찔러 주고 난 그녀는 그의 앞에 서서 그가 얼른 꼬깃꼬깃 접힌 종이 뭉치를 펼치기만을 기다렸다. 다시 한 번 뭔지 모를 기대감에 온몸이 떨려 옴을 느껴야 했다. 하지만 니꼴라이는 말했다.「예상했던 대로예요. 그가 쓴 걸 읽어 보겠습니다. 〈우리는 탈옥하지 않을 것이오, 동지들. 또 그럴 수도 없습니다, 우리 가운데 어느 누구도. 그건 자신에 대한 존경심을 잃는 것입니다. 최근에 체포된 농부를 보살펴 주십시오. 그는 당신들의 보살핌을 받을 만합니다. 다시 말해 정성을 쏟을 가치가 있다는 말입니다. 그는 여기서 너무 어렵게 지내고 있습니다. 교도소 당국과의 충돌이 매일 있곤 합니다. 벌써 24시간 독방 신세를 졌습니다. 그러다간 아무래도 고문으로 죽고 말 것입니다. 우린 모두 그를 위해 노력하고 있습니다. 저희 어머니를 위로해 주시고 따뜻하게 대해 주십시오. 어머니께 말씀을 잘해 주세요. 어머니도 이젠 모든 걸 다 이해하시니까요.〉」

어머니는 고개를 쳐들고 조용히, 떨리는 목소리로 말했다.「자, 내게 하라는 얘기가 뭐지? 난 알 만하오.」

니꼴라이는 재빨리 몸을 돌리고 손수건을 꺼내 코를 푼 다음 말했다.「감기가 지독합니다, 조심하세요……」그는 안경을 고쳐 쓰느라 눈을 지그시 감고 방 안을 왔다 갔다 하면서 입을 열었다.「사실 성공하지 못한다 해도 상관없습니다……」

「그야 그렇지! 재판을 열라고 해.」어머니가 눈썹을 잔뜩 찡그리고서 말했다. 가슴에는 질퍽하고 희미한 아픔이 가득했다.

「여기 뻬쩨르부르그에서 동지가 보내온 편지가 있습니다……」

「그 애도 시베리아에서 탈출할 수 있겠지……. 안 그러오?」

「물론입니다. 동지의 편지를 보면, 재판이 조만간 열리게 되는데 판결은 뻔해서 죄다 유형이라는 겁니다. 아시겠죠? 이 조잡스러운 사기극이 재판을 저속한 코미디로 만들고 있습니다. 판결은 재판을 하기도 전에 뻬쩨르부르그에서 이미 나고 있는 겁니다……」

「됐소, 니꼴라이 이바노비치!」 어머니가 단호한 목소리로 말을 이었다. 「나를 위로할 필요도, 나한테 설명할 필요도 없어요. 빠샤는 그릇되게 일처리를 할 애도 아니고 자신에게 쓸데없는 고통을 줄 애도 아니야. 더구나 남에게 고통 줄 일은 더욱 하지 않을 거요. 거기다 또 나를 사랑하는 마음이 얼마나 끔찍한데! 당신 눈으로 보았지 않소. 그 애가 내 생각을 얼마나 많이 해주는지. 말해 주고 위로해 주라고 썼잖아. 안 그러오?」

가슴은 쿵쿵 뛰고 머리는 흥분해서인지 빙글빙글 돌았다.

「멋진 아드님을 두셨습니다. 저는 그를 정말 존경합니다.」 니꼴라이가 전에 없이 큰 소리로 말했다.

「이젠 리빈에 대해서 생각해 보도록 하지.」 그녀가 제안하고 나섰다.

「좋습니다. 이런 때 사샤가 있어야 하는 건데……」 니꼴라이가 방 안을 왔다 갔다 하며 대답했다.

「올 거요. 그 처녀는 내가 빠샤를 면회하는 날엔 꼭 찾아오거든.」

생각에 잠겨 고개를 숙이고 입술을 씰룩이고 턱수염을 말면서 니꼴라이가 어머니 바로 옆 소파에 앉았다. 「누이가 지금 없는 게 유감입니다……」

「빠샤가 거기에 있는 한, 지금 당장 일을 꾸미기에는 좋지, 그 애도 좋아할 거고.」

둘은 잠시 아무 말이 없었다. 그러다가 니꼴라이가 느닷없이 조용한 음성으로 입을 열었다. 「이해할 수가 없어. 왜 탈출을 싫어하는 거야?」

니꼴라이가 일어서자마자 벨이 울렸다. 그들은 곧바로 서로의 얼굴을 쳐다보았다.

「사샤인 것 같아요, 음!」 니꼴라이가 나직이 속삭였다.

「어떻게 얘기를 해주면 좋지?」 어머니 역시 속삭이듯 물었다.

「글쎄요, 언젠가는 알게 될 테니까……」

「가엾어 죽겠어……」

벨이 그다지 크지 않게 다시 울렸다. 문밖의 사람도 주저하고 있는 게 분명했다. 니꼴라이와 어머니가 동시에 일어나 걸어가다가 니꼴라이가 부엌문 옆에서 돌아보며 말했다. 「아무래도 어머님께서 말씀하시는 게 낫겠어요.」

어머니가 문을 열어 주자마자 그녀가 물었다. 「동의하지 않았지요?」

「그래.」

「그럴 줄 알았어요.」

사샤가 아무렇지도 않은 듯 말했지만, 그녀의 얼굴은 벌써 하얗게 질려 있었다. 그녀는 외투 단추들을 끄르다가 다시 두 개를 잠갔다. 그러니 외투가 벗겨질 리 만무했다. 그러자 그녀가 말했다. 「비가 오질 않나 바람이 불질 않아, 정말 지긋지긋해요. 빠벨은 건강하죠?」

「그래.」

「건강하고 활달하고.」 사샤가 손을 흔들면서 나직이 말했다.

「리빈을 탈옥시키라고 써 보냈더구나.」 어머니는 그녀를 쳐다보지도 않고 말했다.

「그래요? 그럼 제 생각엔, 요번 계획을 써먹어야만 할 것 같은데요?」 그녀가 느릿느릿 말했다.

「내 생각도 그래.」 니꼴라이가 문 옆에 모습을 나타내며 말했다. 「잘 있었소, 사샤?」

손을 내밀며 그녀가 물었다. 「도대체 문제가 뭐예요? 계획이 성공할 수 있다는 데에 다들 동의하지 않았던가요?」

「누구든 나서는 사람이 있어야 하는데, 다들 바쁘다 보니……」

「쪽지 좀 줘보세요. 전 시간이 있어요.」 사샤가 자리에서 일어서며 빠르게 말했다.

「여기 있어. 하지만 다른 사람들 의향도 물어보아야 해……」

「좋아요, 그렇죠. 지금 당장 가겠어요.」 그녀는 다시 가느다란 손가락으로 외투 단추를 꼼꼼히 잠그기 시작했다.

「좀 쉬어야 하는데!」 어머니가 말했다.

그녀는 웃으면서 한결 부드러운 목소리로 대답했다. 「염려하지 마세요, 전 피곤하지 않아요……」

그리고 두 사람의 손을 잡았다 놓고 밖으로 나갔다. 냉정하면서도 숙연한 모습이었다.

어머니와 니꼴라이는 창문으로 다가가 마당을 가로질러 대문으로 사라지는 사샤를 지켜보았다. 니꼴라이는 조용히 휘파람을 불며 탁자에 앉아 글을 쓰기 시작했다.

「이 일에 열심일 거야. 그게 그녀로서는 맘 편한 일일 테니까.」 어머니가 깊은 생각에 잠겨 있다가 나직이 말했다.

「예, 그렇고말고요.」 니꼴라이가 이렇게 대답을 하고 어머니 쪽으로 돌아앉은 다음, 만면에 미소를 띠고서 물었다. 「어머님은 아무리 쓰라린 운명이라 한들 다 지난 지 오래니, 사랑에 빠진 사람의 고통을 모르시겠죠?」

「아니!」 그녀가 손을 내저으며 말했다. 「그 고통이 어떤데? 이 사람한테 시집을 갈 것인가, 저 사람한테 갈 것인가 하는 뭐 그런 거겠지.」

「마음에 드는 사람이 없으셨던가요?」

그녀가 잠시 생각에 잠겼다가 대답했다. 「생각이 안 난다뿐이지, 아무려면 마음에 드는 사람이 없었을라고? 분명 있기야 있었을 텐데 생각이 나질 않아.」 그녀는 그를 쳐다보고 있다가 슬픈 추억이 되살아나는 듯 숙연해진 목소리로 말끝을 맺었다. 「남편한테 얼마나 맞았던지 그 전에 있었던 일은 기억 속에서 모두 지워져 버렸다오.」

그가 탁자로 눈을 돌렸다. 어머니가 잠시 방을 나갔다가 돌아왔을 때, 니꼴라이는 그녀에게 부드러운 눈길을 주고 사랑스럽게 지난 과거의 추억을 더듬으며 말문을 열었다.「제게도 사샤와 마찬가지로 사랑의 이야기가 있었답니다. 한 처녀를 사랑했었는데, 정말 멋진 사람이었죠. 스무 살 때 그녀를 만나서 그때부터 사랑하기 시작했고 사실 지금까지도 사랑하고 있습니다. 그리고 앞으로도 영원히 변치 않고 사랑할 것입니다. 영원히…….」

어머니가 그의 옆에 서서 그의 눈을 바라보니 따스하면서도 밝은 빛이 반짝이고 있었다. 그는 의자 뒤로 팔을 포개고 그 위에 머리를 기댄 채 먼 곳을 응시하고 있었는데, 마르고 호리호리한, 그러나 건장한 그의 몸은 흡사 태양을 향해 뻗어 있는 나무줄기와도 같이 위로 쭉 뻗어 있었다.

「그럼 결혼하지 그랬어.」

「오! 그녀는 5년 전에 시집을 가버렸어요…….」

「그 전에 무슨 일이 있었나?」

잠시 생각에 잠겨 있던 그가 대답했다.「지금 와서 생각해 보면, 우리는 그렇게 될 수밖에 없었어요. 그녀가 감옥에 가면 내가 풀려나고, 내가 풀려 나오면 그녀가 감옥에 가거나 아니면 유형을 떠나곤 했거든요. 정말 사샤의 경우와 비슷했지요. 마침내 그녀는 그 먼 시베리아로 10년 동안 유형을 떠나게 되었어요. 전 정말 그녀를 따라가고 싶었어요. 그런데 사실 그러기도 나나 그녀나 부끄러운 일이더군요. 결국 그녀는 거기서 딴 남자를 만나게 되었죠. 내 동진데 정말 훌륭한 젊은이예요. 둘이 함께 도망을 쳐서 지금은 외국에서 살고 있답니다.」

니꼴라이는 말을 끝내고 안경을 벗어 닦은 다음, 불 있는 곳까지 들어 올려 비춰 보더니 다시 닦기 시작했다.

「오, 가엾어라!」어머니는 탄식을 하며 머리를 흔들었다. 그를 쳐다보고 있노라니 안됐다는 생각이 들어 어머니다운 따스한 미소를 짓지 않을 수 없었다.

그는 자세를 바로 하고 다시 손에 펜을 쥔 다음 재빠르게 손을 놀리면서 다시 말을 이어 나갔다.「가정생활은 혁명가의 활동력을 저하시킵니다. 언제나 그래요. 애들도 돌봐야 하고 또 먹고 살자니 입에 풀칠이라도 하려면 허구한 날 일을 해야만 합니다. 그런데 혁명가라면 적어도 자신의 활동력을 보다 심오하고 넓게 하기 위해 끊임없이 자기 발전을 꾀해야만 하는 겁니다. 그러려면 시간이 필요한 거고, 또 우리는 남보다도 앞장을 서야 합니다. 왜냐하면 우리 노동자들은 낡은 세계를 허물어뜨리고 새로운 삶을 창조할 역사적 소명에 부름을 받고 있기 때문입니다. 만일 우리가 내딛던 발걸음을 멈추거나 지쳐 쓰러진다면, 혹은 눈앞에 보이는 조그만 승리에 현혹된다면, 이는 곧 나쁜 결과, 운동의 방향을 망치는 결과를 초래하게 될 것입니다. 적어도 우리와 보조를 맞추어 나아가고 있다고 말하는 사람 가운데 누구든 우리의 신념을 왜곡시키는 사람이 하나라도 나와서는 안 됩니다. 그리고 우리는, 우리의 과제는 조그마한 정복이 아니라 완전한 승리뿐이라는 것을 결코 잊어선 안 됩니다.」

목소리엔 힘이 넘쳤고 얼굴은 창백해졌으며 두 눈에는 항상 그렇듯이 절제된 온화한 힘이 불같이 타올랐다. 그러던 중에 니꼴라이의 말을 끊게 하는 벨이 크게 울렸다. 류드밀라는 때에 맞지 않게 얇은 외투를 걸치고, 그 때문에 추위에 두 뺨이 시뻘겋게 되어서 들어왔다. 낡아 해진 덧신을 벗으면서 그녀가 흥분된 목소리로 말했다. 「재판 날짜가 정해졌어요. 다음 주랍니다.」

「그게 정말이오?」 방 안에서 니꼴라이가 소리쳤다.

어머니는 놀라움인지 기쁨인지 모를 흥분을 느끼며 그녀에게로 재빨리 걸어가기 시작했다. 류드밀라가 그녀 옆을 왔다 갔다 하며 경멸스러운 듯이 낮은 목소리로 말했다. 「정말이지 않고! 법정에서 그들의 판결은 이미 난 거나 진배없노라고 아주 노골적으로 말하더라는군요. 이런 경우가 어디 있어요? 정부 당국은 판사들이 자기의 적들에게 너무 관대한 처분을 내리고 있다고 생각하는 것 같아요. 그러니 두려울 수밖에요! 그렇게 오랫동안, 그렇게 지성으로 제 놈들 하수인들을 타락시켜 놓고서, 이제 와서 아직도 그 하수인들이 비열한이 되었음을 믿지 못하고 있으니…….」

류드밀라는 손바닥으로 홀쭉해진 뺨을 비비며 소파에 앉았다. 윤기 없는 두 눈에선 경멸이 불타오르고 목소리는 점점 분노로 가득 찼다.

「혼자 흥분한다고 무슨 소용이오, 류드밀라! 놈들 귀엔 당신 말이 들리지도 않아요.」 니꼴라이가 그녀의 흥분을 가라앉혀 주었다.

어머니는 아무리 주의를 기울여 그녀의 말을 들으려 해도 도무지 한마디도 귀에 들어오지 않았다. 그러곤 자신도 모르게 다음 말만을 속으로 되풀이할 뿐이었다. 〈재판이 다음 주에 열린다, 재판이!〉

그녀는 불현듯 어떤 무자비하고 비인간적인 숙연함이 다가옴을 느꼈다.

23

그와 같은 잔인한 고통이 닥쳐오리란 예감 속에 망설이고 낙담하면서 그녀는 말없이 하루를 보내고 그다음 날도 보냈다. 사흘째 되던 날 사샤가 찾아와 니꼴라이에게 말했다. 「모든 게 준비됐어요! 오늘 1시에……」

「벌써 준비가 되었다고?」 그가 깜짝 놀라 물었다.

「물론이죠. 제가 할 일은 리빈이 숨을 장소와 입을 옷을 마련하는 것뿐이고 그 나머지는 고분이 다 알아서 할 거예요. 리빈은 시내 한 구역만 통과하면 됩니다. 시내에서 베소프쉬꼬프가 물론 변장을 하고서 그를 만나 옷과 모자를 건네준 다음, 길을 가르쳐 줍니다. 제가 기다리고 있다가 다시 옷을 갈아입히고 데려가면 그만입니다.」

「제법이군! 그런데 고분이 누구요?」 니꼴라이가 물었다.

「당신도 전에 만나 보신 적이 있는 사람예요. 그의 집에서 열쇠 수리공과 이야기를 나눈 적이 있을 거예요.」

「아! 기억 나. 그 노인 아주 괴짜였지……」

「그는 퇴역 군인으로 지붕 이는 사람이죠. 아는 것도 조금 있을 뿐 아니라 어느 누구의 폭압에나 강한 증오심을 품고 있어요. 어찌 보면 철학자 같기도 하고……」 사샤가 창밖을 바라보면서 생각에 잠겨 말했다. 말없이 그녀의 이야기를 듣고 있노라니 어머니의 가슴 한구석에선 어떤 분명치 않은 것이 서서히 고개를 쳐드는 것이었다.

「고분 그분은 자기 조카를 빼내고 싶어 해요. 왜 당신도 좋아했었잖아요. 예프첸꼬라고, 항상 깔끔하던 그 멋쟁이?」

니꼴라이가 고개를 끄덕였다.

「고분이란 분이 계획은 거의 완벽히 짜놓았지만 이번 일이 성공할지는 의문이에요. 통로란 통로는 다 공동으로 쓰게 되어 있어 제 생각에, 사다리가 쳐지는 걸 보면 너 나 할 것 없이 다들 도망가겠다고 달려들 것 같아요……」

그녀는 눈을 감고 잠시 생각에 잠겼다. 어머니가 그에게로 다가갔다.

「그래서 서로가 서로를 방해하게 될 것 같아요.」

셋 모두가 창문 앞에 서 있었는데, 어머니는 니꼴라이와 사샤 바로 뒤에 서 있었다. 그들의 빠른 대화에 어머니의 가슴은 당혹감으로 쿵쿵 뛰었다.

「내가 거기에 가봐야겠어.」 느닷없이 어머니가 말했다.

「왜요?」 사샤가 물었다.

「가시면 안 돼요, 어머님! 잘못하면 붙들리고 말아요. 그럴 필요 없습니다.」 니꼴라이가 충고해 주었다.

어머니는 그를 쳐다보고 조용히, 하지만 고집스럽게 되풀이했다. 「아냐, 내가 가봐야겠어……」

그들은 재빨리 서로의 눈길을 교환했다. 사샤가 어깨를 들먹이며 말했다. 「이해할 만해요……」

어머니 쪽으로 돌아선 그녀는 어머니의 손을 움켜쥐고, 자기 쪽으로 끌어당긴 다음, 간결하면서도 진심 어린 목소리로 입을 열었다. 「이런 말 여쭙는 게 죄송하지만, 기다리셔 봐야 헛수고일 거예요.」

「오, 가엾은 것!」 어머니는 떨리는 손으로 그녀의 손을 잡으며 소리쳤다.

「날 데려가 줘. 방해가 되지는 않을 거야. 난 꼭 가야만 해. 탈옥이 가능하리라곤 나도 생각하지 않아.」

「가시게 하죠.」 사샤가 니꼴라이에게 말했다.

「마음대로 하세요.」 고개를 끄덕이며 그가 대답했다.

「우린 함께 있어선 안 돼요. 어머님은 빈터 쪽 담으로 가세요. 거기선 감옥 벽이 잘 보일 거예요. 만약 거기서 뭐 하냐고 누가 물으면 어떻게 하시겠어요?」

「나한테도 생각이 다 있어.」

「감방 간수들이 어머니를 알고 있다는 걸 잊지 마세요. 만약에 거기서 어머니를 알아보기라도 하는 날이면……」 사샤가 말했다.

「못 알아볼 거야.」

그녀의 가슴 안에서 이후 내내 왠지 모를 가냘픈 희망이 번뜩여 그녀는 생기가 돌았다.

〈혹시라도 빠샤도 그때……〉 어머니는 예기치 못한 사건을 기대해 보았다.

한 시간 후에 어머니는 감옥 뒤편 빈터에 가 있었다. 매서운 바람이 불어와 외투 자락을 날리고 언 땅을 후려갈기는가 하면 길옆 낡은 울타리를 뒤흔들고 그 옆을 스쳐 지나가 그리 높지 않은 교도소 담벼락에 세차게 부딪쳤다. 담벼락 너머에서 누군가의 외침 소리가 안뜰 위로 치솟는가 싶더니 이내 공중으로 흩어지며 하늘 속으로 자취를 감추었다. 하늘엔 구름이 빠르게 떠가고, 어쩌다 한 번씩 구름의 틈바구니로 푸른 창공이 언뜻언뜻 엿보이기도 했다.

뒤편으로는 시가지가 펼쳐져 있었고, 정면으로 공동묘지가 보였으며, 오른쪽으로 약 10사젠(미터법 도입 이전의 길이 단위로 약 2134미터) 떨어진 거리에 교도소가 있었다. 공동묘지 가까이에는 병사 하나가 조마용 밧줄로 말을 부리고 있었고 또 다른 한 명의 병사가 그 옆에 서서 큰 소리로 발을 구르는가 하면 소리를 고래고래 지르기도 하고 휘파람을 불면서 낄낄대기도 했다. 교도소 주변엔 그 외에 아무것도 없었다.

그녀는 오른쪽과 뒤쪽을 번갈아 살피면서 그들과는 일정한 거리를 두고 공동묘지 담장 가까이로 천천히 걸어가고 있었다. 그러다 갑자기 다리가 후들거리는가 싶더니 이번엔 땅에 얼어붙은 듯이 발걸음을 떼어 놓기가 무겁게만 느껴졌다. 교도소 모퉁이 저편에서 늘 점등부가 그러하듯 어깨에 사다리를 멘 곱사등이 노인이 걸어 나왔다. 어머니는 깜짝 놀라 두 눈을 끔뻑이며 재빨리 병사들을 훔쳐보았다.

그들은 제자리에서 왔다 갔다 하고 있고 그들 주위에선 말이 뛰어다니고 있었다. 사다리를 메고 있는 사람을 쳐다보니 그는 벌써 사다리를 담벼락에다 기대 놓고 전혀 서두르는 기색도 없이 사다리를 타고 담벼락으로 기어오르고 있었다. 그는 뜰 안을 향해 손짓을 하고 재빨리 담벼락을 내려와서는 모퉁이 뒤로 사라졌다. 어머니의 가슴이 빠르게 고동치고, 단 몇 초의 시간이 수십 년 세월처럼 느껴졌다. 교도소 벽이 시커멓기도 했거니와 길에서 튄 진흙이다, 덕지덕지 발린 회반죽이다, 벗겨져 버린 벽돌이다 해서 줄사다리가 눈에 잘 띄지 않았다. 바로 그때 갑자기 담벼락 위로 시커먼 머리가 불쑥 나타나고, 이어서 몸뚱어리가 따라 올라오더니 곧바로 담벼락을 타고 넘어 밑으로 미끄러지듯이 떨어졌다. 털모자를 쓴 또 다른 머리 하나가 보이는가 싶더니 시꺼먼 덩어리 하나가 땅바닥에 굴러 떨어지고 온데간데없이 모퉁이 뒤로 자취를 감추어 버렸다. 리빈이 바닥에서 일어서더니 목을 쭉 빼고 주위를 둘러보았다.

「뛰어요, 뛰어!」 어머니가 발을 구르며 속삭였다.

귀가 윙윙거렸다. 커다란 고함 소리가 들리는가 싶더니 바로 그 순간 세 번째 머리가 담벼락 위로 올라왔다. 어머니는 손으로 가슴을 꽉 감싸고 보고 있는데 정말 숨이 멎는 듯했다. 수염도 하나 없는 옅은 빛깔의 머리가 흡사 무엇을 털어 내기라도 하듯 위로 몸을 쭉 빼는가 했더니 곧바로 담벼락 너머로 사라졌다. 고함 소리가 점점 커지며 난폭해졌고, 바람은 그 소리들을 허공에다 흩뿌렸다. 리빈이 담벼락을 따라서 걷는가 싶더니 벌써 그녀 옆을 지나 교도소와 시가지 사이 탁 트인 공간을 가로질러 가고 있었다. 어머니는 속으로 그가 지나칠 만큼 천천히 걸어가고 있고 한번 그의 얼굴을 본 사람이면 죽을 때까지도 잊지 않을 정도로 그렇게 고개를 빳빳이 쳐들고 있다고 생각했다. 그녀는 속삭였다. 「좀 더 빨리, 더 빨리……」

담벼락 너머에서 무언가 꽝 닫히는 소리, 유리창 깨지는 날카로운 소리가 들렸다. 병사 하나가 발을 땅에 꽉 붙이고서 말고삐를 잡아끌고 있었고 다른 하나는 주먹을 입에다 붙이고 교도소를 향해 고함을 치는 이번엔 고개를 옆으로 비스듬히 하고서 잔뜩 귀를 기울여 뭔가를 들으려고 애쓰고 있었다.

바짝 긴장한 어머니는 고개를 사방으로 돌려보았다. 여태껏 그렇게 심각하고 복잡하게 생각되었던 일들이 이렇듯 간단하고 신속하게 이루어지고 나니 눈으로 보면서도 어느 것 하나 믿어지지가 않았다. 길거리에 리빈의 모습은 보이지 않은 지 오래였다. 긴 외투를 입은 키 큰 사람 하나가 걸어가고 있었고 바로 뒤에서 소녀가 뛰어가고 있었다. 모퉁이 뒤에서 간수 셋이 튀어나와 오른손을 앞으로 뻗은 채로 서로 꼭 붙어서 뛰어가고 있었다. 병사 하나가 그들 쪽으로 뛰어가고 다른 하나는 말을 올라타려고 애쓰면서 말 주위를 뛰어다니느라 야단이었지만 말이 어찌나 펄쩍펄쩍 뛰는지 올라타지를 못했다. 주위 모든 것이 말이 뛰는 대로 함께 뛰는 듯했다. 호각 소리가 끊임없이 울려 퍼지며 허공을 찢어 놓았다. 그들의 불안하고 필사적인 고함 소리들이 어머니에게 위험하다는 생각을 일깨워 주었다. 어머니는 후들거리는 다리를 간신히 끌고 간수들의 뒤를 쫓아 공동묘지 울타리를 따라서 걷기 시작했다. 하지만 그들과 병사들은 교도소 다른 모퉁이를 돌아 이내 사라졌다. 그들 뒤를 따라서 어머니도 잘 아는 교도소 부간수가 뛰어갔는데, 어머니는 단추가 끌러진 제복을 보고 한눈에 그 사람인 줄을 알아보았다. 어디선가 경찰이 나타나고 사람들도 여럿 몰려왔다.

바람이 회오리가 되어 위로 솟구치는가 하면 무슨 기쁜 일이라도 있는 듯 몸부림치면서 무엇이 찢어지는 듯한 정말 듣기에 곤혹스러운 고함 소리, 호각 소리 따위들을 어머니의 귓전에까지 전해 주었다. 이런 혼란에 기분이 좋아진 그녀는 발걸음을 재촉하면서 생각했다. 〈빠샤도 마음만 먹었다면…….〉

울타리 저쪽 모퉁이에서 두 명의 경찰이 불쑥 나타났다.

「서라!」 하나가 숨을 헐떡이며 소리쳤다. 「남자 한 명 뛰어가는 것 못 보았소? 수염이 덥수룩하고.」

그녀는 손으로 울타리 너머를 가리키며 태연하게 대답했다. 「저리로 뛰어가던데, 무슨 일이오?」

「이고로프! 호각 불어!」

그녀는 집으로 향했다. 뭔가 안타깝기도 하고 가슴엔 어떤 슬프고 원통한 것이 남아 있었다. 들판을 지나 거리로 들어서니 마차 한 대가 그녀의 길을 가로막았다. 고개를 들고 그녀는 마차 안에 타고 있는 콧수염 난 젊은 사람을 쳐다보았다. 창백한 얼굴에 지쳐 보였다. 그 역시 어머니를 한동안 쳐다보았다. 그는 비스듬히 앉아 있었는데, 이 때문에 그 사람의 오른쪽 어깨가 왼쪽 어깨보다 위로 치켜 올라간 것처럼 보였다.

니꼴라이가 그녀를 반갑게 맞았다. 「거긴 어떻게 됐어요?」

「성공한 것 같던데…….」

사소한 일까지도 모두 기억해 내려고 애쓰며 그녀는 탈옥에 대해서 이야기를 하면서도 흡사 아직도 그 성공에 대해서는 믿어지지 않는다는 투였다.

니꼴라이가 손을 비비며 말했다. 「우린 운이 좋아요. 제가 어머님 걱정을 얼마나 했는지 몰라요. 귀신이 있다면 그건 귀신만이 알 겁니다. 어머님, 제 진심 어린 충고를 기억하시죠? 재판을 두려워 마세요. 재판이 빨라지면 빨라질수록 빠벨에게 자유는 그만큼 빨리 오는 겁니다. 믿으세요. 모르긴 몰라도 유형 가는 길에 탈출하게 될 겁니다. 재판은 대부분 사기예요.」

그는 그녀에게 재판 과정에 대해서 자세히 설명하기 시작했다. 그녀는 그의 이야기를 들으면서 그가 뭔가를 두려워하면서도 그녀에게 용기를 불어넣어 주려고 애쓰고 있다는 것을 알 수 있었다.

「당신은 내가 거기서 판사들에게 무슨 말을 하지나 않을까 해서 걱정인가 보군! 그들에게 애걸복걸하지나 않을까 해서 말이오.」 그녀가 불쑥 물었다.

그는 벌떡 자리에서 일어나 팔을 내젓고는 맘이 상한 듯 소리쳤다. 「무슨 말씀을 그렇게 하세요.」

「두려워서 그러오, 정말! 뭘 두려워하고 있는지도 잘 모르겠어.」 그녀는 입을 다물고 멍하니 방 안을 둘러보았다. 「가끔, 그들이 빠샤를 모욕하고 조롱할 것 같은 생각이 든다오. 이런 촌놈, 촌놈의 새끼, 무슨 꿍꿍이속이 있는 거야 하면서 말이지. 그러면 빠샤도 자존심이 있으니 뭐라 말대꾸를 할 테고, 아니면 안드레이가 그들을 비웃어 주겠지. 그리고 그들 모두가 신경이 날카로워지고, 그러다 보면 필시 참지 못하는 사람이 하나 나오게 될 테고. 그런 식으로 재판이 진행되다 보면 혹 애들을 다시는 못 보게 될 일이 벌어질 것만 같은……」

니꼴라이는 인상을 쓰고 앉아서 턱수염만 잡아당길 뿐 아무 말이 없었다.

「이런 생각을 머리에서 떨쳐 버릴 수가 없어. 너무나도 무서워, 재판이! 모든 걸 빼앗아 가버릴 것만 같아. 너무나도 무서워! 무서운 건 형벌이 아니고 재판이야. 어떻게 이런 기분을 표현해야 할지……」

그녀는 니꼴라이가 자기를 이해하지 못하고 있음을 느끼면 느낄수록 자신의 두려움을 이야기하는 데에 더욱 커다란 곤혹스러움을 느끼는 것이었다.

24

 지독한 악취로 숨을 막히게 하는 곰팡이와도 같이 이러한 공포는 그녀의 가슴에 며칠이 지나도록 고스란히 남아, 정작 재판일이 왔을 때 그녀는 그녀의 등과 목을 짓누르는 무겁고 암울한 부담감을 재판정까지 이고 가야만 했다.

 길거리에서 그녀를 아는 공장 사람들이 인사를 하곤 했다. 그럴 때면 그녀는 우울한 표정의 군중들을 헤집고 나가면서 말없이 고개를 까딱이는 게 인사의 전부였다. 재판정 복도에서, 그리고 재판정에서 피고인의 친척들을 만났는데, 그들은 무슨 얘긴지 낮은 음성으로 쉬지 않고 나누고 있었다. 그러나 정작 한마디도 필요한 말이 없었다. 어머니는 그들을 이해할 수 없었다. 모든 사람들이 이러저러한 슬픔에 잠겨 있었는데, 그러한 사람들의 기분이 어머니에게 전달되면 될수록 어머니는 기운이 빠져나가는 것을 느꼈다.

 「나란히 앉읍시다」 시조프가 긴 의자 쪽으로 움직이면서 말했다.

 그녀는 차분하게 자리를 잡고 앉아 옷매무새를 여미고 주위를 둘러보았다. 그녀의 눈앞에서 어떤 초록빛의, 그리고 검붉은 빛깔의 줄무늬, 얼룩점들이 떠다니고 가늘고 누런 실타래 같은 것이 반짝이기 시작했다.

「당신 아들이 우리 그리샤를 망쳐 놨어!」 여인 하나가 그녀 옆에 자리를 잡고 앉으며 나직하게 중얼거렸다.

「입 다물어요, 나딸리야!」 시조프가 험상궂게 대꾸했다.

어머니가 쳐다보니 그 여인은 사모일로바였고 저쪽에 그녀의 남편도 앉아 있었다. 그는 대머리에 광대뼈가 툭 튀어나왔으며 말랐고 불그레한 턱수염을 덥수룩하게 기르고 있었다. 앞을 쳐다보고 눈을 굴리느라 정신이 없는 듯 보였고 턱수염은 떨리고 있었다.

높게 나 있는 창문을 통해 들어오는 아슴푸레한 빛이 법정에 가득하고 유리창 밖으론 눈이 미끄러져 내리고 있었다. 창문 사이에는 금박 테두리를 두른 커다란 짜르의 초상화가 걸려 있는가 하면 무거운 진홍빛 창문 휘장이 가라앉고 딱딱한 분위기를 자아내며 양쪽으로 드리워져 있기도 했다. 초상화 앞쪽으로 거의 법정 넓이만 한 테이블이 초록색 천으로 덮인 채 놓여 있었고 오른쪽 벽 앞에는 창살 문을 사이에 두고 두 개의 나무 의자가 놓여 있었으며 왼쪽 벽 앞에는 진홍빛 안락의자가 두 줄로 놓여 있었다. 녹색 옷깃에, 복부에는 노란 단추를 단 근무자들이 법정을 부산하게 왔다 갔다 했다. 나직이 소곤대는 소리가 탁한 공기 속을 겁먹은 듯 배회하고 약국 냄새 같은 매캐한 냄새가 전해져 왔다. 이 모든 색깔, 빛, 소리, 그리고 냄새 따위가 눈을 피로하게 하는가 하면 숨을 쉴 때마다 가슴을 답답하게 하고, 더불어 잡다한 생각을 불러일으키며 지쳐 있는 가슴 위에 두려움을 중첩시켜 주었다.

갑자기 어떤 한 사람이 큰 소리로 고함을 쳤다. 어머니는 몸이 부르르 떨려 왔다. 그 소리에 맞춰 다들 자리에서 일어나는 것을 보고 어머니 역시 시조프의 손을 잡고 자리에서 일어섰다.

법정 왼쪽 구석에 있는 높다란 문이 열리고, 그 안에서 안경을 쓴 노인이 몸을 앞뒤로 흔들면서 나타났다. 그의 잿빛 조그만 얼굴엔 흰 구레나룻이 드문드문 나 있었고, 면도를 깨끗이 한 윗입술은 입속으로 푹 꺼져 있었으며 날카로운 턱뼈와 턱은 높이 치켜 올린 법복 옷깃에 받쳐 있어 흡사 그 밑으로는 목이 없는 것 같았다. 그의 뒤편에서 붉고 둥근 얼굴에 깔끔한 인상을 풍기는 젊은 사람 하나가 그의 팔을 붙들고 있었고, 그 뒤를 따라 금빛 수를 놓은 법복을 차려입은 세 사람이 걸어 나오고 있었다.

그들은 한참 동안 테이블 앞에서 서성거리다 안락의자에 자리를 잡고 앉았는데, 그들이 자리에 앉자 면도를 하긴 했지만 어딘지 굼뜨게만 보이는, 단추를 끄른 제복 차림의 사내가 두툼한 입술을 무겁게 움직이며 노인의 귀에다 무슨 말인가를 속닥거리기 시작했다. 노인은 이상스레 몸을 곧추세우고 꼼짝도 않고 앉아서 그의 말에 귀를 기울이고 있었는데 어머니는 그의 코안경 너머로 색깔 없는 작은 사마귀 두 개를 보았다.

테이블 끝에 놓여 있는 책상 옆에선 머리가 벗겨진 키 큰 사내가 서서 간혹 기침을 하면서 서류를 뒤적거리고 있었다.

노인이 앞에서 몸을 기울이고는 입을 열었다. 첫마디는 분명히 발음을 했으나 그다음 말들은 가는 잿빛의 입술 속으로 말려 들어가는 것 같았다. 「개정하겠습니다. 들여보내시오……」

「봐요!」 시조프가 조용히 어머니를 찌르면서 속삭이고 자리에서 일어섰다.

쇠창살 뒤쪽 벽에서 문이 열리자, 군도를 뽑아 어깨 위에 받쳐 든 병사 하나가 걸어 나오고, 그 뒤를 따라서 빠벨, 안드레이, 페쟈 마진, 구세프 형제, 사모일로프, 부낀, 소모프, 그리고 이름을 알지 못하는 다섯 젊은이의 모습이 나타났다. 빠벨은 부드럽게 웃고 있었고 안드레이 역시 이를 보이며 웃고 고개를 끄덕였다. 법정 안은 그들의 미소, 생기 넘치는 얼굴 그리고 행동 때문에 한결 밝아지고 편안해졌으며 동시에 긴장되고 딱딱하던 침묵이 깨어지는 듯했다. 법복의 기름이 흐르는 금빛 광채도 시들해지고 부드러워졌으며 용감무쌍한 확신과 살아 있는 힘의 기운이 어머니의 가슴에 와 닿고 또 가라앉았던 분위기를 고무시켜 주었다.

그때까지 어머니 뒤편에 앉아서 무거운 침묵만 지키고 있던 사람들도 이제 어머니 귀에까지 들릴 정도로 수군대며 술렁거리기 시작했다.

「두려워하는 기색이 하나도 없어.」 시조프의 속삭이는 소리가 들렸고, 한편 오른쪽에 앉아 있던 사모일로바는 흐느껴 울기 시작했다.

「정숙하시오!」 엄한 고함 소리가 들렸다.

「미리 경고하겠소······.」 재판장이 말했다.

빠벨과 안드레이가 나란히 앉아 있었고, 그들과 함께 같은 첫번째 줄 의자에 마진, 사모일로프 그리고 구세프 형제가 앉아 있었다. 안드레이는 턱수염은 말끔히 면도를 한 반면, 콧수염은 자랄 대로 자라 밑으로 치렁치렁 늘어져 있었기 때문에 그의 둥근 머리가 흡사 고양이를 연상시켰다. 그의 얼굴에는 어떤 새로운 것이 엿보였고, 꼭 다문 입술에는 날카로우면서도 비장한 그 무엇이, 눈에는 검은빛이 감돌고 있었다. 마진의 윗입술엔 두 개의 검은 줄이 나 있었고 얼굴은 이전보다 더 살이 찐 듯했다. 사모일로프의 곱슬머리는 여전했고, 이반 구세프 역시 그 환한 웃음을 짓고 있었다.

「애야, 페쟈, 페쟈!」 시조프가 고개를 수그리며 속삭였다.

어머니는 늙은 재판장의 알아듣기 힘든 질문 소리를 들었다. 그는 피고들을 쳐다보지도 않고 질문을 던졌는데 머리는 여전히 법복 옷깃 위에 꼼짝도 않고 얹혀 있었다. 침착하면서도 짧은 아들의 대답이 들렸다. 웬지 나이 든 수석 판사를 비롯한 나머지 배석 판사들이 그다지 흉악하다거나 잔인하리란 생각이 들지 않았다. 주의 깊게 판사들을 훑어보면서 그녀는 막연하게나마 어떤 것을 기대하고 가슴 안에서 서서히 고개를 쳐드는 새로운 기대감에 잔뜩 주의를 집중시켰다.

얼굴에 윤기가 자르르 흐르는 듯한 사내가 서류를 냉담하게 뒤적이며 읽고 있었는데, 그의 목소리가 어찌나 단조로운지 법정은 갑갑함으로 가득 찼고 이 때문에 사람들은 흡사 마비라도 된 듯이 꼼짝도 하지 않으며 자리에 앉아 있었다. 네 명의 변호사가 나직하나 또렷또렷한 목소리로 피고들과 이야기를 나누고 있었는데 그들 모두의 움직임 또한 힘 있고 재빨라서 거대한 검은 새를 연상시켜 주었다.

늙은 재판장의 한쪽 옆에는 작은 눈에 눈꺼풀마저 퉁퉁 부은, 그리고 살이 뒤룩뒤룩 찐 판사가 안락 의자를 가득 메우고 앉아 있었고, 그 반대편엔 창백한 얼굴에 불그스레한 수염을 기른 새우등의 판사가 앉아 있었다. 그는 따분한 듯 머리를 의자 뒤로 젖혀 기대고 눈을 지그시 감은 채, 깊은 생각에 잠겨 있었다. 검사의 얼굴도 지치고 따분해 보였다. 판사 뒤에는 시장이 생각에 잠겨 볼을 어루만지면서 앉아 있었는데, 살은 졌지만 어딘지 믿음직스러운 데가 있는 남자였다. 그 옆에는 머리는 희끗희끗한 데다 커다랗고 선량한 눈을 가진 불그스레한 얼굴의 귀족 단장이 앉아 있었고, 또 바로 곁에는 소매 없는 옷을 차려입은 지방 원로 한 사람이 앉아 있었는데 어찌나 배가 나왔던지 그 자신 또한 그 때문에 곤혹감을 감추지 못하고 연방 옷자락으로 나온 배를 가리려고 했지만 여전히 옷자락이 흘러내리고 있었다.

「여기엔 피고도, 판사도 없습니다.」 신념에 찬 빠벨의 목소리가 법정 안에 쩌렁쩌렁 울려 퍼지기 시작했다. 「여기엔 단지 포로들과 정복자들만 있을 뿐입니다.」

침묵이 흐르고, 얼마 동안 어머니의 귀에는 서류에 뭔가를 서둘러 써 내려가는 펜대 소리와 자신의 심장 고동 소리만이 들릴 뿐이었다.

수석 판사 역시 무언가에 홀린 사람처럼 귀를 쫑긋거리고 앉아서 이후 어떤 것을 기다리고 있는 눈치였다. 배심원들이 동요하기 시작했다. 바로 그때, 수석 판사가 입을 열었다. 「음, 좋아. 안드레이 나호드까, 당신은 당신 죄를 인정하시겠지요?」

안드레이가 천천히 자리에서 일어나 자세를 바로 하고 자기 콧수염을 잡아당기면서 늙은 재판장을 힐끔 쳐다보았다.
「내가 뭘 잘못했다고 죄를 인정하란 말이오?」 우끄라이나인이 어깨를 움츠리며 카랑카랑한 목소리로 전혀 서두르는 기색도 없이 말문을 열었다. 「난 사람을 죽인 적이 없을뿐더러 도둑질도 하지 않았고 그저 사람들이 도둑질을 해야만 하고 서로를 죽일 수밖에 없는 그런 삶의 질서에 동의하지 않았을 뿐이오.」
「요점만 말하시오.」 재판장이 힘들긴 하지만 또박또박 말했다.
어머니는 뒷좌석에서 전해 오는 활기를 느낄 수 있었다. 사람들은 흡사 얼굴에 윤기가 반지르르한 사람이 내뱉는 저급한 말의 거미줄에서 해방되려는 듯 서로 속닥거리며 수선을 떨었다.
「애들이 뭐라고 하는지 듣고 있소?」 시조프가 속삭였다.
「표도르 마진, 대답하시오.」
「전 대답할 마음이 전혀 없습니다.」 페쟈가 자리에서 벌떡 일어나 또박또박한 목소리로 말했다. 그의 얼굴은 흥분한 탓에 잔뜩 상기되어 있었고 눈은 반짝였으며 이유는 모르겠지만 뒷짐을 지고 있었다.
시조프가 나직이 신음 소리를 냈고, 어머니 또한 너무나도 놀라 두 눈을 크게 떴다.
「저는 변론을 거부합니다. 따라서 전 아무 얘기도 하지 않겠습니다. 전 당신들의 이 재판을 불법으로 간주합니다. 당신들이 대체 누구란 말입니까? 민중들이 당신들에게 우리를 재판할 권리를 주었습니까? 천만에요, 그들은 그런 적이 없습니다. 난 당신들을 모릅니다.」
그가 자리에 앉자 그의 이글거리는 얼굴이 안드레이의 어깨에 가려 보이지 않았다.
살찐 판사가 재판장에게 고개를 숙이고 뭔가를 속삭였다. 창백한 얼굴의 판사가 눈썹을 치켜뜨고 피고인들을 비스듬히 내려다보고는 테이블 위에 양손을 올려놓고 서류에다 연필로 뭔가를 적어 넣었다. 지방 원로는 고개를 홱 돌리고 조심스럽게 발을 옮겨 놓고 나서, 배를 무릎 위에 올려놓고는 그 위에 다시 손을 얹어 배를 가렸다. 재판장은 고개는 까딱도 하지 않고 불그스레한 콧수염의 판사에게서 상체를 돌려 이야기를 했고, 판사는 고개를 푹 숙인 채 듣고 있었다. 귀족 단장은 검사와 이야기를 나누고 있었고, 시장은 볼을 비비며 귀를 기울이고 있었다. 다시 늙은 판사의 둔탁한 목소리가 울려 퍼졌다.

「우리 애, 말 한번 시원스럽게 했지 않소? 정곡을 찔렀어. 최고야!」 시조프가 흐뭇해하며 어머니의 귀에다 대고 속삭였다.

어머니는 이해할 수가 없다는 듯 빙그레 웃었다. 지금 벌어지고 있는 일들이 뭔가 무서운 일이 일어나기 전 쓸데없으면서도 따분하기 그지없는 서곡으로 느껴지면서 다음 순간 곧바로 모든 사람을 싸늘한 공포 속으로 몰아넣을 것만 같았다. 하지만 빠벨과 안드레이의 침착한 말들이 얼마나 용기 있고 결연하게 들리는지 꼭 그들이 지금 법정이 아닌 공장촌의 작은 집에서 이야기를 나누고 있는 것 같은 착각을 불러일으켰다. 불타는 듯한 페쟈의 언행이 어머니의 가슴에 청신한 기운을 불어넣어 주었다. 뭔가 용감한 분위기가 법정 안을 가득 메웠다. 어머니는 뒷좌석에 앉은 사람들이 술렁대기 시작한다는 것을 느끼고, 이런 감정이 혼자만의 감정이 아니었음을 확신할 수 있었다.

「당신 의견은?」 재판장이 말했다.

대머리 검사가 자리에서 일어나 한 손으로는 책상을 짚고 일일이 숫자를 인용해 가며 빠르게 말을 했다. 그의 목소리에서 어떤 무서운 면은 보이지 않았다.

그러나 동시에 매정하면서도 찌르는 듯한 공포가 어머니의 가슴을 자극하고 속을 태워, 무엇인지 모를 적대적인 느낌을 어렴풋이나마 불러일으키는 것이었다. 그것은 눈으로 보거나 손으로 만질 수 있는 게 아님은 물론, 위협을 한다거나 고함을 친다거나 하는 일도 아니었다. 그것은 마치 검은 구름으로 둘러싸여 아무도 안을 들여다볼 수 없으리만큼 그렇게 냉담한 판사들의 태도에서 비롯됨은 두말할 나위도 없는 것이었다. 어머니는 그들을 쳐다보았는데 그들 모두 이해할 수 없는 구석 천지였다. 그들은 빠벨이나 페쟈에 대해서 화를 내는 것도 아니었고 기대했던 것처럼 심한 말로 그들에게 모욕을 주지도 않았다고는 하지만, 그들이 하고 있는 질문 또한 어머니에겐 전혀 불필요한 것으로 느껴져, 그들이 억지로 질문을 던지고 있으며 대답을 듣는 데도 상당히 지쳐 있고, 어쨌거나 모든 걸 다 알고 있는 그들로 봐서는 무엇 하나 흥미를 끌 만한 것이 없으리라는 결론을 어렵잖게 내리도록 했다.

그들 바로 앞에는 헌병 하나가 서서 낮은 음성으로 증언을 하는 중이었다. 「사람들은 빠벨 블라소프를 모든 일의 주동자로 불렀습니다.」

「그럼 나호드까는?」 살이 피둥피둥 찐 판사가 부드러우면서도 나직한 음성으로 물었다.

「그 사람 역시 마찬가집니다.」 헌병이 말했다.

변호인 가운데 하나가 자리에서 일어나 말했다. 「저도 한 말씀 드려도 되겠습니까?」

재판장이 누군가를 보고 물었다. 「당신은 더 할 말 없소?」

어머니가 보기에 판사들 모두 건강이 나쁜 것 같았다. 병적인 피로가 그들의 자세뿐 아니라 목소리에도 배어 있었고, 그들의 얼굴에도 역시 병적인 피로, 그리고 지긋지긋하고 단조로운 권태를 엿볼 수 있었다. 모든 것들 — 법복, 법정, 헌병들, 변호인들, 안락의자에 앉아 있어야만 하는 의무감, 질문을 던지고 다시 들어야만 하는 의무감 따위들이 못내 고통스럽고 짜증나는 일임에 분명했다.

안면이 있는 누런 얼굴의 장교가 그들 앞에 서서 말에다 힘을 주어 가며 큰 소리로 빠벨과 안드레이에 대한 중요한 진술을 하고 있었다. 어머니는 그의 말을 듣고 있노라니 절로 이런 생각이 떠올랐다. 〈제대로 아는 것도 없으면서…….〉

어머니는 이제 그들에 대한 두려움이라든가 그들에겐 더더욱 어울리지도 않는 일말의 동정심도 갖지 않고 쇠창살 뒤에 서 있는 사람들을 바라보았고, 그러다 보니 가슴 안에선 놀라움과 사랑의 감정이 동시에 강하게 일어나는 것이었다. 놀라움이 의외로 평온한 것이었다면, 사랑은 반가우리만큼 또렷한 것이었다. 젊고 건강한 그들은 흡사 증인과 판사의 무미건조한 이야기들, 그리고 검사와 변호사의 입씨름에는 전혀 상관도 없다는 듯이 벽 한쪽에 나란히 앉아 있었다. 가끔 경멸적으로 깔깔대기도, 동지들에게 말을 걸기도 했는데 그럴 때면 언제나 그의 얼굴엔 냉소적인 미소가 줄달음쳤다. 안드레이와 빠벨은 거의 내내 변호인 가운데 한 사람과 조용히 이야기를 나누고 있었는데, 어머니는 그를 바로 전날 니꼴라이 집에서 만났었다. 마진이 다른 누구보다도 생기 넘치고 활달한 표정을 지어 가며 그들의 이야기에 바짝 귀를 기울이고 있었다. 사모일로프는 간혹 무슨 말인가를 이반 구세프에게 했는데, 어머니가 보니 매번 이반은 남의 눈에 띄지 않게 팔꿈치로 옆에 앉은 동지의 옆구리를 쿡쿡 찌르며 터져 나오는 웃음을 참느라 얼굴은 빨개지고 양 볼은 부풀어 올랐으며 마침내는 고개를 수그리는 것이었다. 그러나 두 번째쯤 되자 이내 깔깔대고 웃음을 터뜨리고서는 얼마 동안 좀 더 진지한 표정을 지어 보이려고 무던 애를 쓰면서 부푼 볼을 해가지고 자리에 앉아 있었다. 이처럼 동지들은 제각기 나름대로의 젊음을 표현하며, 흥분을 애써 억제하면서 가볍게 발산하고 있는 것이었다.

시조프가 팔꿈치로 어머니를 쿡 찌르자 어머니는 그를 돌아보았다. 그의 얼굴엔 흡족하면서도 어느 정도는 걱정스러운 빛이 스치고 지나갔다. 그가 속삭였다. 「좀 봐요, 애들이 얼마나 신념에 차 있는가 말이오, 믿음직스럽지 않소? 남작과 비교해 못할 게 하나도 없어요, 안 그래요?」

법정에선 증인들이 특징도 없는 목소리로 서둘러 진술을 해나갔고 판사들은 머뭇거리며 마지못해 질문들을 던졌는데, 그들의 냉정하면서도 피로에 찌든 얼굴들은 무관심하게 허공을 응시하고 있었다. 살이 피둥피둥 찐 판사는 이따금씩 포동포동한 손으로 웃음을 감추듯 입을 가리고 하품을 했고, 붉은 수염의 판사는 더욱 창백해진 얼굴을 하고서 간혹 손을 들어 관자놀이를 손가락으로 꾹꾹 누르는가 하면 부릅뜬 눈으로 천장을 쳐다보기도 했다. 검사는 이따금씩 서류에다 무언가를 휘갈겨 쓰는가 하면 귀족 단장에게 잘 들리지 않는 소리로 말을 걸곤 했다. 그러면 귀족 단장은 허연 턱수염을 쓰다듬기도 하고 커다란 눈을 굴리며 웃기도 하면서 심각하게 목을 구부렸다. 시장은 발을 꼬고 앉아서 소리를 내지 않고 두 무릎을 마주치거나 손가락을 놀리며 딴전을 피우고 있었다. 그렇게 모두 한결같이 아무 생각 없이 자리만 지키고 있는 반면 지방 원로만이 단조로운 진술에 귀를 기울이고 있는 것처럼 보였다. 그는 고개를 치켜들고 앉아서 불룩한 배를 무릎으로 받친 채 손으로 단단히 부여잡고 있었고, 늙은 판사는 안락 의자에 깊숙이 박혀서 꼼짝도 하지 않았다. 그런 재판이 오래감에 따라 사람들은 다시 망연자실 권태 속으로 빠져들었다.

「잠시 휴정하겠습니다······.」 늙은 재판장이 이렇게 말의 서두를 끄집어내고는 얇은 입술로 계속 말들을 뱉어 냈다.

수군대는 소리, 탄식 소리, 나직한 고함 소리, 기침 소리, 그리고 발 구르는 소리가 법정을 가득 메웠다. 피고인들은 법정 밖으로 끌려 나갔는데, 그들은 걸어 나가면서 친척, 친지들에게 웃으면서 고개를 끄덕였다. 한편 이반 구세프가 누군가를 향해 소리를 질렀다. 「겁낼 것 없어, 이고르!」

어머니와 시조프도 복도로 걸어 나왔다.

「어디 가서 차라도 한잔 마십시다.」 시조프가 근심스러운 듯 생각에 잠겨 어머니에게 말했다.

「한 시간 반이나 남았소.」

「별로 생각이 없어요.」

「그럼 나도 그만두겠소. 아니 그런 놈들이 어디 있어, 안 그래요? 제 놈들만 사람인 양 앉아 있는 꼴이라니. 나머지 사람들은 그럼 뭐야? 폐쟈는 뭐냐고?」

사모일로프의 아버지가 모자를 손에 들고 그들에게로 다가왔다. 그가 침통한 미소를 지어 보이며 말했다. 「우리 그리고리 어땠습니까? 변론도 거부했을뿐더러 이러니저러니 일체 말을 안 했소. 봐서 알겠지만 그 애가 처음으로 그런 생각을 했단 말입니다. 뻴라게야 당신 아들은 변호인들 편을 들었지만 내 아들은 그런 것도 필요 없노라고 말하지 않던가요! 그러고 나서 네 명이 줄줄이 변론을 거부했으니······.」

바로 옆에 그의 아내도 서 있었다. 그녀는 자주 눈을 깜빡이며 손수건 끝으로 코를 훔쳤다. 사모일로프가 손으로 턱수염을 잡고 마룻바닥을 내려다보며 말을 이었다. 「이건 정말 장난 같은 일이오. 처음 그 애들, 악마 같은 그 애들을 보면서 이 모든 일을 헛되이 생각해 내고 결국은 그래서 쓸데없이 제 몸을 망치고 있다고 생각했었습니다. 그런데 갑자기 이런 생각이 들더군요. 그 애들이 옳을지도 모른다는 생각 말이죠. 생각해 봐요, 공장에서 그 애들이 그토록 세력을 키우게 되리라고 꿈엔들 생각했어요? 무엇 하나 안 건드리는 일이 없고 마치 강에 사는 물고기처럼 없어지진 않을 거예요. 정말 없어지진 않을 겁니다. 다시 생각해 보면, 그들에겐 어떤 보이지 않는 힘이 숨어 있는 것 같아요.」

「그건 참 이해하긴 힘든 일이오, 스쩨빤 뻬뜨로프!」 시조프가 말했다.

「어려워요, 정말!」 사모일로프가 맞장구를 쳤다.

그의 아내가 요란스레 코로 숨을 들이마시면서 입을 열었다. 「몸들은 다 건강한 것 같습디다, 망할 놈의 자식들······.」 그녀는 곰보 자국투성이의 넓적한 얼굴에 터져 나오는 웃음을 억지로 참으며 말을 이었다. 「이봐요, 닐로브나! 아까 당신 아들 탓이라고 한 말은 무심코 한 말이니 너무 노여워하지 말아요. 진리대로 말하면 심지어 개도 누구에게 더 죄가 있는지를 아는 법인데! 헌병 놈들과 첩자 놈들이 우리 그리고리보고 뭐라고 지껄여 대는지 보구려. 역시 뭔가를 보여 주려고 했어. 고 빨간 악마 같은 애가!」

그녀는 자기 아들에 대한 자부심을 갖고 있는 게 분명했고, 설혹 그녀 자신은 자기의 감정을 이해 못하고 있는지는 몰라도 어머니만은 그래도 그런 감정을 이해하고도 남았다. 어머니는 친절하게 웃어 보이며 조용하게 대답했다. 「젊은 심장은 항상 진리 가까이에 있는 법이지요.」

사람들은 복도를 서성거리고 있었는데, 어떤 사람들은 몇 명씩 무리를 지어 있기도 했고 어떤 사람은 아주 조용한 목소리로 신중하게 말을 건네기도 했다. 누구 하나 혼자 서 있는 사람은 없었다. 모든 사람의 표정에서 뭐든 말하고 싶고 또 듣고 싶어 하는 빛을 어렵잖게 읽을 수 있었다. 비좁고 허연 통로는 흡사 강한 바람에 먼지구름이 피어오르듯 그렇게 사람들의 물결이 넘실거렸고, 누구 하나 예외 없이 모두 무언가 단단하면서도 확고한 발판을 찾아 헤매는 듯한 인상을 풍기고 있었다.

귀가 크고 역시 퇴색한 옷감 같은 얼굴을 한 부낀의 큰형은 손을 마구 내두르며 여기저기를 바삐 돌아다니고 있었다. 그가 말했다. 「지방 원로 끌레빠노프는 이런 일에 끼어들 만한 자격도 없는 작잔데……」

「입 다물어, 꼰스딴찐!」 체구가 조그만 노인인 그의 아버지가 조심스럽게 주위를 둘러보며 타일렀다.

「아니에요, 저는 말을 해야겠어요. 들리는 소문에 의하면, 그 사람은 작년에 제 아내 일로 집사를 한 명 죽였답니다. 그는 지금 집사 아내와 살고 있어요. 이게 될 법이나 한 일입니까? 그 일 말고도 그놈은 남들이 다 아는 도둑놈이라고요.」

「쯧쯧, 그만하라니까, 꼰스딴찐!」

「맞아! 옳은 소리야. 재판 자체가 옳지 못해……」 사모일로프가 말했다.

부낀이 그의 목소리에 귀가 번쩍 뜨이는지 자기 뒤에 사람들을 달고 다가와 손을 흔들며 흥분한 나머지 얼굴이 벌게 가지고 소리쳤다. 「절도나 살인에 대해서 배심원들이 재판을 하는데 정작은 평범한 사람들, 이를테면 농민이나 평민들로 하여금 재판을 하게 해야 합니다. 정부에 반대하는 사람들을 정부가 다시 재판을 하니, 도대체 이런 일이 어디 있습니까? 만약 당신이 날 모욕한다면 난 당신 이빨에 한 방 먹일 테고, 그럼 당신은 날 고소하겠죠, 물론 나는 죄인이 되는 거고. 그런데 처음 날 모욕한 사람은 누구입니까? 당신이오? 맞습니다, 바로 당신인 것입니다.」

희끗희끗한 머리에 코는 구부러지고 가슴엔 훈장을 주렁주렁 매단 경비원이, 모여 있는 사람들을 옆으로 밀치면서 다가와 삿대질까지 해가며 부낀에게 말했다. 「어이, 소리 지르지 마! 여기가 무슨 술집이라도 되는 줄 알아?」

「왜 이러십니까, 나리? 저도 여기가 어디라는 것쯤은 압니다. 한번 내 말이나 좀 들어 보시오. 만약 내가 당신을 한 방 먹이고 나서 당신을 고소한다면, 당신 생각은 어때요……」

「네놈을 여기서 내쫓으라고 명령을 내리겠다!」 경비원이 엄하게 말했다.

「어디로 말이오? 무슨 이유로?」

「길거리로. 그래야 고함치지 못할 거 아냐……」

부낀이 모두를 둘러보고서 나직한 목소리로 중얼거렸다. 「놈들한테 무엇보다 중요한 일은 사람들의 입을 틀어막는 일이야.」

「그래 어쩌자는 거야?」 늙은이가 엄하면서도 난폭하게 소리쳤다.

부낀이 손을 내젓고 한결 조용해진 목소리로 입을 열었다. 「그리고 또, 왜 일반 사람들은 법정에 들여보내지 않는 거요? 친척들만 들여보내고! 당신들이 공정한 재판을 할 양이면 당당히 모든 사람들이 보는 앞에서 재판을 해야 하는 법인데, 당신들은 뭐가 두려운 거요?」

사모일로프가 되풀이해서 말했다. 하지만 조금 전의 목소리가 아니었다. 「재판이 공정하질 않습니다. 그건 사실입니다.」

어머니는 그에게 니꼴라이한테서 들은 재판의 불공정성에 대해서 얘기를 해주고 싶었지만 이해의 폭도 넓지 못했을뿐더러 대부분 잊어버리고 있었다. 그 말들을 생각해 내려고 애쓰면서 사람들로부터 몇 발짝 비켜서는 순간, 어머니는 밝은 빛깔의 수염을 기른 어떤 젊은 사내가 자신을 보고 있음을 눈치챘다. 그는 오른손을 바지 주머니에 푹 찔러 넣고 있어 왼쪽 어깨가 오른쪽 어깨보다 위로 올라가 보였는데, 그래서 그런지 어디서 많이 본 사람같이 생각되었다. 그러나 그는 고개를 딴 데로 돌렸고, 어머니는 아까 생각해 내려고 했던 것에 다시 몰두하느라 그 사람에 대해서는 금방 까맣게 잊어버렸다.

그러나 조금 있으려니까 그녀의 귀에 그리 크지 않은 소리가 전해져 왔다. 「이 할망구야?」

그러니까 누군가가 조금 큰 목소리로 기쁨을 억제하며 대꾸했다. 「맞아!」

어머니는 주위를 둘러보았다. 어깨가 기울어진 사내가 그녀 옆에 서서 짧은 외투에 무릎까지 올라오는 장화를 신고 있는 검정 턱수염의 젊은이에게 뭔가를 이야기하고 있었다.

다시 뭔가 생각이 날 듯 말 듯하다가는 이렇다 할 만한 걸 떠올리지 못하고 그냥 지워져 버렸다. 어머니의 가슴에선 아들의 진리에 대한 이야기를 사람들에게 해주고 싶은 욕망이 불같이 일어나서 사람들이 이 진리에 반대해서 어떻게 이야기를 하는지 듣고 싶었고, 또 그들의 말을 토대로 판결이 어떻게 내려질 것인가에 대해서 나름대로 예측해 보고 싶었다.

그녀가 시조프를 보고 그리 크지 않은 목소리로 조심스럽게 물었다. 「어떤 판결이 내려질까요? 놈들은 누가 무슨 일을 했는지 알아내려고 애쓸 뿐, 왜 그런 일이 일어났는지에 대해서는 전혀 묻지 않고 있어요. 그들은 너무 늙었어요. 젊은 사람들이 젊은이들을 재판해야 하는데…….」

시조프가 말했다.「옳은 소리요. 그런 일을 우리가 죄다 이해하기란 어렵지요. 어려워!」그러고는 생각에 잠겨 고개를 저었다.

경비원이 법정 문을 열고 소리쳤다.「가족 여러분! 표를 보여주시오.」

침통한 목소리가 서두르는 기색도 없이 중얼거렸다.「표가 다 뭐야, 누가 서커스 보러 온 줄 아나!」

모든 사람들에게서 조용한 분노, 어렴풋한 격분이 느껴졌고, 사람들은 아무 거리낌 없이 버티고 서서 여기저기서 수군대며 경비원들과 말다툼을 하기 시작했다.

25

 시조프가 의자에 앉으면서 뭐라고 중얼거렸다.
「뭐라고 하셨소?」 어머니가 물었다.
「아무것도! 사람들이 너무 바보 같아서……」
 작은 종소리가 울렸다. 누군가가 태연히 말했다. 「속개하겠습니다……」
 다시 사람들이 다 자리에서 일어나고 마찬가지의 절차를 밟아서 판사들이 들어와 자리를 잡고 앉았다. 피고인들이 끌려 들어왔다.
 시조프가 속삭였다. 「가만있어 봐요. 검사 논고가 있을 것 같군.」
 어머니는 목을 길게 늘이고 몸 전체를 쑥 내밀었다. 뭔가 무서운 일이 벌어질 것만 같은 생각에 심장이 멎는 듯했다.
 판사 바로 옆에 서서 그리고 고개를 돌리고 한쪽 팔꿈치는 책상에 그대로 기댄 채, 검사는 일단 한숨을 길게 몰아쉬고 한쪽 팔을 불쑥 허공에 내저으며 논고를 시작했다. 그의 첫 번째 말 몇 마디를 어머니는 알아듣지 못했지만, 어쨌든 검사의 목소리는 막힘이 없었고 낮고 굵은 음성이었으며, 어떤 땐 느리다가도 어떤 땐 빠르게 그렇게 제 맘대로 계속되었다. 말들이 흡사 재봉 솔기처럼 기다란 줄을 이루며 단조롭게 늘어서는가 하면 어느 한순간 갑자기 빠르게 튀어나와 설탕 조각 위에서 검은 파리 떼가 윙윙거리듯 빙글빙글 돌며 위로 치솟았다. 하지만 그녀는 말들 속에서 무시무시한 어떤 것도, 위협적인 어떤 것도 발견해 내지 못했다. 눈처럼 차고 재같이 희뿌연 말들이 연이어 쏟아져 나와 마른 잔먼지 같은 못 견디게 지긋지긋한 것으로 법정을 가득 메웠다. 감정은 어딘가에다 죄다 팔아먹고, 말 그 자체만 남은 검사의 논고는 아마도 빠벨이나 그의 동지들에겐 전혀 일말의 감흥도 불러일으키지 못하는 것처럼 보였다. 사실대로 말하면 그들은 말을 듣고 있지도 않고 태연하게 앉아 속삭이듯 대화를 나누었으며, 간혹 가다 웃기도 하고, 웃음을 참느라 인상을 쓰기도 하는 것이었다.

「거짓말을 하고 있구먼!」 시조프가 속삭였다.

어머니는 그런 식으로 말할 수가 없었다. 그녀는 검사의 말을 들으며 검사가 누구라 할 것 없이 그들 모두를 한통속으로 몰아가고 있음을 알았다. 그는 실제로, 다음엔 그를 빠벨 옆에다 갖다 붙이고, 마지막에 그들에게로 부낀을 집요하게 끌고 들어갔던 것이다. 그는 마치 그들을 한 자루 속에 다 집어 처넣고 바느질을 하고 서로서로를 번갈아 가며 그 꼭대기에 올려놓고 있는 것처럼 보였다. 비록 겉으로 나타나는 그의 말에선 어떤 만족도 감정도 놀라움도 엿보이지 않았지만, 그녀는 그럼에도 불구하고 무시무시한 무엇을 기다리며 말 이면에 숨겨져 있는 그것을 검사의 얼굴, 눈, 목소리, 그리고 허공에서 천천히 허우적거리는 새하얀 손에서 찾아내려고 집요하게 눈동자를 굴렸다. 뭔가 무시무시한 것이 있는 건 분명히 몸으로 느낄 수 있었지만, 딱 부러지게 무엇이라고 쉽게 단언할 수 없어 그저 가슴만 무엇에 찔리기라도 한 듯 뜨끔거리는 것이었다.

판사들을 보니 그들 또한 검사의 논고를 따분해하고 있음을 한눈에 알 수 있었다. 생기 없고 누런, 혹은 희뿌연 얼굴들에서는 아무런 표정도 엿볼 수 없었다. 검사의 논고는 눈에 보이지 않는 아지랑이같이 공기 속으로 뿜어져 나와 판사 주변에서 더더욱

두터워지며 냉담한 구름 속으로 빨려 들고 있었다. 늙은 판사는 의자에 얼어붙기라도 한 듯 꼼짝도 하지 않았고, 이따금 안경 너머로 보이는 허연 사마귀들이 사라졌다가는 다시 나타나 얼굴 전체로 퍼져 나가는 듯한 인상을 풍겼다.

어머니는 이런 죽은 듯한 무관심과 악의 없는 냉담함을 보면서 왠지 모를 의구심에 스스로에게 질문을 던져 보았다. 〈저들이 재판을 한단 말인가?〉 이러한 의문이 그녀의 가슴을 짓누르고, 점점 무서운 일이 벌어질 것만 같은 불길한 예감이 들면서 날카로운 모욕감이 목구멍을 잡아 찢는 것이었다.

검사의 논고가 뜻밖에 뚝 그쳤다. 그는 재빨리 몇 발짝 앞으로 걸어나가 판사들에게 인사를 하고 손을 비비며 자기 자리에 와 앉았다. 귀족 단장이 눈을 굴리며 그에게 고개를 끄덕여 주고, 시장은 손바닥을 쭉 폈으며 지방 원로는 배를 어루만지며 빙그레 웃었다.

그러나 판사들은 검사의 논고에 별로 만족한 눈치가 아닌 듯 꼼짝도 하지 않았다.

재판장이 얼굴을 서류에 바짝 갖다 대며 말했다. 「다음, 페도세예프, 마르꼬프, 자가로프의 변론을 하시오.」

어머니가 니꼴라이 집에서 보았던 변호사가 자리에서 일어났다. 그의 얼굴은 인상도 좋아 보였고 넓적했으며, 그의 작은 눈은 시원스레 웃고 있었는데, 불그레한 눈썹 밑에서 튀어나온 두 눈이 어찌나 날카롭던지 마치 끝이 뾰족한 칼로 공기 중에서 무언가를 베어 내는 듯한 인상을 주었다. 그는 서두르지 않고 또박또박 변론을 했지만, 어머니는 그의 말이 한마디도 귀에 들어오지 않았다. 시조프가 그녀의 귀에다 대고 속삭였다. 「저 사람 말 알아듣겠소? 알아듣겠냐 말요? 민중들이 파탄 직전에 처해 있을 뿐만 아니라 몹시 지쳐 있다는군요. 저 사람이 바로 표도르요?」

그녀는 고통스러운 환멸에 숨이 콱콱 막혀 와 대답을 하지 않았다. 치욕스러움이 정신을 혼미하게 하며 더욱 고개를 쳐들었다. 어머니에겐 왜 자신이 공정성이라는 것을 기다렸고, 아들의 진리와 그 재판장의 진리와의 엄중하면서도 정직한 소송을 보려고 생각했던가 하는 회의가 명백해지기 시작했다. 어머니는 판사들이 빠벨에게 그의 가슴의 모든 삶에 대해서 한참 동안 주의를 기울여 상세하게 물어봐 주겠거니, 그래서 예리한 통찰력으로 아들의 생각과 일에 대해서, 그리고 그의 살아온 나날들에 대해서 하나하나 조사를 해주겠거니 생각하고 있었던 것이다. 그리고 만약 그들이 아들의 공정함을 본다면 정직하게 큰 소리로 〈이 사람이 옳소〉라고 외칠 것이라고 여겼던 것이다.

그러나 그와 같은 일은 있을 리 만무했다. 그래서 그런지 피고들은 판사들에게는 눈에 띄지도 않을 만큼 멀리 떨어져 있어 판사란 그들에게 있어서는 아무짝에도 쓸모없는 사람처럼 생각되었다. 끝내 지쳐 버린 어머니는 재판에 걸었던 기대를 다 지워 버리고 변론에 귀도 기울이지 않은 채, 일종의 모욕감을 느끼며 생각했다. 〈과연 이걸 재판이랄 수 있을까?〉

「그렇고말고!」 시조프가 찬동한다는 듯 중얼거렸다.

벌써 다른 변호사가 변론을 하고 있었는데, 그는 작은 체구에 날카로우면서도 창백하고 냉소적인 얼굴의 소유자였다. 판사들이 그의 변론을 제지했다.

검사가 벌떡 일어나 조서에서 어떤 구절을 성난 목소리로 빠르게 읽어 나갔고 그것이 끝나자 재판장이 훈계조로 말을 했다. 변호인은 정중하게 머리를 숙이고 그들의 이야기를 듣다가 다시 변론을 계속했다.

「들쑤셔 놔! 있는 대로 다 쑤시란 말야……」 시조프가 말했다.

법정 안이 활기를 띠기 시작했고, 어떤 분노에서 나오는 긴박감이 감돌았으며, 변호사는 이에 맞추어 예리한 변론으로 쭈글쭈글한 판사들의 살가죽을 자극했다.

빠벨이 자리에서 일어나자 법정은 찬물을 끼얹은 듯 조용해졌다. 어머니는 몸을 잔뜩 앞으로 당겼다. 빠벨이 침착하게 이야기를 시작했다. 「당원인 나로서는 당의 재판만을 인정하고 있기 때문에 변론은 하지 않겠습니다. 다만 역시 변론을 거부했던 동지들의 뜻에 따라 당신들이 이해 못하고 있는 것만 설명해 드리고자 합니다. 검사는 우리가 사회 민주주의의 깃발 아래 떨쳐 일어선 것을 절대 권력에 반기를 든 폭동이라 부르고, 시종일관 우리를 짜르에 대항한 폭도로 간주하고 있습니다. 분명히 말씀드려야겠습니다만, 우리에게 전제 정치란 나라 전체를 속박하고 있는 족쇄에 불과합니다. 우리는 민중들에게서 하나하나 가까운 족쇄부터 벗겨 낼 의무가 있는 것입니다⋯⋯.」

신념에 찬 목소리 덕택에 법정은 더더욱 찬물을 끼얹은 듯 고요해졌고, 따라서 법정의 벽과 벽 사이의 간격이 더욱 멀게 느껴졌다. 빠벨 또한 사람들에게서 몇 걸음 떨어져 훨씬 두드러져 보였다.

판사들이 술렁대면서 동요하기 시작했다. 귀족 단장이 굼뜬 얼굴의 판사에게 뭔가를 속삭이자, 그 판사는 고개를 끄덕이고 이내 늙은 판사에게로 몸을 돌렸는데, 바로 그와 같은 시간에 반대편에 있던 덩치 큰 판사도 그의 귀에다 뭔가를 이야기하고 있었다. 노인이 안락의자를 좌우로 흔들면서 빠벨에게 무슨 말을 했지만, 그의 목소리는 초지일관 흘러나오는 빠벨의 말소리에 묻혀 버렸다.

「우리는 사회주의자들입니다. 이 말은 우리가 사적 소유의 적임을 뜻합니다. 사적 소유란 민중을 분열시키고 서로에게 대항키 위해 서로를 무장시키고 화해할 수 없는 반목을 조장하고 이러한 반목을 감추거나 정당화하려고 거짓말도 서슴없이 내뱉을 뿐 아니라, 모든 이들을 거짓과 위선, 그리고 악으로써 타락시키기 때문입니다. 우리는 자신 있게 이야기합니다. 인간을 한낱 자신의 부 축적의 도구로만 생각하는 사회는 반인간적이며, 우리는 그런 사회와 적대적인 관계에 있지 않을 수 없다는 것을 말입니다. 그래서 우리는 그런 사회의 위선이고 거짓된 도덕과는 화해할 수 없는 것입니다. 그런 사회가 지향하고 있는 개인에 대한 태도의 냉소주의와 잔인성은 우리와는 반대되는 개념이어서 우리는 그런 사회에 의한 인간의 육체적, 도덕적 예속의 제 형태에 대항해 투쟁하기를 원하고 또 투쟁할 것입니다. 우리는 노동자입니다. 거대한 기계에서 아이들 장난감까지 어느 것 하나 우리의 노동을 거치지 않고 창조되는 것은 없습니다. 우리는 우리의 인간적 가치를 위해 투쟁할 권리를 박탈당한 사람들입니다. 너 나 할 것 없이 모두 우리를 자기들 목적 달성의 수단으로 만들려고 노력해 왔고 실제로 만들어 왔습니다. 우리는 머지않아 모든 권력을 정복하고 우리가 향유할 수 있는 만큼의 자유를 획득하고자 합니다. 우리의 슬로건은 간단합니다. 사적 소유를 폐지하라! 모든 생산 수단은 민중에게로! 모든 권력은 민중에게로! 모든 사람에게 노동의 의무를! 당신들이 보다시피, 우리는 폭도가 아닙니다!」

빠벨이 빙그레 웃으며 손으로 천천히 머리카락을 쓸어 내렸다. 그의 갈색 눈에선 불꽃이 더욱 활활 타올랐다.

「요점만 말하시오!」 의장이 큰 소리로 똑똑하게 말했다. 그는 빠벨 쪽으로 몸을 돌리고 빠벨을 뚫어져라 쳐다보았는데, 어머니가 보기에 그의 흐리멍덩한 왼쪽 눈이 사악하고 탐욕스러운 불꽃으로 번뜩이는 것 같았다. 그리고 모든 판사들이 아들을 어찌나 뚫어져라 쳐다보는지, 그들의 눈이 아들의 얼굴을 꿰뚫고 몸에 찰싹 달라붙어 피를 탐욕스럽게 빨아먹음으로 해서 늙어 쭈글쭈글해진 제 몸뚱어리에 청신한 기운을 불어넣고자 하는 것은 아닐까 하는 생각마저 들 정도였다. 건장한 체격에 키가 훤칠한 빠벨은 씩씩하고 용감하게 서서 그들에게 손을 뻗고는 그리 크지는 않지만 똑똑한 목소리로 말을 계속했다.

「우리는 혁명가들입니다. 어떤 사람은 명령만 하고 어떤 사람은 일만 하는 사회가 존재하는 한 우리는 그런 혁명가가 될 것입니다. 우리는 당신들과 같은 화해할 수 없는 적에 의해 이익을 지키라고 명령된 그런 사회에 대항할 것이며, 우리가 승리하는 그날까지 우리들 사이엔 화해란 없습니다. 우리는, 우리 노동자들은 승리할 것입니다. 당신들의 신임자들은 당신들이 생각하는 것처럼 그렇게 강력하지 못합니다. 수백만 예속된 민중을 희생시켜 가며 모으고 지킨 그 재산, 민중들을 지배하도록 해주는 그 힘은 지금 민중들 내부에 적대적인 감정을 불러일으키고 당신들 자신을 육체적, 도덕적으로 타락시키고 있습니다. 사유 재산을 지키기 위해선 지나칠 만큼의 많은 노력이 필요합니다. 본래 당신들, 우리의 지배자들은 우리보다 더 노예인 것입니다. 당신들이 정신적으로 예속되었다면 우린 단지 육체적으로만 예속되었기 때문입니다. 당신들은 당신들을 정신적으로 압살하는 편견과 관습의 굴레에서 결코 벗어날 수 없을 테지만, 내적으로 해방되는 데 우리를 방해할 것이라곤 아무것도 없습니다. 당신들이 우리를 독살시키기 위해 먹인 독약은 당신들이 우리의 의식 속에 쏟아부은 해독제보다 의외로 약한 것이었습니다. 우리의 의식은 끊임없이 성장, 발전하여 마침내는 꺼지지 않는 불길로 타올라 심지어 당신들만이 향유하던 것 가운데 가장 좋고 가장 건강한 요소를 당신들에게서 빼앗아 오고 있습니다. 보십시오! 이미 당신들에겐 당신들의 권력을 위해 이념적으로 싸워 줄 만한 사람들도 없고, 당신들은 역사적으로 정당성이라는 중압에서 당신들을 지켜 줄 모든 존립 기반들을 다 써버린 지 오래며, 당신들은 사상의 영역에서 더 이상 새로운 것을 창조할 능력도 없는, 이를테면 정신적 불구자가 되어 버린 것입니다. 우리의 사상은 지금도 자라고 있습니다. 그것들은 점점 더 찬란하게 불타올라 마침내는 인민 대중을 틀어쥐고 해방 투쟁을 위해 그들을 조직하고 있습니다. 노동자의 위대한 역할에 대한 인식이 전 세계의 노동자를 하나의 정신으로 결합시키고 있는 이 마당에, 당신들은 이런 삶의 변혁 과정을 잔인성과 냉소주의 말고 그 무엇으로 막을 수가 있겠습니까? 그러나 당신들의 냉소주의는 백일하에 드러난 지 오래요, 잔인함 또한 염증이 날 대로 나 있습니다. 바로 그런 이유로 오늘 우리의 목을 조르는 손도 곧 우리의 동지가 되어 우리의 손을 잡게 될 것입니다. 당신들의 정력은, 당신들에게 금 덩어리를 안겨 주었던 기계적 정력은, 당신들을 뿔뿔이 갈라놓고 결국엔 서로를 말살시키게 될 테지만, 우리의 힘은 모든 노동자들의 줄기차게 성장해 나가는 단결 의식에서 나온 살아 있는 힘인 것입니다. 당신들이 하는 모든 일은 범죄 행위입니다. 왜냐하면 사람들의 노예화를 지향하기 때문입니다. 반면 우리의 일은 민중을 위협해 왔던 당신들의 거짓과 사악함, 그리고 탐욕에 의해 태어난 유령과 괴물들로부터 세계를 해방시키고 있는 것입니다. 당신들은 삶으로부터 인간을 떼어 놓고 인간을 파멸시켜 왔지만, 사회주의는 다시 당신들이 파멸시킨 세계를 하나의 거대한 전체로 결합시킬 것입니다. 이 일은 반드시 이루어지고 말 것입니다!」

빠벨은 잠시 그대로 있다가 낮지만 한결 힘 있는 목소리로 되풀이했다. 「이 일은 반드시 이루어지고 말 것입니다!」

판사들은 이상스레 얼굴을 찌푸리며 서로 귓속말을 주고받으면서도 시종일관 빠벨에게서 탐욕스러운 눈을 떼지 않았다. 어머니는, 그들이 자신들의 눈길로 유연하면서도 강한 빠벨의 신체를 더럽히고 있고, 빠벨의 건강한 힘, 신선함을 질투하고 있음을 느낄 수 있었다. 동지의 연설을 주의 깊게 듣고 있는 피고들의 얼굴이 보다 밝아지고, 눈에는 기쁨이 넘쳐흘렀다. 어머니는 아들의 말을 하나도 빠뜨리지 않고 빨아들여 기억 속에 줄을 맞춰 정돈해 놓았다. 늙은 재판장이 몇 번인가 빠벨의 말을 중지시키고 뭔가를 열심히 설명했는데, 한번은 재판장까지도 슬픈 듯한 미소를 띤 적이 있었다. 빠벨은 말없이 그의 말을 듣고 있다가 남들로 하여금 자기의 말에 귀를 기울이도록 만들고 판사의 의지를 자기의 의지에 복종시키며 엄하면서도 침착하게 다시 이야기를 시작하는 것이었다. 그에 대한 대답으로 빠벨의 목소리는 어느 정도 조소적으로 울려 퍼졌다.

「결론적으로 말씀드리자면, 사적으로 당신들에게 모욕을 주려는 것이 내가 바라는 바는 아닙니다. 오히려 당신들이 재판이라고 부르는 이런 희극에 어쩔 수 없이 참석하게 된 나는 당신들에게 연민을 느끼지 않을 수 없습니다. 어찌 되었든 당신들도 사람인 것은 분명하기에 비록 당신들이 우리의 목적에 적대적이라곤 하지만, 자신의 인간적 가치를 인식하지 못할 정도로 그렇게 타락하고, 폭력에 의지하지 않고는 배겨 내지 못할 정도로 그렇게 비굴해진 모습을 보고 있노라면 우리는 치미는 분노와 슬픔을 억제할 길이 없습니다……」

그는 판사를 쳐다보지도 않고 자리에 앉았다. 어머니는 호흡을 억제하며 판사들을 뚫어져라 쳐다보고 다음 순간을 기다렸다.

안드레이는 행복감에 도취되어 빠벨의 손을 꽉 잡았고, 사모일로프와 마진, 그리고 모두는 생기를 되찾고 그에게 손을 내밀었다. 그는 동지들의 환호에 잠시 어리둥절한지 빙그레 웃어 보이고는 어머니가 앉아 있는 곳을 보고는 마치 묻듯이 고개를 끄덕였다. 〈그렇죠?〉

그녀는 기쁨에서 우러나오는 깊은 탄식으로 그에게 답해 주었다. 온몸이 뜨거운 사랑의 물결로 휩싸이는 것이었다.

「봐요, 재판은 이제부터야! 멋지게 한 방 먹였어. 안 그러오?」 시조프가 속삭였다.

그녀는 아들이 그토록 용감하게 말을 했다는 데 대한 만족감에 말없이 고개를 끄덕였다. 어쩌면 아들이 결론을 맺었다는 데 대한 만족감이 더 큰지도 모를 일이었다.

〈그런데? 이젠 네놈들은 어쩔 셈이냐?〉 어머니의 머릿속엔 이런 의문이 재빨리 스쳐 지나갔다.

26

 아들이 이야기했던 것은 그녀에게 새로운 것이 아니었기에 그녀는 그 의미를 익히 알고는 있었다지만, 여기 법정에서 처음으로 아들의 신념에 대해 이상하면서도 마음을 끄는 힘을 느낄 수 있었다. 빠벨의 침착함은 그녀를 감동시켰고, 그의 연설은 그녀의 가슴속에서 정당성과 그의 승리에 대한 별같이 찬란하게 빛나는 결연한 신념 덩어리로 합쳐지는 것이었다. 그녀는 이제 판사들이 아들과 혹독한 논쟁을 벌이고 자신들의 진리를 내세우며 아들에게 열렬히 반박하기만을 기다렸다. 그러나 이번엔 갑자기 안드레이가 자리에서 벌떡 일어나 몸을 앞으로 내밀더니 판사들을 곁눈질로 힐끔거리며 입을 열었다. 「변호인 여러분……」
 「당신 앞엔 법정이 있는 거지 변호가 있는 게 아냐!」 얼굴에 병색이 완연한 판사가 화가 나서 큰 소리로 말했다. 어머니는 안드레이의 표정을 보고 그가 뭔가 우스갯소리를 하려 한다는 것을 알았다. 그의 콧수염이 떨리고 눈에선 어머니도 익히 알고 있는 능청스러운 고양이의 웃음이 번뜩였다. 그는 긴 손으로 얼굴을 훔치고 한숨을 내쉬었다.
 「그랬던가요? 난 당신들이 판사가 아니고 변호사들인 줄 알았습니다……」 그가 고개를 흔들며 말했다.
 「사건의 핵심만 말하시오!」 재판장이 무뚝뚝하게 말했다.

「핵심이라? 그거 좋지요. 전 벌써 부득이 당신들을 진정한 판사요, 자주적이고 정직한 사람들이라고 해두자는 생각을 하게 되었습니다……」

「법정은 당신의 평가를 필요로 하지 않소!」

「필요가 없다고요? 음, 좋아요. 하던 말을 계속하지요……. 당신들에겐 내 편 네 편도 없어야 합니다. 당신들은 자유로운 사람들인 것입니다. 지금 당신들 앞에는 두 집단이 서 있습니다. 한쪽에선 불평을 늘어놓습니다. 그가 내게서 도둑질을 해가고 학대하고 죽이려 합니다, 하고. 그러면 반대쪽에서 대답을 하지요. 난 너를 털고 학대할 권리가 있어, 칼자루를 쥐고 있는 건 바로 나니까……」

「핵심을 얘기하랬더니 무슨 옛날얘기를 하고 있는 거요?」 노인이 언성을 높여 물었다. 그의 손이 부들부들 떨리고 있었다. 어머니에겐 그가 성내고 있다는 게 여간 통쾌한 일이 아니었다. 하지만 아들의 연설과는 너무나도 맞지 않아 안드레이가 하는 행동이 어쩐지 미덥지 않았다. 어머니는 진지하면서도 신중한 논쟁을 원하고 있었다.

우끄라이나인은 늙은 재판장을 말없이 쳐다보고 있다가 머리를 긁적이며 진지하게 말했다. 「핵심이라고요? 제가 왜 당신과 핵심에 대해서 이야기를 나누어야 합니까? 동지가 이미 얘기했던 것만 알아도 당신은 그걸로 충분해요. 나머지 것은 시간이 되면 다른 동지들이 다 증명해 줄 것입니다.」

재판장이 벌떡 일어나 소리쳤다. 「당신 발언권을 박탈하겠소! 다음, 그리고리 사모일로프!」

우끄라이나인은 입술을 꼭 다물고서 느릿느릿 의자에 앉았다. 바로 옆에서 사모일로프가 곱슬머리를 흩날리며 자리에서 일어섰다. 「검사는 동지들을 야만인, 문화의 적들이라고 불렀습니다만……」

「당신 자신과 관계되는 말만 하시오!」

「이게 다 저에게도 해당되는 얘깁니다. 정직한 사람에게는 관계없는 일이란 없는 법입니다. 그리고 제 말을 막지 말아 주시기를 부탁드리는 바입니다. 저는 우선 당신들의 문화라는 것이 도대체 어떤 것인지부터 묻고 싶습니다.」

「우리는 여기서 당신과 토론을 벌이자는 게 아니오. 요점만 말하시오!」 재판장이 이를 드러내며 말했다.

안드레이의 행동으로 해서 판사들이 마음을 고쳐먹은 게 분명했고 그의 말이 그들에게서 뭔가를 씻어 내기라도 한 것처럼 그들의 잿빛 얼굴엔 붉은 반점들이 나타났고, 눈에선 싸늘한 흙빛의 불꽃이 이글거렸다. 빠벨의 연설이 그들을 화나게 했다가 자신들도 모르게 우러난 존경심 때문에 그러한 화가 억제되기까지 했다면 우끄라이나인은 그런 자제를 자극해서 그나마 자제란 이름 아래 억눌려 있던 것까지도 다 손쉽게 들춰내는 결과를 초래하고 말았다. 그들은 얼굴을 잔뜩 찡그리고 서로 속닥거렸는데, 움직임 하나하나가 나이에 비해 지나칠 만큼 민첩해지기 시작했다.

「당신들은 첩자들을 길러 내고 여인들과 처녀들을 타락시키고 있으며, 인간으로 하여금 도둑질과 살인을 하지 않으면 안 될 상황으로 몰아넣고 있습니다. 더욱이 당신들은 술로 인간을 해치고 있기도 합니다. 국제적인 살육전, 전 민중적 사기와 타락, 그리고 인간성의 황폐화, 바로 이런 것들이 당신들의 문화인 것입니다. 이런 문화라면 우린 의당 문화의 적이길 자처해야겠지요.」

「다시 한 번 경고합니다!」 늙은 재판장이 턱을 내밀며 고함을 쳤다.

그러나 사모일로프는 상기된 얼굴로 눈을 번뜩이며 역시 큰 소리로 말했다. 「하지만 우린 다른 문화, 당신들이 감옥으로 내쫓고 급기야는 미치게 만든 사람들에 의해 창조된 바로 그 문화를 존경하고 존중합니다……」

「역시 발언권을 박탈하겠소. 다음, 페쟈 마진!」

아직 어린 티를 벗지 못한 마진이 흡사 병마개를 따듯 벌떡 일어나 째지는 목소리로 말했다. 「나는…… 맹세합니다! 나는 알고 있습니다. 당신들이 나를 속였다는 걸 말입니다.」

그는 가쁜 숨을 몰아쉬었고 얼굴이 새하얗게 질려 있었다. 그는 한 쪽 눈만을 간신히 뜬 채, 손을 앞으로 내밀고 소리쳤다. 「나는 단언합니다. 당신들이 날 어디로 추방시킨다 해도 난 도망칠 것이고 다시 돌아와서는 또 일을 할 것입니다. 죽을 때까지 말입니다. 죽을 때까지!」

시조프가 법정이 떠나가도록 환성을 질렀다. 그러자 방청객들이 고조되는 흥분의 물결에 이끌려서 잘 들리지 않는 소리로 웅성대기 시작했다. 어떤 여인은 흐느껴 우는가 하면 어떤 사람은 숨넘어가는 듯한 기침 소리를 내기도 했다. 헌병들이 깜짝 놀라 흉악한 얼굴로 피고인들과 방청객들을 번갈아 쳐다보았. 판사들도 따라서 동요하기 시작하자 재판장이 날카롭게 소리쳤다. 「이반 구세프!」

「말하고 싶지 않소.」

「바실리 구세프!」

「말하고 싶지 않소.」

「표도르 부낀!」

얼굴이 허옇고 병약해 뵈는 젊은이가 힘들게 자리에서 일어나 고개를 까딱거리며 천천히 말했다. 「당신들은 부끄러워할 줄 알아야 합니다. 나는 아는 건 없지만 단 하나 정의가 뭔지는 압니다.」

그는 손을 머리 위로 쳐들고 반쯤 눈을 감은 채 아무 말이 없었다. 흡사 멀리 무언가를 쳐다보고 있는 것 같았다.

「그래서 어쨌단 말이오?」 안락 의자에 몸을 푹 파묻으며 재판장이 놀란 목소리로 화난 듯 소리쳤다.

「당신들한테야 무슨……」 부낀은 침통한 표정으로 의자에 털썩 주저앉았다. 그의 분명치 않은 말 속에서 중대하면서도 심각한, 아니면 어떤 꾸짖는 듯한 느낌과 우직함이 엿보였다. 이것은 몇 사람만의 느낌이 아니었음은 물론, 심지어 판사들까지도 혹시나 그 말에 더 명백한 반향이 있지나 않을까 하는 호기심에 잔뜩 귀를 기울이고 있었다. 이제 방청객들의 동요도 가라앉고 허공엔 조용한 흐느낌만이 머뭇거리고 있었다. 조금 후에 검사가 어깨를 움츠리며 히죽거리고, 귀족 단장이 큰 소리로 기침을 해 대자, 다시 법정은 수군대는 소리로 소란스러워지기 시작했다.

어머니는 시조프에게 몸을 굽히고 물어보았다. 「판사들의 판결이 있겠지요?」

「물론이지요……. 선고만 내려지면…….」

「더 이상은 없습니까?」

「그래요…….」

그녀는 그에게 다시 묻지 않았다.

사모일로바가 안절부절못하고 어깨 아니면 팔꿈치로 어머니를 찔러 대다가 나직이 남편에게 물었다. 「이젠 어떻게 되는 거예요? 가능하기라도 한 거예요?」

「보는 대로야. 가능하겠지!」

「우리 그리샤는 어떻게 되지요?」

「어쩌면 무죄 판결이 날지도…….」

모든 사람들에게서 어떤 동요, 문란함, 아니면 실망감이 느껴졌다. 사람들은 마치 눈 바로 앞에 무언지 윤곽을 가늠할 수 없을뿐더러 그 중요성마저도 도저히 알 수 없는 물체가 말로 표현 못할 견인력을 가지고 나타나 밝게 활활 타오르기라도 하는 것처럼 이상하다는 듯 눈을 깜박거렸다. 부긴의 형이 아무 거리낌 없이 큰 소리로 중얼거렸다. 「아니, 왜들 말을 못하게 하는 거야? 검사는 저 하고 싶은 말을 다하도록 내버려 두면서…….」

피고석 옆에 선 직원이 사람들 머리 위로 손을 내두르면서 굵직한 목소리로 말했다. 「조용! 조용…….」

사모일로프가 몸을 뒤로 젖히고 등 뒤에 있는 아내에게 갑자기 소리쳤다. 「좋아, 그들에게 죄가 있다 치자고. 하지만 설명만은 하게 둬야 할 것 아냐! 그들이 무엇엔가 반기를 들었다면서? 난 알고 싶어. 나하고도 다 상관이 있는 문제라고……」

「조용!」 직원이 손가락으로 그에게 위협을 하면서 고함을 쳤다.

시조프는 침통한 표정으로 고개를 끄덕였다. 하지만 어머니는 판사들에게서 한순간도 눈을 떼지 않았다. 어머니가 보니까 그들 모두는 점점 흥분의 도를 더해 가면서 잘 들리지 않는 목소리로 이야기를 나누고 있었다.

얼음처럼 차가우면서도 미덥지 못한 그들의 이야기 소리는 어머니의 얼굴에 와 닿아 볼을 부르르 떨게 만들고, 병들어 험오스럽기까지 한 느낌을 주었다. 어쩐지 어머니는 자꾸 그들이 자기 아들이나 동지들의 신체, 뜨거운 피와 살아 있는 힘으로 가득한 근육들, 그리고 신체의 각 기관들에 대해 이야기를 하고 있지 않나 하는 생각이 들었다. 이 육체는 그들에게는 없는 것에 대한 그릇된 질투심, 쇠약해지고 병든 자의 끈적거리는 탐욕성에 불을 지피는 것이다. 그들은 일해서 풍요롭게 살게 해주고 그래서 삶을 즐기고 뭐든 만들어 낼 수 있는 바로 그런 육체를 탐내 침을 흘리고 있다. 지금 육체들은 실제적인 삶의 왕복 운동에서 빠져나와 삶을 거부함으로 해서 삶을 정복하고 그 힘을 이용하며 결국엔 못 쓰게 만들어 버릴 일말의 가능성을 지니고 있다. 그렇기 때문에 청년들은 늙어 빠진 판사들에게, 눈앞에서 날 잡아 잡수 하며 누워 있는 먹이조차 잡아먹을 힘이 도무지 없어 그 무력함에 비참하게 울부짖고 있는 쇠약해진 짐승의 원한에 찬 고통스러움을 맛보게 하고 있는 것이 아닐까 하는 생각마저도 들었다.

비록 조잡하고 서툰 생각이긴 하지만 이런 생각들이 마음속에서 점점 더 생생하게 되살아나서 어머니는 판사들을 더더욱 뚫어져라 쳐다보았다. 어머니가 보기에 그들은 한때는 펑펑 쓰고 다녔는지 몰라도 지금에 와서는 하나도 남은 게 없어 굶주리고 있는 자들의 다시 깨어난 탐욕과 무기력한 분노를 감추지 못하고 있는 것처럼 보였다. 한 여자이자 어머니로서의 그녀에게는 항상 아들의 육체가 영혼을 일깨워 주는 것 이상으로 소중한 것이었다. 이런 생기 없는 눈들이 아들의 얼굴을 기어오르고 아들의 가슴, 어깨, 팔뚝을 사정없이 더듬고, 뜨거운 살가죽을 문대는 것을 보면, 마치 그들이 예전에 비난했어야만 했고 자기 자신들로부터 떼어 놓아야만 했던 젊은 삶에 대한 되살아나는 탐욕과 질투에 눈이 멀어 반은 죽어 가는 사람들의 굳어 버린 혈관과 늙어 빠진 근육 속에서 그나마 흐르는 몇 방울의 피에 불을 지펴 불길을 올리고 끝내는 뜨겁게 할 수 있을지도 모른다는 일말의 가능성에 죽기 아니면 살기로 매달리고 있지나 않은가 하는 해괴망측한 생각이 드는 것이었다. 어머니는 아들도 이러한 불쾌한 자극을 받으면서 몸을 떨고 그녀를 쳐다보고 있는 것 같았다.

빠벨은 조금 피로해 뵈는 눈으로 어머니의 얼굴을 침착하면서도 부드럽게 쳐다보았다. 가끔 어머니에게 고개를 끄덕이며 웃어 보이기도 했다.

〈곧 자유의 몸이 될 거예요!〉 빠벨의 미소는 그녀에게 이렇게 대답하면서 부드러운 손길로 그녀의 가슴을 더듬는 것이었다.

갑자기 판사들이 한꺼번에 자리에서 일어났다. 어머니 역시 자기도 모르는 새에 자리에서 벌떡 일어섰다.

「재판장이 나오고 있소!」 시조프가 말했다.

「판결을 내리려는 겁니까?」 어머니가 물었다.

「그래요······.」

긴장이 갑자기 풀리는 것과 때를 같이해서 정신적으로 지칠 대로 지쳐 피곤함이 온몸에 엄습해 왔고 눈썹이 떨렸으며, 이마엔 땀방울이 송골송골 맺혔다. 고통스럽기 그지없는 환멸과 모욕의 감정은 가슴에 밀어닥쳐, 영혼을 짓누르는 판사와 재판에 대한 경멸로 빠르게 변질되었다. 머리에 통증을 느껴 손바닥으로 이마를 세차게 훔치는 사이, 가족들이 쇠창살이 쳐져 있는 피고인들에게로 다가가고 있는 게 보였고 금세 법정은 이야기 소리로 가득 찼다. 그녀 역시 빠벨에게로 다가와 그의 손을 꽉 움켜잡고 반은 분노 때문에, 반은 기쁨 때문에 흐느끼기 시작했다. 그뿐 아니라 여러 가지 감정이 복잡스럽게 뒤얽혀 있기도 했다. 빠벨은 다정한 말로 어머니를 위로해 주었으며, 우끄라이나인은 여전히 농담을 하고 큰 소리로 웃기도 했다.

모든 여인들이 흐느끼고 있었지만, 대부분 슬퍼서라기보다는 습관 때문이었다. 느닷없는 무딘 충격으로 아연케 되거나 예기치 못한 쓰라린 고통 때문이 아니라 애들과 헤어지지 않으면 안 된다는 생각에서 나온 슬픔만이 남아, 결국 이러한 감정은 그날 받은 여러 인상들 속에 묻히고 용해되는 것이었다. 부모들은, 젊은 아이들에 대한 불신, 이를테면 애들에 대한 습관적인 우월감이 애들에 대한 존경에 가까운 다른 감정과 이상스럽게 결합하고, 이제부터는 어떻게 살아야 할 것인가 하는 머리를 떠나지 않는 슬픈 생각이, 이전과는 다른 더 나은 삶의 가능성에 대해서 두려움 없이 용감하게 이야기하는 젊은이들에 의해 야기된 호기심을 무디게 하기도 하는, 바로 그런 복잡스러운 감정으로 애들을 바라보고 있었다. 느끼는 건 많아도 어떻게 표현해야 할지를 모르니 아무짝에도 쓸모가 없는 것임은 물론이요, 말은 많이 하고 있지만 고작해야 옷가지나 건강 걱정 따위의 아주 평범한 이야기에 불과했다.

부긴의 형이 악수를 하면서 동생에게 확신했다. 「오직 정의뿐이야. 그 이상 무엇이 더 필요하겠니!」

동생 부긴이 말했다. 「찌르레기란 놈 잘 돌봐 줘야 해……」

「잘 키워 놓으마……」

시조프는 조카의 손을 잡고 천천히 말했다. 「표도르, 여행을 시작했다 치자꾸나……」

페쟈가 허리를 숙여 그의 귀에다 무슨 말인가를 속삭이고서 의미 있게 빙그레 웃었다. 호송 병사도 따라 웃다가는 이내 엄숙한 표정을 하고서 뭐라고 한마디 했다.

어머니 역시 다른 사람들과 마찬가지로 옷가지나 건강 따위에 대해서 빠벨과 이야기를 하면서도 가슴 안에선 사샤라든가 자신, 그리고 아들에 대한 수십 가지의 의문들이 정신없이 떠돌아다니고 있었다. 그 모든 감정의 밑바닥에는 일종의 부담감이 자리하고 있었지만 차츰 그것이 아들에 대한 사랑으로 바뀌면 바뀔수록 아들을 기쁘게 해주고 부드럽게 대해 주고 싶은 마음이 굴뚝같았다. 무언가 무서운 일이 일어날 것만 같이 생각되던 불길한 예감은 이제 온데간데없어지고, 그저 판사들을 생각하면 그리 좋을 것도 없는 전율이 잠시 되살아나 그들에 대한 어렴풋한 생각을 다시 한 번 떠올려 보는 정도였다. 어머니는 자신 안에서 커다란 기쁨이 자라나고 있음을 느끼면서도 그 기쁨을 이해할 수 없어 당혹스럽기까지 했다. 어머니는 우끄라이나인이 여러 사람들과 이야기를 나누고 있는 것을 보고 그가 빠벨보다도 더 사랑을 필요로 하고 있다는 것을 깨닫고는 그와 이야기를 시작했다.

「재판이 영 맘에 들지 않았어!」

「왜요, 녠꼬? 아무리 오래된 맷돌이라도 돌아가게 마련인 거예요……」 우끄라이나인이 부드럽게 웃으며 말했다.

「사람들에게 무섭지도 않고 누구나 다 이해할 수 있는 진리는 누구 거야?」 그녀가 머뭇거리며 말했다.

「오오, 어머님은 누구의 것을 원하세요? 여기서 그 진리를 놓고 다투고 있잖아요?」

그녀는 한숨을 내쉬고 웃으면서 말했다. 「내 생각에 무서운 것은……」

「재판을 속개하겠습니다.」

모두 서둘러 자리로 돌아가 앉았다. 한쪽 손을 테이블에 짚은 나이든 판사가 서류로 얼굴을 가리고 앵앵거리는 땅벌 같은 목소리로 그것을 읽어 내려가기 시작했다.

「선고를 내리고 있어요!」 시조프가 바짝 긴장해서 말했다.

정적이 흘렀다. 모두 자리에서 일어나 재판장을 쳐다보았다. 키는 작은 데다 깡마른 그는 잘 보이지 않는, 손에 짚고 있는 지팡이에 의지하고 있었다. 판사들 역시 자리에서 일어나 있었다. 지방 원로는 어깨 위에 고개를 딱 붙이고 천장을 바라보고 있었고, 시장은 팔짱을 끼고 있는가 하면 귀족 단장은 턱수염을 쓸어내리고 있었다. 병색이 완연한 얼굴의 판사, 살이 뒤룩뒤룩 찐 그의 친구, 그리고 검사는 피고인들 쪽을 쳐다보고 있었다. 한편 판사들의 뒤편에선 초상화 속의 짜르가 판사들의 머리 너머로 빤히 내려다보고 있었다. 빨간 제복 차림의 그는 냉담한 얼굴을 하고 있었는데, 그의 그런 얼굴 위를 어떤 곤충이 기어가고 있었다.

「유형이군!」 안도의 숨을 내쉬고 시조프가 말했다. 「차라리 다행스러운 일이지. 중노동일 거라고 그랬었는데! 괜찮아요, 아주머니! 이 정도면 괜찮은 거예요.」

「나도 짐작했던 일이오.」 그녀가 지친 목소리로 대답했다.

「하지만, 벌써 옳은 게 뭔지에 대해서는 증명이 되었어요. 모르는 사람이 누가 있겠습니까?」 그는 벌써 법정을 빠져나간 수형자들을 쳐다보고 크게 소리쳤다. 「잘 가거라, 표도르! 그리고 다들! 신의 가호가 있기를!」

어머니는 아들과 다른 모두에게 말없이 고개를 끄덕였다. 목을 놓아 울고 싶었지만 부끄러웠다.

27

그녀는 법정을 빠져나왔다. 벌써 시내는 어둠에 덮이고, 거리에선 가로등이 불을 밝히고 있었으며, 하늘엔 별무리가 져 있었다. 사람들이 법정 주위에 무리지어 있었다. 얼어붙은 공기 중에서 사각사각 눈 내리는 소리가 들리고 서로 말을 주고받는 젊은이들의 목소리가 울려 퍼졌다. 잿빛 방한용 두건을 뒤집어쓴 사내가 시조프의 얼굴을 보고 황망히 물었다.「판결은 어찌 되었습니까?」

「유형이오.」

「모두 다요?」

「그렇소.」

「감사합니다.」그 사내는 가버렸다.

「보셨소? 묻고 난리군요…….」시조프가 말했다.

갑자기 10여 명의 젊은 남녀가 그들을 에워쌌고 곧바로 사람들을 부르는 소리가 들렸다. 어머니와 시조프는 걸음을 멈추었다. 그들은 판결에 대해, 피고들이 어떻게 처신했는가에 대해, 그리고 누가 어떤 연설을 했는지에 대해 물었다. 모든 질문들 속에서 강렬한 호기심이 진지하면서도 뜨겁게 느껴져 모든 걸 죄다 얘기해 주고 싶은 마음이 절로 생기는 것이었다.

「여러분! 여기 계신 이분이 빠벨 블라소프의 어머니시랍니다!」 누군가가 이렇게 소리를 치자 웅성거림이 잦아들며 빠르게 주위가 조용해졌다.

「악수를 해도 괜찮습니까?」

누군가의 굳센 손이 어머니의 손가락을 움켜쥐었고, 때를 같이해서 누군가의 흥분된 목소리가 들렸다.「당신 아들은 우리들에게 용기의 모범이 될 것입니다.」

〈러시아 노동자 만세!〉 하는 소리가 드높이 울려 퍼졌다. 고함 소리가 점점 더 커지고 사람 수도 몇 배로 불어나 그곳의 열기는 하늘을 찌를 듯했고, 그러면서도 계속 여기저기서 사람들이 몰려와 어머니와 시조프를 더욱 빽빽이 에워쌌다. 경찰의 호각 소리가 허공을 찢어 놓았지만 그렇다고 고함 소리를 멈추게 할 수는 없었다. 시조프는 빙그레 웃었고, 어머니에겐 이 모든 일이 신나는 꿈같이만 느껴졌다. 어머니는 환하게 웃으며 여기저기서 내미는 손들을 잡고 고개 숙여 인사를 했다. 기쁨에 맑은 눈물이 앞을 가리고 목이 메어 왔으며, 너무나도 피곤해 다리가 후들후들 떨렸다. 하지만 기쁨에 복받친 가슴만은 모든 걸 죄다 삼켜 버리며 맑은 호수의 표면과 같은 감동으로 차라리 못 견디게 저며 왔다. 그녀 가까이에서 누군가의 또렷한 목소리가 들려왔다.「동지들! 러시아 민중을 말살해 온 괴물이 오늘 또다시 자신의 밑 빠진 탐욕의 주둥아리를 벌렸습니다……」

「그만 갑시다, 아주머니!」 시조프가 말했다.

그와 거의 동시에 어디에선가 사샤가 어머니의 팔을 잡고 거리 한편으로 물러서며 말했다.「이리 오세요, 잘못하다간 맞겠어요, 아니면 체포되든지. 유형이래요? 시베리아로요?」

「그래, 그렇다는구나!」

「빠벨이 어떻게 얘기하던가요? 말씀 안 하셔도 전 알아요. 그이는 다른 사람들보다 더 강인하고 솔직하죠. 물론 더 준엄하기도 하고요. 그리고 예민하면서도 자상해요. 단지 자신을 드러내는 것을 부끄러워해서 탈이지만요.」

그녀의 격렬한 속삭임, 사랑을 담뿍 담은 말에 어머니의 흥분은 가라앉고 지쳐 쓰러져 가던 힘이 다시 온몸에 솟았다.

「언제 빠벨한테 가겠니?」 어머니는 사샤의 손을 잡아서 자기 쪽으로 끌며 나직한 목소리로 부드럽게 물었다. 사샤가 똑바로 앞을 보면서 대답했다. 「제가 하던 일을 넘겨줄 사람을 찾는 대로 가겠어요. 저 또한 판결만 기다리고 있는 처지 아니에요? 필시 저도 시베리아로 가게 될 거예요. 그럼 그때 그이가 있는 곳으로 보내 달라고 할 생각이에요.」

뒤에서 시조프의 목소리가 들려왔다. 「그때 내 안부도 좀 전해 주구려! 시조프라고, 빠벨은 아마 알 거요. 표도르 마진의 삼촌이지요……」

사샤가 걸음을 멈추고 뒤를 돌아보고는 손을 내밀었다. 「저도 페쟈를 알아요. 저는 알렉산드라라고 해요.」

「그럼 부친은?」

그녀는 그를 쳐다보고 대답했다. 「전 아버지가 없어요.」

「돌아가셨단 말이오?」

「아뇨, 살아 계세요.」 처녀가 흥분해서 대답했다. 얼굴에서 완고하면서도 고집스러운 어떤 것이 엿보였다. 「아버지는 지주예요. 지방 군수이기도 하고요. 아버지는 농민들을 착취할 뿐만 아니라……」

「그렇구먼!」 시조프는 침울하게 대답하고 잠시 말이 없다가 처녀와 나란히 걸어가며 곁눈질로 쳐다보면서 말했다. 「자, 아주머니, 잘 가시오. 난 왼쪽으로 가야 하오. 또 만나요, 아가씨! 아가씬 아버지한테 너무 심한 것 같소그려! 물론 남이 참견할 일은 못 되지만.」

「만약 아저씨는 아저씨 아들이 못돼서 사람들한테 해만 끼치고 아버지한테도 무례하게 군다면, 안 그러시겠어요?」 사샤가 목청을 돋우어 소리쳤다.

「글쎄, 나도 그러겠지.」 시조프가 주저하며 대답했다.

「이를테면 아저씨에게 아들보다 정의가 더 소중한 것이듯, 제겐 역시 아버지보다 정의가 더 소중합니다…….」

시조프가 머리를 흔들며 웃고는 한숨 섞인 목소리로 말했다. 「그래, 그래. 아주 똑똑한 아가씨구먼! 조금만 더 아가씨와 같이 있다간 이 늙은이가 두 손을 들고 말겠어. 고집이 대단해! …… 잘 가요, 행운이 있길 빌겠소. 다른 사람들에게도 더욱 잘해 주고, 알겠소? 잘 가요, 닐로브나! 빠벨 보거든 연설 잘 들었노라고 전해 주구려! 다 이해하지도 못했거니와 어떤 건 무섭기도 했지만, 말해 주시오, 다 옳더라고!」

그는 모자를 들어 올리고 침착하게 길모퉁이를 돌아 걸어갔다.

「좋은 분이신 것 같아요.」 사샤가 커다란 눈에 미소를 담아 보내며 말했다.

어머니가 보기에 특히 오늘따라 그녀의 얼굴이 한결 부드럽고 선하게 느껴졌다.

집에 돌아온 그들은 소파에 꼭 붙어 앉아 있었다. 어머니는 차분한 마음으로 쉬면서 사샤의 빠벨에게로의 여행에 대해서 다시 이야기를 시작했다. 처녀는 시름에 잠겨 짙은 눈썹을 치켜 올리고 꿈꾸는 듯한 큰 눈으로 먼 곳을 바라보고 있었는데 창백한 얼굴에 평화로운 명상이 퍼졌다.

「나중에 너희들한테 애가 생기면 내 달려가 애들을 키워 주마. 사는 데 거기가 여기보다 못하진 않을 게다. 빠샤가 일거리를 얻을 수 있을 게야. 손재주가 비상하니까…….」

사샤가 호기심 가득한 눈으로 어머니를 바라보며 물었다. 「어머님께선 지금 당장 그이한테 달려가고 싶지 않으세요?」

어머니가 한숨 섞인 목소리로 대답했다. 「뭐 하려고 가누? 지금 가봤댔자 도망치는 데 거추장스럽기만 할 텐데. 그 애도 동의하지 않을 게야…….」

사샤가 고개를 끄덕였다. 「맞아요, 동의하지 않을 거예요.」

「더구나 난 할 일이 있잖니!」 어머니가 뿌듯해하며 덧붙였다.

「하긴 그래요. 그 말씀도 일리가 있어요……」 사샤가 생각에 잠겨 대꾸했다.

그러다 몸에서 무엇인가를 털어 내듯 화들짝 놀라서 그리 크지 않은 목소리로 입을 열었다. 「그이는 거기에 정착하지 않을 거예요. 분명 그곳에서 도망칠 거예요……」

「그게 무슨 소리야? 더구나 애들은 어쩌고?」

「가보면 알게 되겠죠. 그이는 자신만의 삶을 살아갈 사람이 아니에요. 저 또한 그이를 구속하지 않을 거고요. 그이와 헤어진다는 건 제겐 크나큰 고통이지만, 그래야만 한다면 할 수 없지 않겠어요? 전 그이를 구속하지 않아요, 절대로.」

어머니는 사샤가 말한 그대로를 실천에 옮길 수 있으리라는 것을 확신하고 왠지 가엾은 생각이 들어 그녀를 꼭 껴안고는 말했다. 「가엾은 것, 그래 얼마나 힘이 들겠냐!」

사샤가 어머니의 품 깊숙이 파고들며 부드러운 미소를 지어 보였다.

니꼴라이가 피곤한 모습으로 나타나 옷을 벗으며 빠르게 말했다. 「저, 사샤, 되도록 빨리 여기를 빠져나가요. 아침부터 첩자 두 놈이 내 뒤를 밟고 있는데, 낌새를 보니 체포하려는 것 같소. 내 예감인데 어디서 무슨 일이 터진 것 같기도 하고. 때마침 빠벨의 연설문을 입수했는데 곧바로 인쇄하기로 결정을 보았어요. 이걸 류드밀라에게 전해 주고 최대한 빨리 갈 수 있도록 신신당부 좀 해줘요. 빠벨의 연설이 너무 멋졌어요, 닐로브나! ……첩자들을 조심해요, 사샤……」

이야기를 하면서 그는 꽁꽁 언 손을 세게 비비고 책상으로 다가가 재빨리 서랍을 열고는 서류들을 꺼내 어떤 것은 갈기갈기 찢고 또 어떤 것은 한쪽으로 치워 놓았다. 걱정이 되는지 정신이 없어 보였다.

「청소한 지가 오래되었더니만 쓰레기 쌓이는 것 좀 봐. 제기랄! 보셔서 아시겠지만, 닐로브나, 오늘 밤은 딴 데 가서 주무시는 게 낫겠어요. 안 그래요? 한바탕 소동이 벌어질 텐데, 어쩌면 그놈들이 어머니도 잡아갈지 몰라요. 어머님은 빠벨 연설문을 갖고 여기저기 돌아다니셔야 되잖아요······.」

「놈들이 날 어쩌기야 하려고?」 어머니가 말했다.

니꼴라이가 손을 어머니 눈 바로 앞에서 내저으며 단호하게 말했다. 「제가 냄새를 얼마나 잘 맡는다고요. 더구나 어머님은 류드밀라를 도와주셔야죠. 안 그래요? 피하는 게 상책이에요······.」

아들의 연설문을 인쇄하는 데 참여할 수 있을 거라는 말에 귀가 번쩍 뜨인 어머니는 흔쾌히 대답했다. 「정 그렇다면 가야지.」 그러고는 자신도 놀랄 만큼 갑자기 단호한 어조로 말했다. 「난 무서울 게 하나도 없어. 그리스도를 두고 맹세하지!」

니꼴라이가 그녀를 쳐다보지도 않고 소리쳤다. 「훌륭하십니다! 제 여행 가방하고 옷이 어디 있나 말씀해 주세요. 그리고 어머님은 뭐든 닥치는 대로 싸서 가져가세요. 전 이제 사유 재산을 관리할 만한 능력이 없거든요.」

사샤는 말없이 찢어진 종이들을 난로 속에 집어넣고 불을 붙인 다음 불이 붙는 걸 보고 다른 재들과 마구 섞어 놓았다.

「이봐요, 사샤! 그만하고 어서 떠나요.」 니꼴라이가 그녀에게 손을 내밀며 말했다. 「잘 가요. 재미있는 일 있으면 유인물로 만드는 거 잊지 말고. 그럼, 잘 가요. 친애하는 사샤 동지! 더욱 조심하고······.」

「오래 걸릴 것 같아요?」 사샤가 물었다.

「누가 알겠소! 분명한 건 내 신변에 무슨 일이 있을 거라는 거지요. 닐로브나, 같이 가세요. 아시겠어요? 두 사람 미행하기가 훨씬 힘들 테니까. 그렇겠죠?」

「알겠소. 옷 좀 갈아입고······.」

그녀는 니꼴라이를 주의 깊게 관찰해 보았지만 평소의 선하고 부드러운 얼굴 표정을 덮고 있는 근심스러워하는 모습 말고는 다른 어떤 속마음도 눈치챌 수 없었다. 누구보다도 소중히 여기는 이 사람에게서 어머니는 쓸데없이 초조해하는 모습도, 눈곱만큼의 흥분의 가미도 엿볼 수가 없었다.

누구에게나 친절하고 정다우며, 누구에게건 편애를 모르는, 그리고 언제나 고독한 그는, 누가 보더라도 예전의 모습 그대로 혼자만의 은밀한, 어딘가 사람들보다 앞장선 그런 생활을 영위하고 있었다. 하지만 다른 누구보다도 그가 자기에게 가까이 다가와 있다는 것을 알고 있는 그녀는 자신도 믿기 어려운 섬세한 마음으로 그를 사랑했다. 못 견디게 그가 가엾게 느껴졌지만 그녀는 이런 자신의 감정을 마음속에서 꾹꾹 삭였다. 만에 하나 이런 그녀의 감정을 눈치채기라도 하는 날엔 니꼴라이는 분명 당혹감에 어쩔 줄을 몰라 하며 이전의 웃음도 별로 없던 그의 모습으로 돌아가리란 것을 알고 있었고 더구나 그런 그의 모습을 본다는 건 생각만 해도 끔찍한 일이기 때문이었다.

어머니가 다시 방 안으로 들어가 보니 그는 사샤의 손을 잡고서 이야기를 하고 있었다.

「훌륭해요! 그렇게 하는 게 그 사람이나 당신을 위해서도 좋을 거라고 확신하오. 사실, 얼마간의 개인적 행복은 그렇게 해로운 건 아니지. 준비되셨어요, 닐로브나?」 그는 어머니에게로 다가와 웃으며 안경을 고쳐 썼다. 「자, 안녕히 가세요. 전 석 달, 넉 달, 길게 잡아 반년 정도 생각하고 있어요. 반년이면 꽤 오랜 세월이지요……. 몸조심하세요, 제발. 아시겠어요? 우리 포옹합시다…….」 왜소하면서 호리호리한 그는 어머니의 목을 꼭 끌어안고 웃음 가득한 눈으로 그녀의 눈을 들여다보면서 말했다. 「어머님을 사랑하게 되었나 봅니다. 계속 이러고 있었으면 좋겠어요.」

어머니는 말없이 그의 이마와 볼에 키스를 했다. 두 손이 부들부들 떨렸다. 혹시나 그가 눈치챌까 봐 얼른 손을 풀었다.

「조심하세요. 특히 내일 더욱 조심하셔야 할 거예요. 이렇게 하세요. 가시거든 아침에 애를 하나 보내세요. 류드밀라가 그런 일 할 만한 애 하나를 데리고 있을 거예요. 조심하라고 이르는 것 잊지 마시고요. 그럼, 안녕히 가세요, 동지! 다 잘돼야 할 텐데…….」

길을 걸으면서 사샤가 어머니에게 나직이 말했다. 「중요한 일이다 싶으면 죽음도 불사할 사람이에요. 그것도 아마 서둘러 가려 할 거예요. 죽음이란 놈이 빤히 얼굴을 쳐다본다 해도 그 사람, 안경을 고쳐 쓰고 〈훌륭하십니다〉 하고는 그냥 죽고도 남을 사람이지요.」

「난 그를 사랑해.」 어머니가 속삭였다.

「전 다만 놀랐다뿐이지 사랑 같은 건 모르겠어요. 무척 존경하는 건 사실이에요. 선량하고 심지어는 부드럽기조차 하면서도 왠지 무뚝뚝한 게, 흡족하리만큼 그렇게 인간적이라는 느낌은 안 들어요……. 우린 지금 미행을 당하고 있는 것 같아요. 여기서 헤어져요. 첩자가 따라오는 것 같거든 류드밀라 집으로 들어가지 마세요…….」

「알고 있어.」 어머니가 말했다. 그런데도 불구하고 사샤가 고집스럽게 덧붙였다. 「들어가지 마세요. 여의치 않으면 제게로 오세요. 다시 만나요!」

그녀는 재빨리 뒤돌아서 오던 길로 걷기 시작했다.

28

 얼마 후 어머니는 류드밀라의 조그만 방 난롯가에 앉아서 불을 쬐고 있었다. 혁대를 졸라맨 검은 외투 차림의 류드밀라는 사각거리는 발소리와 명령조의 말투로 방 안을 가득 메우며 천천히 서성거리고 있었다.
「사람들은 악하기보다는 굉장히 어리석어요. 가까이에 있어 당장 손으로 잡을 수 있는 것만 볼 줄 알거든요. 하지만 가까이 있는 것은 싸고 멀리 있는 것은 비싼 법이지요. 사실, 생활이 달라진다는 건 모두에게 기쁘고 유익한 일이 될 텐데, 그리고 아무래도 산다는 것에 부담을 느끼지 않을 때 사람들은 더 현명해지지 않겠어요? 하지만 당장 눈앞의 것만 탐하다간 부득이 자기 자신을 잃는 결과를 초래하지 않을 수 없지요……」
 그러나 갑자기 어머니 바로 앞에 멈추어 서서 용서를 구하듯 한결 조용한 목소리로 말했다. 「요즘, 사람들은 아주 안 만나는 긴 아니지만 이주 어쩌다인 경우가 대부분이어서 누구라도 찾아오기만 하면 전 주절주절 이야기를 시작해요. 우습죠?」
「왜 그러오?」 어머니가 말했다. 어머니는 이 여인이 어디서 인쇄를 하고 있는지 알아내려고 애를 써 보았지만 무엇 하나 꼬투리를 잡을 만한 것이 눈에 띄지 않았다. 길거리 쪽으로 창문이 세 개 나 있는 방 안에는 푹신한 의자 하나와 책장, 책상, 의자,

벽난로, 벽에 걸려 있는 그림, 사진 몇 점 외에는 아무것도 없었다. 모두 새것인 데다 튼튼했고 정돈이 잘되어 있었다. 여주인의 수도사 같은 모습엔 싸늘한 그림자가 드리워져 있었다. 분명 무언가가 감춰져 있는 것 같으면서도 그게 무엇인지는 확연히 알 수가 없었다. 어머니는 문들을 쳐다보았다. 하나는 그녀가 자그마한 현관에서 이리로 들어올 때 통과했던 문이고, 다른 하나는 난로 옆에 붙어 있었는데 높기만 했지 폭은 좁은 문이었다.

「난 볼일이 있어서 왔어요.」 어머니는 그녀가 자기를 보고 있다는 걸 알아차리고 당황해서 말했다.

「알고 있어요! 아무 볼 일도 없이 절 찾아오는 사람은 없거든요.」

류드밀라의 목소리에서 뭔가 심상치 않은 느낌을 받은 어머니는 그녀의 얼굴을 똑바로 쳐다보았다. 그녀는 입가에 엷은 미소를 짓고 있었고, 안경 너머에선 윤기 없는 눈이 반짝이고 있었다. 시선을 딴 데로 돌리며 어머니는 빠벨의 연설문을 그녀에게 건네주었다.

「이건데, 되도록 빨리 인쇄를 해달라더군……」

그리고 니꼴라이가 체포에 대비를 하고 있더라는 이야기를 시작했다.

류드밀라는 말없이 종이를 허리춤에다 찔러 넣고 의자에 앉았다. 안경 너머에서 빨간 불꽃이 튀고 굳은 얼굴엔 강렬한 미소가 흘렀다.

「놈들이 만약 나를 덮치기라도 하면 난 총을 쏘겠어요.」 그녀는 어머니의 이야기에 귀를 기울이며 단호하게 말을 이었다. 「저에겐 폭력으로부터 자신을 지킬 권리가 있어요. 다른 사람들이 이런 생각을 갖도록 하기 위해서라도 전 그들과 싸워야만 합니다.」

불빛이 그녀의 얼굴을 스치는 것과 동시에 그녀의 얼굴은 다시 준엄해졌고 다소 거만해 보이기까지 했다.

〈삶이 즐겁지만은 않겠군!〉 어머니는 동정심을 느끼며 갑자기 이런 생각을 했다.

류드밀라는 마지못해 빠벨의 연설문을 읽기 시작했다. 그러나 점점 종이 가까이 고개가 숙여지더니 재빨리 다 읽은 종이를 넘기고는 다시 일어나 자세를 바로 하고 어머니에게로 다가섰다.

「아주 훌륭해요.」 그녀는 잠시 생각을 하느라 그러는지 고개를 숙였다. 「전 당신과 당신 아드님에 대해서 이야기를 나누고 싶지 않아요. 만나 본 적도 없거니와 슬픈 이야기라면 딱 질색이거든요. 저는 유형의 시간이 다가온다는 게 무얼 뜻하는지 알아요! 하지만, 한 가지 당신께 여쭙고 싶은 게 있다면, 그런 훌륭한 아드님을 두신 기분이 어떠신가 하는 거예요. 물론 좋으시겠죠?」

「그래요, 좋다오.」

「무섭지는 않으세요, 네?」

어머니는 태연하게 웃으며 대답했다. 「지금은 무섭지 않소······」

류드밀라는 매끈하게 빗어 내린 머리를 검게 탄 손으로 매만지며 창가로 돌아갔다. 따스한 그림자가 그녀의 두 뺨에서 떨렸는데, 필시 억제된 미소의 그림자일 것이었다.

「전 얼른 조판을 할게요. 좀 누우세요. 힘든 하루였으니 고단하실 텐데. 여기 침대에 누우세요. 전 잠을 안 잘 거예요. 밤에 도움을 청할 일이 있으면 깨워 드릴게요······. 누우시거든 불 끄시고요.」

그녀는 난로에 나무 두 토막을 집어넣고 한 번 기지개를 켜고는 난로 옆의 좁은 문으로 들어가 문을 꼭 닫았다. 어머니는 그녀가 사라지는 것을 보고 있다가 옷을 벗으며 생각했다. 〈뭔가 고민하고 있어······.〉

피로 때문에 머리는 빙글빙글 돌았지만, 마음은 이상스럽게 평온했고, 눈에선 부드러우면서 온화한 빛이 반짝이며 조용히 가슴을 채워 주는 것이었다. 그녀는 이러한 평온함을 익히 알고 있었는데, 이는 격한 흥분 뒤에 찾아오는 것으로, 영혼을 풍부하게 해주고 강한 감정을 더욱 굳건하게 해주는 그런 것이었다. 하지만 사실 예전엔 그저 두렵기만 했었다. 그녀는 불을 끄고 차가운 침대에 누워 담요를 끌어당겨 덮고는 깊은 잠에 빠져들었다.

어머니가 눈을 떴을 때는 이미 청명한 겨울 아침의 싸늘하면서도 밝은 빛이 방 안을 가득 채우고 있었고, 류드밀라는 손에 책을 들고 소파에 누워서 전혀 어울리지도 않는 미소를 지으며 그녀의 얼굴을 바라보고 있었다.

어머니가 당황해서 소리쳤다. 「오, 큰일 났군! 나 좀 봐. 이렇게 오래 자면 어쩌자는 게야?」

류드밀라가 인사를 건넸다. 「안녕히 주무셨어요! 10시예요. 일어나셔서 차 좀 드세요.」

「좀 깨우지 않고?」

「그러려고 했었죠. 그런데 와보았더니 얼마나 달콤하게 주무시던지…….」

그녀는 유연한 동작으로 소파에서 일어나 침대로 다가와서는 어머니의 얼굴 가까이까지 허리를 구부렸다. 그녀의 윤기 없는 눈에서 어머니는 어떤 분명한 사랑과 친밀감을 느낄 수 있었다.

「좋은 꿈 꾸시는데 제가 방해나 안 되었는지 모르겠네요…….」

「꿈도 안 꾸었는걸, 뭐!」

「어쨌든, 죄송해요. 주무시면서 웃고 계신 걸 보니 어찌나 마음이 흐뭇하던지. 그렇게 평온하면서도 선량할 수가 없었어요.」 류드밀라가 웃음을 터뜨렸다. 비로드같이 부드러운 웃음소리가 흘러나왔다. 「전 당신에 대해서도 생각을 해보았어요. 그래 얼마나 힘드세요.」

어머니는 미간을 움직이며 생각에 잠겨 있을 뿐 아무 말이 없었다.

「물론, 힘드시겠죠.」 류드밀라가 말했다.

「이젠 그것도 모르겠소. 이따금씩 힘들기도 해요. 너무 많은 일들이 일어나서. 게다가 하나같이 심각하면서 깜짝 놀랄 일들이 꼬리에 꼬리를 물고, 또 어찌나 빠르게 일어나는지…….」 어머니가 심각하게 말했다.

익히 알고 있는 대담한 흥분의 물결이 일렁이며 가슴 안에 이런저런 모습이며 생각들을 가득 채워 주었다. 그녀는 말로 이런 생각들을 지워 버리며 침대에 일어나 앉았다.

「일이 터져서는 진행되어 가는데 모두 한 방향으로 가고 있어요……. 알겠지만 고통스러운 일들이 어디 한둘이어야지. 사람들은 고통당하고, 얻어맞고, 그것도 잔인하게. 그러니 사람들에게 무슨 낙이 있겠소. 이게 고통이 아니고 뭐란 말이오.」

류드밀라는 고개를 들고 무엇이라도 다 포용할 듯한 눈빛으로 어머니를 바라보며 말했다. 「자신에 관한 얘기가 아니군요.」

어머니는 그녀를 쳐다보다가 침대에서 일어나 옷을 입으며 말했다. 「누구를 사랑한다느니 또는 아낀다느니, 아니면 모두가 두려워하는 게 있다느니, 누구 가엾지 않은 사람이 없다느니 하는 말을 하는데 어떻게 자기 얘기로만 그걸 담아서 이야기할 수 있겠소? 이 모든 일이 가슴을 사정없이 찔러 대는데 어떻게 자기만 한쪽으로 비켜설 수가 있단 말이오.」

그녀는 반쯤 옷을 입은 채로 방 한가운데 서서 잠시 생각에 잠겼다. 왠지 자기 자신, 곧 아들에 대한 불안과 공포로 살아왔고, 몸뚱어리 하나 어떻게든 지켜 나가겠다는 생각만으로 여태껏 살아왔던 그 여자는 이미 온데간데없이 사라져 버린 느낌이었다. 이전의 그 여자는 멀리 떠나 버려 어쩌면 흥분의 불길 속에 묻혀 타버렸는지도 모를 일이었다. 이런 생각을 하니 마음이 가벼워지고 그 안에 쌓여 있던 불순물들이 말끔히 제거되는 느낌이었고, 가슴엔 새로운 힘이 용솟음쳤다. 그녀는 반은 자신의 가슴을 엿보고 싶은 마음에, 반은 그 안에서 옛날의 불안이 되살아나면 어쩌나 하는 두려운 마음에 내면의 자기 자신에게 귀 기울여 보았다.

「무슨 생각을 그렇게 하세요?」 류드밀라가 그녀에게 다가오며 다정스레 물었다.

「나도 모르겠소.」

둘은 서로를 쳐다보며 미소만 지을 뿐 아무 말이 없었다. 잠시 후 류드밀라가 방을 나서며 말했다. 「내 정신 좀 봐, 사모바르를 올려놓고서!」

어머니는 창밖을 내다보았다. 밖은 춥지만 햇볕이 따스하게 내리쬐는 한낮이었다. 그녀의 가슴 역시 밝기도 했거니와 밖과는 달리 뜨겁기도 했다. 그녀는 그녀의 정신 속으로 들어와 그 안에서 휴일 저녁의 노을처럼 빨갛게 무르익은 모든 것에 대한 감사하는 마음으로 비록 알지 못하는 사람에게라도, 유쾌하게 알고 있는 모든 얘기를 죄다 털어놓고 싶었다. 오랫동안 하지 않았던 기도가 하고 싶었다. 누군가 젊은 얼굴이 떠오르고 뇌리에서 외침 소리가 울렸다. 〈이분이 빠벨 블라소프의 어머니시랍니다!〉 사샤의 두 눈이 유쾌하면서 다정하게 반짝이는가 하면, 리빈의 시꺼먼 얼굴이 떠오르기도 하고, 아들의 결연한 구릿빛 얼굴이 웃음 짓는가 하면, 니꼴라이가 당혹스럽게 눈을 끔뻑이기도 했다. 갑자기 이 모든 것이 깊고 가벼운 탄식에 맞춰 사뭇 떨리더니 서로 섞여서는 평온함으로 모든 생각을 싸안아 버린 투명하고 오색찬란한 구름 속에 묻혀 버렸다.

「니꼴라이 말이 맞았어요!」 류드밀라가 방으로 들어오며 말했다. 「체포된 게 분명해요. 말씀하신 대로 애를 하나 그리로 보냈거든요. 그 애가 그러는데, 경찰이 마당에 물론이고 대문 뒤에까지 숨어 있다더래요. 사복 형사들이 왔다 갔다 하고. 그 애는 그들을 알거든요.」

「결국 그렇게 되고 말았군! 아, 가엾은 사람…….」 어머니가 고개를 끄덕이며 말했다.

한숨은 나오면서도 슬프지는 않았다. 어머니 자신이 생각해도 놀라지 않을 수 없었다.

「최근에 그는 도시 노동자들과 많은 독서회를 가졌었어요. 그만하면 이젠 그만둘 때도 되었지요.」

류드밀라가 침통한 어조로, 하지만 침착하려고 애쓰면서 말을 이었다. 「동지들이 수차례에 걸쳐서 도망치라고 해보았지만 어디 귀담아들으려고 해야 말이죠. 내 생각에 그런 경우엔 설득도 필요 없고 강제로 피하게 했어야 하는 건데……」

까만 머리카락에 붉은 얼굴을 한 소년이 문에 나타났다. 아름다운 푸른 눈을 가진 매부리코의 소년이었다.

「사모바르 가져올까요?」 그가 낭랑한 목소리로 물었다.

「그래 주겠니, 세료쟈! 내 제자예요.」

어머니가 보기에 류드밀라가 오늘따라 왠지 다르게 보였다. 한결 솔직하고 친근감 있게 느껴졌던 것이다. 그녀의 균형 잡힌 몸매에서 연출되는 유연한 몸놀림 속에는 준엄하면서도 창백한 얼굴을 어느 정도 부드럽게 해주는 많은 아름다움과 힘이 있었다. 하룻밤 사이 눈 밑의 검은 줄이 더욱 깊이 패었다. 누가 보더라도 그녀에겐 마음속의 줄을 팽팽히 당기는 긴장된 노력이 있음이 역력했다.

소년이 사모바르를 들고 들어왔다.

「인사해라, 세료쟈! 이분은 뻴라게야 닐로브나라고 어제 재판을 받았던 노동자의 어머님이시란다.」

세료쟈는 말없이 고개를 숙여 인사를 하고 어머니의 손을 꽉 잡았다 놓은 다음, 나가서 빵을 들고 와서는 탁자에 앉았다. 류드밀라는 차를 따르면서 경찰이 정작 기다리는 사람이 누군지 밝혀질 때까지 집에 가지 말라고 어머니를 설득했다. 「어쩌면, 놈들이 기다리는 사람은 아주머니일지도 몰라요. 필시, 아주머니를 조사할 거예요……」

「조사할 테면 하라지! 설사 체포를 한다 해도, 별것 아니라오. 죄가 있다면 빠샤의 연설문을 뿌리고 다닌 일밖엔 더 이상 있지도 않으니까.」

「조판이 다 끝났어요. 내일이면 시내와 교외 마을에 배포할 수 있을 거예요……. 혹 나따샤를 아세요?」

「알다마다!」

「그녀에게 갖다주세요……」

소년은 신문을 읽고 있는 중이어서 아무것도 안 듣고 있는 것처럼 보였지만, 이따금 그의 눈이 신문을 떠나 어머니의 얼굴에 머무를 때도 있었는데, 어머니는 그의 신선한 눈길과 마주칠 때면 괜히 기분이 좋아져 웃음이 배어나는 것이었다. 류드밀라는 다시 니꼴라이의 체포에 대해서 이야기를 꺼냈지만, 그러면서도 전혀 애석해하는 빛이 없었는데, 어머니에게 그런 그녀의 어조는 당연하게 생각되었다. 그날따라 시간이 다른 날보다 빨리 흘러 그들이 차를 다 마셨을 때는 벌써 한낮에 가까웠다.

「하지만……」 류드밀라가 말을 시작했다.

바로 그 순간 급하게 문 두드리는 소리가 들렸다. 소년이 자리에서 벌떡 일어나 잔뜩 인상을 찌푸리고 의심스러운 눈으로 류드밀라를 쳐다보았다.

「문 열어 줘. 세료쟈. 누구일까?」

그리고 그녀는 침착한 태도로 손을 치마 주머니에 찔러 넣고는 어머니에게 말했다.「만약 헌병들이면, 아주머니는 여기 이쪽 구석에 서 계세요. 그리고 세료쟈, 너는……」

「저도 알고 있어요.」 소년이 밖으로 나가며 나직이 말했다.

어머니는 빙그레 웃었다. 이와 같은 만반의 준비에도 어머니는 전혀 동요하지 않았다. 불길한 예감이 전혀 들지 않았기 때문이었다.

키가 작은 의사가 들어왔다.

「아하, 여기 계셨군요, 닐로브나? 니꼴라이가 체포될 때 거기에 안 계셨겠군요?」

「그 사람이 나보고 이리로 피하라고 합디다.」

「음! 그거 아주 썩 잘하신 거예요……. 두 번째로, 간밤에 젊은이 여남은 명이서 빠벨의 연설문을 약 5백 장가량 등사를 했어요. 썩 잘돼 있더군요. 평이하면서도 명확하게 말이죠. 그들은 저녁때 시내에다 그걸 뿌리겠대요. 난 반대인데, 시내엔 인쇄된

게 더 나아요. 등사한 건 어디든지 보낼 때 쓰기로 하고요.」

「내가 그걸 나따샤한테 가져가겠소. 나한테 주구려.」 어머니가 활기를 띠며 소리쳤다.

그녀는 가능한 한 빨리 빠벨의 연설문을 배포해, 온 누리에 아들의 말이 퍼지는 걸 보고 싶었다. 그래서 그녀는 다음 질문거리를 준비하면서 대답을 기다리는 눈으로 의사의 얼굴을 쳐다보았다.

「이런 때, 때맞춰 당신이 이런 일을 하게 되리란 걸 귀신이 아닌 다음에야 누가 알았겠어요.」 의사가 망설이듯 말하고 시계를 꺼냈다. 「지금 시각이 12시 43분이니까 2시 5분 열차를 타면 거기엔 5시 15분에 도착하겠군요. 저녁때면 도착할 테니까 그리 늦은 시간은 아닐 겁니다. 그건 사실, 중요한 문제도 아니고······」

「중요한 문제가 아니죠.」 류드밀라가 미간을 찌푸리며 되풀이했다.

「그럼 문제 되는 건 뭐요? 중요한 건 그 일을 무사히 해내는 것일 텐데······」 어머니가 그들에게 바짝 다가서며 물었다.

류드밀라가 어머니를 빤히 쳐다보다가 이마를 훔치며 말했다. 「아주머니가 하시기엔, 너무 위험해서······」

「왜?」 어머니가 흥분해서 날카롭게 소리쳤다.

의사가 재빨리 끼어들었다. 「이유는 뻔해요! 당신이 니꼴라이가 체포되기 한 시간 전에 집을 빠져나가, 공장으로 떠났는데, 그 공장에선 모두 당신을 나따샤의 숙모로 알고 있다는 거죠. 그리고 당신이 공장에 도착하자마자 붉은 유인물이 나돌게 되었다고 해봐요. 이 모든 걸 감안해 볼 때 결국 당신 목에 올가미를 씌우는 격입니다.」

어머니가 흥분된 어조로 딱 잘라 말했다. 「거기엔 나를 알아볼 만한 사람이 없어요. 내가 돌아오게 되면 체포하고, 어디에 있었는가를 묻겠지······」 잠시 하던 말을 중단하고 있다가 그녀는 다시 소리쳤다. 「난 어떻게 말해야 할지를 알고 있소. 거기서 나는 곧바로 교외로 가겠어요. 거기에 아는 사람이 있거든, 시조프라고. 그 사람한테 내가 재판이 끝나고 곧장 그에게로 와서 슬픔에 잠긴 채 쭉 거기에 머물러 있었다고 말하라고 하겠소. 그 사람 또한 슬픔을 당했다오. 조카가 재판을 받았거든. 그가 증명해 줄 거요. 아시겠소들?」

어머니는 그들이 자기의 간절한 바람에 굴복하리라는 생각에 기왕이면 얼른 일을 맡아 달라는 확답을 얻고 싶어서 한결 더 완강하게 말을 했다. 할 수 없이 그들은 굴복을 하고 말았다.

「정 그러시면, 떠나세요.」 의사가 마지못해 동의했다.

류드밀라는 입을 꾹 다문 채 깊은 생각에 잠겨 방 안을 왔다 갔다 했다. 그녀의 얼굴이 약간 어두워지고 핼쑥해졌으며, 머리를 떠받치고 있는 것도 힘이 드는지 목 근육이 눈에 띌 정도로 팽팽해졌다. 마치 갑자기 머리가 무거워져서 자기도 모르는 새 고개를 가슴까지 푹 수그리고 있는 듯했다. 어머니는 이것을 알아차렸다.

어머니가 웃으며 말했다. 「다들 날 걱정해 주고 있구려. 자기 몸들도 돌보지 않으면서……」

의사가 대꾸했다. 「그건 그렇지 않아요. 우리는 자신을 돌보고 있어요. 또 마땅히 그래야만 하고요. 더구나 우린 쓸데없이 힘을 낭비하는 사람을 몹시 비난한답니다. 정말요! 곧바로 역에 가시면 거기서 연설문을 넘겨받게 될 겁니다……」

그는 연설문을 넘겨받는 방법에 대해서 그녀에게 설명을 해주고, 그녀의 얼굴을 빤히 쳐다보며 말했다. 「그럼, 성공을 빌겠습니다.」

그 말을 남기고 그는 나갔지만, 그러면서도 여전히 불안스러운 얼굴이었다.

그를 보내고 문을 걸어 잠근 후, 류드밀라가 어머니에게로 다가와 소리 없이 웃었다. 「저는 아주머니를 이해할 수 있어요……」

그녀는 어머니의 손을 잡았다 놓고서 다시 방 안을 이리저리 거닐기 시작했다.

「제게도 역시 아들이 있습니다. 벌써 열세 살인데, 지금은 아버지와 살고 있지요. 제 남편은 검사보랍니다. 아이는 그와 함께 살고 있고요. 그 애가 커서 무엇이 되려나 하는 생각을 자주 한답니다……」

그녀의 눅눅한 목소리는 사뭇 떨리고 있었는데, 잠시 후 다시 생각에 잠겨 이야기를 계속했다. 「그 애는, 나와 가깝기도 하거니와 그 이유 말고도 내가 이 세상에서 가장 훌륭한 사람이라고 생각하는, 바로 그런 사람들의 정신적인 적의 손에서 자라고 있습니다. 아들놈은 아마 더 커서 내 적이 되겠지요. 그 애와 전 함께 살 수가 없을 거예요. 전 가명으로 살아가고 있으니까요. 8년 전에 그 애를 본 이후로 한 번도 보지 못했어요. 꽤 오랜 시간이죠. 자그마치 8년이면 말이에요.」

류드밀라는 창가에서 걸음을 멈추곤, 파리하게 떨고 있는 텅 빈 하늘을 바라보며 계속했다. 「그 애가 내 곁에 있어 주기만 한다면, 저도 훨씬 강해지고 늘 절 괴롭히는 가슴의 상처도 아물게 될 텐데. 어쩌면 그 애가 죽는 게 더 편할는지도 모르죠……」

「오, 가엾어라!」 어머니는 안쓰러움으로 가슴이 찢어지는 듯한 아픔을 느끼며 나직이 말했다.

류드밀라가 웃으며 말했다. 「아주머님은 행복하신 거예요. 정말 굉장한 거예요. 아들과 어머니가 같은 길을 간다는 건 말이죠. 정말 드문 경우지요.」

어머니는 자신도 놀랄 정도로 불쑥 소리쳤다. 「맞아요, 정말 근사한 일이고말고!」 그러고는 무슨 비밀 얘기라도 속삭이듯 낮은 목소리로 말을 이었다. 「모두들, 당신이나 니꼴라이 이바노비치, 하여튼 진리가 무언지를 아는 사람들 모두 다 한 길을 간다는 건! 별안간 사람들이 친척이 되기도 하고, 난 모두를 이해하고 있어요. 아직 말은 다 이해하지 못하지만 그 나머지는 다 이해한다오.」

「바로 그거예요. 바로 그겁니다.」 류드밀라가 중얼거렸다.

어머니는 한 손을 가만히 가슴 위에 얹고 가슴에 힘을 주면서 거의 속삭이듯 이야기했다. 흡사 하고 있는 말들을 다시 한 번 머릿속에서 되뇌는 듯싶었다.「젊은 애들이 세계를 위한 발걸음을 내딛고 있어요. 애들이 세계 방방곡곡, 여기저기 하나도 빼놓지 않고 오직 한 가지 목표를 위해 걸어가고 있다는 것을 나는 확실히 이해하게 되었어요. 훌륭한 가슴, 정의로운 지성의 소유자들이 행진을 하고, 급기야는 온갖 죄악을 공격하고, 진격을 거듭해 결국엔 굳건한 발로 거짓을 짓뭉개고 있습니다. 건강한 젊은이들이 자신의 지칠 줄 모르는 힘을 죄다 한 가지 목표, 정의에 쏟아 붓고 있어요. 온갖 인간의 고통을 없애고 이 땅의 불행을 완벽히 제거하기 위해 무장을 하고 진격을 거듭해, 끝내 흉악한 무리들을 쳐부수고 말 것이오. 또 지금 쳐부수고 있고. 새로운 가슴에 불을 질러야 합니다. 누군가 내게 말했지요. 불을 지피자고! 우리는 우리의 상처받은 가슴 전부를 하나로 뭉치게 해야 합니다. 또 그들이 그렇게 하고 있고.」

잊었던 기도 소리가 되살아나 새로운 믿음에 불을 지피자, 어머니는 불꽃이 튀듯, 가슴속에서 그것들을 끄집어내 던졌다.

「진리와 이성의 길을 걷고 있는 아이들이 모두에게 사랑을 가져다 줄 것이오. 그리고 새로운 하늘로 모든 사물을 덮어 주고, 마음속에서 우러나오는 꺼지지 않는 불꽃으로 모든 사물을 환히 비출 것입니다. 그러면 애들의 전 세계에 대한 사랑의 불길에 휩싸인, 그런 새로운 삶이 창조될 것입니다. 누가 과연 이 사랑의 불길을 끌 수 있겠소, 그게 누구란 말이오? 어떤 힘이 이보다 더 강하겠어요? 누가 감히 이 물결을 막아 내겠어요? 지구가 새로이 태어나고 생명들이, 모든 생명들이 승리를 구가하는……」

그녀는 어찌나 흥분을 했던지 피곤해져서 류드밀라에게서 조금 떨어진 곳에 자리를 잡고 앉아 숨을 헐떡였다. 류드밀라도 무엇을 깨뜨릴까 봐 겁먹은 사람처럼 소리 없이 조심스럽게 어머니에게서 몇 발짝 떨어졌다. 그녀는 유연한 발걸음으로 방 안을 이리저리 거닐며 윤기 없는 눈으로 자기 앞만을 뚫어져라 보았는데, 키도 훨씬 커 보였고 꼿꼿한 몸은 한결 여위어 보였다. 볼은 푹 패고 엄한 그녀의 얼굴은 무슨 생각을 그리도 골똘히 하는지 무척 진지했고, 입술은 꽉 다물려 있었다. 방 안의 정적이 어머니의 마음을 한결 누그러뜨려 주었다. 류드밀라의 기분을 간파한 그녀는 죄지은 사람처럼 낮은 목소리로 물었다. 「내가 제대로 알지도 못하면서 지껄였나 보구려······.」

류드밀라는 깜짝 놀란 듯 재빨리 몸을 돌리고 얼른 입을 열었다. 그리고 무엇을 제지하기라도 하려는 듯 어머니에게 손을 내밀었다. 「천만에요, 그렇지 않아요! 이런 얘기는 이제 그만하기로 해요. 말씀하신 대로 돼야죠.」 그리고 한결 침착해져서 말을 이었다. 「곧바로 떠나셔야죠. 갈 길도 먼데······.」

「서둘러야겠군! 내가 지금 얼마나 기쁜지 당신은 모를 거요. 아들의 말을 전해야지, 내 핏줄의 말을! 이건 정말 내 영혼이라 해도 될 성싶은 거라오.」

어머니는 웃음을 지어 보였지만, 이 웃음이 류드밀라의 얼굴에서 별다른 반응을 불러일으키지 못했다. 어머니는 류드밀라가 억지로 기쁨을 억누르고 있는 듯한 생각이 들어, 그 슬픔에 싸여 있는 딱딱한 영혼을 자기의 열기로 채워서 불을 붙여 주고 싶은 마음이 간절했다. 그래서 그녀 또한 기쁨으로 충만된 가슴에 공평할 수 있기를 바랐다. 어머니는 류드밀라의 손을 잡고, 그 손에 힘을 주면서 말했다. 「오, 소중한 사람! 벌써 모든 사람들을 비추어 줄 빛이 삶 속에 있고, 또 때가 되면 그 사람들이 빛을 발견하고, 그것을 영혼으로 감싸게 되리라는 것을 당신은 알고 있잖소? 그 얼마나 훌륭한 일이오!」

그녀의 선량해만 보이는 커다란 얼굴이 부르르 떨리고, 눈에는 시원스러운 미소가 피어올랐다. 그리고 눈썹이 마치 그 미소를 감추기나 하려는 듯이 그 위에서 떨렸다. 위대한 생각에 도취된 그녀는 그녀의 가슴에 불을 지폈던 모든 것, 여태껏 살아오면서 겪었던 모든 것을 그 속에 쏟아 붓고, 바로 그런 생각을 단단하고 커다란, 말간 말의 결정체 속에 가득 채워 넣었다. 그것들은 봄철 태양의 창조적 힘으로 밝게 비친, 그늘진 가슴 안에서 더욱 힘차게 자라나, 더욱 밝은 꽃을 피우고 그 안에서 빨갛게 물들고 있었다.

「아마 그건 민중들을 위해 새로 태어난 신과 같다고나 할까! 모두를 위한 모든 것이자, 모든 것을 위한 모두요. 이게 바로 내가 당신들 모두를 생각하는 방식이기도 하다오. 진정, 당신들 모두는 동지이고 친척이며, 모두 한 어머니의 자식들이오. 그렇고말고.」

다시 흥분의 물결에 스스로 도취된 어머니는 잠시 말을 끊고 호흡을 고른 다음, 포옹이라도 하려는 듯이 두 팔을 넓게 벌리고 말했다. 「그리고 마음속으로 〈동지!〉 하고 불러 보면, 가슴속에서 그들의 발걸음 소리가 들려온다오.」

어머니는 바라는 바에 도달하고 있었다. 류드밀라의 얼굴이 놀란 듯 갑자기 붉어지고, 입술은 떨렸으며, 두 눈에선 커다랗고 투명한 눈물방울이 줄줄이 흘러내렸던 것이다.

어머니는 그녀를 꼭 끌어안고, 가슴에서 북받쳐 올라오는 승리감에 다정하게 웃어 보였다.

그들이 헤어질 때, 류드밀라는 어머니의 얼굴을 쳐다보며 나직이 물었다. 「당신은 당신에게서 무슨 일이 일어나고 있는지 아세요? 정말 좋은 일이랍니다.」

29

 거리에 나서자 몹시 찬 공기가 냉담하면서도 진하게 온몸을 감쌌다. 게다가 목구멍을 파고들고 코끝을 자극하는 바람에 잠시 숨이 가빠 오기까지 했다. 어머니는 걸음을 멈추고 주위를 둘러보았다. 그다지 멀지 않은 거리 모퉁이에 털모자를 쓴 마부가 서 있었고, 그 멀리에선 곱사등의 어떤 사람이 양어깨에 머리를 푹 쑤셔 박고서 걸어오고 있었는데, 그의 앞에선 병사 하나가 귀를 비비면서 깡충깡충 뛰어가고 있었다.
 〈모르긴 몰라도, 가게에 심부름 가는 게로군!〉 이런 생각과 함께 어머니는 발밑에 밟히는 사각거리는 눈 소리를 흡족한 마음으로 들으며 걸음을 재촉했다. 생각보다 조금 일찍 역에 도착했으므로 아직 기차는 와 있지 않았지만, 지저분할뿐더러 담배 연기가 자욱한 3등 대합실은 벌써 많은 사람들로 붐비고 있었다. 밖이 어찌나 춥던지 이리로 철도 노동자들이 죄다 몰려들었고, 마부들과 초라한 차림새의 집 없는 사람들이 잠시나마 몸을 녹이겠다고 꾸역꾸역 기어들었기 때문이었다. 승객들은 물론이요, 농부 여남은 명, 너구리털 외투를 걸친 뚱뚱보 상인, 딸의 손을 잡고 있는 사제, 곰보 자국 난 얼굴을 한 소녀, 병사 댓 명, 그리고 평민 여럿이 장사진을 치고 있었다. 사람들은 소리를 고래고래 지르기도 하고 이야기를 나누기도 하면서 차와 물을 마셔 댔다. 간이 음식점에는 떠들썩하게 웃어 대는 사람들도 있었는데, 그들의 머리 위에는 연기의 물결이 일고 있었다. 문을 여닫을 때마다 삐거덕 소리가 나고, 잘 닫히지 않는 문을 억지로 닫을 때마다 창문이 덜덜거렸다. 담배 냄새, 절인 생선 냄새가 코를 심하게 자극했다.

어머니는 가장 눈에 잘 띄는 입구 옆에 앉아서 기다렸다. 문이 열릴 때마다 찬 공기가 불어와 어머니를 때렸다. 어머니는 그럴 때마다 왠지 기분이 좋아져 찬 공기를 마음껏 들이마셨다. 두 손에 꾸러미를 든 사람들이 들어왔다. 그들은 두툼한 옷을 입고 있었는데 문을 밀고 들어와서는 간간이 욕을 섞어 가며 불평을 늘어놓고 이내 짐꾸러미를 의자 위나 밑에 내던졌다. 그러고는 호호 불어 대며 외투 깃이나 소매의 마른 부분으로 턱수염과 콧수염을 훔쳐 냈다. 만족스러운 안도의 숨을 내쉬며.

젊은 사람 하나가 두 손에 누런 여행 가방을 들고 들어와서는 주위를 재빨리 둘러보더니 어머니에게로 곧장 걸어왔다.

「모스끄바에 가십니까?」 그가 나직이 물었다.

「그래요. 따냐한테.」

「여기 있습니다.」

그는 어머니 가까이 의자 위에 가방을 올려놓고는 재빨리 담배 한 개비를 꺼내 불을 붙이더니, 모자를 조금 들어 올리고 다른 쪽 문을 통해 말없이 사라졌다. 어머니는 손으로 차가운 가방 가죽을 어루만지다가 팔꿈치를 괴고서, 흡족한 표정으로 사람들을 살피기 시작했다. 몇 분 뒤에 그녀는 자리에서 일어나 플랫폼으로 나가는 문 가까운 다른 의자로 자리를 옮겼다. 그녀는 여행 가방을 거뜬히 들어 올렸다. 그리 무거운 편은 아니었다. 그녀는 고개를 들고 그녀 앞에 명멸하는 얼굴들을 찬찬히 살피며 걸어갔다.

짧은 외투 차림에, 게다가 짧은 옷깃을 올려 세운 어떤 젊은 사내가 어머니를 쿡 찌르더니 말없이 물러나고는 손을 머리 쪽으로 흔들었다. 어디선가 본 듯한 느낌이 들어 뒤를 돌아보니, 그가 옷깃에 감춰진 반짝이는 한쪽 눈으로 그녀를 쳐다보고 있는 것이었다. 그 주의 깊은 눈초리가 그녀를 찔렀다. 갑자기 가방을 든 손이 부들부들 떨리고, 가방 또한 무거워졌다.

〈어디선가 본 적이 있는 얼굴이야!〉이런 생각을 하면서 어머니는 가슴 안에 자리한 달갑지 않으면서 어렴풋한 느낌을 지워버리려고 해보았지만, 목구멍까지 차 올라오며 입안을 바싹바싹 말리는, 도저히 무어라 표현할 길 없는 이상야릇한 감정을 어쩔 수가 없었다. 그래서 그녀는 다시 한 번 돌아보고 싶은 마음이 간절했다. 돌아보니, 그는 조심스럽게 제자리걸음만 하고 있었는데, 언뜻 보기에 무언가 일을 하려고 하면서도 선뜻 결정을 못 내리고 있는 것 같았다. 그는 오른손을 외투 단추 사이에 찔러 넣고 왼손은 호주머니에 넣은 채로 서 있었는데, 이 때문에 오른쪽 어깨가 왼쪽 어깨보다 올라가 보였다.

그녀는 전혀 서두르는 기색도 없이 의자로 다가가 앉았다. 동작 하나하나가 어찌나 조심스럽던지 마치 뭔가에 자신이 찢기지나 않을까 두려워하는 사람의 인상을 풍겼다. 불길한 예감이 들었다. 가만히 기억을 더듬어 가보니 분명 두 번이나 만난 적이 있는 사람이었다. 한 번은 리빈의 탈옥 후 교외 들판에서였고, 또 한 번은 법정에서였다. 그때 그의 옆에는 경찰이 하나 서 있었는데, 그는 그녀가 리빈의 도주로를 엉뚱한 방향으로 가르쳐 주었던 바로 그 경찰이었다. 그들은 어머니를 알고 있었고, 여태껏 뒤를 밟아 왔다는 것이 명백했다.

〈이젠 붙잡힐 때가 되있단 말인가?〉어머니는 자문해 보았다. 다음 순간 그녀는 흠칫 놀라며 대답했다. 〈어쩌면, 방법이 있을지도…….〉그리고는 다시 체념한 듯 엄중하게 자신에게 말했다. 〈이젠 잡힐 게야!〉

주위를 둘러보았지만 보이는 것이라곤 하나도 없고, 한 가지 생각만 불꽃처럼 그녀의 머릿속에서 연이어 타올랐다 꺼졌다 하는 것이었다. 〈가방을 버리고 달아나?〉 그러나 다른 생각의 불꽃이 한결 밝게 반짝였다. 〈아들의 말을 버린다고? 말도 안 되는 소리…….〉 그녀는 가방을 바짝 끌어당겼다. 〈가방을 들고 그대로 내뺀다면? 마구 뛰어서…….〉

이런 생각들이 어머니에겐 누군가 그녀 밖에서 억지로 찔러 넣은 것처럼 낯설게만 느껴졌다. 그것들이 그녀를 불태우고, 그 화상이 그녀의 머리를 아프게 찌르고, 불붙은 실오라기 같은 채찍으로 가슴을 내리쳤다. 통증도 통증이지만 모욕감은 더해만 가서, 자기 자신은 물론이요, 빠벨에게서, 그리고 그녀의 가슴과 함께 자라난 모든 것들에게서 그녀를 멀리 떼어 놓는 느낌을 받았다. 그녀는 적대적인 힘이 집요하리만큼 자신을 억누르고, 어깨와 가슴을 쥐어짜고, 자신을 마구 헐뜯으면서 자신을 헤어날 길 없는 공포 속으로 몰아넣고 있다는 생각을 했다. 관자놀이에서 핏줄이 고동치기 시작하고 머리가 뿌리째 뜨끈뜨끈해지는 것이었다.

어머니는 자기의 전 존재를 뒤흔드는 듯한 느낌 속에서 애써 이러한 교활하고 비겁하며 유치한 불꽃들을 진정시키고, 자신에게 명령조로 말했다. 〈부끄러운 줄 알아야지!〉 그러자 곧 무겁던 마음도 가벼워졌다. 기운을 차린 그녀는 덧붙였다. 〈아들 이름에 먹칠을 할 순 없지. 두려울 게 뭐 있나!〉

그녀의 눈이 누군가의 쓸쓸하고 겁먹은 시선과 만났다. 잠시 후엔 리빈의 얼굴이 기억 속에서 가물거렸다. 동요의 시간도 지나 이젠 한결 마음이 가벼워지고 심장의 고동도 누그러지기 시작했다.

〈이젠 무슨 일이 일어날 것인가?〉 그녀는 주위를 살피며 생각했다. 첩자가 경비원을 불러 무슨 말인가를 속삭이며 눈으로 어머니를 가리켰다. 경비원은 그녀를 쓱 쳐다보고 돌아갔다. 다른 경비원이 와서 한참을 귀 기울여 듣고는 양미간을 찌푸렸다. 그는 건장한 체격에 꽤 나이가 든 사람으로, 어머니가 앉아 있는 의자 쪽으로 다가왔다. 그때 첩자는 재빨리 모습을 감추었다.

노인은 성난 눈으로 주의 깊게 어머니의 얼굴을 노려보며 느릿느릿 걸어왔다. 어머니는 의자 깊숙이 앉았다. 〈때리지만 않는다면 좋으련만……〉

그는 어머니 옆에 멈추어 서서 잠시 말없이 있다가, 나직한 목소리로 근엄하게 물었다. 「무얼 그리 보고 있소?」

「아무것도 아니오.」

「이런 도둑년! 나이깨나 처먹어 가지고 할 짓이 없어 도둑질을 해!」

어머니에겐 그의 말이 그녀의 얼굴을 한 번, 두 번 후려치는 느낌이었다. 악의에 가득 찬 말이 볼을 찢고 눈알을 뽑아 내는 것 같았다.

「나를 두고 하는 소리오? 난 도둑이 아니오, 거짓말도 유분수지!」 그녀는 가슴으로 소리를 질렀다. 눈앞의 모든 것이 반항의 소용돌이 속에서 빙글빙글 돌기 시작하고, 쓰디쓴 모욕감에 가슴이 저며 왔다. 그녀는 가방을 힘껏 잡아당겼다. 그러자 가방이 열렸다.

「자, 보시오! 죄다 보시오!」 어머니는 이렇게 소리치며 자리에서 벌떡 일어나 선언문 한 다발을 끄집어내어 머리 위에서 흔들었다. 왁자지껄한 소리, 그 와중에서 그녀는 뛰어오는 사람들의 고함 소리를 들었고, 동시에 사람들이 사방에서 몰려오고 있는 것을 보았다.

「무슨 일이야?」

「저기, 경찰이 있군… .」

「이게 무슨 일이지?」

「여자가 도둑질을 했다는구먼…….」

「저렇게 점잖아 뵈는 여자가? 에이, 에이, 에이!」

「나는 도둑이 아니오!」

어머니는 사방에서 빽빽이 몰려든 사람들을 보고 적잖이 마음을 놓으며 있는 힘껏 소리를 쳤다.「어제 정치범들에 대한 재판이 있었는데, 거기엔 내 아들 블라소프도 끼여 있었습니다. 그가 연설을 했지요. 그게 바로 이거랍니다! 난 지금 그걸 운반하고 있는 중입니다. 사람들이 그걸 읽고 진리에 대해서 생각할 수 있도록 하기 위해 말입니다……」

누군가가 조심스럽게 그녀의 손에서 유인물을 잡아채 갔다. 그녀는 허공에 그걸 흔들다 군중들 머리 위로 휙 뿌렸다.

「저런다고 누가 칭찬 한마디 해줄 줄 아나 보군!」 누군가가 겁먹은 목소리로 말했다.

어머니는 사람들이 제각기 유인물을 낚아채 가지고는 품속이며 호주머니 속에다 감추는 것을 보았다. 이것을 보고 그녀는 다시 흔들림 없이 꿋꿋하게 섰다. 한결 침착해지고 굳세어진 그녀는 자기 자신을 바짝 긴장시키고, 자신 안에서 각성된 자부심이 자라나고 있음을 느끼면서 꾹꾹 참아 왔던 기쁨이 갑자기 최고조에 달했다. 그녀는 가방에서 유인물 다발을 끄집어내 좌우로 뿌리며 재빠르게 탐욕스러운 누군가의 손에 그것들을 건네주었다. 그러면서 말했다. 「뭣 때문에 내 아들과 그의 동지들이 재판을 받았는지, 여러분은 알고 계십니까? 제가 모든 걸 말씀드리겠습니다. 어미의 진심을 믿어 주십시오. 이 희끗희끗한 머리카락을 믿어 주시오. 어제 그들은 여러분 모두에게 진리를 가져다주고 있다는 이유 때문에 재판을 받았습니다. 어제 나는 진리가 과연 무엇인가를 알게 되었습니다. 진리와는 어느 누구도 논쟁을 벌일 수가 없습니다. 그 어느 누구도!」

군중은 아무 말이 없었지만, 시간이 지나면 지날수록 수가 불어나 이제는 그녀를 에워싸고 있는 사람들의 모양이 흡사 살아 있는 몸뚱어리로 엮은 반지 같았다.

「빈곤과 굶주림, 그리고 질병, 이따위 것들이 바로 사람들이 죽어라 노동해서 받는 대가입니다. 모든 게 다 우리를 못 잡아먹어 안달이어서, 우리는 매일매일 노동과 진흙 구덩이, 그리고 사기 속에서 우리의 생명 전체를 죽여 가고 있는 것입니다. 반면 다른 사람들은 우리의 노동을 가지고 마음껏 즐기고 배불리 처먹으면서도 쇠사슬에 묶인 개처럼 우리를 무지 속에 묶어 두고 있습니다. 우리는 사실 아는 것도 하나 없고, 언제나 벌벌 떨며 살아와 모든 걸 두려워하고 있습니다. 밤이 바로 우리의 삶이었습니다. 칠흑 같은 밤 말입니다!」

「맞아!」 짤막한 대답 소리가 들렸다.

「입 닥치고 있지 못해!」

군중 뒤에 첩자와 헌병 둘이 서 있는 것을 눈치챈 그녀가 얼마 남지 않은, 어쩌면 마지막일지도 모를 유인물 다발을 서둘러 집으려고 가방에 손을 쑥 집어넣자, 그 안에는 벌써 누군가의 낯선 손이 그녀의 손을 기다리고 있었다.

「가져가요, 가져가!」 그녀는 고개를 끄덕이며 말했다.

「해산!」 헌병들이 사람들을 밀치면서 소리쳤다. 사람들은 마지못해 길을 내주면서도 뭉친 힘으로 헌병들을 에워싸며 〈적어도 우린 네놈들을 앞으로 보내 주고 싶은 마음은 없다〉며 시위라도 하듯 그들이 앞으로 전진하는 것을 방해하였다. 선량해 보이는 얼굴에 크고 정직한 눈을 가진 백발의 여인이 그들을 강압적으로 매혹시켰던 때문이었다. 그러다 보니 삶에 찌들고 서로서로 찢어질 대로 찢어진 그들이 바로 지금 이런 말을 듣고 가슴에 불을 붙이며 어떤 하나의 전체로 뒤섞이게 되었던 것이다. 어쩌면 거짓된 삶에 모욕만 받아 왔던 많은 가슴들이 오래전부터 찾아 헤매고 애타게 갈망했던 것이 바로 이런 것이었는지도 모를 일이었나. 가까이 선 사람들은 모두 말이 없었고, 그들을 사랑스럽고, 신중한 눈으로 쳐다보던 어머니는 그들의 얼굴에서 따뜻한 숨결을 느꼈다.

「달아나요, 할머니!」

「바로 붙들릴 겝니다……」

「어이구, 정말 용감하신 분이군!」

「꺼져! 해산!」
 헌병들의 외침 소리가 점점 가깝게 들려왔다. 어머니 앞에 선 사람들이 서로 팔짱을 낀 채로 이리저리 흔들렸다.
 사람들 모두가 그녀 자신을 이해하고 믿어 줄 채비가 다 되었다고 느낀 어머니는 그녀가 알고 있는 모든 것, 모든 생각, 그리고 생각이라는 것이 갖고 있는 힘을 사람들에게 서둘러 말해 주고 싶었다. 그것들이 손쉽게 가슴 깊숙한 곳에서 떠올라 노래가 되었지만, 그 목소리는 입안에서만 맴돌 뿐, 잠긴 목소리만이 떨리고 찢어지며 입 밖으로 새어 나왔다.「내 아들의 말은 노동하는 인간, 매수당하지 않은 영혼의 깨끗한 말입니다. 용기 때문에 매수되지 않았음을 명심하시오!」
 누군가 소년 같은 눈이 환희와 두려움이 반반인 그녀의 얼굴을 쳐다보고 있었다.
 마침내 가슴을 한 대 얻어맞은 그녀는 비틀거리면서 긴 의자에 털썩 주저앉아 버렸다. 사람들의 머리 위로 헌병의 손들이 어슴푸레 번쩍이고 있었다. 그 손들은 옷깃과 어깨를 움켜쥐고 몸뚱어리를 냅다 집어 던지는가 하면 모자를 갈기갈기 찢어서 멀리 내던지기도 했다. 눈앞이 캄캄해지고 빙글빙글 돌았다. 하지만 그러면서도 어머니는 지친 몸을 다시 일으켜 세우고, 있는 힘을 다해 큰 소리로 외쳤다.「여러분, 여러분의 힘을 하나로 모으시오!」
 헌병 하나가 커다랗고 붉은 손으로 그녀의 멱살을 잡고 흔들어 댔다.「입 닥쳐!」
 그녀는 벽에다 뒤통수를 부딪혔다. 잠시 눈앞이 캄캄해지며 숨이 막혀 왔다. 그러다 다시 안개가 걷히고 정신이 들었다.
「꺼져 버려!」헌병이 말했다.
「아무것도 두려워 마시오! 여러분이 여태껏 살아오며 당했던 그 고통보다 더한 고통은 없습니다……」
「입 닥치라니까!」헌병이 그녀의 팔을 잡아당겼다. 그리고 헌병 또 하나가 다른 한 팔을 잡고 성큼성큼 걸으며 어머니를 끌고 갔다.

「……하루도 거르지 않고 심장을 후벼 내고 가슴을 말리는 고통을 당하며 살아왔는데…….」

첩자가 앞으로 달려오더니, 주먹으로 그녀의 얼굴을 한 방 후려갈기고는 째지는 목소리로 외쳤다. 「입 닥쳐, 이 쌍년아!」

그녀의 눈이 휘둥그레지고 불꽃이 튀었으며, 턱이 부르르 하고 떨렸다. 미끈미끈한 돌바닥을 딛고 일어서면서 그녀가 소리쳤다. 「되살아난 영혼은 죽일 수 없는 법이니라!」

「개 같은 년!」 첩자가 다시 그녀의 얼굴에 주먹을 날렸다.

「이런 짐승만도 못한 년!」 악의에 가득 찬 목소리가 들렸다.

어떤 검붉은 것이 순간 어머니의 눈앞을 가리고, 찝찔한 피가 입안에 가득했다.

「때리지 마라!」

「어린것들이!」

「저런, 파렴치한 것들이 있나!」

「저놈도 잡아!」

「피로 이성을 죽이지는 못할 게다!」

어머니는 목과 등을 호되게 떠밀리고 어깨, 머리 할 것 없이 마구 두들겨 맞아 사방이 빙글빙글 돌고, 비명 소리, 울부짖는 소리, 호각 소리가 뒤섞여 검은 회오리바람을 일으키는 듯한 느낌을 받았다. 귀가 먹먹해지고 목이 아파 왔으며 질식할 듯 숨이 콱콱 막혔다. 바닥이 발아래에서 내려앉으며 흔들리고, 다리가 구부러시면시 온몸이 무엇에 데기라도 한 듯 부르르 떨리며 무거워지고 비칠거렸다. 온몸의 기운이 삽시간에 빠져나가는 느낌이었다. 그러나 눈만은 감기지 않고 살아 수많은 다른 눈들이 그녀도 익히 잘 알고 있는 용감하고 날카로운 불꽃으로 타오르고 있음을 보았다. 그 불꽃은 그녀가 진정 사랑해 마지않는 것이었다.

그녀는 문 안으로 떠밀렸다.

그녀는 헌병의 손을 뿌리치고 문설주를 끌어안다시피 붙들었다.
「피바다를 이룬대도 진리는 죽지 않을 것이다……」
그들이 손을 후려쳤다.
「천벌을 받을 어리석은 놈들! 진리가 네놈들 머리 위에 떨어질 날이 있을 게다!」
헌병이 그녀의 목을 잡고 누르기 시작했다.
그녀는 쉰 목소리를 냈다. 「불쌍한 것들……」
그녀에게 대답하기라도 하듯 군중 속에서 누군가 흐느끼는 소리가 새어 나왔다.

역자 해설
고리끼와 소설 『어머니』

　세계 어느 나라를 막론하고 문학사에 경계표, 심지어 일대 전환점을 이루는 책이 있게 마련인데, 러시아의 경우 막심 고리끼의 장편소설 『어머니』가 바로 그렇다고 할 수 있다. 비록 러시아에서 소비에트 정권이 들어서기 10년 전에 쓰였다고 하나, 『어머니』가 소비에트 문학의 초석이 되었음을 부인하는 사람은 하나도 없다는 사실이 이를 입증하고도 남는다.
　『어머니』는 러시아가 아닌 미국과 유럽에서 먼저 출판되었는데, 이 소설이 거둔 성공은 A. B. 루나차르스끼의 말대로 정말 예외적인 것이었다.

　　아마도 현대 문학의 어떤 작품도 그것이 가져다주는 감동과 그 파급 정도에서 『어머니』를 능가하지는 못할 것이다. (……) 유럽의 프롤레타리아에게 『어머니』는 상용 참고서가 되었다.

　뒤늦게 러시아에서 출판이 허용된 『어머니』는 원고의 일부는 압수를 당해야 했고 또 일부는 왜곡되어야만 했다.
　『어머니』가 쓰일 때의 고리끼는 완숙한 문학의 대가로서 자신의 역사적 임무가 무엇인가를 누구보다 잘 알고 있었다. 그 당시 그의 나이는 40줄에 접어들고 있었으며, 15년 동안 문학과 사회

활동에 자신을 바쳤다. 그는 이미 세계적으로 인정을 받는 여러 편의 장편소설과 단편소설, 그리고 희곡을 쓴 바 있었다. 그의 정치 활동과 볼셰비끼 당과의 긴밀한 관계는 짜르 정권의 박해를 받기에 충분했다. 옥살이를 한 것도 한두 번이 아니었지만 그렇다고 짜르 정권이 바라는 대로 순순히 무릎을 꿇을 그도 아니었다.

1905년 혁명은 러시아 인민에게 완전하고도 결정적인 승리에 대한 확신을 심어 주는 계기가 되었다. 혁명적 사건이 고리끼의 창작상의 발전에서 새로운 단계를 규정했음은 당연하다 하겠다. 작가로서 그의 운명은 1903년부터 볼셰비끼 당과 끊을 수 없을 정도로 단단히 결합되어 있었고, 창작 활동의 경향과 성격은 혁명 투쟁의 과정과 과제에 의해 미리부터 결정되었다. 제1차 러시아 혁명이 최고조에 달했을 때 그는 이후 그의 가장 친한 친구이자 동지가 되는 레닌과 첫 만남을 가졌다. 고리끼는 최초의 합법적 볼셰비끼 잡지 『새 생활』의 편집인으로서 레닌을 도왔고, 이 잡지에 레닌이 열렬히 찬양한 바 있는 「소시민에 대한 단상」을 게재하기도 했다. 레닌과 볼셰비끼 당의 요청으로 고리끼는 1906년 초에 유럽, 다음엔 미국을 러시아 혁명 기금 모금이라는 목적으로 돌아보게 되는데, 이 1906년부터 1907년 사이 고리끼는 자신의 훌륭한 소설을 창조해 낸다. 요컨대 자신의 운명을 사회주의 혁명이라는 위대한 과업, 레닌주의 이념과 결합시킨 작가만이 바로 그 소설의 작가가 될 수 있었던 것이다.

1890년 러시아 전역의 도보 여행과 그의 사회의식, 그리고 혁명에 대한 통찰로 인해 고리끼는 동시대인들이 보지 못했던 러시아를 보고 이해할 수 있었다. 그는 조국 땅의 거대함과 그 자연 경관의 아름다움, 그리고 다채로움에 압도되는가 하면 동시에 러시아 인민의 무지와 가난, 고통에 깜짝 놀라기도 했다.

고리끼의 모든 작품에서 엿보이는 사회의식은 러시아 문학에서 예외적인 것이 아니었다. 그것은 고리끼 자신이 제1세대 러시아 혁명가라 부른 제까브리스뜨 시인들의 작품에서도 발견된다. 1825년 12월 14일에 일어났던 군주제와 농노 제도에 대한 반란의 가담자인 이들은 공화주의자들로, 자신들의 창조적 노력만이 인민에게 봉사하고 더 나은 미래를 향한 그들의 바람을 돕는 길이라고 생각했다. 제까브리스뜨들은 뿌쉬낀, 레르몬또프, 게르젠, 심지어는 자신들에 관해서 글을 쓰기로 작정하였으며, 이후 『전쟁과 평화』에서 혁명적 테마를 다루었던 똘스또이 등과 같은 러시아 작가들의 사상에 강한 영향을 주었다.

체르니셰프스끼와 도브롤류보프를 필두로 하고 네끄라소프와 살띠꼬프 시체드린과 같은 빼어난 작가들에 의해 뒷받침된 19세기 중엽의 잡계급 출신 혁명가들은 고리끼의 사고 방법에 한결 더 접근해 있었다. 이러한 문학 세대 작가들은 보다 넓은 사회적 견해를 갖고 있었고 그 견해를 표현하는 데서도 한결 대담했다.

19세기 말엽의 러시아 소설들은 러시아 문학에 명성을 가져다주었다. 여러 면에서 다채로운 이들 소설은 모두 러시아의 사회적 삶이 직면하고 있는 난국으로부터 탈출구를 모색했다. 이는 똘스또이와 도스또예프스끼, 그리고 세기말 사회·심리 소설의 위대한 작가들에게도 똑같이 적용되는 말이다.

막심 고리끼는 러시아 고전 문학의 사회적 전통을 소중히 여겼다. 사실 그는 손위 작가들, 특히 똘스또이와 체호프에게 지고 있는 빚에 대해 공공연히 언급하곤 했다. 그것은 단순히 그가 이들로부터 배운 문학적 재능에 대해서만 이야기하고 있는 것이 아니다. 그들은 그에게 러시아와 러시아 인민을 알도록, 그들의 정신생활과 도덕적 영감을 이해하도록 가르쳤던 것이다.

막심 고리끼는 러시아 고전 문학의 가장 훌륭한 전통을 계승하고 있으면서 동시에 소비에트 문학의 개혁자이자 기초자이다. 가장 위대한 소비에트 작가 가운데 하나인 알렉세이 똘스또이는 고리끼를 고전 문학과 소비에트 문학을 잇는 〈살아 있는 다리〉라고 부른 바 있다. 오늘날 뿌쉬낀에서 출발하는 러시아 고전 작가들 중 한 자리를 고리끼에게 내준다고 해서 이의를 달 사람은 하나도 없을 것이다. 그의 초기 작품에서는 모든 민족이나 모든 인류와의 형제애, 즉 뿌쉬낀에서 체호프에 이르는 가장 위대한 작가들의 특질이 느껴진다. 그들은 러시아 사회 문제에 더하여 개개인의 권리와 임무뿐 아니라 그것들을 모두 총괄하는 인류 사회의 문제를 제기하였다. 이는 똘스또이와 도스또예프스끼의 작품에서 표현된바, 바로 러시아 문학의 특성이고, 바로 이 때문에 러시아 문학은 세계의 존경과 찬사를 받는 것이다. 비록 고리끼가 똘스또이와 도스또예프스끼의 일부 견해를 비판했고 인류 사회가 어떻게 개조되어야 하는가 하는 문제에서 그들과 일치하지 않았다 하더라도, 그는 항상 인간 영혼의 심연을 들여다보고 역사적 상황을 이해하는 데에 있어서는 그들을 능가할 사람이 없음을 인식하고 있었다.

고리끼가 러시아 문학의 가장 뛰어난 전통을 따르고 있으면서도 또한 개혁자라고 말할 때, 그것은 결코 고리끼 혼자에게만 러시아 문학의 새로운 전환의 공로가 있다는 것을 의미하지 않는다. 어떤 하나의 과정이란 점진적이며 복잡한 것이다. 전적으로 새로운 유형의 이 소설을 쓰기 이전에 고리끼는 새로운 표현 방법을 구하고 있었다. 1880년대 초에 러시아 문학에 명성을 가져다준 바 있는 거대한 사회·심리 소설의 최후편이 쓰였다. 도스또예프스끼는 죽었고, 뚜르게네프 역시 운명을 달리하기 6년 전에 마지막 소설을 쓸 수밖에 없었고, 똘스또이는 1877년에 『안나 까레니나』를 끝낸 지 20년 만에야 『부활』을 끝냈다. 희곡 작가이자 단편소설 작가인 체호프는 끝내 장편소설을 쓰지 못한 채, 적당한 주인공을 찾지 못한 때문이라고 그 이유를 들며 자신의 무능력에 대한 변명을 늘어놓기에 바빴다.

『어머니』에서 고리끼는 새로운 토양에 전통적인 러시아 소설을 심었다. 단지 이 방법만이 러시아 소설의 생명을 되살릴 수 있었다. 이 소설은 러시아 문학에서 노동 계급에 관한 진정한 의미에서의 최초의 소설이었고, 인류에 의해 축적된 모든 물질적·

정신적 가치를 보존할 만한 능력을 갖춘 하나의 힘으로 노동 계급을 다룬 최초의 소설이었다. 막심 고리끼는 러시아 문학에 새로운 주인공을 소개했다. 분명 이는 새로운 예술 방법, 성격을 드러내는 새로운 기법, 구성의 새로운 형식 없이는 불가능했을 것이다. 예술은 부단히 발전한다. 이러한 발전의 본질은 현실에 대한 한결 깊이 있는 이해, 묘사되는 세계 ― 인간과 사회·역사적 상황 ― 에 대한 관계의 성격 변화에 있다. 낭만주의적 예술도, 리얼리즘적 예술도 주변의 실제 세계를 자신의 대상으로 갖는다. 현실에 대한 리얼리즘적 표현 원칙들은 낭만주의적 원칙들과 접촉하고, 또 본질적으로는 그것들과 차별성을 갖는다. 리얼리즘의 가장 중요한 특성은 전형적인 상황에서 전형적인 성격의 진실한 재현에 있다.

예술 방법, 이것은 동시에 현실에 대한 표현 원칙들의 의심할 바 없는 총체이자 현실에 대한 예술적 인식의 의심할 바 없는 수단이다. 예술 수단으로 현실 세계를 묘사하면서 예술가는 예술 수단으로 현실 세계를 인식한다. 때문에 인간 성격의 표현 원칙은 모든 예술 방법에 고유한 것이다.

고리끼가 『어머니』를 쓰기 오래전에도 노동 계급의 대표자들이 문학 속에 나타난 바 있었다. 그러나 19세기 초에 D. 그리고 로비치나 뚜르게네프에 의해 다루어진 노동자의 형상은 거의 삽화적이었다. 그리고 60년대의 네끄라소프, 70년대의 도스또예프스끼나 오시뽀비치 노보드로프스끼, 80년대의 D. 마민 시비랴끄 등도 노동자의 형상을 다루기는 하였지만 노동자 생활의 어두운 면만을 그리거나 혹은 노동자들의 전망을 제대로 보지 못함으써 자신들의 한계를 드러냈다. 그러나 고리끼는 정의롭지 못한 사회의 희생자, 가혹한 자본주의의 희생자로서라기보다는 역사를 자신의 손으로 만들어 가는 능동적이고 당당한 인간으로, 당대 사회적 불의에 용감히 맞서 싸우는 인간으로 노동자를 묘사했다. 바로 이런 점에서 그는 세계 문학에 전례를 만든바,

개혁자라 불릴 수 있는 근거 또한 여기에 있다 하겠다.

고리끼의 문학 경력은 눈부실 정도로 화려하다. 그처럼 짧은 기간에 그토록 커다란 성공을 거둔 작가도 사실 드물 것이다. 20세기 초에, 그러니까 그가 문학에 발을 들여놓은 지 채 10년도 못 되어 그의 이름은 세계 전역에 널리 알려졌다. 똘스또이나 체호프와 같은 위대한 러시아 작가들 역시 그와 동시대인이었음에도 불구하고 새로운 세기는 고리끼에 주목했다. 고리끼 자신은 사회의 밑바닥 출신이었지만 마치 그의 운명이 어린 시절, 청년 시절에 그가 받았던 모든 고통을 보상해 주려는 것 같았다.

문학의 역사는 한때 반짝했다가 금세 사라지고 마는, 수많은 예를 보여 주었다. 그러나 고리끼의 성공은 결코 그런 유의 것이 아니었는데, 이는 그 성공이 한 세기가 지난 지금에 와서도 여전하다는 사실로 입증된다. 그 이유는 바로 고리끼가 끊임없이 새로운 세기, 즉 20세기의 기조를 찾았고 그것을 그의 작품의 기조가 되게 하였음에 있다. 20세기에 접어들면서 노동자는 주요 인물로 역사의 전면에 나서게 되는바, 그들은 바로 모든 일을 자기의 손아귀에 쥐고 자신의 필요에 따라 사건을 구체화하는 인간인 것이다. 막심 고리끼는 이러한 노동자의 전기를 썼고 이것이 완전하게, 그리고 예술적으로 실현된 소설은 자신의 다른 작품에서조차 더 이상 찾아볼 수 없다.

그렇지만 이 소설이 모든 점에서 완벽한 소설일 수는 없다. 그는 한 발 한 발 자신의 또 다른 저작들 속에서 노동 계급의 더욱 완전한 묘사에 접근해 갔다. 사회의 쓰레기 같은 존재들에게서 주인공을 취한 그의 초기 소설에서는 우리는 이러한 미래의 주인공에 대한 암시만을 발견할 뿐이다. 19세기 말과 20세기 초에 그는 그의 주인공과 주요 테마를 찾아내려고 애썼다. 이는 그의 두 번째 장편 『세 사람』에서 엿보이는데, 여기서 그는 사회주의적 성향을 지닌 노동자를 제시한다. 이러한 점은 그의 희곡 「소시민」과 「적들」에서도 마찬가지이다.

1905년 러시아 혁명은 작가로서 고리끼의 발전에서 일대 전환점이었다. 혁명의 선두에 프롤레타리아가 나섰다. 혁명은 비록 실패했지만 이는 프롤레타리아에게 자신들이 실패를 두려워하거나 고통스러워하기보다는 승리를 구가하는 능력에서 탁월함을 입증해 주었다.

그의 소설들 가운데에서는 물론이려니와 세계 문학을 통틀어서도 가장 탁월하다 할 수 있는 소설『어머니』를 고리끼가 구상한 것은 제1차 러시아 혁명의 전야인 1903년의 일이었다.

소설의 줄거리는 실제 사건에 기초한다. 1902년 소르모프에서의 노동자들의 메이데이 시위 행진, 소르모프 당 조직의 활동, 그리고 시위가 해산된 후 그 가담자들에 대한 재판이 그것이다. 고리끼 자신은 이렇게 회상하곤 했다.

> 노동자들에 대한 책을 쓰기로 마음먹은 것은 소르모프 시위 행진이 있고 난 뒤 니즈니 노브고로드에서였다. 나는 곧바로 자료를 모으고 메모를 하기 시작했다.

다른 말로 고리끼의 소설은 일종의 역사적 기록물이다. 소르모프의 볼셰비끼 노동자 뾰뜨르 안드레이비치 잘로모프와 그의 어머니 안나 끼릴로브나 잘로모바가 소설의 주요 주인공, 즉 빠벨 블라소프와 그의 어머니 뻴라게야 닐로브나의 원형이었음은 주지의 사실이다.

소설『어머니』주인공의 원형 ─ 잘로모프와 그의 어머니 ─ 은 그 역사적 순간만 해도 그리 흔하지 않으면서도 어쨌든 이미 특징적이고 상당히 중요한 의미를 띤 요소들을 그 내용으로 하는 그런 사상과 현상들을 삶 속에서 보고 취사선택할 수 있는 프롤레타리아 작가의 능력에 대한 증거이다. 프롤레타리아─볼셰비끼의 구체적 인물에서 고리끼는 이미 그때 전망이 있고, 뒤에 강력한 발전을 맞이할 수밖에 없었던 그런 힘 있고 특징적인 특질들을 발견해 내고 예술적으로 추출해 낼 수 있었다.

그렇다고 해서 잘로모프 가족과 닐로브나, 빠벨을 동일시해서는 안 된다. 이에 대해서라면 잘로모프의 한 편지에 옳게 잘 나타나 있다.

> 고리끼의 작품은 단순히 우리 삶과 나의 어머니의 삶을 옮겨 적은 것이 아니다. 고리끼는 이 두 삶을 자기 예술 작품을 구상하는 데에만 이용했을 뿐이다. (……) 천재 예술가에 의해 창조된 예술적 형상을 살아 있는 인간과 동일시한다는 것은 커다란 실수이다. 빠벨 블라소프는 늙지 않고 언제나 청춘이다.

사건은 고리끼에 의해 예술적으로 형상화되었고 그의 주인공의 원형이랄 수 있는 뾰뜨르 잘로모프와 그의 어머니는 재창조되었다.

고리끼의 노동자는 자기 나라, 자기 계급의 운명만이 아닌 전 세계의 운명을 걱정하는 인간이다. 그는 말 그대로 지적이다. 그러나 그는 사고하고 고민만 하는 인간이 아니라 실천하는 인간이다. 그리고 그는 결코 홀로 행동하지 않는다. 그는 대중의 대표자로서 행동하는 것이다. 더구나 그는 가장 고상하고 가장 인간적인 이상의 이름으로 행동한다. 소설 『어머니』는 러시아의 더 나은 미래를 위한 투쟁의 지도자로서 노동 계급을 확인시켜 주었다. 이 소설은 노동 계급의 높은 이상을 실현하는 과정에 있는 노동 계급으로 하여금 그들의 정치적, 이데올로기적 미숙함뿐 아니라 그들 자신의 가치 역시 보게 해준다. 쓰였던 당시 이 책은 러시아 노동 계급과 전 러시아 인민에게 지극히 중요한 의미를 갖고 있었다. 고리끼의 이 책이 갖고 있는 가장 원칙적인 당파성 — 그 혁명적 유용성 — 을 레닌은 고리끼와의 대화에서 이렇게 말한 바 있다.

책이란 꼭 필요한 것이다. 과거에 많은 노동자들이 무의식적으로, 자연 발생적으로 혁명 운동에 관여해 왔다면, 지금에 와서 그들은 『어머니』를 자신을 위해 매우 유용하게 읽고 있다.

레닌의 뒤를 이어 노동자-볼셰비끼 그룹 또한 「고리끼에게 보내는 공개 서한」에서 『어머니』의 〈시의성〉에 대해 썼다. 고리끼는 〈저열한 인간 본능의 홍분 바로 직전에〉, 〈대부분 인텔리겐찌야의 정신적 파탄 바로 직전에〉 대단한 의식적인 노동자 빠벨의 유형을 문학에 끌어들였던 것이다.

똘스또이는 예술 작품의 통일성은 성격의 통일이나 행동의 통일을 통해서가 아니라 작가의 도덕적 입장의 통일을 통해서 달성된다고 말한 바 있다. 고리끼의 도덕적 입장은 『어머니』에서 여주인공 닐로브나의 성격을 통해 표현된다. 어머니의 형상은 다른 모든 사람들보다도 위에 있다. 소설의 서두에서 닐로브나는 집에서 술 취한 남편으로부터 시달림을 받는, 그야말로 공장촌 어디에서나 흔히 볼 수 있는 그런 노동자 아내에 불과했다. 그러나 그녀의 아들 빠벨이 노동자촌의 일상적인 생활 방식을 파기하고 혁명가가 되었을 때 그녀는 그를 따르고 그와 함께 앞으로 나아간다. 소설에서 닐로브나가 밟아 나가는 과정은 혁명에 가담한 지극히 평범한 노동자의 과정이다.

뻴라게야 닐로브나 블라소바라는 인물이 제1차 러시아 혁명 기간에 혁명 운동의 참가자 가운데 가장 일반적이었다고 말하는 것은 물론 옳지 않을 수도 있다. 그러나 이 인물은 우연적이지도 않았다. 닐로브나의 혁명 운동에의 참여는 법칙적인 바, 이런 의미에서 그녀의 형상은 리얼리즘적이라 할 수 있다.

어머니의 형상은 매우 리얼리즘적이면서 동시에 상징적인 의미도 갖고 있다. 빠벨의 동지들은 모두 그녀를 어머니라 불렀다. 이들 혁명가들이 서로 진정한 형제애를 느끼는 것도 순전히 그녀, 그리고 그녀를 대하는 태도를 통해서였다. 빠벨의 가장 친한 친구이자 동지인 안드레이 나호드까는 이렇게 말한다.

> 우리는 모두 한 어머니의 자식들입니다. 이 세상 모든 노동자들이 한 형제예요. (본문 54면)

만약 우리가 예술은 사람들을 하나로 결합시키는 수단이라는 데에 동의한다면 우리는 고리끼 모든 작품의 중요성, 특히 『어머니』의 중요성을 높게 평가할 수밖에 없을 것이다.

이미 언급했듯이 『어머니』는 노동 계급, 그리고 향상되어 가는 인간관계에서 노동 계급의 역할에 관한 소설이다. 따라서 이는 이 소설이 노동 계급만이 아닌 전 인류를 위한 것임을 뜻한다.

*

책이 번역 출간된 지 거의 1년여 만에 개역에 들어갔다. 처음 번역했던 당시 미흡했던 부분들을 바로잡고, 채워 넣고 하다 보니 여름이 훌쩍 가버렸다. 그러곤 어느새 가을이다. 아쉬움이 남는다. 더 잘할 수 있었는데······.

하지만 이제 긴 세월에 걸친 나의 싸움은 정말 끝이 났고 독자들의 판정만이 남아 있다. 공정한 평가와 날카로운 비판을 기다릴 뿐이다.

도와주신 분들이 많다. 그분들은 물론이고, 특히 늘 깊은 눈으로 지켜봐 주시는 나의 부모님께 감사의 말씀을 드리고 싶다.

끝으로 번역 대본으로는 모스끄바 끄니가 출판사가 『어머니』 출판 80주년을 기념하여 1986년에 출판한 러시아어판을 사용했음을 밝혀 둔다. Maksim Gor'kii, *Mat'* (Moskva: Kniga, 1986).

1990년 가을, 최윤락

막심 고리끼 연보

1868년 출생 3월 16일(구력 28일) 현재 고리끼 시로 불리는 볼가 강 연안의 니즈니노브고로드에서 목수였던 아버지 막심 사바찌예비치 뻬쉬꼬프와 염색 공장집 딸이었던 어머니 바르바라 바실리예브나 까시리나 사이에서 태어남. 본명은 알렉세이 막시모비치 뻬쉬꼬프.

1871년 3세 볼가 강 중류의 아스뜨라한으로 이주한 지 얼마 안 되어 아버지가 세상을 뜨는 바람에 어머니와 니즈니노브고로드의 외가로 돌아옴. 따뜻한 품성의 소유자인 외할머니로부터 민간 전설을 많이 듣게 됨.

1878년 10세 소학교를 3년 만에 중퇴하고 돈벌이를 위해 〈세상 속〉으로 들어감. 제화공, 제도공 밑에서 심부름을 하다 이듬해 집을 나와 볼가 강 연안의 방랑자 무리에 섞임.

1880년 12세 화륜선 도블리호 식당의 접시 닦이로 일함. 거기서 퇴직 사관이었던 요리사 스믈리를 만나 인생의 전환점을 맞이함. 그의 영향으로 독서의 중요함을 인식하고 문학서와 잡지들을 닥치는 대로 읽음. 후에 그를 〈나의 첫 스승〉이라 회고함.

1884년 16세 대학에 들어가 공부할 목적으로 까잔으로 가지만 입학하지 못함. 방랑자들 속에서 지내다 잡화점으로 위장한 지하 조직에 들어가 진보적인 청년 지식인들과 교류를 시작함. 이때 많은 지적 성장을 이룸. 고정된 직업의 필요성을 깨닫고 세묘노프 빵 공장에 들어가 일하던 중 파업에 참가. 파업의 실패를 통해 지식의 부족함을 뼈저리게 느껴 독서에 몰두하는 한편 각종 혁명가들과 접촉함.

1887년 19세 마르크스주의자 페도셰예프를 만남. 대학 출신 혁명가들로부터 심한 이질감을 느끼고 절망한 나머지 권총 자살을 시도하나 폐만 다침.

1888년 20세 퇴원 후 볼가 강 연안의 시골 끄라스노비도보로 감. 로마스의 잡화점 경영을 도우며 농촌 계몽 사업에 참가하나 경찰과 결탁한 반동 세력에 밀려 까스피 해 지방으로 떠남. 이러한 일련의 실패들을 통해 마르크스주의에 경도됨. 끄루따야 역의 검측원으로 일하며 청년 소조를 만듦.

1889년 21세 경찰의 추적을 피하고 레프 똘스또이를 만나기 위해 모스끄바로 가지만 만나지 못하고, 그해 여름 고향 니즈니노브고로드로 돌아감. 까산에서 알게 된 체긴, 소모프와 함께 정치 문제를 토론, 체포되었다가 보름 만에 석방됨. 장편 서정시 「늙은 떡갈나무의 노래」를 써서 꼬롤렌꼬에게 보여 주었으나 혹독한 비평을 받고 이후 2년간 글쓰기를 포기함.

1891년 23세 지식인 혁명가의 오만함과 쟁론, 허위성에 실망하여 고향 니즈니노브고로드를 떠나 러시아 도보 여행을 시작함.

1892년 24세 방랑 생활 중에 민간 전설을 토대로 쓴 단편소설 「마까르 추드라Makar Chudra」를 『까프까즈』지에 발표하여 작가로서의 첫발을 내딛음. 이때 막심 고리끼(최대의 고통자)라는 필명을 쓰기 시작함. 10월, 문학에 전념하고자 고향으로 돌아옴.

1893년 25세 모스끄바에서 「예멜리얀 삘랴이Emel'lian Piliai」를, 까산에서 「거짓말을 한 검은 방울새와 진리 애호자 딱따구리에 대한 이야기O chizhe, kotoryi glal i o diatne-liubitele istiny」를 발표하여 주목을 받음.

1895년 27세 부두의 부랑자들을 그린 단편 「첼까쉬Chelkash」를 발표하여 사실주의 작가로 세상에 알려짐. 산문시 「흑해로V Chernomor'e」(후에 「매의 노래Pesniia o Sokole」로 개작됨)와 소설 「이제르길 할멈Starukha Izergil'」, 「어느 한 가을날Odnazhdy osen'iu」을 발표. 사마라에 가서 꼬롤렌꼬의 소개로 『사마라 신문』에 근무하게 됨.

1896년 28세 니즈니노브고로드에서 전국 공업 성취 전람회가 열리자 고향으로 돌아옴. 「오제사 신문」 등에 발표한 전람회에 대한 기사를 통해 독자들이 러시아 자본주의의 모순에 주의를 돌릴 것을 촉구. 8월 예까쩨리나 빠블로브나 볼쥐나와 결혼.

1898년 30세 첫 소설집 두 권이 정식으로 출판되어 열광적인 환영을 받음. 1892년부터 1897년에 이르기까지 쓰인 소설들이 수록됨. 마르크스주의자 아파나셰프 지하 혁명당 사건에 연루되어 체포됨. 여론의 반발이 거세지자 곧 석방되나 이후 특별 감시 대상이 됨.

1899년 31세 최초의 장편 『포마 고르제예프*Foma Gordeev*』를 씀. 이 책의 출판 후 고리끼는 문단에 새로 떠오른 거성이라는 평가를 받음. 폐병 때문에 휴양차 얄따를 방문, 이곳에서 체호프를 만나 우정을 나눔.

1900년 32세 모스크바에서 체호프의 소개로 똘스또이를 만남. 두 번째 장편 『세 사람*Troe*』을 발표.

1901년 33세 대학생 시위 진압에 대해 발표한 선언문에서 짜르 타도를 외침. 지하 인쇄소 사건으로 체포됨. 감옥에서 폐병이 재발되어 끄리미아 요양소로 옮겨짐. 소설 「봄의 선율*Vesennie melodii*」을 발표하였으나 출판 금지당함. 모스끄바 예술 극장의 스따니슬라프스끼와 네비로비치 단쩬꼬의 요구로 최초의 희곡 「소시민*Meshchane*」을 씀.

1902년 34세 5월 아르자마스로 압송. 이때 희곡 「밑바닥에서*Na dne*」를 완성. 12월 모스끄바 예술 극장에서 스따니슬라프스끼 연출로 상연되어 세계적인 작가라는 영예를 얻음. 모스끄바 예술 극장의 고정 작가로 활동함.

1903년 35세 즈나네 문학 총서의 기획과 편집을 맡아 체호프, 안드레예프, 유쉬께비치, 고리끼 자신의 작품 등을 펴냄.

1905년 37세 제1차 러시아 혁명이 발발하고, 혁명 운동에 적극적으로 참여함. 뻬쩨르부르그에서 평화적인 시위를 벌이던 노동자들이 군에 의해 실상당한 〈피의 일요일〉 사건을 목격하고, 짜르 정부를 비판하는 성명서를 발표함. 반국가 활동 혐의로 체포되어 뻬뜨로빠블로프스끼 요새에 감금됨. 감옥에 있는 동안 희곡 「태양의 아이들*Deti Solntsa*」을 씀. 고리끼의 체포에 항의하는 세계 여론의 비난이 빗발치자 석방됨. 러시아 사회 민주주의 노동당 위원회에 참석하여 레닌을 만나게 됨. 이후 오랜 우정을 나눔.

1906년 38세　러시아 혁명 기금 모금을 위한 미국, 유럽 여행길에 오름. 베를린에서「러시아 짜르 정부에 돈을 주지 말라」라는 호소문을 신문에 발표. 이탈리아 카프리 섬에 정착하여 요양. 희곡「야만인들Varvary」,「적들 Vragi」을 완성하고 르포르타주『아메리카에서V Amerike』를 씀. 장편『어머니Mat'』를 쓰기 시작.

1907년 39세　『어머니』완성, 일부만 즈나네 총서에 실리고, 국외에서 출판됨. 런던에서 열린 러시아 사회 민주 노동당 5차 대회에 볼셰비끼 정식 대표로 참가함.『어느 쓸모없는 인간의 삶Zhizn' nenuzhnogo cheloveka』저술.

1908년 40세　중편「고백Ispoved'」출판. 당의 선전 학교를 둘러싼 오해로 인해 레닌과 멀어짐.

1909년 41세　중편「여름Leto」을 발표.

1910년 42세　레닌이 카프리 섬을 방문, 옛 우정을 회복함.

1911년 43세　『이탈리아 이야기Skazki ob Italii』를「즈베즈다」와「쁘라브다」에 연재. 중편「오꾸로프 시Godorok Okurov」와「마뜨베이 꼬제먀낀의 생애Zhizn' Matveia Kozhemiakina」를 발표.

1912년 44세　『어머니』가 모스끄바에서 그리보예도프상을 받음. 청년 시절 러시아 남부 초원과 까프까즈 지대를 방랑할 때 보고 들은 이야기를 쓴 『러시아 민화Ruskii skazki』를 여러 해에 걸쳐 연재.

1913년 45세　자전적 3부작 중 1부『유년 시대Detstvo』발표. 7년간의 이탈리아 망명 생활을 청산하고 귀국.

1915년 47세　마야꼬프스끼를 만남.

1916년 48세　자전적 3부작 중 2부『세상 속으로V lyudyakh』발표.

1917년 49세　제2차 러시아 혁명 발발. 짜르 정권이 무너지자, 지금의 고리끼 거리인 끄론베르스끼 거리로 옮겨 옴. 혁명 후〈예술 분야 특별 위원회〉를 창설하여 문화재와 문화인 보호에 힘쓰고, 노동자에게 지식을 확산

하고 과학 발전을 도모하는 활동에 적극적으로 참여함. 잡지 『새 생활』을 창간하여 칼럼을 연재.

1921년 53세 정치적 박해를 받는 작가와 예술가들을 구명하고 이들의 망명을 지원하는 데 힘씀. 폐병이 악화됨. 병 치료를 위해 국외로 떠남. 이탈리아 소렌토에 정착하여 7년간 머무르면서 글을 씀.

1922년 54세 체호프, 똘스또이, 꼬롤렌꼬, 예세닌, 빠블로프스끼 등의 작가들에 대한 회상기를 씀.

1923년 55세 자전적 3부작 중 3부 『나의 대학 *Moi universitety*』 발표.

1924년 56세 소렌토에서 레닌의 사망 소식을 들음. 그에 대한 장편 회상기를 쓰고 제목을 〈인간〉이라 함. 1931년에 『레닌 *V. I. Lenin*』으로 정식 출판.

1925년 57세 장편 『아르따모프 씨네의 사업 *Delo Artamonovykh*』을 완성. 서사적 장편소설 『끌림 쌈긴의 생애 *Zhizn' Klima Samgina*』 집필 착수.

1927년 59세 『끌림 쌈긴의 생애』 제1권 출판.

1928년 60세 『끌림 쌈긴의 생애』 제2권 초고 완성 후 창작을 중지하고 러시아로 돌아옴. 러시아 각지를 여행함.

1931년 63세 최후의 희곡 「소모프와 그 이웃 *Somov i drugie*」, 「예고르 불리초프와 그 이웃 *Egor Bulychov i drugie*」, 「도스찌가예프와 그 이웃 *Dostigaev i drugie*」 완성. 『끌림 쌈긴의 생애』 제3, 4권 발표.

1934년 66세 제1차 소비에트 작가 동맹 의장으로 추대됨.

1935년 67세 로맹 롤랑이 모스끄바로 고리끼를 방문. 초기의 희곡 「지꼬프가의 사람들 *Zykovy*」와 「최후의 사람들 *Poslednie*」, 「바사 젤레즈노바 *Vassa Zheleznova*」 개작.

1936년 68세 『끌림 쌈긴의 생애』 제5권 집필 중 6월 18일 세상을 떠남.

열린책들 세계문학 009 어머니

옮긴이 최윤락 1965년 충남 천안에서 출생하였다. 고려대학교 노어노문학과를 거쳐 동대학원 석사 과정을 마치고, 러시아 상트 뻬쩨르부르그 국립 대학에서 박사 학위를 받았다. 번역 작품으로는 고리끼의 『마까르 추드라』, 『에밀리얀 뻴랴이』, 유리 본다레프의 『우리를 용서해 주세요!』, 세르게이 세묘노프의 『푸른 안개』 등 다수가 있다.

지은이 막심 고리끼 **옮긴이** 최윤락 **발행인** 홍예빈·홍유진
발행처 주식회사 열린책들 **주소** 경기도 파주시 문발로 253 파주출판도시
전화 031-955-4000 **팩스** 031-955-4004 **홈페이지** www.openbooks.co.kr
Copyright (C) 주식회사 열린책들, 1989, *Printed in Korea*.
ISBN 978-89-329-0923-3 04890 **ISBN** 978-89-329-1499-2 (세트)
발행일 1989년 8월 15일 초판 1쇄 1990년 8월 25일 초판 12쇄 1990년 10월 15일 재판 1쇄 1998년 1월 30일 재판 38쇄 2000년 1월 30일 신판 1쇄 2007년 5월 1일 신판 12쇄 2006년 2월 25일 보급판 1쇄 2008년 12월 20일 보급판 4쇄 2009년 11월 10일 세계문학판 1쇄 2022년 6월 20일 세계문학판 13쇄

이 도서의 국립중앙도서관 출판예정도서목록(CIP)은 서지정보유통지원시스템 홈페이지(http://seoji.nl.go.kr)와 국가자료공동목록시스템(http://www.nl.go.kr/kolisnet)에서 이용하실 수 있습니다.(CIP제어번호:CIP2009003165)

열린책들 세계문학
Open Books World Literature

001 **죄와 벌** 표도르 도스또예프스끼 장편소설 | 홍대화 옮김 | 전2권 | 각 408, 512면

003 **최초의 인간** 알베르 카뮈 장편소설 | 김화영 옮김 | 392면

004 **소설** 제임스 미치너 장편소설 | 윤희기 옮김 | 전2권 | 각 280, 368면

006 **개를 데리고 다니는 부인** 안똔 체호프 소설선집 | 오종우 옮김 | 368면

007 **우주 만화** 이탈로 칼비노 단편집 | 김운찬 옮김 | 416면

008 **댈러웨이 부인** 버지니아 울프 장편소설 | 최애리 옮김 | 296면

009 **어머니** 막심 고리끼 장편소설 | 최윤락 옮김 | 544면

010 **변신** 프란츠 카프카 중단편집 | 홍성광 옮김 | 464면

011 **전도서에 바치는 장미** 로저 젤라즈니 중단편집 | 김상훈 옮김 | 432면

012 **대위의 딸** 알렉산드르 뿌쉬낀 장편소설 | 석영중 옮김 | 240면

013 **바다의 침묵** 베르코르 소설선집 | 이상해 옮김 | 256면

014 **원수들, 사랑 이야기** 아이작 싱어 장편소설 | 김진준 옮김 | 320면

015 **백치** 표도르 도스또예프스끼 장편소설 | 김근식 옮김 | 전2권 | 각 504, 528면

017 **1984년** 조지 오웰 장편소설 | 박경서 옮김 | 392면

019 **이상한 나라의 앨리스** 루이스 캐럴 환상동화 | 머빈 피크 그림 | 최용준 옮김 | 336면

020 **베네치아에서의 죽음** 토마스 만 중단편집 | 홍성광 옮김 | 432면

021 **그리스인 조르바** 니코스 카잔차키스 장편소설 | 이윤기 옮김 | 488면

022 **벚꽃 동산** 안똔 체호프 희곡선집 | 오종우 옮김 | 336면

023 **연애 소설 읽는 노인** 루이스 세풀베다 장편소설 | 정창 옮김 | 192면

024 **젊은 사자들** 어윈 쇼 장편소설 | 정영문 옮김 | 전2권 | 각 416, 408면

026 **젊은 베르테르의 슬픔** 요한 볼프강 폰 괴테 장편소설 | 김인순 옮김 | 240면

027 **시라노** 에드몽 로스탕 희곡 | 이상해 옮김 | 256면

028 **전망 좋은 방** E. M. 포스터 장편소설 | 고정아 옮김 | 352면

029 **까라마조프 씨네 형제들** 표도르 도스또예프스끼 장편소설 | 이대우 옮김 | 전3권 | 각 496, 496, 460면

032 **프랑스 중위의 여자** 존 파울즈 장편소설 | 김석희 옮김 | 전2권 | 각 344면

034 **소립자** 미셸 우엘벡 장편소설 | 이세욱 옮김 | 448면

035 **영혼의 자서전** 니코스 카잔차키스 자서전 | 안정효 옮김 | 전2권 | 각 352, 408면

037 **우리들** 예브게니 자먀찐 장편소설 | 석영중 옮김 | 320면

038 **뉴욕 3부작** 폴 오스터 장편소설 | 황보석 옮김 | 480면

039 **닥터 지바고** 보리스 파스테르나크 장편소설 | 홍대화 옮김 | 전2권 | 각 480, 592면

041 **고리오 영감** 오노레 드 발자크 장편소설 | 임희근 옮김 | 456면

042 **뿌리** 알렉스 헤일리 장편소설 | 안정효 옮김 | 전2권 | 각 400, 448면

044 **백년보다 긴 하루** 친기즈 아이뜨마또프 장편소설 | 황보석 옮김 | 560면

045 **최후의 세계** 크리스토프 란스마이어 장편소설 | 장희권 옮김 | 264면

046 **추운 나라에서 돌아온 스파이** 존 르카레 장편소설 | 김석희 옮김 | 368면

047 **산도칸 – 몸프라쳄의 호랑이** 에밀리오 살가리 장편소설 | 유향란 옮김 | 428면

048 **기적의 시대** 보리슬라프 페키치 장편소설 | 이윤기 옮김 | 560면

049 **그리고 죽음** 짐 크레이스 장편소설 | 김석희 옮김 | 224면

050 **세설** 다니자키 준이치로 장편소설 | 송태욱 옮김 | 전2권 | 각 480면

052 **세상이 끝날 때까지 아직 10억 년** 스뜨루가쯔끼 형제 장편소설 | 석영중 옮김 | 224면

053 **동물 농장** 조지 오웰 장편소설 | 박경서 옮김 | 208면

054 **캉디드 혹은 낙관주의** 볼테르 장편소설 | 이봉지 옮김 | 232면

055 **도적 떼** 프리드리히 폰 실러 희곡 | 김인순 옮김 | 264면

056 **플로베르의 앵무새** 줄리언 반스 장편소설 | 신재실 옮김 | 320면

057 **악령** 표도르 도스또예프스끼 장편소설 | 박혜경 옮김 | 전3권 | 각 328, 408, 528면

060 **의심스러운 싸움** 존 스타인벡 장편소설 | 윤희기 옮김 | 340면

061 **몽유병자들** 헤르만 브로흐 장편소설 | 김경연 옮김 | 전2권 | 각 568, 544면

063 **몰타의 매** 대실 해밋 장편소설 | 고정아 옮김 | 304면

064 **마야꼬프스끼 선집** 블라지미르 마야꼬프스끼 선집 | 석영중 옮김 | 384면

065 **드라큘라** 브램 스토커 장편소설 | 이세욱 옮김 | 전2권 | 각 340, 344면

067 **서부 전선 이상 없다** 에리히 마리아 레마르크 장편소설 | 홍성광 옮김 | 336면

068 **적과 흑** 스탕달 장편소설 | 임미경 옮김 | 전2권 | 각 432, 368면

070 **지상에서 영원으로** 제임스 존스 장편소설 | 이종인 옮김 | 전3권 | 각 396, 380, 496면

073 **파우스트** 요한 볼프강 폰 괴테 희곡 | 김인순 옮김 | 568면

074 **쾌걸 조로** 존스턴 매컬리 장편소설 | 김훈 옮김 | 316면

075 **거장과 마르가리따** 미하일 불가꼬프 장편소설 | 홍대화 옮김 | 전2권 | 각 364, 328면

077 **순수의 시대** 이디스 워튼 장편소설 | 고정아 옮김 | 448면

078 **검의 대가** 아르투로 페레스 레베르테 장편소설 | 김수진 옮김 | 384면

079 **예브게니 오네긴** 알렉산드르 뿌쉬낀 운문소설 | 석영중 옮김 | 328면

080 **장미의 이름** 움베르토 에코 장편소설 | 이윤기 옮김 | 전2권 | 각 440, 448면

082 **향수** 파트리크 쥐스킨트 장편소설 | 강명순 옮김 | 384면

083 **여자를 안다는 것** 아모스 오즈 상편소설 | 최창모 옮김 | 280면

084 **나는 고양이로소이다** 나쓰메 소세키 장편소설 | 김난주 옮김 | 544면

085 **웃는 남자** 빅토르 위고 장편소설 | 이형식 옮김 | 전2권 | 각 472, 496면

087 **아웃 오브 아프리카** 카렌 블릭센 장편소설 | 민승남 옮김 | 480면

088 **무엇을 할 것인가** 니꼴라이 체르니셰프스끼 장편소설 | 서정록 옮김 | 전2권 | 각 360, 404면

090 **도나 플로르와 그녀의 두 남편** 조르지 아마두 장편소설 | 오숙은 옮김 | 전2권 | 각 408, 308면

092 **미사고의 숲** 로버트 홀드스톡 장편소설 | 김상훈 옮김 | 424면

093 **신곡** 단테 알리기에리 장편서사시 | 김운찬 옮김 | 전3권 | 각 292, 296, 328면

096 **교수** 샬럿 브론테 장편소설 | 배미영 옮김 | 368면

097 **노름꾼** 표도르 도스또예프스끼 장편소설 | 이재필 옮김 | 320면

098 **하워즈 엔드** E. M. 포스터 장편소설 | 고정아 옮김 | 512면

099 **최후의 유혹** 니코스 카잔차키스 장편소설 | 안정효 옮김 | 전2권 | 각 408면

101 **키리냐가** 마이크 레스닉 장편소설 | 최용준 옮김 | 464면

102 **바스커빌가의 개** 아서 코넌 도일 장편소설 | 조영학 옮김 | 264면

103 **버마 시절** 조지 오웰 장편소설 | 박경서 옮김 | 408면

104 **10 1/2장으로 쓴 세계 역사** 줄리언 반스 장편소설 | 신재실 옮김 | 464면

105 **죽음의 집의 기록** 표도르 도스또예프스끼 장편소설 | 이덕형 옮김 | 528면

106 **소유** 앤토니어 수전 바이어트 장편소설 | 윤희기 옮김 | 전2권 | 각 440, 488면

108 **미성년** 표도르 도스또예프스끼 장편소설 | 이상룡 옮김 | 전2권 | 각 512, 544면

110 **성 앙투안느의 유혹** 귀스타브 플로베르 희곡소설 | 김용은 옮김 | 584면

111 **밤으로의 긴 여로** 유진 오닐 희곡 | 강유나 옮김 | 240면

112 **마법사** 존 파울즈 장편소설 | 정영문 옮김 | 전2권 | 각 512, 552면

114 **스쩨빤치꼬보 마을 사람들** 표도르 도스또예프스끼 장편소설 | 변현태 옮김 | 416면

115 **플랑드르 거장의 그림** 아르투로 페레스 레베르테 장편소설 | 정창 옮김 | 512면

116 **분신** 표도르 도스또예프스끼 장편소설 | 석영중 옮김 | 288면

117 **가난한 사람들** 표도르 도스또예프스끼 장편소설 | 석영중 옮김 | 256면

118 **인형의 집** 헨리크 입센 희곡 | 김창화 옮김 | 272면

119 **영원한 남편** 표도르 도스또예프스끼 장편소설 | 정명자 외 옮김 | 448면

120 **알코올** 기욤 아폴리네르 시집 | 황현산 옮김 | 352면

121 **지하로부터의 수기** 표도르 도스또예프스끼 장편소설 | 계동준 옮김 | 256면

122 **어느 작가의 오후** 페터 한트케 중편소설 | 홍성광 옮김 | 160면

123 **아저씨의 꿈** 표도르 도스또예프스끼 장편소설 | 박종소 옮김 | 312면

124 **네또츠까 네즈바노바** 표도르 도스또예프스끼 장편소설 | 박재만 옮김 | 316면

125 **곤두박질** 마이클 프레인 장편소설 | 최용준 옮김 | 528면

126 **백야 외** 표도르 도스또예프스끼 소설선집 | 석영중 외 옮김 | 408면

127 **살라미나의 병사들** 하비에르 세르카스 장편소설 | 김창민 옮김 | 304면

128 **뻬쩨르부르그 연대기 외** 표도르 도스또예프스끼 소설선집 | 이항재 옮김 | 296면

129 **상처받은 사람들** 표도르 도스또예프스끼 장편소설 | 윤우섭 옮김 | 전2권 | 각 296, 392면

131 **악어 외** 표도르 도스또예프스끼 소설선집 | 박혜경 외 옮김 | 312면

132 **허클베리 핀의 모험** 마크 트웨인 장편소설 | 윤교찬 옮김 | 416면

133 **부활** 레프 똘스또이 장편소설 | 이대우 옮김 | 전2권 | 각 308, 416면

135 **보물섬** 로버트 루이스 스티븐슨 장편소설 | 머빈 피크 그림 | 최용준 옮김 | 360면

136 **천일야화** 앙투안 갈랑 엮음 | 임호경 옮김 | 전6권 | 각 336, 328, 372, 392, 344, 320면

142 **아버지와 아들** 이반 뚜르게네프 장편소설 | 이상원 옮김 | 328면

143 **오만과 편견** 제인 오스틴 장편소설 | 원유경 옮김 | 480면

144 **천로 역정** 존 버니언 우화소설 | 이동일 옮김 | 432면

145 **대주교에게 죽음이 오다** 윌라 캐더 장편소설 | 윤명옥 옮김 | 352면

146 **권력과 영광** 그레이엄 그린 장편소설 | 김연수 옮김 | 384면

147 **80일간의 세계 일주** 쥘 베른 장편소설 | 고정아 옮김 | 352면

148 **바람과 함께 사라지다** 마거릿 미첼 장편소설 | 안정효 옮김 | 전3권 | 각 616, 640, 640면

151 **기탄잘리** 라빈드라나트 타고르 시집 | 장경렬 옮김 | 224면

152 **도리언 그레이의 초상** 오스카 와일드 장편소설 | 윤희기 옮김 | 384면

153 **레우코와의 대화** 체사레 파베세 희곡소설 | 김운찬 옮김 | 280면

154 **햄릿** 윌리엄 셰익스피어 희곡 | 박우수 옮김 | 256면

155 **맥베스** 윌리엄 셰익스피어 희곡 | 권오숙 옮김 | 176면

156 **아들과 연인** 데이비드 허버트 로런스 장편소설 | 최희섭 옮김 | 전2권 | 각 464, 432면

158 **그리고 아무 말도 하지 않았다** 하인리히 뵐 장편소설 | 홍성광 옮김 | 272면

159 **미덕의 불운** 싸드 장편소설 | 이형식 옮김 | 248면

160 **프랑켄슈타인** 메리 W. 셸리 장편소설 | 오숙은 옮김 | 320면

161 **위대한 개츠비** 프랜시스 스콧 피츠제럴드 장편소설 | 한애경 옮김 | 280면

162 **아Q정전** 루쉰 중단편집 | 김태성 옮김 | 320면

163 **로빈슨 크루소** 대니얼 디포 장편소설 | 류경희 옮김 | 456면

164 **타임머신** 허버트 조지 웰스 소설선집 | 김석희 옮김 | 304면

165 **제인 에어** 샬럿 브론테 장편소설 | 이미선 옮김 | 전2권 | 각 392, 384면

167 **풀잎** 월트 휘트먼 시집 | 허현숙 옮김 | 280면

168 **표류자들의 집** 기예르모 로살레스 장편소설 | 최유정 옮김 | 216면

169 **배빗** 싱클레어 루이스 장편소설 | 이종인 옮김 | 520면

170 **이토록 긴 편지** 마리아마 바 장편소설 | 백선희 옮김 | 192면

171 **느릅나무 아래 욕망** 유진 오닐 희곡 | 손동호 옮김 | 168면

172 **이방인** 알베르 카뮈 장편소설 | 김예령 옮김 | 208면

173 **미라마르** 나기브 마푸즈 장편소설 | 허진 옮김 | 288면

174 **지킬 박사와 하이드 씨** 로버트 루이스 스티븐슨 소설선집 | 조영학 옮김 | 320면

175 **루진** 이반 뚜르게네프 장편소설 | 이항재 옮김 | 264면

176 **피그말리온** 조지 버나드 쇼 희곡 | 김소임 옮김 | 256면

177 **목로주점** 에밀 졸라 장편소설 | 유기환 옮김 | 전2권 | 각 336면

179 **엠마** 제인 오스틴 장편소설 | 이미애 옮김 | 전2권 | 각 336, 360면

181 **비숍 살인 사건** S. S. 밴 다인 장편소설 | 최인자 옮김 | 464면

182 **우신예찬** 에라스무스 풍자문 | 김남우 옮김 | 296면

183 **하자르 사전** 밀로라드 파비치 장편소설 | 신현철 옮김 | 488면

184 **테스** 토머스 하디 장편소설 | 김문숙 옮김 | 전2권 | 각 392, 336면

186 **투명 인간** 허버트 조지 웰스 장편소설 | 김석희 옮김 | 288면

187 **93년** 빅토르 위고 장편소설 | 이형식 옮김 | 전2권 | 각 288, 360면

189 **젊은 예술가의 초상** 제임스 조이스 장편소설 | 성은애 옮김 | 384면

190 **소네트집** 윌리엄 셰익스피어 연작시집 | 박우수 옮김 | 200면

191 **메뚜기의 날** 너새니얼 웨스트 장편소설 | 김진준 옮김 | 280면

192 **나사의 회전** 헨리 제임스 중편소설 | 이승은 옮김 | 256면

193 **오셀로** 윌리엄 셰익스피어 희곡 | 권오숙 옮김 | 216면

194 **소송** 프란츠 카프카 장편소설 | 김재혁 옮김 | 376면

195 **나의 안토니아** 윌라 캐더 장편소설 | 전경자 옮김 | 368면

196 **자성록** 마르쿠스 아우렐리우스 명상록 | 박민수 옮김 | 240면

197 **오레스테이아** 아이스킬로스 비극 | 두행숙 옮김 | 336면

198 **노인과 바다** 어니스트 헤밍웨이 소설선집 | 이종인 옮김 | 320면

199 **무기여 잘 있거라** 어니스트 헤밍웨이 장편소설 | 이종인 옮김 | 464면

200 **서푼짜리 오페라** 베르톨트 브레히트 희곡선집 | 이은희 옮김 | 320면

201 **리어 왕** 윌리엄 셰익스피어 희곡 | 박우수 옮김 | 224면

202 **주홍 글자** 너새니얼 호손 장편소설 | 곽영미 옮김 | 360면

203 **모히칸족의 최후** 제임스 페니모어 쿠퍼 장편소설 | 이나경 옮김 | 512면

204 **곤충 극장** 카렐 차페크 희곡선집 | 김선형 옮김 | 360면

205 **누구를 위하여 종은 울리나** 어니스트 헤밍웨이 장편소설 | 이종인 옮김 | 전2권 | 각 416, 400면

207 **타르튀프** 몰리에르 희곡선집 | 신은영 옮김 | 416면

208 **유토피아** 토머스 모어 소설 | 전경자 옮김 | 288면

209 **인간과 초인** 조지 버나드 쇼 희곡 | 이후지 옮김 | 320면

210 **페드르와 이폴리트** 장 라신 희곡 | 신정아 옮김 | 200면

211 **말테의 수기** 라이너 마리아 릴케 장편소설 | 안문영 옮김 | 320면

212 **등대로** 버지니아 울프 장편소설 | 최애리 옮김 | 328면

213 **개의 심장** 미하일 불가꼬프 중편소설집 | 정연호 옮김 | 352면

214 **모비 딕** 허먼 멜빌 장편소설 | 강수정 옮김 | 전2권 | 각 464, 488면

216 **더블린 사람들** 제임스 조이스 단편소설집 | 이강훈 옮김 | 336면

217 **마의 산** 토마스 만 장편소설 | 윤순식 옮김 | 전3권 | 각 496, 488, 512면

220 **비극의 탄생** 프리드리히 니체 | 김남우 옮김 | 320면

221 **위대한 유산** 찰스 디킨스 장편소설 | 류경희 옮김 | 전2권 | 각 432, 448면

223 **사람은 무엇으로 사는가** 레프 똘스또이 소설집 | 윤새라 옮김 | 464면

224 **자살 클럽** 로버트 루이스 스티븐슨 소설선집 | 임종기 옮김 | 272면

225 **채털리 부인의 연인** 데이비드 허버트 로런스 장편소설 | 이미선 옮김 | 전2권 | 각 336, 328면

227 **데미안** 헤르만 헤세 장편소설 | 김인순 옮김 | 264면

228 **두이노의 비가** 라이너 마리아 릴케 시 선집 | 손재준 옮김 | 504면

229 **페스트** 알베르 카뮈 장편소설 | 최윤주 옮김 | 432면

230 **여인의 초상** 헨리 제임스 장편소설 | 정상준 옮김 | 전2권 | 각 520, 544면

232 **성** 프란츠 카프카 장편소설 | 이재황 옮김 | 560면

233 **차라투스트라는 이렇게 말했다** 프리드리히 니체 산문시 | 김인순 옮김 | 464면

234 **누래의 책** 하인리히 하이네 시집 | 이재영 옮김 | 384면

235 **변신 이야기** 오비디우스 서사시 | 이종인 옮김 | 632면

236 **안나 까레니나** 레프 똘스또이 장편소설 | 이명현 옮김 | 전2권 | 각 800, 736면

238 **이반 일리치의 죽음·광인의 수기** 레프 똘스또이 중단편집 | 석영중·정지원 옮김 | 232면

239 **수레바퀴 아래서** 헤르만 헤세 장편소설 | 강명순 옮김 | 272면

240 **피터 팬** J. M. 배리 장편소설 | 최용준 옮김 | 272면

241 **정글 북** 러디어드 키플링 중단편집 | 오숙은 옮김 | 272면

242 **한여름 밤의 꿈** 윌리엄 셰익스피어 희곡 | 박우수 옮김 | 160면

243 **좁은 문** 앙드레 지드 장편소설 | 김화영 옮김 | 264면

244 **모리스** E. M. 포스터 장편소설 | 고정아 옮김 | 408면

245 **브라운 신부의 순진** 길버트 키스 체스터턴 단편집 | 이상원 옮김 | 336면

246 **각성** 케이트 쇼팽 장편소설 | 한애경 옮김 | 272면

247 **뷔히너 전집** 게오르크 뷔히너 지음 | 박종대 옮김 | 400면

248 **디미트리오스의 가면** 에릭 앰블러 장편소설 | 최용준 옮김 | 424면

249 **베르가모의 페스트 외** 옌스 페테르 야콥센 중단편 전집 | 박종대 옮김 | 208면

250 **폭풍우** 윌리엄 셰익스피어 희곡 | 박우수 옮김 | 176면

251 **어셴든, 영국 정보부 요원** 서머싯 몸 연작 소설집 | 이민아 옮김 | 416면

252 **기나긴 이별** 레이먼드 챈들러 장편소설 | 김진준 옮김 | 600면

253 **인도로 가는 길** E. M. 포스터 장편소설 | 민승남 옮김 | 552면

254 **올랜도** 버지니아 울프 장편소설 | 이미애 옮김 | 376면

255 **시지프 신화** 알베르 카뮈 지음 | 박언주 옮김 | 264면

256 **조지 오웰 산문선** 조지 오웰 지음 | 허진 옮김 | 424면

257 **로미오와 줄리엣** 윌리엄 셰익스피어 희곡 | 도해자 옮김 | 200면

258 **수용소군도** 알렉산드르 솔제니찐 기록문학 | 김학수 옮김 | 전6권 | 각 460면 내외

264 **스웨덴 기사** 레오 페루츠 장편소설 | 강명순 옮김 | 336면

265 **유리 열쇠** 대실 해밋 장편소설 | 홍성영 옮김 | 328면

266 **로드 짐** 조지프 콘래드 장편소설 | 최용준 옮김 | 608면

267 **푸코의 진자** 움베르토 에코 장편소설 | 이윤기 옮김 | 전3권 | 각 392, 384, 416면

270 **공포로의 여행** 에릭 앰블러 장편소설 | 최용준 옮김 | 376면

271 **심판의 날의 거장** 레오 페루츠 장편소설 | 신동화 옮김 | 264면

272 **에드거 앨런 포 단편선** 에드거 앨런 포 지음 | 김석희 옮김 | 392면

273 **수전노 외** 몰리에르 희곡선집 | 신정아 옮김 | 424면

274 **모파상 단편선** 기 드 모파상 지음 | 임미경 옮김 | 400면

275 **평범한 인생** 카렐 차페크 장편소설 | 송순섭 옮김 | 280면

276 **마음** 나쓰메 소세키 장편소설 | 양윤옥 옮김 | 344면

277 **인간 실격·사양** 다자이 오사무 소설집 | 김난주 옮김 | 336면

각 권 8,800~19,800원